長谷川　哲夫　著

百人一首私注

風間書房

目次

序

本書は、『百人一首』に収められている百首の歌を、藤原定家がどのように解釈していたのかを明らかにすることを目的としている。

かつて『百人一首』を藤原定家撰とすることには疑問がもたれていた時期もあった。しかし、定家撰と仮定したとき、それと矛盾する事実は一つもなく、定家の撰であることは動かしがたい。そうであるとするならば、『百人一首』という作品について論ずる場合、その前提として、そこに選ばれた百首の歌を、定家がどのように理解していたのかを明らかにしておかなければならない。これまでの『百人一首』の長い研究史を振り返っても、それが十分になされてきたとは言えない。

『百人一首』を定家の作品として捉え、その立場から注釈を加えたものとして、石田吉貞氏『百人一首評解』(有精堂、昭和31年)や島津忠夫氏『百人一首』(角川文庫、昭和44年)があり、その立場からさらに考察を深めたものとして吉海直人氏『百人一首の新考察』(世界思想社、平成5年)がある。本書も、これら先覚の立場と同じ立場に立つものである。

石田吉貞氏は右掲書「はしがき」に次のように記している。

百人一首の書誌的研究は、最近に至っていちじるしく進みましたが、その註釈的研究は、近世の契沖や景樹の研究に比べると、ひどく見劣りがします。子女の玩び物だという意識が執拗につきまとって、研究的に見て調子のひくいものが多く、近世の学者たちの、真剣をぬいてたちむかったような意気ごみは、とうてい見ることはできません。また歌の鑑賞に至ると、かなりにすぐれたものもありますが、ただ一つ、定家的鑑賞をかえりみていないという点においては、どの書も大きく欠けております。もちろん、定家の鑑賞が最高のものだとも言えず、それをのりこえて行くことこそ、正しい態度であるというようなこともわかっておりますが、しかし、百人一首が定家の撰著である以上、定家的鑑賞をふりかえり、またはそれを通過した見方をもつことに欠けているならば、それは極めて不完全のものであること言うまでもありません。

これが書かれてから六十年近くが経ち、さすがにその後、注釈的研究の進展も多少見られるが、しかし、大局的に見れば事態はそれほど変わってはいない。また、「定家的鑑賞」の欠如を指摘しているが、「鑑賞」という点、そして、「定家の鑑賞が最高のものだとも言えず、それをのりこえて行くことこそ、正しい態度である」という点に物足りなさを感じる。研究者の求めるべき道は「鑑賞」ではなく「復元」であり、定家の理解の仕方をこそ中心に据えるべきであって、それは乗り越えるべきものではない。石田氏も右の文の続きに「鑑賞という仕事は詩人の仕事だ」としている。それならば、「鑑賞」は詩人に返すべきである。さらに「正しい解釈の無いところにすぐれた鑑賞はなく、すぐれた鑑賞があってのみ真の解釈が可能だ」としている。至言のようではあるが、必ずしもそうとも言えない。解釈に誤りがあってもすぐれた鑑賞はあり、鑑賞を排しても真の解釈は可能である。「解釈」と「鑑賞」は互いに効果的に作用し合えばよいが、「鑑賞」は歯止めがきかず、暴走しがちである。それによって、「解釈」は全く先に進まなくなってしまう。「解釈」と「鑑賞」は切り離すべきである。

また、島津忠夫氏の右掲書「はしがき」には次のようにある。

『百人一首』の撰者が、古来幾変転化の後、今日では、解説でも触れるように、藤原定家と見て、ほぼ誤りないものとされるにいたっているが、本書では、その新しい定説の上に立って、定家撰という立場から、現代語訳も鑑賞も施したことである。原作者の詠歌意図よりは、定家がどう解釈し、どう評価していたかに重点を置こうとするのである。従って通説と異なる点も多く、時には定家の誤釈と見られる点もあるが、それらは、すべて語釈または参考でその旨をことわっておいた。『百人一首』という撰集の現代語訳・鑑賞としては、当然のことと思われるが、従来そういった立場で一貫した註釈は、いまだ見ないといってよい。

『百人一首』の歌の解釈方法として、まことに画期的であり、眼から鱗が落ちるとはこのことであろう。『百人一首』は、単に名歌を寄せ集めたものではない。定家がその美意識によって秀歌と認めた歌を選び、配列したものである。これは、定家の作品である。そうである以上、当然定家の解釈を何よりも優先させなければならない。作者の詠歌意図も関係なければ、定家の誤りも関係がない。そして、これをさらに細部にまで押し及ぼし、徹底させなければならない。

吉海直人氏は右掲書「序文」に次のように記している。

本書では、そういった従来までの安易な鑑賞を打破するために、百人一首を単なる一〇〇首の集合体としてではなく、一つの独立した文学作品として扱っている。その上で、編者たる藤原定家の選歌並びに編集意識を徹底的に分析してみた。したがって現代語訳等は一切省略している。つまり本書は百人一首の解説書・注釈書ではなく、研究書に準じるものとして執筆されているのである。
また、それに続いて示されている基本方針の第四項目に、次のようにある。

> 勅撰集との解釈の相違を考える。その上で中世的再解釈が可能かどうかを検討する。従来は勅撰集（特に八代集）のエッセンスとして享受されており、そのため百人一首という作品としてではなく、歌の出典たる勅撰集に戻って一首ごとに別個に解釈されてきた。しかしそれでは定家独自の解釈や選歌意識は見えてこないのではないだろうか。

確かに、島津氏と同じく『百人一首』を一つの作品として捉え、いっそう多角的にして詳細な分析がなされており、そこに確実な進展が認められる。

　ただし、注釈書を研究書よりも一段低く見ているように読み取れるのは少々気になる。吉海氏の考えが間違っているなどと言うつもりはもうとうない。とうてい研究とは言えない、安易な鑑賞に流れがちな注釈書が数多く存在することは確かである。また、注釈書が入門書としての役割を担う面があるというのも事実である。そして、注釈書を研究書より低く見ることは、国文学界の常識でもあるであろう。そのような意味で吉海氏の考えは正しいのである。しかし、本書は、あえてこの「注釈書」というかたちで、先覚が切り拓いてきた道に就き、歩を進めようとするものである。それは、「読み」こそが作品研究の第一義であり、作品の「読み」を固定化する方法として「注釈書」というかたちをとるほかはないと考えるからである。

　和歌の解釈は難しいと言われる。その理由の一つに、解釈が幾通りも考えられ、一つに定まらないということがある。複数の解釈が成り立ち、その中のどれが正しい解釈かがわからないということになってしまうのである。そのようになる原因はいくつか考えられるであろう。例えば、その一つとして、三十一音という短い形式であることが挙げられる。情報量が少ないということである。多くの言葉を費やして説明すればそれだけ情報量が増え、より正確に言いたい事柄が伝わる。しかし、和歌は説明によって事柄を相手に伝えるという性質のものではない。いくら言葉を費やしても伝えられないことを瞬時に伝えるのが和歌である。

その情報量の少なさを補うのが文脈である。どのような状況で詠まれたのかを示されることで、それがある程度補われる。ところが、その文脈から切り離し、一首を示して、この歌はどのような意味かと問われても、わからないと言うほかないであろう。

解釈が一つに定まらない。これは実に厄介なことである。厄介なことではあるが、解釈が一つに定められないということは、様々な解釈を許容するということでもある。じつはそこにこそ、この文学形式の魅力もあるのである。古来、われわれ日本人はそれを様々なかたちで楽しんできたのである。

従来、「この歌の正しい解釈は何か?」と考えてきた。つまり、「真の意味」を求めてきた。しかし、「真の意味」を考えることは無意味である。なぜならば、そのようなものは存在しないからである。「真の意味」を求めることをまず断念しなければならない。「この歌の正しい解釈は何か?」という問いは、その問いそのものが誤りなのである。

それでは作者の作意は「真の意味」ではないのか、という反論もあろう。作者はこのような意味で、この歌を詠んだということがあるはずである。それがわかれば、それこそは「真の意味」ではないのかということである。しかし、それは「真の意味」ではない。一つの解釈にすぎない。歌は作者によって詠まれ、他者に知られた瞬間に、作者から離れて独立した存在になる。いったん作者の手から離れた作品は、作者でもどうすることもできない。作者がその作意を説明してまわっても追いつかない。その作品をどのように理解するかは他者に委ねられるほかないのである。作者の作意も様々な解釈の一つになってしまうのである。もちろん、作者の作意を求めることは無意味だなどと言っているのではない。その作者について知りたいのであれば、それを求めるのが正当な方法であることは言を俟たない。作者の作意が絶対ではない、ということが言いたいのである。

また、解釈という主観的なものを排し、客観的に説明ができるものだけを「歌そのもの」と考え、そこに「真の意味」と言うべきものを求めることができるのではないか、という考えもあろうかと思う。しかし、主観的なものと客観的なものを明確に分けることは不可能である。また、仮にその客観的なものを求め得たとしても、それは抽象的観念に過ぎず、その歌について語るうえで、ほとんど意味をもたないものになるであろう。それをその歌の「真の意味」と考えることはとうていできるものではあるまい。譬えて言えば、和歌は操り人形のようなものである。その表情の豊かさに感動して、人形をいくら調べてみても、大したものは見つからないであろう。多くは操り手の技倆によるからである。

また、あらゆる情報をいったん捨てて、その歌を虚心に眺めれば、「真の意味」が見えてくるのではないか、という考えもあるであろう。しかし、人はそれまで得てきた知識を全て捨て去ることはできない。こうだと判断を下すことができるのは、それまで生きてきた中で身につけてきた知識があるからである。その知識に基づいて判断するのである。したがって、仮にほんとうに虚心になれたとしても、「その人にとっての真の意味」が見えてくるだけである。それは「真の意味」には違いないが、人ごとに異なるものである。唯一の「真の意味」ではない。

和歌には「真の意味」というものはない。様々な「解釈」があるだけである。『百人一首』の場合、その「解釈」を次の五つに整理できる。

①作者の解釈。

②勅撰集の撰者の解釈。

③定家の解釈。

④定家以前、あるいは同時代の人々の解釈。

⑤後世の人々の解釈（注釈者自身の新解釈も含む）。

『百人一首』の歌の解釈をする場合、最も重視されなければならないのは、当然、「③定家の解釈」でなければならない。ところが、従来の研究では、「①作者の解釈」のほうが重視されてきた。あるいは、「①作者の解釈」か、「③定家の解釈」かで二律背反に陥ってしまい、両者を併記してしまうものもあった。これらは、その作者が詠んだ歌なのだから、詠んだ本人の作意こそが第一だ、あるいはそれを無視はできない、という呪縛から逃れられなかったのである。また、出典の勅撰集に戻して解釈するために、「②勅撰集の撰者の解釈」を「③定家の解釈」より優先してしまう傾向があった。これは、『百人一首』が勅撰集からの抜粋であるという観念から抜け出せなかったことや、勅撰集の詞書の情報によって歌の解釈がより正確にできると考えたことに由来する。また、近世の新注の解釈の実証的な手法と合理性に賛同したり、俳諧師、歌人、詩人など作家たちの鋭敏な感覚による鑑賞に共感するあまり、「⑤後世の人々の解釈」を優先してしまうことも少なくなかった。

こうしたことに陥る原因は、ひとえに「真の意味」を求めてしまうことにある。「③定家の解釈」より正しい解釈があるのではないかと考えてしまうのである。しかし、『百人一首』という作品を理解する上で、「③定家の解釈」以上に正しい解釈はないのである。極端なことを言えば、明らかに「③定家の解釈」が誤りであったとしても、それでもあえて「③定家の解釈」に従わなければならないのである。例えば、語の考証を試みたところ、『改観抄』の説のほうが正しいことがわかったので、『改観抄』に従ったというのでは、この場合、正しい判断とは言えないのである。

また、例えば、客観的な事実に照らし、論理に従って、今までにない新しい解釈を見出したとする。しかし、そのままその解釈を正しいとすることはできない。その新しい解釈の正しさを保証するものは、「③定家の解釈」である。「③定家の解釈」と合致していることが確認できて初めてその新しい解釈は正しいと言い得るのである。

あくまでも「③定家の解釈」を求めなければならないのであるが、従来、それに徹しきれず、ややもすれば「真の意味」を求めてしまいがちであった。「③定家の解釈」が常に正しいという立場に立たなければならない。もちろん、「③定家の解釈」を盲信せよというのではない。その「正しい」は真実だという意味ではない。常に拠って立つべき地であるという意味で「正しい」のである。それが定家によって編まれた『百人一首』という作品を読むということなのである。

もちろん、『百人一首』も一つの作品である以上、定家の手を離れ、独立した存在である。そうであるならば、「③定家の解釈」にこだわる必要はないのではないか。この作品をどのように読むか、それは読者の手に委ねられているのではないか。そのような考えもある。確かに、どのように読もうと読者の自由である。しかし、その自由は一般読者に与えられた権利であって、研究者にその権利はない。研究者は、ひたすら古人の言葉に耳を傾け、古人の目に映じていたものを、ここに示してみせるのが仕事である。今の場合、それは「定家の解釈」を復元することである。

それでは、「定家の解釈」を知る方法として、どのようなことが考えられるか。それは、次の四つに整理できる。

①『顕注密勘』など、定家の著述により知る。例えば、『顕注密勘』には、『百人一首』の中で『古今集』を出典とする歌について顕昭と定家が注を加えているものがある。それによって定家の解釈を知ることができる。

②定家の本歌取りによって知る。定家は、『百人一首』中の歌を本歌として歌を詠んでいる。それによって、本歌とした歌をどのように理解していたのかを窺い知ることができる。

③『定家八代抄』の配列や詞書によって知る。『定家八代抄』は、勅撰八代集の歌から定家が選歌して配列しなおしたものである。その配列の仕方や詞書によって、定家がその歌をどのように理解していたのかを推測することができる。

④定家の詠んだ歌によって語義やその用法を知る。『百人一首』中の歌に用いられている語を定家が自詠に詠んでいる場合がある。その用法を観察することにより、その語を定家がどのように理解していたかを知ることができる。

これらの方法はすでに先覚が用いてきたものばかりである。しかし、この方法を広く、また細部にまで行きわたらせるならば、『百人一首』の歌の解釈は、従来のものとはまったく異なるものとなる。そのことを本書によって示してみたいと思う。

長谷川哲夫

平成二十六年七月

凡例

一、本書は、『百人一首』全歌一〇〇首に注を付したものである。

二、最初に本文を掲げ、異同、語釈、通釈、出典、参考、余釈に分けて注釈を施した。以下、それぞれについての凡例を記す。

【本文】

1宮内庁書陵部蔵文安二年冬堯孝法印筆本『百人一首』を本文とした。樋口芳麻呂氏編『百人一首　宮内庁書陵部蔵　堯孝筆』（笠間書院刊　昭和46年12月）に拠る。

2作者名と歌本文を掲出した。

3歌頭に番号を付した。

4適宜本文に濁点を付した。

5繰り返し記号「ゝ」「〱」などは仮名に改めた。

6漢字・仮名は通行字体に統一した。

7歴史的仮名遣いを、（　）に入れて本文の右に傍書した。

8本文に誤脱と考えられる箇所がある場合にも訂せず、語釈項などで見解を示した。

【異同】

1底本とした堯孝筆本との本文異同を掲出する。

2歌本文のみの異同であり、作者名表記などの異同は対象から除外した。

3仮名遣いの違いについても、異同として掲出した。

4漢字・仮名の違いについては原則として掲出しなかったが、仮名遣いの違いがある箇所については、漢字書きであることを示したものもある。

5『百人一首』と密接な関係にある『定家八代抄』『百人秀歌』との本文異同も掲出した。なお、『百人一首』については、室町期以前のもの、もしくはその面影を伝えるもので、公刊されていて、かつ原態を知ることが可能なものを取り上げた。依拠した本文および略号は次のとおりである。

『定家八代抄』

安永…安永四年九月刊本『二四代集』。大坪利絹氏編『二四代集　全』（親和女子大学国文学研究室　平成2年3月）をも参照した。

袖玉…明和九年八月刊本『袖玉集』所収『二四代集』。

知顕…樋口芳麻呂氏蔵『八代知顕抄』。樋口芳麻呂氏『定家八代抄と研究（上）（下）』（未刊国文資料　昭和31年4月、昭和32年12月）の翻刻に拠る。

東急…大東急記念文庫蔵『八代集抄』。『大東急記念文庫善本叢刊　中古中世篇　第七巻　和歌Ⅳ』（汲古書院　平成17年12月）に拠る。


『百人秀歌』

時雨亭文庫蔵本。冷泉家時雨亭叢書　第三七巻『五代簡要　定家歌学』（平成8年4月）所収『百人秀歌』に拠る。


『百人一首』

為家…為家本（屋代弘賢模写本）『小倉山庄色紙和歌』。吉田幸一氏『百人一首　為家本・尊円親王本考』（笠間書院　平成11年5月）に拠る。

栄雅…久保田淳氏蔵・伝栄雅（飛鳥井雅親）筆『百人一首』。秋山虔氏・久保田淳氏『古今和歌集　王朝秀歌選』（尚学図書　鑑賞日本の古典3　昭和57年1月）の翻刻に拠る。

兼載…宮内庁書陵部蔵兼載筆本『小倉山庄色紙和歌』。有吉保氏・犬養廉氏・橋本不美男氏編『影印本　百人一首』（新典社　昭和41年3月）に拠る。

守理…九条家旧蔵仁和寺守理法親王御筆『小倉山荘色紙之和歌』。佐佐木忠慧氏編『百人一首―小倉山荘色紙之和歌―』（桜楓社　昭和53年12月）に拠る。

龍谷…龍谷大学図書館蔵本『自讃歌注　付百人一首』。龍谷大学善本叢書31『中世歌書集』（思文閣出版　平成25年5

月　責任編集大取一馬氏）に拠る。

応永…応永十三年奥書伝藤原満基筆本『小椋山庄色紙和歌』。久曽神昇氏・樋口芳麻呂氏編『御所本百人一首抄』（笠間書院　昭和47年4月）に拠る。

古活…明応二年奥書古活字本『小倉山庄色紙和歌』。吉田幸一氏編『影印本　百人一首抄〈宗祇抄〉』（笠間書院　改訂版　昭和57年4月）に拠る。

長享…長享元年奥書『百人一首古注』。吉田幸一氏編『百人一首古注』（古典文庫291　昭和46年9月）に拠る。

頼常…『百人一首頼常聞書』。『百人一首注釈書叢刊2』（和泉書院　平成7年3月　有吉保氏編）所収本に拠る。

頼孝…伝頼孝筆『小倉山庄色紙和歌』。有吉保氏・神作光一氏校注『小倉山庄色紙和歌』（新典社　昭和50年4月）に拠る。

経厚…『百人一首経厚抄』。『百人一首注釈書叢刊2』（和泉書院　平成7年3月　位藤邦生氏編）所収本に拠る。

上條…上條本『色紙和歌』。上條彰次氏編著『百人一首古注釈『色紙和歌』本文と研究』（新典社　昭和56年2月）に拠る。


6「小倉色紙」についても異同掲出を試みた。
①取り上げた歌については、『季刊墨スペシャル第02号　百人一首』（芸術新聞社）収載の渡部清氏「小倉色紙の成立とその美」の「表1　小倉色紙伝存一覧」に拠った。
②図版によって確認し得たものを記し、確認できなかったものは「未確認」とした。

③図版掲載の書籍と略号

集古…『集古十種』「法帖　定家卿真蹟小倉色紙」。

太陽…別冊太陽愛蔵版『百人一首』（平凡社　昭和49年11月）。

墨58…『墨　五十八号　特集百人一首』（芸術新聞社　昭和61年1月）所収の渡部清氏作品解説「藤原定家「小倉色紙」選」。

墨……『季刊墨スペシャル第02号　百人一首』（芸術新聞社　平成2年1月）所収の「小倉色紙の書」と渡部清氏「小倉色紙の成立とその美」。

入門…『百人一首入門』（淡交社　平成16年12月　有吉保氏・神作光一氏監修）所収の名児耶明氏「小倉色紙を読む　定家の書の特色とその展開」。

古典…『百人一首古注』（古典文庫291　昭和46年9月　吉田幸一氏編）。

定家様…『百人一首と秀歌撰』（風間書房　和歌文学論集9　平成6年1月）所収の名児耶明氏「定家様と小倉色紙」の「表7　定家筆跡に似る小倉色紙」。

【語釈】

1基本的に難語句や慣用語句を取り上げ、それに注を加えた。その語句の歌ことばとしての意味を理解するため、また、定家当時の理解の仕方を知るために、例歌、歌学書類を煩を厭わず引いた。

2枕詞・序詞・掛詞・縁語・見立て等の技巧についても指摘した。

3引用した歌の本文および番号は、特に断らない場合、『新編国歌大観』（角川書店）に拠り、歌学書は『日本歌学大系』（風間書房）に拠る。ただし、『日本歌学大系』の本文は、片仮名を平仮名に改めたり、漢字を通行字体に改めたりした箇所もある。また、句読点を私に改めた箇所もある。

【通釈】

饒舌になることを避け、できるかぎり原文に忠実にした。

【出典】

1出典の勅撰集を掲示した。本文は『新編国歌大観』（角川書店）に拠る。

2書名、歌番号、部立て、詞書、作者名表記、本文異同の順で示した。

【参考】

1定家の編著書、秀歌撰、歌学書、歌合・定数歌・家集、その他の順で掲出した。

2底本尭孝筆本との本文異同を示したが、『五代簡要』（時雨亭文庫蔵本）についてはその性質上全本文を掲示した。

3書名の下の漢数字は『新編国歌大観』の番号である。

4《参考歌》は当該歌の理解のために必要と思われる歌を掲げたものである。ここには本歌、影響歌、類想歌などを含む。

【余釈】

1語釈・通釈で意を尽くせない場合、ここでそれを補った。

2一首の言わんとする内容、歌の結構についての説明を加えた。

3当該歌の解釈に関する問題点を取り上げ、現在までの考えをまとめた。

4『百人一首』への選歌理由を考えてみた。

三、本書で引用した近世以前の主な『百人一首』の注釈書の本文、および略号は次のとおりである。ただし、引用に際し、仮名遣いはそのままとしたが、反復記号は元のかたちに戻した。また、句読点や濁点を私に付した箇所もある。

『宗祇抄』…明応二年奥書古活字本『小倉山庄色紙和歌』。吉田幸一氏編『影印本 百人一首抄〈宗祇抄〉』(笠間書院改訂版 昭和57年4月)に拠る。

『幽斎抄』…『百人一首抄』。細川幽斎著。『百人一首注釈書叢刊3』(和泉書院 平成3年10月 荒木尚氏編)所収彰考館蔵本に拠る。

『拾穂抄』…『百人一首拾穂抄』。北村季吟著。『百人一首注釈書叢刊9』(和泉書院 平成7年10月 大坪利絹氏編)所収本に拠る。

『改観抄』…『百人一首改観抄』。契沖著。『百人一首注釈書叢刊10』(和泉書院 平成7年8月 鈴木淳氏編)所収本に拠る。

『うひまなび』…『百人一首うひまなび』。賀茂真淵著。『百人一首注釈書叢刊16』（和泉書院　平成10年2月　大坪利絹氏編）所収本に拠る。

『燈』…『百人一首燈』。富士谷御杖著。『百人一首注釈書叢刊17』（和泉書院　平成8年2月　鈴木徳男氏・山本和明氏編）所収本に拠る。

『百首異見』…『百首異見』。香川景樹著。『百人一首注釈書叢刊19』（和泉書院　平成11年10月　大坪利絹氏編）所収本に拠る。

『基箭抄』…『百人一首基箭抄』。井上秋扇著。勉誠社文庫44『百人一首基箭抄』（勉誠社　昭和53年9月　小林祥次郎氏解説）に拠る。

『増註』…『百人一首増註』。加藤磐斎著。『百人一首増註』（八坂書房　昭和60年7月　青木賢豪氏解説）に拠る。

『雑談』…『百人一首雑談』。戸田茂睡著。『戸田茂睡全集』（国書刊行会　昭和44年11月）所収本に拠る。

『新抄』…『百人一首新抄』。石原正明著。文化四年九月刊本に拠る。

『一夕話』…『百人一首一夕話』。尾崎雅嘉著。岩波文庫（岩波書店　昭和47年12月　古川久氏校訂）に拠る。
※『応永抄』『長享抄』『頼常本』『頼孝本』『経厚抄』『上條本』については【異同】の凡例を参照のこと。
四、近代以降の引用文献については、該当箇所にそれを明示し、文献一覧はあえて載せなかった。その際、書籍は書

名、著者名、出版社を掲示し、刊行年は省略に従ったものもある。これは、出版されて一般に広く行われていることと、本文に揺れがないこと、他の本と混乱することは考えられないこと、などの理由により、発表の先後関係が問題とならない限り省略しても問題はないと判断したからである。なお、論文については発表された年月まで示した。

五、一〇〇首の歌を二〇のグループに分け、それぞれのグループ内の歌の配列について解説した。

1この二〇のグループについては、「『百人一首』の配列―『百人秀歌』から『百人一首』への改編―」(本書所収)の考察に基づくものである。

2本文は、本書での考察の結果を反映させたものを用いた。

3本文には適宜漢字を当て、また仮名に改めた。

4仮名遣いは、底本の表記に従った。

5「む」「ん」を「む」に統一するなど、表記を統一したものもある。

6作者名を本文の下の括弧内に示した。

7歌相互に関連の認められる本文の箇所に傍線を付した。その関係については、後に説明した。

本編

1

天智天皇

秋の田のかりほのいほのとまをあらみわが衣手は露にぬれつつ

【異同】

〔定家八代抄〕安永・袖玉・知顕・東急は底本に同じ。

〔百人秀歌〕底本に同じ。

〔百人一首〕為家・栄雅・兼載・守理・龍谷・応永・古活・長享・頼常・頼孝・経厚・上條は底本に同じ。

【語釈】○かりほ―「かりいほ（仮庵）」の約で、仮小屋のこととするのが通説。しかし、『顕注密勘』によると、定家は「刈穂」と理解していたことが知られる。余釈項を参照のこと。「数しらず秋のかりほをつみてこそおほくら山の名にはおひけれ」（『長秋詠藻』三〇八）。「霜まよふを田のかりほのさむしろに月ともわかずいねがての空」（『拾遺愚草』二三〇五）。○いほ―「いほ（庵）」は、『和名抄』（二十巻本・巻十・居宅類）に「庵室　和名伊保　草舎也」とする。○とまをあらみ―「とま（苫）」は、『和名抄』（二十巻本・巻十一・舟具）に「苫　和名度万　編菅茅以覆屋也」とする。菅や萱を菰のように編んだものとされるが、ここでは「刈穂の庵」なので藁を用いたものと考えてよいか。その「苫」で家を覆った。粗末な家であることを表している。「〜を〜み」は、いわゆるミ語法。現在では一般に、原因・理由を表すとされるが、定家がそのように理解していたとは断定できない。余釈項を参照のこと。「あら」は「粗し」の語幹であるが、粗くて隙間があるということをいっている。「露」「時雨」「月」などが「漏る」ものとして詠まれた。○衣手―「ころもで」は、袖のこと。『能因歌枕』に「袖をば衣《コロモ》でといふ」とする。○露―「衣手」（袖）との取り合わせから、涙を暗示するが、ここは、涙ならぬ露に、の意に解す。余釈項を参照のこと。○つつ―反復・継続の接続助詞であるが、この場合、いわゆる「つつ止め」で、余情を込める語法。『日本語文法大辞典』（明治書院）の「つつ」項目の補説（糸井通浩氏）には「「御格子どもみなあけわたし御几帳たてつつあるに」（宇津保・蔵開上）など、古語では、「つつあり」の例が多く見られるが、（略）この文末の述語「あり」などが省略された、言いさしの表現と見ることができよう」とする。『百人一首』では、ほかに四・一五番歌も同じ用法である。

【通釈】秋の田の刈穂で葺いた粗末な家の苫が粗い。私の袖は、露に濡れ続けて。

【出典】『後撰集』三〇二・秋中・「題しらず　天智天皇御製」。

【参考】『定家八代抄』三三二・秋上・「（題不知）　天智天皇御製」。『秀歌体大略』三四。自筆本『近代秀歌』四二。『秀歌大体』五四・秋。『八代集秀逸』一三。『百人秀歌』一。『五代簡要』「…いほのとまをあらみわが衣手はつゆにぬれつつ」。『古来風体抄』三一三・あめのみかどの御歌（天智）。『古今六帖』一一二九・かりほ・第二句「かりほすいほの」第三句「とまをせみ」。

《参考歌》

『万葉集』二一七八〔二一七四〕・作者不明

　秋田苅　借廬乎作　吾居者　衣手寒　露置尓家留

〔元暦校本の訓〕　※廣瀬本はこの箇所を欠く。

　あきたかる　かりいほをつくり　わがをれば　ころもでさむし　つゆぞおきにける

『新古今集』四五四・秋下・よみ人しらず

　秋田もるかりいほつくり我がをれば衣手さむし露ぞおきける

『後撰集』二九五・秋中・よみ人しらず

　秋の田のかりほのやどのにほふまでさける秋はぎみれどあかぬかも

『続後撰集』三八七・秋中・和泉式部

　秋の田のいほりにふけるとまをあらみもりくる露のいやはねらるる

『新勅撰集』二九九・秋下・人麿

秋田もるひたのいほりにしぐれふりわがそでぬれぬほすひともなし

『拾遺愚草』一三四七

ひきむすぶかりほの庵も秋暮れて嵐によわき松虫の声

『拾遺愚草』一九四三

ふし見山つまどふ鹿の涙をやかりほの庵の萩の上の露

『拾遺愚草』一三八四

秋の野に尾花かりふく宿よりも袖ほしわぶるけさのあさ露

【余釈】　秋の田の刈穂で葺いた粗末な宮殿は、屋根の苫が粗いので、そこから夜露が漏れ落ち、わが袖は夜ごとに濡れ続けることだ、という意の歌である。

「山田もる秋のかりほにおく露はいなおほせ鳥の涙なりけり」（『古今集』三〇六・秋下・忠岑）の歌について、『顕注密勘』では、顕昭が「かりほは、かりのいほ也。（中略）かりいほを詞を略してかりほと云也。かりほとは、刈穂《かりほ》かと申人あれど、其は別事也。此歌どもはまさしくかりいほなり」とするのに対して、定家は「山田もるといひては、まことに借廬うたがひなし。（中略）後撰には、かりほのいほといふ歌は刈穂也」としている。これによれば、定家は、この天智天皇の歌については「刈穂」の意に解しており、「仮庵」の意には掛詞としても解していなかったことが知られる。「柴の庵」「笹の庵」などの例から考えれば、刈り取った稲藁で葺いた質素な家ということである。したがって、収穫期の番小屋とは解し得ず、農夫の立場で詠んだ歌という解釈も成り立たなくなる。また、行宮のことと解すこともできない。常の御座所、宮殿のことと解さなければならないであろう。そうであるとすれば、質素な住まいに住んだ天皇の徳を定家はこの歌に読み取っていたものと推察される。天智天皇の歌として知られている「あさくらやきのまろどのに我がをれば名のりをしつつ行くは誰が子ぞ」（『新古今集』一六八九・雑中）の「きのまろどの（木の丸殿）」も、これは行宮のことではあるが、やはり質素な宮殿をいう。『十訓抄』（第一）に「円木にて造る故也。今大嘗会の時、黒木の屋とて、北野の斎場所につくるは彼の時の例なり。民を煩はさず、宮造りも倹約なるべきといふ由なり。唐尭の宮に土のはしを用ゐ、萱の軒を切らざりける例也」とする。定家も、天智天皇を中国の聖帝尭と重ねていたのではないかと想像される。

なお、天智天皇についてではないが、『方丈記』にも「伝へ聞く、いにしへの賢き御世には、あはれみを以て国を治め給ふ。すなはち、殿に茅ふきても、軒をだにととのへず」とする。これは仁徳天皇のことを念頭に置いたものであろう。『日本書紀』仁徳天皇元年条に「茅茨之蓋弗二割斉一也」とし、四年三月条に「宮垣崩而不レ造、茅茨壊以不レ葺。風雨入レ隙、而沾二衣被一」という記述がある。このあたりは、この天智天皇の歌の内容と重なってくるように思われる。

多くの注釈書は、「刈穂」よりも「仮庵」のほうが正しいとしている。本来の語義としてどちらが正しいかはしばらく措き、『百人一首』の歌として読むならば、定家の理解に即して読むべきであろう。

「あらみ」の「み」について、定家はどのように理解していたのであろうか。平安時代から鎌倉時代にかけての歌学書では、『和歌色葉』は「山たかみ谷ふかみ、此みの字は、しといふ詞也。みとしとは同じひびき也。そこきよみ、くさしげみ、おなじこころなり」とする。「無み」について『和歌色葉』には「なみとは、無きなり」とし、『色葉和難集』は「和云、なみとは、なしといふことばなり」とする。また、「べみ」について『能因歌枕』は「べみとは、べしといふ事也」とする。「無み」はほかに『初学抄』が取り上げ、「べみ」は『綺語抄』『奥義抄』『初学抄』『色葉和難集』『八雲御抄』などが取り上げており、同様の説明が加えられている。また、「唐衣うつ声聞けば月清みまだ寝ぬ人をそらにしるかな」（『新勅撰集』三二三・秋下・貫之）、「月清み千鳥鳴くなり沖つ風ふけひの浦のあけがたの空」（『新勅撰集』四〇四・冬・俊成）、「月清み羽うちかはしとぶ雁の声哀なる秋風の空」（『拾遺愚草』六八四）などの詠歌例があり、これらの例は原因・理由とは解せない。これら歌学書や詠歌例の状況から見て、定家やその当時の歌人には「み」が原因・理由を表すという意識は稀薄であったのではないかと見られる。確かに、解釈上、原因・理由として解すことができるものが多いのであるが、それは「み」自体の表す意味ではなく、文脈によるものと判断される。したがって、この「み」に原因・理由を表すと注釈を付けることは慎重にならなければならない。

「わが衣手は露に濡れつつ」について、この「露」が涙をいうものかどうかで解釈が分かれる。涙の意に解せば、恋や述懐の意を読み取ることになるが、『定家八代抄』では「秋上」に部類し、「露」や「萩」を詠んだ歌の中に配しているので、そのまま「露」の意に解した。

また、「露に濡れつつ」について、『百首異見』は、『改観抄』『うひまなび』が連夜のことと解することを批判して、「打つけに侘たらん当夜の賤が意には打あはぬもの也」として、「こは、秋の長夜のよもすがら暁かけて守袖のひたすらぬれかへる一夜のさまにぞ侍らん」としている。しかし、右に述べたように、「刈穂の庵」が農夫の一時的な番小屋ではなく、質素な皇居のことと考えれば、秋になって夜ごとに露に濡れると理解するほうがその趣に適うものであろう。

天智天皇は平安時代の皇統の祖として尊崇されていたという捉え方がある。それは確かにそのような面もあろうが、定家にそのような意識があったとするのは疑問である。定家には、天智系も天武系もなかったのではなかろうか。例えば、慈円の『愚管抄』も天武天皇を優れた人物として捉えており、天智系の天皇を特別視しているようには読めない。慈円は藤原摂関家の出身であり、定家も藤原道長に遡ることのできる家系である。皇統というよりも、藤原氏の祖である鎌足を補佐役として重用し、いわゆる大化の改新によって律令国家としての国作りを推進した天皇という意識のほうが強かったのではなかろうか。すなわち、定家の時代に至るまでの国あるいは政治の基を築いた天皇という位置づけである。

この歌はもともと天智天皇の歌ではないという見方が現在では有力である。賀茂真淵は『うひまなび』で「秋《アキ》田《タ》苅《カル》　借《カリ》廬《ホ》乎《ヲ》作《ツクリ》　吾《ワレ》居《ヲレ》者《バ》　衣《コロモ》手《デ》寒《サムク》　露《ツユ》置《オキ》尓《ニ》家《ケ》留《ル》」（『万葉集』二一七八（二一七四）・作者不明、訓は『うひまなび』の本文による）の訛伝とする。しかし、かりにそれが事実であったとしても、この原歌とされる歌は『新古今集』に撰入されている（参考項を参照）ところから見て、当時は別の歌という認識であったものと考えられる。有吉保氏『百人一首全訳注』（講談社学術文庫）、吉海直人氏『百人一首の新考察』（世界思想社）などにもその指摘がある。そして、定家は『後撰集』の作者名表記や伝承に拠り、天智天皇の作とした。

この天智天皇の歌は、父俊成の『古来風体抄』にも選ばれているが、定家は『定家八代抄』『秀歌体大略』『近代秀歌（自筆本）』

『秀歌大体』『八代集秀逸』などにも選んでいる。とりわけ、『八代集秀逸』では『後撰集』の秀歌十首のうちの一首に選ばれており、その評価の高さのほどが窺われる。その評価には、この歌の作者が右に述べたような天智天皇であるということが重要な意味をもっていたのではなかろうか。この天智天皇の一首が存在したからこそ、『百人一首』という和歌の歴史を編むことが企図されたと言っても過言ではないのである。

持統天皇

2　春すぎて夏きにけらし白妙のころもほすてふあまのかぐ山

【異同】

〔定家八代抄〕**白妙**―しろたえ（知顕）―しろたへ（東急）―安永・袖玉は底本に同じ。

〔百人秀歌〕底本に同じ。

〔百人一首〕**白妙**―しろたえ（為家）―しろたへ（守理・古活・頼孝・上條）―栄雅・兼載・龍谷・応永・長享・頼常・経厚は底本に同じ。

【語釈】○けらし―従来「けるらし」の約と説かれてきたが、「けり」に対する形容詞形とする説のほうが現在では有力。「なり」に対する「ならし」と同様である。『初学抄』に「けらし　けり也」とし、『八雲御抄』にも同様の記述が見える。定家の時代には推定の意をあまり意識していなかったものと思われる。「けり」よりも柔らかな言い方と捉えていたか。「筒井つの井筒にかけしまろがたけ過ぎにけらしな妹見ざるまに」（『伊勢物語』第二三段）、「よをさむみまがきのくさをみわたせばけさぞはつしもおきにけらしな」（御所本三十六人集『能宣集』五四）、「あきさむくなりにけらしなやまざとのにはしろたへにてらす月かげ」（『道済集』三

○一）などの例は推定で解すことは困難である。○白妙の—為家本は「しろたえ」とするが、定家の仮名の用法としては「しろたへ」が正しい。現存定家自筆本三代集は「しろたへ」とし、『下官集』も「しろたへ」とする。穂久邇文庫蔵伝為家筆定家自筆識語本『新勅撰和歌集』（日本古典文学影印叢刊13）も「しろたへ」とする。歴史的仮名遣いも「しろたへ」。「しろたへ」の原義は、「白栲」で、楮《こうぞ》の樹皮から採った繊維で織った白い布のこととされる。『万葉集』ですでに「白妙」と書かれ、平安時代にはその原義は忘れ去られ、こまやかで美しい意の「妙」を想起していたものと考えられる。定家も漢字で書くときには「白妙」の字を当てる。枕詞として「衣」「袖」など衣服に関する語や、「月」「波」「雪」など白いものにかかる場合がある。ただし、白いという実質的な意味も生きており、「白妙に」という言い方もある。『喜撰式』『俊頼髄脳』などに「衣」の異名として挙げられ、『能因歌枕』に「白たへとは、ただしろきを云」とする。○てふ—「といふ」の約まった語。『和歌色葉』に「てふとは、といふといふ詞なり」とする。○あまのかぐ山—天の香具山。大和国の歌枕。現在の奈良県橿原市。「あまのかご山」という形でも詠まれた。耳成《みみなし》山、畝《うね》傍《び》山とともに大和三山とされる。持統天皇の都藤原京の宮殿のすぐ東に位置した。標高一五二メートル。歌にはかなり高い山というイメージで詠まれた。「かごやまのしら雲かかるみねにてもおなじたかさぞ月はみえける」（『詞花集』三〇二・雑上・嘉言）。『八雲御抄』に「あまのかご山」として「あまの石戸をおしひらき給所也。かご山とも。久方の—。わすれ草。霞。雲。〔鹿具山とも〕衣ほす。神鏡奉レ鋳所也。みねのまさかき。俊成歌也。あまのかご山はあまりにたかくて、そらのかのかがえくるによりていふと、日本紀に見えたりと云り」とする。

【通釈】春が過ぎ去って、夏がやって来たことです。白く美しい衣を干すという天の香具山よ。

【出典】『新古今集』一七五・夏・「題しらず　持統天皇御歌」。

【参考】『定家八代抄』一九八・夏・「題不知　持統天皇御製」。『秀歌体大略』一七。『秀歌大体』三二・夏。『百人秀歌』二。『五代簡要』「白妙の衣乾有あまのかぐ山」。『古来風体抄』一六・（万葉集）・天皇御製　持統天皇・二句「夏ぞ来ぬらし」四句「衣かわかす」。『五代集歌枕』四句「衣ほしたる」結句「あまのかご山」。『家持集』七八・二句「なつぞきにける」四句「ころもほしたり」

結句「あまのかごやま」。

『万葉集』二八・持統天皇

春過而　夏来良之　白妙能　衣乾有　天之香来山

〔廣瀬本の訓〕

はるすぎて　なつきにけらし　しろたへの　ころもかはかぬ　あまのかごやま

《参考歌》

『好忠集』四九五

よはをわけはるくれ夏はきにけらしとおもふまなくかはるころもで

『拾遺愚草』一二二一

大井河かはらぬゐせきおのれさへ夏きにけりと衣ほすなり

『拾遺愚草』一九八七

白妙の衣ほすてふ夏のきてかきねもたわにさける卯花

『拾遺愚草』二二五八

花ざかり霞の衣ほころびて峰白妙のあまのかぐ山

【余釈】『万葉集』の原歌は、現在では「はるすぎて　なつきたるらし　しろたへの　ころもほしたり　あめのかぐやま」と訓まれている。しかし、平安時代後期には訓み方は一様ではなかった。『校本万葉集』に拠れば、第二句を、元暦校本や類聚古集では「なつそきぬらし」となっており、俊成の『古来風体抄』の採った本文と一致している。しかし、廣瀬本では「なつきにけらし」となっており、『五代集歌枕』もそのようになっている。『新古今集』に選ぶに際してはこの本文を採ったのであろう。第四句は、元暦校本は「ころもかはかる」とし、類聚古集や廣瀬本・冷泉家本などは「ころもかはかぬ」となっている。片仮名の「ヌ」と「ス」の字形の近似による誤写の可能性も考えられる。「かはかす」ならば、『古来風体抄』の本文と一致する。「ころもほすてふ」という『新古今集』の形は細井本のみである。『五代簡要』は「衣乾有」と『万葉集』のかたちのまま記しており、訓が定めがたかったことを窺わせる。結句は、元暦校本・類聚古集・廣瀬本・冷泉家本など「あまのかこやま」である。平安時代後期には「かごやま」とも「かぐやま」とも詠まれていた。『万葉集』では「香具山」「芳山」などと表記されているので「かぐやま」を採ったものであろうか。『五代簡要』も「あまのかぐ山」である。

『新古今集』の本文は、『万葉集』の当時の訓に拠ったものと考えてよいかと思われるが、第四句の「ころもほすてふ」には多少不審な点が残る。『千五百番歌合』の藤原良経の歌「くもはるるゆきのひかりやしろたへの衣ほすてふあまのかぐ山」（二〇一二・千七番左）が「ころもほすてふ」の初出である。もちろん、この歌は持統天皇の歌を本歌として詠んだものである。そして、この歌の存在を根拠にして、島津忠夫氏『百人一首』（角川文庫）や吉海直人氏『百人一首の新考察』（世界思想社）などは、「ころもほすてふ」の本文が『新古今集』撰進以前に存在していたと見ている。しかし、第三句以下結句までが本歌と全く一致しており、本歌の詞を取りすぎている感があり、ここにかえって少々疑念が生じてくる。本歌では「ころもほしたる」などとあったのを、良経が自らの歌では「ころもほすてふ」と伝聞の形に詠みかえたという可能性を考えてしまうのである。良経は同じ『千五百番歌合』で「やまひめのたきのしらいとくりためておるてふぬのは夏衣かも」（九〇二・四百五十二番左）と詠んでいる。これも古歌に基づいて伝聞的に詠んだものである。もしも、良経の歌が先であるならば、『新古今集』の本文は撰者らによって改変された可能性が出てくる。この可能性を否定するには、この良経の歌以外に、『万葉集』の歌の訓として、明らかに『新古今集』以前に「ころもほすてふ」と訓んでいた証拠か、あるいはしかるべき論証が欲しいところである。

『百人一首』は『新古今集』から選んだものであるから、「かわかす」や「ほしたり」ではなく、あくまでも「ほすてふ」で解すべきである。とくに「ほしたり」で解すと、眼前に衣服を干してあるのを見て夏の到来を実感したというような歌意になる。多くの注釈書がこの解釈に引きずられてしまっている。しかし、「ほすてふ」であるから、干した衣服を見ているわけではない。人々がそのように言うということである。そこには、今日夏になったからには、干してある衣服をこれから実際に目にするのだという期待感も表されている。あるいは、『新古今集』の「夏」部巻頭に据えるに際して、「ほしたり」ではなく、「ほすてふ」という本文を採用した理由もそのへんにあったのかもしれない。夏の到来も、干した衣服からではなく、暦によって知ったと解さなければならない。

この歌は、『新古今集』の配列の上から、一般に「更衣」の歌とされている。『後撰集』以来、「夏」部は「更衣」の歌から始まるとされる。しかし、『定家八代抄』では「夏」部の四首目に置かれており、春から夏への移ろいを詠んだ歌の一つとして捉えられている。『定家八代抄』では重之の「はなの色にそめし袂のをしければ衣かへうきけふにも有るかな」という「更衣」を詠んだ歌との間に「卯月に咲ける桜」の歌を一首挟んでいるので、この持統天皇の歌を必ずしも「更衣」の歌とは捉えていなかったようである。定家の意識としては、やはり「首夏」の歌ということであろう。

「白妙の衣」は、古来諸説あるが、夏の白い衣服と解してよいと思われる。定家は、「夏衣たつた河らをきてみればしのにおりはへ波ぞほしける」（『拾遺愚草』一〇三二）、「夏衣おりはへてほす川浪をみそぎにそふるせぜのゆふしで」（『拾遺愚草』二一〇五）と詠んだり、『新勅撰集』に「首夏」の歌として「けふよりは波にをりはへなつ衣ほすやかきねのたま河のさと」（一四〇・夏・道家）を撰入したりしている。これらの歌によって、夏に干す衣服は、冬や春の衣服ではなく、「夏衣」だと考えていたことが知られる。なお、小林一彦氏「天の香具山の衣―百人一首古注を窓に持統天皇歌を読む―」（『魚津シンポジウム』10 平成7年3月、『百人一首研究集成』〈和泉書院〉所収）は、「白妙の衣」を「卯の花」とする説を批判し、「夏衣」と解されていたと考えるほかはないとする。従うべき説である。

この歌は、俊成の『古来風体抄』に選ばれている。歌集の順序に従ったものとはいえ、『万葉集』の例歌の最初にこの歌を挙げている。そして、『新古今集』では、撰者名注記（後藤重郎氏『新古今和歌集の基礎的研究』〈塙書房〉所載「撰者名註記一覧表」）によれば、通具・定家・家隆・雅経らが推したことが知られる。また、隠岐本にも削られることはなかった。さらに、本歌取りの本歌としてもしばしば詠まれている。様々な発想を喚起する力をこの歌はもっていたということであろう。これらのことから、この時代には多くの支持を得ていたことが窺われる。また、機織り・染め物・縫製等の衣服の製作や管理は女性の仕事であったことから、それを歌に詠み込んでいることに女帝らしさが感じられたという面もあったのかもしれない。

柿本人麿

3

あし曳の山どりのお〔を〕のしだりお〔を〕のながながしよをひとりかもねん

【異同】

〔定家八代抄〕　山とりのお—山とりのを（東急）—山鳥の尾（安永・袖玉）—知顕は底本に同じ。したりお—したりを（東急）—したり尾（安永・袖玉）—知顕は底本に同じ。

〔百人秀歌〕　山とりのお—山とりのを。したりお—したりを。

〔百人一首〕　山とりのお—山とりのを（守理・応永）—山鳥の尾（為家・兼載・龍谷・古活・長享・頼常・経厚・上條）—栄雅・頼孝は底本に同じ。したりお—したりを（為家・守理・応永・長享・経厚・上條）—栄雅・兼載・龍谷・古活・頼常・頼孝は底本に同じ。

〔小倉色紙〕　山とりのお—やまとりのを。陽明文庫蔵。（入門・定家様）

【語釈】　○あし曳の—古くは「あしひきの」と清音だったが、平安時代末期頃から「あしびきの」と第三音節が濁音となったとされる（『日本国語大辞典　第二版』）。秋永一枝氏『古今和歌集声点本の研究』（校倉書房　昭和49年）によれば、『古今集』の声点本の一部（伏見宮家本、家隆本、毘沙門堂本古今集註）に濁音になっているものが認められる。『日葡辞書』は「Axibiqi」とあり、濁音。「山」にかかる枕詞。語義・かかり方ともに未詳。平安時代から鎌倉時代にかけての歌学書は「あしびき」を「山」の異名と捉え、語義については諸説あったことが知られる。定家は『顕注密勘』で「あし引の事、此等説たれも申置たり。久方、足引など云て、かく云つづけつる事、今はたどりしるべからずとぞ侍し。足びきなどよむ人侍なれど、ただ葦びきとのみ申されき」とし、『僻案抄』には「至愚説には、ただ山をばあしびき、そらをばひさかたとよむとばかりにて、凶日来、足をひく、膝の形などいふ事はしらず」としている。『八雲御抄』も「所詮只あし引は山〔の〕名也。子細〔は〕何れにてもありなん」としている。ちなみに、現存する定家自筆の三代集では、漢字を当てる場合、「葦引の」としており、「足引の」の例はない。○山どり―「山鳥」はキジ科の鳥。キジに似て尾羽が長いが、羽色は赤銅色。山鳥の雌雄は、夜、山を隔てて別々に寝るとされていた。山鳥のこの習性については、古くは『万葉集』に「足日木能　山鳥許曽波　峰向尓　嬬問為云」（一六三三〔一六二九〕・家持、廣瀬本の訓「（あしひきの　やまどり）こそは　をのうへに　つまどひすてふ」）と詠まれた。また、『枕草子』の「鳥は」の段に「谷隔てたるほどなど、心苦し」と記され、『源氏物語』には「よろづに思ひ明かし給ふ。山鳥のここちぞしたまうける」（夕霧巻）、「夜半の嵐に、山鳥のこごちして明かしかね給ふ」（総角巻）、「嘆きがちにて、例の、遠山鳥にて明けぬ」（総角巻）等と書かれている。歌学書では、『俊頼髄脳』に「山鳥といふ鳥のめをとこはあれど、よるになれば山尾をへだててひとつ所にはふさぬものなれば」とする。『奥義抄』にも「ふるくはなほ山の尾をへだててぬとぞいひならはせる」とする。このほか、『綺語抄』『童蒙抄』『袖中抄』『和歌色葉』『袖中抄』『色葉和難集』等の諸書にも見える。「ひるはきてよるはわかるる山どりのかげ見る時ぞねはなかれける」（『新古今集』一三七二・恋五・よみ人しらず）。○しだりお―「しだり」は四段動詞「しだる（垂）」の連用形が名詞化したもの。垂れ下がった尾の意。「尾」は歴史的仮名遣いでは「を」が正しいが、定家の仮名遣いでは「お」と表記する。○ながながしよ―「ながながし（長々）」は形容詞の語幹による古い連体法。『万葉集』の訓としても正しいことが山田孝雄氏によって論証されている（『万葉』17号所載「百人一首の柿本人丸の歌」昭和30年10月）。また、この「夜」は秋の夜と考えてよいであろう。「誰きけと声高砂にさをしかのながながしよをひとりなくらん」（『後撰集』三七二・秋下・よみ人しらず）。「ひとりかも月はまちいでてくれたけのながながしよを秋かぜぞふく」（『秋篠月清集』九七五）、「我がこころ春の山辺にあくがれてながながし日をけふもくらしつ」（『新古今集』八一・春上・貫之）。○かも―「か」は疑問、「も」は詠嘆の助詞と現代では説明される。『古来風体抄』に「ひちてといふことばや、いまのよとなりては、すこしふりにて侍らん。つも・かも・べらなりなどはさることにて、それよりつぎつぎすこしかやうなることばどもの侍なるべし」とあり、「かも」は古風な詞と感じられていた。また、『初学抄』に「かも　か也」「もの字は、助字也」とし、『和歌色葉』も同様に記す。『顕注密勘』にも『古今集』一〇七二番の「しものふりはも」の注で顕昭は「しもはと云に、はもと、たすけこと葉に、も文字をいひつる也。たとへば、かも・しも・ぞもなど云がごとし」と説明しており、「も」を助字と解し、意味をほとんど意識していなかったものと思われる。

【通釈】山鳥の尾のしだり尾が「長い」ように、長い夜を、独り寝るのであろうか。

【出典】『拾遺集』七七八・恋三・「（題しらず）　人まろ」。

【参考】『定家八代抄』一一二一・恋三・「（題不知）　人丸」。『秀歌体大略』九七。自筆本『近代秀歌』九一。『秀歌大体』九三・恋。『八代集秀逸』二六。『百人秀歌』三。『三十人撰』八。『三十六人撰』八。『深窓秘抄』七四・恋・ひとまろ・第三句「しだりのを」。『和漢朗詠集』二三八・秋夜・人丸。『俊成三十六人歌合』二。『時代不同歌合』三。『古今六帖』九二四・山どり・結句「わがひとりぬる」。『人丸集』二一二。

『万葉集』二八一三（二八〇二）・作者不明（或本歌云）

　足日木乃　山鳥之尾乃　四垂尾乃　長永夜乎　一鴨将宿

〔類聚古集の訓〕※廣瀬本は訓を付さず。

　あしひきの　やまどりのをの　しだりをの　ながながしよを　ひとりかもねむ

《参考歌》

『古今六帖』一三五九・にはとり・作者名不記

3　あし曳の山どりのおのしだりおのながながしよをひとりかもねん

庭鳥のかけのたりをのしだりをのながながしよをひとりかもねん

『拾遺愚草』一〇五一（『新古今集』四八七・秋下）

ひとりぬる山どりのをのしだりをに霜おきまよふとこの月影

『拾遺愚草』二三二八

うかりける山どりのをのひとりねよ秋ぞ契りしながき夜にとも

【余釈】「長い」ものといえば山鳥の尾のしだり尾であるけれども、そのように長い秋の夜を、山鳥のように独り寂しく寝るのであろうか、という意の歌である。

「あしびきの」という枕詞により「山鳥」を導き、「山鳥の尾のしだり尾の」という序詞によって「ながながし」を導いて主想へ続けた。「山鳥の尾のしだり尾の」が「ながながし」の喩えとなっているばかりではなく、山鳥は夜になると雌雄が別れて寝る習性があると当時は考えられていたので、独り寝を嘆くこの歌の主意と微妙に響き合っているところがすぐれている。『俊頼髄脳』をはじめ、『綺語抄』『童蒙抄』『奥義抄』『和歌色葉』等もその点に注目している。

『定家八代抄』の配列から見て、契りを交わした相手に何らかの事情で逢うことができず、そのつらい思いを詠んだ歌として、定家は理解していたものと推察される。また、「ながながし夜」という詞続きや「かも」という語などにより、上代の古風を感じさせる歌であったと想像される。

『綺語抄』に「やまどりのをどりのしだりをといふなり」とあり、「山鳥のを」の「を」を「尾」ではなく「雄」とする説のあったことが知られる。つまり、「山鳥の雄のしだり尾」と解すのである。そして、「あしびきの山どりのをのひとをこえ人のみしこにこふべきものか」（『万葉集』二七〇二〔二六九四〕・作者不明、『綺語抄』の本文による）の歌を証歌として、「此歌にてぞ、まことにやまどりのをどりとはみえたる」としている。『奥義抄』は「この歌に山鳥のをとあるは尾にあらず、雄なり、をどりのしだりをのといふ也と申す義も侍り。さもありなむ」としている。この説は、『童蒙抄』『和歌色葉』にも見える。定家は、この歌を本歌にして、「うかりける山どりのをのひとりねよ秋ぞ契りしながき夜にとも」（『拾遺愚草』一二三二八）と詠んでいる。詠んだのは、『拾遺愚草』によれば、建久六年（１１９５）頃である。この歌の場合、「憂かりける山鳥の尾の独り寝よ」よりも「憂かりける山鳥の雄の独り寝よ」のほうが意味がよく通るようである。ここから考えると、定家も「山鳥の雄」と捉えていたようでもある。しかし、定家の仮名の用法として、例えば、「男」「雄」の意と考えられる「をのこ（男）」「をしか（牡鹿）」のような場合、「を」と表記する。これに対して、例えば「をのへ（尾上）」の場合、「おのへ」のように「お」と表記する。時雨亭文庫蔵定家自筆本『拾遺愚草』（冷泉家時雨亭叢書所収）は「山どりのおの」とある。したがって、表記の上からは「尾」である。『拾遺愚草』一〇五一番も「山どりのおのしだりおに」と自筆本では表記されている。あるいは、後年になって、「尾」と解するようになったのかもしれない。定家自筆本『近代秀歌』は残念ながらこの歌の部分が欠脱しているが、定家自筆本『拾遺和歌集』（久曽神昇氏『藤原定家筆拾遺和歌集』〈汲古書院〉）には「山鳥の尾のしだりおの」と「尾」を漢字で表記していることから、「雄」ではなく「尾」と理解していたことがはっきりと知られる。「小倉色紙」は「やまどりのをのしだりおの」とある。この表記に拠れば「山鳥の雄のしだり尾の」の意となる。これをどのように考えたらよいのか、不審としなければならない。

平安時代中期以降、人麿の代表的名歌といえば、「ほのぼのと明石の浦の朝霧に島がくれ行く舟をしぞ思ふ」（『古今集』四〇九）であったと思われる。この歌は、『古今集』では「よみ人しらず」で、左注に「このうたは、ある人のいはく、柿本人麿が歌なり」とされた歌であったが、『人丸集』に載り、『古今六帖』では作者を人麿としている。そして、藤原公任は、『九品和歌』でこの明石の浦の歌を「上品上」に位置づけ、『三十六人撰』をはじめとする諸秀歌撰にも人麿の秀歌として選んでいる。その後、人麿影供において、画讃に書き添えられ、吟詠されたという（『古今著聞集』巻五）。定家の父俊成は、『古来風体抄』にこの明石の浦の歌を選んで「柿本朝臣人麿歌なり。この歌、上古・中古・末代まで相叶へる歌なり」と絶讃しているが、『俊成三十六人歌合』には選んでいない。

さて、この山鳥の歌は、『万葉集』には作者不明の「或本の歌」として載っている。したがって、現在では人麿の作ではないと考えられている。しかし、『拾遺集』には作者を人麿としており、公任も『三十六人撰』や『和漢朗詠集』などの秀歌撰において人麿の歌として選んでいる。定家もこの『拾遺集』の作者名表記や伝承に依拠して人麿の歌としたものであろう。定家は、この山鳥の歌を『定家八代抄』『秀歌体大略』『近代秀歌（自筆本）』『秀歌大体』『八代集秀逸』などに選んでいる。『八代集秀逸』では、人麿の歌としてはこれ以外の歌は選んでいない。こうした点から、定家はこの歌を人麿の歌として最も優れた歌と考えていたものと推察されるのである。

4

山辺赤人

たごのうらにうち出てみればしろたへのふじのたかねに雪はふりつつ

【異同】

〔定家八代抄〕　しろたへ―白妙（安永・袖玉・知顕・東急）。

〔百人秀歌〕　しろたへ―白妙。

〔百人一首〕　しろたへ―白妙（為家・龍谷・応永・古活・長享・頼常・経厚）―白たへ（栄雅・守理）―兼載・頼孝・上條は底本に同じ。

〔小倉色紙〕　底本に同じ。（集古）

【語釈】　○たごのうら―田子の浦。駿河国の歌枕。現在の静岡県富士市。余釈項を参照のこと。○うち出てみれば―「うちいづ」は、眺望のきくところに急に出る意。ここでは、田子の浦のこと。「みれば」は、見るとの意。「しはつ山うちいでて見ればかさゆひのしまこぎかくるたななしをぶね」（『古今集』一〇七三・大歌所御歌）、「相坂乎　打出而見者　淡海之海　白木綿花尓　浪立渡」

（『万葉集』三二五二〔三二三八〕・作者不明、廣瀬本の訓「あふさかを　うちいでてみれば　あふみのうみの　しらゆふばなに　なみたちわたる」）、「わかのうらにうちいでて見ればあはぢしま月になみこすやへのしほかぜ」（『夫木抄』一一四四一・定家）。○しろたへの―二番歌の語釈項を参照のこと。ここでは、「高嶺」にかかる。余釈項を参照のこと。○ふじのたかね―富士の高嶺。富士山は、駿河国の歌枕。『能因歌枕』『五代集歌枕』『初学抄』『八雲御抄』など何れも駿河とし、『建保名所百首』でも駿河とする。現在の静岡県と山梨県の境に聳える山。標高三七七六メートル。「たかね（高嶺）」は、高い峰のこと。『和歌色葉』に「たかねとは、山のみね也」とし、『八雲御抄』には「峰ならねど山の高き所なり」とする。○つつ―反復・継続を表す。一番歌の語釈項を参照のこと。

【通釈】田子の浦に出て、遠く見やると、白く美しい富士の高嶺に雪は降り続いて。

【出典】『新古今集』六七五・冬・「だいしらず　赤人」。

【参考】『定家八代抄』五六三・冬・「題不知　赤人」。『秀歌大体』九一・冬。『百人秀歌』四。『五代簡要』「たごのうらふじのたかね」（「しろたへの」と傍書）。『五代集歌枕』五五〇・結句「雪ぞふりける」。『初学抄』一四六・両所を詠歌。『定家物語』九・結句「ゆきぞふりける」。『千五百番歌合』（千二十八番判詞所引本文）・結句「雪はふりにけり」。

『万葉集』三二一〔三一八〕・赤人

田児之浦従　打出而見者　真白衣　不尽能高嶺尓　雪波零家留

〔廣瀬本の訓〕

たごのうらに　うちいでてみれば　しろたへの　ふじのたかねに　ゆきはふりける

【余釈】作者名の表記は、『万葉集』では「山部」であり、定家の表記は、自筆本『拾遺集』に拠れば、「山邊」である。ただし、穂久邇文庫蔵伝為家筆定家自筆識語本『新勅撰和歌集』（日本古典文学影印叢刊13）に拠れば「山部」である。

『万葉集』の原歌は、現在の訓によれば、「たごのうらゆ　うちいでてみれば　ましろにぞ　ふじのたかねに　ゆきはふりける」

と訓まれている。『百人一首』と比較すると、まず、初句の「たごのうらに」は「たごのうらゆ」となっている。『校本万葉集』によれば、当時は「たごのうらゆ」という訓はまだ存在せず、「たごのうらに」と訓まれていたことが知られる。そして、第三句「しろたへの」は現在の訓では「ましろにぞ」となっている。類聚古集・古葉略類聚鈔・神田本・廣瀬本などは「しろたへの」になっている。元暦校本は第三巻を欠くので、明らかではない。『五代集歌枕』『初学抄』『千五百番歌合』（千二十八番判詞所引本文）も「しろたへの」である。結句「ゆきはふりつつ」は現在の訓では「ゆきはふりける」になっている。類聚古集の訓が「ゆきはふりつつ」となっているほかは、「ゆきはふりける」のようである。『五代集歌枕』は「雪ぞふりける」で、『初学抄』は「ゆきはふりつつ」、『千五百番歌合』（千二十八番判詞所引本文）は「雪はふりにけり」となっている。万葉仮名本文は「雪波零家留」であるから、これをそのまま訓めば、「ゆきはふりける」であろう。しかし、何れの場合も『新古今集』撰進当時伝えられた訓の中から本文を選定したものと思われる。

現在の訓に従って初句を「たごのうらゆ」と訓めば、「ゆ」は動作の経由点を示す助詞ということになる。田子の浦を通って（さらに進み）、（峠など）眺望のきく所に出ると、の意となる。田子の浦は経由地点であって、富士山を田子の浦から眺めているわけではない。「たごのうらに」ならば、山など木々に覆われた所から、見晴らしの良い田子の浦に出ると、の意となり、田子の浦から富士山を眺望することになる。作者の赤人は前者の意に詠み、平安時代の人々や定家は後者の意に解していたと考えられる。なお、田子の浦の所在については、前者に従って、古くは富士川河口の西、蒲原・由比あたりの海岸をいったものとされる。しかし、後者の解釈により、富士山のよく見える富士川河口の東、現在の田子の浦が比定されることになった。

第三句の現在行われている「ましろにぞ」という訓と『新古今集』当時の訓である「しろたへの」を比較すると、「ましろにぞ」は強く直截的すぎて歌の言葉としては少々卑俗な印象を与える。仮にこのような訓が存在したとしても、また、それが赤人が詠んだそのままの形であったとしても、平安時代の歌人たちには受け入れられなかったかもしれない。

結句「雪波零家留」をどのように訓むか、平安時代の人々は意外に苦慮したのではなかろうか。そのまま訓めば「ゆきはふりける」なのであるが、なぜ「ける」という形になっているのかが、第三句を「ましろにぞ」と訓まなければわからないからである。そこで、『五代集歌枕』のような「ゆきぞふりける」という形にもなっているのであろう。ただし、この場合、「波」の字をを「ぞ」と訓むという新たな齟齬が生じる。そのような中で、『新古今集』の撰者たちは、「雪波零家留」という万葉仮名の本文からは離れるが、その美意識に基づいて「ゆきはふりつつ」という余情を含んだ形を選んだのであろう。その結果として『初学抄』にある形を良しとしたのである。平安時代の歌人たちによって案出され、伝承された形を、『新古今集』の撰者たちは受け入れたのである。また、「ゆきはふりける」では、『新古今集』入集の際、「冬」部に入れることはできなかったであろう。富士は一年中雪が降り積もっていると歌には詠まれるからである。『百首異見』は「雑の部などに入べきにや」としている。あるいは、「羇旅」部に入れられるということにもなろうか。しかし、「ゆきはふりつつ」であれば、雪がさらに降り重なるという意になり、「冬」部にふさわしくなる。「冬」部に入れるための本文選定という面もあったかと推察される。『拾穂抄』に「師説、降りつつとは、此山の雪は常《ツネ》にふりつみて見《ミ》事なるに、今も猶また降りつつ見事なる心をいひふくめたる也。其故に、新古今にも此歌冬部に入たるとなり」とする。ちなみに、「師説」は、松永貞徳の説である。また、久保田淳氏『新古今和歌集全評釈』（講談社）にも「清輔の訓に拠ったことによって、この歌は冬の歌に位置づけられることになったのであろう」と指摘している。

　第三句「しろたへの」は、「富士」「高嶺」「雪」のどこにかかるのか、判断に迷うところである。「しろたへの雪ふりやまぬむめがえにいまぞうぐひすはるとなく」（三奏本『金葉集』一六・兼盛）、「あさまだきふりさけみればしろたへのゆきつもれるやたかみや」（『顕輔集』一一一）のように、「しろたへの」は、「雪」にかかる枕詞として詠まれる。定家も「白妙のと山の雪をながめてもまづ色おもふ君が袖かな」（『拾遺愚草』二七九九）と詠んでいる。これらの例からすれば、「雪」にかかっているようにも見える。しかし、「むらさきの庭の雪には猶しかじみな白妙のみ吉野の山」（『長秋詠藻』五六三）と「み吉野の山」にかかる語として詠まれたり、「白妙の山はふじのね時しらぬいく世の雪に煙たつらん」（『建保名所百首』九八六・行意）、「みな月のてる日もしらず白妙の山はふじのね雪ぞつれなき」（『建保名所百首』九九三・知家）などと「山」にかかる語としても詠まれている。「しろたへの」は、枕詞といっても実質的な意味が生きているために、「しろたへに」などとも詠まれ、使われ方に自由な面がある。そのようなことなどを考慮すると、「高嶺」にかかると考えるのが最も自然である。

平安時代中期以降、赤人の代表歌としては、「和歌の浦に潮満ちくれば潟をなみ蘆べをさして田鶴鳴きわたる」が挙げられる。この歌は、公任の『前十五番歌合』において、人麿の「ほのぼのとあかしの浦の朝霧に島がくれ行く舟をしぞ思ふ」と番えられた歌であり、『三十六人撰』ほかの秀歌撰にも選ばれている。しかし、この和歌の浦の歌は、『万葉集』には載るが、勅撰八代集には入集しておらず、『百人一首』の選歌範囲からは外れている。公任の『三十六人撰』と俊成の『俊成三十六人歌合』の両方に選ばれている歌として、「あすからは若菜摘まむとしめし野に昨日もけふも雪は降りつつ」がある。この歌は『新古今集』に入集しており、しかも、定家は『定家八代抄』『秀歌大体』に選んでおり、『百人一首』に選ばれても不思議はない歌である。これに比べて、この富士の歌は、『定家八代抄』『秀歌大体』には選んではいるものの、『新古今集』に選ばれるまで、ほとんど顧みられることのない歌であった。なぜ、若菜の歌ではなくて、富士の歌を『百人一首』に選んだのか、十分に考えてみる必要があろう。

なお、島津忠夫氏『百人一首』（角川文庫〔改版〕）は、この歌が『近代秀歌（自筆本）』『秀歌体大略』になく、『新古今集』撰者注記（書陵部蔵鷹司城南館旧蔵本一本にのみ「定」とする）にも定家の名がないことから、定家がこの歌を赤人の代表作と考えたのは晩年のことかと推定している。また、それまでの秀歌撰にこの歌が選ばれていなかったということについては、吉海直人氏『百人一首の新考察』（世界思想社）に指摘があり、考察が加えられている。

猿丸大夫

5 おく山にもみぢふみわけ鳴しかのこゑきく時ぞあきはかなしき

【異同】
〔定家八代抄〕　もみち―もみみ（袖玉）―安永・知顕・東急は底本に同じ。
〔百人秀歌〕　底本に同じ。
〔百人一首〕　もみち―もみち葉（兼載）―為家・栄雅・守理・龍谷・応永・古活・長享・頼常・頼孝・経厚・上條は底本に同じ。
ふみわけ―ふみはけ（為家）―ふみ分（守理・龍谷）―栄雅・兼載・応永・古活・長享・頼常・頼孝・経厚・上條は底本に同じ。

【語釈】　○おく山―奥山。奥深い山。「奥」は、歴史的仮名遣いでも定家の用字法でも「おく」。○もみぢふみわけ―紅葉を踏み分けて。「踏み分く」は、道も見えないほど降り積もった雪や、散り積もった木の葉を踏んで強いて進んで行くことに詠まれる。ここでは、道も見えないほど紅葉が散り積もる中を分け入るのである。動作主は詠歌主体。余釈項を参照のこと。○鳴しかのこゑきく時ぞ―「ぞ」は強意。秋は物ごとに悲しいが、とりわけ鳴く鹿の声を聞く時が悲しい、の意。「〜ぞ秋は悲しき」の例としては、「しづはたにこひはすれどもこぬ人をまつむしのねぞあきはかなしき」（『是貞親王家歌合』六六・よみ人しらず）などがある。

【通釈】　奥山に紅葉を踏み分けて来て、鳴く鹿の声を聞く時が秋は悲しいことであるよ。

【出典】　『古今集』二一五・秋上・「（これさだのみこの家の歌合のうた）　よみ人しらず」。

【参考】　『定家八代抄』四二二・秋下・「題しらず　よみ人しらず」。『秀歌体大略』四六。自筆本『近代秀歌』四七。『百人秀歌』八。『三十六人撰』六一・猿丸・初句「おくやまの」。『古来風体抄』二四六・よみ人しらず。『俊成三十六人歌合』三三・猿丸大夫。『寛平御時后宮歌合』八二。『新撰万葉集』一一三・「奥山丹（おくやまに）黄葉蹈別（もみぢふみわけ）鳴麋之（なくしかの）音聴時曾（こゑきくときぞ）秋者金敷（あきはかなしき）」、一一四・「秋山寂寂葉零零（しうざんせきせきはれいれい）麋鹿鳴音数処聆（びろくのなくこゑあまたのところにきこゆ）勝地尋来遊宴処（しようちにたづねきたりていうえんするところ）無朋無酒意猶冷（ともなくさけなくしてこころなほつめたし）」。『猿丸集』三九・「しかのなくをききて」初句「あきやまの」結句「物はかなしき」。

《参考歌》

『拾遺愚草員外』五四一

秋山は紅葉ふみわけとふ人もこゑきく鹿のねにぞなきぬる

【余釈】　散り積もった紅葉を踏み分けながら奥山にやって来て、鹿の鳴く声を聞く時がとりわけ秋は悲しい、という意の歌である。

この歌は、『古今集』では「よみ人しらず」となっており、定家も『定家八代抄』には作者を「よみ人しらず」としている。しかし、『百人一首』に撰入するにあたり、『猿丸集』にあることや、公任の『三十六人撰』などに「猿丸」の歌とし、そのように伝承されていたことなどにより、猿丸大夫の歌としたものと考えられる。また、『古来風体抄』や『俊成三十六人歌合』にも選ばれており、定家の父俊成もこの歌を高く評価していたことが知られる。そして、定家も『定家八代抄』に選び、『秀歌体大略』や『近代秀歌（自筆本）』にも秀歌例として挙げている。

解釈の上では、「踏み分け」の動作主を鹿とするか人（詠歌主体）とするかで説が分かれている。『改観抄』は『新撰万葉集』の漢詩訳「勝地尋来（しょうちにたづねきたりて）」を引用して、詠歌主体である可能性を示した。ただし、『改観抄』も躊躇するように、これだけでは動作主を人（詠歌主体）とする決め手にはならない。ここには漢詩訳者（菅原道真とされる）の解釈の仕方も入っており、また、この漢詩訳では、山深く訪ね入り、紅葉を踏み分けながら鳴く鹿の声を聞いた、とも解せるからである。『古今集』では、この歌に続けて、「秋はぎにうらびれをればあしひきの山したとよみしかのなくらむ」（二一六）、「秋はぎをしがらみふせてなくしかのめには見えずておとのさやけさ」（二一七）の歌が配されている。前者は「秋萩にうらびれ」て鳴く鹿であり、後者は「秋萩をしがらみふせて鳴く鹿」である。そこから推せば、この歌も「紅葉踏み分け鳴く鹿」と理解するほうが、『古今集』の撰者の意図に叶うものとも考えられる。

さて、この解釈をめぐって、定家の時代にも解釈が分かれていたことは、井上宗雄氏「百人一首注釈雑考」（『研究と資料』54輯平成17年12月）にすでに指摘があるとおりである。雅経は「あきはただなほおくやまのゆふまぐれもみぢふみわくるしかのねもうし」（『明日香井集』四〇八）、「さをしかのもみぢふみわけたつた山いく秋かぜにひとりなくらん」（『明日香井集』九七二）などと詠んでおり、鹿が紅葉を踏み分けたと解していた。これに対して、家隆は鹿ではなく人（詠歌主体）と理解していたようである。発想上、「あきはきぬ紅葉はやどにふりしきぬ道ふみわけてとふ人はなし」（『古今集』二八七・よみ人しらず）、「ふみわけてさらにやとはむもみぢばのふりかくしてしみちとみながら」（『古今集』二八八・よみ人しらず）などの歌と組み合わせて、次のような歌を詠んでいる。「おのづから紅葉ふみ分けとふ人もみちたえそむる庭の霜かな」（『壬二集』四五七）、「我がやどの紅葉踏分けとふ人もみやこになれぬさをしかの声」（『壬二集』一二二四）。また、「ちりつもる紅葉ふみ分けわがやどの鹿よりほかに問ふ人もなし」（『壬二集』一五九七）と鹿が踏み分けると読み取れるものもあるが、これは人が踏み分けることが前提となっている。人が踏み分けると詠んでいるということは、猿丸大夫の歌においては、動作主は詠歌主体と解していたということである。

このように定家の時代にも解釈が分かれていたが、吉海直人氏『百人一首の新考察』（世界思想社）に指摘があるように、定家は、「秋山は紅葉ふみわけとふ人もこゑきく鹿のねにぞなきぬる」と詠んでいるのであるから、家隆と同じで、動作主を詠歌主体と解していたことは明らかである。ちなみに、「あらちやまもみぢふみわけゆくみちにきしかたしらずけさのはつゆき」（『行宗集』三四九）、「しぐるとも紅葉ふみ分け尋ねこんわびたるころも袖かさにきて」（『基俊集』一四八）などの例も、人が紅葉を踏み分けるのを詠んでいる。なお、吉海直人氏「『百人一首』猿丸大夫歌「紅葉踏み分け」考」（『解釈』六五三集　平成22年4月）は、右掲の井上宗雄氏の論を受け、さらに平安時代から鎌倉時代初頭の歌例を精査し、「人」説に大きな変遷があったことを指摘している。

『古今集』の中でのこの歌の解釈としては、「もみぢ」は萩の黄葉であるとする説がある。契沖の説と言われるが、『改観抄』にも『古今余材抄』にも見えない。しかし、この説は現在有力な説となっている。竹岡正夫氏『古今和歌集全評釈』（右文書院）、新潮日本古典集成『古今和歌集』（奥村恒哉氏校注、新潮社）、新編日本古典文学全集『古今和歌集』（小沢正夫氏・松田成穂氏校注・訳、小学館）、片桐洋一氏『古今和歌集全評釈』（講談社）など近年の注釈書は何れもこの説によっている。新日本古典文学大系『古今和歌集』（小島憲之氏・新井栄蔵氏校注、岩波書店）も「秋草のもみじ」と訳しているところから見てそのように解しているものと見られる。『新撰万葉集』では「もみぢ」が「黄葉」と表記されていること、『古今集』の配列で次の歌から「萩」に鳴く鹿が詠まれていることなどを根拠とする。

しかし、『新撰万葉集』の「黄葉」の表記は、『万葉集』に倣ったものと考えれば、「黄葉」という表記にとらわれる必要はないのではなかろうか。また、『古今集』の配列での次からの「萩」に鳴く鹿の歌とあえて関係づける必要もないのではないか。松田武夫氏『古今集の構造に関する研究』（風間書房）は、後の歌ではなく、前の二一四番歌「山里は…」の歌と強く結び付いているものと捉えている。

さらに、この歌が「秋上」に入っていることから晩秋ではなく秋の中頃とする説もあるようであるが、「鹿」の歌そのものが『古今集』では「秋上」に設定されており、その「鹿」の歌の中に秋の深まった頃の歌が入っていたとしても許容されるのではなかろうか。『うひまなび』にも「此歌、秋の上巻に入たれば疑ふ人あれど、鹿の歌の篇なれば、秋の末の歌もそこに入たる也」とする。また、松田武夫氏は右掲書の中で「「紅葉踏みわけ」といひ、この歌の時期は、季秋九月を暗示してゐる」とする。『改観抄』に引く「もみぢばのちりてつもれるわがやどに誰を松虫ここらなくらむ」（『古今集』二〇三・秋上・よみ人しらず）も「松虫」を詠んだ歌の最後に置かれている。この歌も「秋上」に部類されてはいるが、晩秋と見てよいのではなかろうか。晩秋であるのに松虫が盛んに鳴いているというのは不審ではあり、事情は明らかではないが、それが詠歌のきっかけになったのかもしれない。

なお、『新撰万葉集』の和歌と漢詩については、新撰万葉集研究会『新撰万葉集注釈　巻上（二）』（和泉書院）に精緻な注（新間一美氏）があることを付記しておく。

それでは、『百人一首』ではどのように理解したらよいのであろうか。定家は『定家八代抄』で「秋下」に入れている。『定家八代抄』では「鹿」の歌はすべて「秋下」にまとめられているので、このことを決め手にすることはできない。ただし、配列上、「紅葉」と「鹿」を取り合わせた歌として「下紅葉かつちる山の夕時雨ぬれてやしかの独なくらん」（『新古今集』四三七・秋下・家隆）と並べられており、この「奥山に」の歌のほうが後に置かれている。このことから考えると、やはり、『古今集』の場合と同様、定家も晩秋と理解していたと考えてよいのではなかろうか。

6

中納言家持

かささぎのわたせるはしにを《〔お〕》く霜のしろきをみれば夜ぞふけにける

【異同】

〔定家八代抄〕をく―おく（東急）―安永・袖玉・知顕は底本に同じ。

〔百人秀歌〕をく―おく。ける―け□。

〔百人一首〕をく―おく（為家）―栄雅・兼載・守理・龍谷・応永・古活・長享・頼常・頼孝・経厚・上條は底本に同じ。

【語釈】○かささぎのわたせるはし―宮中を「雲の上」「雲居」などともいうところから、宮中の御殿（紫宸殿や清涼殿）に昇るための御階《みはし》を、空に架かるかささぎの橋に喩えたもの。「かささぎ（鵲）」はカラス科の鳥。烏よりやや小さく、尾羽が長い。中国の七夕伝説で、陰暦七月七日の夜、鵲が翼を連ねて天の川に橋を架け、織女を渡すとされる。『淮南子《えなんじ》』あるいは『白孔六帖《はつく》』に「烏鵲塡レ河成レ橋而渡二織女一」とあるとされる。『能因歌枕』に「かささぎとは、烏をいふ」「かささぎのはしとは、七夕の天の川にむすびわたすを云」とする。『童蒙抄』には「鵲の橋とは、李嶠詩橋篇、烏鵲河可レ渡といへり。又鵲篇、愁随二織女一帰と作れり」とする。『奥義抄』には「これは書に見えたる事なり。あまの河にかささぎといふ鳥の、はねをちがへてならびつらなりて橋となることのある也。これをかささぎの橋と云ふ。かささぎのよりばのはしなどもいへり。又、詩にも、烏鵲橋連レ浪往来すとつくれり」とし、『大和物語』の忠岑の歌（参考項を参照）と好忠の「かささぎのちがふるはしのまどほにてへだつるなかにしもやおくらむ」（『好忠集』三〇八）の歌を引く。『和難集』には「祐云、七月七日あまの川にかささぎのはねをならべて橋となりて七夕を渡すと云也。かささぎとはからすを云也。これは秘事也。詩に烏鵲とつくれるもかなへり」とする。『八雲御抄』には、「七月」の項に「自二神代一七月七日夕契て、ひこぼしとたなばたつめとあふ也。（略）あまの川にその夜二のかささぎきたりて橋となる也」とする。「鷺」

の項に「かささぎの橋は、七月七日二さぎ来て為レ橋云。又、霜おけるは、ただ雲のかけはし也。誠〔に〕あるにはあらず」とし、「橋」の項に「雲のかけはしは、禁中。又、かささぎのわたせるもあり」とする。なお、「名所部」の「橋」の項には、「かささぎの橋」について「天河也」とし、「雲のかけはし」については「階。禁中。又、只も〔可レ〕詠レ之」とする。余釈項を参照のこと。○をく―「置く」は歴史的仮名遣いでは「おく」、定家の用字法では「をく」。『下官集』も「をく」とする。○ふけにける―「ふけ」は「更く」の連用形。「に」は完了の助動詞「ぬ」の連用形。「ける」は気づきによる詠嘆の助動詞「けり」の連体形。

【通釈】「かささぎの渡した橋」に置く霜の白いのを見ると、夜が更けたのだなあ。

【出典】『新古今集』六二〇・冬・「(だいしらず)　中納言家持」。

【参考】『定家八代抄』五一八・冬・「(題不知)中納言家持」。『秀歌大体』八五・冬。『百人秀歌』五。『俊成三十六人歌合』一四。『時代不同歌合』一七。『家持集』二六八・結句「よはふけにけり」。

《参考歌》

『古今六帖』二六九八・ひとりね・人まろ

　かささぎのはねにしもふりさむきよをひとりやわがねん君まちかねて

『大和物語』第一二五段（本文は、岩波日本古典文学大系に拠る。）

　泉の大将、故左のおほいどのにまうでたまへりけり。ほかにて酒《さけ》などまい《(ゐ)》り、酔《ゑ》ひて、夜いたく更《ふ》けてゆくりもなく物したまへり。おとどおどろき給（ひ）て、「いづくに物したまへる便《たよ》りにかあらむ」などきこえ給（ひ）て、御格子《みかうし》あげさは《(わ)》ぐに、壬生《みぶの》忠岑《ただみね》御供《おほむとも》にあり。御階《みはし》のもとに、まつともしながらひざまづきて、御消息《せうそこ》申す。

「かささぎの渡《わた》せるはしの霜《しも》の上《うへ》を夜半《よは》にふみわけことさらにこそ

となむ宣《のたま》ふ」と申す。あるじの大臣《おとど》いとあはれにお《(を)》かしとおぼして、その夜夜一夜《よひと》大御酒《おほみき》まい《(ゐ)》りあそび給《たま》て、大将も物かづき、忠岑《ただみね》も禄《ろく》たまはりなどしけり。

『拾遺愚草』二二八〇

忘れずよみはしの霜のながき夜になれしながらの雲の上の月

『拾遺愚草』二四五七

あまつ風はつ雪しろしかささぎのとわたる橋の有明の空

『拾遺愚草員外』五一四

天河夜わたる月もこほるらん霜にしもおくかささぎのはし

【余釈】　かささぎの渡した橋、すなわち宮中の御殿の御階に霜が白く降りているのを見ると、夜がすっかり更けたのだと気づかされることだ、という意の歌である。

「かささぎの渡せる橋」をどのように捉えるかで現在でも説が分かれている。そのまま、かささぎが渡した橋と考えた場合、二つほど不審な点が生じる。一つは、かささぎの橋は七夕の夜に架かるはずのものであるのに、なぜ冬の夜に詠んでいるのかということ。もう一つは、「置く霜の白きを見れば」という言い方が、実際に霜を見て言っているように感じられることである。かささぎの橋は想像上のものであり、実際に見ることができるものではないので不自然である。

『うひまなび』は、「大内の御橋を天にたとへいへり」とする。そして、七夕以外で歌に詠んだ例として参考項に掲げた『大和物語』の話を引き、「御橋」については、「営繕令に。宮城門前橋者。謂十二門前溝橋也」と『令義解』に拠って注を加えていることで、宮城十二門（十四門から上東門・上西門を除いたもの）の前にある橋のことと考えていたことが知られる。さらに、漢詩にいうような天に満ちている霜のこととする説を否定し、「実の橋の上におきたる霜ならずは、白きをみればといふべからず」とする。まさに右の疑問にこたえるものである。なお、『うひまなび』は「御階《みはし》」説とされることが多いが、「御橋《みはし》」説である。

「かささぎの橋」を現実の橋を詠んだものとする説は、天理図書館蔵『百人一首聞書』（永禄七年写本、『百人一首注釈書叢刊2』〈和泉書院〉に所収）にすでに見える。同書には「哥の心は、かささぎは橋の枕詞におけり。其故は橋をかれは渡し初たればなり。

只、此哥は、渡せる橋に霜のしろきを見て、さては今夜はいたく更ぬらんと云心也」「冬の哥なれば、只、はしに霜のふりたる事也」とする。そして、北村季吟の『八代集抄』（山岸徳平氏編『八代集全註』〔有精堂〕に所収）に、「師説、冬深く月なき深夜に見わたせば、四方に物の音もなく、心すみまさる折節、橋の一筋見えて霜白く置わたせるさま、更に此下界とも覚ず、天上の心ちして、烏鵲の橋にやなど思ひよそへてよみ出せる也」とする。この「師説」は松永貞徳の説と考えられる。なお、『八代集抄』の「師説」とほぼ同内容のものが、同じ季吟の『拾穂抄』にも「師説云、為家後撰抄云、定家御説此歌此世の橋をかよはして読歟云々」として載る。また、戸田茂睡の『百人一首雑談』にも「為家卿の後撰集の抄に書付給ふは、「この歌を定家卿の宣しは、深夜の月もなく空さえわたり、心もすみまさる折ふし、橋の一筋みえたるに霜あざやかに置たるさま、さらさら此世界とも覚えず、感情あまりて、是は天上のかささぎの橋にやなどおもひよそへて、読出せるもの成べし」と宣ひつるよしかかれ侍るとぞ」としている。この為家の『後撰集抄』については明らかではなく、さらに今後の調査を要する。さらに、『師説抄』（『百人一首注釈書叢刊5』〔和泉書院〕に所収）には「秘説」として、「此歌、家持右大弁の時読り。右大弁は七弁の頭也。禁中の諸事政を取行ふ役也。然れば、公事をこなひて退出の時、みはしに白々と霜のをきたるを見て、初て夜の更たるを知れたる也。身を忘て公事を重んずる成ば、実も有歌也。扨、鵲の橋は銀河のことなるを禁中の橋によみなせりと言を秘すること也。禁中を雲の上といへば也」とする。付会潤色も見られるが、これも「御橋」説である。

　ところで、『八雲御抄』には、「枝葉部」の「七月」の項に「自二神代一七月七日夕契て、ひこぼしとたなばたつめとあふ也。（略）あまの川にその夜二のかささぎきたりて橋となる也」とする。また、「鷺」の項に「かささぎの橋は、七月七日二さぎ来て為レ橋云。又、霜おけるは、ただ雲のかけはし也。誠にあるにはあらず」としている。まず、この七夕の伝説を中国のことではなく、日本の神代からのこととして捉えている点が注目される。このあたりは、漢詩を引く『童蒙抄』や『奥義抄』とは異なるところである。そして、「かささぎ」を鷺の仲間と考えていたものと思われる。二羽の「かささぎ」が七月七日の夜、天の川に来て、翼を並べて橋をなすと言う。さらに、霜が置くと詠んだ場合、「雲のかけはし」を言ったもので、「かささぎの橋」が実際にあるわけではないとする。そして、「雲のかけはし」については「階。禁中」とする。このことから、宮殿に昇る御階《みはし》、あるいは宮中を「かささぎの橋」に擬えて言った表現と理解していたものと推察される。なお、宮中の御階を「雲のかけはし」と言ったことは、「かぎりあればあまのはごろもぬぎかへておりぞわづらふくものかけはし」（『後拾遺集』九七八・雑三・経任）などと詠まれる。また、『正治後度百首』には「禁中」を題に「いまよりやとだえはてなんいにしへはふたたびわたる雲のかけ橋」（五八五・家長）、「あられふるたましく庭にかぜさえて月すみわたる雲のかけはし」（八八二・宮内卿）などと詠まれている。ただし、『八雲御抄』「名所部」の「橋」の項には、「かささぎの橋」について「天河也」としており、「天の川」のことも考えていたか。

定家は、この家持の歌を本歌にして、「天河夜わたる月もこほるらん霜にしもおくかささぎのはし」（『拾遺愚草員外』五一四）と詠んでいる。これは、「天の川を夜渡って行く月も凍っているのであろう、それで、霜の置いた「かささぎの橋」にさらに月光の霜が重ねて置いているのだ」ということである。この歌では「かささぎの橋」を「天の川」のことは考えていない。「あまつ風はつ雪しろしかささぎのとわたる橋の有明の空」（『拾遺愚草』二四五七）は、本歌としては、菅原道真の「ひこぼしのゆきあひをまつかささぎのとわたる橋をわれにかさなむ」（『新古今集』一七〇〇・雑下）に拠りながら、家持の歌の「霜」を「雪」に、深更から明け方に換えて詠んでいるものと見ることができる。「空には、風が吹いて雲を払い、有明の月が明るく照らして、「かささぎのとわたる橋」には初雪が白く降り積もっている」という内容である。これらの歌を見るかぎり、定家も「かささぎの橋」を宮中の御階と考えていたものと見て矛盾はない。なお、定家には、「忘れずよみはしの霜のながき夜になれしながらの雲の上の月」（『拾遺愚草』二二八〇）という歌がある。詞書には「内裏にて、禁庭月」とある。「かささぎの橋」という語は用いていないが、家持の歌を御階のことと考えたことにより、月光の白く照らす御階を「御階の霜」と表現したものと見られる。

以上のことから、この歌の「かささぎの橋」は、「御橋」説よりも「御階」説のほうが、定家、あるいは当時の歌人たちの意識に適っているのではないかと推察される。江戸時代の注釈書で「御階」説をとるものとしては、尾崎雅嘉の『一夕話』がある。同書には、「禁庭の御殿へ上ぼる御階《みはし》の事」とある。茂睡の『雑談』に「一説に「家持左大弁の時、禁中の御階の霜を見て読たる」と云り、此説はまへの定家卿の詞に依て、作り出していふ事と聞えたり」とする。「御階」説がどこまで遡れるものかは、今後の調査を要する。平間長雅の『百人一首秘訣』（大坪利絹氏「『百人一首秘訣』―翻刻と解説―」『親和国文』27　平成4年12月による）に「此歌内裏のかささぎの橋をよめり。南殿と庭上との間の棚橋也。亦玉楷をも云」とあり、この『秘訣』の一部伝本記載の「五歌之秘訣聞書」に「他流」説として「此哥、鵲の橋を内裡の玉階に比して、万葉撰の時、隙なくつかへる心なり」としている。

この家持の歌は、『新古今集』では「冬」部に、「霜」や「霜枯れ」の歌の中に配列されている。『定家八代抄』でも同様である。このことから、定家ら当時の歌人たちが「かささぎの渡せる橋に置く霜」の「霜」を何かの比喩と考えていたとは考えにくい。そのまま文字通り「霜」と見ていたのであろう。そして、『新古今集』では、この歌の後に、「しぐれつつかれ行く野辺の花なれば霜のまがきににほふ色かな」（六二一・醍醐天皇）の歌が置かれ、「菊」の歌に移っていくのであるが、この「霜の籬」は、霜の置く宮中の籬のことである。この歌と並べられているのも、宮中の霜ということで共通すると捉えていたからと見ることができるのではなかろうか。

「かささぎ」は七夕との関連で詠まれることが多いが、その羽に「霜」が降ると詠むことは、『古今六帖』に人麿の歌として「かささぎのはねにしもふりさむきよをひとりやわがねん君まちかねて」（参考項を参照）がある。この人麿の歌を先蹤として、この家持の歌は、さらに宮中の御階を詠んだものと、定家は捉えていたのではなかろうか。『三奥抄』の「家持の歌も人丸の歌にもとづけると聞ゆ。後々の歌にも鵲のはしには霜をくはへておほくよめるは、人丸・家持の歌にならへる也」という指摘は、定家の視点に立てば正しい指摘であろう。

なお、この歌は、『万葉集』になく、現在では家持作であることが疑われている。しかし、『新古今集』の時代には、家集『家持集』にあることから、家持の歌であると信じられていたものと思われる。家持は、公任の『三十六人撰』に選ばれて三十六歌仙に数えられているが、この歌は公任の諸秀歌撰に取り上げられることはなかった。初めて取り上げたのは、定家の父俊成の『俊成三十六人歌合』においてである。新古今時代になって評価が高まり、『新古今集』撰者注記に拠れば、有家・定家・家隆・雅経らが推したことが知られる。また、隠岐本でも切り出されることはなく、後鳥羽院の『時代不同歌合』にも選ばれている。この歌を本歌にして、「かささぎの雲のかけはし秋くれて夜はには霜やさえわたるらん」（『新古今集』五二二・秋下・寂蓮）、「かささぎのわたすやいづこゆふしものくもゐにしろきみねのかけはし」（『新勅撰集』三七五・冬・家隆）などの秀歌が生まれた。定家も上述のように、この歌を本歌として詠んでいる。しかし、定家は、『定家八代抄』や『秀歌大体』には選び入れているが、『秀歌体大略』や『近代秀歌（自筆本）』の秀歌例には挙げていない。そのあたりは、赤人の歌の場合と似ている。

7

安倍仲麿

あまのはらふりさけみればかすがなるみかさの山にいでし月かも

【異同】

〔定家八代抄〕安永・袖玉・知顕・東急は底本に同じ。

〔百人秀歌〕底本に同じ。

〔百人一首〕為家・栄雅・兼載・守理・龍谷・応永・古活・長享・頼常・頼孝・経厚・上條は底本に同じ。

〔小倉色紙〕底本に同じ。大和文華館蔵。（集古・墨・入門）※当該歌の「小倉色紙」は三枚伝わり、そのうちの一枚は初句を「あをうなはら」とする。墨に三枚の写真が掲載されている。

【語釈】○あまのはら―大空。現在では、「あま」は「天」で空の意、「はら」は「原」で広々とした平らな所をいう語と説明される。『喜撰式』に「若詠天時　あまのはらと云」とし、『能因歌枕』『俊頼髄脳』『奥義抄』『初学抄』等、何れも「天」の異名と捉えている。『綺語抄』も「おほぞらをいふ」とし、『和歌色葉』も「空也」、『顕注密勘』にも「空を云」とする。○ふりさけみれば―

「ふりさけみる」は、振り仰いで、遙か遠くを望み見る意。現在では、「ふり」は接頭語、「さけ」は「放《さ》く」の連用形で、離す意と説明される。『奥義抄』に「ふりさけとは、ふりあふのぎの心也。集には振放とかけり」とする。『初学抄』には「ふりさく」について「ふりあぐる也。万葉には、ふり放云」とする。『和歌色葉』も『奥義抄』にほぼ同じ。『綺語抄』には「ふりあふいでみればといふ事也」とする。『童蒙抄』『和難集』『八雲御抄』『顕注密勘』等も同様に、振り仰ぐ意に解する。○かすがなるみかさの山―春日にある三笠の山。「三笠山」は、大和国の歌枕。奈良市の東方、春日大社の後ろの春日山の一峰である御笠山のこと。標高二八三メートル。現在、若草山を三笠山というのとは異なる。『顕注密勘』に、顕昭が「かすがなる三笠の山とは、大和国春日山に御笠山とて、ひきくだりてちひさき山にかすがの社おはします。御笠のもりともよめり。かすがのもりのふもとにあり。されば、かすがなる御かさの山とよめり。春日の山は惣名也。御笠山は別也」とし、これについて定家は「無二不審一」とする。『万葉集』では、高い山として詠まれる。また、東に位置するので月の出る山としても詠まれる。余釈項を参照のこと。○いでし―「いで」は「いづ（出）」の連用形。「し」は過去の助動詞「き」の連体形。○かも―三番歌の語釈項を参照のこと。

【通釈】大空を遙か遠く仰ぎ見ると、あれは、春日にある三笠の山に出た月なのか。

【出典】『古今集』四〇六・羇旅・「もろこしにて月を見てよみける　安倍仲麿」。左注「この歌は、むかしなかまろをもろこしにものならはしにつかはしたりけるに、あまたのとしをへてえかへりまうでこざりけるを、このくにより又つかひまかりいたりけるにたぐひてまうできなむとていでたちけるに、めいしうといふ所のうみべにてかのくにの人むまのはなむけしけり、よるになりて月のいとおもしろくさしいでたりけるを見てよめるとなむかたりつたふる」。

【参考】『定家八代抄』七七一・羇旅・「もろこしにて月を見てよみ侍りける　安倍仲丸」。『秀歌大体』一一一・雑。『百人秀歌』六。『五代簡要』「あまのはらふりさけみれば　いでし月かも」。『新撰和歌』一八二。『金玉集』五一・雑・入唐時見月詠・安部なか丸。『深窓秘抄』七九・雑・仲丸。『和漢朗詠集』二五八・秋・月・安部仲丸。『古来風体抄』二六七。『古今六帖』二五二・あまのはら・あべのなかまろ。『和歌体十種』三五・「器量体　此体、与高情難弁、与神妙相混、然只以其製作之卓牢、不必分、義理之交通耳」。

『新撰髄脳』五。『俊頼髄脳』一七二。『綺語抄』一。『奥儀抄』八〇。『和歌童蒙抄』九五四・結句「いでし月かげ」。『五代集歌枕』八四。『西行上人談抄』一五。『江談抄』五・第三雑事・安倍仲麿詠歌事。『今昔物語集』一二六・安陪仲麿於唐読和歌語第四十四。『古本説話集』八三・安倍中麿事。『宝物集』二五八。

『土左日記』（一月二十日条、本文は岩波文庫に拠る。）

二十日《はつか》の夜《よ》の月《つき》いでにけり。山《やま》の端《は》もなくて、海《うみ》のなかよりぞ出《い》でくる。かうやうなるを見《み》てや、むかし、安倍仲麿《あべのなかまろ》といひける人《ひと》は、唐《もろこし》にわたりて、帰《かへ》り来《き》けるときに、船《ふね》に乗《の》るべき所《ところ》にて、かの国人《くにひと》、餞《むまのはなむけ》し、別《わか》れ惜《を》しみて、かしこの漢詩《からうた》つくりなどしける。飽《あ》かずやありけむ、二十日《はつか》の夜《よ》の月《つき》いづるまでぞありける。その月《つき》は海《うみ》よりぞ出《い》でける。これを見《み》てぞ、仲麿《なかまろ》の主《ぬし》、「わが国《くに》にかかる歌《うた》をなむ、神代《かみよ》より神《かみ》もよんたび、いまは上中下《かみなかしも》の人《ひと》も、かうやうに別《わか》れ惜《を》しみ、喜《よろこ》びもあり、悲《かな》しびもあるときには詠《よ》む。」とて、詠《よ》めりけるうた、

あをうなばらふりさけみればかすがなるみかさのやまにいでしつきかも

とぞよめりける。かの国人《くにひと》、聞《き》き知《し》るまじくおもほえたれども、事《こと》の心《こころ》を、男文字《をとこもじ》に、様《さま》を書《か》きいだして、ここのことば伝《つた》へたる人《ひと》にいひ知《し》らせければ、心《こころ》をや聞《き》きえたりけむ、いと思《おも》ひのほかになむ愛《め》でける。唐《もろこし》とこの国《くに》とは、言異《ことこと》なるものなれど、月《つき》の影《かげ》は同《おな》じことなるべければ、人《ひと》の心《こころ》も同《おな》じことにやあらむ。さていま、当時《そのかみ》を思《おも》ひやりて、ある人《ひと》のよめるうた、

みやこにてやまのはにみしつきなれどなみよりいでてなみにこそいれ

【余釈】　現在では、「阿倍仲麻呂」と表記されるが、定家の表記は、『古今集』の定家自筆本（伊達本や嘉禄二年本）に拠れば、「安倍仲麿」である。

異境の空の月を見て、かつて故郷で見た月を思い出し、遠く故郷に思いをはせる、という内容の歌である。出典の『古今集』の左注によれば、仲麿は、留学生として唐に渡り、かの地で長い年月を過ごした。そして、いよいよ日本に帰ることとなり、明州の浜辺で送別の宴が催された。その折に、夜になって美しい月が出たのを見てこの歌を詠んだとされる。そうした作歌事情に関する

伝承への興味は、『江談抄』『今昔物語集』『古本説話集』『宝物集』等の説話集に取り上げられているところからも窺われる。

なぜ三笠の山の月なのかという点について、小川環樹氏によって、『続日本紀』宝亀八年（777）二月の条に遣唐使らが春日山の下で天神地祇を拝したとあることにより、「遣唐使が出かける前にいつも春日山で神に祈る慣例であったのではなかろうか」とし、仲麿の場合も、「三十数年前、出発にさきだって祈願をこめた春日の神のことを憶い起し、心ひそかに、このたびの渡海にも神助あれかしと祈ったのではないであろうか」とする説が出された（「三笠の山に出でし月かも」『図書』昭和42年9月号、『文学』36―11に収載）。事実はどうであったかは明らかではないが、興味深い指摘である。『続日本紀』養老元年（717）二月条に「遣唐使祠神祇於蓋山《ミカサヤマ》之南」ともある。ちなみに、養老元年は仲麿が唐に渡った年である。ただし、定家や同時代の歌人たちの視点に立てば、そこまでは考えていなかったと見てよいのではなかろうか。語釈項にも記したように、『万葉集』では、高い山として詠まれ、東にあるので月の出る山としても詠まれている。「春日乎　春日山乃　高座之　御笠乃山尓　朝不離　雲居多奈引」（三七五〔三七二〕・赤人、廣瀬本の訓は「はるのひを　かすがのやまの　たかましし　みかさのやまに　あさかれず　くもゐたなびく」）、「雨隠　三笠乃山乎　高御香裳　月乃不出来　夜者更降管」（九八五〔九八〇〕・虫麻呂、廣瀬本の訓は「あまがくれ　みかさのやまを　たかみかも　つきのいでこず　よはふけにつつ」）、「春日在　三笠乃山二　月船出　遊士之　飲酒坏尓　陰尓所見管」（一二九九〔一二九五〕・旋頭歌・作者不明、廣瀬本の訓は「かすがなる　みかさのやまに　つきはいでぬ　あそびをの　のむさかづきの　かげにみえつつ」）、「春日在　三笠乃山尓　月母出奴可母　佐紀山尓　開有桜之　花乃可見」（一八九一〔一八八七〕・旋頭歌・作者不明、廣瀬本の訓は「かすがなる　みかさのやまに　つきもいでぬかも　さきやまに　さけるさくらの　はなのみゆべく」）。『百首異見』に「三笠山は奈良の東にあれば、（略）月はかの山より出くるものにおもひなれぬる奈良人の心をくみて吟ずべくこそ」とする見解が、定家の意識に近いものであったのではないかと考えられる。

古くは、紀貫之によって高く評価され、『古今集』「羇旅」の巻頭に置かれ、『新撰和歌』にも選ばれた。そして、よく知られているように、『土左日記』にも引かれている（参考項を参照）。その後、藤原公任によっても高く評価された。『新撰髄脳』には、「昔のよき歌」の例としてこの歌が挙げられている。また、『金玉集』『深窓秘抄』『和漢朗詠集』などの秀歌撰にも選ばれている。さらに、定家の父俊成も『古来風体抄』にこの歌を選んでいる。その望郷の思いが深い共感を呼んだものと思われる。西行も「ふりさけし人の心ぞしられぬるこよひみかさの月をながめて」(『山家集』四〇七・詞書「春日にまゐりたりけるに、つねよりも月あかくてあはれなりければ」)と詠んでいる。また、定家は、この仲麿の歌を本歌として詠んだ「いづこにもふりさけいまやみかさ山もろこしかけていづる月かげ」(『新勅撰集』一二七七・家長)を『新勅撰集』に選んでいる。

このように、この歌は古くから秀歌の誉れ高い歌である。しかし、定家は、『定家八代抄』や『秀歌大体』には選び入れているものの、『秀歌体大略』や『近代秀歌(自筆本)』の秀歌例には挙げていない。そのあたりの状況は、赤人や家持の歌の場合と同じである。

なお、この歌の「月」について、貫之は『土左日記』で「二十日の夜の月」としている。夜半に出る月である。また、公任は『和漢朗詠集』でこの歌を「秋」の「月」に部類している。これらのことは、定家がこの歌をどのようにイメージしていたかを考えるうえで看過できない事柄である。

《第一グループの配列》

1 秋の田の刈穂の庵の苫を粗みわが衣手は露に濡れつつ(天智天皇)
2 春過ぎて夏来にけらし白妙の衣干すてふ天の香具山(持統天皇)
3 あしびきの山鳥の尾のしだり尾のながながし夜をひとりかも寝む(人麿)

7 あまのはらふりさけみればかすがなるみかさの山にいでし月かも

4　田子の浦にうち出でて見れば白妙の富士の高嶺に雪は降りつつ（赤人）
5　奥山に紅葉踏み分け鳴く鹿の声聞く時ぞ秋は悲しき（猿丸大夫）
6　かささぎの渡せる橋に置く霜の白きを見れば夜ぞ更けにける（家持）
7　天の原ふりさけ見れば春日なる三笠の山に出でし月かも（仲麿）

このグループでは、まず、奈良時代以前の歌人の歌をほぼ時代順に並べていることが指摘できる。猿丸大夫は、伝未詳であるが、家持よりも前に位置づけられている。その判断の根拠には、『猿丸集』に『万葉集』所載の歌が採られていることがあったものと考えられる。『古今和歌集目録』には「或人云、猿丸大夫者、弓削王異名云々。在二万葉集一弓削王歌、在二猿丸大夫集一云々。可レ勘」とする。弓削王説はしばらく措くとして、家集『猿丸集』を重んじる立場からすれば、猿丸大夫を万葉歌人と考えたとしても不思議はない。そして、家持よりも古いと見たのであろう。

次に、歌と歌が交互に連鎖していることが知られる。一番・三番・五番・七番の歌は、「秋」によって統一されている。三番の歌は、内容は恋の歌であるが、「ながながし夜」とあって「秋」の夜である。七番も羈旅の歌ではあるが、「月」が「秋」を想起させる。二番・四番・六番の歌は、「白」による統一が認められる。このように交互に連鎖する配列に連歌の賦物を想起させる。「秋白の賦物」と言うべきであろうか。

そのほかには、一番の歌の「わが衣手は露に濡れつつ」を二番の歌が「衣干すてふ」で受けるかたちになっている。同じように、六番の歌の「かささぎの渡せる橋」を、それはもともと空に架かるものなので、七番の歌で「天の原ふりさけ見れば」と受けている。もちろん、これらは歌の内容にかかわるものではなく、あくまで詞と詞の繋がりということである。

このグループは、『百人秀歌』では、猿丸大夫の歌がこの箇所にはなく、天智天皇と持統天皇、人麿と赤人、家持と仲麿がきれいに対をなしていた。そのときは、やはり交互に、天智天皇・人麿・家持の歌が「夜」によって統一されていた。天智天皇の歌には「夜」の語はないが、「露」は夜の「露」と読める。また、「鳥」による統一もあったかと思われる。天智天皇の歌には、一見そのようなものは詠み込まれていないが、「かり」に「雁」が隠されていると見なすことができよう。そして、いっぽう、持統天皇・赤人・仲麿の歌は、歌枕の「山」で統一されていた。ところが、そこに、猿丸大夫の歌が挿入されたために、連鎖がやや錯綜してわかりにくい配列になってしまったのである。それでも右に述べたような連鎖が保たれている。

8

喜撰法師

我いほは宮このたつみしかぞすむよをうぢ山と人はいふなり

【異同】

〔定家八代抄〕安永・袖玉・知顕・東急は底本に同じ。

〔百人秀歌〕底本に同じ。

〔百人一首〕いふなり―いふ覧（応永「覧」の右に「なり」と傍書）―為家・栄雅・兼載・守理・龍谷・古活・長享・頼常・頼孝・経厚・上條は底本に同じ。

【語釈】○いほ―一番歌の語釈項を参照のこと。○宮こ―都。現存定家自筆本の三代集においては「宮こ」と表記されることが多い。ただし、家集『拾遺愚草』（自筆本）では「みやこ」と記されることが多い。○たつみ―「たつみ（辰巳）」は南東の方角。○しか―『顕注密勘』に顕昭は「しかぞはさぞと云詞也」とする。定家も、『僻案抄』に「しかもかくすか」（『古今集』九四番）について「然もかくす也。さもかくすかといふ詞也」としている。「しか（然）」は、そのように、というほどの意で、人が「世をうぢ山」と言うように、まさしく世を厭わしく思って宇治山に隠れ住んでいるということである。「住む」に「澄む」を掛ける。また、「しか（然）」に「鹿」を掛けているとする説が古来あり、定家の時代にも議論があった。余釈項を参照のこと。○うぢ山―宇治山。山城国の歌枕。現在の宇治市池尾の西にある喜撰山のこととされる。標高四一六メートル。『無名抄』に「みむろどのおくに二十余町ばかり山中へ入て、うぢやまの喜撰がすみけるあとあり。家はなけれど、だうの石ずゑなどさだかにあり」とする。「宇治山」の「う」に「憂」を掛けて、「世を憂」と詠んだ。地名から別の語を連想し、歌を仕立てていくのは、この時代の常套的な詠み方。○なり―伝聞・推定の助動詞。人が言っているのを耳にしてそれと判断した。伝聞・推定の「なり」が鎌倉時代にも断定の「なり」とは意識の上でも区別されていたことは、佐伯梅友氏『奈良時代の国語』（三省堂）に指摘があり、此島正年氏『国語助動詞の研究　体系と歴史』（桜楓社）に詳しい。

【通釈】　私の粗末な家は都の南東、鹿が住み、そのように、心を澄まして住むことだ。「世をうぢ山」と人は言うようである。

【出典】　『古今集』九八三・雑下・「（題しらず）　きせんほうし」。

【参考】　『定家八代抄』一六四六・雑下・「（題しらず）　基泉法し」。『秀歌大体』一〇七・雑。『百人秀歌』一四。『五代簡要』「みやこのたつみしかぞすむよをうぢ山と人はいふなり」。『古今六帖』八八五・山・きせんほふし・初句「わがやどは」結句「人もいふらん」。『袋草紙』一三三。『五代集歌枕』四九。『十訓抄』一八。

《参考歌》

『拾遺愚草』二五一九

　春日のやまもるみ山のしるしとて都の西もしかぞすみける

『拾遺愚草』二六七四

　我が庵は峰のささ原しかぞかる月にはなるな秋の夕露

『源氏物語』橋姫

あとたえて心すむとはなけれども世をうぢ山に宿をこそかれ（八の宮）

『源氏物語』椎本

をしか鳴く秋の山里いかならむ小萩がつゆのかかる夕ぐれ（匂宮）

なみだのみ霧りふたがれる山里はまがきにしかぞもろ声になく（大君）

朝霧に友まどはせる鹿の音をおほかたにやはあはれとも聞く（匂宮）

『拾玉集』五一一二・五一一三

さがにすみ侍りけるころの秋の風ことの外にて、堂のひはだもみな吹きみだりて侍りしとて

わがいほは都のいぬゐすみわびぬうき世のさがと思ひなせども

返しに

みちをえて世をうぢ山といひし人のあとに跡そふ君とこそ見れ

【余釈】　私の庵は都の南東にあり、鹿が住み、「世をうぢ山」と世間の人が言うように、世の中を厭わしく思って、心を澄まして住むことだ、という意の歌である。

現在では「喜撰」と表記されるが、『古今集』の元永本や高野切等は「基泉」と表記され、定家自筆本の伊達家本も嘉禄二年本も「きせん」と仮名で表記されている。ちなみに、『定家八代抄』では、知顕抄本と大東急記念文庫本が「基泉」としている。

この歌で解釈上問題となるのは、「しかぞすむ」の箇所である。ここには三つの問題がある。第一に、どのような意味かということ。第二に、「すむ」に「澄む」が掛かっているかということ。第三に、「しか」に「鹿」が掛かっているかということである。

まず、第一の問題から考えてみる。この「しかぞ住む」を「心安らかに住む」と解す説がある。結句の「人は」というところに着目して、人は世を厭わしく思って住むというが、私はこのように心安らかに住むというように、下の句と対比して解すのである。『宗祇抄』に「宇治山といへどもわれは住得たるやうの心なり」とし、旧注のほとんどすべてがそのように解しているばかりか、

『改観抄』もそのようにとり、その後も現在に至るまでこの解釈が主流となっている。

これに対して、「世を厭わしく思って住む」と解す説がある。『うひまなび』や『百首異見』が小異は認められるが、この説である。近年のものでは、『古今集』の注釈書であるが、竹岡正夫氏の『古今和歌集全評釈』（右文書院）がある。

『うひまなび』は「是は、われ世の中をうしと思ふ故に、のがれ来てここに住《スム》めり、即ここを世をうぢ山と人のいふぞといへり」とする。「世をうぢ山と人はいふなり」の箇所について、荷田在満の説に従って「世を憂し」と思っているのは世の人ではなく、喜撰だと解している。『百首異見』はこれを批判して、「世をうぢ山」というのを世の人の言葉と解している。そして、「世をうぢとのみ常にも人のいひならす山なり。かくもうき山にわびつつぞしかすめるは、といへり」と解している。このあたりは、『百首異見』のほうに分があるように思われる。

さらに、『百首異見』は「しかぞ住む」について、「しかぞすむの一句は、一首のうへいづくにても置つべし。まかせていはば、結句のあたりにしかもすむかななど、大やう有べきものなる」とする。そして、「もとよりうきに堪てすむさまをかこちなしたる意なるを、諸注、人はうしといへども我はしかすみ得たりなどいふかたにとけるは、結句の人はといふに泥める也」としている。この説明と右の訳から見て、「しか」の指す内容は、「世を憂」の部分かと推察される。

さて、この「しか（然）」の指す内容を明確にすることは、この問題を考える最も重要なポイントである。この「しか」という語については、語釈項に記したように、顕昭は『顕注密勘』に「しかぞはさぞと云詞也」とし、定家も『僻案抄』の記述から「さ」と同義であると理解していたことが知られる。「しか」は「さ」と同じように、現代語の「そう」に当たり、中称の指示語である。すなわち、自分（話し手）からは離れた、相手（聞き手）の側に属するものを指す語である。したがって、この歌での「しか」の指す内容は、世の人の言う「世を憂」でなければならない。当然のことながら、自分の側に属するものを指して、「このように」（近称）と解釈することはできない。「心安らかに住む」とする通説は、この「しか」を「このように」と解すことで成り立つ。もしも、そのように解釈するのであれば、「このように」と解さざるを得ないような「しか」の例を引いて証する必要がある。これは、竹岡正夫氏『古今和歌集全評釈』の九四番歌および九八三番歌の注に説くところである。この説は、結果的には『うひまなび』『百首異見』の説をさらに補強するものであったと言えよう。なお、定家は、この喜撰の歌を本歌として「我が庵は峰のささ原しかぞかる月にはなるな秋の夕露」（『拾遺愚草』二六七四）と詠んでいる。詞書には「宇治御幸に、秋旅」とある。この歌でも「しか」はそのようにの意で、この場合、月が露に宿ることを指している。「私の旅の庵は、峰の笹原にあり、そのように—月が露に宿るようにほんのかりそめに借りているのだ、秋の夕露よ、月にはあまり馴れ親しむなよ、間もなく別れの時が来るのだから」という意に解すことができよう。

『古今集』の近年の注釈書においても、新潮日本古典集成『古今和歌集』（奥村恒哉氏校注、新潮社）、新編日本古典文学全集『古今和歌集』（小沢正夫氏・松田成穂氏校注・訳、小学館）などは従前通りの解釈であり、片桐洋一氏『古今和歌集全評釈』（講談社）は「しか」の指す内容を明言していない。新日本古典文学大系『古今和歌集』（小島憲之氏・新井栄蔵氏校注、岩波書店）は、「そんな状態での意」として中称と捉えているが、指示する内容を「巽」（慎ましいの意）としている。なお、「しか」を中称と捉える『百人一首』の注釈書には、桑田明氏『義趣討究　小倉百人一首釈賞』（風間書房）がある。

次に第二の問題、「すむ」に「澄む」が掛かっているかということ、すなわち、「住む」と「澄む」の掛詞かということである。これを掛詞ととる注釈書として、安東次男氏『百首通見　小倉百人一首全評釈』（集英社）があり、吉海直人氏『百人一首の新考察』（世界思想社）にも「「住む」にも「澄む」が響いている」との指摘がある。

『源氏物語』の橋姫巻に「あとたえて心すむとはなけれども世をうぢ山に宿をこそかれ」という歌が出てくる。冷泉院の贈歌に対する八の宮の返歌である。この歌は明らかに喜撰の歌に依拠して詠んでいる。この歌で「あとたえて心すむとはなけれども」には、かの喜撰は憂き世をきっぱりと離れてここ宇治山に住み心を澄ましていたが、という含意が読み取れる。そうであるとすれば、紫式部は「すむ」に「澄む」の意を読み取っていたのではないかと考えられる。定家はこの『源氏物語』の歌を本歌として「おのづから身をうぢ山に宿かれればさもあらぬ空の月もすみけり」（『拾遺愚草』一八五三）と詠んでいる。「自然と、わが身を厭わしく思って宇治山に家を借りると、わが心ばかりか、世を厭わしく思うはずもない空の月も澄む―住むことだ」という意である。これも宇治山に住んでいた喜撰が心を澄まして住んでいたことを前提としている。後鳥羽院の「宇治の山雲ふきはらふ秋風にみやこのたつみ月もすみけり」（『後鳥羽院御集』一六四八）や慈円の「このてらのむかしの跡を思ふにもこころすみぬるうぢの山陰」（『拾玉集』五二二〇）なども同様であろう。また、慈円は「みちをえて世をうぢ山といひし人のあとに跡そふ君とこそ見れ」（『拾玉集』五一一三）と詠んでいる。これは寂蓮の「わがいほは都のいぬゐすみわびぬうき世のさがと思ひなせども」という歌への返歌である（参考項を参照）。慈円のいう「みちをえて世をうぢ山といひし人」とは、喜撰のことであろう。遁世の道を得て、世を厭わしいものと言った人と捉えている。このように、定家やその時代の理解の仕方を見ると、「すむ」に「澄む」の意を読み取っていたものと考えられる。そうであるとすれば、世を厭わしく思っていたとしても決してつらく思いながら住んでいたわけではなく、世の中と隔絶したところで心を澄まして住んでいたと理解していたことになる。そして、その解釈を支えていたものは、右の『源氏物語』の橋姫巻の歌ではなかったであろうか。先に見た『百首異見』の「かくもうき山にわびつつぞしかすめる」とか「うきに堪てすむさまをかこちなしたる意」といった解釈は、定家やその時代の解釈に照らせば、多少の修正が求められよう。

　第三の問題として、「しか」に「鹿」を掛けていると解し得るかどうかという点について考えてみる。平安時代後期、この歌に「鹿」が掛けられているという捉え方があったことは、奥村恒哉氏『歌枕』（平凡社）に指摘がある。同書によれば、平等院鳳凰堂の壁画に宇治に鹿を描いた絵が存するところから、「鹿」が掛けられているという解釈は天喜元年（１０５３）まで遡り得るとする。『顕注密勘』で、顕昭は「鹿ぞすむとよめるなど申人あれど、さもきこえず。しかのすまむからによをうぢ山と云べきよしなかるべし。しかに然をよせたりと云ても尚無レ由歟」としている。これに対して定家は「以上同」と記しており、異論はなかったようである。顕昭の『古今集注』に「教長卿云、宇治山はみやこより巽にあたれり。しかすむは、山里なれば鹿すむによせて、然ぞ住すると我身をかけたり。是にこもりゐたれば、世間を倦たりと、かの山の名によせてよめり。私云、鹿によせよむことは、さしもなくや。作者のこころしりがたし」とあり、「鹿」を掛けるとする説は、藤原教長の説だったことが知られる。これに対して、顕昭は、「鹿」を掛けていることの必然性が乏しいと判断したものと思われる。定家もこの顕昭の見解に納得したものと考えられる。しかし、定家は、「春日のやまもるみ山のしるしとて都の西もしかぞすみける」（『拾遺愚草』二五一九）と詠んでいる。この歌は明らかに喜撰の歌を本歌として詠んだものと見られるので、定家も喜撰の歌に「鹿」を読み取っていたものと考えられる。ちなみに、この歌は詞書によって水無瀬離宮で詠まれたことが知られる。それで、「都の西」と詠んだのである。したがって、「春日」は奈良の春日ではなく、水無瀬の地にあった春日を指すと思われる。さらに、同時代に、良経の「春日山みやこの南しかぞおもふきたのふぢなみ春にあへとは」（『新古今集』七四六・賀）、順徳院の「秋といへば都のたつみしかぞ鳴く名も宇治山の夕ぐれの空」（『紫禁和歌集』二四九）などの歌があることによっても、喜撰の歌に「鹿」が読み取られていたことが知られる。

この「鹿」を読み取る説を支えていたものは、吉海直人氏の指摘どおり、やはり『源氏物語』であろう。参考項に掲げた椎本巻の匂宮と大君の贈答歌に「鹿」が詠まれている。吉海氏は『百人一首への招待』（ちくま新書）で「これによって宇治と鹿の結びつきは保証されている」としているが、首肯される言である。確かに、顕昭の言うところは正論であり、反論の余地はない。しかし、『源氏物語』にも宇治に鹿が詠まれている。したがって、一概に否定もできない。定家はそのようなことを考えていたのではなかろうか。

9

はなの色はうつりにけりないたづらに我身よにふるながめせしまに

小野小町

【異同】

〔定家八代抄〕　安永・袖玉・知顕・東急は底本に同じ。

9　はなの色はうつりにけりないたづらに我身よにふるながめせしまに

〔百人秀歌〕　底本に同じ。

〔百人一首〕　為家・栄雅・兼載・守理・龍谷・応永・古活・長享・頼常・頼孝・経厚・上條は底本に同じ。

〔小倉色紙〕　底本に同じ。（集古）

【語釈】　○はな―契沖『古今余材抄』（『古今集』四九番の注）の指摘によれば、この歌の「花」は、『古今集』の配列の上から言えば「よろづの花」（花一般、桜も含む）ということになる。『古今集』中の歌としては、そのように解すべきであろうが、『百人一首』中の歌としては桜と解すべきである。定家がこの「花」を桜の花と考えていたことは、『定家八代抄』の配列から窺われる。○うつりにけりな―「うつり」は「うつる（移）」の連用形で、ここでは花が盛りを過ぎてその色が褪せること。定家は、「うつろふ」について、『顕注密勘』（『古今集』六九番の注）で「花のうつろふ事は、ちるにはあらず。盛なる時にかはりて、ちりぬべき色のつくを云也。いつの人まに、うつろはんとや、心づからや、皆同心也。菊のむらさきにうつろふにおなじ。梅も桜も、まことにはうつろふ也」とし、『僻案抄』（『古今集』八五番の注）に「うつろふとは、花もなにも、色のおとろへがたに、かはりゆくをいふ也」とする。『古今集』では散る花の中に配されているが、定家は、『定家八代抄』でこの小町の歌を、散る桜とは明らかに区別して配列している。なお、「うつろふ」は、上代に「うつる」の未然形「うつら」に継続の助動詞「ふ」が付いたものが、平安時代に一語化したものであり、移っていくの意であると、現在では説明される。『能因歌枕』は「うつろふとは、うつるを云」とし、『八雲御抄』は「うつる也。移ともあり。万、将黄変。又ものの色のうつるともいへり」としており、「うつる」とほぼ同義と見ていたようである。「に」は完了の助動詞「ぬ」の連用形。「けり」は気づきによる詠嘆を表す助動詞。「な」は詠嘆の終助詞。○いたづらに―無益なさま。むなしいさま。「和我夜度乃　波奈多知波奈波　伊多都良尓　知利可須具良牟　見流比等奈思尓」（『万葉集』三八〇一〔三七七九〕・宅守、廣瀬本の訓「わがやどの　はなたちばなは　いたづらに　ちりかすぐらむ　みるひとなしに」）、「かくばかりをしと思ふ夜をいたづらにねてあかすらむ人さへぞうき」（『古今集』一九〇・秋上・躬恒）、「なにをして身のいたづらにおいぬらむ年のおもはむ事ぞやさしき」（『古今集』一〇六三・雑体・よみ人しらず）。○よにふる―「世に経《ふ》」は、この世に生き続けること。

「世にふればうさこそまされみよしののいはのかけみちふみならしてむ」（『古今集』九五一・雑下・よみ人しらず）、「いたづらに世にふる物と高砂の松も我をや友と見るらん」（『拾遺集』四六三・雑上・貫之）。ここでは、「経る」に「降る」を掛ける。○ながめせしまに―「ながめ」は物思いに耽る意。「長雨」を掛ける。「せ」はサ変動詞「す」の未然形。「し」は過去の助動詞「き」の連体形。「おきもせずねもせでよるをあかしては春の物とてながめくらしつ」（『古今集』六一六・恋三・業平）、「年ごとに春のながめはせしかども身さへふるともおもはざりしを」（『拾遺集』一〇五七・雑春・よみ人しらず）。花と長雨の関係については、「春立ちてわが身ふりぬるながめには人の心の花もちりけり」（『後撰集』二一・春上・よみ人しらず）、「あひおもはでうつろふ色を見るものを花にしられぬながめするかな」（『後撰集』五九・春中・躬恒）などによって知られる。

【通釈】　花の色はすっかり色褪せてしまったことよ、むなしくも。むなしく自分がこの世に生きていることを、あれこれと考えていた間に。長雨が降り続いていた間に。

【出典】　『古今集』一一三・春下・「（題しらず）　小野小町」。

【参考】　『定家八代抄』一二一・春下・「題不知　小町」。『秀歌体大略』一三。自筆本『近代秀歌』三三。『八代集秀逸』一。『百人秀歌』一三。『五代簡要』「うつりにけりないたづらにわが身よにふるなげきせしまに」。『三十六人撰』六二。『俊成三十六人歌合』三四。『時代不同歌合』三七。『西行上人談抄』五。『色葉和難集』四八五。『小町集』一・花をながめて。

《参考歌》

『拾遺愚草』一四〇八

　たづねみる花の所もかはりけり身はいたづらのながめせしまに

『拾遺愚草』一六一四

　春よただ露の玉ゆらながめしてなぐさむ花の色は移りぬ

『拾遺愚草』一七三七

桜花うつりにけりなとばかりをなげきもあへずつもる春かな

『拾遺愚草』二〇五六

野べの露うつりにけりなかり衣萩の下葉をわくとせしまに

『拾遺愚草』二一九〇

我が身世にふるともなしのながめしていく春風に花の散るらん

『拾遺愚草員外』四七三

あし引の山ぢにはあらずつれづれと我が身世にふるながめする里

【余釈】　第三句以下、「いたづらにわが身世に経るながめせし間に」（私がむなしくこの世に生きていることをあれこれ考えていた間に）と「降る長雨せし間に」（長雨が降り続いていた間に）の二つの文脈を「経る・降る」「ながめ（眺）・長雨」の二箇所の掛詞によって結び付けて詠んだ点に表現の面白さがある。この二つの文脈のうち、前者のほうが主、後者のほうが従になっているので、長雨のほうは詞の繋がりがやや不自然なものになっている。本来ならば、「長雨降りし間に」などとありたいところである。また、第三句「いたづらに」も、上からの続きからは、「花の色は移りにけりな、いたづらに」であり、下への続きは「いたづらにわが身世に経る」という具合に、「経る」にかかっていて、このあたりの詞の続け方にも興趣がある。

この歌の解釈については、古来様々な問題が存する。

まず、第一に、「花の色はうつりにけりな」に容色の衰えの意を読み取り得るかどうかという問題がある。ここに容色の衰えを読み取る説は、古くは『宗祇抄』に「下心は、はなのいろとは、こまちがわがみのさかりおとろへ行さまをよめる」「わがみの花なりしかたちは、おとろえ行とのこころなり」とし、現在でも多くの注釈書がこの解釈をとっている。一方で、これを否定する説もある。江戸時代の注釈書では、『三奥抄』がこれを否定し、「小町が歌におもてうらの説有などいふ事不用」としている。『改観抄』もこれを継承する。その後、『うひまなび』はこの「容色」説を認めている。しかし、『百首異見』は、「花のうつりしを歎かん中に、また我かたちのおとろへをも思ひこめてよそへいふ事あるべき事ならんや。又、かたちのうへを歎くとせば、鏡などにさしむかはずしては、移りにけりなといふ調にかなふべからず。もし、かたちのおとろへを見て歎きたらん歌とせば、又、花はかたちのよそへものとなりて、今さしむかへる花とは見がたきぞかし。もとより、花の色はといふより、しかよそへたる調には聞えざる也」と、これを強く否定した。また、近年においては、竹岡正夫氏『古今和歌集全評釈』(右文書院)が、この「容色」説を否定し、「これは中世ごろの「小野小町装衰絵巻」(一四世紀)に見られるような、絶世の美女の小町でも衰頽するという考えとともに出てきた思想であって、従いにくい。自分の器量を自分で「花の色」などと言う者はあるまい」とする。ただし、これに続けて「ただし作者の面影は自然と添うてはくる」とするので、この「容色」説の影響の根深さを感じる。

作者の小町がこの歌に容色の衰えを嘆く意を込めたかどうかはさておき、定家はこの歌にそのような意味を読み取っていたのであろうか。そのような意味を読み取っていたと言うためには、その証拠が必要となる。しかし、残念ながら、今のところそれは見つかっていない。「容色」説について、片桐洋一氏は『古今集』の注釈においても宗祇以降であることを指摘している(「花の色はうつりにけりな」の注釈史」(『かづらき』平成元・4、『古今和歌集以後』(笠間書院)所収)。そもそも、和歌の表現として、「花の色」を容色の意とすることができるのであろうか。吉海直人氏『百人一首の新研究』(和泉書院)に「『古今集』の他の用例を調べても、「花の色」に容色を掛けている歌は見当たらなかった」との指摘がある。『古今集』を八代集に範囲を広げても、そのような例は見出せない。以上のような状況にあっては、「容色」説を支持することに踏み切ることはできない。

次に、「いたづらに」の語がどこにかかるのかという問題がある。右掲の竹岡氏『古今和歌集全評釈』は、上にも下にもかかるとするが、この見解に従いたい。ただし、「上二句の《他》のイメージが「いたづらに」を契機として、そのまま下の句の《自》のイメージに二重映しとなって、上二句が下の句の一種の象徴的な効果をあげている」というあたりは、いかがであろうか。わが身がこの世に生き続けるありさまと、せっかくの桜が色褪せるありさまが、「いたづらに」という共通項によって同語異義的に結び付けられているのであり、「象徴的」というところに多少同感できない点が残る。

また、「いたづらにわが身世に経るながめ」の詞の続き方をどのように考えたらよいかという問題もある。これについては、竹岡氏『全評釈』の「評」に「「ながめ」の内容は、「いたづらにわが身世に経る」という事なのである」とされているとおりであろう。物思いの内容は、「むなしくこの世に生きている」ということである。「むなしくこの世に生きている」という「物思い」をするということである。ここに述懐性が色濃く表れている。『定家八代抄』において、式子内親王の「はかなくて過ぎにしかたをかぞふれば花に物思ふ春ぞへにける」の歌と並べたのも、これまでの人生を振り返り、いかにむなしく過ごしてきたことかと嘆き、それを花と関連させて詠んでいる点に共通性を見出してのことと考えることができる。さらに、定家は、この小町の歌を本歌として、「我が身世にふるともなしのながめしていく春風に花の散るらん」(『拾遺愚草』二一九〇)と詠んでいる。「我が身世にふるともなしのながめして」とは、この世に生きているかいもない、むなしいわが身をあれこれと考えて、ということである。この場合も、「ながめ」の内容は、「我が身世にふるともなし」ということであろう。「たづねみる花の所もかはりけり身はいたづらのながめせしまに」(『拾遺愚草』一四〇八)の場合も、「ながめ」の内容は、「身はいたづら」であり、わが身はむなしく、何のかいもないのを嘆くということである。

それでは、「いたづらにわが身世に経る」とは、具体的にどのようなことを指しているのであろうか。「世に経る」について、宣長の『古今集遠鏡』に「世にふるとは、男女のかたらひするをいふ。男女の中らひのことを、世とも世中ともいへる多し」とする。竹岡氏『全評釈』は、「単に世の中を暮らしていくうえでの物思いと解しておいてよいが、「いたづらに」との関係、「ながめ」(集中の用例六例中、五例までが恋の「ながめ」)という用語から見て、やはり男女間の恋が面影に添えてあると解すべきであろう」とする。男女の恋愛の意は、この歌においては、やはり表立ってのものではなく、竹岡氏の解釈が妥当であろう。また、作者の意図としてはわからないが、平安時代中期以降の発想としては、さらに、仏道修行と関連させることもできるのではなかろうか。すなわち、「いたづらに世に経る」(むなしくこの世に生きている)というところに、人間、明日はどうなるかわからぬ命なのに、自分は長い間後世《ごせ》をも願わずむなしく月日を送っているということを、余意として読み取ることはできないかと考えるのである。

なお、小野小町には、「色見えでうつろふ物は世中の人の心の花にぞ有りける」(『古今集』七九七・恋五)という歌がある。吉海直人氏『百人一首の新考察』（世界思想社）や島津忠夫氏『百人一首』（角川文庫）の指摘によれば、「色見えで」「花の色は」の両歌のうち、貫之の『新撰和歌』や、その後の『古今六帖』『三十人撰』にも「色見えで」の歌のみが載録され、公任の『前十五番歌合』も「色見えで」を選んでいる。同じ公任の『三十六人撰』や俊成の『俊成三十六人歌合』には「色見えで」「花の色は」の両歌が選ばれているものの、平安時代中期以降は、「色見えで」の歌が小町の代表歌として評価されていたのではないかとしている。そして、定家は、この「色見えで」の歌を『定家八代抄』には選んでいるが、そのほかの秀歌撰には選んでいず、『定家八代抄』『秀歌体大略』『近代秀歌（自筆本）』『八代集秀逸』などには「花の色は」の歌を選んでいるという事実から見て、こちらを代表歌と考えていたのではないかとする。

10

これやこの行もかへるも別てはしるもしらぬもあふさかの関

蟬丸

【異同】

〔定家八代抄〕別ては―わかれつつ（袖玉・知顕）―安永・東急は底本に同じ。あふさかの関―相関のせき（安永）―袖玉・知顕・東急は底本に同じ。

〔百人秀歌〕別ては―わかれつつ。

〔百人一首〕別ては―わかれつつ（栄雅・龍谷・長享・頼常）―為家・兼載・守理・応永・古活・頼孝・経厚・上條は底本に同じ。あふさかの関―あふさかの山（頼孝）―為家・兼載・守理・龍谷・応永・古活・長享・頼常・経厚・上條は底本に同じ。

〔小倉色紙〕別ては―わかれつゝ。東京国立博物館蔵。（墨58・墨・入門）※当該歌の「小倉色紙」は三枚伝わるが、右のほかに、集古収載のものも「わかれつゝ」となっている。もう一枚は未確認。

【語釈】○これやこの—かねてから聞いていたことを目の前にした時に言う語。これが、あの、～であるのか。基本的には下の体言にかかる。ここでは、「逢坂の関」にかかる。「此也是能　倭尓四手者　我恋流　木路尓有云　名二負勢能山」（『万葉集』三五・阿閇皇女、廣瀬本の訓「これやこの　やまとにしては　わがこふる　きぢにありといふ　なにおふせのやま」）、「これやこの月みるたびにおもひやるをばすてやまのふもとなりける」（『後拾遺集』五三三・羇旅・為仲）、「これやこのうきよのほかの春ならむ花のとぼそのあけぼののそら」（『新古今集』一九三八・釈教・寂蓮）、「これやこのききわたりつるつのくにのなたかくたてるすまの浦波」（『嘉言集』八四）。余釈項を参照のこと。○行もかへるも—東国に行く人も東国から都に帰る人も。余釈項を参照のこと。○別ては—下の「逢ふ」にかかる。余釈項を参照のこと。○あふさかの関—逢坂の関。現存の定家自筆の三代集では、定家は「相坂」の字を当てており、「逢坂」の例はない。近江国の歌枕。現在の滋賀県大津市。大化二年（６４６）頃の設置とされる。山城国と近江国の境逢坂山にあり、東海・東山・北陸へ通じる要衝の地。この関以東を東国とする意識があった。また、歌では「逢ふ」を掛けて詠まれることが多かった。ここも「逢ふ」を掛ける。

【通釈】これが、あの、行く人も帰る人もそこで別れては、知っている人も知らない人もそこで逢う所と、かねて聞いていた逢坂の関であるのか。

【出典】『後撰集』一〇八九・雑一・「相坂の関に庵室をつくりてすみ侍りけるに、ゆきかふ人を見て　蟬丸」第三句「別れつゝ」。

【参考】『定家八代抄』一六五二・雑下・「相坂の関に庵室をつくりて住み侍りける比　蟬丸」・第三句「別れつゝ」。自筆本『近代秀歌』一〇九・第三句「別れつゝ」。『八代集秀逸』二〇・第三句「別れつゝ」。『百人秀歌』一六・第三句「わかれつゝ」。『五代簡要』「これやこの行もかへるもわかれつゝしるもしらぬもあふさかのせき」。『古来風体抄』三三五・第二句「行くもとまるも」。『時代不同歌合』一四七。『五代集歌枕』一八二四。『素性集』四七・あふさかにあふぢしてすみはべるときにゆききの人を・第二句「ゆくもとまるも」。

《参考歌》

『拾遺愚草』一一〇五

しるしらぬあふさか山のかひもなし霞にすぐる関のよそめは

『拾遺愚草』二二九一

山桜花のせきもる逢坂はゆくもかへるも別れかねつつ

【余釈】　初句の「これやこの」は、語釈項にも記したように、かねてから聞いていたことを目の前にした時に言う慣用句である。そこに挙げた『万葉集』三五番の題詞には「越二勢能山一時」とあり、『後拾遺集』五三三番の歌の詞書には「越後よりのぼりけるに、をばすて山のもとに月あかかりければ」とあって、旅の途中実際に目にして詠んだものであることが知られる。この蝉丸の歌は、『後撰集』の詞書に「相坂の関に庵室をつくりてすみ侍りけるに、ゆきかふ人を見て」とある。この詞書について、『百首異見』に「門人位田義比云、『この歌は旅ゆく人のよめりしならん。そこに庵室つくりて常に住をる人のこれやこのとはいふべくもあらじ』といへり。げにさることに侍り。此詞は常に聞おける事などを今現に見ておもひあはすやうの意なれば、此端詞かなひ侍らぬにや」として、その齟齬を指摘する。確かに指摘のとおりであるが、実際に逢坂の関のありさまをまのあたりにしての詠ということには違いない。ところが、定家は『定家八代抄』の詞書に「相坂の関に庵室をつくりて住み侍りける比」としており、『後撰集』の詞書の「ゆきかふ人を見て」の部分を記していない。これは、後述のように蝉丸を盲目の僧と考えて削除したものであろうか。ますますそのくいちがいは大きくなるようであるが、定家も、蝉丸が実際にその場所に住んでの詠歌として味わっていたことは確かである。

「これや」の「これ」は目の前の物事を指し、「この」はかねて聞き及んでいた物事を指す。この「この」は現代語に置き換えると「あの」ということになるが、これは古語と現代語の捉え方の違いに起因するものであろう。また、「この」は基本的に下の体言にかかるのであるが、「これや」の「や」の影響で「ならむ」など推量の助動詞をともなうことがある。語釈項に挙げた『新古今集』

一九三八番の例のほか、「これやこのたからの山にいりながらただにてかへるためしなるらむ」（『相模集』四九八）、「これや此おとにたかのの橋ならん聞きわたりしにたがはざりけり」（『田多民治集』一五三）などの例でも「なるらむ」「ならん」など推量の助動詞をともなってこれと呼応している。この「や」は、現在では詠嘆の間投助詞と説明されることが多いが、平安時代中期以降の意識とすれば、疑問の係助詞と捉えられていたものと考えられる。「これやこのあかしのうらとはずともそらにしらるる月のかげかな」（『有房集』一九七）の例には疑問の意が明らかに読み取れ、語釈項に挙げた『後拾遺集』五三三番の例にいたっては、文末が「ける」となっており、係り結びになっている。ただし、「これやこの」全体としては感動表現であり、詠嘆性を帯びていると言える。

この「これやこの」の句が「逢坂の関」にかかると考えることに問題はないとして、そのかねて聞き及んでいた内容が何かが問題である。単に「逢坂の関」だけなのか、「逢坂の関」が「行くも帰るも別れては知るも知らぬも逢ふ」所であることなのかである。『百首異見』は、語法の面から後者であることを明確に述べている。蝉丸を盲目であったと考えれば、「行くも帰るも別れては知るも知らぬも逢ふ」を眼前に得た情報であるとは考えにくい。すでに聞き及んでいた情報を対句によって巧みに言いなしたと見るのが、『定家八代抄』で「ゆきかふ人を見て」と記さなかった定家の理解に近いのではなかろうか。

第二句「行くも帰るも」について、島津忠夫氏『百人一首』（角川文庫〔改版〕）の補注（Ⅰ）所引の佐伯梅友氏『後撰集巻十五試注（一）』に拠れば、佐伯梅友氏は、東国へ行く人を見送る人は逢坂の関で旅立つ人と別れる習慣があったことから、東国に行く人も、それを見送って都に帰る人もの意に解している。逢坂の関で別れることの合理的解釈としては納得できる。『古来風体抄』や『素性集』の本文は「行くもとまるも」とあり、この本文に拠れば、東国に行く人も都にとどまる人もの意となる。しかし、定家はこの蝉丸の歌を本歌として、「山桜花のせきもる逢坂はゆくもかへるも別れかねつつ」（『拾遺愚草』二一九一・詞書「権大納言家五首之中、関路花貞応三年」）と詠んでいる。歌の内容は、「山の桜が関を守っている逢坂は、行く人も帰る人も花に心惹かれて離れがたくて、桜が関守として人々の往来を止めている」ということである。この歌は、逢坂山の桜に旅人たちが心奪われて立ち去りがたくしているのを、桜を関守に取りなして、旅人たちを止めると詠んだところに趣向がある。したがって、送別の宴とは結び付かない。また、送別の宴と仮定すると、宴で花に心惹かれて別れられないというのでは、送別の宴でお互いに別れを惜しむという本来の意味が薄れてしまう。このような点から、定家は、都から東国に行く人も東国から都に帰る人もの意に解していたものと考えられる。東国に行く人も東国から都に帰る人も、知っている人も知らない人も、そこで出会っては、またそこで別れ別れになることを繰り返していると解していたのである。

第三句「別れては」は、出典の『後撰集』には「別れつつ」とある。参考項に記したように、『定家八代抄』『近代秀歌』『八代集秀逸』『百人秀歌』など定家の秀歌撰も「別れつつ」となっている。異同項に記したように、『百人一首』の一部の伝本にも「別れつつ」とある。このような状況から、「別れつつ」とする本文のほうが優勢のようであるが、これによって、『百人一首』の本文を「別れつつ」のほうが正しいと単純に言うことはできない。

まず、『後撰集』の本文としては、定家自筆本（天福二年本、冷泉家時雨亭叢書3所収）に「別つつ」とあるのを始めとして、定家書写本系統の伝本は何れも「別れつつ」とする。非定家本系統の書陵部蔵伝堀河宰相具世筆本が「わかれては」になっており、「ツ、イ」と傍書する。このような状況から見て、定家は、『後撰集』の本文としては「別れつつ」と考えていたものと思われる。しかし、定家の秀歌撰については、『定家八代抄』では大東急記念文庫本や、末流の本文とはいえ、安永四年刊本が「別れては」としている。『近代秀歌』の定家自筆本はこの歌の箇所は欠脱しており、定家がどのように書いていたかは不明である。ちなみに、『日本歌学大系』（第三巻）は「わかれては」とする。『八代集秀逸』『百人秀歌』も定家の自筆本が残っているわけではない。また、『古来風体抄』の俊成自筆本（冷泉家時雨亭叢書1所収）は「わかれては」とする。その他、『五代集歌枕』や『時代不同歌合』も「わかれては」とする。これらを考え合わせると、定家の時代にすでに「わかれては」とする本文が存在し、定家がその本文をあえて用いた可能性もないとは言えず、簡単に誤りとして処理することはできない。かえって、出典である『後撰集』の定家書写本系統の本文からの影響も考えなくてはならない。

諸注の中では、『百首異見』がこの問題について、語法の面から詳述している。『百首異見』によれば、「ては」よりも「つつ」のほうが本来の形で正しいという。「つつ」で解すと、「行くも帰るも別れつつ」と「知るも知らぬも逢ひ（つつ）」は別々の文をなしており、「別れつつ逢ふ」の意ではないとする。つまり、別れたり逢ったりではなく、「別れつつ」でいったん意味としてまとまり、「逢ふ」とは関係しないというのである。それが理解できず「別れつつ逢ふ」と考えたことにより、「つつ」よりも「ては」のほうが意味がより明確になるところから、「別れては」という本文に変えられてしまったということである。

今後、「つつ」の語の調査検討がもとめられるが、現時点であえて憶測を加えるならば、次のように考えられる。平安時代後期には、「つつ」を「ながら」とほぼ同義に考えていたのではないか。それにより、「別れつつ逢ふ」という「つつ」の意味がわかりにくくなっていた可能性がある。「わが衣手は露に濡れつつ」とか「雪は降りつつ」など、同一の物（「衣手」や「雪」）がその動作・作用（「濡る」や「降る」）を反復・継続する場合や、「白き鳥の、…水のうへに遊びつつ魚《いを》を食ふ」（『伊勢物語』第九段）のような、同一の物（「白き鳥」）がまったく別の行為（「遊ぶ」と「食ふ」）を同時にする場合も、「つつ」を「ながら」と同義と考えていたとすれば理解することは困難ではない。ところが、「別る」と「逢ふ」という正反対の行為が同時に成り立つということは、「ながら」では理解しにくい。別々の物（人々）が、一方では別れ、また一方では出逢うことを繰り返すというような場合、「別れては逢ふ」と言ったほうが理解しやすかった。それに、「つつ」と「てハ」の仮名の近似などの条件も加わって、「別れては」という本文が生じたのではなかろうか。何れにせよ、今後の考究が俟たれる。

作者の蝉丸は、伝説的な人物で不明な点が多く、その伝承も複数伝わるようである。まず一つは、現在最も流布している蝉丸像とも言うべきもので、逢坂の関に庵を結んで住む盲目の琵琶の名手とするものである。『今昔物語集』（巻第二十四）に拠ると、蝉丸は、宇多天皇の第八皇子式部卿宮敦実親王の雑色だったという。そして、これに源博雅が琵琶の秘曲を学んだという。この伝に拠れば、蝉丸は、村上天皇の時代前後の人ということになろう。『江談抄』『和歌童蒙抄』（居処部）などの伝承もこの系統に属す。そして、それとは別に、逢坂の関あたりに住む乞食で、琴の名手とするものがある。必ずしも盲目とはしない。『俊頼髄脳』や『古本説話集』に見える。鴨長明の『無名抄』(「関明神事」)の記事に拠れば、仁明天皇の使者として良岑宗貞(後に出家して遍昭)が蝉丸のもとに和琴を習うために通ったことが伝えられている。琵琶ではなく、和琴とする点や、俊頼・俊恵と鴨長明との関係なども考慮すれば、これもこちらの系統と見てよいであろう。長明が管弦の道に通じ、殊に琵琶の名手だったとされるだけに、この伝承は注目される。また、『方丈記』には「蝉歌の翁が跡をとぶらひ」とも記している。『和歌色葉』は「名誉歌仙者」として、「僧」の中に「会坂蝉丸　仁明御時　盲目道心者、常不レ断レ除、故世人号レ翁、或云二仙人一」とあり、盲目の僧とするが、仁明天皇の時代とするので、こちらの系統に入れてよいであろうか。「常不レ断レ除」の部分がわかりにくいが、『幽斎抄』に「会坂蝉丸、仁明時ノ道人也。常不レ剃レ髪、世人号レ翁。或仙人トモ云」という記述があり、参考になる。

さて、『百人一首』の配列が基本的に時代順に並べられていることを考えると、定家は後者の説に拠ったものであろう。また、先述のように、『定家八代抄』の詞書には、『後撰集』の詞書にある「ゆきかふ人を見て」の部分を記していないところから、『和歌色葉』の記述のように盲目の道心者と考えていたとも考えられる。なお、『時代不同歌合』では、深養父の後、清慎公実頼の前に蝉丸は置かれているので、後鳥羽院は前者の説に拠ったものと推察される。

蝉丸の歌としては、「世の中はとてもかくてもおなじことみやもわらやもはてしなければ」や「秋風になびく浅茅の末ごとにおく白露のあはれ世の中」などの歌が知られている。「世の中は」の歌は、『和漢朗詠集』(七六四)に選ばれているが、よみ人しらず歌である。『俊頼髄脳』などの歌学書や『今昔物語集』を始めとする説話には蝉丸の歌とされている。「秋風に」の歌は、『新撰朗詠集』(七四四)に蝉丸の歌として選ばれている。そして、どちらも『新古今集』に選ばれ、「雑歌下」の巻軸に据えられている。また、両首ともに『定家八代抄』『時代不同歌合』にも選ばれている。

『古今集』の「世中はいづれかさしてわがならむ行きとまるをぞやどとさだむる」(九八七)、「相坂の嵐のかぜはさむけれどゆくへしらねばわびつつぞぬる」(九八八)、「風のうへにありかさだめぬちりの身はゆくへもしらずなりぬべらなり」(九八九)の歌(何れも「よみ人しらず」)について、『僻案抄』は「此三首歌は、蝉丸がよめるを、古今には作者をあらはさず。後撰には作者をかける也とぞ、基金吾申されける。古今さづけられける時の物語の内なれば、指事ならねど書二付之一」とある。『宗祇抄』は、蝉丸の歌が『古今集』に入集していることを根拠に、蝉丸を醍醐天皇の皇子とする俗説を否定している。その蝉丸の歌というのは、これらの歌を指すのであろう。『僻案抄』に「基金吾」とあるのは、藤原基俊のことで、基俊—俊成—定家と歌学が継承されたことを示すものであるが、この件については、定家はそれほど重視していないようである。

『宗祇抄』以来、この歌に「会者定離」の意を読み取ろうとするものが多かったが、『三奥抄』『改観抄』『うひまなび』『百首異見』などの新注によって否定された。ところが、近年、再びそのような意味を読み取ってもよいのではないかとする説が増えてきた。中島悦次氏『小倉百人一首評解』（蒼明社）や石田吉貞氏『百人一首評解』（有精堂）あたりに始まり、現在でも、島津忠夫氏『百人一首』（角川文庫）、有吉保氏『百人一首全訳注』（講談社学術文庫）、井上宗雄氏『百人一首　王朝和歌から中世和歌へ』（笠間書院）などの諸書に見える。現在におけるこの説の根拠は、蝉丸の『新古今集』に入集した二首の内容から見て、定家の時代には蝉丸はこの世の無常を詠む歌人として捉えられていたのではないかというところにあるようである。確かにそのような面も認められる。しかし、そもそも「会者定離」の意味がこの歌の内容と重なるのかどうかに疑問がある。また、『定家八代抄』の配列では、この歌は『新古今集』の二首とは全く別の所に置かれている。そして、この歌の前後に置かれた歌の内容から見るかぎり、定家がこの歌に「会者定離」の意を読み取っていた形跡は認められない。以上の理由から、現在の段階では、この歌に「会者定離」の意を読み取ることに踏み切れないでいる。

11

わたのはらやそしまかけてこぎ出ぬと人にはつげよあまのつり舟

参議篁

【異同】

〔定家八代抄〕安永・袖玉・知顕・東急は底本に同じ。

〔百人秀歌〕底本に同じ。

〔百人一首〕人には─人にも（長享「も」の右に「は」と傍書）─為家・栄雅・兼載・守理・龍谷・応永・古活・頼常・頼孝・経厚・上條は底本に同じ。


【語釈】○わたのはら─現在では、「わた」は海の意で、「はら」は広く続く平地の意と説明される。歌学書では、海の異名と捉えられている。『和難集』は「和云、わたのはらとは海を云ふなり。渡原と云ふなり。ふねにてわたればいふなり」と説明する。また、『古来風体抄』では「渡之原」と表記する。『日葡辞書』には「Vadano-fara」とあり、中世には第二音節が「わだ」と濁音となるが、「渡る」の意を意識していたと考え、清音で読んでおく。○やそしま─八十島。たくさんの島。『童蒙抄』には「八十島とは、八十島と云を、是は数多の島といへる心也。やつを数の限りにする心也」とし、さらに、篁のこの歌の「八十島」については、「八十島とは、多くの島と云心也。出羽国に八十島と云島はあれど、それはかなはず」と説明する。『和歌色葉』も「やそ島とは、おほくの島といへる心也。いではの国にやそ島といふ島のあるは別の事也」とする。『顕注密勘』にも顕昭は「やそしまかけてとは、八十島をかけてこぎいでつと云也。やそとはおほかる心也。やそうぢ人といふも、人の姓のおほくて百姓とも申。八をばおほかる数にすれば、八十島と云。出羽国にやそ島と云島の別に侍をよめるにはあらず。これは、小野篁が隠岐へながさるるとてよめる也。出羽は思よらず。やそのつづきの、やそのちまた、やその湊などよめり」とし、定家も同意している。そのほか、『袖中抄』『八雲御抄』『和難集』などにも取り上げられ、同様の説明がなされている。○かけて─「かけて」は、上接する物事の範囲に及んで～するの意。「しほがまのうらふくかぜに霧はれてやそ島かけてすめる月かげ」（『千載集』秋上・二八五・清輔）、「ももづたふ八十島かけて見わたせば空こそ海のきはめなりけり」（『俊成五社百首』一九一）、「やへがすみやそしまかけてたちにけりちよのはじめのはるのあけぼの」（『千五百番歌合』一二・六番右・春・釈阿）、「わたの原をちの霞の春の色にやそ島かけてかへるかりがね」（『後鳥羽院御集』

一一〇二）、「わたのはらやそしまかけてしるべせよはるかにかよふおきのつりぶね」（『如願法師集』八三四）、「はるばるとやそしまかけて行く舟のいやとほざかるあとの白波」（『洞院摂政家百首』一六九二・教実）。余釈項を参照のこと。○あま—海人。漁や製塩などの海の仕事に従事する者。「心なきもの」（情趣を解さないもの）とされていた。「おとにきく松がうらしまけふぞ見るむべも心あるあまはすみけり」（『後撰集』一〇九三・雑一・素性）と詠まれて以来、松が浦島の海人は例外的に「心あるもの」とされた。

【通釈】海原よ、遙か遠く幾多の島々まで漕ぎ出してきたと、人には言ってくれ。海人の釣舟よ。

【出典】『古今集』四〇七・羇旅・小野たかむらの朝臣・「おきのくにながされける時に舟にのりていでたつとて、京なる人のもとにつかはしける」。

【参考】『定家八代抄』七七九・羇旅・「おきの国にながされ侍りける時　参議篁」。『百人秀歌』七。『五代簡要』「わたのはらやそしまかけてこぎいでぬと」。『新撰和歌』一八六。『金玉集』五六・雑・「おきにながされける時、ふねにのりて」。『深窓秘抄』八〇・雑。『和漢朗詠集』六四八・行旅。『古来風体抄』二六八。『時代不同歌合』一九。『新撰髄脳』六。『和歌体十種』二〇・余情体。『和歌童蒙抄』二六五。『袖中抄』九一九。『和歌色葉』三〇七。『色葉和難集』二六五。『今昔物語集』一二七・小野篁被流隠岐国時読和歌語第四十五。『水鏡』三・第四句「人にはかたれ」。『宝物集』二〇〇。『撰集抄』五五。

『続日本後紀』承和五年十二月己亥条（本文は国史大系に拠る。ただし、通行の字体に改め、句読点を改めた箇所もある。）
勅曰、小野篁、内含二綸旨一、出使二外境一、空称二病故一、不レ遂二国命一。准二拠律条一、可レ処二絞刑一、宜下降二死一等一、処中之遠流上。仍配二流隠岐国一。初造舶使造レ船之日、先自定二其次第一名レ之。非二古例一也。使等任レ之、各駕而去。一漂廻後、大使上奏、更復卜定、換二其次第一、第二船改為二第一一、大使駕レ之。於レ是副使篁怨懟、陽レ病而留。遂懐二幽憤一、作二西道謡一、以刺二遣唐之役一也。其詞牽興多犯二忌諱一。嵯峨太上天皇覧レ之、大怒令レ論二其罪一。

『文徳実録』仁寿二年十二月癸未条（本文は国史大系に拠る。ただし、通行の字体に改め、句読点を改めた箇所もある。）
参議左大弁従三位小野朝臣篁薨。（略）五年春、聘唐使等四舶、次第泛レ海。而大使参議従四位上藤原常嗣所レ駕第一舶、水沃穿欠。

有レ詔以二副使第二舶一、改為二大使第一舶一。篁抗論曰、「朝議不レ定、再二三其事一。亦初定二舶次第一之日、択二取最者一為二第一舶一。分配之後、再経二漂廻一。今一朝改易、配二当危器一。以二己福利一代二他害損一。論二之人情一、是為二逆施一。既無二面目一、何以率レ下。篁家貧親老、身亦尩羸。是篁汲レ水採レ薪、当レ致二匹夫之孝一耳」。執論確乎、不二復駕レ船。（略）六年春正月遂以レ捍レ詔、除名為二庶人一、配二流隠岐国一。在レ路賦二謫行吟七言十韻一。文章奇麗、興味優遠。知レ文之輩、莫レ不二吟誦一。

『水鏡』「仁明天皇」（本文は岩波文庫に拠る。〔 〕内は私に補う。）

この月〔承和五年十二月〕に小野篁《たかむら》を隠岐国へ流し遣はしき。たびたび唐へ遣さんとせしかども、身に病侍る由など申して、まからざりしにあはせて、唐へ遣しける文のことばのつづきにひかされて、世の為によからぬ事どもを書きたりけるを、嵯峨の法皇御覧じて、大きに怒り給ひて、流し遣はさせ給ひしなり。同六年正月にぞ篁隠岐へまかりし。

　わたの原やそしまかけてこぎ出でぬと人にはかたれあまのつり舟

とは、この時によみ侍るなり。（略）六月には小野篁召し還されて、未だ位もなかりしかば、黄なる袍《うへのきぬ》をきてぞ京へはいれし。

『宝物集』巻第二（本文は岩波新日本古典文学大系に拠る。）

小野篁は、常嗣《つねつぐ》宰相の遣唐使につかはされける時、副使《〔そへづかひ〕》にて渡りけるに、舟きらへりといふ無実によりて隠岐国《おきの〔くに〕》へながされたまふ。

　和田の原八十島《やそしま》かけて漕出《こぎいで》ぬと人にはつげよあまの釣舟

といふ歌はそのたびよみ給へるなり。

《参考歌》

『拾遺愚草員外』六二〇

　つり舟のさとのしるべも事とほしやそ島かすむ明ぼのの空

11　わたのはらやそしまかけてこぎ出ぬと人にはつげよあまのつり舟

【余釈】　この歌は、『古今集』の詞書に「おきのくにになかされける時に舟にのりていでたつとて、京なる人のもとにつかはしける」とあることから、隠岐国に流罪になった時に詠んだものであることが知られる。しかし、流罪になった経緯についてはこの詞書からはわからない。それは『続日本後紀』や『文徳実録』に記すところ（参考項を参照）であるが、問題は、定家やその時代の人々がどの程度それを知っていたかである。そのようなことに興味をひかれがちな説話、例えば、『今昔物語集』は、「事有りて」とし か記していない。また、歌学書では『和歌童蒙抄』（第三・嶋）に「小野篁の卿の刑部大輔なりける時、唐の使につかはす時、大つかひの船とあらそひたりとて、隠岐国にながしつかはす時に」、同書（第四・羈旅）には「大つかひと舟の事争ひたりとて」とするが、『俊頼髄脳』『袖中抄』『和歌色葉』『色葉和難集』などには、その事情を記しているものはない。顕昭の『古今集注』や『顕注密勘』にもその事情は記されていない。説話集としては『宝物集』がやや詳しく、歴史物語としては『扶桑略記』の抜粋とされる『水鏡』がさすがに詳しい（参考項を参照）。こうした状況を考えると、定家の時代の人々は、配流の経緯については『童蒙抄』の記述程度の認識だったかと想像され、経緯自体はそれほど意に介されてはいなかった可能性もある。もしもそうであるとすれば、配流の経緯を前提に鑑賞する、現在一般に行われている方法は、少し考え直さなくてはならないかもしれない。

「八十島かけて」については、語釈項に記したとおり、「八十島」が多くの島々の意であることは、諸歌学書の見解も一致している。「かけて」と続くので、幾多の島々にも及んで船を漕いで行くことと考えられていたと思われる。船路は島から島へ島伝いに行くものと考えて、遙かに、幾多の島々を越えて漕ぎ行く意にとるのが妥当であると思われる。もちろん「八十島」が目的地ではない。その先に目的地の隠岐の島があるのである。

「人には告げよ海人の釣舟」について、「人」は、直接的には自分（作者）の消息を尋ねる人なのであるが、間接的には、『古今集』の詞書「京なる人のもとにつかはしける」とあるのによれば、「京なる人」ということになろう。この下の句の解釈を、『顕注密勘』で顕昭は「人につげよ、つりするあま、などぞいふべけれども、ききよきに付て、あまのつり舟とよめる也」とし、定家も「無二不審一」としている。舟に向かって言っているのではなく、舟に乗る海人に命じているのと解しているのである。語釈項にも記したように、海人は物の情趣を解し得ないものと考えられていた。その海人に向かって「人には告げよ」と言ったところに哀切さが感じられる。俊成は『古来風体抄』で「人にはつげよなどいへるすがたこころ、たぐひなく侍なり」と評している。

さて、問題になるのは、海人のいる場所である。『古今集』の詞書に「舟にのりていでたつとて」とあるので、出航する時ということで港付近と考えがちである。出航した場所については、『三奥抄』『改観抄』以来、難波と考えられてきたが、近年、川村晃生氏により出雲国の千酌《ちくみ》駅（現在の境港の東）とする説（「「八十島かけて」考」『三田文学』8・昭和62年12月、『百人一首研究集成』〔和泉書院〕所収）が出され、有力な説となっている。さて、定家は、この歌を本歌として「つり舟のさとのしるべも事とほしやそ島かすむ明ぼのの空」（『拾遺愚草員外』六二〇）と詠んでいる。「さとのしるべ」は「あまのすむさとのしるべにあらなくに怨みむとのみ人のいふらむ」（『古今集』七二七・恋四・小町）に拠る語で、海人の住む里、すなわち浦の案内人のことである。「事とほし」とは遠くて疎い、つまり不案内だということである。釣舟に乗る海人の里である浦の案内人も、釣舟に乗る海人について遠くてよくわからないことだ、という意であろう。釣舟は、霞む「八十島」あたりにいるものと考えられる。このほか、「八十島」と「海人の釣舟」を詠んでいる例を見ると、「あはれいかにゆたかに月をながむらむやそしまめぐるあまのつりぶね」（『聞書集（西行）』一二五）、「あまを舟八十島つたふ浪のうへも漕行くあとは松のむらだち」（『御室五十首』八五五・寂蓮）、「こぎいでぬと人につぐべきたよりだにやそ島遠き海士のつり舟」（『壬二集』一七八八）、「わたの原やそしましろく降る雪の天ぎる浪のまがふ釣舟」（『壬二集』二六〇三）のように、「海人の釣舟」は陸からは遙かに隔たった「八十島」あたりにいるように詠まれている。これらを考え合わせると、篁の歌においても、「八十島」あたりにいるものと理解されていたのではないかと思われる。そうであるとすれば、篁の歌は、作者が港にいて、そこから遠く隔たった所に舟を浮かべている海人に向かって言ったのであろうか。しかし、遙か遠くの海人に向かって「人には告げよ」というのも不自然である。海人の舟が都のほうに向かっているというのであれば考えられなくもない。しかし、そうではない。海人は遙か沖で漁をしているのである。そのような海人に「人には告げよ」と言うとは思われない。そうすると、今度は作者である篁の位置が問題となる。港ではなく、海人の釣舟と同じように、遙か沖にある「八十島」あたりに篁の乗る船もあるのではなかろうか。そして、その島々のあたりで漁をする海人に向かって言ったものと解釈できないであろうか。海人は漁が終われればいずれ里に帰るので、それに托したのである。「漕ぎ出でぬ」の「ぬ」は完了の意の助動詞であるが、その事態が実現したことを表す。漕ぎ出すという事態が実現した、そしてその結果が今ある、ということであり、つまりは出発してきた、そして今ここにいる、ということである。「かぎりあればやへのしほぢにこぎいでぬとわがおもふ人にいかでつげまし」（『江帥集』一六八）、「かもめうかぶなみぢはるかにこぎいでぬよそめばかりやおきのとも舟」（『月清集』一九九）、「おきつかぜけあしけれどもこぎいでぬと都の人にいかでしらせん」（『拾玉集』五八）などと同様の用法である。『拾穂抄』に見える「流《ナガサ》れゆく折ふし、茫《バウ》々たる海を見るだに悲しきに、これやわがゆく嶋ならんと見ればそれも漕《コギ》過て、又亦はるかに嶋を見て是やとみれば猶過行過行て、沖に舟漕出て都にへだたるさま、げに悲しかるべし」とする説や、『頼孝本』に「あるせつに、あまのつりぶねをおきにてみて」とし、『上條本』に「おきの国まではるかの海路なれば、おほくのしまをこぎすぎてわたり行心也」とするのは、定家らの時代の解釈に近いように思われる。

　しかし、そのように解すと、『古今集』の詞書「舟にのりていでたつとて、京なる人のもとにつかはしける」と矛盾するようにも思われる。右の『拾穂抄』の説に対して、『うひまなび』や『雑談』などもそれを根拠に否定している。確かに『古今集』の詞書からは、出航する時、沖に漕ぎ出す前に詠んだものと読み取れる。しかし、その歌の内容は、出航後、沖に出てからのことを想像して詠んだものと考えてよいのではなかろうか。より正確には、航行中に詠んだという体裁で詠んだのである。右に挙げた『江帥集』（一六八）の詞書にも「大宰下向、於鳴尾送京洛」とあるが、これと同じである。『定家八代抄』は「舟にのりていでたつとて、京なる人のもとにつかはしける」の部分を詞書に記さず、「おきの国にながされ侍りける時」とするのみであるのも、この歌は流刑地に向かう船旅の途中の心情を詠んだものであり、この歌を味わうためには不必要なものと考えてのことではなかろうか。

　この歌は、貫之に高く評価されて『新撰和歌』に選ばれた。その後、公任も高く評価して『新撰髄脳』に「昔のよき歌」の例として挙げている。そして、『金玉集』『深窓秘抄』『和漢朗詠集』などの秀歌撰にも選び入れている。さらに、俊成も、先に記したように、『古来風体抄』に選んで賞賛している。しかし、定家は『定家八代抄』には選び入れているものの、『秀歌体大略』や『近代秀歌（自筆本）』などの秀歌例には挙げていない。このあたりの状況は、安倍仲麿の歌の場合とほぼ同じであると言えよう。

僧正遍昭

12

あまつかぜ雲のかよひぢ吹とぢよをとめのすがたしばしとどめむ

【異同】

〔定家八代抄〕　をとめ―乙女（安永・袖玉）―知顕・東急は底本に同じ。

〔百人秀歌〕　底本に同じ。

〔百人一首〕　雲のかよひち―雲のかよひ（龍谷）―為家・栄雅・兼載・守理・応永・古活・長享・頼常・頼孝・経厚・上條は底本に同じ。をとめ―乙女（為家）―乙通女（兼載）―乙め（龍谷）―おとめ（応永・古活・長享・経厚・上條）―栄雅・守理・頼常・頼孝は底本に同じ。

【語釈】　○あまつかぜ―空の風。「つ」は古い連体助詞と現在では説明される。『顕注密勘』で顕昭は「つはやすめ詞也。かみつ、しもつ、あまつ、おきつなど、皆つの詞をくはへたるが如し」とし、定家も同意している。また、同書に顕昭は「あまつほし」について、「空の星と云也。あまつとは、やすめ字をそへたり」としている。○雲のかよひぢ―天女が天上と地上を行き来する空の道のことをこのように表現した。○をとめ―歴史的仮名遣いでも「をとめ」であるが、現存定家自筆本三代集の仮名表記でも「をとめ」。若い未婚の女性をいうが、ここでは天女のこと。『能因歌枕』に「をとめとは、まひする女を云」「天人をば、をとめといふ」とする。『顕注密勘』に顕昭は「をとめとは、少き女也。万葉には未通女と書て、をとめとよめり。未男せぬ女を云也」とする。

『綺語抄』『童蒙抄』『奥義抄』『和歌色葉』『和難集』などの歌学書にも同様の説明が見える。ここでは五節《ごせち》の舞姫を天女に見立てた。五節は、その年の五穀豊穣を神に感謝する新嘗会や大嘗会の際に、朝廷で行われた行事。陰暦一一月の中（二番目）の丑の日から辰の日まで四日間行われた。最後の辰の日が豊明節会《とよのあかりのせちえ》で、五節の舞が奉じられた。その折に舞を舞う少女を五節の舞姫という。舞姫は、新嘗会には公卿の子女二人、殿上人や受領階級の子女二人の計四人、大嘗会には公卿の子女二人、殿上人や受領階級の子女三人の計五人を出すのが通例となっていた。舞は天女の舞を模したとされる。その起源について、『顕注密勘』で顕昭は「清御原天皇と申は天武天皇也。吉野宮にて、日暮に琴を弾じ給に、有レ興けり。俄に前岫のもとにあやしき雲たてり。神女のごとくなる物、ほのかに曲につきて舞ふ。御門の御目にみえて、他人此をしらず。袖をあぐる事五かへり、此を五節と云。歌に云く、をとめごがをとめさびすもからたまをたもとにまきてをとめさびすも　此よりはじめて五節おこなへり。彼神女をまねびて舞姫は舞也」とする。『奥義抄』にも簡略ながら起源についての記事が見える。〇とどめむ―「む」は意志・希望を表す助動詞。

【通釈】　空の風よ、雲の通い路を吹き閉じてくれ。天女の姿を少しの間とどめよう。

【出典】　『古今集』八七二・雑上・「五節のまひひめを見てよめる　よしみねのむねさだ」。

【参考】　『定家八代抄』一四五四・雑上・「蔵人頭にて五節のまひ姫を見て　良岑宗貞」。自筆本『近代秀歌』一〇四。『百人秀歌』一五。『五代簡要』「あまつ風くものかよひぢふきとぢよをとめのすがたしばしとどめん」。『新撰和歌』二一七。『古今六帖』四四一・ざふのかぜ・ありはらのむねさだ（「よしみね」と傍書）。『和漢朗詠集』七一八・妓女。『古来風体抄』二八七。『綺語抄』三一四。『色葉和難集』二四五。『遍昭集』一〇・ごせちのまひひめをみて。

《参考歌》

『拾遺愚草』七九五

　天つ風さはりし雲は吹きとぢつをとめのすがた花に匂ひて

『拾遺愚草』一九〇九

しろたへのあまのは衣つらねきてをとめまちとる雲の通路
『拾遺愚草員外』一九二

ふかき夜にをとめのすがた風とぢて雲ぢにみてる万代のこゑ
『定家名号七十首』六六

あまつかぜをとめのそでにさゆる夜はおもひいでてもねられざりけり

【余釈】　殿上を雲の上などというところから、そこに舞う五節の舞姫を天女に見立てた。そして、天女が昇り降りする道を「雲の通ひ路」と表現し、さらには、風は雲を動かすものであるところから、心をもたない風に「雲の通ひ路吹き閉ぢよ」と命じたところに深い味わいがある。「しばしとどめむ」にも、舞姫に魅了され、舞い終わって下がろうとするのを惜しむ作者の心情がこもっている。

さて、この歌の解釈で問題になるのは、通説では、舞姫を天女に見立て、地上に降りた天女を空に帰したくないと解する点である。『顕注密勘』において、顕昭は「雲のかよひぢとは、殿上をば雲の上と云へば、そのおりのぼる道を雲のかよひぢとは云也」とし、定家も同意している。すなわち、殿上が雲の上であり、そこに昇ったりそこから降ったりする道が「雲の通ひ路」だと捉えているのである。そうであるならば、天女（舞姫）が舞う場所は地上ではなく、雲の上（殿上）ということになる。通説のような解釈は、顕昭や定家らの理解とは違っているのではないかと思われる。

定家はこの歌を本歌にして、「しろたへのあまのは衣つらねきてをとめまちとる雲の通路」（『拾遺愚草』一九〇九）と詠んでいる。この歌は、文治六年（１１９０）藤原兼実の女任子入内の折の屏風和歌『文治六年女御入内和歌』に詠まれたもので、その中の「十一月　五節参入」を詠んだものである。おそらく、五節所、すなわち常寧殿に設けられた舞姫たちの控え室の華やかな様子を描いた場面に応じた詠歌であろう。「しろたへのあまのは衣つらねきて」は五節の舞姫たちが美しい衣装をまとって参集したことをいう。その舞姫たちを待ち迎える五節所を「をとめまちとる雲の通路」と表現したものと考えられる。この歌では、「雲の通ひ路」は五節所、すなわち殿上までの道の意で言っている。同じ時の歌として、「久かたのあまつ乙女子ひきつれてくものかよひぢ尋ねきにけり」（『文治六年女御入内和歌』二四六・隆信）などの例も同様に考えることができる。しかし、いっぽう、「さ夜ふけてとよのあかりのもろ人のをとめむかふる雲のかよひぢ」（『文治六年女御入内和歌』二四四・良経）の例では、五節所から舞を舞う舞台となる紫宸殿や清涼殿への道を「雲の通ひ路」と言っているものと考えられる。この歌の「もろ人」は舞台まで舞姫を先導する役の人々のようで、「もろ人のとるやひどりのさきだてばのぼるをとめのかこそしるけれ」（『新撰和歌六帖』一七九〇・光俊）とも詠まれている。また、「をとめ子がくものかけはしのぼるなり豊のあかりのみ火しろくたけ」（『文治六年女御入内和歌』二四二・実定）、「くものうへにたまものこしを引きつれてのぼりぞやらぬ天津乙女子」（『文治六年女御入内和歌』二四三・実房）などの「のぼる」というのも、紫宸殿や清涼殿への道を言っているものと解される。また、定家の「ふかき夜にをとめのすがた風とぢて雲ぢにみてる万代のこゑ」（『拾遺愚草員外』一九二）の例では、「雲ぢ」は紫宸殿や清涼殿をさすものと考えられる。「雲の通ひ路」という語は用いられていないが、「風とぢて」というところから、閉じられた「雲の通ひ路」は、紫宸殿や清涼殿から降りる道と考えてよいのではないかと思われる。以上の例から、「雲の通ひ路」は、舞の舞台となる紫宸殿や清涼殿へ参入し、また、そこから退出する道についてもいうことが知られる。

紫宸殿や清涼殿で舞を舞う舞姫の美しい姿に心を奪われ、「天つ風雲の通ひ路吹き閉ぢよ」と言ったとすれば、「雲の通ひ路」は、あえて言えば、天女が天に昇ってゆく道ではなく、天から降りてゆく道である。そのように解すことで、『顕注密勘』の右の説明とも整合してくる。定家やその時代の人々は、この歌をそのように理解していたものと考えられる。『うひまなび』が「大内は天に比《タグ》ふれば、実に此地の事とも覚えずして天をとめの舞とのみ思ふ也」とするのを、『百首異見』は批判して、「今舞所を天上に比せばいづくの空に帰るとせん。こは天をとめの此地にくだれるに見なしたるこそあれ」とするが、『うひまなび』の説のほうが定家らの理解に近いと言えよう。

ところで、『定家八代抄』の詞書には「蔵人頭にて五節のまひ姫を見て」とある。『古今集』の詞書と比較すると「蔵人頭にて」

が書き加えられていることが知られる。これは遍昭がまだ在俗時であったことを表しているものとも考えられるが、「蔵人頭」というところに意味があるものと思われる。五節の折、その行事を取り仕切るのが「行事の蔵人」であったことは、『枕草子』「内裏は五節の頃こそ」の段などによっても知られるところである。だからこそ、「天つ風雲の通ひ路吹き閉ぢよ」と命じたり、「をとめの姿しばしとどめむ」と意志によって表されているのであろう。そうであるとすれば、あるいは個人的な心情を詠んだものというよりは、帝の心を忖度して詠んだ歌と見ることもできようか。『定家八代抄』に「蔵人頭にて」と加えたところには、そのようにこの歌を味わおうとする定家の意識が表れていると言えよう。ちなみに、『古今集』八四七番の詞書に「ふかくさのみかどの御時に蔵人頭にてよるひるなれつかうまつりけるを」とある。「深草の帝」は仁明天皇のことである。定家は伊達本・嘉禄二年本に「蔵人頭右近少将良岑宗貞」と記している。宗貞が蔵人頭になったのは、仁明天皇の時代の嘉祥二年（８４９）である。

作者名表記は「遍昭」か「遍照」かという問題があるが、現存定家自筆本三代集では漢字表記は全て「遍昭」とある。仮名では「へんせう」とする。また、この『百人一首』の歌の場合、『古今集』や『定家八代抄』などから考えると、「良岑宗貞」とあるのが自然である。

《第二グループの配列》

8　わが庵は都の辰巳しかぞ住む世をうぢ山と人は言ふなり（喜撰）

9　花の色は移りにけりないたづらにわが身世にふるながめせし間に（小町）

10　これやこの行くも帰るも別れては知るも知らぬもあふ坂の関（蝉丸）

12　あまつかぜ雲のかよひぢ吹とぢよをとめのすがたしばしとどめむ

11　わたの原八十島かけて漕ぎ出でぬと人には告げよ海人の釣舟（篁）
12　天つ風雲の通ひ路吹き閉ぢよ乙女の姿しばしとどめむ（遍昭）

このグループから平安時代の歌人の歌となる。この第二グループは、嵯峨朝から仁明朝頃の歌人の歌をまとめたものと言えよう。小町は、『和歌色葉』に「出羽国郡司女、仁明御宇、承和時人」とある。蝉丸については歌の余釈項に述べたように、仁明朝期説をとったものであろう。篁は、嵯峨天皇との逸話が多いが、隠岐配流も参議になったのも仁明天皇の時代である。良岑宗貞は仁明天皇の寵臣であり、仁明天皇崩御とともに出家し、その後、遍昭として後半生を送ることになる。

喜撰・小町・蝉丸の三人は、生没年未詳の歌人としてまとめられているものと考えられる。『改観抄』は、喜撰の歌の箇所で「宇治山をよめるをもて上の三笠山に類せられたるにや」とし、仲麿の歌との繋がりを指摘する。また、小町の歌の箇所では「喜撰小町は共に歌仙にとらるる人なればつらねたるやう心ある歟」とする。それに加えて、喜撰の歌は心を澄まして宇治山に遁世する内容であるのに対し、小町の歌はむなしくこの世を過ごす内容である。そのような対比も指摘し得るであろう。『改観抄』は、蝉丸の歌の箇所では「蝉丸と時代等分明ならぬをとて小町に次歟」とする。

その後に、篁・遍昭と時代順に並ぶ。蝉丸と篁の歌の繋がりについて『改観抄』は、「逢坂は東海道におもむく初、難波は西海道にふなだちする所にて、歌もまた逢と別るると類したればつづけらるる歟」と指摘する。対比および類似の指摘として面白いが、篁の歌を難波とする点に問題が残るかと思う。蝉丸の歌の「別れ」を篁の歌の「漕ぎ出でぬ」で受け、さらにそれを遍昭の歌の「しばしとどめむ」で受けるものと考えたい。また、篁と遍昭の歌の繋がりについては、『改観抄』に「篁歌に人には告よとよめるに雲のかよひぢ吹とぢよとねがへる心をもてつらぬる歟」とする。これについては従い得ると思われる。どちらも心なきものに命じている点に共通性が認められる。

陽成院

13

つくばねの峰よりおつるみなの川恋ぞつもりてふちとなりける

【異同】
〔定家八代抄〕　東急にはこの歌なし。安永・袖玉・知顕は底本に同じ
〔百人秀歌〕　底本に同じ。
〔百人一首〕　なりける―なりぬる（為家・古活）―なるらん（上條）―栄雅・兼載・守理・龍谷・応永・長享・頼常・頼孝・経厚は底本に同じ。
〔小倉色紙〕　未確認。

【語釈】　○つくばね―筑波嶺。筑波山のこと。常陸国の歌枕。現在の茨城県中央部にある筑波山地の主峰。山頂部分は男体山と女体山の二峰に分かれる。標高八七六メートル。「筑波嶺の峰」と詠まれることが多く、『能因歌枕』『隆源口伝』『童蒙抄』『奥義抄』『初学抄』などの歌学書では、「筑波嶺」を「峰」の異名、あるいは総名と捉えている。また、『初学抄』は「次詞」（「さだまりてつづけてよむことあり」）の一つとしても挙げている。しかし、そのいっぽうで、『能因歌枕』『五代集歌枕』『八雲御抄』は常陸国の歌枕としている。『和難集』『八雲御抄』などは「筑波嶺」を「峰」の異名総名とする説を挙げながらも、常陸国にある山の名ともしている。『顕注密勘』の『古今集』九六六番の歌の注に、顕昭は「つくばねは筑波山也。在㆓常陸国㆒」とし、「古式に、峰をばつくばねと云といへり。ひが事也。つくばねのみねとよめるにつきていふなり。ひとへに頼べきにあらず」として、「峰」の異名とする説を否定し、定家も「無㆓不審㆒」とする。また、『古今集』一〇九五番の歌の注に顕昭は「つくばねとは、つくば山也。ひたちの国のいぬゐのかたに侍る山とぞ申」とする。○峰―「峰」に「見ね」を掛けると理解されていたと見られる。「おとにきく人に心をつくばねのみねどこひしききみにもあるかな」（『拾遺集』六二七・恋一・よみ人しらず）。余釈項を参照のこと。○みなの川―常陸

国の歌枕。筑波山の中腹を水源とし、下流は桜川に注ぎ、霞ヶ浦に入るとされる。陽成院のこの歌が現存初出かと思われる。『八雲御抄』に常陸とし、「後撰。つくばねのみねよりおつる」とする。『五代集歌枕』も常陸として、この歌を例として挙げる。○恋ぞつもりて―「春草之　繁吾恋　大海　方往浪之　千重積」（『万葉集』一九二四〔一九二〇〕・作者不明、廣瀬本の訓「はるくさのしげきわがこひ　おほうみの　かたゆくなみの　ちへにつもりぬ」）、「秋夜乎　長跡雖言　積西　恋尽者　短有家里」（『万葉集』二三〇七〔二三〇三〕・作者不明、類聚古集の訓（※廣瀬本はこの箇所を欠く。）「あきのよを　ながしとおもへども　つもりにし　こひをつくせば　みじかかりけり」）。

【通釈】　筑波嶺の峰から流れ落ちるみなの川よ、その水が「積もって淵となる」ように、あなたに逢うことができず、恋が積もって、深い淵となるのでしたよ。

【出典】　『後撰集』七七六・恋三・「つりどののみこにつかはしける　陽成院御製」。

【参考】　『定家八代抄』九六三・恋二・「つりどののみこにつかはしける　陽成院御製」。『百人秀歌』一二。『五代簡要』「つくばねの峰よりおつるみなのがはこひぞつもりてふちとなりける」。『古今六帖』一五四九・かは・やうぜいゐんの御せいイ・第四句「こひぞたまりて」。『五代集歌枕』一三七三・結句「ふちとなりけん」。

《参考歌》

『古今集』一〇九六・東歌・常陸歌

　つくばねの峰のもみぢばおちつもりしるもしらぬもなべてかなしも

『万葉集』三四一〇〔三三九二〕・作者不明

　筑波祢乃　伊波毛等杼呂尓　於都流美豆　代尓毛多由良尓　和我於毛波奈久尓

〔廣瀬本の訓〕

　つくばねの　いはもとどろに　おつるみづ　よにもたゆらに　わがおもはなくに

『万葉集』三八六〔三八三〕・丹比真人国人

築羽根矣　卌耳見乍　有金手　雪消乃道矣　名積来有鴨

〔廣瀬本の訓〕

つくばねを　よそめにみつつ　ありかねて　ゆきげのみちを　なづみけるかも

『清輔集』三四

をはつせの花のさかりやみなの河みねより落つる水のしら浪

『拾遺愚草』一三七七

袖の上に恋ぞつもりて淵となる人をば峰のよその滝つせ

『拾遺愚草』一五一六

行く春のながれてはやきみなの川かすみのふちにくもる月影

『拾遺愚草』二一八七

みなの川峰よりおつる桜花にほひのふちのえやはせかるる

『拾遺愚草員外』二四二

しきたへの枕のしたにみなぎりてやがてもくだすみなの川かな

『夫木抄』一二五四三・せきり水・寛元二年結縁経百首・為家

みなの川岩まにたぎつせきり水はやくすぎける我がさかりはも

【余釈】　筑波嶺の峰から流れ落ちるみなの川の水が流れ下り、淵となるように、あなたに逢うことができず、恋しい気持が積もって、深い淵となるものなのだった、という意の歌である。

「筑波嶺の峰より落つるみなの川積もりて淵となる」と「恋ぞ積もりて淵となる」という二つの文脈を「積もりて淵となる」を共

通させることで結び付けた歌である。「筑波嶺の峰より落つるみなの川」は序詞であり、「淵」は「川」の縁語である。『古今集』に採られた常陸歌（一〇九六）の「筑波嶺の峰のもみぢばおちつもり」と『万葉集』三四一〇番の「筑波嶺の岩もとどろに落つる水」とを取り合わせて詠んだものであろう（参考項を参照）。『三奥抄』『改観抄』に後者を本歌とするという指摘が見える。「恋」が「積もる」と詠むことも『万葉集』（一九二四番や二三〇七番）に見える（語釈項を参照）。「みなの川」を詠んだ例は陽成院のこの歌以前には見えず、何かに依拠したものと思われるが、明らかにしがたい。残されているこの歌が証歌となる。

この歌の解釈で問題になるのは、「筑波嶺の峰より落つるみなの川」で、『宗祇抄』に「ほのかにおもひそめしことの深きおもひとなるを、みづのかすかなるがつもりてふちとなるにたとへいへるなり」とするのをはじめとして多くの注釈書が、みなの川の上流の水をほんのわずかな水と解している点である。濫觴の故事を引くものもある。初めはほんのわずかな水も積もり積もって淵となる、と解すのである。定家ははたしてそのように解していたであろうか。

定家以前には、『清輔集』（三四）に「をはつせの花のさかりやみなの河みねより落つる水のしら浪」という歌がある。『清輔集』に拠れば「桜」を詠んだ歌であることが知られる。初瀬山の桜の盛りをみなの川が流れ落ちる白波に見立てている。峰から激しく流れ落ちる滝のように思い描いていたのではないかと思われる。

定家は、陽成院のこの歌を本歌として次のような歌を詠んでいる。「袖の上に恋ぞつもりて淵となる人をば峰のよその滝つせ」（『拾遺愚草』一三七七）、「行く春のながれてはやきみなの川かすみのふちにくもる月影」（『拾遺愚草』一五一六）、「しきたへの枕のしたにみなぎりてやがてもくだすみなの川かな」（『拾遺愚草員外』二四二）。何れも激流として詠んでいる。「峰より落つる」というところに激しく流れ落ちるさまを思い描いていたのであろう。それは、先に見た『万葉集』三四一〇番の「筑波嶺の岩もとどろに落つる水」も重ねていたからかもしれない。そうであるとすれば、ほんのわずかな水と解すことにはかなり抵抗がある。恋心の暗示としても、ほのかなものというよりは、たぎるような激しいものを想起させる。なお、『後撰集』の注釈書で、木船重昭氏『後撰和歌集全釈』（笠間注釈叢刊13、笠間書院）が「作者の、また当代人のみなの川のイメージは、岩を噛んではげしくとどろき落ちる水である」と明確に指摘している。

陽成院のこの歌は、『定家八代抄』では「恋二」に部類され、まだ逢うこともできずに、長い時が経って、ひとり思いを募らせる歌の中に配列されている。「筑波嶺」は、『万葉集』三八六番の歌（参考項を参照）により、「よそ」に見るものと捉えられていた。「つくば山さける桜のにほひをばいりてをらねどよそながらみつ」（『順集』六）、「つくばねのみねまでかかるしら雲をきみしもよそにみるはなになり」（『うつほ物語』六八七・おきつしら波）などと詠まれたり、右に引いたように、定家が「人をば峰のよその滝つせ」と詠んだのもそうした背景による。恋の歌で「よそ」と言えば、相手と関係をもたない状態を言う。この陽成院の歌には「よそ」という語は用いられていないが、おそらく、定家は、この「筑波嶺」というところに、そのような意味を読み取っていたのではないかと思われる。また、「峰」に「見ね」を読み取っていた可能性もある。定家の「人をば峰の」の「峰」にはあきらかに「見ね」が掛けられている。語釈項に掲げた『拾遺集』六二七番の「筑波嶺のみねど恋しき」にも「見ね」が掛けられている。「見ね」すなわち逢うことがないというところから、「恋ぞつもりて」と続くと見れば、一首の意味の上からも自然な流れとなる。右掲の木船重昭氏『後撰和歌集全釈』は、「〈峰〉に「不見《みね》」を掛ける修辞も見落とされてきた。はげしくたぎつ恋心が、積もり積もって、淵のように底知れぬ深い愛情になった、と言うのである」と指摘する。工藤重矩氏『後撰和歌集』（和泉古典叢書3、和泉書院）も、「「峰」に「見ねど」を響かすか」とする。

また、『定家八代抄』の詞書に「つりどののみこにつかはしける」とある。これは出典の『後撰集』の詞書と同じであり、定家はそのような作歌事情を踏まえてこの歌を味わっていたことになる。定家は『後撰集』天福二年本（冷泉家時雨亭叢書3所収）に「綏子仁和皇女母同寛平　配陽成院号釣殿宮」と記している。「つりどののみこ」についての注記である。綏《すい》子内親王のことで、仁和すなわち光孝天皇の皇女、母は寛平すなわち宇多天皇と同じ。陽成院の后で、釣殿宮と呼ばれたということである。

この陽成院の歌は、島津忠夫氏『百人一首』（角川文庫）や吉海直人氏『百人一首の新考察』（世界思想社）に指摘があるように、これまでの公任や俊成の秀歌撰には選ばれていない。そればかりか、定家のほかの秀歌撰にもほとんど選ばれていない。『定家八代抄』でも初撰本では選ばれず、再撰本で選び加えられた歌である。そのような歌をどのような理由で『百人一首』に選び入れたのかははっきりしない。ただ、右に見たように『万葉集』などの古歌を基にして詠まれた歌であることが、定家の好尚に適っていたことは確かであろう。そして、『百人一首』の草稿本と目される『百人秀歌』での配列も考慮されなければならないであろう。

なお、本文の結句「ふちとなりける」の「ける」が、異同項に示したように、「ぬる」となっているものがある。『百人一首』では為家本と古活字本『宗祇抄』が「ぬる」で、『上條本』は独自異文を示し、そのほかの古写本や古注釈書の本文は「ける」である。また、そこには掲げなかったが、書写年代の古いものとしては、天理図書館蔵竹柏園旧蔵永禄七年写本『百人一首聞書』（和泉書院百人一首注釈書叢刊2所収）が「ぬる」となっている。ちなみに、『幽斎抄』『増註』『基箭抄』『拾穂抄』『雑談』『改観抄』『燈』などは「ける」。『うひまなび』『新抄』『百首異見』『一夕話』などは「ぬる」。ほかに、別冊太陽愛蔵版『百人一首』（平凡社）に拠れば、『光琳かるた』は「ける」、伝実隆筆本や光悦筆古活字本は「ぬる」。「ぬる」とする本文は中世末期から存在したが、それが優勢になるのは近世後期以降と考えられる。また、『百人一首』以外では、『定家八代抄』『百人秀歌』は「ける」とする。出典の『後撰集』の諸本も「ける」である。これらの状況を考え合わせると、本来は「ける」の形であった可能性はかなり高いのではないかと思われる。仮名の「け（个）」と「ぬ（奴）」の誤写なども原因の一つと考えられる。

14　河原左大臣

みちのくのしのぶもぢずりたれゆへ〔ゑ〕にみだれそめにしわれならなくに

【異同】

〔定家八代抄〕みたれそめにし―みたれんとおもふ（知顕・東急）―安永・袖玉は底本に同じ。

〔百人秀歌〕　みたれそめにし―みたれむとおもふ。

〔百人一首〕　ゆへ―ゆえ（為家）―栄雅・兼載・守理・龍谷・応永・古活・長亨・頼常・頼孝・経厚・上條は底本に同じ。みたれそめにし―みたれんとおもふ（栄雅・龍谷）―為家・兼載・守理・応永・古活・長亨・頼常・頼孝・経厚・上條は底本に同じ。

【語釈】　○みちのく―「みちのおく」の約。東山道の奥の意と現在では説明される。現在の青森・岩手・宮城・福島の四県と秋田県の一部を合わせた旧国名。『古今集』六七七番の歌の「みちのおく」について、『顕注密勘』に顕昭は「みちのおくとは陸奥也。陸奥国と書て、みちのおくの国とよむ也。歌には如レ此。みちのおくとよむを略してみちのくとも書り。世俗にみちのくにと申は、歌の言にあらず。ましてむつの国と申す、無下の事也」とする。○しのぶもぢずり―陸奥国信夫郡で産する、乱れ紋様の摺り染めの布。信夫郡は現在の福島県福島市。『和名抄』（二十巻本・巻五）に「陸奥国」として「信夫　志乃不国分為伊達郡」とある。ここでは、人に気づかれないようにする意の「忍ぶ」を掛ける。『俊頼髄脳』に「しのぶもぢずりといへるは、みちのくにに信夫の郡といふ所に乱れたるすりをもぢずりといふなり。それをこのみすりけるとぞいひ伝へたる。所の名とやがてそのすりの名とをつづけてよめるなり」とする。『綺語抄』にも「みちの国のしのぶのこほりにするすり也」とし、『童蒙抄』も「もぢずりとは、みちのくにの信夫の郡に摺出せる也。打ちかへてみだれがはしくすれり」とする。『袖中抄』は「顕昭云、しのぶもぢずりとは、陸奥の信夫郡と云所に、もぢずりとてみだれたるすりをする也」とし、諸書を引く。『和難集』には「祐云、しのぶもぢずりとは、みちの国のしのぶのさとに布をねぢてあゐにてするなり。ねぢてすればもぢずりと云ふ。何ともなく乱れたる文にてあれば、みだれとよむなり」と具体的に述べている。『初学抄』は「喩来物」として「みだれたる事には」に「しのぶもぢずり」を挙げている。『顕注密勘』に顕昭は「みちのくの忍もぢずりとは、陸奥国の信夫郡にもぢずりとて、かみをみだしたるやうに摺たるを、しのぶもぢずりと云」とし、定家も「所存同」とする。余釈項を参照のこと。○たれゆへ―為家本は「ゆえ」と表記するが、定家の仮名表記では「ゆへ」である。現存定家自筆本三代集も「ゆへ」とし、『下官集』も「ゆへ」とする。穂久邇文庫蔵伝為家筆定家自筆識語本『新勅撰和歌集』（日本古典文学影印叢刊13）も「ゆへ」とする。歴史的仮名遣いでは「ゆゑ」である。あなた以外の誰のせいの意。

「しのぶるも誰ゆゑならぬ物なれば今は何かは君にへだてむ」（『拾遺集』六二四・恋一・公誠）。○みだれそめにし―「乱れ初む」に「しのぶもぢずり」の縁語「染む」を掛ける。「に」は完了の助動詞「ぬ」の連用形。「し」は過去の助動詞「き」の連体形。余釈項を参照のこと。○ならなくに―「なく」は、打消しの助動詞「ず」のク語法。それに格助詞「に」が付いた「なくに」で全体として逆接の接続助詞相当の働きをすると説明される。そして、ここの場合のように、逆接条件の帰結部を切り捨てて、詠嘆の意を表す例が多い。『和歌色葉』に「ならなくには、ならぬにと云ふ也」とする。

【通釈】　陸奥の信夫もじずりが「乱れる」ように、人目を忍びながら、あなた以外の誰かのせいで乱れはじめた私の心ではありません、あなたゆえにこそ私の心は乱れはじめたのですよ。

【出典】『古今集』七二四・恋四・「（題しらず）河原左大臣」。第四句「みだれむと思ふ」。

【参考】『定家八代抄』八五三・恋一「（題不知）河原左大臣」。『百人秀歌』一七・第四句「みだれむとおもふ」。『五代簡要』「しのぶもぢずりたれゆへにみだれんと思」。『古来風体抄』二八〇・河原左大臣。『古今六帖』三三一二・すりごろも。『俊頼髄脳』二八七。『綺語抄』五一三。『童蒙抄』四七四。『五代集歌枕』一七六八・第四句「みだれんとおもふ」。『初学抄』一二二・第四句「みだれむとおもふ」。『袖中抄』二〇九、九一六・第四句「みだれんとおもふ」。『色葉和難集』八九四。『千五百番歌合』二五三九・千二百七十番右の判詞。『伊勢物語』一・初段。『業平集』六一。

《参考歌》

『拾遺愚草』一三八三

　ねにたつるかけのたれをのたれゆゑにみだれて物は思ひ初めてし

『拾遺愚草』一五二八

　あだしののをがやが下葉たがためにみだれそめたるくれを待つらん

『拾遺愚草』一九六二

ふみしだくあさかのぬまの夏草にかつみだれそふしのぶもぢずり

『拾遺愚草』二一三〇

春日のの霞の衣山風にしのぶもぢずりみだれてぞゆく

『拾遺愚草』二三四〇

袖ぬらすしのぶもぢずりたがためにみだれてもろき宮ぎのの露

『拾遺愚草』二五六七

逢ふことはしのぶの衣あはれなどまれなる色にみだれそめけん

『拾遺愚草』二六〇一

うつりにし心の色にみだれつつひとりしのぶのころもへにけり

『拾遺愚草員外』一四一

ともしする葉山しげ山露ふかしみだれやしぬるしのぶもぢずり

『拾遺愚草員外』一八八

みちのくのしのぶもぢずりみだれつつ色にを恋ひんおもひそめてき

【余釈】「乱れる」ものといえば陸奥の信夫に産するしのぶもじずりだが、人目を忍びながら、あなたゆえにこそ私の心は乱れはじめたのだ、という意の歌である。

「みちのくのしのぶもぢずり」は「たれゆへに」の句を隔てて「乱れ」を導く序詞となっている。あなたゆえにこそ人目を忍びながら恋に心を乱すことになったと、相手に自分の心のうちを明かす歌と解し得る。

この歌の解釈で問題になるのは、まず第一に、「しのぶもぢずり」の「しのぶ」の意味である。これには、この布を産する地名である信夫とする説と、布に忍草を摺り付けるところから忍草とする説がある。現在のところ、前者のほうが有力であるように見受けられる。宣長も前者の説であるが、『玉勝間』に説くところは合理的である。「うちみてはおもひいでよとわが宿のしのぶぐさしてすれるなりけり」（『公忠集』二七）が証歌となり得ないことは、『うひまなび』『百首異見』に述べられており、従い得る。「ことづけにおもひいづやとふるさとのしのぶぐさしてすれるなりけり」（『敦忠集』八）についても同様である。敦忠の歌はのちに『新千載集』（七三七）に入集して、詞書に「しのぶずりのふくろにいれて」とあるが、これがどの程度古い文献に拠ったものかが明らかではない。しかし、本来の意味はさておき、『百人一首』の歌としては、語釈項にも記したように、『顕注密勘』で顕昭は忍草については一言も触れず、信夫のこととしており、定家も同意しているので、そのように考えるべきであることは、島津忠夫氏『百人一首』（角川文庫）に言うとおりである。

この歌は『古今集』を出典とするが、『百人一首』の歌としての解釈と『古今集』の歌としての解釈を、『古今集』の配列の面から明確に区別して示したのは『改観抄』である。出典の『古今集』では「恋四」に部類され、「紅のはつ花ぞめの色ふかく思ひし心我わすれめや」（『古今集』七二三・恋四・よみ人しらず）という歌の次に置かれている。配列上、契りを交わした後、相手からの疑いを否定し、変わることのない深い愛を相手に訴える歌である。本文も「誰ゆゑに乱れむと思ふわれならなくに」となっており、あなた以外の誰かを思って恋に心を乱すことなどない、と言っているのである。ただし、『改観抄』は「乱る」について「ひとすぢに思ふ心をとかく変ずるをいふ」とし、『百首異見』も同様に解すが、例証がなく、やはり『うひまなび』のように、恋に思い乱れるの意ととるのが穏当であろう。このことについては、竹岡正夫氏『古今和歌集全評釈』（右文書院）に整理されている。『古今集』ではこのような歌意であったと考えられる。ところが、定家はそのようにはこの歌を解していなかった。『顕注密勘』で顕昭は「我心は誰ゆゑにみだれんぞ、君にこそみだれそめたれ」と解し、定家もそれに同意している。すなわち、あなたゆえにこそ恋に心を乱すことになったと解していたことになる。『定家八代抄』の部立でも「恋一」に入れられ、恋の初期段階を詠んだ歌の中に配している。一首隔てて前には、「かすが野の若紫のすり衣忍ぶのみだれかぎりしられず」（『定家八代抄』八五一）という『伊勢物語』初段にある歌を、『新古今集』（九九四・業平）から選び入れて置いている。『伊勢物語』では、「かすが野の」の歌の後に、この融の歌を引用し、「といふ歌の心ばへなり」として「かすが野の」の歌の趣旨を説明している。定家には当然『伊勢物語』のこの箇所が念頭にあったはずである。また、ついでながら付け加えれば、『定家八代抄』において、この融の歌の直前には「みちのくの忍ぶもぢずり忍びつつ色にはいでじみだれもぞする」（八五二・寂然）が置かれており、融の歌の直後には「忍恋」の歌が配されている。このあたりから考えると、この融の歌も「忍恋」の歌として捉えられていたものと見られ、「しのぶもぢずり」に「忍ぶ」の意を定家は読み取っていたのではないかと推察される。これらの事柄については、有吉保氏『百人一首全訳注』（講談社学術文庫）に指摘するとおりである。『百人一首』の歌としては、こうした定家の理解に即して解さなければならない。

　次に、歌の本文として、「乱れそめにし」が正しいのか、「乱れむと思ふ」が正しいのかという問題がある。まず、『古今集』の本文としては、右に述べた歌意から考えて、「乱れむと思ふ」が本来の形だったのではないかと見られる。ところが、『伊勢物語』にこの歌を引用するに際して、意味に少しずれが生じたために「乱れそめにし」と改めたのではないかと思われる。『うひまなび』は「凡伊勢物語は古歌の詞をかへ、又は端詞をかへて意をことになして一興としたる物也、故に是のみならず、おほむね古歌を全《マタ》くて挙《アゲ》しはなき也」と指摘している。そして、『古今集』での歌意がいつの間にか明らかでなくなり、それに伴って、『伊勢物語』の影響によるものか、『古今集』の本文が「乱れそめにし」に改められてしまったのではないかと推測される。元永本など『古今集』の一部の伝本に「乱れそめにし」とするものが見られるのはその結果であろう。そうして、定家の時代には、参考項に見るように、「乱れそめにし」と「乱れむと思ふ」とが並存していたのである。しかし、本文は両様あっても、歌意は同じものと考えられていた。『顕注密勘』の本文は、「乱れむと思ふ」であるのに、歌意は右に見たように、「乱れそめにし」の場合と同じである。

　それでは、『百人一首』の本文としては、本来どちらの形なのであろうか。『古今集』の伊達本や嘉禄二年本などは「乱れむと思ふ」となっており、おそらく、定家も『古今集』の本文としては「乱れむと思ふ」と伝えられる本文をそのまま受け入れたものと思われる。しかし、一首の歌としては、「乱れそめにし」も捨てがたく思ったのではなかろうか。父俊成の『古来風体抄』（俊成自筆本）にも「みだれそめにし」とあること、「乱れそめにし」は『伊勢物語』にある形であり典拠も確かなものであること、歌の詞としては「乱れそめにし」のほうが整っており、縁語にもなっていて優美であると感じられることなどがその理由として考えられる。本歌取りに際しても、「逢ふことはしのぶの衣あはれなどまれなる色にみだれそめけん」（『拾遺愚草』二五六七）などと詠み、こちらに依拠している。そうしたことから、『百人一首』の本文としては「乱れそめにし」を採用したのではないかと考えられる。『百人一首』の古写本や古注釈書の多くが「乱れそめにし」となっていることなども、そのように考える理由の一つとなる。伝本の中に「乱れむと思ふ」とするものもあるが、これは、伝写の過程で、『百人一首』が勅撰集を原典とすることから、『古今集』の本文に照らして校訂されたものではないかとも想像される。それとは逆に、もともと「乱れむと思ふ」とあったものを「乱れそめにし」に改めるというのは、『伊勢物語』からの影響ということになろうが、可能性としてはまったくないとは言えないが、より低いように思われる。あるいは、一〇番の蝉丸の歌の「別れては」と「別れつつ」の本文の対立と同様の事情によるものと言えるのかもしれない。

15

光孝天皇

君がためはるののにいでてわかなつむわが衣手に雪はふりつつ

【異同】

〔定家八代抄〕安永・袖玉・知顕・東急は底本に同じ。

〔百人秀歌〕底本に同じ。

〔百人一首〕為家・栄雅・兼載・守理・龍谷・応永・古活・長享・頼常・頼孝・経厚・上條は底本に同じ。

〔小倉色紙〕底本に同じ。（集古）※当該歌の「小倉色紙」は二枚伝わり、集古に収載。

【語釈】○わかな—若菜。春先に生え出て、食料となる草の類。正月の最初の子の日に食すると、病災を除き、若返るとされた。ただし、定家の時代にあっては、正月七日の行事となっていた。「はつねの日つめるわかなかめづらしと野べのこまつにならべてぞ見る」（『新勅撰集』一三七四・雑五・親厳）、「時しもあれはるのなぬかのはつねのひわかなつむのにまつをひくかな」（『月清集』八〇三）。池田亀鑑氏『平安時代の文学と生活』（至文堂）に「正月七日、七種の菜を羹《あつもの》として食するのは、この子の日の若菜とは別のことである。この風習は前にものべたように、唐より伝わったもので、はじめは子の日に圧倒されていたが、鎌倉時代より以後は、子の日の遊びは衰えて、七日の七種の若菜がもっぱら行われるに至った」とする。『能因歌枕』に「若菜とは、ゑぐ、すみれ、なづなどをいふ。さわらびをもいふ。あらばたけにあり」とする。『八雲御抄』に「なべては野にてつむ。又、かきねなどにてもつむ。春、子日、又七日の物也」とする。○衣手—袖のこと。一番歌の語釈項を参照のこと。○つつ—一番歌の語釈項を参照のこと。

【通釈】あなたさまのために春の野に出て若菜を摘む私の袖に雪は降り続けて。

【出典】『古今集』二一・春上・「仁和のみかどみこにおましましける時に、人にわかなたまひける御うた」。

【参考】『定家八代抄』一九・春上・「みこにおはしける時、人に若なたまはせける御歌　光孝天皇御製」。『秀歌体大略』一一。『秀歌大体』一一・春。『百人秀歌』一八。『五代簡要』「はるののにいでてわかなつむわが衣手」。『新撰和歌』二九。『新撰朗詠集』三二・春・若菜・仁和御製。『古今六帖』四五・わかな・仁和のみかどの御歌。『仁和御集』一・まだみこにおましましけるに、わかな、ひとにたまふとて。

《参考歌》

『万葉集』一二五三〔一二四九〕・作者不明

　君為　浮沼池　菱採　我染袖　沾在哉

〔廣瀬本の訓〕

15 君がためはるののにいでてわかなつむわが衣手に雪はふりつつ

きみがため　うきぬのいけの　ひしとると　わがそめしそで　ぬれにけるかな

『万葉集』一八四三〔一八三九〕・作者不明

為君　山田之沢　恵具採跡　雪消之水尓　裳裾所沾

〔廣瀬本の訓〕

きみがため　やまだのさはに　ゑぐつむと　ゆきげのみづに　ものすそぬらす

『大和物語』第一七三段・五条の女

君がためころものすそをぬらしつつはるののにいでてつめるわかなぞ

『拾遺愚草』一一〇六

たがためとまだ朝霜のけぬがうへに袖ふりはへて若なつむらん

【余釈】　出典の『古今集』によれば、光孝天皇が即位する以前のこと、ある人に若菜を賜った際に添えた歌だという。この若菜は、あなたのためにわざわざ野に出掛けて行って、まだ雪が降る中、苦労して摘んだものなのですよ、ということであり、そこに相手への思いの深さを読み取ることができる。真心を込めた贈り物ということである。若菜を贈った折の歌であるが、歌の内容は、若菜を摘んでいる最中のことを詠んでおり、そこに興趣がある。「わが衣手に雪は降りつつ」という表現はいかにも優美である。また、親王みずから春の野に出て若菜摘みをするというところに、雅趣とともに、おおらかな古代性を感じる。定家は、『定家八代抄』に『古今集』の詞書とほぼ同様の詞書を記しているところから、右のようにこの歌を味わっていたものと思われる。

古注の中では、『長享抄』が「袖に雪はふりかかりて、くるしく、苦労成しかども、君を思ふ心ざしあれば、その苦労をしのびて、此わかなをつみてたまはる、といふ心ざしをのべたる心也」とするのは、有吉保氏『百人一首全訳注』（講談社学術文庫）に言うように的確である。

『幽斎抄』に「若菜たまふとは賀を給ふ義也」とするのに対して、『改観抄』は「然らば賀部に春日野に若菜つみつといふ歌もあれば、彼つづきに入べし。春部にあれば只若菜をたまへるにて、其中にいはふ心はおのづから有べし」とする。これは『古今集』中のこの歌の解釈としても適切であるし、『定家八代抄』の「春上」に部類した定家の解釈にも適っている。『うひまなび』も同様に解し、「又、若菜を賀に用うる事古き書には見えず。寛平の御時などにや始《ハジ》まりつらむ」と『改観抄』の説をさらに補強している。

若菜を贈った時に詠んだ歌でありながら、歌の内容は若菜を摘んでいる時のことを詠んでいる。この点に注目しているのは、『百首異見』である。「かく今つみ給へるこころの御歌なれば、さる野べにて打独ごちてよみたまへるをそへたまひしと見なすべし。さて実は給ふときによみ給へる事論なし」とする。「門人木下幸文云。ある人の為にとて親王の御身として雪ふる野べに出て御手づから摘給ふにはあらじ。人に若菜給へる日しも雪の降けるによりてかくはよみなし給ふならん、といへるはさる事也」とし、「いはんや、さるますらをのしかも親王の御身として、ある人のための若菜ばかりに雪をさへ凌て野原はるかにふりはへ給んや」とするのも、歌と事実の乖離の可能性を説いたものであり、歌の詠みようの問題としては興味深い。

また、参考項に掲げた『大和物語』(第一七三段)の歌は、五条あたりに住む女が良岑宗貞に詠んだ歌である。今日的視点からすれば、『大和物語』の歌のほうがこの光孝天皇の歌をもとに作ったものである可能性が高いと言えよう。しかし、定家の視点から言えば、『大和物語』の歌は少将時代の良岑宗貞に詠んだ歌であるから、光孝天皇の親王時代とは時期が重なるものの、親王時代の下限すなわち即位の年を考慮すると、『大和物語』の歌のほうがやや先行するものと見なければならないであろう。

島津忠夫氏『百人一首』(角川文庫)や吉海直人氏『百人一首の新考察』(世界思想社)にもすでに指摘があるように、この歌は、貫之の『新撰和歌』に選ばれ、基俊の『新撰朗詠集』には選ばれているが、公任や俊成の秀歌撰には選ばれていない。ところが、定家は『秀歌体大略』や『秀歌大体』などの秀歌例にも挙げており、この歌を高く評価していたことが知られる。そして、これも島津氏の右掲書に指摘するところであるが、光孝天皇の歌は、『古今集』に二首入集して以後、しばらく勅撰集に撰入されることはなかったが、『新古今集』『新勅撰集』にそれぞれ三首入集した。『新古今集』の撰者名が何れも定家とされていることなどから、光孝天皇の歌に対する定家の評価の高さが窺われる。そして、定家は、この『古今集』入集歌二首と『新古今集』入集歌三首をすべて『定家八代抄』に収めている。

16

中納言行平

たちわかれいなばの山のみねにおふる松としきかばいまかへりこん

【異同】

〔定家八代抄〕たちわかれ―たちわかる（東急）―安永・袖玉・知顕は底本に同じ。おふる―生る（安永・知顕）―をふる（東急）―袖玉は底本に同じ。

〔百人秀歌〕底本に同じ。

〔百人一首〕為家・栄雅・兼載・守理・龍谷・応永・古活・長享・頼常・頼孝・経厚・上條は底本に同じ。

〔小倉色紙〕底本に同じ。（定家様）

【語釈】○いなばの山―因幡国の歌枕。現在の鳥取県鳥取市国府町にある稲葉山のこととされる。標高二四九メートル。『五代集歌枕』は美濃とし、『初学抄』は因幡とし「人のいぬるなどにそふ」とする。『八雲御抄』は美濃としながらも「因幡ノ由見二清輔抄一」とする。『顕注密勘』で顕昭は「いなばの山は、歌枕に因幡国にありと云へり。いなばにあれば、やがて因幡の山と云歟。丹後にあればたごの浦と云、武蔵にあれば武蔵野といふがごとし」とする。『古今六帖』に「国」に部類されていることが思い合わされる。『三奥抄』『改観抄』に指摘があるように、そこには国名が詠み込まれている歌が集められており、この歌の場合、国と山の名が同じということである。また、『最勝四天王院和歌』や『建保名所百首』に「因幡山」が取り上げられているが、そこに記された国名は因幡となっている。行平のこの歌で有名であり、鎌倉時代初期に多く詠まれるようになった。ここでは、「往《い》なば」を掛ける。

『顕注密勘』に顕昭は「わかれていなばとそへたり。いなばは、ゆきなばと云心也」とする。余釈項を参照のこと。○みね―「峰」に「見ね」を掛けると見ておく。余釈項を参照のこと。○おふる―「おふ（生）」の連体形。「おふ（生）」の「お」は、歴史的仮名遣いも「お」で、定家の仮名遣いも「お」である。現存の定家自筆本三代集はすべて「お」と表記されており、『下官集』に「おふる」とあるのもこの語のことであろう。○松とし―「松」に「待つ」を掛ける。『顕注密勘』に顕昭は「峰におふる松を人の待にそへたり」とする。「待つとし」の「と」は格助詞。「し」は強意の副助詞。ただし、『顕注密勘』の『古今集』五八番の注によれば、定家は、このような「し」を文字数を整えるときに加える「やすめ詞」と捉えていたことが知られる。○いまかへりこん―「いま」は、すぐにの意。「ん」は、意志の助動詞。「門座　郎子内尓　雖至　痛之恋者　今還金」（『万葉集』三三三六〔三三二二〕・作者不明、廣瀬本の訓「かどにをる　をとめはうちに　いたるとも　いたくしこひば　いまかへりこむ」）、「わするなよわかれぢにおふるくずのはの秋風ふかば今帰りこむ」（『拾遺集』三〇六・別・よみ人しらず）。

【通釈】別れてここを去ったならば、逢えなくなってしまいます。因幡山の峰に生える「松」ではありませんが、もしも待つと聞いたならば、すぐに帰って参りましょう。

【出典】『古今集』三六五・離別・「題しらず　在原行平朝臣」。

【参考】『定家八代抄』七二九・別離・「題不知　中納言行平」。『秀歌体大略』七二。自筆本『近代秀歌』六三。『八代集秀逸』五。『百人秀歌』九。『五代簡要』「たちわかれいなばの山のみねにおふるまつとしきかば」。『新撰和歌』一八一・初句「たちかへり」。『古来風体抄』二六四。『時代不同歌合』二五。『古今六帖』一二七五・くに・結句「とくかへりこん」。『五代集歌枕』三八四。『初学抄』六九。

《参考歌》

『拾遺愚草』一九三六

これも又わすれじものをたちかへりいなばの山の秋の夕暮

16 たちわかれいなばの山のみねにおふる松としきかばいまかへりこん

『拾遺愚草』二六八〇

忘れなんまつとなつげそ中中にいなばの山の峰の秋かぜ

『拾遺愚草』一二五九

昨日かも秋の田のもに露おきしいなばの山も松のしら雪

【余釈】　私がここを去ったならば、逢えなくなってしまうが、あの因幡山の峰に生える「松」ではないけれども、もしも私を待っていると聞いたならば、すぐにあなたのもとに帰って来よう、という意の歌である。

主想「立ち別れ往なば」から序詞「因幡の山の峰に生ふる松」に「いなば」の部分を掛詞として言い続け、その序詞から、「まつ」を掛詞として「待つ」を導き、再び主想に戻している。「待つとし聞かばいま帰り来む」には、相手への思いの強さがよく表れており、同時に、どうか私のことを忘れないでほしいという気持が込められている。

詠歌事情については、よくわかっていない。『古今集』の詞書は「題しらず」とあり、古今集編纂当時、すでにわからなくなっていたものと思われる。そこで、『文徳実録』斉衡二年（８５５）正月十五日条の「従四位下在原朝臣行平為㆓因幡守㆒」という記事に照らすことで、行平が因幡守になったことと関連させる解釈が行われることになった。しかし、ここにはかなり不確実な要素が入ってくる。この歌に「因幡の山」が詠まれているからといって、すぐに因幡守になったことと結び付けてよいものか、ということである。結局は可能性の問題であり、明らかにはしがたいのである。

それを前提として話を進めるならば、まず、この歌はどのような状況で詠まれたものであろうか。すなわち、因幡守になったことと結び付けたとして、その任国に向かう折に都で詠んだものか、それとも任果てて帰京する折に因幡で詠んだものかということである。

諸注では、『経厚抄』『上條本』『幽斎抄』『増註』『拾穂抄』『雑談』『三奥抄』などは任果てて帰京する折に因幡で詠んだものとする。これに対して『改観抄』は『三奥抄』や旧注の説を捨て、都から任国に下る折に詠んだものとした。『うひまなび』は、「古今の別れの部に入て、さることわりもなくて、今かへり来んといふからは、打まかせて京をわかるる時の歌にこそあれ」として、『改観抄』の説を支持した。さらにこの説は『百首異見』によって支持され、現在でも通説となっている。

さて、『うひまなび』の指摘にあった『古今集』において、この歌はどのように位置づけられているのかを最初に確認しておきたい。まず、この歌は「離別」の巻頭に据えられており、続く二首とともに「題しらず」でまとめられて、特殊な事情を捨て去った「離別」一般の歌として巻頭に配されていると見られる。旅立つ人とあとに残る人の歌が交互に並べられている。この行平の歌のすぐあとには「すがるなく秋のはぎはらあさたちて旅行く人をいつとかまたむ」(『古今集』三六六・離別・よみ人しらず)の歌が置かれている。行平の歌が「山」の歌であるのに対して、この歌は「(萩)原」である。山の裾野の萩原を想起させる。また、行平の歌が旅立つ人の歌であるのに対して、この歌はあとに残される人の歌である。あたかも贈答歌のように配されている。そうした対応の中に位置づけられていると見られる。こうしたことを考慮すると、『古今集』の撰者は、この行平の歌を都で詠んだ歌とは解していなかったのではないかと推察される。

それでは、定家はどのように理解していたのであろうか。まず、天福本『伊勢物語』の勘物に行平の略歴を記しており、その中に「斉衡二年正月、四位、因幡守」と記している。したがって、定家は行平が因幡守になった事跡は知っていたはずである。そうすると、このことと結び付けていた可能性はある。次に、定家は、この行平の歌を本歌として、「これも又わすれじものをたちかへりいなばの山の秋の夕暮」(『拾遺愚草』一九三六)と詠んでいる。この歌は「因幡の山の秋の夕暮」を「これもまた忘れじものを」ということであり、この因幡の山の秋の夕暮も忘れまいと言っているのである。「これもまた」は、ここに残していく人のことも、の含意である。つまり、因幡から出立する折の歌として詠んでいるのである。この歌から察すれば、行平の歌を因幡から帰る折の歌と理解していたものと見られよう。ちなみに、この歌は『最勝四天王院和歌』の歌であるが、同じ「因幡山」を詠んだ歌を見ると、次のように詠まれている。「天の戸や明けばいなばの嶺にしも待つよなふけそ秋のよの月」(一八一・後鳥羽院)、「立別れたれかいなばの山の端に契りし跡はまつ風ぞふく」(一八三・通光)、「更に又まつにしつらきゆふべかはいなばの山の秋風のこゑ」(一

16 たちわかれいなばの山のみねにおふる松としきかばいまかへりこん

八四・俊成女)、「よそにみていなばの山の嶺の松待つらんとかは頼みわたらむ」(一八五・有家)、「いかでかは待つともきかんはるばるといなばの山のみねのあきかぜ」(一八九・具親)。また、『建保名所百首』では、「ふりすてて我はいなばの山のはに松はひとりや雪にしをれん」(七〇五・知家)、「我ならぬたれかはとはむ立ちかへりいなばの山の峰の白雪」(七〇八・康光)などと詠まれている。何れも因幡山のあたりで人を待つように詠まれており、都の人が待っているように詠まれた例はないようである。また、『後鳥羽院御集』にも「時鳥まつとし人やつげつらんいなばの山の嶺に鳴くなり」(七二〇)という歌がある。この歌の「人」は因幡山の近くで時鳥を待つ人である。『秋篠月清集』にも「わするなよ秋はいなばの山のはにまたこむころをまつのしたかげ」(七五四)、「たびねするはなのしたかぜたちわかれいなばのやまのまつぞかひなき」(九六四)などとあり、因幡山の松のあたりで待つように詠まれている。おそらく、このことは当時の共通の認識であったかと思われる。

定家はほかに、「忘れなんまつとなつげそ中中にいなばの山の峰の秋かぜ」(『拾遺愚草』二六八〇)という歌も詠んでいる。この歌は『新古今集』(九六八・羇旅)に入集しており、著名な歌である。「あの人のことはもうすっかり忘れてしまおう、因幡の山の峰の松から吹いてくる秋風よ、なまじいに、あの人が待つと告げてくれるな」という意である。この歌の場合、相手は都に残してきた人のこととも取れるし、因幡の山のあたりで出会った人のこととも取れる。望郷の思いを詠んだものとすれば前者の解になる。しかし、人と別れてきたつらい旅の途中の心情を詠んだものとすれば後者の解になる。先の「これもまた忘れじものを」の歌を考え合わせれば、後者の解釈のほうが妥当ではないかとも考えられる。したがって、定家が行平の歌を都で詠んだ歌であると理解していたと、この歌を根拠にして考えることはできない。以上のことから、定家も『古今集』の撰者と同様に、都で詠んだものとは理解していなかったのではないかと考えられる。

さて、次に、因幡山の所在地についてであるが、語釈項にも記したように、『五代集歌枕』には美濃とし、『初学抄』には因幡としており、定家の時代、見解が分かれていたことが知られる。しかし、顕昭が『顕注密勘』で「いなばの山は、歌枕に因幡国にありと云へり。いなばにあれば、やがて因幡の山と云歟。丹後にあればたごの浦と云、武蔵にあれば武蔵野といふがごとし」とし、定家は「無㆓不審㆒」としているので、顕昭の因幡とする説に従っていたものと解せる。『百人一首』の歌として解釈する場合、この定家の理解によるべきであることは、島津忠夫氏『百人一首』（角川文庫）の「解説」に述べられているとおりである。ただし、顕昭は因幡国の不特定の山とは言っていない点は注意を要する。顕昭の言うところは、その山は因幡国にあるので「因幡山」というのだ、ということである。因幡国にあればどの山も「因幡山」だと言っているのではない。そして、『改観抄』は、『和名抄』（二十巻本・巻八）「因幡国」の「法美郡」に「稲羽　伊奈波」とあるのによってこの山の場所を特定している。これについて、『うひまなび』は「せばくて古人の意にあらず」とし、どの山と特定すべきではないとした。しかし、これに対して、『百首異見』は「何ぞひろきのみ古人の意ならん。（略）因幡に稲羽郷なくばこそあらめ。況や国府にてさへあるをや」と批判している。そして、「今も松のみ多し。其下ゆく流れを稲羽川といふ。やがて此山陰はそのかみの国府にしあれば、もとより都にも聞えなれたるに、いはんや其守となりて行人はいとど委しくきしるべきわたり也。其郷をば今も国府村とよべり」とする。現在では、稲葉山とも書き宇倍山とも称されるこの山のこととされるに至っているわけであるが、定家の認識に戻せば、因幡国に存在する、因幡山という名の、ある特定の山、という認識だったのではなかろうか。

語釈項にも記したように、『顕注密勘』に「わかれていなばとそへたり。いなばは、ゆきなばと云心也」と顕昭は述べ、定家も「無㆓不審㆒」としている。また、定家は、『千五百番歌合』の家長の「もみぢせし秋はいなばのやまかぜに松のみのこる冬はきにけり」（一六五九・八百三十番・右）の歌の判詞に「かのたちわかれいなばの山のみねにおふるとは、わかれなんことをかねていへるや、いますこしことわりかなひてきこえ侍らん」と言っている。家長の歌は冬の歌であり、「冬はきにけり」と言っているのであるから、「往なば」の意ではなく、「往ぬ」の意を掛けたものと見られる。定家の批判はそのことに向けられている。行平の歌の場合は別れることをそれに先立って言っているので「往なば」は道理に適っている、というのである。この判詞からも定家は「往ぬ」ではなく「往なば」を掛けていると見ていたことが知られる。そうであるとするならば、「往なば」という仮定条件の句を受ける語句はどこにあるのであろうか。この問題について、竹岡正夫氏『古今和歌集全評釈』（右文書院）は、従来の諸説を整理して、「待つ」で受けると解している。しかし、「待つとし聞かば」がこれも仮定条件の句となるために、どうも落ち着かない。そこで、「待つ」で受けるのではなく、その前の「峰」に「見ね」の意を読み取り、「立ち別れ往なば」「見ね」と続くものと考えられないであろうか。別れてここを去ったならば、逢えなくなるが、の意に解すのである。「峰」に「見ね」を掛けることがあることは、一三番の陽成院の歌に見たとおりである。ただし、顕昭も定家も「見ね」については何も触れていないので、一案として提出するにとどめる。

吉海直人氏『百人一首の新考察』（世界思想社）などにすでに指摘があるとおり、この歌は、『古今集』の「離別」の巻頭に据えられ、『新撰和歌』にも選ばれて、貫之に高く評価されたが、公任の秀歌撰には選ばれず、その後、俊成や、さらに定家によって評価が高められた。俊成は『古来風体抄』に選び、「このうた、あまりにぞくさりゆきたれど、すがたをかしきなり」（自筆本）と評している。「あまりにぞくさりゆきたれど」というのは、過度に掛詞によって繋いだことを批判したものである。そのような面はあるものの、全体としての「姿」に心惹かれたということであろう。定家は、さらにこの歌を高く評価し、『定家八代抄』にはもちろんのこと、『秀歌体大略』『近代秀歌（自筆本）』の秀歌例として挙げ、わけても『八代集秀逸』に選んだことは特記されるべきであろう。そして、先述のように、この歌を本歌として歌を詠んでもいる。さらに、定家がみずから『百人一首』に選び入れた「来ぬ人をまつほの浦の夕なぎに焼くや藻塩の身もこがれつつ」の歌も、その骨格はこの行平の歌によって形作られている。父の俊成は「あまりにぞくさりゆきたれど」と評したが、定家は積極的にそのあたりも高く評価していたものと察せられる。ここに、俊成とは違った定家の見方を見出すことができるであろう。

定家は、『八代集秀逸』にこの歌のほかに行平の歌としては、「わくらばにとふ人あらばすまの浦にもしほたれつつわぶとこたへよ」（『古今集』九六二・雑下）と「嵯峨の山みゆきたえにしせり河の千世のふるみちあとは有りけり」（『後撰集』一〇七五・雑一）の歌を選んでいる。行平の歌に対する評価の高さを窺わせる。しかし、この三首のうち、なぜ『百人一首』に「たち別れ」の歌を選んだのであろうか。その点が大いに気になるところである。「わくらばに」の歌は『定家八代抄』『秀歌体大略』『近代秀歌（自筆本）』に選んでおり、「嵯峨の山」の歌は『定家八代抄』『近代秀歌（自筆本）』『秀歌大体』に選んでいるので、ほぼ同等の評価をしていたと考えられる。定家が『源氏物語』の世界を求めていたならば、「わくらばに」の歌を選んだであろうし、前歌『百人一首』一五番の光孝天皇との繋がりから言えば、光孝天皇の芹河行幸の折に詠んだ「嵯峨の山」の歌を選んだであろう。この問題を考えるには、『百人一首』の成立すなわち『百人秀歌』との関わりや、次の業平の歌との関係も考慮しなければならないであろう。なお、この『八代集秀逸』に選ばれた三首は、後鳥羽院の『時代不同歌合』に選ばれた行平の歌三首に一致しており、この点も注目されよう。また、建保五年（１２１７）九月の『右大臣家歌合』（二十六番・羇中松風）に兵衛内侍が「たのめてもあけばいなばの峰の松そなたの風にたれ忍べとて」と詠んだところ、判詞に「いなばの嶺、此比いたく耳なれたる由各申して」この歌は負けになってしまった。建仁元年（１２０１）十二月『石清水社歌合』（十五番・旅宿嵐）や先にも引いた『千五百番歌合』『最勝四天王院和歌』『建保名所百首』などにも、この行平の歌を本歌とした歌が詠まれ、当時、かなり親しまれた歌であったことも付け加えておく。

17

在原業平朝臣

ちはやぶる神代もきかずたつた川から紅にみづくぐるとは

【異同】

〔定家八代抄〕から紅―からくれなゐ（知顕・東急）―安永・袖玉は底本に同じ。

〔百人秀歌〕から紅―からくれなゐ。

〔百人一首〕から紅―からくれなひ（為家・上條）―唐紅（栄雅）―からくれなゐ（兼載・守理・古活・頼常・頼孝）―龍谷・応永・長享・経厚は底本に同じ。

〔小倉色紙〕 みつ—みす。（太陽・墨58・墨）

【語釈】 ○**ちはやぶる**—「神」または神に関する語にかかる枕詞。語義は、霊力が盛んなさま、あるいは狂暴残忍なさま、とするのが今日の通説である。歌学書では、『喜撰式』に「若詠神時　ちはやぶると云」とするのをはじめとして、『能因歌枕』『俊頼髄脳』『綺語抄』『奥義抄』『初学抄』『和歌色葉』『八雲御抄』などの諸書で、神の異名とする。語義については、『童蒙抄』が『日本紀』を引き「残賊強暴、あしき神ども有らん」を起源として捉えている。『和難集』は「清輔云、ちはやぶるとは、むかし千人してはたらかしける石を、神のけやぶりたりけるより、ちはやぶるかみといひはじめたりと云々。俊頼云、ちはやぶるとは、やはたのをとこ山に始てあまくだらせ給ひける時、ちのはにてやしろをつくりてありけるよりいひはじめたり。和云、万葉に千磐破とかけり。さきの義にかなへり。ただし、万葉のもじづかひ、さまざまなれば、そればかりにてもさだめがたし」とする。『顕注密勘』で顕昭は『古今集』四八七番の注に「ちはやぶるとは、ふるくより神をいふとしるせり。或は神具にちはやと云物あり。其ちはやをきて神ふるを、ちはやぶるとはそへるなるべし。或は千磐破と云を、神の力の強くてちぢのいはをやぶると云心也と云べき歟」とする。これに対して、定家は「ひさかた、足引、玉ほこ、ちはやぶる、か様のつづくる事は、空とも、山とも、道とも、神とも、又神と云に付て賀茂とも、平野ともよむ事は、只つづくる事とばかり心えて、此上、足を引、ちはやをふり、いはをうちわるとまではまなびならひ侍らず」とし、語義を無理には求めない態度が示されている。なお、現存定家自筆三代集の表記では、「ちはやふる」と仮名で書かれることが多く、漢字を当てる場合、「千早振」と表記される。○**神代**—遥か遠い昔、人の世になる前の、神々の時代。『顕注密勘』に顕昭は「神世とは神世昔也。神世七代侍り。世の始也」とする。現存定家自筆三代集での漢字表記は「神世」。「おほはらやをしほの山もけふこそは神世の事も思ひいづらめ」（『古今集』八七一・雑上・業平）、「我とはば神世の事もこたへなん昔をしれるすみよしのまつ」（『拾遺集』五九〇・神楽歌・恵慶）、「神よには有りもやしけむ桜花けふのかざしにをれるためしは」（『新古今集』一四八五・雑上・紫式部）。○**たつた川**—大和国の歌枕。現在の奈良県生駒郡。生駒山中に源を発し、竜田の東部を南北に流れる川。上流は生駒川、下流は大和川となる。景物としては「紅葉」が詠まれる。現存定家自筆三代集での表記は「龍田河」「たつた河」。○から紅―紅葉を「唐紅」の染め布に見立てた。「唐紅」は、ここではただ紅葉の色を言い表したものというよりも、染め布の色という意識であろう。『初学抄』の「似物（にせもの）」に「又、物ににせてよむこともあり。それも、にせきたる物をよむべき也」とし、「紅葉は、くれなゐ　にしき　ぬさ」としてこの業平の歌を例歌として挙げている。定家も「たつた姫てぞめの露の紅に神世もきかぬみねの色かな」（『拾遺愚草』二二一四）と詠んでいる。なお、現存定家自筆三代集での表記は「唐紅」「から紅」。また、「くれなゐ」は「紅」と漢字表記されることが多いが、仮名で表記される時には「くれなゐ」。『下官集』にも「くれなゐ」とする。歴史的仮名遣いも「くれなゐ」。○くぐる―『顕注密勘』に顕昭は「水くぐるとは、紅の木のはの下を水のくぐりてながると云歟。潜字をくぐるとよめり」とする。余釈項を参照のこと。ちなみに、「くぐる（潜）」は、上代では第二音節も清音で「くくる」であったが、観智院本『名義抄』は清音、図書寮本『名義抄』は濁音を示すところから、平安末期頃には清濁両形が存し、その後、濁音が固定化したと見られる。

【通釈】　神代にも聞いたことがない。竜田川よ、唐紅の下に水が潜って流れるとは。

【出典】　『古今集』二九四・秋下・「（二条の后の春宮のみやす所と申しける時に、御屏風にたつた河にもみぢながれたるかたをかけりけるを題にてよめる）　なりひらの朝臣」。

【参考】　『定家八代抄』四六五・秋下・「題しらず　業平朝臣」。『秀歌体大略』五二。『百人秀歌』一〇。『五代簡要』「神よもきかずたつたがはからくれなゐに水くゞるとは」。『古来風体抄』二五七。『和歌童蒙抄』六九三。『五代集歌枕』二二五八。『初学抄』九一。『伊勢物語』第一〇六段。『業平集』一八・二条のきさいの宮、みやす所ときこえし時の屏風のゑに、たつた河にもみぢながるる所。

《参考歌》

『拾遺愚草』六〇四

　霞たつ峰の桜の朝ぼらけくれなゐくくる天の川浪

『拾遺愚草』一九七一

17　ちはやぶる神代もきかずたつた川から紅にみづくぐるとは

御吉野やたぎつ河うちの春のかぜ神世もきかぬ花ぞみなぎる
『拾遺愚草』二二一四
たつた姫てぞめの露の紅に神世もきかぬみねの色かな
『拾遺愚草』二二九二
竜田川いはねのつつじ影みえて猶水くぐる春のくれなゐ
『拾遺愚草』二三二一
したくぐる水よりかよふ風のおとに秋にもあらぬ秋の夕暮
『拾遺愚草』二三三二
夕暮は山かげすずし竜田川みどりの影をくぐる白浪
『拾遺愚草』二三八一
河浪のくぐるもみえぬくれなゐをいかにちれとか峰の木がらし
『拾遺愚草員外』六五三
たつた川神代もきかでふりにけりからくれなゐのせぜのうき浪

【余釈】「唐紅に水くぐるとは」「神代も聞かず」とすれば、本来の語順となる。唐紅の布の下に水が潜って流れるなどとは、神代にも聞いたことがない、ということである。竜田川の水面に紅葉が一面散り敷いた光景を賞美して、「唐紅」の染め布に見立て、「神代も聞かず」と言ったのである。「神代も聞かず」は、遙か遠い昔にも前例がないということであり、讃美する詞である。そして、あまりにも紅葉が多くて水も見えないのを、唐紅の下を水が潜って流れると捉えたところに、一首の趣向がある。

なお、「紅葉」という語を用いずに紅葉を詠んでいる点も注目される。『童蒙抄』「木部・秋・落葉」の項にこの歌を挙げ、「業平歌也。くれなゐに水くぐるとばかりにて落葉をよめり」とする。また、『千五百番歌合』七百九十七番左「こけのうへにあらしふきしくからにしきたたまくをしきもりのかげかな」（一五九二・良経）の判詞に、定家は「あらしふきしくにしきにて、もみぢを詞にあらはされ侍らぬも、業平朝臣の、からくれなゐに水くぐるとはといへる歌おもひいでられて心もふかく侍るべし」と述べている。

この歌は、『古今集』の詞書（参考項を参照）にあるように、実景を見て詠んだ歌ではなく、屏風歌として詠まれた歌である。しかし、定家は『定家八代抄』で「題しらず」としており、そうした作歌事情を捨て去ってこの歌を味わっていたことが窺われる。

さて、定家は『顕注密勘』に「この歌かくれたる所なし」と言っているが、「くぐる」の語義をめぐって解釈が分かれる。『顕注密勘』で顕昭が「水くぐるとは、紅の木のはの下を水のくぐりてながると云歟。潜字をくぐるとよめり」としていることについて、定家は異を唱えてはいないので、顕昭と同じく「くぐる（潜）」と理解していたものと考えられる。

ところが、『うひまなび』に「或家の古き説に、此くくるは泳《ククル》にはあらで絞《ククル》也とあるによれり」とし、括り染め（しぼり染め）のこととして以来、『百首異見』などにも支持され、現在ではこの「くくる（括）」説が通説となっている。ただし、この「くくる（括）」説には二つの問題点がある。第一に、「くくる」で括り染めにする意に用いられている確実な例がほかにないことである。『うひまなび』は、『古今六帖』（六七五・「霜」）に「木の葉みなから紅にくくるとて霜のあやにも置まさる哉」（『新編国歌大観』の本文は第四句「霜の跡にも」）とあるのを証歌として引く。しかし、この歌は『千里集』（五〇）に「木の葉みなから紅にしぐるとて霜のさらにもおきまさるかな」とある歌の異伝歌と考えられ、本文に疑問が残る。『赤人集』（七三）にも「このはみなからくれなゐにつくるとてしものさらにもおきまさるかな」とある。これは『千里集』が混入したものと考えられるが、これらの本文を十分に検討する必要がある。要するに、『古今六帖』のこの歌の本文はそのままでは信頼が置けないということである。第二に、古代のしぼり染めがどのようなものであったのか、その実態がよくわからず、どのように見立てたものかを容易に想像することができないことである。糸などで括った部分が染め残されるということは、この場合、紅と白のまだら模様ということであろうか。『うひまなび』も「紅葉のむらむら流るるかたにて、白波もひまひま立まじりつつ見ゆらんを、紅のゆはだと見なして」と捉えている。そうであるとすれば、白でぼやけてしまい、あまり鮮やかな紅色は想像できず、「唐紅」であることの意味があるとは言えない。

『百首異見』は屏風絵を想像し、「いとも青くかき流したらん水の上にいと大きやかなるもみぢ葉のしかもこき紅なるがあかあかとしたたかに浮びたるなるべし」「其一葉一葉をゆはたのかたに見なしたる也」としている。この場合、『うひまなび』に比べて、紅は鮮やかであるが、あえてしぼり染めに見立てる意味があるのかという点で疑問が残る。このように、この「くくる（括）」説には不確実な要素が含まれており、必ずしも定まった説とは言えないのである。したがって、作者業平の意図や『古今集』の撰者の理解がどうであったのかは今のところ不明であると言わざるを得ない。

しかし、それはそれとして、島津忠夫氏『百人一首』（角川文庫）の「解説」に述べられているように、『百人一首』の歌の解釈としては、定家の理解に即して「くぐる（潜）」と解釈されなければならない。

この業平の歌を本歌として詠んだ定家の歌に、「竜田川いはねのつつじ影みえて猶水くぐる春のくれなゐ」（『拾遺愚草』二一九二）という歌がある。季節を春に、川面に散り敷く紅葉を水面に影を映す岸辺の躑躅に変えているが、やはり「くぐる（潜）」の意に用いている。「夕暮は山かげすずし竜田川みどりの影をくぐる白浪」（『拾遺愚草』二三二二）も紅葉を水に映る緑の葉に変えて詠んでいるが、これも「くぐる（潜）」の意に用いている。「河浪のくぐるもみえぬくれなゐをいかにちれとか峰の木がらし」（『拾遺愚草』二三八一）など、さらにはっきりと定家の理解の仕方が知られよう。ちなみに、この歌は「雪とのみふるだにあるをさくら花いかにちれとか風の吹くらむ」（『古今集』八六・春下・躬恒）を取り合わせて詠んだものである。なお、「くぐる（潜）」で解すことが定家や顕昭だけではなく、この時代の人々の共通認識であったことは、野中春水氏「異釈による本歌取―「水くくる」をめぐつて―」（『国文論叢』3・昭和29年11月、『百人一首研究集成』〈和泉書院〉所収）に、当時の歌人たちの本歌取りの歌を通じて示されている。

業平の歌の中でどの歌が代表歌と考えられきたかという点について、および定家の選歌意識への言及は、すでに島津忠夫氏『百人一首』（角川文庫）、有吉保氏『百人一首全訳注』（講談社学術文庫）、吉海直人氏『百人一首の新考察』（世界思想社）などにある。以下に、わずかに私見を加えて整理しておく。

公任は、業平の「世中にたえてさくらのなかりせば春の心はのどけからまし」（『古今集』五三・上）の歌を『金玉集』『深窓秘抄』『和漢朗詠集』『前十五番歌合』『三十六人撰』などに選んでいるほか、『九品和歌』には「上品下」「心ふかからねどもおもしろき所あるなり」として選んでいる。そこから推察すれば、公任はこの「世の中に」の歌を業平の詠歌中もっとも優れた歌と評価していたものと思われる。また、俊成もこれを『古来風体抄』に選んでいるが、それよりも、「月やあらぬ春や昔の春ならぬわが身ひとつはもとの身にして」（『古今集』七四七・恋五）の歌を高く評価していたようである。『古来風体抄』では、この「月やあらぬ」の歌について「月やあらぬといひ、はるやむかしのなどつづけるほどのかぎりなくめでたきなり」（自筆本）と賞讃している。そして『俊成三十六人歌合』にも選んでいる。ちなみに、この「月やあらぬ」の歌は公任の秀歌撰にはまったく選ばれていない。また、『無名抄』の「俊恵歌すがたを定る事」に「俊恵云、よのつねのよき歌は、たとへばかた文のおり物のごとし。よく艶すぐれぬる歌は、うき文のおり物をみるがごとく、空にけいきのうかべるなり」として、人麿の歌とされる「ほのぼのと明石の浦の」の歌とともにこの「月やあらぬ」の歌を挙げ、「これをこそ余情うちにこもり、けいきそらにうかびて侍」と評しており、俊恵もこれを高く評価していたことが窺われる。

さて、それでは定家はどのように考えていたのであろうか。『定家八代抄』に業平の歌を三八首選んでいるが、『近代秀歌（自筆本）』『秀歌体大略』『秀歌大体』『八代集秀逸』などの秀歌例としては、『秀歌体大略』にこの「ちはやぶる」の歌を挙げているのみである。業平の歌はもちろん高く評価していたが、秀歌例として示すということには適していなかったということであろうか。秀歌撰から定家が業平の代表歌と考えていたものを割り出すことは困難であると言わざるを得ない。ただし、この「ちはやぶる」の歌は、俊成が『古来風体抄』に選んで「神代もきかずたつたがはといへるわたりのめでたきなり」（自筆本）と評し、定家も『定家八代抄』以外の秀歌撰で唯一選んだ業平の歌であり、すでに見たように幾度も本歌として取り用いているところなどから見ても、高く評価し賞翫していた歌であることは疑いない。また、『百人一首』への選歌理由としては、一六番の行平の歌との関係も考慮する必要があろうかと思われる。

18

すみのえのきしによる浪よるさへやゆめのかよひぢ人めよぐらむ

藤原敏行朝臣

【異同】
〔定家八代抄〕すみのえの―すみよしの（東急）―安永・袖玉・知顕は底本に同じ。
〔百人秀歌〕底本に同じ。
〔百人一首〕為家・栄雅・兼載・守理・龍谷・応永・古活・長享・頼常・頼孝・経厚・上條は底本に同じ。

【語釈】○すみのえ―住の江。摂津国の歌枕。現在の大阪市住吉区。「波」「松」「忘れ草」などの景物が詠まれる。○よるさへや―「夜」は普通には「よ」と言い、「昼」に対するときは「よる」と言う。「さへ」は添加の副助詞。昼間はもちろん、夜までもという含みがある。「や」は疑問の係助詞で、下の「らむ」と呼応する。○ゆめのかよひぢ―夢の通ひ路。夢の中で恋しい人のところへ行き来する道。現存の歌ではこれが初出例。「心さへ又よそ人になりはてば何かなごりのゆめの通路」（『拾遺愚草』八六三）。○人めよぐらむ―「人め」は「人目」。「よぐ」は、避ける意。『古今集』声点本に拠り、第二音節を濁音に読んでおく。「らむ」は原因推量の助動詞。余釈項を参照のこと。

【通釈】住の江の岸に「寄る」波よ、夜までも、夢の通い路で人目を避けているからであろうか、夢も見ないことであるよ。

【出典】『古今集』五五九・恋二・「(寛平御時きさいの宮の歌合のうた　藤原としゆきの朝臣)」。

【参考】『定家八代抄』一二一八・恋四・「(題不知)（敏行朝臣)」。自筆本『近代秀歌』九三。『百人秀歌』一一。『五代簡要』「すみのえのきしによるなみよるさへやゆめのかよひぢ人めよぐらん」。『古今六帖』二〇三三・ゆめ・としゆき・初句「すみよしの」。『五代集歌枕』九四三、一六五〇・初句「すみよしの」。『寛平御時后宮歌合』一八六。

《参考歌》

『万葉集』二八五九〔二八四八〕・作者不明
直不相　有諾　夢谷　何人　事繁
〔廣瀬本の訓〕
ただにあはず　あるはことはり　ゆめにだに　いかなるひとの　ことのしげけむ
『古今集』六五六・恋三・小町
うつつにはさもこそあらめ夢にさへ人めをよくと見るがわびしさ
『拾遺愚草』一一五三
住の江の松のねたくやよる浪のよるとはなげく夢をだにみで
『拾遺愚草』一七四七
松かげや岸による浪よるばかりしばしぞすすむすみよしのはま
【余釈】　住の江の岸に寄る波、その「よる」ではないけれど、昼はもちろん夜までも、夢の中で通う道で人目を避けているからか、波が寄るようには近寄ることができなくて、夢も見ないことだ、という意の歌である。
「住の江の岸に寄る波」は、「よる」の音の繰り返しによって「夜」を導く序詞である。「夜さへや」によって、昼間ももちろん人目を忍んでいるということを、暗に言い表しているところが優れている。また、恋しく思う人に夢の中でさえも逢えないことを、「夜さへや夢の通ひ路人目よぐらむ」と詠んだところも秀逸である。
この歌の解釈上の問題点は次の三つである。
第一は、序詞「住の江の岸に寄る波」は、意味の上で主想と関係するのか、それともいっさい意味は関係なく、単に音の繰り返しによって「夜」を起こすためだけのものかということ。そして、もし主想に関係があるとすれば、どのように関係するのかということ。『百首異見』は主想とは関わらないものと明確に述べている。『応永抄』『宗祇抄』『頼常抄』『拾穂抄』『三奥抄』などは明言してはいないが、そのように捉えているようである。これに対して、『上條本』『幽斎抄』『増註』『雑談』などは主想と関わらせて具体的に解釈している。多少の違いはあるが、『上條本』『幽斎抄』『雑談』は、波の音に目を覚ましてしまうように解している。また、『増註』は、「住吉」は「住み良し」という名をもっているので「夢をもゆるりとみてすみよからん」と思っていたがそうではなかった、と解している。

第二は、「人目よぐ」（人目を避ける）の主体は、詠作主体（作者）か、それとも相手（恋人）かということ。詠歌主体が人目を避けて逢うことができない、と言っているのか、それとも、相手が人目を避けて逢いに来てくれないと言っているのかということである。詠歌主体と解すものに『長享抄』『経厚抄』『三奥抄』『改観抄』『うひまなび』『百首異見』などがある。相手と解すものには『天理本聞書』『水無月抄』などがある。ちなみに、近年では、石田吉貞氏『百人一首評解』（有精堂）くらいまでは、詠歌主体と解すのが主流であったが、佐伯梅友氏『古今和歌集』（岩波書店、日本古典文学大系）以降であろうか、現在では相手と解すのが主流となっている。

第三は、「夜さへや夢の通ひ路人目よぐらむ」がどのようなことを言っているのかということ。すなわち、次の四つくらいに分けられる。（1）夢は見るが、夢の中で相手に逢えない。（2）夢そのものを見ない。（3）眠ることがない。（4）夢の中で人目を避けるのを見た。（1）のように解すものには『経厚抄』『天理本聞書』『拾穂抄』『うひまなび』などがある。（2）のように解すものには『頼常抄』などがある。ただし、『頼常抄』は（3）のようにも読める。（3）のように解すものには『長享抄』『上條本古注』『幽斎抄』『増註』などがある。（4）のよう解すものには『応永抄』『宗祇抄』『基箭抄』『雑談』『三奥抄』『改観抄』『百首異見』などがある。

定家はどのようにこれらの点を理解していたのであろうか。定家にはこの敏行の歌を本歌として、「住の江の松のねたくやよる浪のよるとはなげく夢をだにみで」（『拾遺愚草』一一五三）という歌がある。この歌を手がかりに考えてみたい。定家は、本歌に「住の江」の代表的景物「松」を詠み加えている。あるいは、そこに「待つ」を響かせているかもしれない。そして、「住の江の松の根」から「妬《ねた》く」に続け、「妬くや寄る浪」と詠んでいる。寄る波を「妬し」（癪だ）というのである。自分は人目を憚って相手に寄れないからである。寄れない自分は夜になると夢さえ見ることなく嘆くばかりだ、というのである。まず、この歌から言えることは、定家は、敏行の「寄る波」に、恋しい相手に寄る意を読み取っている可能性が高いということである。そのように読み取っていたから、それを表に出して「妬くや寄る浪」と詠んだのであろう。恋しい人に寄ることと波が寄ることを重ねることは、『万葉集』にも「石灑　岸之浦廻尓　縁浪　辺尓来依者香　言之将繁」（一三九二〔一三八八〕・作者不明、廣瀬本の訓「いはそそく　きしのうらわに　よるなみの　へにきよればか　ことのしげけむ」）、「栲領巾乃　白浜浪乃　不肯縁　荒振妹尓　恋乍曽居」（二八三三〔二八二二〕・作者不明、廣瀬本の訓「たへひれの　しらはまなみの　よりもこず　あらぶるいもに　こひつつぞをる」）などと詠まれている。平安時代になっても、「逢ふ事のなぎさにしよる浪なれば怨みてのみぞ立帰りける」（『古今集』六二六・恋三・元方）、「白浪のよるよる岸に立ちよりてねも見しものをすみよしの松」（『後撰集』五九九・恋一・よみ人しらず）、「住吉の松にたちよる白浪のかへるをりにやねはなかるらむ」（『後撰集』六六一・恋二・忠岑）、「浪かずにあらぬ身なれば住吉の岸にもよらずなりやはてなん」（『後撰集』一二一〇・雑三・よみ人しらず）などと詠まれている。こうした歌の伝統に基づく理解と言える。これが第一の問題点についての定家の捉え方である。寄る波と、寄ることができない自分を対比していたものと考えられる。次に、第二の問題点に関して、「人目よぐ」の主体が、この定家の歌でも詠作主体か相手かがはっきりしない。ひとまず詠作主体と考えて右のように解釈したが、相手でも解釈は成り立つ。その場合、波は寄るが、あの人は人目を憚って寄って来ない、と解することになる。次に、第三の問題点については、「夜とは嘆く夢をだに見で」と詠んでいるので、「（2）夢そのものを見ない」が当てはまりそうである。ただし、これは細かに分けすぎで、「（1）夢は見るが、夢の中で相手に逢えない」とは区別すること自体、意味があることとも思えない。夢の中でも逢えないということでは同じだからである。さらには、夢を結ばないということは、「（3）眠ることがない」とほぼ同義であって、これも区別することの意味はあまりないのかもしれない。

　さて、第二の問題点については、本歌取りの歌からは明確にできなかった。しかし、定家の視点に立てば、この敏行の歌の先蹤として、小町の次の三首がある。「うつつにはさもこそあらめ夢にさへ人めをよくと見るがわびしさ」（『古今集』六五六・恋三）、「限なき思ひのままによるもこむゆめぢをさへに人はとがめじ」（『古今集』六五七）、「夢ぢにはあしもやすめずかよへどもうつつにひとめ見しごとはあらず」（『古今集』六五八）。「夢の通ひ路」という語も、これらの歌に拠ったものと考えられる。最初の「うつつには」の歌は、この敏行の歌とよく似ており、相手が「人目をよく」とも解釈できるが、そのように解さなければならないというわけでもない。また、敏行自身も「恋ひわびて打ちぬる中に行きかよふ夢のただぢはうつつならなむ」（『古今集』五五八・恋二）と詠んでいる。この歌は『古今集』でも「住の江の」の歌と並べて置かれているが、『定家八代抄』でも同様にそのまま並べられている。これらの歌はすべて詠歌主体が夢の中の道を行くと捉えられている。このことから考えると、やはり定家も、「夢の通ひ路」を行くのは詠歌主体と考えていた可能性が高いように思われる。

また、『古今集』の歌の解釈としても、「人目よく」の主体は詠歌主体と考えてよいのではないかと思われる。もしも仮に、主体が相手であるとすると、昼間はもちろんのこと夜までも、あの人は夢の通い路で人目を避けていらっしゃるのか、となる。そうすると、二人の関係は相思の仲ということになるのではなかろうか。相手も自分のことを思ってくれているが、人目を憚って逢いに来てくれないということである。もしも、自分は恋しく思っていても、相手はそのように思ってくれていないという状況でこのように詠んだとすれば、仮想が過ぎるということになろう。そして、相思の仲での詠であるとすれば、『古今集』の配列に適わないということになる。『古今集』の配列では、この歌が置かれているあたりは、まだ、自分の思いが相手に伝わらないという内容の歌が並べられているからである。作者の意図はどうであったかはわからないが、少なくとも『古今集』の撰者も、「人目よく」の主体を詠歌主体と考えていたものと推察される。なお、相手が夢路をやって来ないと詠んだと考えられる例としては、「こふれども逢ふ夜のなきは忘草夢ぢにさへやおひしげるらむ」（『古今集』七六六・恋五・よみ人しらず）という歌がある。これは、現実にも私のことを忘れて逢ってくれないが、夢の中でも逢いに来てくれない。それは、夢路にも忘れ草が生い茂っていて私を忘れてしまうからか、と詠んだものと考えられる。しかし、この歌は「恋五」に部類され、相手が自分を忘れてゆくことを嘆く歌の中に配されている。したがって、これを同類のものと考えることはできない。

語法的な面からも、「夜さへや夢の通ひ路人目よぐらむ」の「〜や〜らむ」の形で原因を推量しているということで問題はないようである。例えば、右に挙げた「こふれども逢ふ夜のなきは忘草夢ぢにさへやおひしげるらむ」（『古今集』七六六・恋五・よみ人しらず）の「忘れ草夢路にさへや生ひ茂るらむ」と同じ用法である。「こふれども逢ふ夜のなき」という事実からその原因として「忘れ草夢路にさへや生ひ茂るらむ」と推量しているのである。また、「夢ぢにもつゆやおくらむよもすがらかよへる袖のひちてかわかぬ」（『古今集』五七四・恋二・貫之）の「夢路にも露や置くらむ」とも同じである。「よもすがら通へる袖のひちて乾かぬ」という事実からその原因を「夢路にも露や置くらむ」と推量しているのである。ただ、敏行の歌の場合は、事実の部分が詞に表れていない。隠れているのは、夢も見ないということである。そして、これは、自省による複雑な心境を表現したものというよりは、類型的な修辞と考えたほうが当時の感覚に近いであろう。

島津忠夫氏『百人一首』（角川文庫）、有吉保氏『百人一首全訳注』（講談社学術文庫）、吉海直人氏『百人一首の新考察』（世界思想社）などに指摘があるが、当時敏行の秀歌としては、『古今集』秋上の巻頭歌「あききぬとめにはさやかに見えねども風のおとにぞおどろかれぬる」（一六九）が知られていた。貫之が『新撰和歌』にも選び、公任は『三十六人撰』『和漢朗詠集』などに選んでいる。そして、俊成も『俊成三十六人歌合』に選び、後鳥羽院も『時代不同歌合』に選んでいる。ところが、定家は『定家八代抄』以外の秀歌撰や秀歌例に選んでいない。ほかには、「久方の雲のうへにて見る菊はあまつほしとぞあやまたれける」（『古今集』二六九・秋下）も、公任が『三十六人撰』『和漢朗詠集』などに選び、俊成も『俊成三十六人歌合』に選んでいる。しかし、これも定家は『定家八代抄』以外には選んでいない。そして、定家は、この「住の江の」の歌を、『定家八代抄』のほか、『近代秀歌（自筆本）』の秀歌例にも選んでいる。逆に、この「住の江の」の歌は公任も俊成も秀歌撰に選んでいないので、ここに定家の独自性を認めることができる。ちなみに、定家は敏行の歌では「あきはぎの花さきにけり高砂のをのへのしかは今やなくらむ」（『古今集』二一八・秋上）を『秀歌大体』『定家八代抄』に選んでいる。この歌は公任の秀歌撰には見えないが、『俊成三十六人歌合』『時代不同歌合』

にも選ばれている。

《第三グループの配列》

13 筑波嶺のみねより落つるみなの川恋ぞ積もりて淵となりける（陽成院）
14 みちのくのしのぶもぢ摺り誰ゆへに乱れそめにし我ならなくに（融）
15 君がため春の野に出でて若菜摘むわが衣手に雪は降りつつ（光孝天皇）
16 たち別れいなばの山のみねに生ふるまつとし聞かば今帰り来む（行平）
17 ちはやぶる神代も聞かず竜田川唐紅に水潜るとは（業平）
18 住の江の岸に寄る波夜さへや夢の通ひ路人目よぐらむ（敏行）

このグループでは、宇多朝以前の歌をまとめている。まず、陽成院・融・光孝天皇と、天皇・大臣を並べる。融は、陽成院（第五十七代）・光孝天皇（第五十八代）の時代の左大臣である。次いで、行平・業平・敏行を並べる。行平と業平は兄弟であり、業平と敏行との関わりは『伊勢物語』（第一〇七段）や『古今集』（恋三・四）などに見える。身分は、行平が中納言、業平と敏行が四位朝臣である。ここには、作者の年代順による配列意識とともに、作者の身分による配列法が認められる。

歌の内容や詞に注目すれば、陽成院と融の歌は恋の歌であり、それぞれ「筑波嶺」「みなの川」、「陸奥」「信夫」など、東国の歌枕をその序詞に詠み込んでいる。『改観抄』も「筑波根陸奥の信夫を一類とせらるる歟」と指摘している。融と光孝天皇の歌は、詞の上で、「しのぶもぢずり」と野に出かける時の「衣」に繋がりが認められるのではなかろうか。そして、光孝天皇と行平の歌は、詞の上で、「若菜」と「松」の繋がりが認められるか。『改観抄』は、「若菜と松、草木の縁あり」としている。それに加えて、どちらも正月の寿ぎに関連するものとも言える。行平・業平・敏行の歌も「因幡山」「竜田川」「住の江」などの歌枕を詠み込んでいる。『改観抄』も「共に名所をよめるを一類とする心歟」「立田川に住のえも類せる故なるべし」とする。また、行平と業平の歌は、「松」の緑と紅葉の「唐紅」を対照させたものであろう。そして、業平の歌から敏行の歌へは、川から海へという流れがあるように思われる。また、「神代」と「住の江」（住吉明神）、「くぐる」と「人目よぐ」などの詞の関連も認められるか。

19

難波がたみじかきあしのふしのまもあはでこの世をすぐしてよとや　　伊勢

【異同】

〔定家八代抄〕東急にはこの歌なし。安永・袖玉・知顕は底本に同じ。

〔百人秀歌〕底本に同じ。

〔百人一首〕すくしてよとや―すこしてよとや（古活）―過してよとや（頼常・上條）―為家・栄雅・兼載・守理・龍谷・応永・長享・頼孝・経厚は底本に同じ。

【語釈】○難波がた―難波潟。摂津国の歌枕。現在の大阪市。景物としては「蘆《あし》」「澪標《みをつくし》」などが詠まれる。○みじかき―背丈が低いの意。「蘆」にかかる。余釈項を参照のこと。○ふし―「節」と「伏し」を掛ける。余釈項を参照のこと。○この世をすぐしてよとや―「世」に「節《よ》」を響かせ、「蘆」の縁語。「すぐし」は「過ぐす」の連用形。「てよ」は完了の助動詞「つ」の命令形。「と」は引用の格助詞。「や」は疑問の係助詞。下に「思ふ」「言ふ」などが省略されている。

【通釈】難波潟よ、その丈の低い蘆の「節」ではありませんが、ほんの少しばかり寝ている間も、逢うことなくこの世を過ごしてそのまま終えよと、あなたはお思いなのでしょうか。

【出典】『新古今集』一〇四九・恋一・「（題しらず）（伊勢）」。

【参考】『定家八代抄』九〇八・恋一・「（題不知）伊勢」。『秀歌体大略』八五。自筆本『近代秀歌』七四。『百人秀歌』一九。『伊勢集』（西本願寺本）四二九・第三句「ふしごとに」。ただし、天理図書館蔵定家等筆本『伊勢集』（天理図書館善本叢書『平安諸家集』に拠る）は、詞書「（秋ころ、うたて人の物いひけるに）」とある下にこの歌があり、歌本文は『百人一首』と一致している。また、その巻末近くにも再録されており、第四句が「あはでこのよは」となっている。

《参考歌》

『新古今集』一八四八・雑下・花山院

つのくにのながらふべくもあらぬかなみじかき葦のよにこそ有りけれ

『拾遺愚草』一一四三

冬の日のみじかきあしはうらがれて浪のとま屋に風ぞよわらぬ

『拾遺愚草』一九二五

あしの屋のかりねの床のふしのまにみじかくあくる夏のよなよな

『拾遺愚草』二五七〇

難波なる身をつくしてのかひもなしみじかき蘆の一夜ばかりは

【余釈】「難波潟みじかき蘆の」は「節」と同音の「伏し」を導く序詞である。「伏しの間も逢はでこの世を過ぐしてよとや」がこの歌の主想部分である。「伏しの間も逢はで」とは、起きている間はもちろん、寝ている間も逢わないでということであり、夢の中でも逢わないでということである。「夢」という語を用いずに「伏しの間」という表現でそれを表しているところに興趣がある。『定家八代抄』では「恋二」に部類され、恋の初期段階での、なかなか逢うことができずにひとり想い続ける内容の歌の中に配されている。したがって、『宗祇抄』に「恋に初・中・後あり。此哥は恋のおはりの心なり」とするのは、定家の理解とは異なる。

解釈上の問題点としては、二つ挙げられる。一つは「みじかき」がどこにかかっているのかということであり、もう一つは、「ふしのま」の語義についてである。

まず、「みじかき」がどこにかかっているかということであるが、通説では「節の間」にかかるとされている。節と節の間が短いと解すのである。しかし、定家は、「冬の日のみじかき蘆はうらがれて浪の苫屋に風ぞよわらぬ」(『拾遺愚草』一一四三)と詠んでいる。この歌の「みじかき」は、「冬の日」がであるとともに「蘆」がでもある。この歌から、定家は「みじかき」は「蘆」にかかるものと理解していたことが知られる。この場合の「みじかし」は背丈が低いの意である。定家は「真菰《まこも》」についても、「五月雨に水浪まさるまこも草みじかくてのみ明くる夏のよ」(『拾遺愚草』二一八)と詠んでいる。五月雨で水嵩が増すので、真菰が水に浸かって背丈が低いままだということである。『枕草子』(「卯月のつごもりがたに」の段)に「菖蒲、菰などの末短く見えしを、取らせたれば、いと長かりけり」とあるのも水面から出た先の部分の丈が低く見えたのである。また、草の背丈が低いの意に詠んだ例としては、「春きてもまだうらわかき初草のみじかきよはのかすむ月かげ」(『道助法親王家五十首』一〇九・秀能)なども挙げられる。また、歌の例ではないが、『顕注密勘』で『古今集』五〇五番の注に顕昭が「茅のみじかく生たるを浅茅と云也。草ながく生たるをば草ふかと云也」としている。さらに、少し時代は下るが、「蘆」については、「みくさゐるあらたの氷うちとけてつのぐむあしぞみじかかりける」(『夫木抄』一〇一四四・公朝)などの例もあるので付け加えておく。吉海直人氏『百人一首の新研究』(和泉書院)に引く「夏かりのあしのふるねの又はへにみじかくたまる冬のしらゆき」(『夫木抄』一三四二九・為家)も同様に解してよいかと思う。なお、「蘆」について「みじかし」と言った場合、蘆の根について言うことがある。「なにはめにみつとはなしにあしのねのよのみじかくてあくるわびしさ」（『後撰集』八八七・恋四・道風）、「しらなみのよすればなびくあしのねのうき世のなかはみじかからなん」（『古今六帖』三八二一・貫之）、「むれてゐるつるにおとすなあしのねのみじかかるべきいのちなりとも」（『相模集』二九〇）などと詠まれる。また、「みしまえにつのぐみわたるあしのねのひとよのほどにはるめきにけり」（『後拾遺集』四二・春上・好忠）のように、蘆の根は一節とも詠まれる。これらは紛れやすいが、別のことである。

また、右のように、「みじかき」が「蘆」にかかるとすると、なぜ、「蘆」が「みじかき」でなくてはならないのかという問題が生じてくる。難波の蘆がほかの地の蘆より背丈が低いとも考えられない。潮が満ちて水面から出ている部分が少なく、丈が低いとも考えられる。それにしても、「みじかき」に何か意味がなくてはならない。この点については、「ふしのま」の語義について確認したあとに考えてみたいと思う。

さて次に、「ふしのま」の語義であるが、『宗祇抄』以来の通説では、ほんの少しの間の意と解されている。しかし、定家は、「蘆の屋のかりねの床のふしのまにみじかくあくる夏のよなよな」（『拾遺愚草』一九二五）と詠んでいる。この歌では、ほんの少しの間にの意ではなく、「仮寝の床の伏しの間に」ということで、寝ている間にの意に用いていることが知られる。もしも、ほんの少しの間にの意であるとすれば、直後の「みじかく」と意味が重複してしまう。また、定家と同時代の歌人たちも、「夜をかさねゐなのの小ざさふしのまもなくや五月の山時鳥」（『建保名所百首』二七五・行能）、「なつの夜はみじかきあしのふしのまにいつしかかはる秋のはつかぜ」（『明日香井和歌集』一三三三）、「なにはえやうきてものおもふ夏のよのみじかきあしのふしのまもなし」（『明日香井和歌集』一四三一）、「ささ竹の大宮人のふしのまもみじかくあくるさほの山のは」（『壬二集』二二六四）などと詠んでおり、何れの歌も、「伏しの間」（寝ている間）の意に用いている。「ふしのま」をほんの少しの間の意に用いている確実な例は一例も見出せないのである。

「ふしのま」をほんの少しの間の意に用いている例として、『万葉集』（四二三五（四二一一）・家持）の「朝暮尓　満来潮之　八隔浪尓　靡珠藻乃　節間毛　惜命乎」の例があるとされる。しかし、この「節間」は、『校本万葉集』に拠れば、「つかのま」もしくは「ときのま」と古くは訓まれていたことが知られ、「ふしのま」と訓むのは長流の『万葉集管見』以降のようである。ちなみに、廣瀬本も「ときのま」と訓んでいる。もちろん、本来はこの『万葉集』の例は「ふしのま」と訓んだのかもしれず、作者の伊勢も『万葉集』のこの例を念頭に置いていた可能性もなくはない。また、現存はしないが、古い訓に「ふしのま」とするものが存在した可能性もないとは言えない。しかし、現存の資料から言えば、定家やそれと同時代の歌人たちが「ふしのま」と訓んだ可能性はかなり低いと言えるのではなかろうか。したがって、『百人一首』の歌の解釈として、この『万葉集』の例をもってこの語を説明するのは適当ではないと考えるのである。

「ふしのま」の語義が「伏しの間」（寝ている間）であるとして、次に、なぜ「蘆」が「みじかき」でなくてはならないのかという先の問題について考えてみたい。「みじかき蘆」を詠んだ歌として、「つのくにのながらふべくもあらぬかなみじかき葦のよにこそ有りけれ」（『新古今集』一八四八・雑下・花山院）という歌がある。この歌の場合もおそらく「みじかき」は「節《よ》」ではなく「蘆」にかかるものと考えられる。しかし、歌の意味としては、とても生きながらえそうにないことだ、思えば短い生涯であった、ということであるから、意味としては、「みじかき」は「世」にかかっているものと解することができる。そうしたことから考えれば、この伊勢の歌の場合も、「みじかき」は語の直接的な係り受けの上では「蘆」にかかるが、意味の上からは「伏しの間」にかかるものと解することができる。そのように解することにより、「みじかき」と言ったことの意味が納得できる。相手のことを思うと夜も眠れないが、ほんの少しばかり寝るその間さえも、の意に解してよいのではなかろうか。

この歌は、『伊勢集』において、より古態を保つとされる西本願寺本で古歌集混入部分に載っているところから、伊勢の詠であることが疑われている。このことについては、関根慶子氏『平安文学　人と作品とところどころ』（風間書房）「研究余滴」の「伊勢作か否か、疑問の二首をめぐって」に指摘があり、妹尾好信氏「『百人一首』「難波潟みじかき葦の」は伊勢歌か―『伊勢集』構造論からの検討―」（『国文学攷』平成元・6　広島大学国語国文学会、『王朝和歌・日記文学試論』〈新典社〉所収）に詳しく論じられている。しかし、定家をはじめ、当時の人々は伊勢の歌であることを疑わなかった。『百人一首』でも伊勢の歌として選ばれている。

定家の理解からすれば、依拠する『伊勢集』(天理図書館蔵定家等筆本)に載り、伊勢の歌であることが否定される確かな証拠がなかったので、伊勢の歌と考えたのであろう。

さて、伊勢は優れた歌を多く詠んでおり、三代集にも多くの歌が入集し、後世の評価も高い歌人である。数多くの名歌の中からこの歌を『百人一首』に選んだ理由はどこにあるのであろうか。

島津忠夫氏『百人一首』(角川文庫)や吉海直人氏『百人一首の新考察』(世界思想社)に指摘があるように、公任は、伊勢の歌としては「ちりちらずきかまほしきをふるさとの花見て帰る人もあはなん」(『拾遺集』四九・春)を特に高く評価していたようである。『三十六人撰』『金玉集』『深窓秘抄』などの秀歌撰に選び、『前十五番歌合』にこの一首を選び入れていることからも、それが窺われる。俊成は、どの歌を最も優れた歌と考えていたかははっきりしない。吉海氏『百人一首の新考察』は「みわの山いかにまち見む年ふともたづぬる人もあらじと思へば」(『古今集』七八〇・恋五)を代表歌と見ていたのではないかとする。ただし、『古来風体抄』にこの歌は採られていない。ちなみに、『俊成三十六人歌合』に選ばれている伊勢の歌三首は、何れも『古来風体抄』には採られていない。『古来風体抄』では「さくら花春くはれる年だにも人の心にあかれやはせぬ」(『古今集』六一・春上)に対して「としだにもとおき、人のこころにあかれやはせぬといひはげましたるこころすがた、かぎりなく侍なり」(自筆本)と賛辞が添えられている。

次に、定家の評価はと言うと、右の「ちりちらず」の歌は、『定家八代抄』にさえ採っていない。「みわの山」の歌は『定家八代抄』『近代秀歌』に選んでおり、こちらのほうは高く評価していたことが知られる。しかし、この歌以上に定家が高く評価していた歌は、「おもひがはたえずながるる水のあわのうたかた人にあはできえめや」(『後撰集』五一五・恋一)である。この歌も『俊成三十六人歌合』に選ばれている伊勢の歌三首のうちの一首である。『定家八代抄』に撰入され、『秀歌体大略』や『近代秀歌(自筆本)』にも秀歌例として挙げられている。そして、さらに『八代集秀逸』にも選ばれている。『八代集秀逸』に伊勢の歌はこの一首のみが選ばれており、『後撰集』の秀歌十首の中に入れているのである。『八代集秀逸』の『新古今集』からの選出は当代歌人中心ということもあり、「難波潟」の歌が選ばれなかった理由もそこに求められるのかもしれないが、「難波潟」の歌と同等、あるいはそれ以上の評価の高さである。

『百人一首』に選ばれた「難波潟」の歌は、吉海氏『百人一首の新考察』にも指摘があるように、公任も俊成もその秀歌撰に選ばなかった歌である。あるいは、平安時代中頃までは、この歌が伊勢の歌と認識されていなかったという事情もあるのかもしれない。ところが、新古今時代に俄に脚光を浴びたようで、定家以外にもこの歌を高く評価していたことが『新古今集』の撰者名注記（有家・定家・家隆・雅経）などによって知られる。そして、特に定家は、この歌を『定家八代抄』に撰入し、『秀歌体大略』や『近代秀歌』には秀歌例として挙げているところから見て、秀歌と認めていたことは確かである。しかし、代表的秀歌を一首だけ選ぶとなると、右の「おもひがは」の歌を選ぶほうが自然であろう。ところがそれを選ばず、「難波潟」の歌を選んだ。その理由は、おそらく、次の元良親王の歌との関係ではないかと推察される。元良親王の歌とは、『百人秀歌』でも一対をなしており、歌の内容においても固い結びつきが認められるからである。

20

わびぬれば今はたおなじなにはなるみをつくしてもあはむとぞ思ふ

元良親王

【異同】

〔定家八代抄〕安永・袖玉・知顕・東急は底本に同じ。

〔百人秀歌〕底本に同じ。

〔百人一首〕為家・栄雅・兼載・守理・龍谷・応永・古活・長享・頼常・頼孝・経厚・上條は底本に同じ。

【語釈】 ○**わびぬれば**―「わび」は「侘ぶ」の連用形で、物事が思い通りいかず懊悩する状態をいう。「ぬれ」は完了の助動詞「ぬ」の已然形。「ば」は已然形を受けて順接の確定条件を表す。「わびぬればしひてわすれむと思へども夢といふ物ぞ人だのめなる」（『古今集』五六九・恋二・興風）、「わびぬれば身をうき草のねをたえてさそふ水あらばいなむとぞ思ふ」（『古今集』九三八・雑下・小町）、「わびぬればいまはとものをおもへども心しらぬはなみだなりけり」（『新勅撰集』八八四・恋四・躬恒）。○**はた**―ある一面を認めながら別の一面を述べるところに基本義があるとされる。強調の用法もそこから生じたものと考えられる。定家は、まさにという意に解していたものと思われる。余釈項を参照のこと。○**なにはなる**―難波にあるの意。「難波」については、一九番の語釈項を参照のこと。「澪標《みをつくし》」と同音の「身を尽くし」を導く序詞。あるいは、「難波」の「な」に「名」を掛けるか。余釈項を参照のこと。○**みをつくしても**―「澪標」と「身を尽くし」の掛詞。「澪標」は、船の通行に適する深い水路を知らせるために目印として立てられた杭。難波の代表的景物。『能因歌枕』に「みをつくしとは、水のふかきところに立たる木をいふ」とし、『童蒙抄』『初学抄』『和歌色葉』『袖中抄』などにも取り上げられている。『顕注密勘』にも『古今集』五六七番の注に顕昭が取り上げ、「みをつくしとは、みをしるし也。江河の深き所に木をたてて、これをみをとしらすれば、それをみをとしりて、舟をばのぼりくだす也。澪とも書き、澪ともかき、万葉には水尾ともかけり。又、水咫衡石とかけり。国史に、難波江に始二澪標《ミヲツクシ》一之由しるせり。其所をばみをつくしと云と、貫之が土佐日記にみえたり。世俗にはみをしるしと云、和歌にはみをつくしとよむを、歌にみをしるしとよむ人々侍り、口惜事也」とする。これについて、定家は「江の水のふかきしるしにたてたる木とばかり心得たる、たがひ侍らざりけり。みをしるし、いまだよみ侍らねど、さる物なからんこそあらめ。それよりみぐるしき物も、歌によみ侍るめる歟」とする。ちなみに、「みをしるし」の例は『山家集』（二一七）などに見える。また、「身を尽くす」は、その身の限りを尽くす意。ここでは、わが身のありったけを尽くして恋い慕うこと。「水咫衡石　心尽而　念鴨　此間毛本名　夢西所見」（『万葉集』三一七六〔三一六二〕・作者不明、廣瀬本の訓「みをつくし　こころつくして　おもふかも　このまももとな　ゆめにしみゆる」）、「山かげにつくる山田のみがくれてほにいでぬこひに身をやつくさむ」（『新勅撰集』六四八・恋一・躬恒）。「澪標」と「身を尽くし」を掛けた例としては、

「君こふる涙のとこにみちぬればみをつくしとぞ我はなりぬる」（『古今集』五六七・恋二・興風）などがある。余釈項を参照のこと。

○あはむ―「あは」は「逢ふ」の未然形で、男女が契りを交わす意。「む」は、意志・希望の助動詞。「したのおびのみちはかたがたわかるとも行きめぐりてもあはむとぞ思ふ」（『古今集』四〇五・離別・友則）。

【通釈】　苦しくてどうにもならなくなってしまいましたので、こうなった今はまさに「澪標」と同じ名です。難波にある澪標のように、この身の限りを尽くして恋しく思い続けても、きっとお逢いしたいと思うことです。

【出典】　『拾遺集』七六六・恋二・「（題しらず）」。※重出、『後撰集』九六〇・恋五・「事いできてのちに、京極御息所につかはしける　もとよしのみこ」。

【参考】　『定家八代抄』一二〇四・恋四「（題不知）元良親王」。『秀歌体大略』九八。自筆本『近代秀歌』九二。『八代集秀逸』一五。『百人秀歌』二〇。『五代簡要』「わびぬれば今はたおなじなにはなる身をつくしてもあはんとぞ思」。『拾遺抄』三一七・恋下・「（題しらず）読人不知」。『古来風体抄』三三〇。『時代不同歌合』六五。『古今六帖』一九六〇・みをつくし・もとよしのみこ。『五代集歌枕』九六二。『袖中抄』九三四。『千五百番歌合』一六七二・千三百三十七番判詞。『元良親王集』一二〇・こといできてのち、宮す所に。

《参考歌》

『拾遺愚草』一六三三

　せきわびぬいまはたおなじ名とり川あらはれはてぬせぜの埋木

『拾遺愚草』一五七〇

　難波なる身をつくしてのかひもなしみじかき蘆の一夜ばかりは

『拾遺愚草』一六五七

　みをつくしいざ身にかへてしづみみんおなじなにはの浦の浪風

20　わびぬれば今はたおなじなにはなるみをつくしてもあはむとぞ思ふ

【余釈】『後撰集』の詞書に「事いできてのちに、京極御息所につかはしける」とあり、『宗祇抄』以来、宇多天皇の寵愛を受けていた京極御息所（藤原時平の娘褒子《ほうし》）との密事が露顕した後に、京極御息所に詠んで贈った歌であるとされている。そして、このことを背景として一首を解釈することが通説となっている。しかし、定家は、『定家八代抄』では「題不知」としており、その作歌事情を考慮していない。あるいは、定家は『後撰集』ではなく、『後撰集』と重複して収載する『拾遺集』を出典として考えていたのかもしれない。『拾遺集』では「題しらず」であり、『定家八代抄』でも『拾遺集』から選んだ歌を並べた中に配されていると見られるからである。そして、さらには『八代集秀逸』でもこの歌を『拾遺集』中の秀歌として選んでいる。ただし、『五代簡要』では『後撰集』の歌として記している。

さて、語義として問題になるのは、「はた」と「身を尽くす」である。

まず、「はた」は、『名義抄』は「当」に、『字類抄』では「将」「当諸為」にそれぞれ当てる。歌学書では、『奥義抄』に「はたとは、万葉には将ともあり、又当ともかけり。同じ心なり。まさにといふ事なり」とする。『初学抄』にも「将也」とする。これに対して、『色葉和難集』は「和云、はたは将の字をかけり。是によりてまさにといふことばなりとつねにはいへり。しかれども、はたは、またといふことばなり。はたまたとつづけたる事もあれども、それはおなじことばをつづけたるなるべし。古歌にもおほくは、またと見えたり」とする。『八雲御抄』も「また」としている。『顕注密勘』には、『古今集』一四三番の歌の注に、顕昭は「はたとは、将とも当ともかけり。まさと云也」としており、『奥義抄』等の説に従っているようである。定家もこれに異を唱えていないので、そのように解していたものと思われる。

次に、「身を尽くす」であるが、通説では、「身を尽くしても逢はむとぞ思ふ」で、身を破滅させてでも逢おうと思う、というように、自棄的な言葉として解されている。このような解釈は古くからあり、例えば、『経厚抄』『上條本』『拾穂抄』『改観抄』『うひまなび』『百首異見』などにはそれが明確に読み取れる。しかし、そのように解せるかどうか、じつは疑わしい。この語は、語釈項に挙げた例や『百人一首』にも採られている「なにはえのあしのかりねの一よゆゑみをつくしてや恋ひわたるべき」（『千載集』八〇七・恋三・皇嘉門院別当）、「おもひわび身をつくしてやおなじ江にまたたちかへり恋ひわたりなん」（『続後撰集』七六一・恋二・成実）などの例からも知られるように、その身の限りを尽くして恋い慕う意である。身を破滅させてでもと解すのは無理である。今は逢うことができず、わが身の限りを尽くしてひたすらあなたのことを恋い慕っているが、将来、きっと逢いたい、という意と解さなければならない。逢うことができずに「身を尽くす」例としては、「なには人いかなるえにかくちはてむあふことなみに身をつくしつつ」（『新古今集』一〇七七・恋一・良経）、「涙川あふせもしらぬ身をつくしたけこす程に成りにけるかな」（『拾玉集』一六七三）などがある。また、今は「身を尽くして」恋い慕いながら将来逢いたいと詠んだ例としては、「しがのうみや暮行く春もふかきえに身をつくしてや又も相ひみん」（『壬二集』一八〇五）などがある。そして、「こひわたるなみだのかはのふかきえにみをつくしてもあひ見てしかな」（『千五百番歌合』二三二一・千百六十一番右・丹後）の例は、当時右のような解釈がなされていたことを裏付けるものと言えよう。

解釈上の問題となるのは、何が「同じ」なのかという点である。従来の説を整理すると、主として次の二つの説がある。一つは、（1）すでに噂になってしまったので、今のまま逢わなくても逢っても「立つ名（評判）は同じ」と解す説である。『宗祇抄』『長享抄』『頼常本』『頼孝本』『拾穂抄』『うひまなび』などがこれである。『うひまなび』は否定しているが、「難波」の「な」に「名」を掛け、「同じ名」と続くと見るものが多い。もう一つは、（2）今のまま逢わなくても逢っても「身を尽くす（身を滅ぼす）ことは同じ」と解す説である。『改観抄』などがこの説である。こちらは、「同じ」で切れると解している。現在では、こちらが通説となっているようである。

さて、この二つの説を検討してみると、まず、（1）の説は『後撰集』の詞書がなくては成り立たない説である。すなわち、すでに述べたように、定家はその具体的な作歌事情を考慮しないでこの歌を味わっていたと推察される。ところが、二人のことが噂になったことはこの歌だけからは出てこないので、この解釈は成り立たないということである。（2）の説も、「身を尽くしても」が自棄的な意には解せないということは右に述べたとおりなので、これも成り立ちがたいと言わざるを得ない。それでは、何が「同じ」なのかということになるが、わが身と澪標が「同じ」ということであろう。わが身は「身を尽くし」となり、まさに「澪標」と同じだということである。わが身を「澪標」に擬えることは、語釈項にも挙げた「君こふる涙のとこにみちぬればみをつくしとぞ我はなりぬる」（『古今集』五六七・恋二・興風）など多く詠まれ、定家も「みをつくしいざ身にかへてしづみみんおなじなにはの浦の浪風」（『拾遺愚草』二六五七）などと詠んでいる。なお、この定家の歌は、元良親王の歌を本歌としたものと見られるが、「難波」の「な」に「名」を掛けて、「同じ名」と続けたものと思われる。そうであるとすれば、元良親王の歌の「同じ難波なる」も「同じ名」と解していた可能性もある。この場合の「名」は評判（噂）の意ではなく、「みをつくし」という「同じ名」ということである。

また、定家には「せきわびぬいまはたおなじ名とり川あらはれはてぬせぜの埋木」（『拾遺愚草』二六三三、時雨亭文庫蔵定家自筆本は第四句「あらはれはてね」）という歌もある。この歌も元良親王の歌を本歌とし、「名とり河せぜのむもれ木あらはれば如何にせむとかあひ見そめけむ」（『古今集』六五〇・恋三・よみ人しらず）も本歌として取り合わせて詠んだものであるが、この歌の「同じ」は、わが身と名取川の埋もれ木がまさに「同じ」だと言っているのである。そして、「名取川」に「名を取る」を掛けており、「同じ名」と言い掛けたものと思われる。この場合は「名を取る」であるから、評判を立てられるの意である。語の切れ続きから言えば、「同じ」と言い切っていながら、その一方で意味の上からは「同じ名」と続いているということになろう。類歌に「なげかずよいまはたおなじなとり川せぜの埋木くちはてぬとも」（『新古今集』一一一九・恋二・良経）があるが、これも同様に考えてよいかと思われる。ただし、こちらは「名を取る」が生かされていないようである。また、家隆の歌に「こひわびぬ今はたおなじかくれぬのはつせの山の雲と消えなん」（『壬二集』二七三二）という例があるが、これも元良親王の歌を本歌とし、「隠口能　泊瀬山之　山際尓　伊佐夜歴雲者　妹鴨有牟」（『万葉集』四三一〈四二八〉・人麻呂、廣瀬本の訓「かくれぬの　はつせのやまの　やまぎはに　いざよふくもは　いもにかもあらむ」）も本歌として取り合わせて詠んだ歌である。この家隆の歌でも、わが身と「かくれぬ（隠れ沼）」が「同じ」と言っているものと思われる。そして、それが「初瀬」の枕詞となっており、「はつせの山の雲と消えなん」と詠んだのである。「かぜをまつ今はたおなじ宮城のもとあらの萩の花のうへの露」(『金槐和歌集』四八九)、「さむしろにいくよの秋を忍びきぬ今はたおなじうぢのはしひめ」(『金槐和歌集』五一五)なども、それぞれわが身を露や宇治の橋姫と「同じ」と詠んでいる。これらの例から、元良親王の「いまはたおなじ」を、良経や家隆、実朝も、定家と同じように、わが身と澪標が「同じ」と理解していたのではないかと推察されるのである。

元良親王の歌は、八代集では、『後撰集』に六首、『拾遺集』に二首(重出を含む)入集している。このうち、定家は、『定家八代抄』に、この「わびぬれば」の歌と、「花の色は昔ながらに見し人の心のみこそうつろひにけれ」(『後撰集』一〇二・春下)、「逢ふ事はとほ山どりのかり衣きてはかひなきねをのみぞなく」(『後撰集』六七九・恋二)の三首を撰入している。そして、この三首は、後鳥羽院の『時代不同歌合』に選ばれた三首と一致しており、当時、元良親王の代表歌として高く評価されていた歌であったことが知られる。さらに、この三首のうち、「わびぬれば」の歌と「逢ふことは」の歌の二首はともに、『秀歌体大略』『近代秀歌(自筆本)』の秀歌例に挙げており、とりわけ『八代集秀逸』にも選んでいて、定家が特に高く評価していた歌であったことが知られる。この二首のうちどちらを『百人一首』に選ぶかというところで、父俊成が『古来風体抄』に選んで高く評価していたということもあろうが、より直接的には伊勢の歌との関係で「わびぬれば」の歌を選んだのではないかと推測される。

21

今こむといひしばかりに長月のありあけの月をまちいでつる哉

素性法師

【異同】

〔定家八代抄〕　安永・袖玉・知顕・東急は底本に同じ。

21　今こむといひしばかりに長月のありあけの月をまちいでつる哉

〔百人秀歌〕底本に同じ。

〔百人一首〕まちいてつる哉—まちいつるかな（古活）—まち出るかな（上條）—為家・栄雅・兼載・守理・龍谷・応永・長享・頼常・頼孝・経厚は底本に同じ。

【語釈】○今こむ—すぐに来よう。契りを交わした翌朝、別れの際の男性の言葉と解す。来訪を期待させる言葉である。余釈項を参照のこと。「今こむといひてわかれし朝より思ひくらしのねをのみぞなく」（『古今集』七七一・恋五・遍昭）、「今こむといひしばかりをいのちにてまつにけぬべしさくさめのとじ」（『後撰集』一二五九・雑四・よみ人しらず）。○いひしばかりに—「し」は過去の助動詞「き」の連体形。「ばかり」は程度の副助詞。「に」は格助詞。「ばかりに」は、小さな原因から大きな結果を招く場合に用いられる。「かげろふに見しばかりにやはまちどりゆくへもしらぬ恋にまどはん」（『後撰集』六五四・恋二・等）、「山河のかすみへだててほのかにも見しばかりにやこひしかるらむ」（『新勅撰集』七一二・恋二・伊勢）。○長月のありあけの月—「長月」は、陰暦九月で、季節は晩秋。「ありあけの月」は、月の下旬の月で、夜半過ぎに出て、夜が明けても空に残る月のこと。『能因歌枕』に「二十日よりありあけ」とし、『八雲御抄』に「在明の月は、十五日以後をいふよし、在〓匡房往生伝〓とする。また、顕昭は『五代勅撰』に『後拾遺集』八六九番の歌の注として「二十一日よりのちをば在明の月と云とぞ承はりし」と記している。余釈項を参照のこと。○まちいでつる哉—「まちいで」は「待ち出づ」の連用形で、待ち望んでいてそれが現実のものとなる意。「つる」は完了の助動詞「つ」の連体形。「哉（かな）」は詠嘆の終助詞。余釈項を参照のこと。

【通釈】「すぐに来よう」と言ったそのほんのはかない一言を頼りにして、長月の、待っていた有明の月が出てしまったことよ。

【出典】『古今集』六九一・恋四・「（題しらず）そせいほうし」。

【参考】『定家八代抄』一一〇四・恋三・「（題不知）そせい法し」。『秀歌体大略』九五。自筆本『近代秀歌』八九。『百人秀歌』二二。『五代簡要』「いまこむといひしばかりに長月の在明の月を」。『三十人撰』五〇・結句「まちでつるかな」。『金玉集』四四・恋・結句「まちいでぬるかな」（「つるカ」と傍書）。『前十五番歌合』三。『深窓秘抄』六五・恋・結句「まちでつるかな」。『和漢朗詠集』

七八九・恋。『三十六人撰』五三・結句「まちでつるかな」。『古来風体抄』二七九。『俊成三十六人歌合』二七。『時代不同歌合』七一。『古今六帖』二八二七・人をまつ・そせい。『和歌体十種』一七・余情体・結句「まちでつるかな」。『俊頼髄脳』三五。『奥義抄』一一二。『和歌童蒙抄』八七〇。『和歌色葉』五六。『千五百番歌合』二四〇四・千二百三番の判詞・結句「まちでつるかな」。『千五百番歌合』二五二三・千二百六十二番の判詞。『千五百番歌合』二六七三・千三百三十七番の判詞。『素性集』二四。

《参考歌》

『拾遺集』七八二・恋三・人麿

あしひきの山よりいづる月まつと人にはいひて君をこそまて

『拾遺集』七九五・恋三・人麿

長月の在明の月の有りつつも君しきまさば我こひめやも

『新勅撰集』九六八・恋五・隆信

こぬ人をなににかこたむ山のはの月はまちいでてさ夜ふけにけり

『拾遺愚草』一四三

夕やみになりぬとおもへばなが月の月待つままにをしき秋かな

『拾遺愚草員外』三八

長月の有明の月のあなたまで心はふくる星あひの空

【余釈】「すぐに来よう」とあの方が言ったそのほんのはかない一言を頼りにして、何箇月も待ち続け、とうとう長月となり、さらにその、早く出ないかと待ち望んでいた有明の月が出てしまったことよ。あの方はまだお出でにならないのに、という意の歌である。

女性が恋人の男性（もしくは夫）の訪れを待つという当時の認識から言えば、この歌は女性の歌であり、作者の素性は男性であるから、女性の立場に立って詠んだ歌ということになる。相手の男性が「すぐに来よう」と約束しておきながら、長い間訪れることなく、秋も末になってしまったと、嘆いているのである。秋も末になってしまった、それでもあの人は来ない、ということをそのまま言わず、「月」とからめて「長月の有明の月を待ち出でつるかな」と表現したところに興趣がある。

さて、語義の上からは、「待ち出づ」と「長月の有明の月」についておさえておく必要がある。まず、「待ち出づ」であるが、これは語釈項にも記したように、待ち望んでいてそれが現実のものとなる意である。竹岡正夫氏『古今和歌集全評釈』（右文書院）は、「恋人の訪問を待っている間に、待ちもしない有明の月をこんなふうに出してしまう結果になった」と解すが、「待ちもしない有明の月」とするのは従えない。「待ち出づ」は、『万葉集』にすでに見える語で、定家の時代までその語義は変わらないと考えられる。「高山尓　高部左渡　高高尓　余待公乎　待将出可聞」（『万葉集』二八一五〔二八〇四〕・作者不明、廣瀬本の訓「たかやまに　たかへさわたる　たかたかに　わがまつきみを　まちいでむかも」）、「わがごとく物はおもはじたなばたもあふなぬかをし待ちいづとおもへば」（『伊勢集』三二九）。「まちいでていかにうれしくおもほえんはつかあまりの山のはの月」（『千載集』一二四七・釈教・有安）、「なにゆゑとおもひもいれぬ夕だにまちいでしものを山のはの月」（『新古今集』一一九八・恋三・良経）。ここでは、右の『千載集』や『新古今集』の例と同じく、月が出るのを待っていて、そしてその月が出るのをいう。定家も「桜花まちいづる春のうちをだにこふる日おほくなどにほふらん」（『拾遺愚草』一四〇七）、「山のはに月も待ちいでぬ夜をかさね猶雲のぼる五月雨の空」（『拾遺愚草』一七四三）などと詠んでいる。桜の花の場合は、待ちに待った花が咲くことであり、月の場合は、待った月が出ることである。この素性の歌でも、月の出を今か今かと待ち望んでいて、その月が出たという意に解していたと考えられるのである。「有明の月」で月の出が遅いからである。

次に、「長月の有明の月」であるが、これも『万葉集』にすでに見える。この語句については、竹岡正夫氏『古今和歌集全評釈』（右文書院）に指摘するとおりで、夜明け前の空を照らし、秋の情趣の極致を示すものとして歌に詠まれた。それは、定家の時代に至るまで変わることがなかったことが、次の例からも窺われる。「白露乎　玉作有　九月　在明之月夜　雖見不飽可聞」（『万葉集』

二二三三（二二二九）・作者不明、類聚古集の訓「しらつゆを　たまにつくれる　ながつきの　ありあけのつきを　みれどあかぬかも」）、「九月之　在明能月夜　有乍毛　君之来座者　吾将恋八方」（『万葉集』二三〇四〔二三〇〇〕・作者不明、類聚古集の訓「ながつきの　ありあけのつきよ　ありつつも　きみがきまさば　われこひむかも」）、「いづれをか花とはわかむ長月の有明の月にまがふ白菊」（『貫之集』一〇二）、「われならぬ人もさぞみん長月の有明の月にしかじあはれは」（『和泉式部集』八八八）、「ながづきの有明の空を見てのちぞ秋のあはれのはてはしりぬる」（『六百番歌合』四七五・兼宗）。先ほどの「待ち出づ」と合わせると、このしみじみと身に沁みるような情趣を感じさせる月が出ることを待ち望んでいたという意に解すことができる。あの人の訪れと月の出を待ち望んでいたが、あの人はまだやって来ないのに、月のほうは出てしまった、ということである。

女性が月の出を待つのは、男性の訪れを待っているのをそれと悟られぬため、そのように装っているのである。「あしひきの山よりいづる月まつと人にはいひて君をこそまて」（『拾遺集』七八二・恋三・人麿）という歌を考え合わせなければならない。月が出ても待つ人が来なければ、口実にするものがなくなる。「こぬ人をなにかこたむ山のはの月はまちいでてさ夜ふけにけり」（『新勅撰集』九六八・恋五・隆信）という歌にもなる。この素性の歌もそのように解さなければならないのではなかろうか。そして、「有明の月」は、男女が契りを交わした翌朝、別れの際に空にかかる月でもある。もはや別れの時刻であり、「有明の月」が出たということは、もはや訪れはないということを暗示してもいるのである。そのような状況での「長月の有明の月」は、いっそう身に沁みることであろう、と想像される。

また、解釈の面では、定家の時代にも見解が分かれていたことが、『顕注密勘』によって知られる。『顕注密勘』で、顕昭は「長月の在明の月とは、なが月の夜のながきに在明の月のいづるまで人を待とよめり」とし、定家は「今こむといひし人を月来まつ程に、秋もくれ月さへ在明になりぬとぞ、よみ侍けん。こよひばかりはなほ心づくしならずや」とする。相手を待つ期間について、顕昭の見解は、長月の夜長を待ち続け、有明の月が出るまで待ってしまったとするもので、これを一夜《いちや》説と呼んでいる。これに対して、定家の見解は、待ったのは一晩ではなく、数箇月待ったと解したほうがよいとするもので、これを月来《つきごろ》説と呼んでいる。定家は、「長月の有明の月」という詞に着目し、右の解釈のように解釈することで、いっそう哀切な恋の情趣をこの歌から読み取ったのであろう。

さて、『宗祇抄』を始めとして旧注のほとんどは、いつから待っているかという点に小異はあるものの、『顕注密勘』の定家の説に従い、月来説をとる。これに対して、『三奥抄』はこれを否定して、「ただ今夜と頼めたる一夜のことにして感慨はあくまで有べし」として一夜説をとる。さらに、『改観抄』は『古今集』の部立配列を根拠として一夜説を補強する。すなわち、『古今集』でこの歌は「恋四」の「待恋」の歌を配した中にある。ところが、「久待恋」「久待不来恋」はもっと後ろの「恋五」に遍昭の「わが宿は道もなきまであれにけり」（七七〇番）以下十余首がそれで、そこに入っていないので一夜だというのである。その後、この説は『うひまなび』『百首異見』などにも支持され、これが通説となった。しかし、島津忠夫氏『百人一首』（角川文庫）は、『古今集』の中での解釈としてはそれで正しいが、『百人一首』の歌としては、定家の月来説に拠るべきであるとした。従うべき見解である。

なお、この月来説は定家独自の解釈ではなかったようである。「今こむとちぎりしことは夢ながら見しよににたる有明の月」（『新古今集』一二七六・恋四・通具）、「いはざりきいまこむまでのそらの雲月日へだててものおもへとは」（『新古今集』一二九三・恋四・良経）、「いまこむと宵宵ごとにながむれば月やはおそき長月の末」（『後京極殿御自歌合』一二三）、「いまこんといひしばかりに夜ごろへてむなしき床にあり明の月」（『仙洞影供歌合　建仁二年五月』六二・越前）、「いまこんといひしばかりをたのみにていく長月をすぐし来ぬらん」（『後鳥羽院御集』一五五〇）、「いまこんのちぎりはたえてなかなかにたのめぬ月ぞよがれがちなる」（『千五百番歌合』二六七三・千三百三十七番右・三宮〈惟明親王〉）などにより、それが知られる。ちなみに、右の『千五百番歌合』の三宮の歌について、顕昭は判詞で「いまこんといひしばかりの歌の心はあまたになり侍りぬれば、とかく申すべきにも侍らず」としている。

また、「いまこむ」という言葉を言ったのはいつかということも、解釈が分かれそうである。契りを交わした翌朝、別れて帰る際に言ったのか、それとも時折男性のもとから言ってよこしたのか、ということである。定家の歌にこの素性の歌を本歌とするものが意外にもほとんどないということもあり、残念ながら、定家の理解の仕方を知る術がない。ただ右に挙げた諸例を見ると、月来説をとっていた歌人たちは、別れて帰る際の言葉と解していたのではないかと推察される。『長享抄』『経厚抄』『上條本』などは、別れの際の言葉と解している。『百首異見』は一夜説ではあるが、そのように解している。

さて、この歌は、島津忠夫氏『百人一首』（角川文庫）や吉海直人氏『百人一首の新考察』（世界思想社）に指摘があるように、公任が高く評価し、『金玉集』『前十五番歌合』『深窓秘抄』『和漢朗詠集』『三十六人撰』などの諸書に採っている。また、俊成も『古来風体抄』『俊成三十六人歌合』に選んでおり、素性の代表歌と言ってよい。また、すでに見たように、新古今時代にも多くの歌人たちによって本歌として詠まれ、賞翫された。『拾遺愚草員外』（三四六番詞書）に拠れば、建久三年（１１９２）九月十三日夜、良経の家で行われた歌会では、この素性の歌の文字「い」「ま」「こ」「む」「と」…を歌の最初の文字として置き、歌を詠むというようなこともされている。定家も、『定家八代抄』のほか、『秀歌体大略』『近代秀歌』の秀歌例にもこの歌を挙げている。『八代集秀逸』『秀歌大体』に選んでおらず、右にも触れたように、本歌としてほとんど詠んでいないことなど、多少気になる点もあるが、高く評価していたものと考えてよいかと思われる。この歌に関しては、伝統的な評価をそのまま受け入れたということであろう。

22

ふくからに秋の草木のしほるればむべ山かぜをあらしといふらん

文屋康秀

【異同】

〔定家八代抄〕　秋の―野辺の（知顕）―安永・袖玉・東急は底本に同じ。

22　ふくからに秋の草木のしほるればむべ山かぜをあらしといふらん

〔百人秀歌〕　しほるれは—し□□□□
〔百人一首〕　秋の—野への（経厚）—為家・栄雅・兼載・守理・応永・古活・長享・頼常・頼孝・上條は底本に同じ。

【語釈】　○ふくからに—「からに」は、基本的には原因・理由を表す。～によって、の意。些細な原因から重大な結果を招く場合に用いられたところから、～だけで、とたんにの意にも用いられるようになった。「おほかたの秋くるからにわが身こそかなしき物と思ひしりぬれ」（『古今集』一八五・秋上・よみ人しらず）、「秋をおきて時こそ有りけれ菊の花うつろふからに色のまされば」（『古今集』二七九・秋下・貞文）、「うちわたすをちかた人にこととへど答へぬからにしるき花かな」（『新古今集』一四九〇・雑下・小弁）、「あさ霞へだつるからに春めくはと山や冬のとまりなるらん」（『拾遺愚草』二）、「ちりねただあなうの花やさくからに春をへだつるかきねなりけり」（『拾遺愚草』一二二）。なお、『奥義抄』『和難集』『八雲御抄』などに、「なへに」という語を説明するのに「からに」と同義であるとしている。意味が重なる部分があったことを示している。○しほるれば—「しほるれ」は「しほる」の已然形。「しほる」は、萎えしぼむ、弱るの意。木ならば葉が散り、草ならば枯れること。『初学抄』に「なへしぼむ也」とする。『和歌色葉』にも同様に記す。「秋風にしをるる野べの花よりも虫のねいたくかれにけるかな」（『新古今集』五一〇・秋下・具平親王）。歴史的仮名遣いでは、「しをる」と記されることが多い。「辞繁　不相問尓　梅花　雪尓之乎礼氏　宇都呂波牟可母」（『万葉集』四三〇六〔四二八二〕・宅嗣、廣瀬本の訓「ことしげみ　とはぬあひだに　むめのはな　ゆきにしをれて　うつろはむかも」）の「雪尓之乎礼氏（ゆきにしをれて）」や『新撰万葉集』の当該歌の「芝折礼者（しをるれば）」が例に引かれる。『改観抄』はこれらの例を引いて、仮名遣いは「しをる」が正しく、「涙に袖をしほる」の「しほる」とは仮名が異なり、別語であるとする。そして「し」は助語（現在いう接頭語）、「をる」は「折る」であって、「木竹などのをるるといふには違ひて、これはそこなはるる」意であるとする。『うひまなび』も「しをる」が正しいとする。『百首異見』も「しをる」としている。右の『万葉集』などの「しをる」がこれと同語であるとすれば、歴史的仮名遣いは「しをる」ということになる。ただし、定家の仮名表記は、『古今集』の当該歌において、伊達本も嘉禄二年本も「しほる」である。『下官集』にも「ほ」の箇所に「しほるる」を挙げる。○むべ—下の句の内容に、もっともなことと同意する意を表す。なるほど、道理で。「うべ」に同じ。上代では「うべ」（万葉仮名では「宇倍」）と表記されるが、平安中期以後、「むべ」と表記されることが多くなるとされる。「うめ（梅）」を「むめ」、「うま（馬）」を「むま」と表記するのと同じ。マ行音とバ行音の前に来る語頭の「う」が「む」と表記される。「とどめあへずむべもとしとはいはれけりしかもつれなくすぐるよはひか」（『古今集』八九八・雑上・よみ人しらず）、「ひととせにふたたびさかぬ花なればむべちることを人はいひけり」（『後撰集』一〇九・春下・元方）。○山かぜ―山風。山に吹く風。または、山から吹き下ろす風。○あらし―「嵐」に形容詞の「荒し」を掛ける。『和名抄』の「嵐」の項に「孫愐云、嵐山下出風也。盧含反　和名阿良之」とする。『八雲御抄』の「嵐」の項に「山風の名也。（略）野川などに〔も〕嵐はよめども、山より吹心なり」とする。

【通釈】吹くことによって秋の草木が弱るので、なるほど、山風を「荒し」、つまり「嵐」というのももっともなことであるよ。

【出典】『古今集』二四九・秋下・「これさだのみこの家の歌合のうた　文屋やすひで」。

【参考】『定家八代抄』四一〇・秋下・「（題不知）文屋康秀」。『秀歌体大略』四四。『百人秀歌』二七。『五代簡要』「ふくからに秋の草木の　むべ山風をあらし」。『新撰万葉集』三七二・「打吹丹（うちふくに）秋之草木之（あきのくさきの）芝折礼者（しをるれば）郁子山風緒（むべやまかぜを）荒芝成藍（あらしなるらむ）」。『後六々撰』一三六・康秀・第二句「野べの草木の」。『古今集』仮名序・第二句「のべの草木の」。『古今六帖』四三一・あらし・ふんやのあさやす（「やすひでイ」）と傍書・第二句「なべて草木の」。『九品和歌』一三。『奥義抄』九九。

《参考歌》

『後撰集』一二八二・雑四・伊勢

人心嵐の風のさむければこのめも見えず枝ぞしをるる

『忠岑集』三四

ふくかぜをあらしと人のいふなへにあだなきくさのしをれぬはなし

22　ふくからに秋の草木のしほるればむべ山かぜをあらしといふらん

（西本願寺本『忠岑集』八五・「やまかぜをあらしと人のいふなへにあたるくさきのしほれぬはなし」）
『忠岑集』七五
つゆにこそのべのくさきはしをるらめよそのかぜをかむしはうらむる
『古今集』三三七・冬・友則
雪ふれば木ごとに花ぞさきにけるいづれを梅とわきてをらまし
『拾遺愚草』一三六二
色みえぬ冬の嵐の山風に松のかれ葉ぞ雨とふりける
『拾遺愚草』一五九〇
くれかかるよもの木の葉の山風におのれしをるるしばの袖がき
『拾遺愚草』一二三一四
しをるべきよもの草木もおしなべて今日よりつらき荻の上風

【余釈】　山から吹き下ろす強風は、秋の野の草を枯らし、木々の葉を散らしてしまう。その荒々しさを目の当たりにして、なるほど、それで山風を「あらし」というのだな、と実感し、納得しているのである。歌の詠み方という面から見ると、「嵐」から同音の「荒し」を想起して、「山風」を「嵐」というのはなぜかと言えば、「山風」が秋の草木を弱らせてしまうほど荒々しいからだ、と因果関係によって歌を構成する。これは、古今集時代の歌の典型的な詠法と言ってよいであろう。そして、さらにこの歌では同時に、文字の上からも、「山」と「風」の二字を合わせると「嵐」の字になるということをも詠んでいる。類想歌として、「やまかぜをあらしと人のいふなへにあたるくさきのしほれぬはなし」（西本願寺本『忠岑集』八五）という歌があるが、康秀の歌のほうがこの時代の歌としては完成度が高いと言えよう。

さて、この「山」と「風」の文字を合わせると「嵐」の字になるという文字の離合を、この歌に認めるかどうかで古来見解が分かれてきた。『宗祇抄』は「当りうにもちひず」とそのように解す立場を拒み、特にその根拠は示していない。『経厚抄』『幽斎抄』『雑談』なども同様に拒否している。『うひまなび』『百首異見』などもこれについてはまったく触れていないので、文字の離合は考えていないものと見てよいであろう。これらに対して、『長享抄』『上條本』などは文字の離合による解釈を示している。『改観抄』も「嵐といふ文字にも心を付たり」とこれを支持して、「わざとにはあらで、より来る所にかやうによむ事、きらふべきにあらず」としている。

『改観抄』の根拠は、「雪ふれば木ごとに花ぞさきにけるいづれを梅とわきてをらまし」(『古今集』三三七・冬・友則)という歌があり、この友則の歌では「木ごと」は「木」と「毎」であり、この文字を合わせると「梅」になる。そのように理解していたかららこそ、為家も「としのうちの雪を木ごとのはなと見てはるをおそしときゐるうぐひす」(『続古今集』六七九・冬)と詠んでいる。つまり、友則の歌を踏まえて、「梅の花と見て」と言うところを「木毎の花と見て」と表現したのである。また、「物色自堪傷客意(もののいろはおのづからかくのこころをいたましむるにたへたり) 宜将愁字作秋心(うべなりうれへのじをもてあきのこころにつくれること)」(『和漢朗詠集』二二四・秋興・篁)という詩も考え合わせるべきであるとする。この問題に関しては、小西甚一氏の『新註国文学叢書　古今和歌集』(講談社、「解説」および「補註」)や、「古今集的表現の成立」(『日本学士院紀要』七巻三号昭和24・11、『日本文学研究資料叢書　古今和歌集』〈有精堂〉所収)により、中国六朝後期に流行した離合詩の影響であることが示され、現在の『古今集』の注釈書の多くはこれに従っており、この歌に文字の離合を考えるべきであることは、ほぼ定説化していると言ってよい。

それでは、定家はこの点についてどのように理解していたのであろうか。それを直接知ることのできる資料は残念ながら今のところ見つけられない。ただし、『改観抄』が引く右の為家の歌により、友則の歌についての為家の理解の仕方は窺われる。すなわち、友則の歌には文字の離合が用いられていると為家は理解していたわけである。康秀の歌についてはさておき、『古今集』にはそのような歌の詠み方があるということは認めていたのである。また、「ことごとにかなしかりけりむべしこそ秋の心をうれへといひけれ」

（『千載集』三五一・秋下・季通）という歌がある。これは、基本的には右の『和漢朗詠集』の小野篁の詩を和歌に詠み換えたものであるが、「AをBといふ」という表現を見ると、この康秀の歌をも念頭に置いているように思われる。この歌を俊成が『千載集』に入集させたことからすると、俊成は康秀の歌に文字の離合を読み取っていたのではないかと推察される。俊成や為家のそのような理解の状況から言うと、定家も康秀のこの歌に文字の離合を読み取っていた可能性が高いのではないかと考えられるのである。

この歌は、島津忠夫氏『百人一首』（角川文庫）、有吉保氏『百人一首全訳注』（講談社学術文庫）、吉海直人氏『百人一首の新考察』（世界思想社）などにも指摘があるように、『古今集』の伝本によっては、作者名が「朝康」となっているものもあり、現在では作者を朝康とする説が有力となっている。朝康は康秀の子である。最初に康秀を作者とすることに疑問を呈して朝康の歌ではないかと提起したのは『改観抄』である。『古今集』の詞書にあるとおり出詠時を「是貞親王家歌合」であるとすれば、康秀の年齢が高くなりすぎるというのが根拠であった。そして、『うひまなび』は『古今集』や『古今六帖』の古写本によって朝康説を補強している。さらに、『百首異見』も朝康説を支持している。しかし、これに対しては、片桐洋一氏『古今和歌集全評釈』（講談社）に、「是貞親王家歌合」は撰歌合であり、当代の歌人の作だけが合わせられているわけではないので、康秀の詠であることを疑問視する根拠にはならないとする反論もある。『百人一首』の歌として考えるなら、実際の作者が誰かということはしばらく措き、定家が康秀の歌としてこの歌を選んだということで十分としなければならない。それは、『百人一首』の三七番に朝康の歌をとっていることからも明らかである。定家は「康秀」とする『古今集』の伝本に依拠したということである。

ちなみに、この歌は『古今集』仮名序に書き入れられた古注にも康秀の歌として引かれており、作者名を「康秀」とすることはこれと矛盾しないことになる。もちろん、この仮名序の古注がいつ誰によって書き込まれたかという問題も残るが、定家はこの書き入れを古くから伝わるものとして信じたものとも考えられる。また、西下経一氏・滝沢貞夫氏編『古今集校本』（笠間書院）の当該歌上欄注記に「思うに俊成は初め新院御本に従って「あさやす」とし、康秀を一説とし、昭（和切）ではこれを逆にしたのであろう。康秀は基俊本の説か」としている。定家の依拠した本文の整定に父俊成が関わっていた可能性もある。ただし、片桐洋一氏

『古今和歌集全評釈』（講談社）に拠れば、基俊本（黒川本掲載の基俊本復元本文）は「朝康」のようである。高野切なども「朝康」とするが、傾向としては、六条家系統の本（清輔本・顕昭本・六条家本など）が「朝康」としているようである。なお、藤原範兼の『後六々撰』は作者を「康秀」としている。

この歌は、『古今集』「秋下」の巻頭に据えられており、『古今集』の撰者に高く評価された歌であったことが知られる。しかし、公任は、『九品和歌』の「下品上」に、「わづかに一ふしあるなり」としてこの歌を挙げている。この歌の技巧面に注目したものと見られるが、あまり高い評価とは言えない。表現に興を催させる点はあるが、求めるべき歌の姿ではないというところであろうか。古今集時代とは明らかに評価が異なっているのである。その後は、範兼の『後六々撰』に選ばれた。六歌仙の康秀の代表歌と捉えられたのであろう。そして、定家は、『定家八代抄』のほかに『秀歌体大略』にも秀歌例として挙げているところから見て、高く評価していたことが知られる。定家の時代の歌人たちは、この歌を本歌として多くの歌を詠んでいる。しかし、そのわりに定家はあまり詠んでいない。定家にとっては少し扱いにくい歌だったのであろうか。

吉海直人氏『百人一首の新研究』（和泉書院）に指摘があるように、定家の時代の歌人たちは、この康秀の歌を本歌とするとき、「むべ山風」をひとまとまりの詞として用いることがあった。「色かはる野べのけしきに吹きそめてむべ山風を人の心に」（『仙洞句題五十首』二七八・慈円）、「木の葉散るむべ山かぜのあらしより時雨になりぬみねのうき雲」（『北野宮歌合　元久元年十一月』八・有家）、「ふきしほるむべやま風のあらしよりのべのくさきも雪のしたをれ」（『明日香井和歌集』六〇〇）、「冬のきてむべ山風のあらしより雪ぞ木のはに散りかはりける」（『拾玉集』二一三六）、「ふくからにむべ山風もしほるなりいまはあらしの袖を恨みて」（『壬二集』二七〇六）。右の『北野宮歌合　元久元年十一月』の有家の歌について、その判詞（衆議判）に「むべ山かぜなどいへるたくみに聞ゆ」とし、この歌が勝ちになっている。この詞が当時の歌人たちの心を捉えたことを窺わせる。

23
月みればちぢに物こそかなしけれわが身ひとつの秋にはあらねど
大江千里

【異同】
〔定家八代抄〕安永・袖玉・知顕・東急は底本に同じ。
〔百人秀歌〕底本に同じ。
〔百人一首〕為家・栄雅・兼載・守理・龍谷・応永・古活・長享・頼常・頼孝・経厚・上條は底本に同じ。

【語釈】○ちぢに—心が砕けるさま。余釈項を参照のこと。○物こそかなしけれ—「物悲し」に強意の係助詞「こそ」が入り込んだもので、「物悲し」全体を強める。「物」はこの場合接頭語であるが、語義ははなはだ捉えにくい。「物悲し」は、「何となく悲しい」などと訳され、悲しさの程度が低い、あるいはその原因がはっきりしないかのような印象があるが、必ずしもそうではないことが次の例からも知られる。「うちみればいとどものこそかなしけれうへはつれなきはぎのしたばに」（『一条摂政御集』一四四）、「にほふ夜はさらに物こそかなしけれ梅さく春と人やたのめし」（『拾遺愚草員外』七五）。○わが身ひとつの秋にはあらねど—「わが身ひとつ」は、自分ひとりだけの意。「月やあらぬ春や昔の春ならぬわが身ひとつはもとの身にして」（『古今集』七四七・恋五・業平）、「世中は昔よりやはうかりけむわが身ひとつのためになれるか」（『古今集』九四八・雑下・よみ人しらず）。自分ひとりだけの秋ではないけれど。秋は世の中にあまねくやって来るものであるが、あたかも自分ひとりで秋を引き受けたようなありさまで、の余意を読み取ることができる。余釈項を参照のこと。

【通釈】月を見ると、ちぢに心が砕けるほど、悲しいことであるよ。私の身一つの秋ではないけれども。

【出典】『古今集』一九三・秋上・「これさだのみこの家の歌合によめる　大江千里」。

【参考】『定家八代抄』三〇六・秋上「（題不知）千里」。『秀歌体大略』二七。自筆本『近代秀歌』三八。『百人秀歌』三〇。『五代

簡要』「ちぢにものこそかなしけれわが身ひとつの秋」。『後六々撰』一〇一。『古来風体抄』二四五。『時代不同歌合』一二七。『古今六帖』三〇一・秋の月・おほえのちさと。『西行上人談抄』一〇。『是貞親王家歌合』六二。

《参考歌》

『和漢朗詠集』二三五・秋夜・白居易

燕子楼中霜月夜（えんしろうのうちのさうぐゑつのよ）　秋来只為一人長（あききたてはただいちじんのためにながし）

『古今集』一八五・秋上・よみ人しらず

おほかたの秋くるからにわが身こそかなしき物と思ひしりぬれ

『古今集』一八六・秋上・よみ人しらず

わがためにくる秋にしもあらなくにむしのねきけばまづぞかなしき

『古今集』二五七・秋下・敏行

白露の色はひとつをいかにして秋のこのはをちぢにそむらむ

『忠岑集』四四

ひとたびもこひしとおもふにくるしきはこころぞちぢにくだくべらなる

『拾遺愚草』三九

うき雲のはるればくもる涙かな月みるままの物がなしさに

『拾遺愚草』九四七

おもふこと枕もしらじ秋のよのちぢにくだくる月のさかりは

『拾遺愚草』一〇四九

いく秋をちぢにくだけて過ぎぬらん我が身ひとつを月にうれへて

23　月みればちぢに物こそかなしけれわが身ひとつの秋にはあらねど

【余釈】　秋は世の中にあまねくやって来るものであり、自分ひとりにだけ来るものではないが、あたかも秋を一身に引き受けてしまったかのようなありさまで、月を見ると、心が砕けるように悲しく思われることだ、ということである。それを倒置のかたちで詠んだ一首である。

「ちぢに」は「さまざまに限りなく」などと訳されることが多いようであるが、これだけでは切実さの度合いにおいて不十分であろう。定家がこの千里の歌を本歌として詠んだ「おもふこと枕もしらじ秋のよのちぢにくだくる月のさかりは」(『拾遺愚草』九四七)、「いく秋をちぢにくだけて過ぎぬらん我が身ひとつを月にうれへて」(『拾遺愚草』一〇四九)などの歌を考えると、心が粉々に砕けるようなイメージで捉えられていたのではないかと思われる。ちぢに心が砕けんばかりに、あれこれ物思いの限りを尽くすということである。『新抄』に「心が千にもくだけていろいろと物悲しい」とするのは、そのような意味では正しい。そして、そのように解すことは、定家に限らず、その時代の歌人たちに共通する理解ではなかったかと思われる。例えば、この千里の歌を本歌とした歌やその影響の下になったと思われる次のような歌の例からもそれは窺われる。「秋の月ちぢに心をくだきてこよひ一よにたへずも有るかな」(『千載集』三三七・秋下・よみ人しらず〔氏良〕)、「ながむればちぢに心のくだけつつやすきそらなきよはの月かな」(『風情集』二四八)、「月みれば涙も袖にくだけけり千千に成行くこころのみかは」(『式子内親王集』一四九)、「月みてもちぢにくだくる心かな我が身ひとつのむかしならねど」(『俊成卿女集』一一一)、「月かげをわが身ひとつとながむればちぢにくだくる萩のうへの露」(『後鳥羽院御集』一一七〇)、「秋の夜の月はひとつをみる人のこころよ千千になどくだくらむ」(『新撰和歌六帖』二六七・為家)。

さて、この歌の表現について見ると、まず、上の句と下の句に、「ちぢ」と「ひとつ」の語を配して対照させている。これは偶然そうなっているのではなく、意図的に詞を配した技法であることは、「白露の色はひとつをいかにして秋のこのはをちぢにそむらむ」(『古今集』二五七・秋下・敏行)、「ちぢのなさけも　おもほえず　ひとつ心ぞ　ほこらしき」(『古今集』一〇〇三・雑体・忠岑)、「ひとたびもこひしとおもふにくるしきはこころぞちぢにくだくべらなる」(『忠岑集』四四)などの例からも知られる。この表現は、漢詩の影響によるものであろう。小西甚一氏の「古今集的表現の成立」（『日本学士院紀要』七巻三号　昭和24・11、『日本文学研究資料叢書　古今和歌集』〔有精堂〕所収）によれば、「古今集的表現」の「語戯的な趣向」で「数字的発想とでも称すべきもの」の例ということになろう。六朝詩の表現との共通性が指摘されている。

また、下の句「わが身ひとつの秋にはあらねど」は、「おほかたの秋くるからにわが身こそかなしき物と思ひしりぬれ」（『古今集』一八五・秋上・よみ人しらず）、「わがためにくる秋にしもあらなくにむしのねきけばまづぞかなしき」（『古今集』一八六・秋上・よみ人しらず）などに類想の表現が認められる。この発想には、唐の詩人白居易の「燕子楼《えんしろう》」と題する詩（『白氏文集』巻十五）の「燕子楼中霜月夜（えんしろうのうちのさうぐゑつのよ）　秋来只為一人長（あききたてはただいちじんのためにながし）」という句の影響が指摘されている。『百人一首』の注としては『米沢本』『幽斎抄』『拾穂抄』、『古今集』の注としては『栄雅抄』がこの詩句を引いている。さらに、『改観抄』は、千里には『白氏文集』の秀句を題として詠んだ歌が多いところから、この歌も右の詩句を翻案したものか、としている。『うひまなび』『百首異見』も、立場の違いこそあれ、この『改観抄』の説を支持している。白居易の詩が直接影響したものであるのか、それともその発想がすでに一般化されていたのかは今のところ断言しがたいが、漢詩的な発想であることは疑いないであろう。

大江千里は、『古今集』に一〇首もの歌が入集し、『紀師匠曲水宴和歌』にも名を連ねており、古今集時代には高い評価を受けていた歌人であったことが知られる。ところが、公任の評価は低く、『三十六人撰』に入らず、そのほかの秀歌撰にもその歌は選ばれていない。平安時代末期になると、藤原清輔の『袋草紙』「雑談」に、『三十六人撰』に選ばれていないことが不審とされ、藤原範兼の『後六々撰』に選ばれた。この「月見れば」の歌も、その『後六々撰』に選ばれている。そして、「おもへたださもあらぬだに月みればちぢにかなしといひけるものを」（『重家集』二四五）というような歌も詠まれるようになる。さらに、『西行上人談抄』によれば、西行が高く評価していた歌に挙げられている。また、俊成の『古来風体抄』にこの歌は選ばれ、その後、後鳥羽院の『時代不同歌合』にも選ばれた。定家の時代の歌人たちも、右掲のほかに、この歌を本歌として「ながむればちぢに物おもふ月に又我が身ひとつのみねの松かぜ」（『新古今集』三九七・秋上・長明）、「ちぢにのみおもふおもひもこころからわが身ひとつの秋のよのつき」（『明日香井和歌集』七六八）、「ながむればちぢに物思ふ月ぞともちかき昔の秋よりぞしる」（『壬二集』二五〇五）、「見る人のちぢに物思ふ我が身ともしらでや秋の月はすむらん」（『洞院摂政家百首』六三七・家隆）などの歌を詠んでおり、賞翫された千里の代表歌の一つだったと言ってよいと思われる。

定家も、この歌を『定家八代抄』以外に、『秀歌体大略』や『近代秀歌（自筆本）』に秀歌例として挙げており、高く評価していたことが知られる。

《第四グループの配列》

19　難波潟みじかき蘆のふしの間も逢はでこの世を過ぐしてよとや（伊勢）
20　わびぬれば今はた同じなにはなるみをつくしても逢はむとぞ思ふ（元良親王）
21　今来むと言ひしばかりに長月の有明の月を待ち出でつるかな（素性）
22　吹くからに秋の草木のしほるればうべ山風をあらしと言ふらむ（康秀）
23　月見ればちぢに物こそ悲しけれわが身ひとつの秋にはあらねど（千里）

このグループでは、宇多・醍醐朝の歌人を並べる。まず、伊勢と元良親王の歌は詞の上からも内容からも密接な関係にあると言える。同じ「難波」の地名が詠み込まれており、伊勢の「伏しの間も逢はでこの世を過ぐしてよとや」というのに対して、元良親王の「身を尽くしても逢はむとぞ思ふ」が呼応するかのようである。そして、元良親王の「逢はむとぞ思ふ」を素性の「今来むと言ひしばかりに」で詞の上で受けるかのような配列になっている。「今」の語の共通も指摘できようか。そして、これらの三首は、長い間逢うことができずに苦しむ恋の歌であることで共通する。ちなみに、『改観抄』は一八番の敏行の歌から二一番の素性の歌までを恋の歌として括っている。

次に、康秀と千里の歌はどちらも是貞親王家歌合の詠であることが共通する。しかも漢詩の影響を強く受けた歌であることも共通する。作者の順は年代順である。どちらも下級貴族歌人で、康秀は「文琳」と称され、千里も漢詩文に通じた学者との認識であろう。歌の詞の上では、素性の「長月」から康秀の「秋の草木のしほるれば」という晩秋の歌へと繋いでいる。そして、素性の「月」と康秀の「秋」を千里の歌は「月」「秋」で受けているのである。ちなみに、『改観抄』には「秋の歌なるをもて長月の有明の月といふにつづけらるる歟」とする。

第三グループ最後の敏行の歌とこの第四グループ最初の伊勢の歌は、「住の江」と「難波潟」を詠み込んだ歌である点に類似点があり、歌の内容の上からも夢の中でも逢えない嘆きを詠んだ歌として共通する。

24

菅家

このたびはぬさもとりあへず手向山もみぢのにしき神のまにまに

【異同】

〔定家八代抄〕とりあへす—とりあえす（東急）—安永・袖玉・知顕は底本に同じ。

〔百人秀歌〕底本に同じ。

24 このたびはぬさもとりあへず手向山もみぢのにしき神のまにまに

〔百人一首〕　たひ―旅（長享）―度（応永）―為家・栄雅・兼載・守理・龍谷・古活・頼常・頼孝・経厚・上條は底本に同じ。とりあへす―とりあひす（上條）―為家・栄雅・兼載・守理・龍谷・応永・古活・長享・頼常・頼孝・経厚は底本に同じ。

〔小倉色紙〕　未確認。

【語釈】　○このたびは―「たび」に「度」と「旅」を掛ける。『宗祇抄』『幽斎抄』『雑談』は、「旅」の意とする説もあるが、「度」の意のほうがよいとする。『三奥抄』は「度」と「旅」の掛詞とし、『改観抄』も歌の例を掲げてそれを補強している。「草枕このたびへつる年月のうきは帰りてうれしからなん」（『後撰集』六九二・恋二・よみ人しらず）。「度」と「旅」の掛詞は、『八代集掛詞一覧』（風間書房）に二七例挙げられており、平安時代においては常套的な表現であったことが知られる。○ぬさ―幣。神に祈る時に神前に供えるもの。上古には木綿《ゆう》・麻をそのまま用いたが、のちには織った布や帛《はく》・紙などを用いた。旅に出る時は、これを細かく四角に切って幣袋に入れて携行し、道祖神の神前でまき散らして手向け、行路の安全を祈った。『能因歌枕』に「ぬさとは、神にたてまつるきぬ也」とする。『童蒙抄』『初学抄』『和難集』などにも取り上げられ、「幣」とする。『顕注密勘』に『古今集』二九九番の注として、顕昭は「ぬさとは、旅行道のほとりの神にたむくる物也。道のほとりの神をば道祖神ともいふ。さへの神ともいひ、たむけの神とも申。色々のきぬのきれなどをたてまつる也。されば、もみぢをぬさとよむなり。手むくとは、手にとりて神にむけたてまつる也。されば、やがてたむけともいふ。むくとは、神の御方にとりむかふる也」とする。定家はこれについて特に異議を唱えていない。○とりあへず―「幣をとる」は、神に幣を捧げる意。準備をする意ではない。『百首異見』に「されば、幣をとるといへば、手向る事にて、此とりあへずは、手向あへず捧げあへずといふにひとしき也」とする。「在根良　対馬乃渡　渡中尓　幣取向而　早還許年」（『万葉集』六二・春日蔵首老、廣瀬本の訓「ありねよし　つしまのわたり　わたなかに　ぬさとりむけて　はやかへりこね」）、「三幣帛取　神之祝我　鎮斎杉原　燎木伐　殆之国手　斧所取奴」（『万葉集』一四〇七〔一四〇三〕・作者不明、廣瀬本の訓「みぬさとる　みわのはふりが　いはふすぎはら　たきぎきり　ほとほとしくて　をのはとられぬ」）、「御祓してぬさとる袖のすずしきは河瀬の浪に秋や立つらん」（『正治初度百首』一〇三八・経家）、「きの国やゆらの三崎にかぜたちぬとわたる舟のぬさもとらなん」（『壬二集』七一五）、「みぬさとるみわのはふりやうゑおきし夕しでしろくかかる卯花」（『拾遺愚草』二〇二〇）。

「あへず」の「あふ」は本動詞では耐える、あるいは、全うするの意。ここのように補助動詞的に用いられ、下に打消しの語を伴う場合は、意志をもつものについては、～しようにもそれだけのゆとりがない、の意を表す。「枕より又しる人もなきこひを涙せきあへずもらしつるかな」（『古今集』六七〇・恋三・貞文）。また、意志をもたないものについては、～する間がないの意を表す。「さくら花とくちりぬともおもほえず人の心ぞ風も吹きあへぬ」（『古今集』八三・春下・貫之）。『奥義抄』に「あへず、たへず也」とする。『綺語抄』『和歌色葉』『和難集』などにも同様の説明がある。『顕注密勘』も『古今集』二六二番の「秋にはあへず」について顕昭は「あへずとは、秋にはたへずと云也。とりあへずなども同事也」とする。余釈項を参照のこと。〇手向山―大和国の歌枕。奈良山のこととされる。奈良山は、現在の奈良県奈良市北方の丘陵地。山城国から大和国へ行くのにこの山を越えた。『三奥抄』にその説が見え、『改観抄』はそれを補強し、「東大寺の辺に有といふは俗説なり」としている。これは、『拾穂抄』に見える「在㆓東大寺之内㆒」とする説を否定したものである。そして、もともと普通名詞であったものが、固定化して固有名詞となったものと考えている。『初学抄』『八雲御抄』は大和とする。『五代集歌枕』は近江とするが、この道真の歌を掲げ、「此歌者、朱雀院奈良へおはしける時たむけの山にてよめると詞あり。然之、又在㆓大和㆒也」としている。ちなみに、『五代集歌枕』に近江とするのは逢坂山のことである。また、『建保名所百首』でも大和国の山として歌が詠まれている。余釈項を参照のこと。〇もみぢのにしき―紅葉を錦に見立てた表現。「竜田河もみぢみだれて流るめりわたらば錦なかやたえなむ」（『古今集』二八三・秋下・よみ人しらず）。〇まにまに―心の赴くに任せて、下句の事態が成立する意を表す。～ままに。～しだいに。ここでは、その下句が省略され、言いさしのかたちになっている。『能因歌枕』に「まにまにとは、随意とかけり。それがままといふ心也、但又間の心にもよめり」とする。『顕注密勘』『八雲御抄』にも同様の説明が見える。『僻案抄』に『後撰集』四〇六番の注にも「ふきのまにまにとは、ただふくままにといふ、同心也。すべて、まにまにとは、随意とかきて、まにまにとよむ也。君のまにまに、神のまにまに、御心にまかすといふよし也」とする。その他、『奥義抄』『初学抄』『和歌色葉』『和難集』などにも取り上げられている。「可加良受毛　可賀利毛　神乃末尓麻尓等」（『万葉集』九〇九〔九〇四〕・憶良、廣瀬本の訓「かからずも　かかりも　かみのまにまにと」）。

【通釈】今度の旅は、にわかなことで幣も捧げられません。手向山の紅葉の錦を、神よ、その御心のままにおまかせいたします。

【出典】『古今集』四二〇・羇旅・「朱雀院のならにおはしましたりける時にたむけ山にてよみける　すがはらの朝臣」。

【参考】『定家八代抄』八〇五・羇旅・「亭子院吉野の宮滝御覧じにおはしましける御ともにつかうまつりて手向山をこゆとて　菅贈太政大臣」。『秀歌体大略』七五。『八代集秀逸』六。『百人秀歌』二三。『五代簡要』「このたびはぬさもとりあへずたむけ山」。『新撰和歌』一九二。『古来風体抄』二七〇。『古今六帖』二四〇一・たむけ。『和歌体十種』三四・器量体。『綺語抄』二七一。『五代集歌枕』三一二。

《参考歌》

『古今集』二九八・秋下・兼覧王

　竜田ひめたむくる神のあればこそ秋のこのはのぬさとちるらめ

『寛平御時后宮歌合』一〇七

　あき風はたがたむけとか紅葉ばをぬさにきりつつ吹きちらすらん

『新撰万葉集』三六三

　黄葉（もみぢばは）誰手酬砥歟（たがたむけとか）秋之野丹（あきののに）奴縻砥散筒（ぬさとちりつつ）吹紊良牟（ふきみだるらむ）

『亭子院女郎花合』三三・もとより

　たつたやまあきをみなへしすぐさねばおくるぬさこそもみぢなりけれ

『拾遺愚草』七八二

　かしまのやひばら杉はらときはなる君がさかえは神のまにまに

『拾遺愚草』九五六

手向してかひこそなけれ神な月もみぢはぬさと散りまがへども

『拾遺愚草』一一二七

秋はぎのゆくての錦これもまたぬさもとりあへぬ手向にぞをる

『拾遺愚草』一二〇七

たつ嵐いづれの神に手向山花の錦のかたもさだめず

【余釈】今度の旅は急なことで慌ただしく、幣を捧げようにもそれだけのゆとりもなかった。そこで、この美しく散る紅葉の錦を幣の代わりに捧げるので、神よ、御心のままに受けてほしい、ということである。

幣を捧げる代わりに、折からの紅葉の錦を、と道を行きがてら時に応じて言ったところに風雅な心が感じられ、この歌の眼目もそこにあるのであろう。定家もこの歌を本歌として、「秋はぎのゆくての錦これもまたぬさもとりあへぬ手向にぞをる」（『拾遺愚草』一一二七）と同趣向で紅葉の錦を萩の錦に換えて詠んでいる。

道真の歌は、手向山の紅葉を賞美することに一首の主旨があるわけであるが、「手向」という山の名に着目し、その山道を通った時に、ちょうど錦のように美しい紅葉が散っていたので、「手向」と関連づけて、それを「幣」に見立てたところに趣向がある。「紅葉」を「幣」に見立てる手法は、参考項に掲げたように、『寛平御時后宮歌合』『新撰万葉集』『亭子院女郎花合』などに見え、当時好まれた表現だったことが知られる。そうした表現を踏まえて、幣の代わりにと詠んだところに雅趣があるのである。しかも、幣の代わりになどと直接は言わず、「幣もとりあへず」と言って、それを余意に表しているところが秀逸である。

さて、その「幣もとりあへず」について、その理由をめぐり古来解釈が分かれている。有吉保氏『百人一首全訳注』（講談社学術文庫）に整理がなされているが、おおまかに言うと、次の三つである。（1）急な御幸で慌ただしくて幣をとることができないとする説。『頼孝本』『上條本』などがこの説である。（2）公的な旅なので私的な幣はとることができないとする説。『長亨抄』『頼常本』

『三奥抄』『改観抄』『うひまなび』などがこの説である。そこから、君に対する臣下の道を読み取ることにも繋がる。『経厚抄』『幽斎抄』『拾穂抄』などがこの説である。ただし、この（2）の説は（1）の説の延長上にあるようで、両説は必ずしも明確に区別できないようでもある。『宗祇抄』は両説を含む。（3）紅葉の美しさに、持参した粗末な幣などとても捧げることができないとする説。『百首異見』が特に（2）の説を批判して提唱した説である。

この問題に関しては、島津忠夫氏『百人一首』（角川文庫）に指摘があるように、顕昭の『古今集注』には「にはかにて幣もとりあへねば」とあり、これについて定家は異論を唱えていないので、定家もそのように解していた可能性が高いようである。したがって、右の（1）の説に従っておきたいと思う。（3）の説は有力ではあるが、すでに竹岡正夫氏『古今和歌集全評釈』（右文書院）に指摘があるように、語法の上から無理である。

『古今集』の詞書には、「朱雀院のならにおはしましたりける時にたむけ山にてよみける」とある。この「朱雀院」は宇多上皇のことである。『定家八代抄』の詞書には、「亭子院吉野の宮滝御覧じにおはしましける御ともにつかうまつりて手向山をこゆとて」とあって、その状況がいっそう具体的に記されている。このような作歌事情を十分に踏まえて、定家はこの歌を味わっていたのであろう。この宇多上皇の御幸は、昌泰元年（898）十月の吉野宮滝御幸であると考えられている。そして、『定家八代抄』の「手向山をこゆとて」とあるところに注目すると、手向山は旅の途中それを眺めながら通るのではなく、その山の中に入って越えて行くということである。「手向」という名なども考え合わせると、定家は、山城国と大和国の境にある山で、これを越えると大和国に抜ける山すなわち奈良山と考えていた可能性は高い。

定家が道真の歌を高く評価していたことは、島津氏『百人一首』（角川文庫）に「『八代抄』に十六首の道真の歌を選んでいたり、『新古今集』入集の十六首中、十五首まで定家の撰者名が見られるなど、天神崇拝の気運の高まりの中で、歌人道真を認めていたということもできよう」〔改版〕に拠る）とあるとおりであろう。ちなみに、後鳥羽院の『時代不同歌合』には歌人として道真は選ばれていない。

また、この歌に関する平安時代における評価や定家の評価についても、すでに島津氏『百人一首』（角川文庫）や吉海氏『百人一首の新考察』（世界思想社）などに述べられているが、それに瑣事を付け加えてまとめておく。

『古今集』では同じ御幸の時に詠んだ素性の歌「たむけにはつづりの袖もきるべきにもみぢにあける神やかへさむ」（『古今集』四二一）とともに「羇旅」の巻軸に据えられ、『新撰和歌』にも選ばれているところから、貫之には高く評価されていたものと推察される。しかし、その後、公任はその秀歌撰に選ぶことはなく、評価はそれほど高くはなかったと見られる。時代が下って、顕昭の『古今集注』によれば、藤原顕輔が巻軸の素性の歌について「天神の御詠にも、いくばくおとらじ」と言ったことが記されており、ここには顕輔がこの道真の歌を高く評価していたことが窺われる。また、俊成は『古来風体抄』にこの歌を選んでおり、高く評価していたことがわかる。そして、定家は、右に述べた『定家八代抄』のほか、『秀歌体大略』や『八代集秀逸』にこの歌を選んでおり、かなり高く評価していたことが知られる。また、影響関係が認められる歌としては、「なけかしなたむけの山の郭公あをばのぬさもとりあへぬまで」（『散木奇歌集』二三一）などがあり、「今ぞしる手向の山はもみぢ葉のぬさとちりかふ名こそ有りけれ」（『千載集』三七二・秋下・清輔）がある。その後、「一こゑは手向の山の時鳥ぬさもとりあへず明くるよはかな」（『壬二集』五二八）、「たむけ山紅葉の錦ぬさはあれど猶月かげのかくるしらゆふ」（『新勅撰集』三三二・秋下・家隆）、「くれかかるやまはたむけのみねの雲くもれる雨も神のまにまに」（『明日香井和歌集』一一四七）など、定家と同時代の歌人たちによって本歌取りされた。さらに、『建保名所百首』に「手向山」が名所として選ばれたことで、この道真の歌を本歌とする歌が詠まれた。この折、「手向山」は秋ではなく春の題であったので、紅葉ではなく、花が詠まれた。定家の「たつ嵐いづれの神に手向山花の錦のかたもさだめず」（『拾遺愚草』一二〇七）もこの時の詠である。そのほかに、「春はまた花のにしきを手向山ぬさとちりかふ神のまにまに」（『建保名所百首』七八・兵衛内侍）、「春をいのる手向の山の山風にけさちる花は神のまにまに」（『建保名所百首』八四・康光）なども詠まれている。

なお、道真の歌として現在でも有名な「こちふかばにほひおこせよ梅の花あるじなしとて春をわするな」（『拾遺集』一〇〇六・

雑春）は、俊成の『古来風体抄』には選ばれているが、定家は『定家八代抄』以外の秀歌撰や秀歌例には選んでいない。この「こちふかば」の歌は『宝物集』『十訓抄』『古今著聞集』などの説話類に多く引かれる傾向にある。

作者名表記について、ほかの歌人と同じように極官を記すということであれば、『後撰集』のように「菅原右大臣」とするか、正暦四年（993）太政大臣を追贈されて以後の『拾遺集』のように「贈太政大臣」とし、『新古今集』のように「菅贈太政大臣」となるはずである。『定家八代抄』も「菅贈太政大臣」としている。『古来風体抄』も「菅贈太政大臣」もしくは「菅原の大臣」である。そのような意味で「菅家」という表記は特殊である。「菅家」を作者名に用いた例は『拾遺抄』（三七八番）に見える。また、『江談抄』『和歌一字抄』『和歌童蒙抄』などにも見える。定家の『八代集秀逸』は『古今集』と同じく「菅原朝臣」となっているが、『別本八代集秀逸』は「菅家」となっている。また、『新撰万葉集』を『菅家万葉集』と呼ぶ例は『拾遺集』（四〇番）に見える。

25

三条右大臣

名にしおはばあふさか山のさねかづら人にしられでくるよしもがな

【異同】

〔定家八代抄〕　おはは―をはは（東急）―安永・袖玉・知顕は底本に同じ。

〔百人秀歌〕　底本に同じ。

〔百人一首〕　おはは―をはは（守理・龍谷・頼孝）―ほはは―（応永・長享）―為家・栄雅・兼載・古活・頼常・経厚・上條は底本に同じ。しられて―せかれて（長享）―為家・栄雅・兼載・守理・龍谷・応永・古活・頼常・頼孝・経厚・上條は底本に同じ。

【語釈】　○名にしおはば―その名のとおりならばの意。「おは」は「負ふ」の未然形。歴史的仮名遣いでも定家の仮名遣いでも「おふ」。「負ふ」は相応する意。「名に負ふ」は、ここでは、その名に相応する実質を持つこと。余釈項を参照のこと。「し」は強意の副助詞。『和歌色葉』には「名にしおはば、思しとけば、このしの字は詞をたらさむとする助の字也」とする。定家もそのように解していたものと考えられる。一六番歌の語釈項をも参照のこと。○あふさか山―逢坂山。近江国の歌枕。現在の京都府と滋賀県の境にある山。標高三二五メートル。『五代集歌枕』『初学抄』『八雲御抄』は何れも近江とする。『初学抄』に「人にあふにそふ」とあるように「逢ふ」を掛けることが多い。一〇番歌の語釈項をも参照のこと。○さねかづら―「美男葛《びなんかずら》」のこととされる。モクレン科で、つる性の植物。『和名抄』に「五味　蘇敬本草注云、五味（和名作祢加豆良）皮肉甘酸、核中辛苦、都有鹹味、故名五味也」とする。○しられで―「れ」は受け身の助動詞。「で」は打消しの接続助詞。○くるよしもがな―「くる」は「繰る」と「来る」の掛詞。「繰る」は細長いものを引き寄せる意。「さねかづら」はつる性の植物なのでこのように言う。「つれなきを思ひしのぶのさねかづらはてはくるをも厭ふなりけり」（『後撰集』七八七・恋三・よみ人しらず）。「来る」のここでの語義については、余釈項を参照のこと。「よし」は、現在では手段・方法の意を表すと説明されるが、この語自体にそのような明確な意味はないか。「あめのしたのがるる人のなければやきてしぬれぎぬひるよしもなき」（『拾遺集』一二一六・道真）、「名ごりなくはれぬめれどもさなへとるたごのをかさはぬぐよしもなし」（『二条院讃岐集』二八）、「わがせこをまつちの山のくずかづら玉さかにだにくるよしもなし」（『金槐和歌集』四七六）。「もがな」は願望の終助詞。現在では、「もが」に「な」が付いたものと説明されるが、定家は「も哉」と表記しており、「も」に「かな」が付いたものとの認識であったと見られる。「よしもがな」の例としては、「かくしつつとにもかくにもながらへて君がやちよにあふよしもがな」（『古今集』三四七・賀・光孝天皇）、「春日山谷の藤浪たちかへり花さく春にあふよしもがな」（『拾遺愚草』八一）。ちなみに、『顕注密勘』で顕昭は『古今集』一〇〇〇番の歌の「みるよしもがな」を「みばや」と訳しており、定家も特に異を唱えていない。

【通釈】「逢って寝る」というその名のとおりならば、逢坂山のさね葛よ、人に知られることなくあなたのもとに行きたいことよ。

【出典】『後撰集』七〇〇・恋三・「女につかはしける　三条右大臣」。

【参考】『定家八代抄』一一〇七・恋三・「(題不知) 三条右大臣」。『百人秀歌』三五。『五代簡要』「名にしをはばあふさか山のさねかづら人にしられでくるよしもがな」。『古今六帖』三八八八・さねかづら。『五代集歌枕』三〇八。『三条右大臣集』一八・女のもとにつかはしける。

【余釈】「逢坂山のさねかづら」をもとにして想を構えた一首である。「逢坂山」の「逢ふ」と「さねかづら」の「さ寝」に着目し、「逢坂山のさねかづら」よ、「逢って寝る」というその名のとおりならば、と詠み、さらに、「逢坂山のさねかづら」を序詞として「繰る」と同音の「来る」を導いて、人に知られることなくあなたのもとに行きたい、しかし、人目があって思うように行くことができないことよ、と詠んでいるのである。相愛の仲になりながら、人目を忍ぶ関係であったために、人に知られずに通うことができないことを嘆く趣旨の歌である。

この歌の解釈上の問題点は、「名に負ふ」という語句のここでの意味と、その「名」が何を指しているのかということ。そして、「来る」の語義である。

まず、「名に負ふ」の意味であるが、通説では「名に持っている」と解されている。「名に持っているならば」とここでは訳されるわけであるが、「名に持っているならば」どうなのか、この句を受ける詞はどこにあるのであろうか。「名に持っているならば」「人に知られでくるよしもがな」であろうか。これは言葉としてかかり受けが整っていないように思われる。つまり、「名に負ふ」を「名に持っている」と解すことは、この歌では当てはまらないのではないかと考えられるのである。

「名に負ふ」の意味を整理してみると、次のようになる。まず、「名に持っている」というのがおそらく原義であろう。そして、「名」がたんに「名前」の意ではなく、「世間の評判」の意にもなるので、「名高い」の意となると考えられる。そのいっぽう、「名」が「実質を伴った名」の意になると、「その名に相応の実質を持っている」「その名のとおりだ」の意になると考えられる。この場合の「名」もたんなる「名前」の場合と、「評判」の場合があろうかと思われる。そうして、「負ふ」が「相応だ」の意に解されるようになると、「名に負ふ」にとどまらず、「身に負ふ」という言い方もできるようになったものと推測される。

「名に持っている」の意で用いられている例としては、「神な月時雨ふりおけるならのはのなにおふ宮のふることぞこれ」（『古今集』九九七・雑下・有季）などがある。「名高い」の意で用いられている例としては、「(略) 山下之　風莫吹登　打越而　名二負有社尓　風祭為奈」（『万葉集』一七五五〔一七五一〕・虫麻呂、廣瀬本の訓「やましたの　かぜなふきそと　うちこえて　なにをへるもりに　かぜまつりすな」）などがある。「此也是能　倭尓四手者　我恋流　木路尓有云　名二負勢能山」（『万葉集』三五・阿閉皇女、廣瀬本の訓「これやこの　やまとにしては　わがこふる　きぢにありといふ　なにおふせのやま」）や「巨礼也己能　名尓於布奈流門能　宇頭之保尓　多麻毛可流登布　安麻乎等女杼毛」（『万葉集』三六六〇〔三六三八〕・秋庭、廣瀬本の訓「これやこの　なにおふなるとの　うづしほに　たまもかるとふ　あまをとめらも」）などの例もあるが、前者は「『背』を名に持っている」の意にも解すことができ、後者は「評判どおりの」の意にも解すことができるので、実際には明確に区別できない場合もある。また、「その名のとおりだ」の意で用いている例としては、「宮のたきむべも名におひてきこえけりおつるしらあわの玉とひびけば」（『後撰集』一二三七・雑三・宇多法皇）などがある。ただし、これもたんに「名に持っている」というのと区別できない例が多いようである。有名な「名にしおはばいざ事とはむ宮こどりわが思ふ人はありやなしやと」（『古今集』四一一・羇旅・業平）も、「名に持っているならば」なのか「その名のとおりならば」なのかは明らかではない。

しかし、次のような例は、「名に持っている」ではうまく現代語に訳すことができず、「その名のとおりだ」の意と考えられる。少し多くなるが挙げてみる。「我がやどにあふちのはなはさきたれどなにしもおはぬ物にぞ有りける」（『古今六帖』四二九一・貫之）、「六月もすずしかりけり山かげの名におはぬ物や氷室なるらん」（『堀河百首』五一四・匡房）、「名にしおはば氷室のうちにいかにしてゐたる氷のとけぬなるらん」（『堀河百首』五二四・永縁）、「あけぬなりゆふつけ鳥の名にしおはば暁おきの別せましや」（『堀河百首』一二九六・河内）、「八重ぎくのさける所の名にしおはば今一重をばそへてみてまし」（『清輔集』一七三）、「ひまもなくさけるをみればけふこそはつつじのをかのなにはおひけれ」（『教長集』一六九）、「数しらず秋のかりほをつみてこそおほくら山の名にはおひけれ」（『長秋詠藻』三〇八）、「五月雨はみなそこのはし名におひて波こそ渡れ人はかよはず」（『長秋詠藻』五二二）、「雲きえし秋のなかばの空よりも月はこよひぞなにおへりける」（『山家集』三八〇）、「名にしおはばつねはゆるぎのもりにしもいかでかさぎのいはやすくぬる」（『千載集』一一七九・雑下・登蓮）、「野べみればまだなにおはぬ桜麻のをぶちのこまの雪の村消」（『壬二集』一二四四）、「名にしおはぬゆふつけどりのなきそめてあくるわかれのこゑもうらめし」（『新勅撰集』七九三・恋三・教実）。

また、「身に負ふ」の例は、「ふんやのやすひではことばはたくみにてそのさま身におはず、いはばあき人のよききぬきたらむがごとし」（『古今集』仮名序）に認められるので、この頃には、「負ふ」が「相応だ」の意に解されていたものと推察される。定家の時代になると「秋の野のすずのしのやのゆふ暮も猶身におはぬすまひなりけり」（『拾玉集』五四五）の例があり、定家自身も「身におひて住むべき山の夕暮をならはぬ旅となにいそぐらん」（『拾遺愚草』二六九六）と詠んでいる。

以上の例から言えることは、「名にし負はば」には、「その名のとおりだ」と訳さなければ意味がとれない場合があるということであり、それは作者である定方の時代にも、また定家の時代にも当てはまるということである。そして、定家もそのような理解をしていたであろうと推測されるということである。

次に、この「名にし負はば」が下にどのように関係していくのかという問題について考えてみたい。まず、詞の繋がりとしては、「逢坂山のさねかづら」に向かって呼びかけているか、もしくはそれを提示して嘆じているものと考えられる。「逢坂山のさねかづら」よ、「名にし負はば」である。それでは、その「名」とは何を指しているのであろうか。

「さねかづら」の用例は、『万葉集』にすでに見え、そこでは「さなかづら」とも詠まれている。そして、『万葉集』では「みむまと山」（九四番）、「田上山」（三〇八四〔三〇七〇〕番）、「大江山」（三〇八五〔三〇七一〕番）、「白月山」（三〇八七〔三〇七三〕番）などに詠まれている。「逢坂山」に詠んだのは、この定方の歌が初出かと思われ、「逢坂山」に限って詠まれるわけではない。それをあえて「逢坂山の」といったのは、やはり「逢ふ」の意を意識してのものと考えられる。また、『万葉集』には、「玉匣　将見円山乃　狭名葛　佐不寐者遂尓　有勝麻之目」（『万葉集』九四・鎌足、廣瀬本の訓「たまくしげ　みむまとやまの　さねかづら　さねずはつらき　ありかせましを」）と「さ寝」を類音（廣瀬本では同音）の繰り返しで導く序詞として「さなかづら」（廣瀬本では「さねかづら」が用いられている例がある。この例は「さねかづら」と「さ寝」の結び付きを保証するものと言ってよいかと思われる。つまり、「さねかづら」という語から「さ寝」を想起していた証拠となり得るということである。そうしたことから考えて、「逢坂山のさねかづら」に「逢ふ」と「さ寝」の意を意識していたものと見てよいであろう。ちなみに、『宗祇抄』『頼孝本』『幽斎抄』『拾穂抄』『うひまなび』『百首異見』などはこの二つを掛詞としている。『経厚抄』『上條本』『雑談』『三奥抄』『改観抄』などは「逢ふ」の掛詞は認めるが、「さ寝」のほうは認めていない。

そこで「名にし負はば」と合わせると、逢坂山のさねかづらよ、「逢って寝る」というその名のとおりならば、の意となる。「名に負ふ」はその名に相応の実質を持っているということであるから、この場合、その名のとおり実際に「逢って寝る」ことができるならば、ということである。

次に、「来る」の語義である。これについては、現在の通説どおり、「行く」の意の「来」と考えてよいと思われる。「君やこむ我やゆかむのいさよひにまきのいたどもささずねにけり」(『古今集』六九〇・恋四・よみ人しらず)の例で知られるように、当然のことながら、「行く」と「来」が語として同じというわけではない。おそらく、相手を意識したときに、現代語では「行く」というところを「来」と言ったものと考えられる。実際の行為としては同じであるが、語の用い方が違うということである。『拾遺集』八七一番に「女をうらみて、さらにまうでこじとちかひてのちにつかはしける」という詞書があり、「何せむに命をかけてちかひけんいかばやと思ふをりも有りけり」(実方)とあることからもそれが知られる。この「行く」と「来」の関係については、島津忠夫氏『百人一首』(角川文庫〈改版〉)の補注に所引の山崎敏夫氏「「名にしおはばあふ坂山のさねかづら」という一首について」(『水甕名古屋通信』八四)や桑田明氏『義趣討究　小倉百人一首釈賞』(風間書房)などの説明が参考になる。「行く」の意で用いていると考えられる「来」の例としては、「限なき思ひのままによるもこむゆめぢをさへに人はとがめじ」(『古今集』六五七・恋三・小町)、「君来むといひし夜ごとに過ぎぬれば頼まぬものの恋ひつつぞふる」(『伊勢物語』第二三段)などが挙げられよう。

そこで、この「来る」について、定家がどのように理解していたかを知りたいところである。『定家八代抄』では、この定方の歌

（一一〇七番）の次に、「あふ坂は東路とこそききしかど心づくしの関にぞ有りける」（一一〇八・道雅）の歌が置かれている。この歌は、『後拾遺集』（恋三・七四八）の歌で、道雅が当子内親王に逢うことを禁じられた時に詠んだ一首である。そしてその次に、「人しれぬ我がかよひぢの関守はよひよひ毎に打ちもねななん」（一一〇九・業平）の歌が続く。この歌は、『古今集』（恋三・六三二）の歌で、『伊勢物語』（第五段）にもある有名な一首である。業平が東五条の女（二条后高子）に通った時に、逢うことを禁じられて詠んだ歌である。そして、さらにそのあとには、再び道雅の当子内親王への思いを詠んだ歌を並べている。周囲が認めない恋のために逢うことが許されず、逢いに行きたくてもそれができない苦しい心情を詠んだ歌が続いているということである。おそらく定家はこの定方の歌もそうした趣旨の歌として理解していたものと思われる。そうであるとすれば、定家もこの歌の「来る」を「行く」の意に解していたことになる。また、定家は『定家八代抄』に撰入する際に、出典の『後撰集』の詞書に「女につかはしける」とあるのを「題不知」としている。わざわざ断らなくとも「来る」とあることで、この歌が独詠歌ではなく、相手の女性に贈ったものであることがわかるということなのかもしれない。

最後に、先の「名にし負はば」からの繋がりを考えると、もしもその名のとおり実際に「逢って寝る」ことができるならば、人に知られることなくあなたのもとに行きたいものよ、と続くことになる。これにより、現代語としての言葉のかかり受けの不自然さは、ほぼ解消する。この一首の言いたいことは、少し露骨な言い方をすれば、逢って共寝をしたいのだが、人目があって思ったようにそちらには行けないのだ、ということであり、それを間接的に和らげて表現しているのである。

なお、この定方の歌を本歌として詠んだと考えられる歌はあまり多くない。定家も詠んでいないようである。参考までに挙げると、次のようなものがある。「わくらばにあふさか山のさねかづらくるをたえずとたれかたのまむ」（『新勅撰集』八五七・恋三・道家）、「いかにせん相坂山のさねかづらはふきあまたにうつりはてなば」（『壬二集』六六八）、「さねかづらいまはたゆとや相坂のゆふつけ鳥のくり返しなく」（『壬二集』二八七二）、「見し人もたえていくかのあふさかにまつ夜のかづら露ぞかかれる」（『洞院摂政家百首』一三五二・頼氏）。男の訪れが途絶える趣旨で詠まれている点で共通するようである。そこには、この定方の歌の当時の受け止め方が反映しているものと思われる。
定方は、『古今集』に一首、『後撰集』には九首もの歌が入集し、しかもこの「名にし負はば」の歌は『後撰集』「恋三」の巻頭歌である。ところが、その後、『新勅撰集』に一首入集するまで勅撰集にはとられることなく、あまりかえりみられなくなってしまった歌人と言える。定家は、その『新勅撰集』に一首選んだほか、『定家八代抄』には四首選んでおり、ある程度その歌を評価していたことが窺われる。それでは、なぜこの「名にし負はば」の歌を『百人一首』に選んだのであろうか。定家はこの歌を『定家八代抄』以外の秀歌撰には選んでいないので、特別にこの歌を高く評価していたとは資料の上からは言えない。ただし、主想から序詞に言い掛けていき、再び主想に戻すという歌のかたちは、行平の「たちわかれ」（一六番）の歌やみずからの「来ぬ人を」（九七番）の歌に共通し、その詞続きに惹かれたのかもしれない。また、二六番の忠平の歌との関係も考慮する必要があろうかと思われる。

26

貞信公

をぐら山みねのもみぢば心あらばいま一たびのみゆきまたなん

【異同】
〔定家八代抄〕をくら山―おくらやま（東急）―小倉山（安永・袖玉）―知顕は底本に同じ。
〔百人秀歌〕をくら山―おくら山。
〔百人一首〕をくら山―おくら山（長享）―小倉山（為家・栄雅・頼常・経厚）―兼載・守理・龍谷・応永・古活・頼孝・上條は底本に同じ。
〔小倉色紙〕底本に同じ。（集古・定家様）

【語釈】○をぐら山―小倉山。定家自筆本三代集の仮名表記は「をくら」で、漢字表記は「小倉」。『下官集』も「をくら山」としている。山城国の歌枕。現在の京都市右京区嵯峨の西部にある山。大堰川を挟んで嵐山と対する。標高二九三・二メートル。『初学抄』に「おほゐがはのかたなり、くらきにそふ」とする。「小暗し」の意を掛けて詠まれることが多い。景物としては、「鹿」「紅葉」が多く詠まれた。定家はこの地に山荘を営んだ。○心あらば―「心あり」は、物の道理や情を解す心があること。「夏山になく郭公心あらば物思ふ我に声なきかせそ」（『古今集』一四五・夏・よみ人しらず）、「ふかくさののべの桜し心あらばことしばかりはすみぞめにさけ」（『古今集』八三二・哀傷・岑雄）、「とのもりのとものみやつこ心あらばこの春ばかりあさぎよめすな」（『拾遺集』一〇五五・雑春・公忠）。○みゆき―天皇や上皇・法皇・女院の外出。『八雲御抄』に「行幸、御幸をも」とする。「行幸」は天皇の外出。「御幸」は上皇・法皇・女院の外出。和語としての「みゆき」はそのどちらをも含む。今回の「みゆき」は宇多法皇のであり、「いまひとたびのみゆき」は醍醐天皇のである。『うひまなび』に「今上には行幸といひ、上皇には御幸といふ也。されども三代実録までは其わかち見えず。西宮抄にはわけて書り。その頃よりの事にや」とする。○またなん―「また」は「待つ」の未然形。「なん」は誂えの終助詞。

【通釈】小倉山の峰の紅葉よ、もし物がわかる心をもっているならば、もう一度あるみゆきを待っていてほしい。

【出典】『拾遺集』一一二八・雑秋・「亭子院大井河に御幸ありて、行幸もありぬべき所なりとおほせたまふに、ことのよしそうせんと申して　小一条太政大臣」。

【参考】『定家八代抄』四八二・冬・「亭子院大井川におはしましける御ともにつかうまつりて　貞信公」。『八代集秀逸』二九。『百人秀歌』三四。『五代簡要』「小倉山峰のもみぢば心あらばいまひとたびのみゆきまたなん」。『拾遺抄』四一五・雑上・「亭子院大井に御幸ありて、行幸もありぬべき所なりとおほせ給ふに、ことのよしそうせんとまうして　一条摂政」・第二句「みねのもみぢも」。『五代集歌枕』七・第二句「みねの紅葉し」。『大和物語』一四七・第九九段・第二句「みねのもみぢし」。『大鏡』六九・第二句「もみぢのいろも」。『古今著聞集』二八九・第二句「紅葉の色も」。

『大和物語』第九九段（本文は、岩波日本古典文学大系に拠る。）

亭子の帝《みかど》の御ともに、太政大臣《おほきおとど》大井《おほゐ》につかうまつりたまへるに、もみぢ小倉《をぐら》の山《やま》にいろいろいとおもしろかりけるをかぎりなくめで給《たま》て、「行幸もあらむにいと興《けう》ある所になむありける。かならず奏《そう》してせさせたてまつらん」など申給（ひ）て、つい《（ひ）》に、

おぐらやま峯《みね》の紅葉《もみぢ》し心あらばいまひとたびのみゆきまたなむ

となんありける。

かくて、かへりたまうて、奏《そう》したまひければ、いと興《けう》あることなりとてなむ、大井《おほゐ》の行幸といふことはじめたまひける。

《参考歌》

『亭子院女郎花合』四二・よみ人しらず

をぐらやまみねのもみぢばなにをいとにへてかおりけむしるやしらずや

『陽成院歌合延喜十三年九月』三三

くれぬべきあきをしめばをぐら山みねのもみぢもいろづきにけり

『古今六帖』四一〇〇・かへで・ただふさ

よし野山きしのもみぢし心あらばまれのみゆきを色かへでまて

『拾遺愚草』一九四一

おほ井河まれの御幸に年へぬる紅葉のふなぢ跡はありけり

『拾遺愚草』二九一九

み山路はもみぢもふかき心あれや嵐のよそにみゆきまちける

『熊野懐紙』七三・建仁元年十月九日　藤代王子和歌会・詠深山紅葉和歌・定家

こゐたてぬあらしもふかきこころあれやみやまのもみぢみゆきまちけり

26　をぐら山みねのもみぢば心あらばいま一たびのみゆきまたなん

【余釈】　初冬の頃、宇多法皇の大堰川御幸に供奉した折に、小倉山の紅葉が大堰川に散るのを見て、醍醐天皇の行幸があるはずであるからそれまで散るのを待ってほしい、と紅葉に願い訴えた一首である。心を持たない紅葉に向かって、「心あらば」と詠んだところに雅趣がある。これは語釈項にも示したように当時の類型的表現であるが、このような際に詠んだために、人の心を揺り動かしたのであろう。

さて、『定家八代抄』では、この歌は「冬」部に部類されている。出典の『拾遺集』では「雑秋」部であるから部立を変更したことになる。つまり、定家はこの歌を「秋」の歌ではなく、「冬」の歌と見ていたのである。そして、『定家八代抄』の配列を見ると、この歌は「散る紅葉」を詠んだ歌の中に並べられており、なおかつ「大堰川の紅葉」を詠んだ歌としてまとめられている。大堰川に散りゆく紅葉を見て、「いまひとたびのみゆきまたなむ」と詠んだものと定家は理解していたことになろう。そのように解することで、散らずに山を染め上げている紅葉を詠んだと見るより、いっそう切実な味わいがある。さらに、詞書に注目すると、『拾遺集』の詞書は「亭子院大井河に御幸ありて、行幸もありぬべき所なりとおほせたまふに、ことのよしそうせんと申して」とあるのを、『定家八代抄』では詞書を「亭子院大井川におはしましける御ともにつかうまつりて」としている。「行幸もありぬべき所なりとおほせたまふに、ことのよしそうせんと申して」の部分を削って、作歌事情について最小限必要なことだけを記している。歌に「いまひとたびのみゆき」とあることで、醍醐天皇の行幸があることを暗示しているわけであるから、その説明は必要がないと判断したのであろう。

この宇多法皇の大堰川御幸をいつのこととすべきかという問題で、かつては延喜七年（９０７）九月十日説（井上文雄『大堰河行幸和歌考証』）が有力視されていたが、現在では、迫徹朗氏の延長四年（９２６）十月十日説（「「小倉山みねのもみぢ葉」詠歌年次考―延喜七年説を疑う―」『中古文学』昭和45年9月、『王朝文学の考証的研究』〈風間書房〉所収）が有力である。迫氏は、宇多天皇の御幸に続いて醍醐天皇の行幸があったのは延長四年の一度だけであり、延喜七年は宇多法皇の御幸のみだったのではないかと推定している。貫之らによる「大堰川行幸和歌」および「序」は延喜七年の宇多天皇の御幸の折のものであり、この忠平の「小倉山」の歌が詠まれたのは、延長四年の折のものとしている。

定家がこれについてどのように考えていたかは明らかではない。ただし、顕昭の『古今集注』（『古今集』九一九番の注）には、清輔の説が引かれており、清輔は、延喜七年九月十日（貫之の「大堰川行幸和歌序」に拠る）と延長四年十月十九日（「大井行幸左近陣記」に拠る）の両方を挙げたうえで、「若大井行幸有二両度一歟」としている。そして、顕昭は「帝王系図」を引き、貫之の「大堰川行幸和歌序」（顕昭所引の「大堰川行幸和歌序」の本文は「ながつき」ではなく、「かみなづきここぬかきのふといひて」となっている）に拠って、延長四年十月十日としている。顕昭は、延長四年十月十日に「大堰川行幸和歌」も忠平の「小倉山」の歌も詠まれたと考えていたようである。定家の右のような解釈は、この顕昭の説に従ったものであった可能性もある。

定家はこの歌を『八代集秀逸』にも選んでおり、かなり高く評価していたことが知られる。そして、参考項に示したように本歌としても歌に詠んでおり、賞翫した一首であったと言えよう。

27

中納言兼輔

みかのはらわきてながるるいづみ川いつみきとてか恋しかるらん

【異同】

〔定家八代抄〕東急にはこの歌なし。安永・袖玉・知顕は底本に同じ。

〔百人秀歌〕恋しかるらん—こひしかるへき（「へき」をミセケチにして「らん」と傍書）。

〔百人一首〕為家・栄雅・兼載・守理・龍谷・応永・古活・長享・頼常・頼孝・経厚・上條は底本に同じ。

【語釈】○みかのはら—瓶の原。山城国の歌枕。『五代集歌枕』『八雲御抄』に山城とする。現在の京都府木津川市加茂町のあたりとされる。『万葉集』にも詠まれている地名。「都いでて今日みかの原いづみ河かは風さむし衣かせ山」（『古今集』四〇八・羇旅・よみ人しらず）。余釈項を参照のこと。○わきてながるる―「わき」は「湧く」の連用形。「泉」の縁語。余釈項を参照のこと。○いづみ川―泉川。山城国の歌枕。『能因歌枕』『初学抄』『五代集歌枕』『八雲御抄』は何れも山城とする。『最勝四天王院和歌』でも「山城」の名所として扱われている。これも『万葉集』に詠まれている地名。現在の木津川のこととされる。○いつみきとてか恋しかるらん―「み」は「見る」の連用形。ここでは、姿を見る意。「き」は過去の助動詞「き」の終止形。私見によれば、「いつ」は不定称の名詞であるが、不定称の名詞の疑問用法は係助詞を伴わない場合、文末は終止形となる。おそらく、名詞は陳述に関わらないからであろう。「君こふと涙にぬるるわが袖と秋のもみぢといづれまされり」（『後撰集』四二七・秋下・整）、「なにはがたうらむべきまもおもほえずいづこをみつのあまとかはなる」（『古今集』九七四・雑下・よも人しらず）、「夏の夜の月まつほどのてずさみにいはもるしみづいくむすびしつ」（『金葉集』一五四・夏・基俊）、「あはぢしまかよふちどりのなくこゑにいくよねざめぬすまのせきもり」（『金葉集』二七〇・冬・兼昌）、「世をそむくかたはいづくにありぬべしおほはら山はすみよかりきや」（『新古今集』一六四〇・雑中・和泉式部）、「いづこまでおくりはしつとひとはばあかでわかるるなみだがはまで」（『業平集』三三）、「さきだちてはぎのしたばはいろづきぬおくれてあきはいづこまできぬ」（『元真集』一七六）、「めぐりくるはるはるごとにさく花はいくたびちりきふく風やしる」（『藤六集』三一）、「よぶこ鳥いくこゑなきぬ山びこのこたふばかりはあらずぞ有りける」（『小馬命婦集』三七）、「たけくまにいづくたがへりくさむらのとよのうかみにまつたてるをか」（『長能集』八）、「起きてゆく空も知られぬあけぐれにいづくの露のかかる袖なり」（『源氏物語』四九〇・若菜下）。このような例は、『万葉集』にも見出せる。「多良志比売　可尾能美許等能　奈都良須等　美多多志世利斯　伊志遠多礼美吉」（『万葉集』八七三〔八六九〕・憶良、廣瀬本の訓「たらしひめ　かみのみことの　なつらすと　みたたしせりし　いしをたれみき」）、「誰聞都　従此間鳴渡　鴈鳴乃　嬬呼音乃　之知左守」（『万葉集』一五六六〔一五六二〕・巫部麻蘇娘子、廣瀬本の訓「たれきさつ　みなきりわたる　かりがねの　つまよぶこゑは　かくしるくざる」）、「奴波多麻能　欲和多流都奇乎　伊久欲布等　余美都追伊毛波　和礼麻都良牟曽」（『万葉集』四〇九六〔四〇七二〕・家持、廣瀬本の訓「ぬばたまの　よわたるつきを　いくよふと　よみつついもは　われまつらむぞ」）。「か」は疑問の係助詞で、下の「らん」と呼応する。「らん」は現在推量の助動詞。ここでは「恋しかる」という事実から、その原因・理由として「いつ見きとて」ということを推量している。このように恋しいのは、いつ見たということでだろうか、見たのはずいぶんと以前のことになるが、そのためにだ、ということ。「時知らぬ山は富士の嶺いつとてか鹿の子まだらに雪の降るらむ」（『伊勢物語』第九段）。余釈項を参照のこと。

【通釈】　みかの原よ、その近くを湧き返るように流れる泉川の「いつみ」ではないが、いつ見たということで恋しいのであろうか。

【出典】　『新古今集』九九六・恋一・「題しらず　中納言兼輔」。

【参考】　『定家八代抄』九一二・恋一・「題不知　中納言兼輔」。『百人秀歌』三六。『俊成三十六人歌合』三九。『時代不同歌合』九五。『古今六帖』一五七二・かは。『童蒙抄』二三六・二句「わけてながるる」四句「いつみときけば」結句「きみがこひしき」。『和歌初学抄』二三一。

【余釈】　みかの原の近くを湧き返るように激しく流れる泉川の名「いつみ」のように、あの人の姿を見たのはいつであったか、ずいぶんと以前のことになるが、そのためにいまだにこのように恋しく思われることだ、という意の歌である。

「みかの原わきて流るる泉川」は序詞で、「いづみ」と類音の繰り返しにより「いつ見（き）」を導く。「泉川」の「泉」の縁で「湧きて流るる」と表現したところに趣向がある。「いつ見きとてか恋しかるらん」の部分が主想である。相手の姿を見てから長い月日が経ったというのに、まだ逢うことができないでおり、そのために苦しい思いをしているという心情を詠んだ歌である。

「みかの原」の「みか」に「瓶」の意を読み取ろうとする説がある。「泉」と縁語の関係になるのでおもしろい。「みか（瓶）」は水を貯えたり、酒を醸すのに用いられる大きな容器のことであり、『和名抄』『新撰字鏡』『色葉字類抄』『名義抄』などの辞書類にも載っている。しかも顕昭の『古今集注』（『古今集』四〇八番）に「瓺原」の字を当てている。ただし、定家がこの歌に「瓶」の意を想起していたと言い切ることはためらわれる。「みかの原」は、語釈項に挙げた『古今集』四〇八番の歌によって「三日」を想起することが常道となり、「かげきよき月は浪まにいづみ川秋の十日のけふみかの原」（『拾玉集』四一三二）、「月かげもけふみかの原いづみ河なみのやどかせ今しばしみん」（『壬二集』四八一）、「秋たちてけふみかの原かぜ寒しややたなばたに衣かせやま」（『後鳥羽院御集』一一一九）などと詠まれている。これに対して、「瓶」を意識して詠んだ例は管見に入らない。もしも、定家当時の歌人たちがこの歌に「瓶」の意を読み取っていたならば、そのような歌が詠まれてもよさそうなものである。

「わきて流るる」の「わきて」について、現在では、「分きて」と「湧きて」の掛詞とするのが通説となっている。「分きて」は、瓶の原を分けるように流れると解すのである。古注では『長享抄』が「みかの原をわけて」とし、『上條本』が「分」の字を当てているのでそのようにとっているものと見られる。しかし、四段活用の他動詞「分く」にそのような用法があるであろうか。そのような場合、あえて言えば、「分けて」と下二段活用の「分く」を用いるのではなかろうか。そこに疑問が残る。四段活用の他動詞「分く」は、「雪ふれば木ごとに花ぞさきにけるいづれを梅とわきてをらまし」（『古今集』三三七・冬・友則）のように、区別するの意に用いられる。また、「おなじえをわきてこのはのうつろふは西こそ秋のはじめなりけれ」（『古今集』二五五・秋下・勝臣）などは、他と区別して特別にの意にも解すことができる。それから、『古今集』仮名序に「ちはやぶる神世にはうたのもじもさだまらずすなほにして事の心わきがたかりけらし」とあり、理解する意に用いられている。これは、区別するの意から転じた語義と言えよう。最後の例は、歌にはほとんど詠まれないようである。しかし、今のところ、野原を分けて流れるのような場合に用いられた例を見出すことはできない。あえて「分きて流るる」と解すならば、他の場所とは区別して、特にみかの原に流れる、の意になってしまう。下二段活用の「分く」ならば、「山高み霞をわけてちる花を雪とやよその人は見るらん」（『後撰集』九〇・春下・よみ人しらず）、「つねよりもてりまさるかな山のはの紅葉をわけていづる月影」（『拾遺集』四三九・雑上・貫之）、「たにがはのいはまをわけてゆく水のおとにのみやはきかむとおもひし」（『詞花集』一九一・恋上・兼盛）などの例から見て、可能性はある。しかし、本文は「わけて」ではなく「わきて」なのである。

そして、「湧きて流るる」は、水が湧き返るように激しく流れることである。「湧く」は、「みなそこのわくばかりにやくくるらんよる人もなきたきのしらいと」（『拾遺集』五五五・雑下・よみ人しらず）、「くる人もなきおく山のたきのいとは水のわくにぞまかせたりける」（『後拾遺集』一〇五五・雑四・定頼）、「大井河ゐせきの水のわくらばにけふはたのめしくれにやはあらぬ」（『新古今集』一一九四・恋三・元輔）などのように詠まれる。これらの例からも知られるように、必ずしも湧き出ることではなく、水が湧き返るさまにも詠まれる。『新抄』に「湧《ワキ》ては、流のはやき事也」とする。この「湧く」は、諸注に指摘があるように「泉」の縁語となる。その名も「泉川」だから「湧きて流るる」と表現したのである。「泉」の縁で「湧く」を詠んだ例としては、「人よりもわきてうれしきいづみかなゆきげの水のまさるなるべし」（『赤染衛門集』三二九）、「なつながらいづみすずしきやどにてはあきたつことをいかでわくらん」（『経信集』八一）などがある。

さて、「みかの原わきて流るる泉川」が「いつ見（き）」の序詞になっていることについては異論がないところであろう。しかし、その序詞の部分に激しく湧き返るような恋心の有様を読み取るか、それともそれを読み取らず単に同音で「いつ見（き）」を導いているだけだと見るかで解釈が分かれる。『幽斎抄』『増註』『雑談』などは前者の解をとっている。『うひまなび』は「泉川は、何時《イツ》見《ミ》きとかさねいはん料のみにて、上は序也」として後者の解をとっており、『宗祇抄』『長享抄』『経厚抄』『三奥抄』『改観抄』『百首異見』なども明確に言及しているわけではないが、後者の解によると見られる。恋心を川の激流に比すことは、『万葉集』以来「たぎつ心」などと詠まれるので、ここもそのように解してよいかと思われる。泉川は、「泉河のどけき水のそこ見ればことしはかげぞすみまさりける」（『拾遺集』六一六・神楽歌・兼盛）、「いづみがはみづふかげなるそこなれば人なみなみのこゐぞきこゆる」（『元良親王集』一四一）など、静かで底の深い川として平安時代の歌には詠まれる。しかし、『万葉集』（一〇五七〔一〇五三〕）に「百樹成　山者木高之　落多芸都　湍音毛清之」（廣瀬本の訓「ももきなる　やまはこだかし　おちたぎつ　せをともきよし」）と詠まれており、流れの激しい清流というイメージで捉えられている。なお、思う心を「湧き返る」と詠んだ例としては、「こころにはしたゆく水のわきかへりいはで思ふぞいふにまされる」（『古今六帖』二六四八）などがある。「湧き返る」は「湧く」を強めた語である。

この歌の主想の部分も、解釈上、『宗祇抄』以来二つの説がある。一つは、以前に深い関係になっていたのが、その後途絶えて、相手のことを恋い慕う歌であるとする、「逢不逢恋」説である。もう一つは、まだ逢ったことのない相手を恋い慕う歌であるとする、「未逢恋」説である。これについては、すでに有吉保氏『百人一首全訳注』（講談社学術文庫）や島津忠夫氏『新版百人一首』（角川ソフィア文庫）などに指摘があるように、『新古今集』でも『定家八代抄』においても「恋一」に部類されていることから、作者の作意はさておき、定家は後者の解釈をとっていたことが知られ、『百人一首』の歌としてはそのように解すべきである。『基箭抄』に「新古今集此うたの前後は未㆑逢恋のうたどもなれば、逢不㆑会の心とは不㆑可㆑見歟」と指摘するのは注目される。

また、「いつ見きとてか恋しかるらむ」の意味が明確ではない。直訳すると「いつ見たということで恋しいのであろうか」となるが、何が言いたいのかが、どうもはっきりとしない。まず、この「見る」はどういう意味であろうか。「見る」には、ただ姿を見るという意に用いられることもあるが、男女の関係になる、結婚するという意に用いられることもある。この歌の場合そのどちらであろうか。また、「いつ〜とてか〜らむ」という語法をどのように解すかという点も明確であるとは言えない。「いつ〜したということで、こんなに恋しく思われるのであろうか、まだ〜したわけでもないのにこんなにも恋しく思われることだ」の意であろうか。それとも、「〜したのはいつであったか、ずいぶんと以前のことになるが、そのためにいまだにこのように恋しく思われることだ」の意であろうか。

右の二つをそれぞれ組み合わせてみると、まず、「見る」を男女が深い関係になって契りを交わす意であるとすると、「いつ契りを交わしたということで、こんなに恋しく思われるのであろうか、まだ契りを交わしたわけでもないのにこんなにも恋しく思われることだ」と解すことができる。『雑談』はこの解釈をとるものと見られる。しかし、恋しく思われるのは、契りを交わしたかどうかとは関係はないので、この解釈は成り立ちがたい。もう一つの解釈としては、「契りを交わしたのはいつであったか、ずいぶんと以前のことになるが、そのためにいまだにこのように恋しく思われることだ」と解すことができる。『長享抄』に「もとみたる人の、程へてかたちもわするるばかりなるをいふなり」とするのもこの解釈によるものと見られる。『頼常抄』もそのように解す。しかし、これでは「逢不逢恋」になってしまうので、右に述べたように定家の理解とは異なってしまう。したがって、「見る」を男女の関係になる、契りを交わすの意に解すのは無理だということになろう。

次に、「見る」を姿を見るの意に解してみる。「いつあの人の姿を見たということで、こんなに恋しく思われるのであろうか、まだ姿を見たわけでもないのにこんなにも恋しく思われることだ」と解すことができる。解釈としては成り立つ。『頼孝本』に「をとにききたるまでにて、すぎしことをよめる」とするのはこの解釈であろう。『上條本』も「これは聞こひといふ哥也」とする。『経厚抄』に「必見ぬにもあらじ、ほのかにみしをばおぼめき不見恋のやうに読なすなり」というのも一応この解釈と見ることができよう。『三奥抄』『改観抄』『うひまなび』『百首異見』『新抄』もこの解釈である。しかし、これでは「未見恋」である。『定家八代抄』では、「未見恋」の歌はもっと前のほう（八四〇番・八四一番）に配されている。その配列から見て、定家がそのように解していたとは考えられない。もう一つの解釈としては、「あの人の姿を見たのはいつであったか、ずいぶんと以前のことになるが、そのためにいまだにこのように恋しく思われることだ」と解すことができる。『定家八代抄』でも、逢えずに独り思い続ける恋の歌の箇所に配列されているので、この解釈がもっとも定家の理解に近いのではないかと思われる。『新古今集』でも『定家八代抄』でもこの歌の直後に、是則の「そのはらやふせ屋におふるははきぎのありとはみえてあはぬきみかな」という歌を置いている。この歌は、姿は見ながら契りを交わすことはかなわないのを嘆く歌である。これは、この兼輔の歌もこれと類似の内容と解されていたことの証左となるのではなかろうか。

この歌の作者を兼輔とすることについて、『改観抄』以来疑問視されている。この歌が『兼輔集』にもなく、出典と考えられる『古今六帖』にも作者名が記されていないからというのが主たる理由である。しかし、俊成の『俊成三十六人歌合』にも、後鳥羽院の『時代不同歌合』にもこの歌を兼輔の歌としており、それには何らかの根拠があったものと思われる。定家の依拠した『古今六帖』には作者名が記されていたか。あるいは依拠した『兼輔集』にはこの歌が載っていたか。しかし、その根拠が今日ではわからなくなってしまったので、何とも判断しようがない。ちなみに、現存の『古今六帖』の諸本は、嘉禄二年（１２２６）から三年頃、定家所持本を源家長が書写し校合した本（書陵部蔵桂宮旧蔵本の奥書）を祖本とすると見られている。鎌倉時代初期において『古今六帖』の本文がかなり乱れていたことが、その奥書から窺われる。

なお、『改観抄』は、この歌の作者を「兼輔」としたことについて、『新古今集』の撰者たちが『古今六帖』の作者表記の仕方を見誤ったことによるのではないか、としている。これは、この「みかの原」の歌の八首前に「おとにのみきかましものをおとは川わたるとなしにみなれそめけん」（一五六四番）の歌に「かねすけ」の作者名が付されているが、この作者名がそのあとの歌にもかかっているものと誤解して、この「みかの原」の歌も「兼輔」としてしまったのであろう、ということである。そして、「みかの原」の歌の三首前の「世の中はなぞやまとなるみなれ川みなれそめずぞあるべかりける」（一五六九番）の歌を定家は『新勅撰集』（一二七三番）に「よみ人しらず」としているところから見て『古今六帖』の作者名表記法を理解していたが、『新古今集』に「兼輔」としてしまったので、とりあえずそれに従ったのだろう、というのである。ちなみに、この「みかの原」の『新古今集』撰者名注記は、定家と家隆である。

しかし、定家を含む『新古今集』の撰者たちがそのような初歩的な誤りをするとは考えがたい。例えば、『新古今集』八四番の「ふしておもひおきてながむる春雨に花の下ひもいかにとくらん」は、『古今六帖』四五五番の歌である。『古今六帖』では作者名は記されておらず、二首前の歌に「あか人」と記されている。右の『改観抄』の考えによれば、『新古今集』では作者を「山辺赤人」とするはずであるが、実際は「よみ人しらず」としている。ちなみに、撰者名注記は、定家と家隆である。ほかにも、『新古今集』三四七番の「をぐらやまふもとの野べの花すすきほのかにみゆる秋の夕ぐれ」も『古今六帖』三七〇六番に見え、『古今六帖』では作者名が記されておらず、四首前に「伊勢」とあるが、『新古今集』では「伊勢」とせず、「よみ人しらず」である。撰者名注記は有家・定家・家隆である。そのいっぽうで、『新古今集』三四四番の「山がつのかきほにさけるあさがほはしののめならであふよしもなし」は、『古今六帖』一三二一番に見え、『古今六帖』では同じように作者名が記されておらず、二首前の歌に「つらゆき」とされている。『新古今集』では「貫之」となっており、兼輔の場合と同じであると言えようか。撰者名注記は定家である。『新古今集』四〇五番の「いづくにか今夜の月のくもるべき小倉の山も名をやかふらん」は、『古今六帖』三三一番に見え、『古今六帖』では作者名を「ふかやぶ」としており、『深養父集』三三番にも載る。ところが、『新古今集』の作者名は「大江千里」となっている。しかし、『千里集』にも載らない。撰者名注記は、有家と家隆である。撰者たちが作者を特定するときには、それが今日的に見て信用するに足らぬものであったとしても、何らかの根拠をもってしたはずである。それが現在では資料が失われ、わからなくなってしまったということであろう。

すでに島津忠夫氏『百人一首』（角川文庫）や吉海直人氏『百人一首の新考察』（世界思想社）に述べられているところであるが、兼輔の代表歌は、「人のおやの心はやみにあらねども子を思ふ道にまどひぬるかな」（『後撰集』一一〇二・雑一）であったと考えられる。これは、公任が『前十五番歌合』『深窓秘抄』『三十六人撰』などの秀歌撰に選んでいることによる。また、『源氏物語』にも多く引かれ、「心の闇」という語によってその趣旨を言い表したりなどもしており、広く知られていたものと思われる。しかし、俊成はそれほど高く評価していなかったのか、『古来風体抄』にも『俊成三十六人歌合』にもこの歌を選び入れていない。定家も『定家八代抄』に選んでいるだけである。ところが、この「みかの原」の歌は、『俊成三十六人歌合』に選ばれ、『新古今集』に入集したことで、兼輔の秀歌として認知され、『百人一首』に選ばれるに及んで、後世、兼輔の代表歌としての評価を確たるものとしたと言えよう。

28

山ざとはふゆぞさびしさまさりける人めも草もかれぬとおもへば

源宗于朝臣

【異同】

〔定家八代抄〕安永・袖玉・知顕・東急は底本に同じ。

28 山ざとはふゆぞさびしさまさりける人めも草もかれぬとおもへば

〔百人秀歌〕　底本に同じ。
〔百人一首〕　おもへは―おもひは（上條）―為家・栄雅・兼載・守理・龍谷・応永・古活・長享・頼常・頼孝・経厚は底本に同じ。
【語釈】　○ふゆぞ―「ぞ」は強意の係助詞。ほかの季節よりも冬が、の意。○人めも草もかれぬ―「かれ」は「離《か》れ」と「枯れ」の掛詞。「人目離る」は、人の訪れが絶えること。「ぬ」は完了の助動詞。「をしめどもとどまらなくに春霞かへる道にしたちぬとおもへば」（『古今集』一三〇・春下・元方）。余釈項を参照のこと。
【通釈】　山里は、冬こそが、寂しさがいっそうまさるものなのであったよ。人も訪れなくなり、草も枯れてしまったと思うので。
【出典】　『古今集』三一五・冬・「冬の歌とてよめる　源宗于朝臣」。
【参考】　『定家八代抄』五〇八・冬・「（題不知）宗于朝臣」。『百人秀歌』二一。『五代簡要』「人めもくさもかれぬとおもへば」。『和漢朗詠集』五六四・山家。『三十六人撰』九七。『俊成三十六人歌合』六八。『古今六帖』九八三・山ざと。『古今六帖』三五七〇・ふゆ・第二句「冬ぞわびしさ」。『陽成院一親王姫君達歌合』六。『宗于集』一五・うたあはせに。

《参考歌》
『新古今集』一二四四・恋四・醍醐天皇
　霜さやぐ野べのくさばにあらねどもなどか人めのかれまさるらむ
『是貞親王家歌合』三三・よみ人しらず
　あきくればむしとともにぞなかれぬるひとも草ばもかれぬと思へば
『古今集』三三八・冬・躬恒
　わがまたぬ年はきぬれど冬草のかれにし人はおとづれもせず
『古今集』二一四・秋上・忠岑
　山里は秋こそことにわびしけれしかのなくねにめをさましつつ

『拾遺愚草』五一一

春も又かれし人めに待ちわびぬ草葉はしげる雨につけても

『拾遺愚草』二〇〇四

人めさへいとどふかくさかれぬとや冬まつ霜にうづらなくらん

『拾遺愚草』二四三五

夢路まで人めはかれぬ草の原おきあかす霜にむすぼほれつつ

『拾遺愚草員外』五七八

我がやどは人目も草は猶かれてもたてる心ながさよ

【余釈】「山里は冬ぞさびしさまさりける」には、山里はいつも寂しいものではあるが、冬こそ格別に寂しさがつのるという意味が読み取れる。「人目も草もかれぬと思へば」は、倒置になっていて、「冬ぞさびしさまさりける」の前に置くと本来の語順となる。しかし、倒置になっていることにより、「冬ぞさびしさまさりける」が強調され、そのあとにその理由である「人目も草もかれぬと思へば」がくることで、掛詞の効果をも高めている。この掛詞の主眼はもちろん人の訪れがなくなったのを嘆くことのほうにあり、それを草の枯れることに関連づけて言葉をあやなしたのである。いわば古今集時代の詠みぶりの歌であるが、秋の草も枯れ、訪れる人もなくなった山里の寂しい情趣が身にしみて感じられる一首と言える。

『幽斎抄』に三光院三条西実枝の説として「冬ぞのぞ文字、次に山里はのは文字に心を付べし」というのを載せている。この「山里は」の「は」について『増註』は「山ざとはと、みやこに対していふ義成べし」と具体的に述べている。また、『基箭抄』も「世間とちがひて、山里はなり」としている。しかし、特に都や世間を意識して詠まれているとも思われず、主題を特立する「は」と考えてよいのではなかろうか。

また、「冬ぞ」の「ぞ」については、諸注に言うように、ほかの季節よりも冬こそが格別にの意に解すことができる。そして、

「冬ぞさびしさまさりける人目も草もかれぬと思へば」からは、冬以外の季節には稀には人が訪れることもあるということを読み取ることができるかと思う。『長享抄』などは、「春は花、夏は郭公、秋は紅葉などにつけて、たづぬる人も有に、冬はたよりとせし宿のめぐりの草木もかれはてて、まばらなるすみかのあはれなるに、人もとひこずして、いとどさびしき、といふ也」と饒舌に述べて、その余意を明らかにしている。あえて説明すればそのようになるであろう。『宗祇抄』『頼常本』『頼孝本』『経厚抄』『改観抄』『うひまなび』などにも程度の差はあるものの同様の説明が見える。

「〜ぬと思へば」について、『百人一首』や『古今集』の現行の注釈書のほとんどが「〜てしまうと思うので（思うと）」と訳している点が少し気になる。「ぬ」という助動詞をここで「〜てしまう」と訳すと誤解を生ずる恐れがあるからである。「ぬ」の訳し方として、完了の助動詞であるから「〜てしまう」という訳で問題はないように思われるが、この歌で「〜てしまう」と訳すと、その事態がまだ起きていないという解釈も成り立ってしまう。人の訪れがなくなり、草が枯れるという事態がまだ起きていないのか、それともすでに目の前に起きているのか、意外に大きな違いとなってくるのである。

「ぬ」の表す意味は完了とされるが、より厳密にはその事態が現実のものとなる、実現することを表している。つまり、「ぬ」そのものには、目の前にその事態がすでに起きているか、それともまだ起きていないかは表されていないのである。それゆえに、「ぬ」はこれから起ころうとする事態にも用いられるのである。しかし、文末に「ぬ」が用いられる場合、その事態が実現することが目の前に起きていると認識されて発せられるために、そのほとんどは、その事態がすでに起きていることを表すことになるわけである。あるいは、その事態がまだ起きていない場合には、今まさにそうしようとしているという切迫感を表す表現や強調表現となる。この歌では、切迫感を表す表現や強調表現には当てはまらないと考えられるので、すでにその事態が起きているものと見なければならない。したがって、訳としては、「〜てしまう」より「〜てしまった」という訳を当てたほうが誤解を生じなくてすむのではないかと思われる。人の訪れがなくなり、草が枯れてしまう事態を空想してというのではなく、人の訪れがなくなり、草が枯れてしまうという事態が目の前に起きていて、それを思うと、冬という季節が格別に寂しいということである。

なお、「秋きぬと聞くより袖に露ぞおく今年もなかば過ぎぬとおもへば」（『長秋詠藻』一三七）や「夕やみになりぬとおもへばなが月の月待つままにをしき秋かな」（『拾遺愚草』一四三）などの例を見ても、俊成や定家も、その事態がすでに起きているものとして捉えていたことが知られる、ということを補足しておく。

さて、すでに島津忠夫氏『百人一首』（角川文庫）や吉海直人氏『百人一首の新考察』（世界思想社）に指摘があるとおり、この歌は、公任の『和漢朗詠集』や『三十六人撰』に選ばれ、俊成の『俊成三十六人歌合』にも選ばれているところから、宗于の代表歌の一つと見られていたものと考えられる。『三十六人撰』と『俊成三十六人歌合』に選ばれた宗于の三首の歌は共通しており、この「山里は」の歌と、「ときはなる松のみどりも春くれば今ひとしほの色まさりけり」（『古今集』二四・春上）、「つれもなくなりゆく人の事のはぞ秋よりさきのもみぢなりける」（『古今集』七八八・恋五）である。「ときはなる」の歌は、貫之の『新撰和歌』、公任の『深窓秘抄』『和漢朗詠集』、俊成の『古来風体抄』にも選ばれているのであって、こちらのほうが秀歌として代表させるにはよりふさわしいと言えるのかもしれない。

定家は、『定家八代抄』に宗于の歌としては「ときはなる」と「山里は」の二首のみを選んでいる。そのほかの秀歌撰や秀歌例に宗于の歌を選んでいないので、その面からはこの二首のうちのどちらをより高く評価していたかは知ることができない。また、参考項に掲げたように、定家は「山里は」の歌を本歌として少なからず歌を詠んでいる。しかし、「ときはなる」の歌についてもこれを本歌として、「色まさる松のみどりのひとしほに春の日かずのふかさをぞしる」（『拾遺愚草』二〇五）、「いつも見し松の色かはは つせ山桜にもるる春の一しほ」（『拾遺愚草』九一二）、「それながら春は雲井に高さごの霞の上の松のひとしほ」（『拾遺愚草』一二〇三）、「冬きても又一しほの色なれやもみぢに残る峰の松原」（『拾遺愚草』二四三三）などと詠んでおり、どちらも同じように賞翫していたものと推察される。「山里は」の歌を選んだ理由としては、やはり、『百人秀歌』の歌の配列を考慮する必要があろうかと思われる。

28　山ざとはふゆぞさびしさまさりける人めも草もかれぬとおもへば

《第五グループの配列》

24 このたびは幣も取りあへず手向山紅葉の錦神のまにまに（道真）

25 名にし負はばあふ坂山のさねかづら人に知られでくるよしもがな（定方）

26 小倉山みねのもみぢ葉心あらば今ひとたびのみゆき待たなむ（忠平）

27 みかの原湧きて流るる泉川いつ見きとてか恋しかるらむ（兼輔）

28 山里は冬ぞ寂しさまさりける人目も草もかれぬと思へば（宗于）

このグループでは、宇多・醍醐朝の歌人で、身分の高い作者の歌を並べる。道真・定方・忠平と大臣をまとめ、年代順に並べた。歌の内容としては、「手向山」「逢坂山」「小倉山」と歌枕の山が詠み込まれており、それらの山は京からはそれぞれ南・東・西に位置する。そして、それらの山の「紅葉」「さねかづら」といった植物が詠み込まれている点に共通性が認められる。『改観抄』にも「右三首、菅家もそのかみ右大臣にてましましければ、大臣の歌におのおの山をよみ草木をよめるを一類とす」と指摘する。また、あくまでも詞の上で、二五番の「来るよしもがな」（行きたいことよ）と二六番の「待たなん」（待っていてほしい）に繋がりを認めることができる。この二首は「名にし負はば」「心あらば」と仮定条件によって願望を表現している点も共通する。

次に、兼輔・宗于を配した。中納言・四位朝臣と官位順に並べている。歌の内容では、歌枕の山から「みかの原」へ、そして「山里」へゆるやかに移っていく。『改観抄』にも「右ふたり、人がらと歌のほどにて一類とする歟」とする。詞の上では、二六番の「峰」を「見ね」（見ない）にとりなして、二七番の「見き」に繋ぎ、二八番の「人目」へと続けたと見るのは穿ちすぎであろうか。

そして、この五首は、二四番・二六番・二八番が初冬の景を詠んだ歌であり、二五番・二七番が序詞を用いた恋の歌で相手に逢えない苦しみを詠んでおり、それらが交互に配されている。

第四グループの最後の二首の作者康秀・千里とこの第五グループの最初の作者道真とは、身分の差こそあるが漢詩文に通じた学者として共通する。

29

凡河内躬恒

心あてにお《を》らばやお《を》らんはつ霜のを《お》きまどはせるしらぎくの花

【異同】
〔定家八代抄〕おらはや―をらはや（知顕）―安永・袖玉・東急は底本に同じ。おらん―をらん（知顕・東急）―安永・袖玉は底本に同じ。はつ霜―しらきく（知顕「はつしも」と朱で訂正）―安永・袖玉・東急は底本に同じ。をきまとはせる―おきまとはせる（東急）―安永・袖玉・知顕は底本に同じ。
〔百人秀歌〕をきまとはせる―おきまとはせる。
〔百人一首〕おらはや―をらはや（守理）―折らはや（古活）―為家・栄雅・兼載・龍谷・応永・長亨・頼常・頼孝・経厚・上條は底本に同じ。をきまとはせる―おきまとはせる（為家）―栄雅・兼載・守理・龍谷・応永・古活・長亨・頼常・頼孝・経厚・上條は底本に同じ。

【語釈】○心あてに―そのあたりが菊ではなかろうかと推し量って。『初学抄』に「心におしはかる也」とし、『和歌色葉』に「心におもひあつる也」とする。『八雲御抄』も「おしはかる也」とする。『顕注密勘』には顕昭は「おしあてと云心也。思あてたる也」とするが、定家は異を唱えていない。なお、余釈項を参照のこと。○おらばやおらん―『古今集』伊達本・嘉禄二年本の表記は「おらはやおらむ」。「おら」は「折る」の未然形。「折る」は、定家の仮名表記では「おる」で、歴史的仮名遣いでは「をる」。『下官集』にも「お」の項に「花をおる」としている。「ばや」は願望の終助詞。「おら」は「折る」の未然形。「ん」は意志・希望、もしくは勧誘の助動詞。余釈項を参照のこと。○をきまどはせる―「置く」は、定家の仮名表記では「をく」で、歴史的仮名遣いでは「おく」。六番歌の語釈項を参照のこと。「置きまどはす」の已然形に存続の助動詞「り」が付いたもの。「置きまどはす」は、置いてどれが菊の花かわからなくする意。『顕注密勘』に顕昭は「おきまどはすは、霜と菊とのともにしろければ、おきまがへたるを、おきまよはすとよめる也。まよはす、まどはすは、同詞也。道にまよふも、まどふも同事也」とし、定家も同意している。

【通釈】そのあたりが菊ではなかろうかと推し量って折りたいものだ。折ろう。初霜が置いてわからなくしている白菊の花よ。

【出典】『古今集』二七七・秋下・「しらぎくの花をよめる　凡河内みつね」。

【参考】定家八代抄』四三五・秋下・「(菊の歌とてよめる) 躬恒」。『秀歌体大略』四八。『百人秀歌』二五。『五代簡要』「心あてにをらばやをらんはつしものをきまどはせる」。『新撰和歌』一〇〇。『三十人撰』二八。『金玉集』三二・冬。『深窓秘抄』五五・冬。『和漢朗詠集』二七三・秋・菊。『三十六人撰』二八。『古来風体抄』二五二。『古今六帖』三七四四・きく・みつね。『躬恒集』一五二。

【余釈】初霜が降りて、あたりが真っ白になり、白菊がどこに咲いているのかわからなくなってしまった。その白菊を推し量って折り取りたいものだというのである。実際には霜と白菊の見分けがつかないなどということはあり得ない。また幻想的な世界を詠もうとしているわけでもない。これはあくまでも言葉のあや、修辞なのである。このように詠むのが古今集時代の表現の一つのスタイルであった。この歌では、それによって、菊の花の白さを賞美しているのである。そして、それをさらに「心あてに折らばや折らむ」と詠んだところに興趣がある。また、白菊と見分けがたいというのは「初霜」でなければならない。白菊は霜にあって紫に移ろうからである。その「初霜」が「置きまどはせる」と表現したところも味わい深い。

歌の解釈で問題となるのは、「心あてに」と「折らばや折らむ」の部分である。

まず、「心あてに」について、従来「当て推量に」と訳されてきたが、徳原茂実氏「凡河内躬恒の一首から源氏物語へ」(『古今和歌集連環』〈和泉書院　平成元・3〉、『百人一首注釈書叢刊別巻1　百人一首研究集成』〈和泉書院〉所収)に「よく注意して」「慎重に」「心をこめて」の意とする見解が示された。「心あてに」を「あてずっぽうに」「いいかげんに推し量って」のように「根拠もなしに推し量る」意に解することが誤りであることは首肯される。ただし、「根拠にもとづく慎重な判断」というところから「よく注意して」「慎重に」「心をこめて」と解すとなるとやや躊躇される。少なくとも定家やその時代の歌人たちの意識では、「推し量って」という程度に解していたと考えるのが穏当なのではないかと思う。この躬恒の歌について言えば、「紛れて見分けにくいが、そのあたりが菊ではなかろうかと推し量って」というふうに訳せば問題はないように思われるのである。そのような意味において、徳原氏が「「あて推量」と「推量」とは、異なった語義をあらわす訳語として使いわけるべきであろう」とするのは従い得るところである。

「心あてに見ばこそわかめ白雪のいづれか花のちるにたがへる」(『後撰集』四八七・冬・よみ人しらず)の例などは、なるほど「よく注意して」と訳すとよく意味がとおる。しかし、「推し量って見れば見分けられようが、降る白雪はどれが花の散るのと違っているのか、ただ見た目にはどれも花そっくりではないか」と解せばよいように思われる。眼前には雪しかないので、推し量ればそれが花ではなく雪だということは知られるということである。また、これを本歌とした定家の「心あてにわくともわかじ梅の花ちりかふ里の春のあは雪」(『拾遺愚草』一七八二)にしても、「推し量って見分けようとしても見分けられまい。梅の花が散って混じる里の春の沫雪は」と解することができる。本歌では雪しかなかったが、花が散って雪と混じってしまうと、いくら推し量っても見分けられないということであろう。

定家の「心あての思ひの色ぞたつた山けさしもそめし木木のしら露」（『拾遺愚草』一二三二）は解釈しにくい歌ではあるが、「昨日まではどこも皆緑色で竜田山はそのあたりかと推し量っていたが、まさに今朝白露が木々を染めて、それは竜田山へのわが思いの色が表れたのだ」と解すことができよう。竜田山への深いわが思いは「心あてに」の語が表しているのではなく、「思ひの色」が表しているのである。この詞は、言うまでもなく「みみなしの山のくちなしえてしかな思ひの色のしたぞめにせむ」（『古今集』一〇二六・雑体・よみ人しらず）に拠るものである。

以下に、定家と同時代の歌人の詠んだ歌をいくつか挙げておく。何れも、何かに紛れて見分けられないのを、そのあたりかと推し量る意に用いている。「心あてにうらこぐあまやかへるらんおのがとまやはかすみへだてつ」（『殷富門院大輔集』三）、「はなすすきこころあてにぞわけてゆくほのみしみちのあとしなければ」（『山家集』二七四）、「心あてにながめしやまのさくら花うつろふままにのこるしらくも」（『秋篠月清集』六一五）、「春はなほ心あてにぞ花は見しくももまがはぬみよしのの月」（『秋篠月清集』一二一二）、「心あての煙ばかりをくもりにて富士の高ねをいづる月かな」（『壬二集』四四七）。

次に、「折らばや折らむ」についてであるが、今日の通説では、「ばや」は接続助詞「ば」に係助詞「や」が付いたものとされている。そして、その「や」は下の推量の助動詞「む」と係り結びで呼応すると考える。そのように解した場合、「当て推量に折るならば、折れるであろうか」となる。しかし、助動詞「む」には、基本的に可能の意味はない。ここがこの説の難点である。そこで、「む」を推量ではなく意志の意に解し、「心あてに」を「折らむ」にかかるものとして、「折るならば、当て推量に折ろうか」と解すことになる。しかし、「や」は「折らば」に付いているのである。「心あてに」に付いていて、「心あてにや折らば折らむ」とでもあればそのように解することもできよう。この説はここに難点がある。

そうなると、「ばや」を願望の終助詞にとり、「む」を意志・希望、もしくは勧誘の助動詞にとって、「折りたいものだ、折ろう」と解すのが、語法の上からはもっとも無理がないように思われる。

諸注は、『宗祇抄』に「おらばやおらんとは、かさね詞也。いづれもあらましの事なり」とする。この「かさね詞」は、「折る」

という語を意識的に重ねて用いたということであろう。「あらましの事」とは、その実現が将来のことだということであり、「折らば」も「折らん」も「折ら」が未然形で、まだ折っていないということを言っているものと思われる。必ずしも「ばや」を願望の終助詞ととっているというわけではない。これを継承する『幽斎抄』は「おらばやおらんとは重詞也。おらばおりこそせめと云義也。いづれもあらまし事也」「霜のをきまどはすとも、心あてにおらばおらんといへる也」としており、「ば」を接続助詞にとっている。『長亨抄』に「心あてにおらば、もしやおらん」とするのも「ば」を接続助詞にとっての解釈である。これに対して、『上條本』は「おらばやおらんとはかさね言葉也。おらばやおらばやと思ふ心をよむ也」とするのは、同様に「かさね言葉」としながらも「ばや」を願望に解している。『経厚抄』もそのように解していると見られる。この願望の「ばや」と解す説に対して、『改観抄』は、「をらばやをらんは願ふ詞にあらず。をらばをらんやといふなるを、それは歌の詞ならねば、やの字を中に置きたる也」と明確に否定している。そして、「ば」を接続助詞、「や」を係助詞に解している。『うひまなび』も同様に解している。『百首異見』もその点に関しては同見解であるが、「をらば心あてにやをらんといふべきを、調につきて打かへしたる也」とする。『改観抄』に「をらばをらんや」と解すのを批判し、「をらば心あてにやをらん」であるとし、「心あてに」を「折らん」にかかるものと解している。ただし、「や」の位置の問題については特にふれていない。

さて、作者である躬恒がどのような意味で「折らばや折らむ」と詠んだのかはしばらく措くとして、定家はこれをどのように解していたのであろうか。『顕注密勘』にもこのあたりの説明がなく、本歌取りもしていないので、それを直接知る手がかりは残念ながらない。そこで、定家の時代の歌人たちがどのように解していたのかを見てみたいと思う。

躬恒の「折らばや折らん」の詞を取り用いて詠んだ歌に、実氏の「花と見てをらばやをらん我が宿の萩の枯えに積る白雪」（『洞院摂政家百首』九〇二）という歌がある。「わが家の萩の枯れ枝に雪が降り積もっていて、その雪を花と見て折り取りたい」というのである。「花と見て折りたい、折ろう」と解すことはできるが、「花と見て折るならば、折れるであろうか」とか「折るならば、花と見て折ろうか」と解すことはできない。これは『洞院摂政家百首』の歌であり、当然定家の目にもふれていたはずである。

また、「折らばや折らむ」の「折る」という動詞をほかの動詞に換えて詠んだ例もある。例えば、「住まばや住まむ」と詠んだものとして、家隆の歌に「たが春にあはぬ桜もうつろひぬすまばやすまんみよしのの山」（『壬二集』一七九八）という例がある。「山奥で誰にも賞美されることのない桜も色褪せてしまった。この吉野山に住みたいものだ」ということであろう。誰の恩顧も蒙ることができないまま沈淪するわが身を山奥の桜と重ね、人も訪れぬこの山に隠棲しようとの意を込めたものと見ることができる。そうすると、「住まばや住まん」はやはり「住みたい、住もう」の意であり、「住むならば、住めるであろうか」とか「住むならば、住もう」と解すことはできない。また、雅経は「ならはずよすまばやすまんおのづからくもよりをちの山かげのいほ」（『明日香井和歌集』九一二）と詠んでいる。「まだその経験がないことよ。しかし、住みたいものだ。その場所はおのずと、雲のむこうの山陰の庵ということになろう」という意に解すことができる。この歌でも「ばや」を願望に用いているものと考えられる。さらに、為家が「またさらにすまばやすまむうき草のさそはれいでしなかがはの水」（『為家五社百首』五二八）と詠んでいる。この歌は「逢不遇恋」題で詠まれた歌である。「わびぬれば身をうき草のねをたえてさそふ水あらばいなむとぞ思ふ」（『古今集』九三八・雑下・小町）を本歌として、「別の男性の誘いに乗って出て行ってしまった女性との仲を取り戻し、また再び共に住みたい」ということを詠んだ歌であると理解される。この歌の例でも「ばや」は願望の意に用いられていることが知られる。これらの例から、躬恒の「折らばや折らむ」の「ばや」についても定家の時代の歌人たちは願望ととっていたのではないかと推察される。

同時代の歌人たちが右のように解していたとすれば、定家も同じように解していたと考えてよいのではなかろうか。もしも異なる見解をもっていたとすれば、『顕注密勘』などで自説を開陳しているはずである。

さて、すでに島津忠夫氏『百人一首』（角川文庫）や有吉保氏『百人一首全訳注』（講談社学術文庫）、吉海直人氏『百人一首の新考察』（世界思想社）に指摘があるとおり、この歌は躬恒の歌として早くから高く評価されてきた歌である。貫之も『新撰和歌』に選び、公任も『金玉和歌集』『深窓秘抄』『和漢朗詠集』『三十六人撰』などの秀歌撰に選んでいる。ただし、公任は躬恒の歌としては「わがやどの花見がてらにくる人はちりなむのちぞこひしかるべき」（『古今集』六七・春上）のほうをより高く評価していたものと見られる。「わがやどの」の歌は、『金玉和歌集』『深窓秘抄』『和漢朗詠集』『三十六人撰』のほか、『前十五番歌合』にその一首のみを選び、『新撰髄脳』にも挙げて「是等なむ、よき歌のさまなるべき」と評している。

さて、「心あてに」の歌は、俊成も、『俊成三十六人歌合』には選んでいないが、『古来風体抄』には選んでいる。そして、定家も『定家八代抄』に選んだほか、『秀歌体大略』にも秀歌例として挙げている。ちなみに、公任の高く評価した「わがやどの」の歌は、『古来風体抄』『俊成三十六人歌合』ともに選ばれておらず、定家も『定家八代抄』にさえ選んでいない。ただし、定家は、その『定家八代抄』の奥書に「自古以後在人口古賢秀歌自然忘却不書之」とし、その例として「わがやどの」の歌を挙げている。ちなみに、『秀歌大体』には「ひきてうゑし人はむべこそ老いにけれ松のこだかく成りにけるかな」（『後撰集』一一〇七・雑一）を躬恒の歌の中から選んでいる。

30

ありあけのつれなく見えし別より暁ばかりうきものはなし

壬生忠岑

【異同】

〔定家八代抄〕安永・袖玉・知顕・東急は底本に同じ。

〔百人秀歌〕底本に同じ。

〔百人一首〕為家・栄雅・兼載・守理・龍谷・応永・古活・長享・頼常・頼孝・経厚・上條は底本に同じ。

〔小倉色紙〕うきものはなし―うきもの□な□（集古）。静嘉堂文庫蔵。（集古・墨58・墨・入門・定家様）

【語釈】◯ありあけ―有明の月。二一番歌の語釈項を参照のこと。ここは夜明け前なので、皓々と照る月である。◯つれなく―

「つれなし」は平然としているさま。ここでは、朝になっても月が平然と空にかかっているということ。『顕注密勘』に顕昭は「我はあけぬとていづるに、有明の月はあくるもしらず、つれなくみえし也」とし、定家はそれについて「つれなくみえし、此心にこそ侍らめ」と賛同している。余釈項を参照のこと。○別―ここは、一夜を共にした女性との後朝《きぬぎぬ》の別れをいう。○暁ばかり―「暁（あかつき）」は、夜明け前のまだ暗い頃をいう。三一番歌の余釈項をも参照のこと。夜を共にした男女の別れの時刻。「夢よりもはかなき物は夏の夜の暁がたの別なりけり」（『後撰集』一七〇・夏・忠岑）、「いかで我人にもとはん暁のあかぬ別やなににたりと」（『後撰集』七一九・恋三・貫之）、「暁のなからましかば白露のおきてわびしき別せましや」（『後撰集』八六二・恋四・貫之）。「ばかり」は程度の副助詞。

【通釈】　有明の月が平然として見えた別れから、暁ほどつらいものはない。

【出典】　『古今集』六二五・恋三・「(題しらず)　みぶのただみね」。

【参考】　『定家八代抄』一〇六九・恋三・「題不知　ただみね」。『秀歌体大略』九三。自筆本『近代秀歌』八六。『八代集秀逸』七・「壬生忠見」。『百人秀歌』二四。『五代簡要』「ありあけのつれなくみえしわかれよりあか月許うきものはなし」。『新撰朗詠集』三九三・雑・暁。『俊成三十六人歌合』五四。『時代不同歌合』一一九。『古今六帖』三六二・ありあけ・ただみね。『古今六帖』三〇三四・くれどあはず・ただみね。『奥義抄』五一三。『西行上人談抄』二〇。『色葉和難集』七四六。『忠岑集』一五四。

《参考歌》

『拾遺愚草』一〇九一

　おほかたの月もつれなき鐘の音に猶うらめしき在明の空

『拾遺愚草』一一三七

　ながきよをつれなくのこる月の色におのれもやまず衣うつなり

『拾遺愚草』一三一八

ちる花のつれなくみえし名残とてくるるもをしくかすむ山陰
『拾遺愚草』一七三九

五月雨の月はつれなき深山よりひとりもいづる郭公かな
『拾遺愚草』二二五一

花の香もかすみてしたふ有明をつれなくみえて帰る雁がね
『拾遺愚草』二五四〇

面影もまつ夜むなしき別にてつれなくみゆる有明の空
『拾遺愚草』二六二七

あり明の暁よりもうかりけりほしのまぎれのよひの別は
『拾遺愚草員外』五三五

まどろまではかなき夢のみえしより春の夜ばかりうき物はなし

【余釈】　自分は夜が明けてしまうということで急いであの人のもとから出てきたが、その時、ふと見上げると、有明の月は夜が明けようとするのもお構いなく平然と空にかかって、あたりを明るく照らしていた。それ以来、暁というものほどつらくて嫌なものはない、ということである。

「有明のつれなく見えし」は、月のことを言いながら、自分が慌ただしく相手のもとから出てきたことを暗示している。その時の暁の別れのつらさは格別で、それ以来、それを思い出してしまうので、「暁ばかり憂きものはなし」というのである。

定家は、『顕注密勘』において「有明のつれなく見えし」について、「此詞のつづきは、不レ及えむにをかしくもよみて侍かな」とし、「これ程の歌ひとつよみいでたらむ、この世の思出に侍べし」と絶讃している。なお、『内裏百番歌合建保四年』に、この忠岑の歌を本歌として経通が「うきものと思ひぞいづる有明のつれなくみえし袖の別は」（一六八・八十四番右）と詠んだ。この歌について、定家の判詞は「右歌ことにえんにをかしく侍る由各申し侍りしを」とあり、衆議の場での人々の声を書きとどめている。

解釈上、何が「つれなく見えし」なのかで、次の三説に分かれる。（1）相手の女性がとする説。（2）月がとする説。（3）相手の女性と月の両方がとする説。現在では、（3）の説をとるものが多いようである。諸注では、『宗祇抄』『頼孝本』『上條本』『幽斎抄』『拾穂抄』などは（1）の説である。『うひまなび』『百首異見』もこの説であるが、「ありあけの」を「つれなし」というための「冠辞」「枕」（現在の枕詞）としている。『経厚抄』は（2）の説である。後述のように、『顕注密勘』により定家の解釈に従ってのことである。『新抄』も（2）の説で、「此句、月にのみかかれり。女のつれなきをそへたるにはあらず」としている。ちなみに、『古今集』の注ではあるが、『遠鏡』はこの（2）の説である。『長享抄』『増註』『三奥抄』『改観抄』などは（3）の説である。

さて、定家の時代にすでに解釈が分かれていたことが知られている。それを窺わせるのが建久四年（1193）頃成立の『六百番歌合』（恋上、「暁恋」題）の次の記述である。

四番　左　　有家

つれなさのたぐひまでやはつらからぬつきをもめでじあり明のそら（七八七）

右勝　　隆信

あふとみるなさけもつらしあかつきの露のみふかき夢のかよひぢ（七八八）

右申云、暁のつれなく見えし別よりといふ歌を本歌にて読みたるは、件歌は月をつれなしといひたるとは不見、暁に人をつれなしといひたるにこそみえたれ、さらば此歌いかが、陳申、有明のつれなくみえしと読みたれば、月のことこそきこえたれ、左申云、なさけとおける詞、心にかなひても不聞

判云、左、有明のつれなくみえし別よりと云ふ歌は、人のつれなかりしより、暁ばかりうき物はなしといへるなり、但さはありとも、月をもめでじといへらんもたがふべからずや、右の夢は人のなさけにやはあるべきと聞ゆれど、末句宜しくみゆ、右すこしまさり侍らん

まず、有家の歌は、「有明の空の月は『つれなさ』ということでは、あの人と同類だ。だから、その同類の月までが恨めしいことだ。その月を愛でたりはしまい」と解釈できる。この歌から言うと、有家は、本歌「ありあけの」の歌の「つれなし」を月と相手の女性の両方と解していたものと思われる。だから、右方は「暁のつれなく見えし別よりといふ歌を本歌にて読みたるは、件歌は月をつれなしといひたるとは不見、暁に人をつれなしといひたるにこそみえたれ、さらば此歌いかが」と難じているのである。右方は月を「つれなし」とする解釈を否定して、相手の人を「つれなし」と解しているのである。これに対して左方は「有明のつれなくみえしと読みたれば、月のことときこえたれ」と陳弁している。こちらは、月を「つれなし」と解しているのである。そして、判者の俊成（釈阿）は「有明のつれなくみえし別よりと云ふ歌は、人のつれなかりしより、暁ばかりうき物はなしといへるなり」として、人を「つれなし」とする説を支持したのである。なお、このことについて『色葉和難集』は「和云、つれなくみえしとは月をいふか人をいふか。此事、左大将家歌合に両方相論の事有しに、判者釈阿の心は人をつれなくみえしとはいふなりと云々」と記している。

この相手の女性を「つれなし」とする説は、『古今集』や『古今六帖』などから言えば妥当な解釈と言える。『古今集』において、この忠岑の歌の前は「あはずしてこよひあけなば春の日の長くや人をつらしと思はむ」（六二四・宗于）、後は「逢ふ事のなぎさにしよる浪なれば怨みてのみぞ立帰りける」（六二六・元方）であり、「来ても逢わずに帰る」歌の中に並べられている。忠岑は『古今集』の撰者の一人であるから、そのような歌として理解するのが作者の作意に叶っていると言えよう。また、『古今六帖』（三〇三四）においても、「くれどあはず」の下に挙げられている。そして、この忠岑の歌でそのことを示していると考えられる詞は「つれなく見えし」以外にはない。そこで、相手の女性を「つれなし」とする解釈が成り立つことになる。ただし、この解釈にも不審な点がないではない。それは、「見えし」という表現である。「つれなくありし」ではなく、「つれなく見えし」というところに多少の違和感がある。

いっぽう、月を「つれなし」とする説は『顕注密勘』に顕昭の説として見える。ただし、『奥義抄』にもほぼ同様の記述があり、顕昭は清輔の説をそのまま踏襲したものと思われる。『色葉和難集』には祐盛の説として引かれていることも注意を要す。そして、語釈項にも記したが、定家も『顕注密勘』でその説を支持している。『六百番歌合』の左方に顕昭も定家もいた。定家は父の俊成の解釈に異を唱えたということになる。また、実作においても定家は月を「つれなし」と解して本歌取りをしている（参考項を参照）。『六百番歌合』の左方の言葉にもあるように、「有明のつれなく見えし」という詞の流れから言えば、月を「つれなし」と解すほうが自然である。しかし、そのように解した場合、「来ても逢わずに帰る」ということを示すものが歌の中に見出し得なくなってしまう。そこにこの解釈の問題点がある。定家が『古今集』の配列や『古今六帖』の形式に気づかなかったとは思えない。そうであるとすれば、意図的に読み替えを行ったということになろう。

『定家八代抄』において、この歌は次のように配列されている。

恋十五首歌合に　参議定家

白妙の袖の別に露おちて身にしむ色の秋かぜぞふく（一〇六七）

女のもとにとまりて侍りけるに、ひるは見ぐるしとて出で侍らざりければ　道信朝臣

ちかの浦波よせまさる心ちしてひるまなくても暮しつるかな（一〇六八）

題不知　ただみね

有明のつれなくみえし別より暁ばかり憂きものはなし（一〇六九）

後法性寺入道前関白家歌合に　皇嘉門院別当

なには江の蘆のかりねの一よゆゑ身をつくしてや恋渡るべき（一〇七〇）

一〇六七番の定家の歌は「袖の別」とあり、後朝の歌である。一〇六八番の道信の歌は詞書に「女のもとにとまりて侍りけるに」とあるので、これも契りを交わした後の歌と見てよいであろう。そして、その次に当該の忠岑の歌があり、続いて一〇七〇番に皇

嘉門院別当の歌がある。この歌も「かりねの一よゆゑ」とあるので契りを交わした後と考えてよいと思われる。そうして見ると、忠岑の歌も、『古今集』や『古今六帖』のように「来ても逢わずに帰る」というのではなく、後朝の歌として定家は理解し、そのように読み替えていたものと推察される。

諸注では、『宗祇抄』が「あはずしてかへる心をよめる」とする。『長享抄』『頼孝本』『上條本』『幽斎抄』『拾穂抄』『三奥抄』『改観抄』『うひまなび』『百首異見』なども同様に解している。その中でも『幽斎抄』所引の「祇注」（通行の『宗祇抄』には見えない）や『三奥抄』『改観抄』『うひまなび』などは、『古今集』の配列や『古今六帖』を根拠として示し、『百首異見』もこれに従っている。これに対して、『経厚抄』は、『六百番歌合』の俊成の判詞や『顕注密勘』の定家の見解を踏まえて、「此歌を不レ逢別恋と云は不レ可レ用歟」として、定家の解に従っている。『遠鏡』も『顕注密勘』に従い、「余材、上句を、あはずしてかへる意とせるは、歌の入どころになづめる、ひがこと也、顕注の如く、逢て別れたる也、然るをここに入たるは、ふと所を誤れる也、六帖も、此集によりて誤れり」としている。

さて、この月を「つれなし」とする説は、『六百番歌合』の後、急速に支持されていったものと思われる。建仁元年（１２０１）成立の『老若五十首歌合』で良経は「花の色はやよひの空にうつろひて月ぞつれなき有明の山」（九六）と詠んでいる。これは月を「つれなし」と解しての本歌取りである。歌合の勝負はこの歌が勝ちとなっている。月を「つれなし」とする解釈が認められていたことが窺われる。ちなみに、良経は『六百番歌合』の主催者であり、顕昭や定家と同じ左方であった。また、建仁二年（１２０２）成立の『水無瀬恋十五首歌合』において、定家は「おも影もまつ夜むなしき別にてつれなくみゆる在明の空」（四八）と詠んでいる。これも月を「つれなし」と解しての本歌取りである。判詞（俊成）に「在明ばかりにて月なきがいかにとさた侍るを、作者やがてこの本歌も月は侍らざるなりと申し侍りしかば、まことにさこそ侍るべけれとおもひ侍りて勝になり侍りにしなり」とある。評定の場で、「ありあけ」とあるばかりで「月」の語がないことが問題視されたが、定家本人が本歌である忠岑の歌も「ありあけ」とだけあって「月」の語はないと陳弁して勝ちとなっている。この事実から、忠岑の歌の「ありあけ」を有明の月と理解していたこと、そして、月を「つれなし」と解すことが評定の場の人々や判者の俊成にも受け入れられていたことが知られる。さらに、良経は、建仁三年（1203）頃成立の『千五百番歌合』に「ありあけのつれなく見えし月はいでぬ山郭公まつ夜ながらに」（六六二）とも詠んでいる。『千五百番歌合』では良経や定家のほかに、通光も「さらにまた暮をたのめと明けにけり月はつれなき秋のよのそら」（六二九）と詠んでいる。

そして、『新古今集』に右の『六百番歌合』での有家の歌（一一三八・恋二）や『千五百番歌合』での良経の歌（二〇九・夏）、通光の歌（四三四・秋上）などが入集したことにより、月を「つれなし」とする説は揺るぎないものになったと言えよう。『新古今集』の後鳥羽院の「わすらるる身をしる袖のむら雨につれなく山の月はいでけり」（一二七一・恋四）という歌の例も、月を「つれなし」とする解釈によるものと見ることもできる。『新古今集』にはほかに「見しひともとふの浦風おとせぬにつれなくすめる秋のよの月」（九三〇・羇旅・為仲）の例もあり、月を「つれなし」と詠んだ比較的古い例と言えよう。また、『六百番歌合』では右方であった家隆も、後年、「かへるさの契を何かうらむべき有明よりも月もつれなき」（『壬二集』一三一三）、「有明のつれなくみえしあさぢふにおのれも名のる松虫のこゑ」（『壬二集』二三九四）などの歌を詠んでいる。

吉海直人氏『百人一首の新考察』（世界思想社）に指摘があるとおり、忠岑の代表的名歌としては、「はるたつといふばかりにや三吉野の山もかすみてけさは見ゆらん」（『拾遺集』一・春）を挙げることができる。この歌は公任によって高く評価され、『九品和歌』で人麿の「ほのぼのと明石のうらの」の歌とともに「上品上」に位置づけられ、「これはことばたへにしてあまりの心さへあるなり」と評されている。そして、『前十五番歌合』『金玉和歌集』『深窓秘抄』『和漢朗詠集』『三十六人撰』などの秀歌撰に選んでいる。俊成も『古来風体抄』『俊成三十六人歌合』に選んでおり、やはり高く評価している。また、定家も『定家八代抄』『秀歌体大略』『近代秀歌（自筆本）』『秀歌大体』『八代集秀逸』などに選んでおり、評価の高さは変わることはなかった。

これに対して、「ありあけの」の歌は、『古今集』に入集していることから、『古今集』の撰者たちには高く評価されていたものと思われる。しかし、公任はあまり高く評価していなかったものと見えて、その秀歌撰には選んでいない。平安時代も末になって、基俊が『新撰朗詠集』に選んでいる。そして、俊成が『俊成三十六人歌合』に選んでいる。ただし、『古来風体抄』には選んでいない。そのほかには、『西行上人談抄』によると、西行がこの歌を『古今集』中の秀歌として挙げたという。そして、定家は、『定家八代抄』『秀歌体大略』『近代秀歌（自筆本）』『八代集秀逸』などに選んでおり、その評価の高さは、「はるたつと」の歌に勝るとも劣らないものであった。

それでは、なぜ『百人一首』に「はるたつと」の歌ではなく、「ありあけの」の歌を選んだのであろうか。憶測を加えるならば、まずひとつには、「はるたつと」の歌は確かに名歌には違いないが、あらためて秀歌として選ぶには新味に欠けるところがあったということである。それに対して、「ありあけの」の歌は、月を「つれなし」と解することにより、その詞の続け方が「艶にをかしく」感じられ、そこに新たな美の発見があった。その美は定家を魅了し、「これ程の歌ひとつよみいでたらむ、この世の思出に侍べし」という言葉にもなったものと考えられる。そして、もうひとつ考えられることは、「はるたつと」の歌が『拾遺集』の歌であることである。忠岑は『古今集』の撰者の一人でありながら、その『古今集』に選ばれていないということは、作者自身も含め、貫之や躬恒にもそれほど高く評価されていなかったということである。忠岑の秀歌はやはり『古今集』から、という意識が定家にはあったのではなかろうか。

31

朝ぼらけ有あけの月とみるまでによし野のさとにふれるしら雪

坂上是則

【異同】

〔定家八代抄〕　みるまでに—みるまては（東急「は」の右に「に」と傍書）—安永・袖玉・知顕は底本に同じ。

31　朝ぼらけ有あけの月とみるまでによし野のさとにふれるしら雪

〔百人秀歌〕　底本に同じ。

〔百人一首〕　為家・栄雅・兼載・守理・龍谷・応永・古活・長享・頼常・頼孝・経厚・上條は底本に同じ。

〔小倉色紙〕　底本に同じ。（集古・墨58・墨）

【語釈】　○朝ぼらけ―夜が明けて間もない早朝。余釈項を参照のこと。○有あけの月―二一番歌の語釈項を参照のこと。○とみるまでに―と思うほどよく似て。「までに」は、程度を表す。「見るまでに」は上代に多く見られる言い方。平安時代には「見るまで」と言うことが多い。「梅花　枝尓可散登　見左右二　風尓乱而　雪曽落久類」（『万葉集』一六五一〔一六四七〕・黒麿、廣瀬本の訓「むめのはな　えだにかちると　みるまでに　かぜにみだれて　ゆきぞふりくる」）。○よし野のさと―吉野の里。現在の奈良県吉野郡。大和国の歌枕。『八雲御抄』に大和とし「みよしの也」とする。吉野は雪深い所として歌に詠まれる。「ふるさとはよしのの山しちかければひと日もみ雪ふらぬ日はなし」（『古今集』三二一・冬・よみ人しらず）、「雪ふかきいはのかけ道あとたゆるよし野の里も春はきにけり」（『千載集』三・春上・堀河）。○ふれる―「ふれ」は「降る」の已然形。「る」は完了・存続の助動詞「り」の連体形。

【通釈】　夜が明けたばかりの早朝、有明の月の光と思うほどに、吉野の里に降り積もっている白雪であるよ。

【出典】　『古今集』三三二・冬・「やまとのくににまかれりける時に、ゆきのふりけるを見てよめる　坂上これのり」。

【参考】　『定家八代抄』五五八・冬・「（題しらず）　坂上是則」・結句「雪は降りつつ」（『新編国歌大観』）。『秀歌体大略』六三。自筆本『近代秀歌』五四。『八代集秀逸』四。『百人秀歌』二九。『五代簡要』「ありあけの月とみるまでによしののさとにふれるしらゆき」。『俊成三十六人歌合』八六。『時代不同歌合』一三五。『古今六帖』七三一・ゆき・第四句「よしのの山に」。『五代集歌枕』一一二九・第四句「よし野の山に」。『是則集』一二一・やまとのくににまかりけるときゆきのふりければ・第四句「よしののやまに」。

《参考歌》

『後撰集』四九六・冬・よみ人しらず

よるならば月とぞみましわがやどの庭白妙にふりつもる雪

『拾遺愚草』一六五八

雲さえて峰のはつ雪ふりぬれば有明の外に月ぞ残れる

『拾遺愚草』二一一二

御吉野のみゆきふりしく里からは時しもわかぬ在明の空

『拾遺愚草』二四五八

み空ゆく月もまぢかしあしがきのよし野の里の雪のあさけに

【余釈】　夜が明けたばかりの早朝、吉野の里には雪が降り積もっていて、あたかも暁に明るく照らす有明の月の光かと見まがうほどだ、という意の歌である。

あたりに降り積もった「雪」を「有明の月」の光に見立てて詠んだところに一首の趣向がある。雪と月光を「白」という共通項によって結び付けたわけである。古今集時代の典型的な詠法の歌である。ただし、「見るまでに」という詞は少し古風な感じがする。古里である吉野の里を詠むのにはふさわしい詞と言えるかもしれない。

『古今集』では詞書に「やまとのくににまかれりける時に、ゆきのふりけるを見てよめる」とあり、実際に作者が大和国に下った時に詠んだ歌ということになっているが、定家は、『定家八代抄』で「題しらず」とし、具体的な作歌事情については不必要なものとして削除している。

明け方、日の出前の時間帯を表す語としては、「あかつき」「あけぼの」「あさぼらけ」「しののめ」などがある。石田穣二氏「「あけぼの」と「朝ぼらけ」」（『源氏物語論集』〈桜楓社〉所収）によれば、それぞれの関係は次のようになる。「あかつき」は、夜中過ぎから明け方までをいう。これと重なって、「あけぼの」と「あさぼらけ」がある。「あけぼの」は、空が次第にしらみ、明るさを取り戻し、周囲はまだ薄暗くようやく物が見分けられるようになる頃をいう。「あさぼらけ」は、その後周囲のものもよく見えるようになる頃で、夜が明けたと言える頃から明け果てるまでをいう。「しののめ」は、散文用語「あけぼの」に対応する歌語と位置づけられる。

それでは、定家はどのように考えていたのであろうか。定家は、承久二年（1220）四季題百首で、「暁」と「朝」を題として分け、「暁」題では、「色はまだわかれぬ軒のあやめ草さ月となのるあけ暮の空」（『拾遺愚草員外』五二四）、「旅人の行方とほくいでぬなりまだ夜はふかき雪のけしきを」（『拾遺愚草員外』五二六）などのように、夜明け前の暗い頃として詠んでいる。それに対して、「朝」題では明るくなってからのことが詠まれており、「あさぼらけ」の語も「朝」題の歌の中に次のように詠まれている。「あさぼらけよどこの霜のいざとさに煙をいそぐ冬の山がつ」（『拾遺愚草員外』五三〇）。これ以外で、定家が「あさぼらけ」の語を用いた歌を見ると、「湖上朝霞」題で「あさぼらけみるめなぎさの八重がすみえやは吹きとくしがのうら風」（『拾遺愚草』一五〇二）、「朝時雨」題で「秋すぎて猶うらめしき朝ぼらけ空行く雲もうち時雨れつつ」（『拾遺愚草』二〇三九）、「河朝霧」題で「あさぼらけいざよふ浪も霧こめて里とひかぬるまきの島人」（『拾遺愚草』二六七六）などと詠んでいる。何れも題に「朝」があり、それを詠んでいるのである。「あかつき」と「あさぼらけ」の定家の認識の違いはこれによって明らかである。なお、『八雲御抄』においても、「時節部」に「暁」と「朝」を別項目として立てているので、この二つを分けることは当時の共通認識だったと考えられる。

『顕注密勘』に『古今集』四〇九番歌の注に顕昭は「ほのぼのとは、あけ行空のおぼろにてほのかにさだかならぬ心也。それをあけぼのとは申也」とし、定家も特に異を唱えてはいない。「あさぼらけ」については、『顕注密勘』に『古今集』一〇七二番の注に顕昭は「朝明とは、あさけ也。あさぼらけ共よめり」とし、定家も異を唱えていない。そして、右に見たようにはっきりと「朝」との認識であった。そこから推察すると、「あけぼの」は「あさぼらけ」よりももう少し早い、あたりが暗い時間帯を考えていたものと思われる。そうであるとすれば、「あさぼらけ」は「朝」に属し、「あけぼの」は「暁」に属すとの認識であったかと思われる。ちなみに、定家の歌で、「朝」を含む題で「あけぼの」の語を用いて詠んだ例は一つもない。

また、「しののめ」は多くの歌学書に採られており、すでに意味が明らかではなくなった古語であったことが窺われる。『能因歌枕』には「暁をば、たまをしけ、あけぼの、しののめと云」「暁、あかつきはなるる程をば、しののめと云、あけはなるるそらのしののめににたる也」「あけはなるるほどをば、しののめといふ」とする。『綺語抄』は「家経は、すべてよるをいふとぞいひける。能因があか月といひけるに、いみじき論にぞしける。能因が注云、あけはなるるほどのそらの雲のしののめに似たる也」として「なほあけゆく程なるべし」とする。『俊頼髄脳』『童蒙抄』『奥義抄』『初学抄』『和歌色葉』『和難集』『八雲御抄』『顕注密勘』などは「暁」の異名とする。『能因歌枕』は「あけぼの」と「しののめ」を並記し、また『能因歌枕』や『綺語抄』の説明は、さきほどの『顕注密勘』の「ほのぼのとは、あけ行空のおぼろにてほのかにさだかならぬ心也。それをあけぼのとは申也」という説明とほとんど同じものと言える。したがって、「しののめ」と「あけぼの」はほぼ重なるものと考えられる。「暁」の終わりに次第に空が明けていく頃のことを「あけぼの」あるいは「しののめ」と考えていたのであろう。

さて、すでに島津忠夫氏『百人一首』(角川文庫)や吉海直人氏『百人一首の新考察』(世界思想社)に指摘があるとおり、是則の代表的秀歌としては「みよしのの山の白雪つもるらしふるさとさむくなりまさるなり」(『古今集』三二五・冬)がある。公任が『前十五番歌合』に選び、『金玉和歌集』『深窓秘抄』『和漢朗詠集』『三十六人撰』などの秀歌撰に選んでいる。そして、俊成も『俊成三十六人歌合』に選んでいる。定家も『定家八代抄』のほか『秀歌大体』に秀歌例として挙げているので、秀歌と認めていたものと思われる。これに対して、「あさぼらけ」の歌は、公任の秀歌撰に選ばれず、俊成の『俊成三十六人歌合』に初めて選ばれた一首である。しかし、定家の評価は高く、『定家八代抄』に選ばれ、『秀歌体大略』『近代秀歌(自筆本)』に秀歌例として挙げられ、『八代集秀逸』に選ばれている。これは「みよしのの」の歌よりも高い評価と言える。

春道列樹

32
山川にかぜのかけたるしがらみはながれもやらぬもみぢなりけり

【異同】
〔定家八代抄〕　なかれもやらぬ―なかれもあえぬ（知顕）―なかれもあへぬ（安永・袖玉・東急）。
〔百人秀歌〕　なかれもやらぬ―なかれもあへぬ。
〔百人一首〕　なかれもやらぬ―なかれもあえぬ（為家・応永）―なかれもあへぬ（栄雅・兼載・守理・龍谷・長享・頼常・頼孝・経厚・上條）―古活は底本に同じ。

【語釈】　○山川―山の中を流れる川。浅い瀬として歌には詠まれる。『能因歌枕』に「山河とは、山にながるる川を云」とする。『初学抄』は「喩来物」の「あさき事には」に「山がは」を挙げる。「そこひなきふちやはさわぐ山河のあさきせにこそあだなみはたて」（『古今集』七二二・恋四・素性）、「もみぢばの色をしそへてながるればあさくも見えず山河の水」（『拾遺集』一九四・秋・よみ人しらず）、「山河はきのはながれずあさきせをせけばふちとぞ秋はなるらん」（『拾遺集』三六八・物名・忠岑）。○しがらみ―水を堰き止めるために、杭を打ち渡して、竹や木の枝などを横に結び付けたもの。『能因歌枕』に「しがらみとは、しばをしきてそれによこざまにからみて水をせくをいふ」とし、『顕注密勘』に顕昭は「しがらみとは、河にゐぐひうちて、それにしばなどをよこざまにあみつけて、水をよどませてとどむる也。きしなどのくづるるをも、さやうにしてつちをとどむる也」とする。○ながれもやらぬ―流れきらずに滞っている。「も」は強意の係助詞。「～やらず」は、最後まで～しきれないの意。「このはちる山のしたみづうづもれてながれもやらぬものをこそおもへ」（『後拾遺集』六〇五・恋一・叡覚）、「もみぢばのながれもやらぬ大井河かはせは波のおとにこそきけ」（『新勅撰集』三七一・冬・資綱）。余釈項を参照のこと。

【通釈】　山の川に風が掛けたしがらみは、流れきらずにいる紅葉なのであったよ。

【出典】『古今集』三〇三・秋下・「しがの山ごえにてよめる　はるみちのつらき」・第四句「流れもあへぬ」。
【参考】『定家八代抄』四六七・秋下・「しがの山ごえにてよめる　春道列樹」。『秀歌体大略』五三・第四句「ながれもあへぬ」。『百人秀歌』三二・第四句「ながれもあへぬ」。『五代簡要』「山川に風のかけたるしがらみは」。『新撰和歌』九〇。『古今六帖』一六三六・しがらみ・春みちのつらきイ・第四句「ながれもあへぬ」。『袖中抄』八二六・第四句「ながれもあへぬ」。

《参考歌》

『拾遺愚草』一三五五

　このはもて風のかけたるしがらみにさてもよどまぬ秋の色かな

【余釈】　山川の浅瀬に紅葉が散り積もって、水を堰き止めている。それを「風の掛けたるしがらみ」と表現したところに興趣があり、一首の眼目がある。紅葉をしがらみに見立てて詠んだ歌である。AをBに見立てるという場合の表現類型として「BはAなりけり」というかたちがある。例えば、「つつめども袖にたまらぬ白玉は人を見ぬめの涙なりけり」（『古今集』五五六・恋二・清行）、「秋ならでおく白露はねざめするわがた枕のしづくなりけり」（『古今集』七五七・恋五・よみ人しらず）、「このもとにおらぬ錦のつもれるは雲の林のもみぢなりけり」（『後撰集』四〇九・秋下・よみ人しらず）、「白雲のおりゐる山とみえつるはふりつむ雪のきえぬなりけり」（『後撰集』四八四・冬・よみ人しらず）などの例を挙げることができる。この列樹の歌もそのかたちによって表現したものである。このような詠み方の歌では「Bは」の部分が重要で、普通とはどのようにその「B」が違っているかということを取り立てて詠むのである。そこに表現の工夫のしどころがある。この列樹の歌では「風の掛けたるしがらみ」と詠んでいる。普通の「しがらみ」は人が掛けるのであるが、この「しがらみ」は「風の掛けたるしがらみ」だというのである。この歌も古今集時代の典型的な詠みぶりの歌と言えよう。

　『古今集』の詞書にある「志賀の山越え」は、京都の北白川から比叡山と如意ヶ岳の間を通って近江国（滋賀県）の大津に抜ける山道とされる。志賀寺（崇福寺）参詣に利用されたが、この寺は定家の時代にはすでに荒廃していたようである。『袖中抄』に「顕昭云、志賀山越とは北白河の滝のかたはらよりのぼりて如意のみねごえに志賀へ出る道也」とする。『定家八代抄』にも「しがの山ごえにてよめる」と『古今集』の詞書のまま記しているので、そのような状況のもとで詠まれた歌として、定家も味わっていたものと思われる。

まず本文の問題として、第四句が「ながれもやらぬ」か「ながれもあへぬ」かということがある。『百人一首』の伝本では、底本の堯孝筆本や古活字本『宗祇抄』が「ながれもやらぬ」で、そのほかは「ながれもあへぬ」である。

原典の『古今集』では、西下経一氏・滝沢貞夫氏編『古今集校本』（笠間書院）に拠れば、六条家本・家長本（永治二年清輔本）・前田家本（保元二年清輔本）・穂久邇文庫本（保元二年清輔本）・静嘉堂文庫蔵為家本・毘沙門堂註本などが「やらぬ」である。これらは六条家本系統と言ってよいであろうか。これに対して、伊達本・嘉禄二年本をはじめとする定家本系統では「あへぬ」である。

また、『定家八代抄』では、『新編国歌大観』の底本である書陵部蔵本（二一〇・六七四）が「やらぬ」となっているようである。これに対して、安永四年九月刊本・明和九年八月刊『袖玉集』本・八代知顕抄本・大東急記念文庫本などは「あへぬ」である。『秀歌体大略』や『百人秀歌』は「あへぬ」である。そのほか、『新撰和歌』は「やらぬ」であるが、『古今六帖』や『袖中抄』の本文は「あへぬ」である。

以上の状況から言えることは、「ながれもあへぬ」とする本文が優位にあることは確かである。しかし、そうであるからと言って、「ながれもあへぬ」が『百人一首』の本文として正しいと言い切ることもできない。

まずかりに、『百人一首』の本文として「ながれもあへぬ」が正しいと仮定する。つまり、定家は『百人一首』の本文として「ながれもあへぬ」としたと考える。しかし、その後、伝写の過程で「あへぬ」を「やらぬ」に換えたものが出てきたことになる。このとき考えられるのは、原典の『古今集』との接触である。しかもそれは六条家系統の本であったということである。定家本系統の本文をあえて採らなかったという点に意図的なものを感じる。そして、それと同じことが『定家八代抄』においてもおこったということである。今度は、定家が「ながれもやらぬ」を『百人一首』の本文としたと仮定する。その後、伝写の過程で「やらぬ」を「あへぬ」に換えられたとすれば、それは定家本系統の『古今集』に接触したということである。この改訂はそれほど不自然なこととは思われない。そして、それが『定家八代抄』においても起こったということになる。さて、どちらの場合が可能性として高いであろうか。

次に、「ながれもやらぬ」と「ながれもあへぬ」を意味の違いという面から考えてみたい。まず、『日本国語大辞典』（第二版）に拠れば、「やらず」のほうは、「十分～もしない。全く～てもいない」という訳を当てている。「あへず」のほうは、「～しきれない。～しおおせない。～できない」という訳を当てている。「やらず」は不完全なさまを表し、「あへず」はそれに不可能の意を添えた意を表すという違いがあるということであろう。「ながれもやらず」は「十分流れもしない」ということになり、「ながれもあへず」は「流れきれない。流れおおせない」となる。そうすると、両者は「流れきらない」か「流れきれない」かの違いであり、意味としてはどちらでも成り立つように思われる。

この「あへず」は、すでに二四番歌に「幣もとりあへず」というかたちで出てきていた。その歌の語釈項に、「あへず」の「あふ」は本動詞では「耐える、あるいは、全うする」の意。補助動詞的に用いられ、下に打消しの語を伴う場合は、意志をもつものについては、「～しようにもそれだけのゆとりがない」の意を表す。また、意志をもたないものについては、「～する間がない」の意を表すと記した。意志をもたないものの例を次に挙げる。「心ざしふかくそめてし折りければきえあへぬ雪の花と見ゆらむ」（『古今集』七・春上・よみ人しらず）、「さくら花とくちりぬともおもほえず人の心ぞ風も吹きあへぬ」（『古今集』八三・春下・貫之）、「山たかみつねに嵐の吹くさとはにほひもあへず花ぞちりける」（『古今集』四四六・物名・利貞）、「春立つときさつるからにかすが山消えあへぬ雪の花とみゆらむ」（『後撰集』二・春上・躬恒）、「あだ人のまがきちかうな花うゑそにほひもあへず折りつくしけり」（『拾遺集』三六三・物名・よみ人しらず）などである。上接する動詞の動作がまだ実現していないことを表している。これを「～しきれない」と訳すとすれば、「消えあへぬ雪」は「消えきれない雪」となる。残雪であるからこれで意味がとおるようであるが、

「風も吹きあへぬ」は「風も吹ききれない」となってしまう。これでは意味がわからない。これは「風も吹く間がない」ということでなければならない。「消えあへぬ雪」は「消える間がない雪」である。「消えきれない雪」や「風も吹ききれない」と訳したのでは、十分ではないがおおかた雪は消え、風は吹いているかのように理解されてしまう。しかし、それでは「あへず」の意味を十分に捉え得ていないように思われる。

このことは、定家の時代においても言える。定家は「かすみあへず猶ふる雪に空とぢて春物ふかき埋火のもと」（『拾遺愚草』八〇二）と詠んでいるが、「かすみあへず」は「かすみきれない」と訳せば、十分ではないがおおかたかすんでいるかのように理解される。しかし、直後に「猶ふる雪に空とぢて」と言っているように、まだかすんではいないのである。「かすむ間がない」と訳すほうが適当である。春になってまだ日が浅いことを表している。また、「春霞たつやと山の朝よりさきあへぬ花を雪とやはみる」（『拾遺愚草』一三〇一）と詠んでいる。この「さきあへぬ花」は「雪」を見立てている。これは「咲ききれない花」ではない。「咲く間がない花」である。春になったばかりで咲く間がないということである。この花は雪のことを言っているのであるが、春になったからにはそれを雪だとは見ないと言うのである。「秋とだに吹きあへぬ風に色かはるいくたの杜の露の下草」（『拾遺愚草』一九二七）という歌もある。この場合少し複雑ではあるが、「秋が来たと吹く間さえもない風」ということである。まだ秋が来たことを知らせるものでもないかすかな風ということである。

右のように、「あへず」を「～する間がない」の意に解すとすれば、「ながれもあへず」は、「流れる間がない」ということになる。「流れる間がない紅葉」とはどのようなことを言っているのであろうか。「とどまる間もない」ならばわかるが、「流れる間がない」というのは意味がわかりにくい。紅葉がしきりに散りかかって流れる間がないということであろうか。『宗祇抄』は歌の本文は「ながれもやらぬ」でありながら、「ながれもあへぬ」で解釈し、「ながれもあへぬといふは、さらにひまなくおつる木葉をいへり」としている。また、『頼常本』に「あまり水のはやき間、紅葉の流もやらぬ間、水のおもに満ちてある」としている。『百首異見』は「ひまなく吹かくるとやうにあわただしきけしきに見たるは、かのあへずの詞になづめる也。あへずは、かならず倉卒の事にあらず」

として退けるが、やはり、これらは「ながれもあへぬ」の語に即しての解釈と言えよう。『古今集遠鏡』も「あれは、風がふくで、あまりしげう紅葉がちつて、せきかけせきかけ流れてくるによつて、さらさらと下へえ流てはいかずに、あのとほりにしがらみのやうによどむぢや」と解している。辞書の訳を当てはめると特に問題もないように思われたが、このように見ると不自然な語法と見えてくる。もしも、定家が「ながれもあへず」という語法に不審な点を認めたとするなら、『百人一首』の本文としては「ながれもやらず」をとった可能性もないとは言えないのではないかと思うのである。

さて、次にこの歌の解釈上の問題を考えてみる。「風の掛けたるしがらみ」について、それがどのようなありさまをこのように詠んだものであるのかという点で諸注の見解が分かれている。おおまかに言って、次の三つに分けられる。(1)風が紅葉を間断なく吹きかけて、川を堰くほどであるのを詠んだものとする説。(2)風が川の上流に向かって吹き返し、水に浮かぶ紅葉を流さないようにしているのを詠んだものとする説。(3)紅葉が川に散り積もって、水の流れを堰き止めているのを詠んだものとする説。

(1)の説をとるものとしては、『宗祇抄』がある。『宗祇抄』は「山河などにおち葉のひまもなくふりみだれて、ながれもせきかへすばかりなるをけふじて、かぜのかけたるしがらみと先いひなして」としている。この『宗祇抄』の説を承ける『幽斎抄』もこの説である。『幽斎抄』は「木の葉のながれでせかれたるをしがらみといふにてはなし。紅葉の間断もなく吹かけ吹かけするをしがらみといへり」とする。『拾穂抄』『うひまなび』などもこの説を継承する。『長享抄』に「山風に山のもみぢのちることしきりなるによりて、山河に紅葉のながるれば跡より吹いれ、ながるれば跡より吹入て、そこにもみぢのたへぬを、しがらみといふなり」とするのもこの説と見てよいかと思われる。(2)の説をとるものとしては『経厚抄』がある。「谷風の吹上るままに、水の木葉を吹ためて流さぬ所を云詞なり」としている。そして、「或儀に、不断落る木の葉の、水の上に隙なく浮みたるを、風のかけたる柵と云と云義あり。それは柵と云字、慥にきこえざるにや」として(1)の説を批判している。(3)の説をとるものとしては、『上條本』が「谷川にもみぢのちりしきて、なをせきとめたる体を、風のかけたるしがらみとよみたる也」「もみぢ散みちてたに川をせきとどめたるけいき見事にて」とあるのは、この説と見てよいのではなかろうか。『三奥抄』は明確にこの説をとっており、「山川の浅きせに紅葉のながれとどまりたるが、しがらみといふものに似たるをいへり」とし、「木葉のながれやらで水をせくもの」とする。『改観抄』もこれを承けて「川の面にみちたる紅葉にあらで、浅き瀬にせかれたる木の葉の散かさなるをよめる也」としている。『百首異見』もこの説を支持する。現在では、この（3）の説が通説となっている。

それでは、定家の理解はどのようなものであったのであろうか。定家は、この列樹の歌を本歌として、「このはもて風のかけたるしがらみにさてもよどまぬ秋の色かな」（『拾遺愚草』一三五五）と詠んでいる。「風が木の葉を用いて掛けたしがらみによっても、秋はとどまることはない」ということである。「木の葉もて」という言い方などから考えると、右の三つの説の中の（3）の説で、紅葉が浅瀬に散り積もって実際に水の流れを堰き止めているのを詠んだものと解していたのではないかと推察される。

なお、『冬題歌合建保五年』において、二十五番「冬河風」題で左方の順徳天皇が「山河の木のはののちのうすごほりこれもかけたる風のしがらみ」（四九）と詠み、右方の家隆が「竜田河木のはの後のしがらみも風のかけたるこほりなりけり」（五〇）と詠んでいる。どちらも列樹の歌を本歌として詠んだ歌である。趣向もほぼ同じで、風が木の葉ののちに掛けたしがらみは氷だということである。木の葉と氷を川の流れを止めるものとして詠んでいるわけである。こうしたところにも、定家当時の理解の仕方が窺われるのではなかろうか。

この列樹の歌は『古今集』にとられ、『新撰和歌』にも選ばれているところから、貫之に高く評価されていた歌であることが知られる。その後、公任の秀歌撰にも選ばれることはなく、俊成も『古来風体抄』などに選んでいない。しかし、定家は『定家八代抄』に選び、『秀歌体大略』に秀歌例として挙げており、高く評価していたことが知られる。また、定家以外にも、家隆はこれを本歌として多くの歌を詠んでいる。右に挙げた『冬題歌合建保五年』の歌以外にも、「音羽山かぜもかけえぬしがらみはおつる紅葉をさそふ滝つせ」（『壬二集』一三九八）、「立田山風のしがらみ秋かけてせくや川瀬のみねの紅葉は」（『壬二集』一八四四）、「竜田河ながれてはやき年暮れて風のかくべきしがらみもなし」（『壬二集』二〇〇八）、「山川のいはせの杜の紅葉ばや風よりさきもかくるしがらみ」（『壬二集』二五〇二）、「山河に風のかけたるしがらみの色に出でてもぬるる袖かな」（『壬二集』二八一八）などの歌がある。

この歌をいかに賞翫していたかということが察せられる。

《第六グループの配列》

29　心あてに折らばや折らむ初霜の置きまどはせる白菊の花（躬恒）

30　有明のつれなく見えし別れより暁ばかり憂きものはなし（忠岑）

31　朝ぼらけ有明の月と見るまでに吉野の里に降れる白雪（是則）

32　山川に風の掛けたるしがらみは流れもやらぬ紅葉なりけり（列樹）

この第六グループと次の第七グループは、宇多・醍醐朝の中下級貴族歌人の歌を並べたまとまりと見ることができる。第七グループまで含めると九首になり、一つのグループとするには多くなりすぎるので、二つに分けることにする。そうすると、三三番の友則が時代的に少し古いように思われるので、その前で分けることとした。

二九番・三〇番・三一番の歌は、夜明け前から早朝にかけての歌と言える。そして、「霜」「白菊」「月」「雪」と白いものでまとめられており、これに対して、三二番は「紅葉」で赤である。二九番と三〇番は、作者が『古今集』撰者であることで強く連関しているものと見られる。『改観抄』も「作者のほどにて上の歌につづけらる」と指摘している。三〇番と三一番は「有明」が共通する。『改観抄』にも「忠峯が歌に次て載られたるは、共に有明の月といふ事ある故なるべし」と指摘している。三一番と三二番は「見立て」の手法の歌であることに共通性があり、「吉野」と「山川」に詞上のわずかな繋がりが感じられる。

第五グループからの続きとしては、二八番の「草」を「白菊」で受けるか。『改観抄』は「時節相似たるをもて上の歌につらねらるる歟」とする。

33

紀友則

ひさかたのひかりのどけき春の日にしづごころなく花のちるらん

【異同】

〔定家八代抄〕　安永・袖玉・知顕・東急は底本に同じ。

〔百人秀歌〕　底本に同じ。

〔百人一首〕　為家・栄雅・兼載・守理・龍谷・応永・古活・長享・頼常・頼孝・経厚・上條は底本に同じ。

【語釈】　○ひさかたの―現存定家自筆三代集では、「久方の」と漢字表記されることが圧倒的に多い。「ひさかたの」は、現在では枕詞とされているが、定家は「ひさかた」を「空」の異名と考えていたようである。余釈項を参照のこと。○しづごころなく―静かな心もなく。落ち着いた心もなく。『顕注密勘』に顕昭は『古今集』八二番の注に「しづ心なしとは、しづかなる心なしと云歟」とする。「ことならばさかずやはあらぬさくら花見る我さへにしづ心なし」（『古今集』八二・春下・貫之）。○花のちるらん―「らん」は現在の原因推量の助動詞。現在起こっている事柄から、その原因・理由を推量する意を表す。この歌の場合、「など」などの疑問語が言葉として表れていないかたちの表現と考えておく。余釈項を参照のこと。

【通釈】　空の光が穏やかな春の日に、どうして、静かな心もなく花が散っているのであろう。

【出典】『古今集』八四・春下・「桜の花のちるをよめる　きのとものり」。

【参考】『定家八代抄』一五一・春下・「花のちるを見て　友則」。『秀歌体大略』一五。自筆本『近代秀歌』三四。『秀歌大体』二四・春。『百人秀歌』二六。『五代簡要』「久方のひかりのどけきはるの日　しづ心なく」。『古今六帖』四〇三三・花・とものり・第二句「光さやけき」。『古今六帖』四一九六・さくら・第二句「ひかりさやけき」。『綺語抄』四。『友則集』六。

《参考歌》

『後撰集』九二・春下・深養父

うちはへてはるはさばかりのどけきを花の心やなにいそぐらん

『拾遺愚草』二一二

いかにしてしづ心なくちる花ののどけき春の色とみゆらん

【余釈】　春の穏やかな日ざしと、あわただしく散る花を対比して詠んだところに、一首の趣向がある。このように対比させることで、散り急ぐかのような桜を惜しむ気持を表現しているのである。矛盾対照によって想を構えることは、これも古今集時代の典型的な詠法の一つである。

さて、「ひさかた」は、『喜撰式』以下多くの歌学書で「月」「空」の異名として捉えられてきた。語義については、『童蒙抄』に「久しく堅しと云心也。久堅と書り」とし、『和歌色葉』『八雲御抄』もこの説をとっている。また、『奥義抄』には「或物云、昔皇后とたはぶれしたまひけるに、御ひざのはかまよりいでたりけるが月ににたりけるよりいふ也」とする「膝の形」説がある。『和難集』もこの説を引いているが、この説を批判し、「此故ならば月ばかりをぞ云ふべきに、すべて空をばみな久かたと読り」とし、「和云、久かたの都とよめり。彼かたとかける心にては遠きかたを云ふにや」として、「久方」説を提示している。『顕注密勘』で顕昭は『古今集』八四番の注に「久方とは、喜撰式に、月をば久方と云、天をばなかとみといふ。古髄脳には、そらをば久方と云。万葉には久堅とかき、或は久方と書り。月にても空にても、ともにひさしき心によせたる名なるべし。万葉には、久方の空、久方のあまと、おほくよめり。されば、空と云証歌はおほかれば、久方の月とよめる、空の月と云にやと覚ゆれど、物の異名はかよひていふも侍れば、空をも月をも、ともにいふなるべし」としている。これに対して、定家は「久方のひかり、そらのひかり、同」と記しており、「ひさかた」を「空」の異名と考え、「空の光」と解していたことが知られる。また、定家は『顕注密勘』に『古今集』九六八番の注に「委細之趣雖㆑有㆓其謂㆒、只そら、月ともに、久方と云とばかりしりて侍也」とし、また『僻案抄』に「至愚説には、ただ山をばあしびき、そらをばひさかたとよむとばかりにて、凶日来、足をひく、膝の形などいふ事はしらず」としている。こうした語についての定家の立場や考え方を窺うことができる。

「花の散るらむ」の「らむ」については、「など」などの疑問語が表れていないかたちの表現と解しておきたい。この問題については、松尾聰氏『古文解釈のための国文法入門』（研究社、〔改訂増補〕）に、「どうして」などの言葉を補わなければ解釈ができない歌の例があるとしている。その例として、「春の色のいたりいたらぬさとはあらじさけるさかざる花の見ゆらむ」（『古今集』九三・春下・よみ人しらず）、「秋風は身をわけてしもふかなくに人の心のそらになるらむ」（『古今集』七八七・恋五・友則）が挙げられている。そして、「確定的なことは言えないけれど、私の知るかぎりにおいて、散文ではこのような「どうして」を補って解くべき「らむ」の用例を見出せないということは注意すべきことのように思われる。つまり三十一音という制約下にある歌においてのみ、「らむ」が原因・理由を推量する場合、その原因・理由が明示されず単に「どうして」に当たることばであるときは、その「どうして」に当たることばを自明のこととみなして省略する、という「表現法」がくふうされたのではなかろうか」としている。尾崎知光氏「「らむ」の意味について」（『文学語学』第9号・昭和33年9月）に散文の例として『源氏物語』朝顔巻の例が指摘されているが、散文には稀な例であることには違いがない。また、尾崎氏の論文は、「どうして」の意味を逆態関係から生じるものとして捉えており、傾聴すべきである。

それでは、定家はどのようにこの「らむ」を理解していたのであろうか。

まず、出典の『古今集』では詞書が「桜の花のちるをよめる」となっているのを、『定家八代抄』では「花のちるを見て」と変えている。『古今集』の詞書では作者が実際に花を見ているのか、「桜の花の散る」ことを題として詠んだのかがはっきりとしない。ところが、『定家八代抄』では実際に花を見て詠んだことであることを明確にしている。「らむ」の用法には、実際に目の前にないことを想像して詠むときに用いられることがある。定家は「花のちるを見て」とすることで、その用法の「らむ」ではないことを示しているのである。

次に、定家は、この友則の歌を本歌として、「いかにしてしづ心なくちる花ののどけき春の色とみゆらん」（『拾遺愚草』二一一二）と詠んでいる。「あわただしく散る花が、どうしてのどかな春の色というふうに見えるのだろう」という意である。「静心なく散る花」が「のどけき春の色と見」えることの矛盾として詠んでいる。その矛盾を示す詞が「いかにして」である。「春の色」に本歌の友則の歌には見られない新しさが認められるが、それと同時に友則の歌をどのように理解していたかが、おのずから映し出されている。友則の歌には「どうして」の意を表す詞は使われていないが、そのような意を読み取ってこの歌を詠んだものと推察される。そして、右に松尾氏が「どうして」を補わなければ解せない歌として挙げた「秋風は身をわけてしもふかなくに人の心のそらになるらむ」（『古今集』七八七・恋五・友則）について、『顕注密勘』で顕昭は、「風は人の身をわけてはよもふかじ。など、かく君が心のひとつにはなくて、そらにちるらむとよめる歟」と解している。定家は「無二不審一」としているので、この解釈に従っているものと思われる。顕昭は、「など」という疑問語を補って解している。このように解することは、顕昭の『古今集注』に「教長卿云、風は我身、人身とわけてはふかじものを、など、かくきみがこころの、ひとつにはなくて、そらになるらむとよめるなり。私云、こころかはるによせて、あかるるこころを、あき風ともそふるにや」とあるので、教長の解釈に拠ったものであることが知られる。当時、「らむ」をこのように解すことがあったことが確認できる。

以上の三点から、定家は、友則の「ひさかたの」の歌についても原因推量で、「どうして」を補って解釈していた可能性が高いのではないかと考えるのである。

さて、すでに島津忠夫氏『百人一首』（角川文庫）や吉海直人氏『百人一首の新考察』（世界思想社）に指摘があるとおり、公任は、友則の歌の中で、「ゆふされはさほのかはらの河ぎりに友まどはせる千鳥なくなり」（『拾遺集』二三八・冬）を高く評価していたものと見られ、『前十五番歌合』に選び、『金玉和歌集』『深窓秘抄』『三十六人撰』などの秀歌撰に選んでいる。しかし、俊成は『俊成三十六人歌合』にその歌は選ばず、公任が『三十六人撰』に選んだ三首をすべて差し替え、「ゆふされば蛍よりけにもゆれどもひかり見ねばや人のつれなき」（『古今集』五六二・恋二）、「あづまぢのさやの中山なかなかになにしか人を思ひそめけむ」（『古今集』五九四・恋二）、「したにのみこふればくるし玉のをのたえてみだれむ人なとがめそ」（『古今集』六六七・恋三）の三首を選んでいる。

そして、定家は、公任の高く評価した「ゆふされはさほのかはらの」の歌を『定家八代抄』にも選んでいない。『俊成三十六人歌合』に選ばれた三首は『定家八代抄』に撰入されているが、それら以上に高く評価していたのが、この「ひさかたの」の歌であったことが、『秀歌体大略』『近代秀歌（自筆本）』『秀歌大体』などの秀歌例に選んでいることから知られる。この「ひさかたの」の歌は、公任や俊成などのそれまでの秀歌撰には選ばれたことがなく、定家によって初めて代表的秀歌とされたものと見られる。なお、同時代の歌人では、家隆がこの歌を本歌として『千五百番歌合』（四四六・二百二十三番右）に「ひさかたのひかりのどかに桜花ちらでぞ匂ふ春の山かぜ」（『壬二集』五一五）と詠んでいる。

34

藤原興風

たれをかもしる人にせんたかさごの松もむかしのともならなくに

【異同】

〔定家八代抄〕　たれをかも―誰とかも（知顕）―安永・袖玉・東急は底本に同じ。

〔百人秀歌〕底本に同じ。

〔百人一首〕為家・栄雅・兼載・守理・龍谷・応永・古活・長享・頼常・頼孝・経厚・上條は底本に同じ。

〔小倉色紙〕※一部消失。「せんた」「まつもむかしの」「もならなくに」の部分のみ判読可能。（集古・定家様）

【語釈】〇かも―「か」は反語。「も」は詠嘆の助詞と現代では説明される。三番歌の語釈項を参照のこと。〇しる人―「知る人」は、以前から見知った人、親しくしている人のこと。「山ざとにしる人もがな郭公なきぬときかばつげにくるがに」（『拾遺集』九八・夏・貫之）、「たのむかなその名もしらぬ深山木にしる人えたる松と杉とを」（『拾遺愚草』一七二一）。〇たかさご―高砂。播磨国の歌枕。現在の兵庫県高砂市。『能因歌枕』『初学抄』に播磨とする。『八雲御抄』は「たかさごは、（惣て山〔の〕名なりともいへり。仍不レ入レ之）」とする。『古今集』仮名序に「たかさご、すみの江のまつもあひおひのやうにおぼえ」とあり、地名と認識され、松の名所であった。『古今集』九〇八番（参考項を参照）について、『顕注密勘』に顕昭は「是は播磨の高砂にをのへの里と云所のはまに松の有を、高砂のをのへの松と云。惣じて山を高砂といひ、をのうへををのへと云にはあらず。歌にしたがひて思分べし。やがて下に、誰をかも知人にせむ高砂の松もむかしのともならなくに、此歌も同事也」とし、定家も「無二相違事一」と同意している。

〇ならなくに―一四番歌の語釈項を参照のこと。

【通釈】いったい、誰を馴染みの人としようか、そのような人はいはしない。高砂の松も昔の友ではないというのに。

【出典】『古今集』九〇九・雑上・「（題しらず）藤原おきかぜ」。

【参考】『定家八代抄』一六九四・雑下・「（題不知）興風」。『百人秀歌』三一。『五代簡要』「たれをかもしる人にせんたかさごのまつもむかしの」。『新撰和歌』二〇五。『三十人撰』七八。『和漢朗詠集』七四〇・交友。『三十六人撰』一〇八。『古来風体抄』二九〇。『俊成三十六人歌合』八〇。『古今六帖』四一一一・松・おきかぜ。『興風集』五二。

《参考歌》

『古今集』九〇八・雑上・よみ人しらず

34　たれをかもしる人にせんたかさごの松もむかしのともならなくに

かくしつつ世をやつくさむ高砂のをのへにたてる松ならなくに

『拾遺集』四六三・雑上・貫之

いたづらに世にふる物と高砂の松も我をや友と見るらん

【余釈】 年老いて、親しい人たちにすべて先立たれ、この世に一人取り残されたつらさを嘆いた歌である。「高砂の松」を引き合いに出したのは、それが長い年を経たものであることによる。その点は自分と共通する。しかし、それは昔の友ではない。だから、「誰をかも知る人にせむ」となる。二つのものを共通点で結びつけ、その両者の異なる点を言い立てて対立させて詠むのが、古今集時代の歌の詠法である。この歌は、それによって孤独感を強調しているのである。

この「誰をかも」の歌は、島津忠夫氏『百人一首』（角川文庫）や吉海直人氏『百人一首の新考察』（世界思想社）に指摘があるとおり、平安時代において興風の代表歌として定着していた。まず、『古今集』に入集し、『新撰和歌』にも選ばれており、貫之にも高く評価されていたものと思われる。貫之は、この興風の歌を念頭に置いて、「いたづらに世にふる物と高砂の松も我をや友と見るらん」（『拾遺集』四六三・雑上）、「いたづらに老いにけるかな高砂の松やわが世のはてをかたらむ」（『貫之集』一九九）などとも詠んでいる。そして、公任も、『三十六人撰』や『和漢朗詠集』に選んでおり、興風の代表的秀歌と考えていたようである。さらに、俊成も『俊成三十六人歌合』にこれを選び入れ、『古来風体抄』には興風の歌としては唯一この歌を選んでいるところから見て、やはり代表的秀歌として高く評価していたものと見られる。定家は、『定家八代抄』以外の秀歌撰・秀歌例には興風の歌を選んでいないが、『百人一首』にこの歌を選ぶことで、それまでの評価を継承したと言えそうである。なお、『百人秀歌』では千里の歌と「孤愁」を詠んだ歌として対をなしており、そのことも選歌する際に影響があったかとも想像される。

人はいさこころもしらず故郷ははなぞむかしの香ににほひける

紀貫之

【異同】

〔定家八代抄〕安永・袖玉・知顕・東急は底本に同じ。

〔百人秀歌〕底本に同じ。

〔百人一首〕故郷は―ふるさとの（為家・頼孝）―故郷の（応永「の」をミセケチにして「は」と傍書）―栄雅・兼載・守理・龍谷・古活・長享・頼常・経厚・上條は底本に同じ。

〔小倉色紙〕未確認。

【語釈】○人―ここでは昔馴染みの家の主人をさす。○いさ―はて、どうだろうか。「人はいさ我はなきなのをしければ昔も今もしらずとをいはむ」（『古今集』六三〇・恋三・元方）、「しきしまの道に我が名はたつの市やいさまだしらぬ大和ことのは」（『拾遺愚草』一二八八）。○故郷―昔馴染みの所で、今は訪れなくなってしまった所をいう。『顕注密勘』に『古今集』三二一番歌の注で顕昭は「ふる里とは、すみうかれたる里也。又あからさまにたちはなれても、本の家をも云也。又すみながら年久しくなりてやぶれたる家をもよめり」とする。○はなぞ―この「花」は出典の『古今集』の詞書によれば梅の花であり、『定家八代抄』の詞書にも梅の花とする。「ぞ」は強意の係助詞であるが、「人は」に対して強調した。○香ににほひける―「香ににほふ」は、香りに薫る意。「やどりせし人のかたみかふぢばかまわすられがたきかにほひつつ」（『古今集』二四〇・秋上・貫之）、「むめのはなかにだにほへはるたちてふるあはゆきにいろまがふめり」（『伊勢集』九〇）、「ことしより花さきそむるたちばなのいかでむかしのかににほふらむ」（『新古今集』二四六・夏・家隆）。「ける」は気づきによる詠嘆を表す助動詞「けり」の連体形で、「はなぞ」の「ぞ」の結び。

【通釈】あなたははて、どうでしょうか、そのお心もわかりません。昔馴染みの所は、梅の花が昔どおりの香りに薫っていたのでしたよ。

【出典】『古今集』四二・春上・「はつせにまうづるごとにやどりける人の家にひさしくやどらで、ほどへてのちにいたれりければ、かの家のあるじかくさだかになむやどりはあるといひいだして侍りければ、そこにたてりけるむめの花をりてよめる　つらゆき」。

【参考】『定家八代抄』五三・春上・「久しくまからざりける所にまかりて、梅の花をりて　貫之」。『秀歌体大略』五。『百人秀歌』二八。『五代簡要』「人はいさ心もしらず　かににほひける」。『貫之集』八一四・むかしはせにまうづとてやどりしたりし人の、久しうよらでいきたりければ、たまさかになむ人の家はあるといひ出したりしかば、そこなりしむめの花をりているとて　人はいさ心もしらず故郷の花ぞむかしのかににほひける　返し　花だにもおなじ心に咲くものをうゑたる人の心しらなん。

《参考歌》

『拾遺集』四八・春・貫之

あだなれどさくらのみこそ旧里の昔ながらの物には有りけれ

『貫之集』二二二

ふる郷をけふきてみればあだなれど花の色のみむかしなりけり

『拾遺愚草』八九〇

わすれじの契うらやむふる里の心もしらぬ松虫のこゑ

『拾遺愚草』一〇一七

花の香も風こそよもにさそふらめ心もしらぬ古郷のはる

【余釈】あなたの心が昔と同じかどうか、それはまだ確かめていないのでわからないが、梅の花は間違いなく昔と同じ香りに薫っていた、というのである。構文上は、「ふるさとは」が全体の主題であり、「人はいさ心も知らず」と「花ぞ昔の香ににほひける」が確かならぬものと確かなものとして対比されている。対比することにより、梅の花の香りが昔に変わらぬことを強調しているのである。このような対比対照による表現は、古今集時代の典型的な詠法を示すものと言える。

『古今集』の詞書によれば、長谷寺に参詣するたびに泊まっていた家に、長らく泊まらないで久しぶりに訪れたところ、その家の主人が「このように確かに家はありますよ。それなのに、おいでにならないなんて」と、外で待っていた作者に言って寄こしたので、そこにあった梅の花を手折ってこの歌を詠んで、この家の主人に答えたという。ちょうど咲いていた梅の花と家の主人の心をとっさに対比させて詠んだわけである。もちろん、本気で「心も知らず」と言っているわけではなく、当意即妙な、歌による風流な会話を楽しんでいるのである。『貫之集』には、この貫之の歌に対する主人の返歌も載っていて、その歌は「花だにも同じ心に咲くものを植ゑたる人の心知らなむ」(花でさえ昔と同じ香りに咲くわけですから、ましてこの花を植えた私の心は当然昔と同じであることを知ってほしいものです)というものであった。

さて、定家のこの歌についての理解の仕方は、『定家八代抄』の詞書に窺われる。『古今集』においては長い詞書が付されていたが、『定家八代抄』では「久しくまからざりける所にまかりて、梅の花ををりて」とされ、大幅に省略されている。この歌の物語的な部分にはまったく興味がないかのごとくである。長い間訪れることのなかった家に行って、梅の花を手折って、この歌を詠んだということである。「梅の花ををりて」ということは、梅の花の枝を折り取って、歌を書いたものをその枝に付けて贈ったということであり、その相手は当然その家の主人ということになろう。また、歌の「ふるさと」が「久しくまからざりける所」であり、「花」が「梅の花」であることを説明するのみであり、必要最小限のものとなっている。このことから、定家の関心は、右に見たような当意即妙な歌のやりとりにあったのではなく、この歌自体にあったのではないかと考えられる。したがって、ほとんどの諸注釈書が『古今集』の詞書によってこの歌を説明するが、それは定家の理解という面から言えば、適当とは言えないように思われる。

この歌は、対比表現による骨格のしっかりと整った歌であると言える。そして、贈答に重きをおいて見れば、「人はいさ心も知らず」というところに主旨があると言えようが、そうでないとすれば、梅を詠んだ歌と見て、「花ぞ昔の香ににほひける」のほうに主旨があり、「人はいさ心も知らず」はそれを強調する役割を果たす部分と見ることができる。定家は、この歌を昔に変わらぬ香りを放つ梅を賞美する歌として捉えていたのではないかと考えられるのである。

それでは、なぜ定家はこの「人はいさ」の歌を『百人一首』に選んだのであろうか。

公任は、貫之の歌の中で「さくらちるこのした風はさむからでそらにしられぬゆきぞふりける」（『拾遺集』六四・春）を『前十五番歌合』をはじめとして『金玉和歌集』『深窓秘抄』『和漢朗詠集』『三十六人撰』などの秀歌撰に選んでいる。そうしたところから見て、この歌を代表的秀歌と考えていたと見られる。この「桜散る」の歌は貫之自身『新撰和歌』に選んでいるので作者の自信作でもあったと考えられる。その後、この歌は『俊頼髄脳』に秀歌例として挙げられて俊頼にも高く評価され、『古来風体抄』にも採られているので、俊成も高く評価していたものと見られる。ただし、『俊成三十六人歌合』には選んでいない。

それでは、定家はどうかと言うと、『定家八代抄』の奥書に「随僅覚悟譜書連此歌、更不撰秀逸、自古以後在人口古賢秀歌自然忘却不書之」として、この「桜散る」の歌をその例として挙げている。そして、その後の秀歌撰や秀歌例にもこの歌は選ばれていない。定家が貫之の代表的秀歌と考えていたのは、おそらく「しらつゆも時雨もいたくもる山はしたばのこらず色づきにけり」（『古今集』二六〇・秋下）の歌であろう。『定家八代抄』をはじめとして『秀歌体大略』『近代秀歌（自筆本）』『八代集秀逸』などに選んでいることからもそれが知られる。とりわけ『八代集秀逸』には貫之の歌として唯一選ばれた歌である。この「白露も」の歌は、『古今集』に選ばれているから貫之自身も自信作の一つであったことは確かであり、公任も『和漢朗詠集』に選んでおり、それなりに評価していたものと思われる。そして、俊成は『古来風体抄』には選んでいないが、『俊成三十六人歌合』には選んでいる。そして、後鳥羽院の『時代不同歌合』にも選ばれている。定家が「白露も」の歌を『百人一首』に選んだのであれば、自然であるが、なぜか「人はいさ」の歌を選んでいる。

「人はいさ」の歌は、『秀歌体大略』にも秀歌例として挙げているので、もちろん秀歌と認めていたことは確かである。この歌は、それまでの秀歌撰にも撰ばれていないところから、定家独自の見方によって選ばれたものと言ってよかろう。それにしても、右の「白露も」の歌を退けてでもこの歌を選ぶ理由はどこにあったのであろうか。『秀歌体大略』には貫之の歌として「桜花さきにけらしなあしひきの山のかひより見ゆる白雲」(『古今集』五九・春上)も挙げられている。この「桜花」の歌は『秀歌大体』にも選ばれている。また、『秀歌体大略』には「しらくものやへにかさなるをちにてもおもはむ人に心へだつな」(『古今集』三八〇・離別)なども挙げられている。また、『秀歌大体』には貫之の歌は七首選ばれているが、それらの歌の中からも選ばなかった。

ここに憶測を加えるならば、おそらく、『百人秀歌』の配列が関係しているのではなかろうか。『百人秀歌』を撰ぶ際に、是則の「朝ぼらけ」の歌はどうしても選びたい一首だった。そこで、「朝ぼらけ」の歌と対を作るために選ばれたのが、この貫之の「人はいさ」の歌だったというわけである。是則の「朝ぼらけ」の歌が「故郷の雪」を詠んだものであったのに対して、貫之の歌が「故郷の花」である。このことが選歌理由なのではないかと考えられるのである。

なお、定家は『近代秀歌』の中で貫之について「むかし貫之、歌の心たくみに、たけおよびがたく、ことばつよくすがたおもしろき様をこのみて、余情妖艶の体をよまず」と評している。また、『定家八代抄』には四八首もの歌を選んでおり、貫之を高く評価していたことが窺われる。定家は貫之の歌の中でどのような歌を高く評価していたのか、そして、そうした歌の中にあって、この歌がどのように位置づけられるのか、今後の課題として残る。

36

夏の夜はまだよひながらあけぬるをくものいづくに月やどるらむ

清原深養父

【異同】

〔定家八代抄〕東急にはこの歌なし。よひ―宵(安永・袖玉)―知顕は底本に同じ。くもの―空の(知顕「空」の右に「雲」と傍書)―安永・袖玉は底本に同じ。いつくに―いつこに(安永・袖玉)―知顕は底本に同じ。

〔百人秀歌〕　いつくに―いつくに（「く」の右に「こ」と傍書）。

〔百人一首〕　よひ―宵（為家・経厚）―栄雅・兼載・守理・龍谷・応永・古活・長享・頼常・頼孝・上條は底本に同じ。いつくに―いつこに（栄雅・守理・古活・長享・頼常・頼孝・経厚・上條）―為家・兼載・龍谷・応永は底本に同じ。

〔小倉色紙〕　いつくに―いつこに。（集古）

【語釈】　**○まだよひながら**―夜を三分して「よひ（宵）」「よなか（夜中）」「あかつき（暁）」とする。「宵」は夜に入ってから夜中までの間。歴史的仮名遣いでは「よひ」であるが、定家の表記では「よゐ」「よひ」を混用している。現存定家自筆三代集では、「よゐ」が多いが、「よひ」とも記している。「夜ゐ」とも表記する。また、「こよひ」の場合には「こよひ」「今夜」と表記する。『下官集』には「よゐのま」とするが、「よひ又常事也。通用也」と注記する。「ながら」は接尾語で、ここでは逆接を表している。余釈項を参照のこと。**○あけぬるを**―「あけ」は「明く」の連用形。「ぬる」は完了の助動詞「ぬ」の連体形。「を」は接続助詞。**○いづくに**―余釈項を参照のこと。**○やどるらむ**―「宿る」は、一時的にそこにとどまること。月が雲に宿ると詠んだ歌は、この歌が初見であろう。この後も、この歌の影響下に詠まれたと思われる歌以外、ほとんど詠まれることはなかった。ふつうには、月は水や袖（涙に濡れた袖）に宿ると詠まれる。「あひにあひて物思ふころのわが袖にやどる月さへぬるるかほなる」（『古今集』七五六・恋五・伊勢）、「久方のあまつそらなる月なれどいづれの水に影やどるらん」（『拾遺集』四四〇・雑上・躬恒）など。「らむ」は現在推量の助動詞「らむ」の終止形。「いづくに」という不定称を受けるが、不定称の名詞の疑問用法は係助詞を伴わない場合、文末は終止形となる。二七番歌の語釈項を参照のこと。したがって、「らむ」は終止形と連体形が同形態であるが、ここの「らむ」は終止形と考えるほうが整合性がある。

【通釈】　夏の夜はまだ宵だというのに明けてしまったけれども、雲のどこに月は宿っているのであろう。

【出典】　『古今集』一六六・夏・「月のおもしろかりける夜、あかつきがたによめる　深養父」・第四句「雲のいづこに」。

【参考】　『定家八代抄』二五二・「（題しらず）深養父」・第四句「雲のいづこに」。自筆本『近代秀歌』三五・第四句「くものいづこに」結句「月のこるらん」。『百人秀歌』三三。『五代簡要』「まだよゐながらあけぬるをくものいづくに」。『新撰和歌』一五九・結句「月かくるらん」。『新撰朗詠集』一四五・夏・夏夜・結句「月残るらむ」。『後六々撰』七八・初句「夏の夜の」。『古来風体抄』二四一・第三句「明けにけり」結句「月隠るらん」。『時代不同歌合』一三九。『古今六帖』二八九・夏の月・ふかやぶ・第四句「雲のいづこに」。『深養父集』一一・月のあかかりける夜・第四句「雲のいづこに」。『継色紙集』五・夏下・第三句「あけにけり」第四句「くものいづこに」結句「月かくるらん」。

《参考歌》

『拾遺愚草』一〇三三

なつの月はまだよひのまとながめつつぬるや川辺のしののめの空

『拾遺愚草』一一七七

山路行く雲のいづこの旅枕ふすほどもなく月ぞ明行く

『拾遺愚草』一六三一

折しもあれ雲のいづくに入る月の空さへをしきしののめの途

『拾遺愚草』二五五三

よひながら雲のいづことをしまれし月をながしと恋ひつつぞぬる

『拾遺愚草員外』三一

夏の夜はうき暁の雲もなし心のそこに月はのこりて

【余釈】「まだ宵ながら明けぬる」は、夏の夜の短さを言ったものである。ふつう、宵、夜中、暁と夜は深まり明けてゆくものだが、夏の夜はあまりに短くて、まだ宵だというのにもう夜が明けてしまったというのである。夏の夜の短さを言うことで、美しい月をもっと見ていたいのにそれができないという満たされぬ思いを詠んでいるのである。そして、その上さらに、月は暁の雲に隠れてしまった。「雲のいづくに月宿るらむ」は、その月を求める切実な心情を表している。

『古今集』の詞書には「月のおもしろかりける夜、あかつきがたによめる」とある。夜明け方の、まだあたりは暗く、わずかに空が明け始めた頃のことと理解してよいかと思われる。『定家八代抄』ではこの詞書を省き、「題しらず」としてしまっているが、それは歌の内容によって明らかだということで、そのようにしたのであろう。

さて、通説では、この歌は「夏の夜はまだ宵のままで明けてしまったが、これでは月はとても西の山までは行き着けないだろう、雲のどこに月は宿っているのだろうか」などと訳される。「これでは月はとても西の山までは行き着けないだろう」という部分を補って解釈するわけであるが、このような解釈は、『宗祇抄』以来、多くの注釈書がそのように解しており、ほとんど定説化していると言ってよいほどである。しかし、その補った部分の解釈はどこから出てくるのであろうか。おそらく、「まだ宵ながら明けぬる」という短い時間で夏の夜が明けることと、月が雲に「宿る」ということを考え合わせたことによるものではないかと思われるが、意の加えすぎである。しかも、この解釈では、この歌の趣旨がよくわからない。つまり何が言いたいのかがよくわからないのである。月が西の山に行き着けなかったことは目で見ていたことではなく、観念上（あるいは想像上）のことのようであるが、それでは、この作者はそれまで何を見ていたのであろうか。この点については『百首異見』に、『改観抄』や『うひまなび』を批判するかたちで、『古今集』の詞書「月のおもしろかりける夜、あかつきがたによめる」に照らして、「かくては、ふと起出てみるやうのさまにて、めで明したる詞書の上にもさらにかなはず」「夜ただ打むかひたるさまなるに、いつのすきまに見失ひて、いづくのそらにとまではたどるべき」と批判する。これはもっともな指摘である。また、月は言葉どおりまだ空にあるのか、それとも、実際には西の山にすでに沈んだのか。そもそも月に対するどのような心情を詠んだものなのか。それとも主題は「夏の夜」にあって、月は夜の短さを強調するための表現手段にすぎないのであろうか。ちなみに、『宗祇抄』は「これは、ただ夏のよのとりあへずあけぬる事をかくよめるなり。心は、まだよひぞとおもへば明ぬるほどに、月はいまだ中ぞらにもあらんと見るに、つきも入ぬれば、かくよみなせり。雲のいづくにとは、かならず雲に用はなけれども詞のえんにいへり」としている。『宗祇抄』は、「夏の月」ではなく「夏の夜」の歌として理解しているようであり、また、月は実際には西の山に沈んでしまったが、空のどこにあるのかとあえて言い、それを月は雲に隠れるものなので「雲のいづくに月宿るらむ」と詠んだものとしている。

それでは、定家はこの歌をどのように解していたのであろうか。

『定家八代抄』では、「夏の夜の月まつほどのてずさみにいはもるしみづいくむすびしつ」（『金葉集』一五四・夏・基俊）の歌の次に、この深養父の歌を置いている。基俊の歌が、夏の日が長く月がなかなか出ないとする歌であるのに対して、この深養父の歌を、夏の夜が短く月が早々と見えなくなる歌を並べていると見られる。また、定家は、この深養父の歌を本歌として、「折しもあれ雲のいづくに入る月の空さへをしきしののめの途」（『拾遺愚草』一六三二）や「よひながら雲のいづことをしまれし月をながしと恋ひつつぞぬる」（『拾遺愚草』二五五三）などと詠んでいる。これらのことから、定家は、月を惜しむ歌としてこの歌を理解していたことが知られる。そうであるとすれば、「夏の夜はまだ宵ながら明けぬる」は、夏の夜の短さに、美しい月への飽かぬ思いを言い、さらに、もっと見ていたいと思うその折に、暁の雲がその月を隠してしまった。それで、月を求めて「雲のいづくに月宿るらむ」と言った。そのように解せば、あえて「これでは月はとても西の山までは行き着けないだろう」ということを補う必要はないと思われる。

次に、「雲のいづくに月宿るらむ」について、『百首異見』は「なほ中空に照月は雲のいづくにかかくれやどらんずらんといへり」と解している。月は明け方の空に皓々と照り、雲のどこに隠れようとするのかと解している。すなわち、月は雲に隠れていないと解するのである。しかしながら、定家は、やはり月は雲に隠れていると解していたと考えられる。それは右に引いた「折しもあれ雲のいづくに入る月の空さへをしきしののめの途」（『拾遺愚草』一六三二）では、「明け方、別れを惜しんで帰るちょうどその折しも、月が雲に隠れて、その空さえも惜しく思われる」と詠んでいる。また、「よひながら雲のいづことをしまれし月をながしと恋ひつつぞぬる」（『拾遺愚草』二五五三）は、「まだ宵だというのに雲のどこに隠れたのかと惜しまれたその月を、今は、なかなか夜が明けず月はまだ空にあるのか、と恋しい人を思いながら寝ることだ」ということである。ほかにも、「夏の夜はうき暁の雲もなし心のそこに月はのこりて」（『拾遺愚草員外』三二）という歌がある。「夏の夜には厭わしい暁の雲もないことだ。月は心の底に残っているから、雲もそれを隠すことはできない」ということである。これらの例では、何れの歌も明け方の雲に月が隠れたことを詠んでいると見てよいであろう。

そして、定家の子である為家の歌にも、深養父のこの歌を本歌とする次のような歌がある。「つきかげはふすかとすればあけぬなりくものいづこにひとりすむらん」（『為家千首』二七六）。これは、「月は、臥したかと思えばもう明けてしまった。雲のどこに独り澄んで（住んで）いるのであろうか」ということである。また、「うのはなのまがきはくものいづくとてあけぬる月のかげやどすらむ」（『続古今集』一九〇・夏）という例もある。「卯の花の垣根は、雲のどこにあると言って明けた月の光を宿しているのか」ということであり、卯の花を月光に見立てて詠んだ歌である。どちらの歌も月が雲に隠れている状態を詠んでいる。また、ほかにも後鳥羽院の「あかなくに雲のいづくにやどりつつはるればあくる夏の夜の月」（『後鳥羽院御集』七四三）や順徳院の「月だにも雲のいづくに夏の夜のやみはあやなし曙の空」（『紫禁和歌集』八三〇）などの歌からも、雲に隠れているさまを読み取ることができる。

良経の「なつのよはくものいづくにやどるともわがおもかげに月はのこさむ」（『月清集』一〇九二）という歌も、「やどるとも」と仮定条件になっているが、これは明け方雲に隠れることを予測しているのである。「そうなったとしても、私だけの月の面影として残そう、それは消えて見えなくなることはない」ということである。雅経の「あけわたる雲のいづくにいりやらでやまのはかこつ夏のよのつき」（『明日香井和歌集』二二二五）という歌は、こちらは月が雲に隠れたその後を詠んでおり、「夏の夜の月は、明けわたる空の雲のどこかに入ってそのままではなく、再び現れて山の端に沈み、その山の端を恨めしく思うことだ」ということであろう。これらの歌も、深養父の歌に月が雲に隠れているさまを読み取っていたということを否定する証拠にはなり得ない。

以上のことから、定家だけではなく、同じ時代の歌人たちも、明け方の雲に月が隠れているさまを読み取っていたものと考えてよいように思われる。したがって、『古今集』の歌としての解釈はさておき、『百人一首』の歌としては月は雲に隠れているものと解すべきであろう。

なお、「まだ宵ながら」を通説では、「まだ宵のままで」と訳す。「ながら」を「～のままで」と解すのである。しかし、この歌の場合、「～だというのに」と逆接で解したほうがより良いように思われる。上接する「宵」と下接する「明けぬる」が意味的に矛盾するからである。「宵」ならば夜が明けるはずがないのに「明けぬる」であるから矛盾している。このような場合には「～だというのに」と逆接で解すべきであろう。まだ宵なのに夜が明けてしまった、ということである。例えば、「桜ちる花の所は春ながら雪ぞふりつつきえがてにする」(『古今集』七五・春下・承均)、「冬ながらそらより花のちりくるは雲のあなたは春にやあらむ」(『古今集』三三〇・冬・深養父)、「冬ながら春の隣のちかければなかがきよりぞ花はちりける」(『拾遺集』一〇二一・雑体・深養父)、「鳥のこはまだひなながらたちていぬかひの見ゆるはすもりなりけり」(『拾遺集』三八三・物名・よみ人しらず)、「水上に秋やたつらん御祓川まだよひながら風の涼しき」(『俊成五社百首』四三五)、「さゆる夜はまだ冬ながら月かげのくもりもはてぬけしきなるかな」(『拾遺愚草員外』二二)などの用法と同じである。「～のままで」と解せなくもないが、少し無理がある。「年の内はみな春ながらくれななん花見てだにもうきよすぐさん」(『拾遺集』七五・春・よみ人しらず)、「はるながら年はくれなむちる花ををしとなくなるうぐひすのこゑ」(『新勅撰集』八八・春下・よみ人しらず)などの例は、「～のままで」と解すのが適当であると思われる。

本文の問題として、「いづく」か「いづこ」かという問題がある。

まず、『古今集』の定家自筆本では、伊達本も嘉禄二年本も「いづこ」となっている。したがって、定家は『古今集』の本文としては「いづこ」と考えていたものと思われる。また、自筆本『近代秀歌』にも「いづこ」とあるところから、定家はこの時には「いづこ」とする本文をよしとしていたものと思われる。ところが、『定家八代抄』では異同項に示したように「いづこ」「いづく」両方の本文を伝え、『百人秀歌』では「いづく」としている。また、この深養父の歌を本歌とした定家の歌では、参考項に掲げたようにやはり「いづこ」「いづく」両方が用いられている。

問題は、『百人一首』の本文として、「いづこ」なのか「いづく」なのかということである。憶測を加えるならば、もとは「いづく」ではなかったかと思われる。「いづく」とあったが、出典の『古今集』の本文に影響されて「いづこ」と改められたのではなかろうか。逆の場合、すなわち、もとが「いづこ」とあって「いづく」に改められるという状況は考えにくい。

なお、自筆本『近代秀歌』は結句を「月のこるらん」とする。これは、基俊の『新撰朗詠集』の本文と一致している。あるいは、『新撰朗詠集』の本文に拠ったものであろうか。語釈項にも記したように、月が雲に宿るという表現はやや不自然であり、そこに定家は違和感を覚えていたのかもしれない。『新撰朗詠集』梅沢記念館旧蔵本の奥書に「為備老後之忽望更染筆。嘉禄二年三月十四日戸部尚書藤」とあるところから、この原本は定家が嘉禄二年（１２２６）三月一四日に書写したものであることが知られる。自筆本『近代秀歌』の成立との関係にも興味がもたれる。

公任は、深養父の代表的秀歌を「河霧のふもとをこめて立ちぬればそらにぞ秋の山は見えける」（『拾遺集』二〇二・秋）と考えていたようで、『金玉和歌集』『深窓秘抄』『和漢朗詠集』などにもそれを選び入れている。しかし、この「夏の夜は」の歌は秀歌撰に選んでおらず、それほど高くは評価していなかったものと思われる。

この「夏の夜は」の歌は『新撰和歌』に選ばれているところから、貫之は高く評価していたものと思われる。その後、基俊の『新撰朗詠集』に選ばれ、範兼の『後六々撰』に選ばれ、さらに俊成の『古来風体抄』に選ばれて評価は再び高まった。そして、同時代の『時代不同歌合』にも選ばれ、後鳥羽院にも高く評価された。また、右に引用した歌のほかにも、この深養父の歌を本歌として、「夏のよはまだよひながら明けぬとやゆふつけ鳥の暁のこゑ」（『拾玉集』二一五一）、「すむ月の光はしもとさゆれどもまだよひながら有明のそら」（『壬二集』三二一〇）など、定家と同時代の歌人たちも多くの歌を詠んでいる。そうした状況を見ると、けっして特異な選歌ではなかったことが知られる。

37

しら露をかぜの吹しくあきののはつらぬきとめぬ玉ぞちりける

文屋朝康

【異同】

〔定家八代抄〕しら露を―白露に（安永・袖玉）―知顕・東急は底本に同じ。

〔百人秀歌〕しら露を―白つゆに。

〔百人一首〕しら露を―白露に（為家・栄雅・兼載・守理・龍谷・応永・古活・長享・頼常・頼孝・経厚・上條）。あきのゝは―秋の夜は（長享）―為家・栄雅・兼載・守理・龍谷・応永・古活・頼常・頼孝・経厚・上條は底本に同じ。

【語釈】○しら露を―「を」は対格。異同項に示したように、多くの伝本は「白露に」とする。余釈項を参照のこと。○吹しく―しきりに吹く意。『僻案抄』の『古今集』九四六番の注にこの朝康の歌を引き、「しきりにふく風を、吹しくとも、風ぞしくめるともいふ也」とする。「秋風の吹きしく松は山ながら浪立帰るおとぞきこゆる」（『後撰集』二六四・秋上・よみ人しらず）、「かひがねにこの葉吹きしく秋風も心の色をえやはつたふる」（『拾遺愚草』一一五四）、「ちる花はゆきとのみこそ故郷を心のままにかぜぞ吹きしく」（『拾遺愚草』二一七七）。「敷く」は「玉」の縁語か。余釈項を参照のこと。○玉―「露」を「玉」に見立てた。「玉」に見立てることで、「露」を賞美しているのである。「露」を「玉」に見立てることは、『万葉集』にもすでに七例認められる。「棹壮鹿之　朝立野辺乃　秋芽子尓　玉跡見左右　置有白露」（『万葉集』一六〇二〈一五九八〉・家持、廣瀬本の訓「さをしかの　あさたつのべの　あきはぎに　たまとみるまで　おけるしらつゆ」）は、『新古今集』（三三四）にも選ばれた。同じ朝康に「秋ののにおくしらつゆは玉なれやつらぬきかくるくものいとすぢ」（『古今集』二二五・秋上）という歌もある。なお、「玉」は『万葉集』では「海嫐嬬　玉求良之　奥浪　恐海尓　船出為利所見」（一〇〇八〈一〇〇三〉・大成、廣瀬本の訓「あまをとめ　たまもとむらし　をきつなみ　かしこきうみに　ふなでせりみむ」）のように真珠のことを言っていたが、時代が下って、平安時代以降になると真珠を言った例がほとんど見られず、作者、さらには定家が真珠をイメージしていた可能性は低いように思われる。○ちりける―「ける」は、気づきによる詠嘆を表す。

【通釈】白露を風がしきりに吹く秋の野は、貫きとめていない玉が散るのであったよ。

【出典】『後撰集』三〇八・秋中・「(延喜御時、歌めしければ) 文室朝康」・初句「白露に」。

【参考】『定家八代抄』三六〇・「(題不知) 文屋朝康」・初句「白露に」。『秀歌体大略』三五・初句「しら露に」。自筆本『近代秀歌』四三・初句「しらつゆに」。『八代集秀逸』一二・文屋朝康・初句「白露に」。『百人秀歌』三八・初句「しらつゆに」。『僻案抄』三〇・初句「白露に」。『五代簡要』「しらつゆに風のふきしく秋ののはつらぬきとめぬたまぞちりける」。『寛平御時后宮歌合』九〇・左・初句「白露に」。『新撰万葉集』八七・「白露丹 (しらつゆに) 風之吹敷 (かぜのふきしく) 秋之野者 (あきののは) 貫不駐沼 (つらぬきとめぬ) 玉曾散芸留 (たまぞちりける)」、八八・「秋風扇処物皆奇 (あきかぜあふぐところものみなきなり) 白露繽紛乱玉飛 (はくろひんぷんとしてらんぎよくとぶ) 好夜月来添助潤 (このむなりよのつききたりそへてうれひをたすく) 嫌朝日往望為晞 (きらふらくはあさひのゆきてのぞめばためにあくることを)」。

《参考歌》

『拾遺愚草』一二九二
てづくりやさらすかきねの朝露をつらぬきとめぬ玉川の里

『拾遺愚草』一五三九
むさし野につらぬきとめぬ白露の草はみながら月ぞこぼるる

『拾遺愚草』二二四七
むら雨の玉ぬきとめぬ秋風にいくのかみがく萩の上の露

『拾遺愚草』二三七八

宮木のはもとあらの萩のしげければ玉ぬきとめぬ秋風ぞふく

【余釈】「露」を「玉」に見立てることは、語釈項にもふれたように、『万葉集』にすでに見られ、『古今集』に五例、『後撰集』には一〇例を数え、古今集時代には常套的な表現となっていた。また、見立ての表現方法として、二つのものの異なる点をあえて言い表すことがある。例えば、「雪ふれば冬ごもりせる草も木も春にしられぬ花ぞさきける」（『古今集』三二三・冬・貫之）においては「雪」を「春に知られぬ花」とし、「衣手はさむくもあらねど月影をたまらぬ秋の雪とこそ見れ」（『後撰集』三二八・秋中・貫之）では「月」を「たまらぬ秋の雪」とし、また「さくらちるこのした風はさむからでそらにしられぬゆきぞふりける」（『拾遺集』六四・春・貫之）では「桜」を「空に知られぬ雪」と表現している。この朝康の歌も、そのような表現類型を踏んでおり、「露」を「貫きとめぬ玉」と表現した。玉は緒によって貫きとめられているもの、との意識がある。そして、露に強い風を吹かせたところにこの歌の趣向がある。「白露を風の吹きしく」と詠んでおいて、風に吹き散らされる露を「貫きとめぬ玉ぞ散りける」と詠んだ一首の構成方法がまた見事である。王朝和歌の美をよく示した作品と言えよう。

「吹きしく」の「敷く」を「玉」の縁語とする説がある。中山美石の『後撰集新抄』の説である。「玉」に「敷く」と詠むことを、「秋ののにおく白露をけさ見れば玉やしけるとおどろかれつつ」（『後撰集』三〇九・秋中・忠岑）や「かきくらし霰ふりしけ白玉をしける庭とも人のみるべく」（『後撰集』四六四・冬・よみ人しらず）などを証歌として引いている。『後撰集』に「吹きしく」の例は三例（二六一・二六四・三〇八）ある（八代集全体でもこの『後撰集』の三例のみ）が、定家は天福二年本でこの朝康の歌の例だけ「吹敷」（三〇八）と表記し、ほかは「ふきしけは」（二六一）、「吹しく」（二六四）と表記している。「吹きしく」には、「こけのうへにあらしふきしくからにしきたたまくをしきもりのかげかな」（『千五百番歌合』一五九二・良経）や「秋風はもみぢを苔に吹きしけどいかなる色と物ぞかなしき」（『拾遺愚草員外』四六八）のように「吹き敷く」の意で用いられている例もあるが、語釈項にも示したように、定家はこの歌の「吹きしく」を「しきりに吹く」意に解していたので、「敷く」を「玉」の縁語として解していた可能性はある。家隆の「玉ぼこの道もやどりもしら露に風の吹きしく小野のしの原」（『院四十五番歌合　建保三年』四九）や

「露ながら萩の枝をる乙女子がたまも吹きしく庭の秋かぜ」（『壬二集』八三八）なども「玉」と「敷く」が縁語になっているように思われる。

ところで、底本は初句を「白露を」とする。しかし、多くの『百人一首』の伝本は「白露に」とする。どちらが本来の『百人一首』の本文であろうか。

出典の『後撰集』の本文としては、天福二年本をはじめとする定家本および諸本は「白露に」としている。『五代簡要』も「しらつゆに」である。そうしたところから、定家は『後撰集』の本文としては「白露に」をとっていたものと見られる。自筆本『近代秀歌』の本文も「しらつゆに」となっている。そのほか、定家の自筆本は存在しないものの、『秀歌体大略』『八代集秀逸』『百人秀歌』『僻案抄』などの本文も「白露に」であるから、「白露に」が妥当であるようにも思われる。ただし、異同項に示したように、『定家八代抄』の初撰本たる大東急記念文庫本と再撰本の一部の伝本に「白露を」とするものがあり、「白露を」とする本文も捨てきれない。なお、原典の『寛平御時后宮歌合』も「白露に」であり、『新撰万葉集』も「白露丹」とあるので、作者は「白露に」と詠んだものと思われる。

また、語法の上からは、「～を吹きしく」と「～に吹きしく」では、「～を吹きしく」のほうが自然かと思われる。例えば、「たかまどのをばなふきしく秋風にひもときあけなただならずとも」（『古今六帖』四〇五）は助詞が隠れているが、「尾花に吹きしく」ではなく、「尾花を吹きしく」であると考えられる。「さよふけてひとりねざめにうちきけばもみぢふきしくこがらしのかぜ」（『千穎集』八七）も「紅葉を吹きしく」である。「あかで入る月をみよとや奥つかぜ煙ふきしくしほがまの浦」（『仙洞句題五十首』一七八・宮内卿）も「煙を吹きしく」である。「おしなべて梢ふきしく山風にひとりしなのるまつの音かな」（『老若五十首歌合』四二九・寂蓮）も同様である。定家の「かひがねにこの葉吹きしく秋風も心の色をえやはつたふる」（『拾遺愚草』一一五四）も「木の葉を吹きしく」である。定家はほかに「ちる花はゆきとのみこそ故郷を心のままにかぜぞ吹きしく」（『拾遺愚草』二一七七）と詠んでいる。この歌では「故郷を」としているが、「白露を」の「を」と同じと言えるかどうか検討の余地を残す。また、「鐘のおとを松に吹きしくおひ風につまぎやおもきかへる山人」（『拾遺愚草』二六九七）とも詠んでいるが、「〜を〜に吹きしく」という語法で、これはまた別と考えなければならない。

いっぽう、「〜に吹きしく」の例は限られている。右にも引いた「玉ぼこの道もやどりもしら露に風の吹きしく小野のしの原」（『院四十五番歌合　建保三年』四九・家隆）や「川なみに風のふきしく白露やつらぬきとめぬ玉のをやなぎ」（『紫禁和歌集』五五七）などの例もあるが、これはこの朝康の歌を本歌としたものである。「こけのうへにあらしふきしくからにしきたたまくをしきもりのかげかな」（『千五百番歌合』一五九二・良経）という例もあるが、これも「〜を〜に吹きしく」の例であり、「吹きしく」も「吹き敷く」の意で用いられている。

もう少し十分に調査し検討を経た上でなければわからないが、語法の上から「白露を」のほうが自然であるとすれば、定家が無意識にひかれたか、あるいは意識的にそのように改変した可能性を今のところ否定しきれない。

上條彰次氏「『百人一首』研究の新視点」（『論集藤原定家』笠間書院）や島津忠夫氏『百人一首』（角川文庫）、吉海直人氏『百人一首の新考察』（世界思想社）などに指摘があるとおり、この朝康の歌は『後撰集』以後、定家以前の秀歌撰や秀歌例には選ばれておらず、定家によって初めて高く評価された歌と言ってよい。しかも、定家は『八代集秀逸』に『後撰集』の秀歌十首のうちの一首に選んでおり、きわめて高く評価している。おそらく『百人一首』あるいは『百人秀歌』を撰ぶ際、絶対に落とせない一首と考えていたものと想像される。

定家は、参考項に掲げたように、この歌を本歌としても詠んでいる。「てづくりやさらすかきねの朝露をつらぬきとめぬ玉川の里」（『拾遺愚草』一二九二）は、建保三年（1215）一〇月成立の『建保名所百首』での詠である。道家の「武蔵野や人の心のあさ露につらぬきとめぬそでのしらたま」（『新勅撰集』八五八・恋三）は、これに先立つ同年九月一三日成立の光明峯寺摂政家百首での詠である。また、順徳院はさらに先立つ同年六月一八日の歌合に「川なみに風のふきしく白露やつらぬきとめぬ玉のをやなぎ」（『紫禁和歌集』五五七）と詠んでいる。さらに、家隆が「玉ぼこの道もやどりもしら露に風の吹きしく小野のしの原」（『院四十五

番歌合　建保三年』四九）と詠んだのは、同年六月二日であった。この朝康の歌を本歌とする歌はそれほど多くはないが、この建保三年に集中しており、こうした同時代の歌人たちの歌に定家が触発された可能性もある。「むら雨の玉ぬきとめぬ秋風にいくのかみがく萩の上の露」（『拾遺愚草』二二四七）や「宮木のはもとあらの萩のしげければ玉ぬきとめぬ秋風ぞふく」（『拾遺愚草』二三七八）はそれ以前に詠まれたものではあるが、本歌取りとするには十分とは言えないように思われる。

《第七グループの配列》

33　ひさかたの光のどけき春の日に静心なく花の散るらむ（友則）
34　誰をかも知る人にせむ高砂の松も昔の友ならなくに（興風）
35　人はいさ心も知らず故郷は花ぞ昔の香ににほひける（貫之）
36　夏の夜はまだ宵ながら明けぬるを雲のいづくに月宿るらむ（深養父）
37　白露を風の吹きしく秋の野は貫きとめぬ玉ぞ散りける（朝康）

この第七グループは、第六グループに続き、宇多・醍醐朝の中下級貴族歌人の歌を並べたものと見られる。ここでは、まず、三三番友則の歌の「花」と三四番興風の歌の「昔」を三五番貫之の歌が「花ぞ昔の香ににほひける」で受けていると見られる。そして、三四番興風の「誰をかも知る人にせむ」を三五番貫之の「人はいさ心も知らず」で受けていると見ることもできようか。そして、春の花に続き、三六番深養父の「夏の夜の月」と三七番朝康の「秋の野の露」を配し、穏やかな移ろいを感じさせる。

『改観抄』は、三五番歌の注に「列樹よりこなた、四人の歌、紅葉・桜・松・梅をよめるを一類とす。其中に、初二首は紅葉と桜と同じく隙なく散事をよめるを一類とし、興風が歌と貫之の歌は心の似たるをもてつらねらるる歟。次の両首は季の次第なるべし」とする。第六グループ最後の三二番列樹の歌との繋がりを認識している点が注目される。また、三七番歌の注には「右二首、月と露と縁ありて又おもしろく見たる心を一類とす」としている。

右近

わすらるる身をばおもはずちかひてし人のいのちのお《〔を〕》しくも有かな

【異同】
〔定家八代抄〕おしくも—をしくも（東急）—安永・袖玉・知顕は底本に同じ。
〔百人秀歌〕おしくも—をしくも。
〔百人一首〕身をは—身とは（経厚）—為家・栄雅・兼載・守理・龍谷・応永・古活・長亨・頼常・頼孝・上條は底本に同じ。ちかひてし—ちかへてし（応永）—為家・栄雅・兼載・守理・龍谷・古活・長亨・頼常・頼孝・経厚・上條は底本に同じ。おしくも—をしくも（為家・守理・古活）—惜も（応永）—栄雅・兼載・龍谷・長亨・頼常・頼孝・経厚・上條は底本に同じ。
〔小倉色紙〕底本に同じ。（集古）

【語釈】○わすらるる身—「わすら」は四段活用動詞「忘る」の未然形。「るる」は受け身の助動詞「る」の連体形。「身」はここではわが身のこと。「わすらるる身をうぢばしの中たえて人もかよはぬ年ぞへにける」（『古今集』八二五・恋五・よみ人しらず）○

おもはず―意に介しないの意。「しづみなむ身をばおもはず名とり河ふみみてしかなふちせしるべく」(『うつほ物語』藤原の君巻)、「みにそへてとしふるとこのまくらだにわすられぬれば身をばおもはず」(『輔親集』五七)。○ちかひてし人―「ちかひ」は「誓ふ」の連用形。神かけて誓言すること。『後撰集』七八一番に「よひに女にあひて、かならずのちにあはむとちかごとをたてさせて、あしたにつかはしける」と詞書があり、「ちはやぶる神ひきかけてちかひてしこともゆゆしくあらがふなゆめ」(滋幹)とある。滋幹の歌の場合、「必ず後に逢はむ」と相手の女性に誓言をさせたということである。この右近の歌の場合は、相手の男性が、作者のことを忘れたら命を失ってもかまわないと神に誓ったのであろう。参考項の『大和物語』をも参照のこと。「あひみてもあはでもおなじなげきにてちかひしことはかはりはてぬる」(『拾遺愚草員外』七四六)。「て」は完了の助動詞「つ」の連用形。「し」は過去の助動詞「き」の連体形。「人」はここでは相手の人をさす。○おしくも―「惜しく」は「惜し」の連用形。「惜し」は歴史的仮名遣いでは「をし」であるが、定家の表記法は「おし」である。現存定家自筆三代集の表記は、「名をゝしみ」などのように繰り返す例や「鴛鴦《をし》」を掛ける例以外はすべて「おし」と表記されている。『下官集』では「おしむ」が取り上げられている。「も」は強意の係助詞。「〜も〜かな」というかたちで意を強める。「ゆく年のをしくもあるかなますかがみ見るかげさへにくれぬと思へば」(『古今集』三四二・冬・貫之)。

【通釈】忘れられる私の身など何とも思わない。誓ってしまったあの方の命が惜しくてならないことよ。

【出典】『拾遺集』八七〇・恋四・「(題しらず)右近」。

【参考】『定家八代抄』一四一八・恋五・「(題不知)右近」。『八代集秀逸』一一七。『百人秀歌』三九。『五代簡要』「わすらるる身をばおもはずちかひてし人のいのちの」。『拾遺抄』三五一・恋下・「題不知　右近」。『時代不同歌合』一七三。『古今六帖』二九六七・(ちかふ)・つらゆき。

『大和物語』第八四段(本文は日本古典文学大系に拠る)。

おなじ女、おとこ《(を)》の「わすれじ」とよろづのことをかけてちかひけれど、わすれにけるのちにいひやりける、

わすらるる身《み》をば思《をも》はずちかひてし人の命《いのち》の惜《お》しくもあるかな

　かへしはえきかず。

《参考歌》

　身をすてて人の命ををしむともありしちかひのおぼえやはせん

『拾遺愚草』二〇七八

【余釈】　あの方に忘れられる私の身など何とも思わない。それよりも、私のことを決して忘れないと神に誓ってしまったあの方の命が失われるのが惜しまれてならない。神罰を受けることになるだろうから、という意の歌である。

　愛する人に忘れられてしまうことが何よりもつらいことであるはずなのに、それよりも相手の身を思いやるというところに、愛情の深さが表されている。また、忘れられてなお、相手への思いを断ち切ることができない女性の情が、切なくも見事に描き出されている。

　定家はこの歌を本歌として、元仁二年（1225）三月二九日、権大納言九条基家家三十首歌会において「被忘恋」題で「身をすてて人の命ををしむともありしちかひのおぼえやはせん」（『拾遺愚草』二〇七八）と詠んでいる。「わが身を捨てて、相手の人の命を惜しんでも、相手の人は以前誓った言葉が思い出されるであろうか、思い出されなどしない」という意である。本歌の「忘らるる身をば思はず」を「身を捨てて」と詠み、「誓ひてし人の命の惜しくもあるかな」を「人の命を惜しむ」と詠んだのである。そして、それに対する「誓ひてし人」すなわち相手の男性のことを想像して「ありし誓の覚えやはせん」と詠み加えたわけである。

　参考項に掲げたように、『大和物語』では女性（右近）がこの歌を詠み贈ったことになっているが、右の定家の歌から推測すると、定家は女性の独詠歌と考えていた可能性が高いように思われる。『定家八代抄』でも「題不知」とし、仲が絶えてもなお、ひとりでその相手のことを思い続ける内容の歌を並べた箇所に置かれている。

　この歌には、解釈上、次のような異説がある。その一つは、二句切れではなく三句切れと解して、「忘らるる身をば思はず誓ひてし」とひと続きに読み、「忘れらるわが身とも思わずに神に誓ったことよ」と解釈する説である。最初にこの説を唱えたのは誰か今のところ明らかにしがたいが、安東次男氏『百首通見　小倉百人一首全評釈』（集英社）は「誓ひてし」の「し」を「連体形「し」を終止に用いて詠嘆を現す語法」とし、「いずれは捨てられる我身のことなど考えもしないで（神に）誓ったけれど、いっしょに誓ったあの人の方は心変りのむくいを受けないのかしら」と解して、この説を支持している。

そして、もう一つは、相手の身を心から気づかうのではなく、「神に誓ったあなたの命が失われるのが残念でなりません、お気の毒に」と皮肉やあてこすりと解する説である。この説も誰が最初に唱えたのか、今のところわからないが、佐佐木信綱氏の『百人一首講義』（博文館）に「一説にはさにあらず、こは忘れられたるを腹だちて、俗にいふふてくされてよめる心なりといへり、いづれか正しからむ、合せ記して後人の考をまつ」とするのはこれであろう。また、清水正光氏『評釈伝記　小倉百人一首』（大日本雄弁会講談社）に「ところが一説に依ると、「忘れられた自分のことは兎に角として、それよりも神かけて誓った言葉を反古にした男――やがてその男は神罰に依って律せられようが、気の毒なものではある――」といふやうな、前者とは全く対蹠的な解釈も行はれてゐる」とする。この説が支持を得てくるのは、松田好夫氏『百人一首精説』（一正堂書店）に「遊戯的な気分とゆとりを見のがすことは出来ない」とするあたりからであろうか。今井福治郎氏『百人一首新解』（大盛堂）は、『大和物語』の第八一段からの一連の流れの中に置いて解釈し、「忘れられようとする女が、忘れようとする男に対しての、精一杯の抗議である。まことに皮肉な一首である。勝気な女性の身振りが、悲しく響く」などとしている。金子武雄氏『掌中小倉百人一首の講義』（大修館書店）も同様に解している。「遊戯的な気分とゆとり」と見るか、「精一杯の抗議」と見るか多少の違いはあるが、一つの説としてまとめることはできよう。藤岡忠美氏「右近」（『国文学』昭和34年3月）も同様に「恨み」「皮肉」と解しているが、当時の貴族社会の中に右近を位置付けて論じている点が注目される。

しかしながら、定家の右の本歌取りの歌に照らせば、これらは定家の理解とは異なると考えられるので、『百人一首』の歌としての解釈としては何れも従うことのできない説である。

島津忠夫氏『百人一首』（角川文庫）や吉海直人氏『百人一首の新考察』（世界思想社）に指摘があるとおり、この歌は、『拾遺集』以後、特に秀歌撰や秀歌例に選ばれることはなかったが、定家によって高く評価された歌である。とりわけ、『八代集秀逸』に『拾遺集』の秀歌十首のうちの一首に選ばれているので、相当に高く評価していたものと推察される。『百人秀歌』もしくは『百人一首』にどうしても選びたかった一首だったのではなかろうか。同時代のものとしては、『時代不同歌合』にも選ばれているので、後鳥羽院も高く評価していたものと思われる。同時代の歌人たちの歌では、「ちかひてし人の命にとりかへてこひしぬる身といかできかれん」（『隆信集』七四三）、「わすらるる身をばおもはでたつたやまこころにかかるおきつ白浪」（『六百番歌合』八三八・寂蓮）などが、わずかではあるが、この右近の歌を本歌とした歌として指摘できよう。

39

参議等

あさぢふのをののしのはらしのぶれどあまりてなどか人の恋しき

【異同】

〔定家八代抄〕をのゝ—おの、（東急）—小野の（安永）—袖玉・知顕は底本に同じ。

〔百人秀歌〕をのゝ—おの、。

〔百人一首〕をのゝ—おの、（長享）—小野の（上條）—為家・栄雅・兼載・守理・龍谷・応永・古活・頼常・頼孝・経厚は底本に同じ。

〔小倉色紙〕底本に同じ。（集古・定家様）※当該歌の「小倉色紙」は二枚伝わるが、もう一枚は未確認。

【語釈】○あさぢふの—「あさぢふ（浅茅生）」は、丈の低い茅萱《ちがや》が生い茂った所。『顕注密勘』で『古今集』五〇五番の注に顕昭は「あさぢふとは、浅茅どもの生しげりたる所也。茅のみじかく生たるを浅茅と云也。草ながく生たるをば草ふかと云也。万葉には、おほやう浅茅とかきたり。又朝茅とかきたる所も侍は、あて字也。よくしらぬ人は、あさは麻也、ちは茅也、ふたつの草おひしげりたるを、あさぢとは云と申は僻事也」とする。定家もこれに異議を唱えていない。また、『能因歌枕』に「あさぢとは、あれたるところを云」とする。『童蒙抄』には「あさぢとは、浅茅とかけり」とする。○をののしのはら―小野の篠原。『五代集歌枕』『八雲御抄』は山城国の歌枕とする。しかし、『顕注密勘』で五〇五番の注に顕昭は「小野のしの原とは、をのは小野と云也。しの原は篠おひたる所也。小野は惣名にて、よろづの野によめり」とし、定家も異議を唱えていない。定家は歌枕ではなく、普通名詞と考えていたものと見られる。「小野」は野原のこと。「を（小）」は接頭語。「篠原」は篠竹が一帯に生えた所。『六百番歌合』の秋部「野分」題で詠まれた家隆の歌（三五八番）の「小野の篠原」という詞に対して俊成は「えんに侍るべし」と評している。また、定家は「小野の篠原」という詞を好んで用いたようで、『拾遺愚草』に五例（一〇三八・一三三四・一六五五・一七六一・二三七五）、『拾遺愚草員外』に一例（一五九）、『内裏歌合　建暦三年八月七日』に一例（一二三）認められる。なお、「小野」は歴史的仮名遣いでも定家の表記法でも「をの」である。○しのぶれど―「しのぶれ」は上二段動詞「忍ぶ」の已然形。「忍ぶ」は、人に知られないように隠す意。「世中にしのぶるこひのわびしきはあひてののちのあはぬなりけり」（『後撰集』五六四・恋一・よみ人しらず）。○あまりて―「あまる」は、度を越えて外に溢れ出る意。ここは「忍びあまりて」の意。「しのぶれど忍びあまりぬいまはただかかりけりてふなをぞたつべき」（『和泉式部続集』三八八）。○などか―「など」は疑問の副詞。「か」は疑問の係助詞。どうして～か。「あはれともうしとも物を思ふ時などか涙のいとながるらむ」（『古今集』八〇五・恋五・よみ人しらず）。

【通釈】　浅茅の生い茂った小野の篠原の「しの」ではないが、忍んで、思う気持を心の中に包み隠そうとするけれども、隠しきれないほど、どうして、あの人のことが恋しく思われるのか。

【出典】　『後撰集』五七七・恋一・「ひとにつかはしける　源ひとしの朝臣」。

【参考】　『定家八代抄』八六八・「題しらず　参議等」。『秀歌体大略』八二。自筆本『近代秀歌』七一。『八代集秀逸』一六。『百人

秀歌』三七。『五代簡要』「あさぢふのをののしのはらしのぶれどあまりてなどか」。『時代不同歌合』一二一。『五代集歌枕』七八九。
《参考歌》
『古今集』五〇五・恋一・よみ人しらず
あさぢふのをののしの原しのぶとも人しるらめやいふ人なしに
『拾遺愚草』一二四九
なほざりのをののあさぢにおく露も草葉にあまる秋の夕暮
『拾遺愚草』一三七五
浅茅ふのをののしのはらうちなびきをち方人に秋かぜぞ吹く
『内裏歌合　建暦三年八月七日』一三・野夕風・定家
ゆふさればはぎのしたつゆふくかぜのあまりてそむるをののしのはら
『定家名号七十首』一七
あさぢふのをののしらつゆそでのうへにあまるなみだのふかさくらべよ
【余釈】「浅茅生の小野の篠原」は、「しのぶ」を導く序詞である。「住の江の岸に寄る波よるさへや」（一八番）や「みかの原わきて流るる泉川いつ見きとてか」（二七番）などと同様に、同音の繰り返しによって導いている。「忍ぶれどあまりてなどか人の恋しき」がこの歌の主想である。「忍ぶれど、などか、（忍び）あまりて人の恋しき」ということである。もはや人には隠しきれないほどの恋情をどうすることもできないのを、どうしてなのか自分の心ながらわからないというかたちで詠んだ一首である。
出典の『後撰集』の詞書には「人につかはしける」とあるが、『定家八代抄』には「題しらず」として恋心を表に現さずに独り思い悩む内容の歌を並べた中に配列しているところから、定家は独詠歌として味わっていたものと思われる。
「浅茅生の小野の篠原」という序詞は作者独自の表現ではなく、「あさぢふのをののしの原しのぶとも人しるらめやいふ人なしに」

（『古今集』五〇五・恋一・よみ人しらず）に依拠して詠んだものと思われる。これは古い時代の本歌取りの歌とも言えよう。例えば、「三輪山乎　然毛隠賀　雲谷裳　情有南畝　可苦佐布倍思哉」（『万葉集』一八・額田王、廣瀬本の訓「みわやまを　しかもかくすか　くもだにも　こころあらなむ　かくさふべしや」）という歌の初句二句を用いて、貫之が「三わ山をしかもかくすか春霞人にしられぬ花やさくらむ」（『古今集』九四・春下）と詠んだのと同じものと考えてよいであろう。「月夜よしよしと人につげやらばこてふににたりまたずしもあらず」（『古今集』六九二・恋四・よみ人しらず）は、「我屋戸之　梅咲有跡　告遣者　来云似有　散去十方吉」（『万葉集』一〇一六〔一〇一一〕・作者不明、廣瀬本の訓「わがやどの　うめさきたりと　つげやらば　こてふににたり　ちりぬともよし」）の「告げやらばこてふににたり」という詞を用いて詠んだ歌である。定家の時代のような本格的な技法というわけではなく、古歌の詞を利用してその場に適った歌を詠むということが行われていたということであろう。これについては、『八雲御抄』の「第六用意部」の「古歌をとる事」に詳しく述べられている。

「浅茅生の小野の篠原」について言えば、『古今六帖』には「あさぢふのをののしのはらしのぶともいまはしらじなとふ人なしに」（三八九八・人丸）という歌が収載されている。これは『古今集』五〇五番を本歌として詠んだというよりは、異伝歌とでも言うべきものかと思われる。また、『古今六帖』にはもう一首、「あさぢふのをののしのはらいかなればてがひのとらのふしどころみる」（九五二）という歌が載っている。本文に乱れがあるのか、また詠まれた状況がわからないこともあり、歌意がはっきりしないが、「てがひのとら（手飼の虎）」は猫のことであろう。あるいは、本物の虎ならば竹林が棲み処だが、猫なのでその身にあった篠原を寝床とするという謎かけであろうか。「浅茅生の小野の篠原」を猫の寝床と戯れに詠んだものと思われる。これも古い本歌取りの歌と言えよう。また、好忠の歌に「あさぢおふるをののしのはら草ふかみささのやどりをたれかしるべき」（『好忠集』一三一）という歌もある。初句「浅茅生の」を「浅茅生ふる」に変えてはいるが、「浅茅生の小野の篠原」の詞に依拠したものと言えよう。現在まで残っている、これらの歌の例を見ると、「浅茅生の小野の篠原」という詞は繰り返し用いられ、歌に詠まれていたのではないかと想像される。等のこの歌もその中の一つだったのではないかと思われるのである。

次に、「浅茅生の小野の篠原」が同音の繰り返しにより「しのぶ」を導く序詞であることはすでに述べたが、この序詞の意味が主想と何らかの関わりがあるのかどうかはあらためて考えてみる必要がある。あるいは、作者の等は、同音の繰り返しによる序詞というだけで、意味的な繋がりは考えていなかったかもしれない。しかし、定家やその時代の人々は、序詞と主想に何らかの意味的な繋がりを認めようとしていたものと思われる。なぜならば、「住の江の岸に寄る波よるさへや夢の通ひ路人目よぐらむ」（一八番）や「みかの原わきて流るる泉川いつ見きとてか恋しかるらむ」（二七番）という、この等の歌と同じタイプのかかり方をする序詞に、主想との意味の上での関連性を認めようとしていたと考えられるからである。

この歌の本歌である『古今集』五〇五番について、竹岡正夫氏『古今和歌集全評釈』（右文書院）は「浅茅生（たけが高くなったり茂ったりしていない茅《ち》がやの生育している野）の中の篠原の中に人目を忍んで隠れひそむというふうに、意味の上からも続けて解することもできる。野原の中にただ一人忍んでいるというイメージが、一首の面影となって効果をあげるのである。後撰集の歌もそう解せる」としている。桑田明氏『義趣討究　小倉百人一首釈賞』（風間書房）も、歌の詠まれ方を検討しながらも、露や風などの景物が詠まれていないことから、この歌では「浅茅生の小野の篠原に忍び隠れるイメージ」を読み取っている。なるほどとも思われる見解であるが、篠原に身を潜ませるという内容の歌がほかにあまり詠まれていないというのが難点である。

そこで考えられるのが次の二つである。一つは、「浅茅」あるいは「小野の篠原」が秋が訪れると色が変わると詠まれることが多いことから、色に表れる、つまり「忍ぶれどあまりて」と響き合うと考えられるということである。「浅茅」は、「おもふよりいかにせよとか秋風になびくあさぢの色ことになる」（『古今集』七二五・恋四・よみ人しらず）、「秋さればおく白露に我がやどのあさぢがうはばいろづきにけり」（『新古今集』四六四・秋下・人麿）、「色かはるあさぢがすゑのしら露に猶影やどす在明の月」（『拾遺愚草』三四九）のように、秋の風や露に色づくと詠まれることが多い。また、「篠原」も篠は竹の一種なので色を変えないものと思われがちであるが、定家は「秋かぜにたへぬ草葉はうらがれてうづらなくなりをのの篠原」（『拾遺愚草員外』一五九）、「ゆふさればはぎのしたつゆふくかぜのあまりてそむるをののしのはら」（『内裏歌合　建暦三年八月七日』二一三）などと詠んでおり、色を変えるものとして詠まれるのである。そうであるならば、この色が変わる、色に表れるということと、「忍ぶれどあまりて」というところが意味的に響き合っていると考えられるのではなかろうか。秋風も露も詠まれていないので断言は控えなければならないが、定家の時代、「浅茅」や「小野の篠原」が秋の景として詠まれることが多かったことを考え合わせると、この序詞にそのようなイメージを抱いていたと考えても不自然とは言えまい。

もう一つは、「浅茅生の小野の篠原」に実際には露は詠まれていないが、おのずからそこに露が想起され、その露は涙と重ねられ、さらに「あまりて」を露が置きあまることと重ねていると考えるということである。定家も「なほざりのをののあさぢにおく露も草葉にあまる秋の夕暮」（『拾遺愚草』二二四九）と詠んでおり、同じ時代の歌人たちも、「しのびわびをののしのはらおく露にあまりて誰を松虫のこゑ」（『壬二集』二三九九）、「あさぢはらうらみぬあきのそでも猶露あまりある野べの夕ぐれ」（『範宗集』三一九）、「露しげき小野のしのはらいかに又あまりて旅の袖ぬらすらん」（『洞院摂政家百首』一五七八・中宮少将）などと露が「あまる」と詠んでいる。こうした例から、「浅茅生の小野の篠原」に置きあまるほどの露をイメージして、それを下の「あまりて」すなわち忍びあまることと重ねて理解していたと考えるのである。序詞と関連づけられることで、主想部の「あまりて」が歌の中で特別な響きをもってくる。このような解釈は、すでに茂睡の『雑談』に見える。「浅茅生といひ、小野の篠原とつづけ、しの原のしの字にちなんで、しのぶれどと云、しのぶれどあまりてなどか人の恋しきと云也」としたうえで、「此歌に露と云事はみえねども、あさぢふは露しげきもの也、をののしの原も露しげき也、あまりてといふは、あさぢふ小野のしの原の露あまりて也、此あまりてといはむ序歌也、随分しのべどもしのぶにあまりて人の恋しき也、昔の歌はそのものをいはずして、慥かにそれと聞ゆるやうによみたる故、吟ずる程々感情ある也、今の歌はすぐにその心を口尺するやうによむ也、さなければ聞えかぬると云也、時代の風体也」としている。もう少し遡れば、少し意味に違いが認められるものの、『幽斎抄』にも見える解釈である。

そして、「浅茅生の小野の篠原」から連想されるものは夥しい露である。とすれば、露は涙と結びつく。右に掲げた歌にもそれが認められる。定家も「あさぢふのをののしらつゆそでのうへにあまるなみだのふかさくらべよ」（『定家名号七十首』一七）と詠んでいる。おそらく、「浅茅生の小野の篠原」に置きあまるほどの露と、恋のために人知れずこぼれる涙が袖に隠しきれないのを重ねていたのであろう。『定家八代抄』において、この歌は次のように並べられている。

（百首歌中に、忍恋）　　　　　　　　　　　　　（式子内親王）

我が恋はしる人もなしせくとこの涙もらすなつげのをまくら（八六七）

題しらず　　　　　　　　　　　　　　　　　　　参議等

浅茅生のをののしの原しのぶれどあまりてなどか人の恋しき（八六八）

後法性寺入道前関白太政大臣家百首よみける時、忍恋

皇太后宮大夫俊成

ちらすなよしののは草のかりにても露かかるべき袖の上かは（八六九）

前後の歌の内容から見ても、定家がこの等の歌に涙の露を読み取っていた可能性は高い。今はそのように考え、この解釈をとっておくことにする。

島津忠夫氏『百人一首』（角川文庫）や吉海直人氏『百人一首の新考察』（世界思想社）に指摘があるとおり、等のこの歌は、それまでの公任や俊成の秀歌撰や秀歌例には選ばれておらず、定家によってはじめて高い評価を与えられた歌であると言える。定家は、『定家八代抄』のほかに、『秀歌体大略』や『近代秀歌（自筆本）』に秀歌例として掲げており、さらには『八代集秀逸』にも選んでいる。そうしたことから、その評価のほどが知られる。したがって、『百人一首』に選んでも何の不思議もない。しかし、定家は、等の歌でもう一首、「あづまぢのさののふな橋かけてのみ思渡るをしる人のなさ」（『後撰集』六一九・恋二）もかなり高く評価して、『定家八代抄』に選んでいる。ちなみに、『定家八代抄』に等の歌の撰入は「浅茅生の」の歌とこの「東路の」の歌の二首のみである。そして、「浅茅生の」の歌と同様に『秀歌体大略』『近代秀歌』『八代集秀逸』にも選んでいる。こうした状況から見れば、「東路の」の歌が選ばれてもおかしくない。歌の内容も「忍ぶ恋」で同じである。しかし、定家は「浅茅生の」の歌のほうを選んだ。

その理由として考えられるのは、『百人秀歌』での配列である。この等の歌は、『百人秀歌』では兼輔の「みかの原わきて流るる泉川いつ見きとてか恋しかるらむ」と対になっていたと考えられる。序詞に野原を詠んでいる点や、序詞から主想へ同音の繰り返しによって繋いでいる点、「いつ見きとてか恋しかるらむ」と「あまりてなどか人の恋しき」という主想部の類似性などに共通点が認められ、対にするには「浅茅生の」の歌のほうがより相応しいと考えたのではなかろうか。

なお、この等の「浅茅生の」の歌は、後鳥羽院の『時代不同歌合』にも右の「東路の」の歌とともに選ばれている。また、本歌としても多くの歌人たちが詠んでおり、定家だけではなく、その時代の歌人たちに高く評価されていた歌であることが窺われる。

40

平兼盛

しのぶれど色に出けりわが恋は物やおもふと人のとふまで

【異同】
〔定家八代抄〕出けり―出にけり（安永）―いてにけり（袖玉・東急）―いてけり（知顕）。
〔百人秀歌〕出けり―いてにけり。
〔百人一首〕しのふれと―しのふれは（応永「は」の右に「と」と傍書）―為家・栄雅・兼載・守理・龍谷・古活・長享・頼常・頼孝・経厚・上條は底本に同じ。出けり―いてにけり（為家・長享・頼孝・上條）―出にけり（栄雅・兼載・守理・龍谷・古活・頼常・経厚）―応永は底本に同じ。
〔小倉色紙〕出けり―いてにけり。（古典・定家様）

【語釈】○しのぶれど―三九番歌の語釈項を参照のこと。○色に出けり―底本は「出けり」とあり、「いでけり」と読めるが、ここは他本により「いでにけり」とする。異同項では「出けり」と表記する底本との異同を掲示したが、出典項と参考項の第二句の異同は「いろにいでにけり」を基準として異同を示した。「色に出づ」は、思っていることが顔色やそぶりに出ること。「おもふには忍ぶる事ぞまけにける色にはいでじとおもひしものを」（『古今集』五〇三・恋一・よみ人しらず）。「に」は完了の助動詞「ぬ」の連用形。「けり」は気づきによる詠嘆。「物や思ふ」と人に尋ねられて、表にあらわれてしまったことに気づいたのである。○物やおもふと―「物思ふ」に疑問の係助詞「や」が入り込んだもの。「や」の結びは「思ふ」。「物思ふ」は恋のために思い悩む意。「かきほなる君があさがほみてしかな返りてのちはものやおもふと」（『大和物語』第八九段）。○人のとふまで―「とふ」は「問ふ」で尋ねる意。「まで」は程度を表す。三一番歌を参照のこと。「安必意毛波受　安流良牟伎美乎　安夜思苦毛　奈気伎和多流香　比登能等布麻泥」（『万葉集』四〇九九〔四〇七五〕池主、廣瀬本の訓「あひおもはず　あるらむきみを　あやしくも　なげきわたるか　ひとのとふまで」）。

【通釈】　包み隠そうとするけれども、表にあらわれてしまったのであったよ。私の恋は。物思いをしているのかと人が尋ねるほどに。

【出典】『拾遺集』六二二・恋一・「（天暦御時歌合）平兼盛」。

【参考】『定家八代抄』八八四・恋一・「（天暦御時内裏歌合に）平兼盛」。『百人秀歌』四一。『五代簡要』「いろにいでにけりわがこひは物や思と人のとふまで」。『拾遺抄』二二九・恋上・「（天暦御時歌合）兼盛」。『新撰朗詠集』七三七・雑・恋。『古来風体抄』三七五。『俊成三十六人歌合』一〇五。『時代不同歌合』一九七・第二句「いろにでにけり」。『俊頼髄脳』一七八。『奥義抄』一三八。『袋草紙』六五、三一〇。『和歌童蒙抄』八七四。『兼盛集』一〇二・（恋）。
『内裏歌合　天徳四年』四一・二十番右・恋

廿番　左　　忠見

四〇こひすてふわがなはまだきたちにけり人しれずこそ思ひそめしか

40　しのぶれど色に出けりわが恋は物やおもふと人のとふまで

右勝　　　　　兼盛

四一しのぶれどいろにいでにけりわがこひはものやおもふと人のとふまで

少臣奏云、左右歌伴以優也、不能定申勝劣、勅云、各尤可歎美、但猶可定申云、小臣譲大納言源朝臣、敬屈不答、此間相互詠揚、各似請我方之勝、少臣頻候天気、未給判勅、令密詠右方歌、源朝臣密語云、天気若在右歟者、因之遂以右為勝、有所思、暫持疑也、但左歌其好矣

【余釈】恋のために懊悩する心を隠そうと、人の目を気にしていたはずなのに、人から物思いをしているのかと言われるまでになった、という。つまり、人の目を意識できなくなるほど、相手のことを思い詰めているということである。相手への思いの強さがよく表されており、しかも、隠していた心がわずかに漏れ出てしまったことを巧みに表現している。上の句に「色に出でにけり」と言っておいて下の句で「物や思ふと人の問ふまで」とした構成もすぐれている。

この歌は、後世、晴儀歌合の範と仰がれた天徳内裏歌合の「恋」題での詠で、次の四一番の忠見の歌と番えられて、勝ちとなった歌である。天徳内裏歌合は、天徳四年（960）三月三〇日に村上天皇が清涼殿で催した歌合で、一二題二〇番、判者は左大臣実頼であった。判詞によれば、なかなか勝劣を決めかね、村上天皇が右方（兼盛）の歌を低く口ずさまれたので、源高明が天気は右方にありと察し、そのことを実頼に語って、この兼盛の歌が勝ちになったという。しかし、実頼はなお左歌（忠見）の歌をすばらしいと思ったのか、その旨を最後に書き添えている。なお、『袋草紙』「雑談」には、兼盛が歌合の当日衣冠を整えて終日武官の詰め所に祗候し、この歌が勝ったと聞き、拝舞して退出し、そのほかの歌の勝負には気にもとめなかったとする記事がある。この『袋草紙』の記事は事実をどこまで伝えているかはわからないが、兼盛のこの一首にかける思いの強さを伝える説話として当時行われていたものである。出典の『拾遺集』では、詞書に「天暦御時歌合」とあり、忠見の歌とともに選ばれ、この二首が「恋一」の巻頭を飾っている。定家も、『定家八代抄』に「天暦御時内裏歌合に」と詞書を付けて忠見の歌とともに選んでおり、この歌合での一対の歌として味わっていたものと推察される。

この歌の後世の評価については、島津忠夫氏『百人一首』（角川文庫）、吉海直人氏『百人一首の新考察』（世界思想社）や「『百人一首』撰入歌の一考察―兼盛・忠見歌をめぐって―」（『百人一首研究集成』〔和泉書院〕所収）などにすでに述べられているが、あらためてまとめておくことにする。

この歌が詠まれた当時、大変高い評価を受けていたことは、『内裏歌合　天徳四年』の判詞によって知られるところである。その約四十年後、『拾遺抄』そして『拾遺集』にも選ばれ、忠見の歌とともに「恋」部巻頭に置かれたことからも、この歌の評価の高さは変わることがなかったことが知られ、勅撰集に入集することでその評価が確固たるものとなったと言えよう。ただし、公任はこの歌を兼盛の代表的秀歌とは考えていなかったようである。公任は「かぞふればわが身につもる年月を送り迎ふとなにいそぐらん」（『拾遺集』二六一・冬）の歌をもっとも高く評価していたようで、『前十五番歌合』に選び、『金玉和歌集』『深窓秘抄』『和漢朗詠集』『三十六人撰』などの秀歌撰に選び入れ、『新撰髄脳』にも秀歌例として挙げている。『三十六人撰』には兼盛の歌は十首挙げられているが、「しのぶれど」の歌は入っていないし、そのほかの秀歌撰にも選ばれていない。

その後、経信の『難後拾遺抄』に兼盛の「しのぶれど」の歌について、「その折よりいまにいうの歌といひつたへられたるを」とし、「こひしきをさらぬがほにてしのぶればものやおもふとみる人ぞとふ」（作者・出典不明）という酷似する先行歌があることを指摘している。そして、「そのをりもさいふ人もなかりけるにやあらん。またかかることのあるにやあらん。よくしりたる人にとふべきなり。詩などにはかかることいとおほかり」としている。このことは『俊頼髄脳』や清輔の『奥義抄』「盗古歌証歌」にも受け継がれている。ただし、『俊頼髄脳』ではもとの歌を「しのぶれど色にでにけりわが恋はものや思ふとみる人ぞとふ」としている。しかし、『俊頼髄脳』や『奥義抄』は、この兼盛の歌を非難しているわけではなく、『俊頼髄脳』は「歌をよむに古き歌によみにせつれば悪きを、いまの歌よみましつればあしからずとぞ承る」とし、その例として挙げている。『奥義抄』も「ふるき歌のこころはよむまじきことなれ共、よくよみつればみなもちゐらる。名をえたらむ人はあながちの名歌にあらずは、よみだにましてば憚るまじきなり」として挙げている。要は、もとの歌よりもすぐれた歌ならば問題はないということである。また、範兼の『和歌童蒙抄』

「歌合判」に「勝劣難決例」として天徳内裏歌合のこの例を挙げ、「天徳の歌合に、左忠見、右兼盛歌なり。小野宮殿判じわづらはれて、天気をうかがはれけるを、人は物や思ふといふ歌はこよなくまさりたりとぞ申すめる。又このものや思ふといふことは古歌に同じやうによまれたる歌を、その折おぼえられざりけるにやと、帥大納言、伯母の歌論の返事には書かれたる」としている。

この「しのぶれど」の歌は決して世の評価が低くなったというわけではないが、これを秀歌としてあらためて取り上げ高く評価したのは基俊で、『新撰朗詠集』に選び入れている。そして、その後、俊成が『古来風体抄』に選び、『俊成三十六人歌合』に選んだことで兼盛の代表的秀歌として考えられるようになり、後鳥羽院の『時代不同歌合』にも選ばれた。そうした流れの中で、定家はこの歌を『百人秀歌』『百人一首』に選んだことになる。

なお、定家の歌にはこの兼盛の歌を本歌とした例が今のところ見出せないが、定家と同時代の歌人たちはこれを本歌取りしており、とりわけこの歌の「物や思ふと問ふ」という表現は好まれ、流行したようである。「わが恋は色にいでぬべし誰か又物やおもふととはんとすらむ」（『鳥羽殿影供歌合　建仁元年四月』四五・公継）、「あきなればとてこそぬらすそでのうへをものやおもふと月はとひけり」（『千五百番歌合』一三二二・良経）、「今はただ袖のなみだを色にいでて物や思ふと人にとはれん」（『拾玉集』一〇七五）、「いかにしてしのびならはむ程だにも物や思ふと人にとはれし」（『壬二集』二七六八）、「歎きあまり物やおもふとわがとへばまづしる袖のぬれてこたふる」（『後鳥羽院御集』一五八七）などと詠まれている。

41

恋すてふわが名はまだき立にけり人しれずこそおもひそめしか　壬生忠見

【異同】

〔定家八代抄〕　安永・袖玉・知顕・東急は底本に同じ。
〔百人秀歌〕　底本に同じ。
〔百人一首〕　為家・栄雅・兼載・守理・龍谷・応永・古活・長享・頼常・頼孝・経厚・上條は底本に同じ。
〔小倉色紙〕　底本に同じ。徳川美術館蔵。（集古・太陽・墨58・墨・入門・定家様）

【語釈】　**○恋すてふわが名**―「恋す」はサ変動詞。「てふ」は「といふ」の約まった語。一番歌の語釈項を参照のこと。「名」は噂。「色にいでて恋すてふ名ぞたちぬべき涙にそむる袖のこければ」（『後撰集』五八〇・恋一・よみ人しらず）。**○まだき**―まだその時期でないのに、早くも。『和歌色葉』に「まだきに」について「まだしきにといふ詞なり」とする。「かねてより風にさきだつ浪なれや逢ふ事なきにまだき立つらむ」（『古今集』六二七・恋三・よみ人しらず）。ここでは、時が経てば自然世間に漏れることもあろうが、思い初めて間もないのに早くも、という含意である。**○立にけり**―「たち（立）」は「立つ」の連用形。「に」は完了の助動詞「ぬ」の連用形。「けり」は気づきによる詠嘆。**○人しれずこそ**―「人しれずおもへばくるし紅のすゑつむ花のいろにいでなむ」（『古今集』四九六・恋一・よみ人しらず）、「人しれず思ひそめてしくれなゐの色にいでぬべくおもほゆるかな」（『九条右大臣集』四三）。**○おもひそめしか**―「おもひそめ」は「思ひ初む」の連用形。「しか」は過去の助動詞「き」の已然形で、係助詞「こそ」の結び。ここでは、上の句「恋すてふわが名はまだき立にけり」に返して解し、逆接的な関係となる。「ほととぎすひとこゑにこそさみだれのよはあはれともおもひそめしか」（『中務集』〈書陵部蔵御所本三十六人集〉一二七）、「ひとよとはいつかちぎりしかはたけのながれてとこそおもひそめしか」（『金葉集』三九七・恋上・経忠）。定家の時代は、「こそ〜しか」と呼応させるべき語と捉えられていた。「昨日こそ霞たちしか郭公またうちはぶくこぞのふる声」（『拾遺愚草』一五二二）、「むかしをば夢にのみこそあひみしかただそのままの袖の月かげ」（『拾遺愚草員外』四〇一）。

【通釈】　恋をしているという私の噂は、早くも立ってしまったことであるよ。誰にも知られることなくひそかに思い初めたのに。

【出典】　『拾遺集』六二一・恋一・「天暦御時歌合　壬生忠見」。

【参考】『定家八代抄』八八三・恋一・「天暦御時内裏歌合に　忠見」。『百人秀歌』四二。『五代簡要』「恋すてふわがなはまだきたちにけり」。『拾遺抄』二二八・恋上・「天暦御時歌合　忠見」。『古来風体抄』三七四。『俊成三十六人歌合』一〇〇。『袋草紙』三〇九。『和歌童蒙抄』八七三。『内裏歌合　天徳四年』四〇・二十番左・恋（四〇番歌の参考項を参照のこと）。

【余釈】人知れず恋しく思いはじめたばかりだというのに、もうそれが世の噂になってしまったことだ、と驚き嘆いているのである。なぜ噂になるかと言えば、自分の所作に現れているからである。そのことに自分で気づかないほど相手に夢中になっているということである。

歌合の場では四〇番の兼盛の歌に負けたが、優劣を決しがたいほど伯仲していたと伝えられている（四〇番歌の余釈項を参照）。定家も両首を一対のものとして選んだのであろう。

なお、『袋草紙』「雑談」に、この歌合の当日、兼盛が正装していたと記されていることは四〇番歌の余釈項にふれたが、『袋草紙』「雑談」には、この時の忠見の服装についても記されている。その当時、忠見は非常に貧しく田舎に住んでいた。そして、勅命によって召されたので、朱雀門の曲殿を宿とした。田舎の服装のままで、柿色の小袴をまだ持っていて肩に掛けていたという。これも兼盛の場合と同様、どこまで事実を伝えているかはわからないが、当時の忠見のイメージがどのようなものであったかを知ることはできる。

さて、この歌の後世の評価についても、島津忠夫氏『百人一首』（角川文庫）、吉海直人氏『百人一首の新考察』（世界思想社）や「『百人一首』撰入歌の一考察―兼盛・忠見歌をめぐって―」（『百人一首研究集成』〈和泉書院〉所収）などにすでに詳述されているが、あらためてまとめておくことにする。

公任は、忠見の代表的秀歌を「さ夜ふけてねざめざりせば郭公人づてにこそきくべかりけれ」（『拾遺集』一〇四・夏）と考えていたようである。『前十五番歌合』に選んでいることからそれが窺われ、ほかに『金玉和歌集』『深窓秘抄』『和漢朗詠集』『三十六人撰』などの秀歌撰にも選んでいる。この「さ夜ふけて」の歌も天徳内裏歌合での詠であったが、判詞に「左歌、きかむともおもはでねざめしけんぞあやしき、されど、うたがらをかし。（略）いづれもおなじほどのうたなれば、持にぞ定め申す」とあり、勝負は持となった。このことから知られるように、詠歌当時はそれほどの評価ではなかった。それを公任が高く評価したのである。これに対して、「恋すてふ」の歌は右に掲げた公任の秀歌撰には選ばれておらず、公任は「さ夜ふけて」の歌ほどは高く評価してはいなかったものと推察される。

この「恋すてふ」の歌が忠見の代表的秀歌と認められるようになったのは、俊成の『俊成三十六人歌合』に選ばれてからであろう。俊成は『古来風体抄』にも兼盛の「しのぶれど」の歌とともに選んでおり、この二首を高く評価しているが、『俊成三十六人歌合』に兼盛・忠見それぞれの秀歌として選んだことで、天徳内裏歌合の番の歌としてだけではなく、それぞれの代表的秀歌として認めたことになる。これに対して、公任の高く評価した「さ夜ふけて」の歌は『古来風体抄』にも『俊成三十六人歌合』にも選んでいないので、それほど高く評価していなかったものと思われる。

定家がこの歌を選んだのは、この俊成の評価を受け継いだものと考えられる。しかも、『定家八代抄』には忠見の歌はこの「恋すてふ」の歌しか選ばれていないので、兼盛の歌との組み合わせでこの歌を選ぶのが自然の流れであったものと推察される。

ただ、注目すべきは、歌の順序である。天徳内裏歌合では、この忠見の歌が左、兼盛の歌が右なので、そのまま取れば、忠見、兼盛の順になるはずである。『拾遺集』『拾遺抄』『古来風体抄』『定家八代抄』は、天徳内裏歌合の歌としてそのまま取っているので、歌合のままの順序となっている。ところが、『百人秀歌』『百人一首』では歌の順序が逆になっているのである。

安東次男氏『百首通見』（集英社）は、この忠見の「人知れずこそ思ひそめしか」に「ほんとうに誰にも気どらせぬように思いそめたのだ、と名の立ったくやしさを言外にのこした表現である」とし、「余情は兼盛の歌よりもむしろこの歌の方にあり、「こそ……しか」の係り結びにこめられた未練、執念は、伝えられる作者の人柄にもよく適っている」としている。そして、歌の順序を変えた理由として、定家が「「人しれずこそ思ひそめしか」を、「物や思ふと人の問ふまで」があってはじめて活きる、と考えたのである」としている。

また、吉海直人氏「『百人一首』撰入歌の一考察―兼盛・忠見歌をめぐって―」（『百人一首研究集成』〈和泉書院〉所収）はこの問題を深く掘り下げ、「『百人一首』は、原則として勅撰集から撰入しているが、ただ単に秀歌を選んでいるのではなく、歌に付随する詞書を切り捨て、配列を組み替えることにより、勅撰集の撰者の解釈とは違った、『百人一首』独自の束縛のない世界を形成しているのである。この両歌はいわばその代表例であり、天徳歌合という成立状況を有する、勅撰集の立場に近い『八代抄』とは違って、詞書を取り去り配列を壊すことによって、背景たる歌話的興味を敢えて取り除き、優劣とは別の次元で歌だけを自由に鑑賞しようとしたのではないだろうか。勿論、両歌にとって歌話的背景は、決して消し去ることはできないものであるが、定家は別な鑑賞もできると主張しているのである」としている。

吉海氏の右の見解は首肯し得るところである。その上でわずかに憶測を加えておく。歌の順序を変えたことでどのようなことになったかという視点でこの両首を見てみる。兼盛の歌は、秘めていた恋がどの程度に表にあらわれたかと言うと、「物や思ふと人の問ふまで」とほんの傍らの人にだけ何となく知られたというわずかなものである。これに対して、忠見の歌は「わが名はまだき立ちにけり」と世間に広く知られるところとなったということである。兼盛から忠見へという歌の順にすることで、細から大へ、あるいは狭から広へという流れができ、これが自然なものに感じられる。あるいは、定家もこのようなことを考慮したのかもしれない。定家は、この両首を基本的には高く評価していたのである。そして、天徳内裏歌合の名勝負を演じた両首を並べようという意識もあった。そして、両首を並べる際に、歌合の順にこだわることなく、どちらを先にしたならば配列的により美しいかと考えた結果、この順序になったということなのではなかろうか。

なお、この忠見の歌を本歌取りにした例はあまり見られず、定家の歌の中にも今のところ見出せない。家隆に「ひとしれずしのぶのうらにやくしほのわが名はまだきたつけぶりかな」（『新勅撰集』六七二・恋一）という歌があり、『新勅撰集』に入集しているところから見て、定家もこれを高く評価していたものと思われる。

契きなかたみに袖をしぼりつつすゑの松山なみこさじとは

清原元輔

【異同】

〔定家八代抄〕東急はこの歌なし。安永・袖玉・知顕は底本に同じ。

〔百人秀歌〕底本に同じ。

〔百人一首〕為家・栄雅・兼載・守理・龍谷・応永・古活・長享・頼常・頼孝・経厚・上條は底本に同じ。

〔小倉色紙〕底本に同じ。藤田美術館蔵。（太陽・墨58・墨・入門・定家様）

【語釈】○契きな―「契り」は「契る」の連用形。約束する意。「き」は過去の助動詞「き」の終止形。「な」は詠嘆の終助詞。「契りきなこれを名残の月の比なぐさむ夢もたえてみじとは」（『拾遺愚草』二六九五）。○かたみに―互いに。「君のみや野辺に小松を引きにゆく我もかたみにつまんわかなを」（『後撰集』七・春上・よみ人しらず）、「あだくらべ、かたみにしける男女の」（『伊勢物語』第五〇段）。○袖をしぼりつつ―「袖をしぼる」は、涙に濡れた袖を乾かそうとする行為であるが、夥しい涙を流すことの慣用的表現。余釈項を参照のこと。「つつ」は反復・継続の接続助詞。○すゑの松山なみこさじ―「末の松山を波越す」は、『顕注密勘』などに見える古い伝承により、ほかの人に心を移す意に用いられる。「じ」は打消し意志を表す助動詞。『顕注密勘』に『古今集』一〇九三番の注で顕昭は「すゑのまつ山浪こゆると云事は、昔をとこ、女にすゑの松山をさして、かの山に浪のこえん時ぞ忘るべきと契りけるが、ほどなくこと心つきにけるより、人の心かはるをばなみこゆといふ也。彼山にまことになみのこゆるにあらず。あなたのうみのはるかにのきたるに、立浪のかの松山のうへにこゆるやうにみゆるを、あるべくもなき事なれば、まことにあのなみの山をこえむとき、こと心はあるべしとちぎれる也。能因が歌枕には、もとの松、なかの松、すゑの松とて、三重にありと申。されはにや、山とはいはで、すゑの松とよめる事も侍り」とある。『奥義抄』『和歌色葉』『色葉和難集』などにもほぼ同様の記事が見える。そのほか、『袖中抄』にも考証がある。「末の松山」は陸奥の歌枕。『五代集歌枕』『初学抄』『八雲御抄』に陸奥とする。『建保名所百首』にも陸奥国の歌枕として取り上げられている。現在の宮城県多賀城市の末松山宝国寺の背後の松をこれに擬することが古来なされてきた。

【通釈】　約束したことよ。お互いに袖を幾度もしぼりながら、「末の松山を波は越すまい」とは。

【出典】『後拾遺集』七七〇・恋四・「心かはりてはべりけるをむなに人にかはりて　清原元輔」。

【参考】『定家八代抄』一三一五・恋五・「(題不知) 元輔」。『秀歌体大略』一〇二。自筆本『近代秀歌』九五。『八代集秀逸』三七。『百人秀歌』四五。『五代簡要』「ちぎりきなかたみにそでをしぼりつつすゑの松山浪こさじとは」。『古来風体抄』四六八・第三句「ぬらしつつ」。『俊成三十六人歌合』八二。『時代不同歌合』二一七。『五代集歌枕』四八九。『袖中抄』九〇〇。『元輔集』二一八・こころかはれる女につかはす、人にかはりて。『惟規集』七・をんなに。

《参考歌》

『古今集』一〇九三・東歌・みちのくうた・よみ人しらず

　君をおきてあだし心をわがもたばすゑの松山浪もこえなむ

『拾遺愚草』七八

　思ひいでよすゑの松山末までも浪こさじとは契らざりきや

『新古今集』八九一・離別・定家

　わするなよやどるたもとはかはるともかたみにしぼる夜はの月影

【余釈】　私たちは「決してほかの人に心を移したりはしまい」と約束したのに、あなたは心を移してしまった、と、約束をし合った相手の裏切りを恨んだ歌である。

　語句のかかり受けから言えば、第三句「しぼりつつ」は初句「契りきな」にかかり、結句「波越さじとは」も初句「契りきな」

にかかる。三九番歌と同じように、古い本歌取りの例と言ってよいであろう。ほかの人に心を移したりはしまいということを、「末の松山波越さじ」と『古今集』一〇九三番の陸奥国歌の詞を巧みに用いて詠んでいる。

元輔は『後撰集』の撰者の一人であるが、『後撰集』には、「松山につらきながらも浪こさむ事はさすがに悲しきものを」（恋三・七五五・時平）など『古今集』一〇九三番の歌によって詠まれた歌が八首（五二二・六八三・七五五・七五九・七六〇・七八三・九三二・一〇二八）ほど見え、そうした歌の影響も考えられる。

出典の『後拾遺集』では「心かはりてはべりけるをむなに人にかはりて」とあり、『元輔集』にも「こころかはれる女につかはす、人にかはりて」とあるので、本来は代作であったことが知られる。しかし、『定家八代抄』では「題しらず」とし、そのあたりの事情を考慮せずにこの歌を味わっていたことが窺われる。また、あえて女性の立場で詠んだと解す必要はなく、心変わりした女性を恨んで詠みおくった歌と理解してよいかと思われる。

さて、この歌で問題になるのは、「しぼりつつ」の「しぼる」である。この「しぼる」について、「しぼる（絞）」ではなく「しほる（霑）」ではないかという説が、岩佐美代子氏「「しほる」考」（『和歌文学研究』第一〇二号、平成23年6月）によって提出された。この説は、小西甚一氏「「しほり」の説」（『国文学　言語と文芸』49、昭和41年11月）によるものである。小西氏論文は、「鎧の袖をしほる」（『増鏡』新島守）の例から、「鎧の袖が絞れるものであろうか」として、従来「しぼる（絞）」と解されてきたこの語を四段活用他動詞「しほる」（湿らすの意）とした。そして、「なかには「袖をしほる」を「絞る」だと思いこんでいた作者も無かったとは限らないであろう。しかし、大部分の「袖をしほる」は、湿らす意に解するのが適切だといってよいようである」と結論づけている。

また、『百人一首』の注釈書においても『拾穂抄』『三奥抄』『改観抄』『うひまなび』『百首異見』などは濁音には読まず、「しおる」と読んでいたものと思われる。『三奥抄』『改観抄』『百首異見』に「波」の縁語と指摘するのは、「しほる（霑）」と解していたからであろう。

私見は、前著『新勅撰和歌集全釈』（風間書房）では、小西氏の右掲論文により、「しほる（霑）」説をとった。しかし、その後、調査を進めた結果、やはり通説どおり「しぼる（絞）」説に踏みとどまるべきではないかと現在は考えている。

平安時代から鎌倉時代初期の例では、「たたぬよりしぼりもあへぬころもでにまだきなかけそまつがうらなみ」（『後拾遺集』四八七・別・光成）、「かかりける涙と人もみるばかりしぼらじ袖よくちはてねただ」（『千載集』七〇七・恋二・雅兼）、「しばしこそぬるるたもともしぼりしか涙にいまはまかせてぞみる」（『千載集』八一六・恋三・清輔）、「君ゆゑにおつる涙のをしければかたしく袖をしぼらでぞぬる」（『月詣和歌集』三九六・恋上・寂然）、「ひとしれぬそでになみだをしぼりおかばいはでのふちのみづやまさらむ」（『行宗集』八一）、「秋のよは露もなみだもあまるともしぼらじ袖にやどれ月かげ」（『光経集』五七一）、「逢ふ事のかたみとおもへば君ゆゑにぬれぬる袖をえこそしぼらね」（『太皇太后宮亮平経盛朝臣家歌合』一一九・参河）などと詠まれ、俊成も「しのばずはほさでも袖をみすべきにしぼりぞかぬる夜はのさ衣」（『俊成五社百首』七二）と詠んいる。これらの例は、「しぼる（絞）」の意に解すほかはない。「しほりもあへず」「しほりわぶ」「しほりかぬ」などの語は、明らかに「しぼる（絞）」であろう。また、定家も「浪かくる袖しのうらの秋の月やどかるままにまづやしぼらん」（『拾遺愚草』二三六一）と詠んでいる。「袖師の浦の秋の月よ、その月を見て涙に濡れた袖を、そして、波がかかって濡れた袖を、宿に着いたら、まず絞るのだろうか」という意に解すことができる。これは、やはり「しぼる（絞）」であって、「しほる（霑）」（びっしょり濡らす意）には解すことができない。この例などから、定家もやはり「しぼる（絞）」と解していたことが知られる。これらの例を見ると、小西氏の右掲論文に「なかには「袖をしほる」を「絞る」だと思いこんでいた作者も無かったとは限らないであろう」とあったが、むしろ、多くの作者が「しぼる（絞）」と考えていたのではないかと推察される。

そのいっぽうで、「わすられてなげくたもとをみるからにさもあらぬ袖のしをれぬるかな」（『金葉集』五六〇・雑上・堀河院）、「かすが野の雪をわかなにつみそへてけふさへ袖のしほれぬるかな」（『千載集』一四・春上・俊頼）、「たび衣すそのの露にしほるるをかさねてぬらすむらしぐれかな」（『月詣和歌集』八九七・実保）、「ひとしれぬはるの夢路にまどひてもうつつの袖や猶しほるらん」（『拾玉集』五五八〇）、「いかばかりあさけのきりにしほるらん袖にさをこす宇治の川をさ」（『壬二集』二四七一）などの例もある。これらは「しほる（霑）」であろう。したがって、この時代に「しほる（霑）」（びっしょり濡れてよれよれになる意）の語は存在したと考えられる。ただし、これらはすべて下二段活用自動詞であることは注意されなければならない。四段活用他動詞の「しほる（霑）」の確実な例は、残念ながら現在のところ見出し得ていない。なお、「しをる（萎）」との関係も考慮しなければならないが、それはしばらく措くことにする。

以上のことから、平安時代から鎌倉時代初期の範囲に限れば、「袖をしほる」は「しぼる（絞）」であり、「しほる（霑）」と考えるのは難しいかと思われる。「袖をしぼる（絞）」は、文字通り、袖に含まれた涙を取り除く行為として詠まれることもあるが、ひどく泣き濡らすことの慣用的表現としても用いられたものと考えられる。この元輔の歌も後者の用法であるが、その場合、「びっしょり濡らす」という現代語に置き換えることができてしまうので、「しほる（霑）」のようにも解すことができるのではないかと思われる。「しほる（霑）」であると判断するためには、この時代の四段活用他動詞「しほる（霑）」の確実な例を求めるほかないであろう。小西氏の右掲論文で根拠とされていた「鎧の袖をしほる」は例外的なものとして考えるのが穏当である。時代が下って、四段活用他動詞の「しほる（霑）」が発生したのか、それとも慣用句「袖を絞る」が「鎧の袖」に用いられた結果、理屈に合わない表現となったのか、理由は今のところ明らかにしがたい。

そして、『百人一首』の歌としてこの歌を解釈する場合、すでに見たとおり、定家は「しぼる（絞）」と解していたことが知られるので、そのように理解しなければならない。

この歌の後世の評価については、すでに島津忠夫氏『百人一首』（角川文庫）や有吉保氏『百人一首全訳注』（講談社学術文庫）、吉海直人氏『百人一首の新考察』（世界思想社）に述べられているが、あらためてまとめておくことにする。

公任が元輔の歌の中でもっとも高く評価していたのは、「秋の野の萩のにしきを故郷に鹿のねながらうつしてしかな」（『元輔集』二〇）であったと考えられる。公任はこの歌を『前十五番歌合』に選び、ほかに『和漢朗詠集』『三十六人撰』にも選んでいる。その後、俊成が『古来風体抄』や『俊成三十六人歌合』に「契りきな」の歌を選んでから、この歌が元輔の代表的秀歌と見なされるようになった。
そして、定家は、『定家八代抄』のほか、『秀歌体大略』『近代秀歌（自筆本）』『八代集秀逸』などにも選び、かなり高く評価していたことが知られる。とくに『八代集秀逸』に『後拾遺集』の秀歌一〇首中の一首に選んでいるところから見て、『百人一首』にはどうしても選び入れたかった一首ではなかったかと推察される。また、定家が二〇歳の時、「初学百首」で「思ひいでよすゑの松山末までも浪こさじとは契らざりきや」（『拾遺愚草』七八）とこの元輔の歌を本歌としてほぼ同内容の歌を詠んでいる。若い時から晩年に至るまで評価の高さは変わらなかったものと思われる。

《第八グループの配列》

38　忘らるる身をば思はず誓ひてし人の命の惜しくもあるかな（右近）
39　浅茅生の小野の篠原忍ぶれどあまりてなどか人の恋しき（等）
40　忍ぶれど色に出でにけりわが恋は物や思ふと人の問ふまで（兼盛）
41　恋すてふわが名はまだき立ちにけり人知れずこそ思ひそめしか（忠見）
42　契きなかたみに袖をしぼりつつ末の松山波越さじとは（元輔）

この第八グループは、主として村上朝期に活躍した歌人を並べたものと考えられる。右近は醍醐天皇中宮穏子の女房であるが、村上天皇の時代にかけて活躍した。等は参議となったのが村上天皇の時代である。続く兼盛と忠見もその歌が村上天皇主催の天徳内裏歌合の歌である。元輔は、梨壺の五人の一人であり、兼盛とは同じ地方官の身分で、没年を同じする（一条天皇の時代）。

歌の内容の面から見れば、ここはすべて恋の歌である。三九番等の歌は「忍ぶる恋」であり、続く四〇番兼盛と四一番忠見の歌は同時詠で「顕るる恋」である。四二番元輔の歌はかつて約束したことが破られたことを詠んでおり、三八番右近のかつて誓ったことが破られたことを詠んだ歌に呼応する。そして、三九番等と四〇番兼盛の歌は「忍ぶれど」の詞の共通が認められ、それぞれが密接に繋がり合っていることが知られる。

『改観抄』は三八番の注に「これより好忠が歌まで九首は恋をよめるをもて一類とす」とする。また、四一番の注には「右三首は九首が中に忍恋をよめるを類とし、三首の中に後二首は同時の歌をもて一類とす」としている。

権中納言敦忠

あひみての後の心にくらぶればむかしは物をおもはざりけり

【異同】

〔定家八代抄〕東急はこの歌なし。物を―物も（安永・袖玉）―知顕は底本に同じ。

〔百人秀歌〕物を―「を」をミセケチにして「も」と別筆で傍書。

〔百人一首〕物を―ものも（栄雅・兼載・頼常・頼孝）―為家・守理・龍谷・応永・古活・長享・経厚・上條は底本に同じ。

〔小倉色紙〕物を―ものも。五島美術館蔵。（集古・墨58・墨・入門・定家様）

【語釈】○あひみての後の心―「あひみ」は「逢ひ見る」の連用形で、男女が逢って契りを交わすこと。「あひ見ずはこひしきこともなからましおとにぞ人をきくべかりける」（『古今集』六七八・恋四・よみ人しらず）。○むかし―「今」に対する語。意識上、現在とは断ち切られ、隔たった過去のこと。時間的に遠い過去とは限らない。ここでは「逢い見る」以前のことを言っている。「時のまも心はそらになるものをいかですぐしし昔なるらむ」（『拾遺集』八五〇・恋四・実方・詞書「元輔がむこになりて、あしたに」）。○物をおもはざりけり―「物を」は、異同項に示したように、「物も」とする伝本がある。「物も」に訂すべきか。余釈項を参照のこと。「物を思ふ」は物思いをする意。「ひとりして物をおもへば秋のよのいなばのそよといふ人のなき」（『古今集』五八四・恋二・躬恒）。「けり」は気づきによる詠嘆。

【通釈】逢って契りを交わした後の心に比べると、以前は物思いをしていなかったのであったよ。

【出典】『拾遺集』七一〇・恋二・「（題しらず）権中納言敦忠」・第四句「昔は物も」。

【参考】『定家八代抄』一〇七二・恋三・「（題不知）権中納言敦忠」。『百人秀歌』四〇。『五代簡要』「あひみてののちの心にくらぶれば昔はものもおもはざりけり」。『拾遺抄』二五七・恋上・「（はじめてをんなのもとにまかりて又の朝につかはしける）権中納言藤原敦忠」・第四句「むかしはものも」。『三十人撰』六一・第四句「むかしはものも」。『深窓秘抄』七〇・恋・第四句「むかしはものも」。『三十六人撰』七二・第四句「むかしは物も」。『古今六帖』二五九八・雑思・あした・あつただ。『敦忠集』一四三・（みくしげどののべたうにしのびてかよふに、おやききつけてせいすとききて）・第四句「むかしはものも」。

《参考歌》
『万葉集』七五六〔七五三〕・家持
　相見者　須臾恋者　奈木六香登　雖念弥　恋益来
〔廣瀬本の訓〕
　あひみては　しばしこひしな　なぎむかと　をもへどいとど　こひまさりけり

43　あひみての後の心にくらぶればむかしは物をおもはざりけり

『拾遺愚草』一一六三

あひみての後の心をまづしればつれなしとだにえこそうらみね

『拾遺愚草』五七三

あひみてののちこそこひはまさりけれつれなき人をいまはうらみじ

『後拾遺集』六七四・恋二・永源

わが恋は猶あひ見てもなぐさまずいやまさりなる心地のみして

『拾遺集』七一三・恋二・よみ人しらず

あひみてはなぐさむやとぞ思ひしになごりしもこそこひしかりけれ

『後撰集』七九四・恋三・是則

あづまぢのさやの中山中中にあひ見てのちぞわびしかりける

『後撰集』五〇七・恋一・宗于

あひみては　こひなぐさむと　ひとはいへど　みてのちにぞも　こひまさりける

〔廣瀬本の訓〕

相見而者　恋名草六跡　人者雖云　見後尓曽毛　恋益家類

『万葉集』二五七二〔二五六七〕・作者不明

なかなかに　みざりしよりは　あひみては　こひしきこころ　ましておもほゆ

〔廣瀬本の訓〕

中中　不見有従　相見　恋心　益念

『万葉集』二三九六〔二三九二〕・作者不明

思ひいづる後の心にくらぶ山よそなる花の色はいろかは

ある。

【余釈】　あの人と逢って契りを交わした後の今の気持と比べると、逢う以前の物思いなど大したことではなかった、ということで

逢った後のほうが恋しさが増したと詠むことは、参考項に掲げたように『万葉集』以来の類型と言うことができようが、この歌はそのように直接詠まず、今の気持と比較して「昔は物を思はざりけり」と詠んだところに独自性があり、すぐれた点があると言えよう。「昔は物を思はざりけり」ときっぱりと言い切っているところも、現在の物思いの深さがよく表れている。

すでに島津忠夫氏『百人一首』（角川文庫）や有吉保氏『百人一首全訳注』（講談社学術文庫）、吉海直人氏『百人一首の新考察』（世界思想社）に指摘があるが、この歌は、『拾遺抄』の詞書に「はじめてをんなのもとにまかりて又の朝につかはしける」とあることや『古今六帖』に「あした」の項の下に並べられていることなどにより、公任の時代には後朝の歌と理解されていたものと考えられる。そのほか、出典の『拾遺集』の配列では二首前（七〇八番）が契りを交わした朝の歌であること、あるいは『深窓秘抄』の配列ではこの歌からが契りを交わした後の歌となっていることなども、そのことを裏付けるものと言えよう。しかし、定家は必ずしもそのようには見ていなかったようである。『定家八代抄』では、この歌は次のように並べられている。

題不知　　　　　　　　　　　　伊勢

みし夢の思ひ出でらるるよひ毎にいはぬを知るは涙なりけり（一〇七一）

権中納言敦忠

あひみての後の心にくらぶれば昔は物をおもはざりけり（一〇七二）

千五百番歌合に　　　　　　　　後京極摂政

身にそへるその面かげも消えななん夢なりけりと忘るばかりに（一〇七三）

伊勢の「みし夢」は夢のようにはかない逢瀬のことである。そのことが「思ひ出でらるるよひ毎に」とあるので、そこに時間的

経過が読み取れる。良経の「身にそへるその面かげも消えななん」とあるのも、逢った日からずっと相手の面影がわが身から離れないと解すべきであろう。その両歌に挟まれているところから、敦忠の歌にも、逢ってから日を経ても相手のことが心から離れず、ますます物思いが募るばかりだという心情を、定家は読み取っていたものと推察される。そのように解すことで、逢った後の深い物思いの情趣を味わっていたのであろう。

この歌は本文上、第四句に問題がある。「物を」と「物も」の対立である。異同項に示したように、底本のほかにも『百人一首』の古写本、古注釈書の中に「物を」となっているものがある。また、『定家八代抄』の伝本の中にも「物を」とするものがあり、『百人秀歌』の冷泉家本の元の本文も「ものを」となっている。「物を」とする本文がかなり古くまで遡れることが知られる。

出典の『拾遺集』の本文としては、定家自筆本『拾遺集』や『五代簡要』などから、定家は「物も」と考えていたものと推定される。『敦忠集』や他の秀歌撰の状況から見て、本来は「物も」であった可能性が高い。それでは、『百人一首』の本文としてはどちらが妥当であるのか、となると判断が難しいところである。この歌には「小倉色紙」が存在しており、「ものも」となっている。この「小倉色紙」は、名児耶明氏「定家様と小倉色紙」(『百人一首と秀歌撰』〈風間書房〉所収)に拠れば、「小倉色紙」の中でも「自筆に一番近いと考えてよいもの」の一つとされている。『百人一首』の栄雅本や兼載本などの古写本の状況に加え、このことも考え合わせると、『百人一首』の本文としても「物も」が本来のかたちであったと考えるのが妥当なのかもしれない。

この歌の後世の評価についても、すでに島津忠夫氏『百人一首』(角川文庫)や有吉保氏『百人一首全訳注』(講談社学術文庫)、吉海直人氏『百人一首の新考察』(世界思想社)に述べられているが、あらためてまとめておくことにする。

公任は、この歌を『三十六人撰』や『深窓秘抄』に選んでいるところから見て、敦忠の代表的秀歌と見ていたものと思われる。しかし、その後、俊成は『古来風体抄』や『俊成三十六人歌合』にこれを選ばず、それほど高い評価を与えなかった。なお、公任の『三十六人撰』と『俊成三十六人歌合』では敦忠の三首の歌が一首も一致しておらず、両者の評価には大きな隔たりが認められる。そして、定家はこの「あひみての」の歌を敦忠の代表的秀歌として『百人一首』に選んだわけである。『定家八代抄』には敦忠の歌を四首選んでいるが、この「あひみての」の歌と「けふそへにくれざらめやはとおもへどもたへぬは人の心なりけり」（『後撰集』八八二・恋四）の二首が公任の『三十六人撰』と一致しており、『俊成三十六人歌合』とは一首も一致しない。その点から言えば、定家の評価は公任のほうに近かったと言えるのかもしれない。

定家の時代、この「あひみての」の歌は、それほどもてはやされてはいなかったかと想像される。それは、右のような俊成の評価や後鳥羽院の『時代不同歌合』に選ばれていないこと、そして、この歌を本歌とする歌がきわめて少ないということからも、そのことが窺われる。それに対して定家はこの歌を『定家八代抄』に選び、「あひみての後の心をまづしればつれなしとだにえこそうらみね」（『拾遺愚草』五七三）、「思ひいづる後の心にくらぶ山よそなる花の色はいろかは」（『拾遺愚草』一一六三）と本歌としても取っている。

それでは、『定家八代抄』中の敦忠の歌四首のうち、なぜ定家はこの「あひみての」の歌を『百人一首』に選んだのであろうか。それは、おそらく『百人秀歌』の配列が関係しているのではないかと思われる。『百人秀歌』では、この「あひみての」の歌は右近の「忘らるる」の歌と対をなしていると考えられる。この対は、歌人としても相応な組み合わせと言えるが、歌の内容も、逢った後の男の心の変化を詠んでいる点で共通しているのである。

44

中納言朝忠

逢事のたえてしなくは中中に人をも身をもうらみざらまし

【異同】

〔定家八代抄〕　安永・袖玉・知顕・東急は底本に同じ。
〔百人秀歌〕　底本に同じ。
〔百人一首〕　たえて―たへて（龍谷「え」と傍書）―為家・栄雅・兼載・守理・応永・古活・長享・頼常・頼孝・経厚・上條は底本に同じ。身をも―世をも（兼載）―為家・栄雅・守理・龍谷・応永・古活・長享・頼常・頼孝・経厚・上條は底本に同じ。

【語釈】　○逢事―逢って契りを交わすこと。○たえてしなくは―「たえて」は、下に打消しの表現を伴って、それを強調する副詞。まったく～ないの意。「世中にたえてさくらのなかりせば春の心はのどけからまし」（『古今集』五三・春上・業平）。「し」は強意の副助詞。一六番歌の語釈項をも参照のこと。「は」は係助詞で、形容詞「なし」の連用形「なく」に付いて仮定条件を表す。○中中に―予想とは逆の事態を述べるときに用いる副詞。かえって、あるいは、いっそのことの意。「に」を付けず「なかなか」という形でも用いられる。「いそのかみふるのなか道なかなかに見ずはこひしと思はましやは」（『古今集』六七九・恋四・貫之）、「有りへむと思ひもかけぬ世の中はなかなか身をぞなげかざりける」（『拾遺集』九三一・恋五・よみ人しらず）、「なかなかにおぼつかなさの夢ならばあはする人も有りもしなまし」（『信明集』一二九）、「露しげきさやの中山なかなかにわすれてすぐる都ともがな」（『拾遺愚草』五九二）。○人をも身をも―「人」は相手のこと。「身」はわが身のこと。○うらみざらまし―「うらみ」は「恨む」の未然形。「ざら」は打消しの助動詞「ず」の未然形。「まし」は反実仮想の助動詞。

【通釈】　あの人と逢って契りを交わすことがまったくなかったならば、かえって、あの人のこともわが身のことも恨まなかったであろうに。

【出典】　『拾遺集』六七八・恋一・「天暦御時歌合に　中納言朝忠」。

【参考】　『定家八代抄』一一一六・恋二・「天徳四年内裏歌合に　中納言朝忠」。『百人秀歌』四四。『五代簡要』「あふことのたえてしなくは中中に人をも身をもうらみざらまし」。『拾遺抄』二三五・恋上・「天暦御時歌合に　右衛門督朝忠」。『金玉集』四五・恋。『前十五番歌合』一二。『三十人撰』五六。『深窓秘抄』六九・恋・第二句「たえしなくは」。『三十六人撰』七〇。『俊成三十六人歌合』四一。『袋草紙』六六二。『朝忠集』四五・(むらかみの御時、うたあはせに、左)(こひ)。
『内裏歌合　天徳四年』三八・十九番・左・恋

十九番　左勝　　朝忠

三八あふことのたえてしなくはなかなかに人をもみをもうらみざらまし

右　　元真

三九きみこふとかつはきえつつふるものをかくてもいけるみとやみるらん

左右歌、いとをかし、されど、左のうたは、ことばきよげなりとて、以左為勝。

《参考歌》

『拾遺愚草』三七五

うくつらき人をも身をもよししらじただ時のまの逢ふこともがな

『拾遺愚草』一八二四

身をしれば人をも世をもうらみねどくちにし袖のかわく日ぞなき

【余釈】　なまじ逢って契りを結んだがために、あの人の冷たさもわが身の拙い宿世も恨んでしまうのだ、ということである。それを、もしも契りを結ぶことがなかったならば、と反実仮想の形で詠んだ一首である。もちろん、契りを結んだことを心底から後悔しているわけではない。契りを結んだ後のいっそう募る相手への思いをこのような形で詠んでいるのである。その詠法は、業平が桜への思いが強いあまり、「世中にたえてさくらのなかりせば春の心はのどけからまし」(『古今集』五三・春上)と詠んだのと同じである。

右の業平の歌は諸注では『幽斎抄』に東常縁の説の中に引かれ、『三奥抄』『改観抄』も引いている。さらに、『うひまなび』は業平の歌をまねたものと捉えてこの朝忠の歌を批判している。これに対して、『百首異見』は、後世の歌の詠み方から言ってこの程度の類似は問題にならないと、『うひまなび』の見解に反論している。はたして、業平の歌が作者にどの程度影響を与えたのかはわからないが、業平の歌は有名であり、「たえて〜（仮定条件）、〜まし」という形で詠んだ歌は意外に例が少なく、定家がこの歌の向こう側に業平の歌を透かし見ていたとしても不思議はない。

諸注の解釈を整理するとおおまかに次のように整理される。（1）「逢うて逢はざる恋」の内容と解しているもの。『宗祇抄』をはじめ『頼孝本』『経厚抄』『幽斎抄』『拾穂抄』『雑談』『三奥抄』『改観抄』など多くの注がこの解釈をとっている。（2）一般的に捉えて、逢うこと、あるいは恋というものがそもそもこの世になかったならば、恨むということもないであろうに、と解しているもの。『長享抄』『上條本』『うひまなび』『百首異見』などがこの解釈である。（3）「稀に逢ふ恋」の内容に解すもの。天理図書館蔵『百人一首聞書』や『新抄』『百首異見』の別解などがこの解釈である。

この歌は、出詠時の天徳内裏歌合での「恋」の歌の内容が逢い見る以前の心情を詠んだものであることから、本来、逢って契りを結ぶ前の苦しい心情を詠んだものであったことが知られる。また、出典の『拾遺集』や『拾遺抄』の配列などからも、出詠時から四十年ほど経た時代にもそのように解されていたことが窺われる。これは石田吉貞氏『百人一首評解』（有精堂）に指摘するとおりである。『金玉和歌集』『深窓秘抄』などの配列もそのことと矛盾はない。「いっそのこと、絶対に逢うことはあり得ないというのなら、かえって、あの人（あなた）のこともわが身のことも恨まないだろうに」と解されていたということである。しかし、『定家八代抄』では次のように並べられている。

（題不知）　　　　　　　　　惟喬親王
逢ふ事のかたいとぞとは知りながら玉のをばかり何によりけん（一一一五）
天徳四年内裏歌合に　　　　　中納言朝忠
あふ事のたえてしなくは中中に人をも身をも恨みざらまし（一一一六）
題不知　　　　　　　　　　　読人不知

44　逢事のたえてしなくは中中に人をも身をもうらみざらまし

逢ふ事は玉のをばかり名のたつはよしのの川の滝つせのごと（一一一七）

この配列から、定家は、契りを結んだ後の相手の冷淡さゆえの嘆きを詠んだものとしてこの歌を味わっていたことが窺われる。これも島津忠夫氏『百人一首』（角川文庫）や有吉保氏『百人一首全訳注』（講談社学術文庫）に指摘するとおりである。また、定家はこの歌を本歌として「うくつらき人をも身をもよししらじただ時のまの逢ふこともがな」（『拾遺愚草』三七五）と詠んでいる。「つらく恨めしいあの人のこともわが身のことも、ままよ、どうでもかまわない。ただほんの少しの間でもいいから逢いたい」という意である。これは、逢った後の嘆きはさておき、今はとにかく逢いたい、という気持を詠んだものと解することができる。この歌からも定家が朝忠の歌を右のように解していたことが裏付けられる。したがって、諸注の中では（1）「逢うて逢はざる恋」の内容と解す『宗祇抄』などの解釈が定家の理解に近いものと言えよう。

なお、このような定家の理解は必ずしも定家独自のものではないと見られる。千五百番歌合に小侍従が「つらきをばうらみぬものをあふことのあればぞかかる心をも見る」（二五六六・恋三・千二百八十四番・左）と詠んだのに対して、判者の顕昭は「左歌は、天徳四年歌合に、朝忠卿が恋歌に、あふことのたえてしなくは中中に人をも身をもうらみざらまし、と侍る歌の心をいでずや侍らん」と言っている。小侍従の歌は「あの人の冷淡なのを恨んだりはしないのに。逢ったりしたからこのような気持になったのだ」と解することができる。そうであるとすれば、顕昭の理解も定家と同じであったと言えよう。

また、この朝忠の歌を本歌として順徳院は「いつまでか人をも身をも恨むべきたえぬうき世の忘がたみに」（『紫禁和歌集』六〇）と詠んでいる。歌意は「いったいいつまであの人のことやわが身のことを恨んだらよいというのか。ずっといつまでも続くつらいこの世の忘れられない形見として」ということであろう。逢った後の相手の冷淡さゆえの嘆きが、その相手との関係が終わった後まで、忘れがたい形見としてずっと残っているということであり、その嘆きがいかに深いものであるかを詠んでいるのである。そのように解することができるとすれば、順徳院も定家と同じように朝忠の歌を理解していたことになろう。

島津忠夫氏『百人一首』（角川文庫）や吉海直人氏『百人一首の新考察』（世界思想社）に指摘があるとおり、公任は、『前十五番歌合』をはじめとして、『金玉和歌集』『深窓秘抄』『三十六人撰』などに選んでいるところから見て、この歌を朝忠の代表的秀歌と考えていたのであろう。そして、俊成も『俊成三十六人歌合』に選んでいるので、公任と同様にこの歌を高く評価していたことが知られる。

定家もこの歌を『定家八代抄』に選んで高く評価していた。『定家八代抄』には朝忠の歌は三首選ばれているが、その中からこの「あふことの」の歌を選んだのは、やはり『百人秀歌』での対の相手である伊尹の「あはれとも」の歌との関係によるものなのであろう。どちらも逢った後の相手の冷淡さゆえの嘆きを詠んでいるからである。

なお、定家は右掲の「うくつらき」の歌のほかに「身をしれば人をも世をもうらみねどくちにし袖のかわく日ぞなき」（『拾遺愚草』一八二四）とも詠んでいる。この歌は「恋」の歌を「述懐」（題は「雑」）に詠み換えている。「わが身の拙さがわかるにつけても、人のことも世の中のことも恨んだりはしないけれど、涙にすでに朽ちてしまった袖がまた乾く日がない」という意である。朝忠の歌を巧みに取り入れた一首と言えよう。

45

謙徳公

あはれともいふべき人はおもほえで身のいたづらになりぬべきかな

【異同】

〔定家八代抄〕安永・袖玉・知顕・東急は底本に同じ。

〔百人秀歌〕底本に同じ。

〔百人一首〕いたつらに―いたつら（守理）―為家・栄雅・兼載・龍谷・応永・古活・長享・頼常・頼孝・経厚・上條は底本に同

じ。

〔小倉色紙〕　底本に同じ。昭和美術館蔵。（集古・墨58・墨・入門・定家様）

【語釈】　○あはれともいふべき人―「あはれ」はここでは「かわいそうに」というような同情・共感の言葉。「べき」は当然の助動詞。「かわいそうに」と言ってくれるはずの人。相手の女性のこと。余釈項を参照のこと。○おもほえで―「おもほえ」は「おもほゆ」の未然形で、思い浮かぶの意。「で」は打消しの意の接続助詞。余釈項を参照のこと。○身のいたづらになりぬべきかな―「身」は、わが身のこと。「いたづらになる」は、無駄になる。台無しになる。むなしく死ぬことをも意味する。ここでは恋い焦がれて死ぬということ。「こひわびてみのいたづらになりぬともわするなわれによりてとならば」（『元真集』二三七）、「人やりにあらぬことにもあらなくに身もいたづらに成りぬべきかな」（『信明集』六四）、「あひ思はでかれぬる人をとどめかねわが身は今ぞ消え果てぬめる、と書きて、そこにいたづらになりにけり」（『伊勢物語』第二四段）。

【通釈】　「ああ、かわいそうに」と私に言ってくれるはずの人は思い浮かばないで、私はきっとむなしく死ぬにちがいないことよ。

【出典】　『拾遺集』九五〇・恋五・「ものいひ侍りける女の、のちにつれなく侍りて、さらにあはず侍りければ　一条摂政」。

【参考】　『定家八代抄』一四〇七・恋五・「（題不知）謙徳公」。『八代集秀逸』二八。『百人秀歌』四三。『五代簡要』「あはれともいふべき人はおもほえで身のいたづらに」。『拾遺抄』三四三・恋下・「ものいひ侍りけるをんなののちにつれなく成りてさらにあひ侍らざりければ　一条摂政」・第二句「いふべき人も」。『時代不同歌合』一八七。

『一条摂政御集』一

いひかはしけるほどの人は、とよかげにことならぬ女なりけれど、としつきをへてかへりごとをせざりければ、まけじとおもひていひける

一　あはれともいふべき人はおもほえでみのいたづらになりぬべきかな
女からうじてこたみぞ

二なにごともおもひしらずはあるべきをまたはあはれとたれかいふべき

はやうの人はかうやうにぞあるべき、いまやうのわかい人は、さしもあらで上ずめきてやみなんかし

とが読み取られる。せめて、その女性が「かわいそうに」と言ってくれたら、どんなに嬉しいだろうに、ということが余意として感じられる。相手に自分の気持が届くことなく死んでいかなければならないことを嘆いているのである。

【余釈】「あはれとも言ふべき人はおもほえで」というところに、相手の女性の態度がまったく取り付く島もないほど冷淡であるこ

出典の『拾遺集』の詞書には「ものいひ侍りける女の、のちにつれなく侍りて、さらにあはず侍りければ」とあり、『拾遺抄』もほぼ同様の詞書を付している。ところが、『定家八代抄』ではこの詞書を削って、「題しらず」でまとめてしまっている。逢った後に逢えなくなっての心情を詠んだ歌であることは配列によって示すことはでき、歌の「あはれとも言ふべき人はおもほえで」に相手の冷淡な態度が表されていることなどの理由から、作歌事情を記す必要はないものと考えたのであろう。さらに、『拾遺集』の詞書では相手の女性に贈った歌ということになる。そうであるならば、この歌は相手の同情を誘った歌と解釈される。しかし、『定家八代抄』では、その詞書を削り、独詠歌と解せる歌を並べた中にこの歌を配しているところから、定家はこの歌を独詠歌として味わっていた可能性が高い。

さて、この歌の「あはれ」は、相手からの同情・共感の言葉である。それは、「あはれとしきみだにいはばこひわびてしなんいのちもをしからなくに」（『拾遺集』六八六・恋一・経基）、「つれもなき人もあはれといひてましこひするほどをしらせだにせば」（『後拾遺集』六四六・恋一・赤染衛門）、「あはれとも人はいはたのおのれのみ秋の紅葉を涙にぞかる」（『拾遺愚草』九七三）などの歌や、『源氏物語』若菜下巻の女三の宮への柏木の言葉に「すこし思ひのどめよとおぼされば、あはれとだにのたまわせよ」、また柏木巻の「あはれとだにのたまはせよ。心のどめて、人やりならぬ闇にまどはむ道の光にもしはべらむ」とあるのによっても知られるところである。

ただし、何に対して「あはれ」と言うのか、その対象については解釈が分かれる。すなわち、（1）思いが届かず独り恋い焦がれ

ている今の私に対してとる説と、（2）恋死にをした私に対してとる説である。（1）の説をとるものとしては『長享抄』があり、「我物おもひを、あはれともいふべき人はおもえぬ程に」とする。『経厚抄』も「わが志を感ずべき人も今はおもほえぬと云なり」としており、そのようにとっている。『百首異見』もこの説である。これに対して、（2）の説をとるものとしては『上條本』があり、「我身いたづらにうせぬるともあはれとはおもひたまふまじきやとうらみたる心也」としている。『拾穂抄』も「思ふ人ゆへ恋死《シナ》ばむかふの人はあはれといひおもふべき事なるを」「たとひ恋死とも、おもふ人の哀といはば」としている。『三奥抄』『改観抄』『新抄』もこの説である。この点に関しては、右掲の例に照らして、（1）の思いが届かず恋い焦がれている今の私に対してと解すべきであろう。

また、「言ふべき人」は誰を念頭に置いたものかで解釈が分かれる。すなわち、（1）相手の女性と解す説と、（2）世間一般の人と解す説である。（1）の説をとるものとしては天理図書館蔵『百人一首聞書』があり、「たのみつる人の哀とも思はぬ間」としている。『拾穂抄』もこの説で、「思ふ人ゆへ恋死《シナ》ばむかふの人はあはれといひおもふべき事なるを、その人はいまはなにともおもはでとの心也」としている。『百首異見』は（2）説をとる『改観抄』を批判して、「こは、あはれともいふべき人はつれなくなりて、いふべしともおもほえずといへるにて其人をさす也。誰ありてかといふにはあらず」として（1）説をとっている。（2）説をとるのは『宗祇抄』で、「くかいの他人の事也」「あはれと思ふべき君はわすれはてぬれば、その外に世人にたれかさやうにあらんとおもひわびて」としている。そのほかにも、『上條本』『雑談』『三奥抄』『改観抄』『うひまなび』などこの説をとるものは多い。この点に関しても、右掲の例に照らせば、（1）の相手の女性と考えるべきであろう。世間の誰か、例えば友人などから「あはれ」（かわいそうに）と同情されることを期待していたとは考えにくい。

次に、「おもほえで」の語義であるが、思い浮かばないで、と理解してよいと考えられる。天理図書館蔵『百人一首聞書』や『拾穂抄』などは右に記したように、「おもはで」の意に解している。この解をとれば、「おもほえで」の動作主体は相手の女性ということになる。これを『うひまなび』は批判して「覚《オボ》えなくて」「おぼえずて」の意に解している。この『うひまなび』の説を『百首異見』はさらに批判して、本来の語の成り立ちから言えば「おもはで」の意に解したほうがかえって正しいとする。そして、「いふべしともおもはれずてといふ意」としている。ただしその場合、動作主体は作者ということである。しかし、『百首異見』には誤解があるようで、『うひまなび』のいう「覚えなくて」を「おぼえはなし」（記憶がない）の意に解してしまっている。結局、語義に大きな差はないものと考えられ、『拾穂抄』などのように「おもはで」の意に解すのは無理である。動作主体は作者である。また、『百首異見』のように「いふべしとも」と補わなければならないのは解釈の上で少し苦しい。これは、例えば、「さくら花とくちりぬともおもほえず人の心ぞ風も吹きあへぬ」（『古今集』八三・春下・貫之）などのように「おもほえず」が連用修飾語を受ける用法（思われないの意）ととっての解釈であるが、それとは異なる用法（思い浮かばないの意）もあるので、ここはそのように解したい。例えば、「今更にとふべき人もおもほえずやへむぐらしてかどさせりてへ」（『古今集』九七五・雑下・よみ人しらず）、「秋ののにきやどる人もおもほえずたれを松虫ここらなくらん」（『後撰集』二六〇・秋上・貫之）、「あとたえてとふべき人もおもほえずたれかはけさの雪をわけこん」（『千載集』一一七〇・物名・定頼）、「たれぞこのとふべき人はおもほえでみみとまりゆく荻のうは風」（『和泉式部続集』二五六）、「あまた見し秋にもさらにおもほえずかばかりすめる月の面かげ」（『拾遺愚草員外』三六五）などの例と同じである。

公任は、伊尹の歌としては「いにしへはちるをや人の惜みけん花こそ今は昔こふらし」（『拾遺集』一二七九・哀傷）の歌を高く評価していたようで、『金玉和歌集』『深窓秘抄』『和漢朗詠集』などに選んでいる。俊成は『古来風体抄』に「すずか山いせをのあまのすて衣しほなれたりと人やみるらん」（『後撰集』七一八・恋三）を選んでいるので、これを高く評価していたものと見られる。定家は『定家八代抄』に伊尹の歌は七首選んでいる。ちなみに、右の「いにしへは」の歌は選んでいるが、「すずか山」の歌は選んでいない。その七首の中で特に高く評価していたと見られる歌は二首あり、一首は「から衣袖に人めはつつめどもこぼるるものは涙なりけり」（『新古今集』一〇〇三・恋一）である。それはこの歌を『近代秀歌（自筆本）』の秀歌例に挙げていることから知られる。ただし、『新古今集』の撰者名注記に定家の名はないので、これをどう考えるかである。そして、いま一首はこの「あはれとも」

の歌である。『八代集秀逸』に選んでいることからも、是非とも『百人一首』あるいは『百人秀歌』に入れたい一首と考えていたものと思われる。伊尹の歌人としての評価は定家の時代に高まり、『新古今集』に一〇首、『新勅撰集』には九首入集している。そうした中で、この歌が伊尹の家集『一条摂政御集』の冒頭の歌であり、印象深く象徴的な歌であったことも選歌の要因となったのかもしれない。同時代の後鳥羽院も高く評価し、『時代不同歌合』に選んでいる。

46

曽祢好忠

ゆらのとをわたるふな人かぢをたえ行ゑ〔へ〕もしらぬ恋のみちかな

【異同】

〔定家八代抄〕　かちをたえ―かちをたへ（東急）―安永・袖玉・知顕は底本に同じ。行ゑ―ゆくへ（東急）―安永・袖玉・知顕は底本に同じ。みちかな―みちかも（東急）―安永・袖玉・知顕は底本に同じ。

〔百人秀歌〕　行ゑ―ゆくへ。

〔百人一首〕　かちをたえ―かちをたへ（守理）―かちを絶（龍谷）―為家・栄雅・兼載・応永・古活・長享・頼常・頼孝・経厚・上條は底本に同じ。みちかな―みちかも（栄雅・龍谷）―為家・兼載・守理・応永・古活・長享・頼常・頼孝・経厚・上條は底本に同じ。

〔小倉色紙〕　底本に同じ。大和文華館蔵。（集古・定家様）

【語釈】　○ゆらのと―「ゆらのと」の「と」は、両岸がせまった所で、舟の渡し場。紀伊国の歌枕。現在の和歌山県日高郡由良町とされる。余釈項を参照のこと。○かぢをたえ―「かぢ」は、櫓《ろ》や櫂《かい》など舟を漕ぎ進めるための道具であり、方向を決める舵《かじ》ではない。それを舟に繋ぐ縄が「楫緒」である。その楫緒が切れて、ということ。余釈項を参照のこと。○行ゑもしらぬ―「ゆくゑ」は、歴史的仮名遣いでは「ゆくへ」であるが、定家の表記では「ゆくゑ」。現存定家自筆三代集はすべて「ゆくゑ」とし、『下官集』にも「ゆくゑ」とする。「ゆくゑしらず」は、行く先がわからないさまをいう。「わがこひはゆくへもしらずはてもなし逢ふを限と思ふばかりぞ」(『古今集』六一一・恋二・躬恒)。○恋のみち―「恋」を進んでゆく「道」に擬えた表現。好忠のこの歌の例が初出と思われる。「こひぢ(恋路)」という語はすでにあったが、「こひぢ(泥)」を掛けて用いられる語であった。「山ふかきなげきこるをのおのれのみくるしくまどふ恋の道かな」(『拾遺愚草』八九九)。

【通釈】 由良のとを渡る舟人が、楫緒が切れて、「行方もわからなくなる」ように、行方もわからない恋の道であるよ。

【出典】 『新古今集』一〇七一・恋一・「(題しらず)(曾禰好忠)」・結句「恋のみちかも」。

【参考】 『定家八代抄』九六七・恋二・「(題不知)曾禰好忠」。自筆本『近代秀歌』七八。『百人秀歌』四七。『好忠集』四一〇・こひ十。『住吉物語(真銅本)』二四。

《参考歌》

『古今集』四七二・恋一・勝臣
白浪のあとなき方に行く舟も風ぞたよりのしるべなりける

『古今集』七三二・恋四・よみ人しらず
ほり江こぐたななしを舟こぎかへりおなじ人にやこひわたりなむ

『拾遺集』八五三・恋四・人麿(『万葉集』二七五五〈二七四五〉・作者不明)
みなといりの葦わけを舟さはりおほみわが思ふ人にあはぬころかな

『後撰集』一〇九〇・雑一・小町
あまのすむ浦こぐ舟のかぢをなみ世を海わたる我ぞ悲しき

46 ゆらのとをわたるふな人かぢをたえ行ゑもしらぬ恋のみちかな

『続古今集』一六四一・雑中・小町（『小町集』七八・第三句「かぢよりも」）
すまのあまのうらこぐふねのかぢをたえよるべなきみぞかなしかりける
『万葉集』二七三二（二七二三）・作者不明
数多不有　名乎霜惜三　埋木之　下従其恋　去方不知而
〔廣瀬本の訓〕
あまたあらぬ　なをしもをしみ　むもれぎの　したよりぞこふる　ゆくへしらずて
『万葉集』二七四八（二七三九）・作者不明
水沙児居　奥麁礒尓　縁浪　往方毛不知　吾恋久波
〔廣瀬本の訓〕
みさごゐる　おきのあらいそに　よるなみの　ゆくらむしらず　わがこふらくは

【余釈】「行方がわからない」ものといえば、由良の門を渡る舟人が、楫緒が切れてしまい、どこへともなく行方もわからなくなってしまうということがあるが、そのように、あの人に近寄るすべもなく、これから先どうなるかがまったくわからないわが恋の道だ、という意の歌である。

「由良の門を渡る舟人楫緒絶え」は序詞であり、由良の門を渡る舟人は楫緒が切れて海に消えるというところから「行方も知らぬ」を導く。自分の恋がこの先まったくどうなるかわからないという不安な心情を詠んでいるのである。

そのような「行方も知らぬ恋」を詠んだ歌は、参考項に挙げたように『万葉集』にすでに見出すことができ、この歌と同じように序詞によって詠まれた例もある。そして、「わがこひはゆくへもしらずはてもなし逢ふを限と思ふばかりぞ」（『古今集』六一一・恋二・躬恒）といった歌によって受け継がれてゆく。さらに、「かげろふに見しばかりにやはまちどりゆくへもしらぬ恋にまどはん」（『後撰集』六五四・恋二・等）などの歌に受け継がれる。「はまちどり」を「ゆくへもしらぬ」の序詞としたのは、「わすられむ時しのべとぞ浜千鳥ゆくへもしらぬあとをとどむる」（『古今集』九九六・雑下・よみ人しらず）に拠ったものと考えられる。好忠の歌はこうした系譜に連なるものと言えよう。その序詞の部分に変化を加え、おそらくその際、「あまのすむ浦こぐ舟のかぢをなみ世を海わたる我ぞ悲しき」（『後撰集』一〇九〇・雑一・小町）などを念頭に置いて詠んだものかと想像される。そして、この好忠の歌の後も、俊頼はその序詞の部分を換えて詠むことを試み、「をしめどもたちもとまらぬ秋ぎりのゆくへもしらぬ恋もするかな」（『散木奇歌集』一二三二）、「風ふけば空にたなびくうき雲の行へもしらぬこひもするかな」（『散木奇歌集』一二三三）、「よさの浦に島がくれ行くつり舟のゆくへもしらぬ恋もするかな」（『散木奇歌集』一二三九）など一〇首もの歌を詠んでいる。

出典の『新古今集』でも「恋一」に入り、相手と契る以前の恋の懊悩を詠んだ歌として捉えられていたことが知られる。『定家八代抄』でも同様の配列であり、定家の理解の仕方を知ることができる。

本文異同で問題となるのは、結句を「恋のみちかも」とする伝本があるということである。出典の『新古今集』では「恋のみちかも」が優勢のようである。『定家八代抄』でも「恋のみちかも」とする伝本がある。しかし、『近代秀歌』の定家自筆本は「こひのみちかな」とあり、定家としては「恋のみちかな」の本文をとっていた可能性が高い。

さて、この歌では三つ、解釈が分かれるところがある。一つは、「由良のと」が紀伊国であるか丹後国であるかということである。二つ目は、「かぢをたえ」が「楫を絶え」なのか「楫緒絶え」なのかということである。そして、いま一つは、初句から第三句までが序詞か比喩であるかということである。

まず、「由良のと」についてであるが、『八雲御抄』の「渡」の項に「ゆらのと」を挙げて「好忠」とし、紀伊国とする。順徳院はこの好忠の歌の「由良のと」を紀伊国の歌枕と考えていたものと思われる。また、同書は「ゆらの湊」や「ゆらのみ崎」も紀伊国とする。建保三年（1215）一〇月成立の『建保名所百首』で「湯等三崎」を紀伊国とし、その中に「夕波の磯たちのぼるゆらのとに玉をぞよする春の塩風」（一七九・行能）と「ゆらのと」が詠まれている。「ゆらのみ崎」と同所と考えられていたからであろう。また、『夫木抄』には為家の「紀伊のうみのゆらのとあるくわたり舟わが身さきよりいでがひもなし」（一五八五七）という歌が収載されている。詞書には「寛元三年結縁経百首」とある。ただし、歌本文には多少ゆれがあり、『歌枕名寄』には「紀の海やゆらのとあるるわたし舟わがみさきよりいでがひもなし」（八七〇五）として収載されている。こうした状況から考えれば、紀伊国で問題がないようであるが、これに異を唱えたのが『改観抄』である。

『改観抄』は「此由良の門、紀伊といふ。きの国に由良ある事勿論なれど、曽丹集を見るに丹後掾にてうづもれ居たることを述懐してよめる歌おほければ、此由良は丹後の由良にて」とする。そして、「此歌もおもては恋にして、我一才ある事を吹挙して、みかどに奏する人なくて召上られて然るべき官爵を授らるる事もなきをたとへ出せるにや」としている。そして、「暁やをじまが磯の松風にころもかさねよ由良の浦人」（『夫木抄』一〇四四一・顕仲）を引き、「とまりするを島が磯の波枕さこそはふかめよさのうらかぜ」（『新拾遺集』七六二・羇旅・通具）に「雄島が磯」を丹後の「与謝の浦」と詠み合わせているところから、顕仲の歌の「雄島が磯」も丹後であり、したがって「由良」も丹後であるというのである。さらに、紀伊の由良は『万葉集』には「由良のさき」「由良のみさき」などと詠まれ、「由良のと」と詠まれた歌はないこと、隠岐にも「由良」があることなどを挙げて、自説を補強している。

そのほか、淡路国紀淡海峡とする説もあるようである。しかし、作者の意図がどのようなものであったかはしばらく措き、『百人一首』の歌としては、前述のように、定家の時代の歌人たちが紀伊国ということで疑問を持ってはいなかったこと、この歌をあくまで「恋」の歌として理解しており、「述懐」の歌とは考えていなかったことから、紀伊国と理解すべきであろう。

次に、「かぢをたえ」について考えてみよう。「を」を助詞の「を」ととるか、「緒」と考えて「楫緒」すなわち楫を舟に取り付ける縄紐ととるかで解釈が分かれる。

「絶ゆ」という動詞は格助詞に「を」をとることがある。例えば「わびぬれば身をうき草のねをたえてさそふ水あらばいなむとぞ思ふ」（『古今集』九三八・雑下・小町）、「あやめぐさかけしたもとのねをたえてさらにこひぢにまどふころかな」（『後拾遺集』七一五・恋三・後朱雀院）、「としをへて爪木こりくべ炭竈に煙をたえぬおほ原の里」（『堀河百首』一〇七三・公実）、「なにごとをむかしの人はおもひてかなくにいのちをたゆといひけん」（『成尋阿闍梨母集』一一九）、「しのびかねなみだのたまのををたえてこひのみだれぞでに見えゆく」（『新勅撰集』六九三・恋一・家良）、「緒をたえしかざしの玉とみゆばかり君にくだくる袖のしら露」（『拾遺愚草』二五九三）などのようにである。この場合の「絶ゆ」は他動詞「絶つ」というほど意志的なものではなく、意志とは関係なく切ってしまう、というほどの意味で、現代語で「絶やす」という他動詞に近い。語句の繋がりとしても、「舟人（は）楫を絶え」で落ち着きがよい。しかし、「絶ゆ」は基本的には、長いもの、続いているものが切れる意である。ところが、「楫」はそのようなものではないので、助詞の「を」と解すのは苦しい。

「楫緒」と解す説は、『増註』が指摘するように『夫木抄』を根拠とする。『夫木抄』「緒」の項目に「かぢを」が立項され、例として「かぢをたえこと浦風に行く舟のうき世のなみにこがれてぞふる」（一五九〇五・順徳院）と「すまのあまのうらこぐ舟のかぢをたえよるべなき身ぞかなしかりける」（一五九〇六・小町）の二首が挙げられている。このことから、『夫木抄』が成立した頃には「楫緒」と理解されていたと考えられる。また、『夫木抄』の「梶楫」項には為家の「契こそゆくへもしらねゆらのとやわたるかぢ緒の又もむすばで」（一五八七三）という歌が収められており、「かぢ緒の又もむすばで」というのであるから、この歌では明らかに「楫緒」ということになる。この歌も「楫緒」説の有力な根拠となっている。ちなみに、『夫木抄』にはこの為家の歌の詞書には「山階入道左大臣家百首、絶恋」とある。

作者の意識がどうであったかについてはまだはっきりとした結論は出せないが、定家がどのように理解していたかと言えば、右の為家の歌を根拠として「楫緒」ということになろうかと思う。為家が父定家の考えをそのまま受け継いでいた可能性は高いからである。これに付け加えて、同時代の家隆の歌に「いくよふとかぢをもたえし彦星のと渡る舟の天の河かぜ」（『壬二集』一三三一）と「楫緒」を詠んだ歌がある。この例からも定家の時代の歌人が「楫緒」と解していた可能性は高いと言えよう。当時の歌で「楫緒」では意味が通らない例が出てくるまではこの説に従いたいと思う。

なお、『百人一首』の時代からは遡るが、『枕草子』の「うちとくまじきもの」に「早緒《はやを》とつけて、櫓《ろ》とかにすげたる物の弱げさよ。かれが絶えば、なにかならむ。ふと落ち入りなむを、それだに太くなどもあらず」（三巻本）とある。清少納言が舟に櫓を取り付ける縄紐に注目しているので付け加えておく。『増註』は「緒の絶えたるばかりにては、めいわくする事さほどにはあるまじければ、ただ梶のおれたる義成べし」と「楫緒」説を否定していが、舟に乗っている者にとって「楫緒」が命にかかわるものと認識されていたことが窺われよう。

最後に、初句から第三句までが序詞になっているのか、それとも比喩なのかという点について考えてみる。まず、比喩であることを積極的に述べているのは、『三奥抄』である。『三奥抄』は「此歌の上の句、ことごとく比なり。おとこの身を舟になぞらへ、女をその泊になぞらへ、楫は媒によせ、迫門のこしがたきところをば云よるあたりの難義なるにたとへたり」とする。そして、「惣じて、おとこを舟によせ、女を泊になずらふることは、万葉をはじめてその歌かずしらず」として、その例歌を挙げている。その一部を参考項に掲げた。そして、『改観抄』はこれをほぼそのまま踏襲している。これに対して、『百首異見』は「比喩ならず序なる事は調にしるし」としている。

歌の構成を見ると、「由良の門を渡る舟人楫緒絶え行方も知らぬ」と「行方も知らぬ恋の道かな」、言い換えれば、舟と恋というまったく別のものを、「行方も知らぬ」を共通項として結び付けた歌であることは確かである。そして、先述したように、「行方も知らぬ」にかかる部分が様々なバリエーションで詠まれていることからも、やはりこれは序詞と考えるべきであろうと思われる。

しかし、そのいっぽう、男を舟に擬えて表現することは、『三奥抄』や『改観抄』に言うように、『万葉集』以来の、いわば常套的な和歌の表現である。この好忠の歌を本歌とする「かぢをたえゆらのみなとによるふねのたよりもしらぬおきつしほかぜ」（『新古今集』一〇七三・恋一・良経）の「舟」も言い寄る男を擬えたものであることは、「恋」の歌であることで明らかである。そうしたことを考慮するならば、定家あるいはその時代の歌人たちが比喩と見ていた可能性は高い。ただし、『三奥抄』や『改観抄』の説くところは、喩えるものと喩えられるものとをあまりに緊密に対応させすぎかと思われる。特に「楫は媒によせ、迫門のこしがたきところをば云よるあたりの難義なるにたとへたり」というあたりは対応を求めすぎの感がある。「楫緒絶え」は、媒介者がいなくなったというよりは、万策尽きたというところではなかろうか。「白浪のよするいそまをこぐ舟のかぢとりあへぬ恋もするかな」（『後撰集』六七〇・恋二・黒主）などの例からすれば、「楫」は自力でなんとかするというほどの意味と考えられる。また、「由良の門」は、旧注も多く潮流の激しい難所と指摘するが、『新古今集』前後の歌には必ずしもそのようにばかりは詠まれていない。定家は「ゆらの戸のしほかぜはげしふなわたり冬をばすぐせ後もあひみん」（『拾遺愚草員外』二八六）と詠んでいるが、冬が過ぎれば激しい潮風もやむということである。俊恵の歌に「夕なぎにゆらのとわたるあま小舟霞のうちにこぎぞ入りぬる」（『月詣和歌集』二〇・正月）という歌もある。したがって、「云よるあたりの難義なるにたとへたり」というのも穿ちすぎかと思われる。しかし、比喩的な意味は読み取るべきであろうと思われるので、この歌の場合、序詞でありながら比喩にもなっているものと考えるのが妥当ではなかろうか。

さて、この「由良のとを」の歌の後世の評価については、吉海直人氏『百人一首の新考察』（世界思想社）にすでに言及があるが、あらためてまとめておくことにする。

この歌は、『新古今集』に入集するまで秀歌撰や秀歌例にとられることもなかった。俊成の評価がどうであったかは、『古来風体抄』『俊成三十六人歌合』『千載集』何れも選歌範囲外なので、そこからは知ることができない。そして、定家は『定家八代抄』のほかにも『近代秀歌（自筆本）』に秀歌例として挙げ、この歌を高く評価している。『新古今集』の撰者名注記によれば、定家のほか、家隆や雅経もこの歌を推したようである。また、右に挙げた良経の歌以外にも、「たよりだに行へしらずやなるみ方浦こぐ舟もかぢをたえなば」（『建保名所百首』九二九・俊成卿女）、「ゆらの戸をよわたる月にさそはれて行衛もしらずいづる舟びと」（『道助法親王家五十首』五六八・家長）、「うきねするゆらのみなとにかぢをたえきりたちわたるなみのかよひぢ」（『範宗集』二三一）など、この好忠の歌を本歌とする歌が詠まれているので、この時代になって評価が高まったものと思われる。『狭衣物語』（巻一）に狭衣が扇に書いた歌として引かれ、飛鳥井の姫君が「楫緒絶え命も絶ゆと知らせばや涙の海に沈む舟人」と詠む場面があることなども、この好忠の歌が注目された理由の一つに挙げられるかもしれない。ただし、定家は『八代集秀逸』に「さかきとるうづきになれば神山のならのはがしはもとつはもなし」(『後拾遺集』一六九・夏)の歌を選んでいる。『八代集秀逸』には好忠の歌はこの一首しか選ばれておらず、『新古今集』からの選歌が同時代歌人からという制約はあったとしても、「さかきとる」の歌をもっとも高く評価していたものと見ることができる。しかし、その「さかきとる」の歌を選ばず、「由良のとを」の歌を選んだ。その理由はどこにあったかと言えば、おそらく『百人秀歌』での対と見られる重之の「かぜをいたみ岩うつなみのおのれのみくだけてものを思ふころかな」との関係を考えざるを得ない。なお、『時代不同歌合』には「由良のとを」の歌も「さかきとる」の歌も選ばれていないので、定家と後鳥羽院の好みの違いをそこに窺うことができる。

《第九グループの配列》

43　逢ひ見てののちの心に比ぶれば昔は物も思はざりけり(敦忠)
44　逢ふことの絶えてしなくはなかなかに人をも身をも恨みざらまし(朝忠)
45　あはれとも言ふべき人は思ほえで身のいたづらになりぬべきかな(伊尹)
46　由良のとを渡る舟人梶緒絶え行方も知らぬ恋の道かな(好忠)

この第九グループは、朱雀朝から村上・冷泉・円融朝期にかけて活躍した歌人を配したものと考えられる。敦忠と朝忠を並べたのは、中納言という官職の共通によるものと思われる。活躍時期は敦忠のほうが先であり、時代順になっている。そして、次に伊尹が配されているが、これも時代順になっている。好忠は伊尹とほぼ同年代かと推定されるが、伊尹没後約三十年後の一条天皇の時代まで活躍するので、これも時代順と言ってよいであろう。あるいは身分の高下も考慮されているかもしれない。歌の内容の面から見れば、ここもすべて恋の歌である。四三番敦忠の歌から四五番伊尹の歌まで逢って契りを交わした後の心情を詠んだ歌を配し、次第に相手との距離が隔たってゆくように並べられている。そして、四五番伊尹の「身のいたづらになりぬべきかな」から四六番好忠の「由良の門を渡る舟人梶緒絶え行方も知らぬ」へと巧みに繋いでいる。詞の面では、四四番朝忠の歌の「絶え」を四六番好忠の歌で受け、同じく四四番朝忠の歌の「人」「身」を四五番伊尹の歌で受けている。『改観抄』も四四番の注に「右二首、官位のほど人のほど、又歌心も似たるを一類とす」とし、四六番の注に「右二首、心のかよへる所あるを一類とす」と指摘する。

47

やへむぐらしげれるやどのさびしきに人こそみえね秋はきにけり

恵慶法師

【異同】

〔定家八代抄〕やへむくら—八重葎（安永）—八えむくら（知顕）—八重むくら（袖玉）—東急は底本に同じ。みえね—しらね（知顕「しら」を「ミエ」に朱にて訂正）—安永・袖玉・東急は底本に同じ。

〔百人秀歌〕底本に同じ。

〔百人一首〕やへむくら—やえむくら（為家・応永・頼孝）—八重むくら（兼載・守理・龍谷・古活・長享・頼常）—八重葎（経厚）—栄雅・上條は底本に同じ。みえね—みへね（守理）—しらね（古活）—為家・栄雅・兼載・龍谷・応永・長享・頼常・頼孝・経厚・上條は底本に同じ。

〔小倉色紙〕　きにけり―きにけれ。（集古・定家様）

【語釈】　○やへむぐら―歌語。幾重にも生い茂った葎《むぐら》。葎はつる性の雑草で、荒廃した邸宅に詠まれる。『能因歌枕』に「やへむぐらとは、あれたる所にはひかかれるをいふ」とする。『八雲御抄』にも「荒廃〔の〕所〔の〕物也」とする。さらに言えば、世間と断絶し、訪れる人もない邸宅の門を閉ざすものとして詠まれる。「今更にとふべき人もおもほえずやへむぐらしてかどさせりてへ」（『古今集』九七五・雑下・よみ人しらず）、「やへむぐらしげきやどには夏虫の声より外に問ふ人もなし」（『後撰集』一九四・夏・よみ人しらず）。なお、異同項に示したように、「やへ」を「やえ」とする伝本もあるが、歴史的仮名遣いも定家の表記法も「やへ」である。現存定家自筆三代集ではすべて表記は「やへ」である。『下官集』にも「やへさくら」などの例が挙げられている。○やどの―「宿」は、平安時代以後、「家」の歌語として用いられる。『能因歌枕』に「家をば、やどといふ」とし、『和歌色葉』にも「やどは、家也」とする。「の」は同格。○さびしきに―「に」は格助詞。「つれづれとくもるゆふべのさびしきにうらがなしかるとりのこゑかな」（『山田法師集』一一）、「秋はつるはつかの山のさびしきに有明の月を誰とみるらむ」（『新古今集』一五七一・雑上・匡房）、「いつか我み山のさとのさびしきにあるじと成りて人に問はれん」（『新古今集』一八三五・雑下・慈円）。○人こそみえね―「こそ」は強意の係助詞。「ね」は打消しの助動詞「ず」の已然形で「こそ」の結び。ここでは、下に逆接の意で続く。「人見えず」は人影が見えないということであるが、ここでは、人がやって来ないということである。余釈項を参照のこと。

【通釈】　幾重もの葎が生い茂っている家の寂しいところに、人は誰も訪れないけれども、秋はやって来たのであったよ。

【出典】　『拾遺集』一四〇・秋・「河原院にて、あれたるやどに秋来といふ心を人人よみ侍りけるに　恵慶法師」。

【参考】　『定家八代抄』二七四・秋上・「（題不知）恵慶法し」。『秀歌体大略』二四。自筆本『近代秀歌』三六。『八代集秀逸』一二。『百人秀歌』五二。『五代簡要』「やへむぐらしげれるやどのさびしきに人こそみえね秋はきにけり」。『拾遺抄』八九・秋・「河原院にてあれたるやどに秋はきにける心を人人のよみ侍りけるなかに　恵京法師」。『後十五番歌合』二四。『玄玄集』三四・「恵慶法師五首」。『相撲立詩歌合』一七。『後六々撰』二四。『時代不同歌合』二四三。『恵慶法師集』一〇九・（九月五日、あるところのもみぢあはせするに、人人よみ侍り、その題に、たびのかり、よるのあらし、あれたるやど、くさむらのむし、ふかきあき）あれたるやど。

《参考歌》

『新勅撰集』八・春上・貫之（『新撰和歌』七）

とふひともなきやどなれどくるはるはやへむぐらにもさはらざりけり

『好忠集』二八一

けぶりたえものさびしかるいほりには人こそ見えね冬はきにけり

『好忠集』四三二

やへむぐらしげれるやどにふくかぜをむかしの人のくるかとぞおもふ

『拾遺愚草』三三六

月影をむぐらの門にさしそへて秋こそきたれとふ人はなし

『拾遺愚草』六二二

八重むぐらとぢける宿のかひもなし古郷とはぬ花にしあらねば

【余釈】　葎が幾重にも深く生い茂った寂しい家に、相変わらず人は誰ひとり訪れないけれども、秋はやって来たのであった、という意の歌である。

荒れ果てて人の訪れもなくなった家はひっそりと静まりかえっているが、そんな所に秋がやって来たということである。そうでなくても物思いに耽りがちに過ごす家に、ますます物思いを尽くす季節がやって来たということである。住む人の心情が思いやられる歌である。「八重葎茂れる」というところに、夏の間葎が思うがままに生い茂ったさまが想像される。「人こそ見えね」は「秋は来にけり」と対比させたものであるが、「八重葎茂れる宿」なのでそのように詞をあやなしたのである。

「立秋」の歌である。葎の宿にも季節は巡ってくるという趣向は、諸注に指摘があるように、貫之の「とふ人もなきやどなれどくる春は八重むぐらにもさはらざりけり」（『新撰和歌』七）に学んだものであろう。貫之の歌の「春」を「秋」に換えて詠んだのである。この歌を受けて、俊成は「やへむぐらさしこもりにしよもぎふにいかでか秋のわけてきつらん」（『千載集』二二九・秋上）と詠み、定家も「月影をむぐらの門にさしそへて秋こそきたれとふ人はなし」（『拾遺愚草』三六）と詠んでいる。定家が「月影」を詠んでいるのは、『源氏物語』（桐壺巻）に「月影ばかりぞ、八重葎にもさはらずさし入りたる」とあるのでその影響と考えられる。定家には「八重むぐらとぢける宿のかひもなし古郷とはぬ花にしあらねば」（『拾遺愚草』六二二）という歌もある。「八重葎が這いまつわって戸を閉じてしまった家のかいもない。花は必ず故郷を尋ねてここにやって来るから」という意である。これは季節が春なので、貫之の歌を念頭に置いたものであろうか。

　さて、この歌は、『宗祇抄』以来、現代の注釈書に至るまで、荒廃した河原院を詠んだ歌と理解されている。これは、出典の『拾遺集』の詞書に「河原院にて、あれたるやどに秋来といふ心を人人よみ侍りけるに」とあることによるものと思われる。しかし、この『拾遺集』の詞書をそのまま読めば、河原院はこの歌を詠んだ場所であって、河原院のことを詠んだものと読み取ることはできない。『恵慶法師集』には「九月五日、あるところのもみぢあはせするに、人人よみ侍り、その題に、たびのかり、よるのあらし、あれたるやど、くさむらのむし、ふかきあき」とあり、「荒れたる宿」という題で詠まれた歌であったようである。この時のほかの題で詠まれた歌を見ると、例えば、「たびのかり」題で「くさまくらいくよのかずをむすぶらんもみぢをとほみかよふかりがね」（一〇七）、「よるのあらし」題で「わぎもこがたびねのころもうすきほどよきてふかなんよはのやまかぜ」（一〇八）、「くさむらのむし」題で「くさがれのほどちかければあきのむしやどもあらはになきよわるかな」（一一〇）、「ふかき秋」題で「紅のいろどる山のこずゑにぞ秋のふかさはまづしられける」（一一一）などと詠まれており、歌の内容と河原院とはまったく関係がないことが知られる。したがって、この歌も河原院を詠んだ歌というわけではないのである。たまたまこの歌の詠まれた場所が荒廃していた河原院で、歌の題が「荒れたる宿」であったためにイメージが重なり、後世そのように理解されるようになったということなのであろう。

『改観抄』『百首異見』などが引くように、恵慶には「すだきけんむかしの人もなきやどにただかげするは秋の夜の月」（『後拾遺集』二五三・秋上）という歌がある。『後拾遺集』の詞書には「河原院にてよみはべりける」とあり、歌には「すだきけん昔の人もなき宿に」とあるので、この「宿」は河原院ということになる。また、「くさしげみにはこそあれてとしへぬれわすれぬものはあきのしらつゆ」（『続古今集』一五七〇・雑上）という歌もある。『続古今集』の詞書には「河原院にてよみ侍りける」とある。しかも『恵慶法師集』には「かはらの院あれたる心、人人よむ」とある。これも荒廃した河原院を詠んだものであることは明らかである。

しかし、これらの歌と「荒れたる宿」という題で詠まれたこの「八重葎」の歌を同一に考えてよいものであろうか。『百首異見』の「此八重葎しげれる宿といへるは、中中一わたりの故宅めきて、さばかり大とれたらん彼院のさまともききしらぬここちす。こは仮そめにも題をまうけてよまれたるけじめなるべし」という感覚は、その結論はさておき、正しいと思われる。

しかも、『定家八代抄』では「題不知」としており、河原院という特定の場所は完全に消し去られてしまっている。このことから、定家はこの歌を河原院とは切り離して考えていたのではないかと考えられる。なお、『恵慶法師集』の詞書から、この歌は「九月五日」に詠まれた歌であることが知られ、この時詠まれたほかの歌から見て、作者のイメージとしては晩秋に向かう頃の歌として詠まれた歌のようである。しかし、『拾遺集』では「立秋（初秋）」の歌として位置づけられ、定家も『定家八代抄』の配列からそのように解していたものと推察される。

また、「人こそ見えね」の「人」を『雑談』は「融の大臣の事をふくめり」とする。『百首異見』も「昔の人をさせる也」と解し、「されば、人こそ見えねといひて人こそとはねとはいはず」としている。栄えた往時この邸宅に住んでいた人ということである。現在では、ここを訪れる人と解すのが通説となっているようである。それでは、定家の解釈はどうであったのであろうか。

右にも引いた「月影をむぐらの門にさしそへて秋こそきたれとふ人はなし」（『拾遺愚草』三六）から考えると、「人こそ見えね」を「とふ人もなし」と言い換えていると考えられるので、訪れる人ということになろう。また、少し視点を変えて、「人こそ見えね」

がどのように用いられていたかを見てみる。

この恵慶の歌と近い時代の歌として、好忠の「けぶりたえものさびしかるいほりには人こそ見えね冬はきにけり」（『好忠集』二八一）という歌がある。恵慶の歌との先後関係は明らかではないが、ほぼ同時代の作品である。この好忠の歌の「煙絶え物寂しかる庵」というのは作者の住まいと考えられるので、「人こそ見えね」は訪れる人がないことを言っているものと理解される。少し時代が下って、「ふる雪に谷のかよひぢまよふらし人こそ見えねみやまべの里」（『中宮亮重家朝臣家歌合』一〇五・頼保）という歌がある。「降る雪に谷の通ひ路迷ふらし」とあるところから、この歌でも「人こそ見えね」は訪れる人がないのを言っているものと理解される。また、家隆の歌に「深草や竹のは山の夕ぎりに人こそみえねうづらなくなり」（『壬二集』二四〇一）という歌がある。これは『伊勢物語』（第一二三段）を念頭に置いての歌であることは言うまでもない。『伊勢物語』で、男が「年をへて住みこし里を出でていなばいとど深草野とやなりなむ」と詠んだのに対して、女は「野とならば鶉となりて鳴きをらむかりにだにやは君は来ざらむ」と詠んだとされる。これを背景とすることで、家隆の歌の「鶉鳴くなり」は男を待つ女を想起させる。有名な俊成の「夕されば野べのあきかぜ身にしみてうづら鳴くなりふか草のさと」（『千載集』二五九・秋上）と同様である。そうであるとすれば、「人こそ見えね」の「人」は訪れるはずの男であり、「秋霧に」よってその姿が見えないと言っているのであるが、それと同時に訪れる人がないということも表しているものと考えられる。

もちろん、「秋ふかき河せのきりのはれやらで人こそみえねことはかよへど」（『道助法親王家五十首』五九六・公経）のように、そのまま人の姿が見えないことを言っているだけの例もあるが、人の訪れがないことにも言ったことは右の例からも確かである。

さて、この「八重葎」の歌の後世の評価であるが、吉海直人氏『百人一首の新考察』（世界思想社）にすでに言及があるが、あらためてまとめておくことにする。

『拾遺集』『拾遺抄』のほか、公任撰とされる『後十五番歌合』に選ばれている。そして、能因の『玄玄集』に選ばれ、基俊の『相撲立詩歌合』、範兼の『後六々撰』に選ばれている。公任の『三十六人撰』に選ばれなかったので、俊成の『俊成三十六人歌合』

には選ばれていない。また、『古来風体抄』にも選ばれていない。『古来風体抄』には「松影のいはゐの水をむすびあげて夏なきとしと思ひけるかな」（『拾遺集』一三一・夏）や「あまの原そらさへさえや渡るらん氷と見ゆる冬の夜の月」（『拾遺集』二四二・冬）などを選んでおり、俊成はこれらの歌を高く評価していたものと思われる。しかし、「八重葎」の歌は安定した評価を得てきた歌であると言えよう。

定家は、『定家八代抄』のほか、『秀歌体大略』『近代秀歌（自筆本）』『八代集秀逸』などにもこの「八重葎」の歌を選んでおり、非常に高く評価していたことが知られる。やはり、どうしても『百人一首』『百人秀歌』には選び入れたかった一首ではなかったかと考えられる。ただ、『古来風体抄』にも選ばれていた「天の原」の歌も『定家八代抄』『近代秀歌（自筆本）』『八代集秀逸』に選んでいる。その状況から言えば、「天の原」の歌を選んでもおかしくなかったはずである。しかし、定家は「八重葎」の歌を選んだ。『百人秀歌』で二首前の実方の歌に「さしも草」があることが、この「八重葎」の歌を選んだ理由とも考えられる。

なお、同時代の後鳥羽院も『時代不同歌合』に「八重葎」と「天の原」の両首を選んでおり、これらを高く評価していたことが窺われる。

48

源重之

風をいたみいはうつなみのをのれ《お》のみくだけてものを思ふころ哉

【異同】

〔定家八代抄〕をのれ―おのれ（東急）―安永・袖玉・知顕は底本に同じ。

〔百人秀歌〕底本に同じ。

〔百人一首〕　をのれ―おのれ（為家・長享）―栄雅・兼載・守理・龍谷・応永・古活・頼常・頼孝・経厚・上條は底本に同じ。

【語釈】　○風をいたみ―「いたみ」は、形容詞「いたし」の語幹に接尾語「み」が付いたもの。いわゆるミ語法で、一番歌を参照のこと。「いたし」は、甚だしいの意で、風が強く吹くこと。「風乎疾　奥津白浪　高有之　海人釣船　浜眷奴」（『万葉集』二九七〔二九四〕・角麻呂・廣瀬本の訓「かぜをいたみ　おきつしらなみ　たかくあらし　あまのつりぶね　はまにかへりぬ」）、「すまのあまのしほやく煙風をいたみおもはぬ方にたなびきにけり」（『古今集』七〇八・恋四・よみ人しらず）。○をのれのみ―「をのれ」は、歴史的仮名遣いでは「おのれ」であるが、定家の表記法では「をのれ」である。現存定家自筆本三代集ではすべて「をのれ」と表記している。「のみ」は限定の副助詞。自分ひとり。○くだけてものを思ふ―ちぢに心が砕けんばかりに、あれこれ物思いの限りを尽くす意。「かのをかにはぎかるをのこなはをなみねるやねりそのくだけてぞ思ふ」（『拾遺集』八一三・恋三・躬恒）、「よとともに吹上の浜のしほかぜになびくまさごのくだけてぞ思ふ」（『拾遺愚草』一一五二）。

【通釈】　風が強く吹く。岩を打つ波が「自分だけちぢに砕ける」ように、あの人はつれなくて、自分ひとりがちぢに心を砕いて物思いをしているこの頃であるよ。

【出典】　『詞花集』二一一・恋上・「冷泉院春宮と申しける時、百首歌たてまつりけるによめる　源重之」。

【参考】　『定家八代抄』九六六・恋二・「題不知　重之」。『八代集秀逸』五六。『百人秀歌』四六。『三十人撰』七五。『深窓秘抄』七三・恋。『三十六人撰』九三。『玄玄集』三〇。『古来風体抄』五五〇。『俊成三十六人歌合』六五。『時代不同歌合』二一五。『千五百番歌合』一三七八・判詞・初句「風吹けば」、一四七一・判詞・初句「風はやみ」。『重之集』三〇三・恋十。『伊勢集』三八三・初句「風吹けば」。

《参考歌》

『万葉集』七二三〔七二〇〕・家持

村肝之　情摧而　如此許　余恋良久乎　不知香安類良武

〔廣瀬本の訓〕
むらぎもの　こころくだけて　かくばかり　わがこふらくを　しらずかあるらむ

『古今集』五五〇・恋一・よみ人しらず
あは雪のたまればがてにくだけつつわが物思ひのしげきころかな

『貫之集』二〇三
足曳の山したたぎつ岩浪の心くだけて人ぞ恋しき

『好忠集』一三五
やまがつのはてにかりほすむぎのほのくだけてものをおもふころかな

『拾遺愚草』一七六五
そなれ松こずゑくだくる雪をれにいはうちやまぬ浪のさびしさ

『拾遺愚草員外』三六
おのれのみくだけておつる岩浪も秋吹く風にこゑかはるなり

『拾遺愚草員外』七五七
よしの川岩うつ浪もよとともにさぞくだけけんしる人はなし

【余釈】「風をいたみ岩うつ波の」は序詞。風が強く吹き、岩に波がうちつけるが、岩は何でもなく、波だけが砕け散るところから「おのれのみ砕けて」を導く。岩は何でもない、平気だというところに、相手の女性のつれなさを暗示させた。そして、自分ひとり恋い焦がれ、心をちぢに砕いていると嘆いているのである。

恋のために物思いの限りを尽くすことを「心砕けて」ということは、『万葉集』にも見える。『百首異見』は、「砕く」には「思ひを尽す」意と「胸のはりさく」意があり、この歌では後者だと言うが、そこまで区別する必要もないかと思う。そして、その「砕けて」を序詞によって導き、「あは雪のたまればがてにくだけつつわが物思ひのしげきころかな」（『古今集』五五〇・恋一・よみ人しらず）や「かのをかにはぎかるをのこなはをなみねるやねりそのくだけてぞ思ふ」（『拾遺集』八一三・恋三・躬恒）、「足曳の山したたぎつ岩浪の心くだけて人ぞ恋しき」（『貫之集』二〇三）のように詠むようになる。この重之の歌もその系譜に連なる。「砕けて物を思ふころかな」という表現は恋の心情を表す類型的表現であり、これにどのような序詞を付けるかが工夫のしどころだったものと思われる。右の貫之の歌とは「波」と結び付けた点において、かなり近似していると言える。また、『改観抄』に「いかにしていはうつ浪のやちかへりくだくとだにも人にしらせん」（『新千載集』一一〇一・恋一・よみ人しらず・詞書「（題しらず）」）を『古今六帖』の歌として引き、「此歌、もし重之よりさきの古歌にて本歌とせる歟」とする。ただし、この歌は現存の『古今六帖』には見えない。大坪利絹氏は契沖の出典誤認と指摘している（百人一首注釈書叢刊19『百首異見・百首要解』〈和泉書院〉）。

さて、重之の歌は、これらのように単に「砕けて」を導くのではなく、「おのれのみ砕けて」を導く点に特異性があると言えよう。同時代の好忠の歌にも「やまがつのはてにかりほすむぎのほのくだけてものをおもふころかな」（『好忠集』一三五）という類似歌があるが、これも「砕けて」を導くのみである。その後も、「しづのをがすゑたわにきるいなしきのくだけてものをおもふころかな」（『実家集』二三五）、「伊勢のうみの塩瀬にさわぐさざれ石のくだけて物を思ふ比かな」（『壬二集』三八二）などと詠まれてゆくが、「おのれのみ砕けて」を導くこの重之の歌はやはり特異であり、巧みであると言えよう。

序詞の部分を比喩と見ることは、『宗祇抄』に「うごかぬいはを人のこころによそへ、くだけやすきなみをわが身になぞらへていへるなり」とあり、それ以降の注釈書にも多少のニュアンスの違いを含みながらも認められるところである。『百首異見』でさえ「初二は、もとよりくだけての序のみ」としながらも「人はさしもつれなきに、われのみ胸のわれくだけて物思ふころかなといへり」と比喩として理解している。『三奥抄』はさらに「かぜのつよきを以て恋の切なることになずらへたり」と「風をいたみ」の部分も比喩ととっている。これは『改観抄』にも継承されている。しかし、「風が強い」ということが恋心の切なることを表すことはあまりないようで、この比喩は認めがたい。特に、「風をいたみ」は、恋の歌では、恋の障害になるような外部からの強い力を表すことが多いようである。「風をいたみくゆる煙のたちいでても猶こりずまのうらぞこひしき」（『後撰集』八六五・恋四・貫之）は詞書に「人のむすめのもとにしのびつつかよひ侍りけるを、おやききつけていといたくいひければ、かへりてつかはしける」とあり、「親聞きつけていといたく言ひければ」とあるのを言っているものと考えられる。また、「風をいたみおもはぬ方にとまりするあまのを舟もかくやわぶらん」（『拾遺集』九六三・恋五・景明）は詞書に「女のもとにまかりけるを、もとのめのせいし侍りければ」とあり、「もとの妻の制し侍りければ」とあるのを言っているものと考えられる。「わが恋はありそのうみの風をいたみしきりによする浪のまもなし」（『新古今集』一〇六四・恋一・伊勢）は切なる恋心を言っているようにも解せるが、「間もなし」と言うために、単に「しきりに寄する波の」へ続ける詞とも解することができる。何れにせよ、激しい恋心とは別のものを表している場合が多く、比喩としては認めにくい。

また、「岩」が冷淡な相手を暗示しているものと読み取っていたであろうことは、『三奥抄』『改観抄』に引く「あらいそのいはにくだくる浪なれやつれなき人にかくる心は」（『千載集』六五三・恋一・堀河）などの歌によっても知られる。ほかにも、「よしの河はやきながれをせくいはのつれなきなかに身をくだくらむ」（『新勅撰集』六九五・恋一・良経）、「はつせがは井でこすなみのいはのうへにおのれくだけて人ぞつれなき」（『秋篠月清集』一四四七）とも詠まれている。

この歌の後世の評価であるが、島津忠夫氏『百人一首』（角川文庫）や吉海直人氏『百人一首の新考察』（世界思想社）にすでに指摘があるが、あらためてまとめておくことにする。

公任は『三十六人撰』や『深窓秘抄』に選び、高く評価していたと言えよう。ただし、『前十五番歌合』では重之の歌として「やかずとも草はもえなん春日野をただ春の日にまかせたらなん」を選んでいるので、これを代表的秀歌と考えていたのであろう。『金玉集』でも重之の歌としている。しかし、この「やかずとも」の歌は作者に問題があり、『三十六人撰』ではこれを重之の歌としてではなく、忠見の歌として挙げている。また、『深窓秘抄』では作者名を「ただみね」とし、『和漢朗詠集』でも「忠岑」としている。『忠岑集』『忠見集』『重之集』何れにも見え、このあたりの事情については明らかではないが、『新古今集』には忠見の歌として入集しているので、定家の時代にはそのように理解されていたものと考えられる。ちなみに、『古今六帖』でも「ただみ」とし、『俊成三十六人歌合』にも忠見の歌として選ばれている。

さて、「風をいたみ」の歌は、その後、能因の『玄玄集』にも選ばれている。そして、俊成も『古来風体抄』や『俊成三十六人歌合』に選んでいるところから、高く評価していたことが知られる。定家も『定家八代抄』のほかに『八代集秀逸』に選んでいるので、かなり高く評価していたようで、是非とも重之の歌としてはこの歌をと思っていたものと想像される。

なお、この「風をいたみ」の歌は、『伊勢集』に初句を「風吹けば」として載っている。しかし、西本願寺本『伊勢集』で古歌集混入部分に載っているところから、現在では伊勢の詠ではないと考えられている。ただし、定家が依拠したと考えられる『伊勢集』（天理図書館蔵定家等筆本）にも載るところから、定家は伊勢の歌である可能性も考えたのではなかろうか。しかし、最終的には、従来どおり、重之の歌と認めたということであろう。

49

大中臣能宣朝臣

みかきもり衛士のたく火のよるはもえひるはきえつつ物をこそおもへ

【異同】

〔定家八代抄〕衛士―ゑし（知顕）―えし（東急）―安永・袖玉は底本に同じ。よるはもえ―夜るはもえて（安永）―袖玉・知顕・東急は底本に同じ。

〔百人秀歌〕底本に同じ。

〔百人一首〕この歌なし（頼孝）。衛士の―ゑしの（守理・古活・長享）―えしか（上條）―為家・栄雅・兼載・龍谷・応永・頼常・

経厚は底本に同じ。たく―焼（為家）―栄雅・兼載・守理・龍谷・応永・古活・長享・頼常・経厚・上條は底本に同じ。もえ―もえて（為家・応永）―もゑて（経厚）―栄雅・兼載・守理・龍谷・古活・長享・頼常・上條は底本に同じ。きえ―きへ（守理）―消（龍谷）―為家・栄雅・兼載・応永・古活・長享・頼常・経厚・上條は底本に同じ。

〔小倉色紙〕　未確認。

【語釈】　○みかきもり―「御垣守」で、皇居の御門を守る人、特に衛門府をいう。『能因歌枕』に「右衛門をば、みかきもりといふ」とするのをはじめとして、『奥義抄』『初学抄』『和歌色葉』『和難集』『八雲御抄』『顕注密勘』などにも「（左右）衛門」の異名とする。『八雲御抄』は「物衛士名歟」とする。「…みかきより　とのへもる身の　みかきもり　をさをさしくも　おもほえず…」（『古今集』一〇〇三・雑体・忠岑）。余釈項を参照のこと。○衛士のたく火―「衛士」は衛門府の身分の低い兵士のこと。「衛」は歴史的仮名遣いでは「ゑ」、定家の表記法でも「ゑ」である。定家自筆本『拾遺愚草』に「ゑし」と表記され、『下官集』にも「ゑ」の項に「衛士」が挙げられている。「たく火」は、夜の見張り小屋で焚く篝火のこと。夜、火を焚いて宮門の警固に当たった。顕昭の『詞花集注』に「みかきもるは、衛門のつかさ也。衛士は（衛）門の下部也。内裏のついがきをまぼれば、御かきもるとは云也。ゑじは夜々ひたきやにて火をたく也。それによせて、よるはもえこがれ、ひるはきえいりて思ふとよめる也。古歌云、みかきもるゑじのたくひにあらねどもわれもこころのうちにこそたけ」とする。同じく顕昭の『五代勅撰』にも同様の説明が見える。『童蒙抄』に「諸陣に有。御垣をもるもの也。火たきやにて、よるは火をたくべき也。されど、常にたく事は見えず。位につかせ給ふ時、火たくまねをする也」とする。『和難集』には「和云、内裏にゆふ暮になれば火焼屋と云ふ所のうちにあやしき男の火を焼くなり。それをゑじと云ふ。昼になれば焼かねば、ひるはきゆと云へり」とする。なお、『令義解』「宮衛令」には「凡理門ハ至ラハレ夜《ヨル》ニ燃《タ》ケレ火ヲ。謂。内及中外三門。皆衛士燃レ火也」とする。○よる―「夜」は普通には「よ」と言い、「昼」に対するときは「よる」と言う。一八番歌に既出。○もえ―恋の情が激しく起こるさまをいう。「あしの屋に蛍やまがふあまやたく思ひも恋も夜はもえつつ」（『拾遺愚草』一一五八）。○きえつつ―「消ゆ」は、死にそうなさまをいう。「つつ」は反復・継続の接続助詞。「河竹の下ゆく水のうす氷ひるはきえつつねこそなかるれ」(『拾遺愚草員外』五九八)。余釈項を参照のこと。

【通釈】　御垣守よ、その衛士が焚く火が「夜は燃え、昼は消える」ように、夜は恋い焦がれて燃え、昼は消え入りそうになりながら、ずっと物思いをしていることであるよ。

【出典】　『詞花集』二二五・恋上・「題不知　大中臣能宣朝臣」。

【参考】　『定家八代抄』一〇〇九・恋二・「(題不知)能宣朝臣」。『八代集秀逸』五七・第二句「衛士の焼く火の」。『百人秀歌』四八。『後葉集』二九四・恋一・「だいしらず」・初句「みかきもる」。『俊成三十六人歌合』九八。『時代不同歌合』二一三・初句「みかきもる」。『古今六帖』七八一・火・初句「君がもる」第三句「ひるはたえ」第四句「よるはもえつつ」。『和歌童蒙抄』五一五・初句「きみまもる」第三句「ひるはきえ」第四句「よるはすがらに」結句「もえこそわたれ」。『和歌色葉』二九・初句「みかきもる」。『色葉和難集』九三一・第二句「ゑじの焼く火の」。

《参考歌》

『古今集』四七〇・恋一・素性

おとにのみきくの白露よるはおきてひるは思ひにあへずけぬべし

『古今集』五四三・恋一・よみ人しらず

あけたてば蝉のをりはへなきくらしよるはほたるのもえこそわたれ

『村上天皇御集』四九

みかきもる衛士のたく火の我なれやたぐひ又なき物おもふらん

『和漢朗詠集』五二六・禁中・よみ人しらず

みかきもるゑじのたくひにあらねどもわれもこころのうちにこそおもへ

『拾遺愚草』七二二

くまもなきゐじのたく火の影そひて月になれたる秋の宮人

『拾遺愚草』一一五二

くるる夜は衛士のたく火をそれとみよ室のやしまも都ならねば

【余釈】「みかきもり衛士の焚く火の」は序詞で、夜は燃えて昼は消えるものなので、「夜は燃え昼は消え」を導く。この序詞も巧みであるが、片思いのために昼夜なく物思いを尽くすありさまを「夜は燃え昼は消えつつ物をこそ思へ」と表現したところも共感される。

『定家八代抄』の配列から見て、定家は、この歌をいまだ逢うことができない懊悩を詠んだものと理解していたようである。これは出典の『詞花集』とも一致していたものと考えられる。

昼夜の分かちなく物思いをすることを喩えによって表現することは、『古今集』素性の歌に「おとにのみきくの白露よるはおきてひるは思ひにあへずけぬべし」（四七〇）という歌がある。これは「露」に擬えて詠んだものである。また、「あけたてば蝉のをりはへなきくらしよるはほたるのもえこそわたれ」（『古今集』五四三・恋一・よみ人しらず）のように、「蝉」や「螢」に擬えて詠んだ例もある。この能宣の歌も、こうした類型のバリエーションの一つとして捉えることができよう。そして、「みかきもる衛士の焚く火」の例は、「みかきもる衛士のたく火の我なれやたぐひ又なき物おもふらん」（『村上天皇御集』四九）や「みかきもるゐじのたくひにあらねどもわれもこころのうちにこそおもへ」（『和漢朗詠集』五二六・禁中・よみ人しらず）などをほぼ同時代の例として見出すことができる。これを巧みに取り用いての詠かと推察される。

第四句「昼は消えつつ」の「消ゆ」の語義について、『宗祇抄』は「もゆるにもまかせずして、ひとめをつつみおもひけちたるこころ、なをくるしさまさるべくや」とし、人目を憚って、無理に思いを冷ます意に解している。『幽斎抄』『拾穂抄』『基箭抄』『増註』『雑談』などはこの説をとっている。これに対して、『経厚抄』は「昼は心の消わたりて悲きと云由也」とし、心（魂）が消え入るように弱る意に解している。『上條本』『天理本聞書』なども同様に解している。また、『三奥抄』も「ひるはいけるここちもなきやうにおぼゆるを云。古歌どもに、きえて物おもふと読、このこころ也。心の底にものおもふといへるはわろし。不可用」とする。『改観抄』もこの説を踏襲し、『うひまなび』『百首異見』などにも支持され、これが現在の通説ともなっている。右に挙げた「おとにのみきくの白露よるはおきてひるは思ひにあへずけぬべし」（『古今集』四七〇・恋一・素性）のほかに、「かきくらしふる白雪のしたぎえにきえて物思ふころにもあるかな」（『古今集』五六六・恋二・忠岑）、「けさはしもおきけむ方もしらざりつ思ひいづるぞきえてかなしき」（『古今集』六四三・恋三・千里）、「冬の池の鴨のうはげにおくしものきえて物思ふころにもあるかな」（『後撰集』四六〇・冬・よみ人しらず）、「きみこふとかつはきえつつふるほどをかくてもいけるみとやみるらん」（『後拾遺集』八〇七・恋四・元真）などの例や、定家も「河竹の下ゆく水のうす氷ひるはきえつつねこそなかるれ」（『拾遺愚草員外』五九八）と詠んでいるところからも、後者の説に従うべきであろう。

初句「みかきもり」を出典の『詞花集』では「みかきもる」とする伝本がある。顕昭の『詞花集注』『五代勅撰』などの本文も「みかきもる」となっている。『後葉集』でも「みかきもる」となっている。『時代不同歌合』も「みかきもる」である。そのほか、『和歌色葉』も「みかきもる」であり、『色葉和難集』は「みかき守」と漢字表記になっているが、「みかきもり」の項にこの歌が引かれていないことから見て、「みかき守る」と読んでいた可能性が高い。このことから、定家の時代には、『詞花集』の本文としては「みかきもる」とするものが一般的だったのではないかと考えられる。しかし、『百人一首』の本文としては「みかきもる」とするものは認められず、『定家八代抄』『八代集秀逸』『百人秀歌』においても「みかきもる」とするものはない。定家は一般的な本文に異を唱えていたことになる。『俊成三十六人歌合』も「みかきもり」であるから、あるいは、父の俊成から伝えられた『詞花集』の本文をよしとして、それに依拠したものであろうか。

ちなみに、「衛士」に続ける詞としては、「みかきもるゑじのたまえにおりたちてひけばあやめのねもはるかなり」（『散木奇歌集』二八九）、「みかきもるゑじのけぶりの立ちのぼり雲ゐになるときくはまことか」（『続詞花集』八〇七・雑中・季行）など「みかきもる」とするものが普通であり、「みかきもり」から続けた例は、「みかきもりゑじのたくひはよそなれどとへかし人のもゆる思ひを」（『後鳥羽院御集』九四九）のほかには見出せない。後鳥羽院は『時代不同歌合』では「みかきもる」の本文を用いているので、これをどのように考えるべきであろうか。今後の研究を俟たなければならない。

この歌は、現代では作者を能宣とすることに疑念がもたれている。『能宣集』に見えないこと、本文に異同が認められるが『古今六帖』に作者名不記の形で見えることなどがその根拠となっている。しかし、家集に載らないから能宣の歌ではないとは言えず、また、現存の『古今六帖』の本文には問題もあるので、このことから能宣の歌であることを否定することはできない。『詞花集』に作者名を能宣とし、その『詞花集』に批判的な立場に立つ『後葉集』も能宣とする。父の俊成も『俊成三十六人歌合』に能宣の秀歌として選んでいること、そして、これを否定するような事実もないところから、定家としては能宣の詠歌と認めたのであろう。

能宣の代表的秀歌の推移については、島津忠夫氏『百人一首』（角川文庫）や吉海直人氏『百人一首の新考察』（世界思想社）にすでに指摘があるのであるが、あらためてまとめておくことにする。

公任は、「ちとせまでかぎれる松もけふよりは君にひかれて万代やへむ」（『拾遺集』二四・春）を『前十五番歌合』に選んでおり、これを能宣の代表的秀歌と考えていたようである。『金玉和歌集』『深窓秘抄』『和漢朗詠集』『三十六人撰』などの秀歌撰にも選んでいる。「もみぢせぬときはの山にすむしかはおのれなきてや秋をしるらん」（『拾遺集』一九〇・秋）なども、『金玉和歌集』『深窓秘抄』『和漢朗詠集』『三十六人撰』に選び入れているところから、高く評価していたことが知られる。この両歌は、『古来風体抄』にも選ばれており、俊成からも高く評価されていた。しかし、俊成はこの両歌を『俊成三十六人歌合』には選ばず、『古来風体抄』に選ばなかった「みかきもり」の歌を選んでいる。これは好尚の変化ということであろうか。定家は、「ちとせまで」と「もみぢせぬ」の両歌を『定家八代抄』には選んでいるが、ほかの秀歌撰や秀歌例には選んでいない。それに比して、「みかきもり」の歌は『八代集秀逸』にも選んでおり、特別高く評価していたことが知られるのである。

50

君がためお〔を〕しからざりしいのちさへながくもがなとおもひけるかな　藤原義孝

【異同】

〔定家八代抄〕おしからさりし—をしからさりし（東急）—安永・袖玉・知顕は底本に同じ。おもひけるかな—おもひぬるかな（知顕・東急）—安永・袖玉は底本に同じ。

〔百人秀歌〕おしからさりし—をしからさりし。おもひけるかな—思ぬるかな。

〔百人一首〕この歌本文なし（頼孝）。おしからさりし—をしからさりし（守理）—惜からさりし（応永）—為家・栄雅・兼載・龍谷・古活・長享・頼常・頼孝・経厚・上條は底本に同じ。いのちさへ—いのちさえ（為家）—栄雅・兼載・守理・龍谷・応永・古活・長享・頼常・頼孝・経厚・上條は底本に同じ。おもひけるかな—おもひつるかな（上條）—おもひぬる哉（龍谷「け」をミセケチにする）—為家・栄雅・兼載・守理・応永・古活・長享・頼常・頼孝・経厚は底本に同じ。

〔小倉色紙〕君かため—□□か□め。おもひけるかな—おもひぬる哉。（集古）

【語釈】○君がため—「おしからざりし」にかかる。余釈項を参照のこと。○おしからざりしいのちさへ—「おしから」は「惜し」の未然形。三八番歌の語釈項を参照のこと。「ざり」は打消しの助動詞「ず」の連用形。「し」は過去の助動詞「き」の連体形。逢って契りを交わした後の今から見て、それ以前のことを過去のこととして捉えている。「さへ」は添加の副助詞。○ながくもがな—「もがな」は願望の終助詞。二五番歌の語釈項を参照のこと。○おもひけるかな—「ける」は気づきによる詠嘆を表す助動詞。「かな」は詠嘆の終助詞。余釈項を参照のこと。

【通釈】あなたさまのためには惜しくなかったこの命まで、長くありたいと思うのでしたよ。

【出典】『後拾遺集』六六九・恋二・「をむなのもとよりかへりてつかはしける　少将藤原義孝」・結句「おもひぬるかな」。

【参考】『定家八代抄』一〇四九・恋三・「(女のもとよりかへりて遣しける) 藤原義孝」。『百人秀歌』四九・結句「おもひぬるかな」。『五代簡要』「きみがためおしからざりしいのちさへながくもがなと」。『後六々撰』一一七。『義孝集』一二・人のもとよりかへりて、つとめて・結句「おもほゆるかな」。

《参考歌》
『拾遺愚草』七三
君がため命をさへもをしまずはさらにつらさをなげかざらまし

【余釈】あなたのためならば死んでもかまわないと逢うまでは思っていたが、こうして逢って契りを交わした今は長く生きたいと思うようになったことだ、という意の歌である。逢って契りを交わす以前もその後も相手を思う気持の強さは変わらない。しかし、そこには心境の変化があり、それを「命」によって表現している点に、この歌の眼目がある。この生への執着に情愛の深まりが感じられる。

『定家八代抄』では、「女のもとよりかへりて遣しける」という詞書の下に並べられており、定家は後朝の歌として理解していたということが知られる。出典の『後拾遺集』も詞書が「をむなのもとよりかへりてつかはしける」とあるので、『後拾遺集』とそのあたりは同じように理解していたということになる。さらに、家集『義孝集』も「人のもとよりかへりて、つとめて」とある。

初句の「君がため」について、通説では、「あなたに逢うためならば」と解釈している。このように解すことは、すでに『宗祇抄』に「一度のあふ事もあらばいのちにもかへんとおもひしを」と見える。『頼常本』『経厚抄』『天理本』『幽斎抄』『基箭抄』『拾穂抄』など旧注の多くがこの解釈をとっている。この中で、『経厚抄』は「いのちやはなにぞはつゆのあだ物をあふにしかへばをしからなくに」(『古今集』六一五・恋二・友則)を引き、『基箭抄』『拾穂抄』は「きのふまであふにしかへばとおもひしをけふは命のをしくもあるかな」(『新古今集』一一五二・恋三・頼忠)を引いている。これらの歌によってこの解釈は補強されたことになる。また、新注の『三奥抄』も同様に解し、家隆の「あふ事はとらふす野べを分けきても帰る朝に身をやをしまむ」(『壬二集』七五)を引いてさらに補強している。『改観抄』はこれを踏襲し、さらに右の二首も加え、『古今集』友則の歌を本歌として指摘している。さらに『うひまなび』も同様に解している。

これに対して、『百首異見』は「こは只、その人ゆゑは命もをしからぬをいふにて、逢事にかへん、かへざるのうへにかかれる歌にはあらず」「あふ為はをしからざりし命とか、逢事にかへむと思ひし命とかあらんにこそは、さもとかめ」「我思ふ人の為には、よに惜むものなきあまりに、命さへにものならず思也」と右の解釈を批判している。これは旧注では『頼孝本』（残存部分）に「この人のために、いのちほどなる物はなけれども、つゆほどもおしからぬなりとおもひしが」とある解釈に近い。『百首異見』に言うように、「逢ふ」というような語もなく、「君がため」だけで「あなたに逢うためならば」と解すのはやはり難しいのではないかと思われる。「あはれとしきみだにいはばこひわびてしなんいのちもをしからなくに」（『拾遺集』六八六・恋一・経基）などの例もある。相手のつれなさに恋い死にをすることと考えるべきかもしれない。恋い死にをしてもかまわないと思っていた、ということである。少なくとも、逢うことと引き替えにするということに限定はできないのではなかろうか。近年のものとしては、桑田明氏『義趣討究　小倉百人一首釈賞』（風間書房）や平野由紀子氏「百人一首の義孝詠について」（『和歌史研究会会報』74号・昭和55年8月、『平安和歌研究』〈風間書房〉、『百人一首研究集成』〈和泉書院〉所収）などが「あなたに逢うためならば」とする通説を批判している。

「ため」は本来、目的や目標を示すが、この歌の場合、利益を与える目標を指示するとも、原因・理由を指示するとも解すことができる。『百首異見』に引く「渡つ海のかざしにさすといはふ藻も君がためにはをしまざりけり」（『伊勢物語』第八七段）と同様の用法と考えられる。「あなたのためには惜しまないのでした」とも解せるし、「あなたゆえには惜しまないのでした」とも解せる。「ちかひても猶思ふにはまけにけりたがためをしきいのちならねば」（『後撰集』八八六・恋四・蔵内侍）、「とほくゆく人のためにはわがそでの涙の玉もをしからなくに」（『後撰集』一三一八・別・貫之）、「いはくぐるやまゐのみづをむすびあげてたがためおしきのちとかしる」（『伊勢集』四二四）なども同じように解すことができる。これが「きみがためおつるなみだのたまならばつらぬきかけてみせましものを」（『後拾遺集』八一〇・恋四・経信）となると、原因・理由を指示する意がはっきりとしてくる。これは「私のためではなくあなたに同情してあなたのために落とす涙」ではない。つまり、利益を与える目標を指示しているわけではない。「あなたゆえに落ちる涙」である。「うちとけぬ人のためにはよとともにわがたましひもむすぼほれつつ」（『輔親集』一一九）も同様であり、定家の「あらはれんその錦木はさもあらばあれ君がためてふ名をしたてずは」（『拾遺愚草』一二五七）の例も同様である。

次に、この初句「君がため」が下のどこにかかるかで解釈が分かれている。ひとつは直接下の「惜しからざりし」にかかるとするもの。もうひとつは、「長くもがなと思ひけるかな」にかかるとするものである。古注から現在の注釈書に至るまでそのほとんどが、直後の「をしからざりし」にかかると見ており、これが通説となっている。それに対して、「長くもがなと思ひけるかな」にかかるとするものとしては、安東次男氏『百人一首』（新潮文庫）や平野由紀子氏の右掲「百人一首の義孝詠について」（『和歌史研究会会報』74号）などがある。平野氏は、「惜しからぬ命」に「その背景には、来世に対して現世を仮りのものとみる仏教の世界観がよこたわっている」としたうえで、初句を二句以下全体にかかるものと捉えて、「「惜しからざりし命さへながくもがな」と思うのは「君がため」であった」と解している。

さて、作者の義孝がこのことについてどのような意識で詠んだのかは明確にしがたいので、それはしばらく措くこととする。しかし、定家の解釈は、その本歌取りの歌によって窺い知ることができる。定家は、この義孝の歌を本歌として、「君がため命をさへもをしまずはさらにつらさをなげかざらまし」（『拾遺愚草』七三）と詠んでいる。「あなたのために命までも惜しまなかったならば（逢う前に死んでしまったならば）、さらに、（逢った後の）あなたの薄情なひどい仕打ちを嘆かないですんだでしょうに」という意である。「命を惜しんで生きながらえたばかりに、逢う前もつらい思いをしたが、さらに、逢った後もこのような目にあってしまった」と嘆いているのである。定家の歌は「君がため命をさへも惜しまずは」とひと繋がりになっていると考えられるところから、本歌の義孝の歌も「君がため惜しからざりし」とひと繋がりに捉えていたと見ることができる。つまり、定家は直後の「をしからざりし」にかかるものと理解していたのではないかと推察されるのである。本歌が「あなたのためには命が惜しくなかった」というのに対し、「あなたのためにもしも命を惜しまなかったならば（実際には命を惜しんで生きながらえた）」と逆にして詠んだのである。

結句の「思ひけるかな」を、出典の『後拾遺集』では「思ひぬるかな」としている。ただし、これは『新編国歌大観』（底本は書陵部蔵本）の本文であり、陽明文庫蔵乙八代集本などは「おもひけるかな」、太山寺蔵本は「おもほゆるかな」とあって、異同が認められる。『百人一首』の古い伝本のほとんどは「思ひけるかな」とするが、『定家八代抄』の一部伝本や『百人秀歌』は「思ひぬるかな」となっている。それでは『百人一首』の本文としてどちらをとるべきであろうか。

まず、「思ひけるかな」と「思ひぬるかな」の違いから考えてみたい。これは、助動詞「けり」と「ぬ」の違いということになる。「けり」は過去であり、「ぬ」は完了である。例えば、「夢とこそいふべかりけれ世中にうつつある物と思ひけるかな」（『古今集』八三四・哀傷・貫之）と詠まれる。「夢とこそ言うべきであった。それなのに、世の中に現実というものがあると思っていたことだ」という意であり、あることに今気づいて、「これまでそのように思っていた、しかしそうではなかった」という意味で用いられる。これに対して、「思ひぬるかな」は、「あさ露のおくての山田かりそめにうき世中を思ひぬるかな」（『古今集』八四二・八四二・貫之）と詠まれる。「ほんのかりそめのものだとこの世の中を思うようになったことだ」という意である。そこで、この義孝の歌に当てはめてみると、「長くありたいと思っていた」のではなく、「ながくありたいと思うようになった」のであるから、「思ひぬるかな」のほうが語法的には正しいということになる。

桑田明氏『義趣討究　小倉百人一首釈賞』（風間書房）は、「思ひけるかな」の用例を検討し、右のことに言及して、語法に忠実な解釈を試みている点が注目される。しかし、「思ひけるかな」は、平安末期になると、「かはりゆくけしきをみてもいける身の命をあだにおもひけるかな」（『千載集』九二六・恋五・殷富門院大輔）というような用法が現れてくる。「心変わりをしてゆく様子を見るにつけても、生きているわが身の命を無駄なものと思ったことだ」という意に解釈できる。これは、右の例のように「これまでそのように思っていた、しかしそうではなかった」という本来の用法ではない。「今、そのように思ったことだ」ということである。そうであるならば、「思ひぬるかな」と意味はほとんど変わらなくなってしまっているということになる。

定家の「思ひけるかな」の用法を見ると、「袖ぞいまをじまのあまもいさりせんほさぬたぐひに思ひけるかな」（『拾遺愚草』八九八）と詠んでいる。「私の袖は涙に濡れて、もはや、雄島の海人も漁をするような、乾かさない袖と同じ類だと思ったことだ」という意である。また、「和歌のうらにかひなきもくづかきつめて身さへくちぬと思ひけるかな」（『拾遺愚草』一一〇〇）と詠んでいる。「和歌の浦に何のかいもない藻屑を掻き集めて、何のかいもない詠草を書き集めて、わが身まで朽ちてしまったと思ったことだ」という意である。これらの例も、「これまでそのように思っていた、しかしそうではなかった」という意ではなく、「今、そのように思ったことだ」ということである。

「思ひけるかな」を定家が右のように理解していたとすれば、和歌での用例数が少なく、馴染みの薄い「思ひぬるかな」よりも、頻繁に使われる「思ひけるかな」の本文をとったとしても不思議はない。しかも、先行の歌集、例えば『後六々撰』の本文にそのようにあれば、それに依拠した可能性もある。したがって、『百人一首』の本文としては、「思ひけるかな」を伝写の過程での誤写や恣意的な改変と単純に考えることはできない。定家自身による改訂という可能性も十分考えられるのではなかろうか。そうであるならば、「思ひぬるかな」に安易に改訂せず、ひとまず「思ひけるかな」の本文を用いるべきではないかと判断される。

義孝の代表的秀歌について、公任は、『三十六人撰』に歌人として義孝を選んでいないので、はっきりとはわからないが、「秋はなほゆふまぐれこそただならねをぎのうはかぜはぎのしたつゆ」（『義孝集』四）を高く評価していたことが、『深窓秘抄』『和漢朗詠集』などに選ばれていることから窺われる。俊成は、『古来風体抄』に「しぐれとはちくさの花ぞちりまがふなにふるさとのそでぬらすらん」（『後拾遺集』五九九・哀傷）と「きてなれしころものそでもかわかぬにわかれし秋になりにけるかな」（『後拾遺集』六〇〇・哀傷）の二首を選んでいる。定家は、『定家八代抄』に、俊成が選んだ「きてなれし」の歌とこの「君がため」の二首を選んでいる。「君がため」の歌は、範兼の『後六々撰』に選ばれており、あるいは、その影響もあったかもしれない。

《第十グループの配列》

47　八重葎繁れる宿の寂しきに人こそ見えね秋は来にけり（恵慶）
48　風をいたみ岩うつ波のをのれのみくだけて物を思ふ頃かな（重之）
49　御垣守衛士の焚く火の夜は燃え昼は消えつつ物をこそ思へ（能宣）
50　君がため惜しからざりし命さへ長くもがなと思ひけるかな（義孝）

この第十グループは、村上・冷泉・円融・花山朝期を主な活躍時期とする歌人と見てよいであろう。四七番恵慶の歌はもともと恋の歌ではないが、このように恋の歌の中に置かれると、訪れのない人を待つ恋の歌と見えてくる。四八番重之の歌と四九番能宣の歌は、まだ逢う以前の、ひとり心身を死ぬほど弱らせるほど「物思ふ」恋の歌であり、巧みな序詞による歌である点にも共通性がある。五〇番義孝の歌は、それを「惜しからざりし命」と受けているものと思われる。

『改観抄』は、四七番恵慶の歌について「右一首は、あまりに恋の歌のつづけば、恋ならぬこれをはさみて、次より又端をあらためらるる心にや」とし、四八番重之の歌の箇所には「此歌より下七首、又みな恋なるをもて一類とす」とする。そして、四八番重之の歌と四九番能宣の歌については、「右二首、よるはもえひるは消つつといふをもて、おのれのみくだけてといふにつらねらる」とする。

51

かくとだにえやはいぶきのさしも草さしもしらじなもゆるおもひを

藤原実方朝臣

【異同】

〔定家八代抄〕 安永・袖玉・知顕・東急は底本に同じ。

〔百人秀歌〕 底本に同じ。

〔百人一首〕 えやは―ゑやは（守理）―とやは（経厚「ゑ」と傍書）―為家・栄雅・兼載・龍谷・応永・古活・長享・頼常・頼孝・上條は底本に同じ。

〔小倉色紙〕 底本に同じ。（集古・定家様）

【語釈】 ○かくとだに―「かくと」は、このようにあるとの意。「だに」は最小限のもの、あるいは軽いものを示して重いものを類推をさせる副助詞。「言ふ」にかかる。「かくとだにいはぬにしげきみだれあしのいかなるふしにしらせそめまし」（『新勅撰』六五八・恋一・堀河）。○えやはいぶき―「え」は下に打消しを伴って、不可能を表す。「や」は反語、「は」は強意の係助詞。「言ふ」と「伊吹（山）」を掛けた。「えやは言ふ」で、言うことができようか、いやそんなことはできはしないの意。伊吹山は、近江国と美濃国の境にある山。『初学抄』は近江、『八雲御抄』は美濃とし、「通二近江一」とする。『能因歌枕』は「伊吹の嶽」として掲げて美濃とする。『建保名所百首』は近江とする。現在の滋賀県米原市にある山。標高一三七七メートル。「さしも草」が詠まれる。『初学抄』に「さしもぐさよむ、ものをいふにそふ」とする。余釈項を参照のこと。○さしも草―未詳。現在では艾《もぐさ》のこととされている。余釈項を参照のこと。○さしもしらじな―「さ」は、そのようにの意。自分が燃えるような思いをしていることをさす。「し」は強意の副助詞。一六番・二五番の語釈項を参照のこと。「も」は強意の係助詞。「しら」は「知る」の未然形。「じ」は打消し推量の助動詞。「な」は詠嘆の終助詞。○もゆるおもひを―「思ひ」の「ひ」に「火」を掛け、「燃ゆる」とともに「伊吹のさしも草」

の縁語。余釈項を参照のこと。「かがり火にあらぬおもひのいかなれば涙の河にうきてもゆらん」（『後撰集』八六九・恋四・よみ人しらず）、「きえずのみもゆる思ひはとほけれど身もこがれぬる物にぞ有りける」（『後撰集』九九〇・恋五・よみ人しらず）。

【通釈】　こうだと言うことさえできるでしょうか、とてもできはしません。伊吹山のさしも草よ、そのようにもご存じないでしょうね。私の燃える思いを。

【出典】　『後拾遺集』六一二・恋一・「をんなにはじめてつかはしける　藤原実方朝臣」。

【参考】　『定家八代抄』八四八・恋一・「女につかはしける　実方朝臣」。『百人秀歌』五〇。『五代簡要』「かくとだにえやはいぶきのさしもぐささしもしらじなもゆるおもひを」。『古来風体抄』四五二。『綺語抄』六六六・結句「おもふこころを」。『奥義抄』二二一。『袖中抄』八一。『和歌色葉』三八七。『色葉和難集』七一〇。『実方集』一二一・人にはじめてきこえける。

《参考歌》

『実方集』二五二

こひしともえやはいぶきのさしもぐさよそにもゆれどかひなかりけり

『拾遺愚草』一一五七

しられじな霞のしたにこがれつつ君にいぶきのさしもしのぶと

『拾遺愚草』一九七三

色にいでてうつろふ春をとまれともえやはいぶきの山吹の花

【余釈】　自分の思いをこうだと言うことさえできないでいる。だから、あなたのことを慕って燃えるような思いをしていることを、あなたはまったく知らないだろうなあ、という意の歌である。第四句と結句が倒置になっているので、「燃ゆる思ひをさしも知らじな」とすれば本来の語順になる。

「かくとだにえやは言ふ」から掛詞によって「伊吹のさしも草」という序詞に続けた。そして、同音の繰り返しによって「さしも」

を導き、再び主想に戻している。そして、さらに、「燃ゆる」「火」と「伊吹のさしも草」の縁語によって詞を整えており、「伊吹のさしも草」は燃えることの喩えともなっている。序詞や掛詞・縁語を駆使した、きわめて技巧的な一首と言える。

しかし、「伊吹山」に「言ふ」を言い掛けることは、「春きぬといまはいぶきの山べにもまだしかりけりうぐひすの声」(『古今六帖』八八八)などと詠まれ、「伊吹山」の「さしも草」を詠んで「火」と関連させて詠むことは、「あぢきなやいぶきのやまのさしもぐさおのがおもひに身をこがしつつ」(『古今六帖』三五八六)、「ちぎりけん心からこそさしまぐさおのがおもひにもえわたりけれ」(『古今六帖』三五八七)などの例がある。また、「さしも草」から同音の繰り返しによって「さしも」と詠むことも、「なほざりにいぶきのやまのさしもぐささしも思はぬことにやはあらぬ」(『古今六帖』三五八八)に例がある。実方独自の奇抜な着想の歌というわけではなく、おそらく、こうした古歌をもとに詠んだものであろう。

『定家八代抄』には詞書に「女につかはしける」とある。『後拾遺集』の詞書には「をんなにはじめてつかはしける」とあり、「はじめて」を削っている。『定家八代抄』では、この歌の前の詞書に「贈皇后宮にはじめてつかはしける」とあるので省略したものかと推察される。配列から見て、定家も、恋い慕う女性に初めて自分の密かな思いを告白した歌と理解していたものと考えられる。ちなみに、『実方集』の詞書にも「人にはじめてきこえける」とある。

さて、解釈が分かれるのは、「かくとだにえやは言ふ」の部分である。まず、これを直訳すれば「こうだとさえ言うことができようか、いやできはしない」となる。「かく」というのは、自分の思いを言葉にしたものということになろう。「こうだ」あるいは「これこれだ」ということである。具体的に言えば、「あなたのことをとても恋い慕っている」というようなことである。そうすると、「あなたのことをとても恋い慕っているとさえ言うことができようか、いやできはしない」となる。しかし、「だに」は最小限のもの、あるいは軽いものを示して、ほかの重いものを類推させる助詞なので、この訳はおかしい。「あなたのことをとても恋い慕っている」ということが最小限のこととは思えないからである。ここはそうではなく、「そのように言う」ことが最小限のことなのである。「だに」は意味上、上接する「かくと」にだけ働いているのではなく、「かくと言ふ」に働いているのである。例えば、「み山には松の雪だにきえなくに宮こはのべのわかなつみけり」（『古今集』一九・春上・よみ人しらず）は、「雪さえ消えない」と訳すことはできるが、ほかに「消えない」ものがあるわけではない。「さえ」は「雪」だけに働いているのではない。意味の上からは「雪が消えることさえない」である。したがって、この実方の歌の場合、「これこれだとあなたに言うことさえできない」の意であり、類推されることは、「まして、ほかに自分の思いを伝えるための行動などとてもできない」ということである。まず、このことを確認しておく。

次に、それでは「言うことができない」とはどのようなことを言っているのか。そこで説が分かれてくるようである。『宗祇抄』は「むねにあまるおもひを、えいひやらねば、さしも人はいかでしらんと」としている。『幽斎抄』『拾穂抄』『雑談』などはこれをほぼそのまま踏襲する。石田吉貞氏『百人一首評解』（有精堂）はこれを「かく胸に余る思いも言いおくることはできないから」と解しているが、この「えいひやらねば」の「言ひやる」は「相手に言って送る」の意ではなく、「十分に言い表す」「言いおおせる」の意かと思われる。『三奥抄』は「詞は限あるものにて、おもふこころの限なければ、かくとだにもえいひやらぬ也」とするのも、その『宗祇抄』の解を敷衍したものであろう。『改観抄』はこの『三奥抄』をほぼ踏襲している。『うひまなび』も「まだ初めたるにて、心のほどをえもいひとりあへねば」とする。多少ニュアンスの違いはあるが、「十分に言い表す」の意に解している点では共通する。さらに『三奥抄』はこれに続けて「しかあれば、ひとはただ詞の上にのみこころへて我おもひの切に身ももゆるばかり有といふことをば、えしらじといふ心なり」とし、これも『改観抄』はほぼそのまま踏襲する。これに対して、『百首異見』は「こは、いまだ一言もいひ出ぬにて、いひ尽さざるをいふにはあらず」と批判するのである。これが初めての告白の歌であることを考慮すれば、『三奥抄』『改観抄』の解釈は十分とは言えず、「まだ初めたるにて、心のほどをえもいひとりあへねば」とする『うひまなび』の解釈も従いがたい。『百首異見』の批判は当を得ていると言えよう。

『実方集』（二五二）には、実方自身の歌ではないが、「こひしともえやはいぶきのさしもぐさよそにもゆれどかひなかりけり」という、実方の歌を取り込んで詠んだと思われる類歌が収載されている。これに照らすことで右の判断が妥当であることが知られよう。

それでは、「これこれだとあなたに言うことさえできない」とは、いったいなぜなのであろうか。これは作者が内気だからなのかもしれないし、相手が高貴な女性だからなのかもしれない。あるいは、言葉のあやなのかもしれない。そのあたりはもはや明らかにすることはできない。ちなみに、「池水のいひいづる事のかたければみごもりながらとしぞへにける」（『後撰集』八九〇・恋四・敦忠）という歌があり、詞書には「大輔がもとにつかはしける」とある。

伊吹山の所在について、定家の時代にあっては、『能因歌枕』『初学抄』『八雲御抄』『建保名所百首』などが近江・美濃説であり、『袖中抄』が下野説である。当時は近江・美濃説が一般的に認められていたが、顕昭が「此いぶきの山は美濃と近江のさかひなる山にはあらず。下野国のいぶきの山也」と異を唱えたのである。顕昭の根拠は『能因坤元儀』なる書と『古今六帖』の「さしもぐさ」の項に「しもつけやしめつのはらのさしもぐさおのがおもひに身をややくらん」（三五八九）という歌があることである。しかし、『能因坤元儀』なる書もその実体が明らかでなく、『古今六帖』も根拠とするには弱い。実方と同時代の歌人の歌としては、好忠の歌に「ふゆふかくのはなりにけりあふみなるいぶきのとやまゆきふりぬらし」（『好忠集』四五二）などの例がある。また、紫式部にも「名にたかきこしのしら山ゆきなれていぶきのたけをなにとこそみね」（『紫式部集』八一）という歌がある。その詞書に「水うみにて、いぶきの山のゆきいとしろく見ゆるを」とあり、この「水うみ」は琵琶湖のことであるから、近江と考えられる。実方が近江と下野どちらを念頭に置いて詠んだかは明らかにしがたいが、平安時代末期から鎌倉時代初期にかけての資料から考えて、定家は近江・美濃説をとっていたものと思われる。

諸注では、『幽斎抄』『拾穂抄』『雑談』などが、近江・美濃説であり、『経厚抄』『天理本』『三奥抄』『改観抄』『うひまなび』『百首異見』などが下野説である。下野説をとるものは、右の『袖中抄』顕昭の説と『枕草子』の例に拠るものである。『枕草子』の例というのは、「思ひだにかからぬ山のさせもぐさたれかいぶきのさとはつげしぞ」という歌の段に、「まことや、下野へくだるといひける人に」（本文は『春曙抄』）とあることに拠る。しかし、三巻本には「まことにや、やがてはくだると言ひたる人に」となっており、能因本は「まことや、かうやへくだると言ひける人に」となっている。本文に不審のある箇所である。『拾穂抄』『雑談』はこの『袖中抄』や『枕草子』を引いたうえで、あえて近江・美濃説をとっている。

なお、この歌枕としての伊吹山については、高橋良雄氏『歌枕の研究』（武蔵野書院）に詳しく、「『袖中抄』以前に、明らかに下野の歌枕として詠まれた伊吹山の歌がなく、現在見ることの出来ない『坤元儀』を除いては、それが下野の歌枕であったことを示すものが見当たらないとすると、その実在については多くの疑問が持たれる」「そして『袖中抄』のこの説をうけて、契沖のような下野支持者が現われ、それが何時か下野の歌枕として定着して行った所に、歌枕の正確の一面をうかがうことができるように思われる」としている。

「さしも草」は、蓬の異名で、灸に用いる艾《もぐさ》の材料というのが現在の通説である。しかし、定家の時代にはその実体がはっきりとはわかっていなかったようである。現在においても、艾のこととする根拠は確かなものとは言えない。

歌学書に拠れば、『能因歌枕』に「さしもぐさとは、あれ野におふ、山のきしにおふ」とする。『童蒙抄』には「さしも草とはよもぎをいふ。又よもぎに似たる草ともいふ」とする。『和歌色葉』『八雲御抄』も『童蒙抄』と同じ説を引く。蓬のこととは言うが、艾とは結び付いていないようである。また、「又よもぎに似たる草ともいふ」とあるが、『枕草子』の「草は」の段に、「蓬」と「さしも草」を別に挙げていることも指摘しておく。

『袖中抄』は諸説を挙げ、「今案、さしも草とはとかく申たれども、慥無㆓所見㆒」とする。そして、『和難集』は『袖中抄』の引用に続き、「和云、さしも草、つねにはよもぎといふにや。よもぎは灸草なれば、身をやくとも、もゆとも云ふにかなへり。もぐさといふことばも、さしも草によれるにや」とする。ここに至って、ようやく艾のことと理解されているのである。

『奥義抄』は、この実方の歌について「いぶきのたけはつねに火のもゆるなればかくよむなり。追考、草は春もゆるものなればそへよめるにや」としている。『奥義抄』の理解としては、伊吹山が常に燃えているから、その縁で「燃ゆる思ひ」と詠んだのだということになる。ただし、「（さしも）草」とも縁があって、草は春になると「萌ゆる」ものなのでその縁にもなっているかというのである。

また、『六百番歌合』で、右方の寂蓮が「あさましやなどかおもひのさしもぐさつゆもおきあへずはてはもゆらん」（一〇二六）と詠んだことをめぐって、「左申云、後拾遺にもいぶきによせてこそ、もゆとはよみたれ、いぶきになくてもゆとはいかに、右陳云、古歌にさしももゆとよみたれば読むなり」という応酬があった。左方（顕昭や定家ら）は『後拾遺集』の実方の歌も「伊吹（山）」と詠んだからこそその縁で「燃ゆ」と詠んだのであって、「伊吹（山）」を詠まないで「燃ゆ」と詠むのはおかしいと言うのである。ここには『奥義抄』に見られた理解の仕方が見て取れる。六条家流の解釈ということもできようか。これに対して、右方（寂蓮や家隆ら）は、古歌にも「伊吹（山）」がなくとも「さしも草」だけで「燃ゆ」と詠んだ例があると反論している。その証歌は実際に挙げられていないが、右方の歌人たちの念頭には「ちぎりけん心からこそさしまぐさおのがおもひにもえわたりけれ」（『古今六帖』三五八七）、「しもつけやしめつのはらのさしもぐさおのがおもひに身をややくらん」（『古今六帖』三五八九）などがあったものと思われる。ほかにも「たれゆゑにもえんものかはさしもぐさもゆるおもひの身にしあまれば」（『輔親集』八〇）などがある。これについての判者俊成の判詞は、「右歌、さしもぐさ露おきあへずもゆらん事も、にはかにあまりなるにや」とある。やはり、左方の言い分どおり「伊吹（山）」がなくては唐突だというのであろう。このあたりにこの時代における理解の仕方が窺われる。ここには「さしも草」を艾のこととする理解はまったく認められない。

定家は、この実方の歌を本歌として、「しられじな霞のしたにこがれつつ君にいぶきのさしもしのぶと」（『拾遺愚草』一一五七）と詠んでいる。この歌で「霞のしたにこがれ」ているのは「伊吹（山）」と考えられる。また、「秋をへて色にぞみゆるい吹山もえて久しき下の思ひも」（『拾遺愚草』一二四五）、「こひすとやなれもいぶきの郭公あらはにもゆとみゆる山ぢに」（『拾遺愚草』二二一五）などの歌も「さしも草」を詠まずに「燃ゆ」と詠んでいる。定家は、伊吹山を燃えている山と認識していたことが知られよう。順徳院も「いぶき山みゆる思ひの煙をもかすめる比はしる人もなし」（『紫禁和歌集』一一二二）と詠み、道家も「かけてだにしらじなしたに思ふともえやはい吹のもゆる煙に」（『洞院摂政家百首』九九四）と詠んでいる。

ただし、伊吹山は燃える山なので、そこに生える「さしも草」も燃えているという認識はあったようである。「さしも草もゆるいぶきの山のはのいつともわかぬおもひなりけり」（『新勅撰』七七七・恋二・頼氏）という歌を定家は『新勅撰集』に選んでいる。家隆が「色ふかき伊吹の山のもみぢかなおふらん草もさしもこがれじ」（『壬二集』七四五）と詠み、如願が「さしもぐさあらはにもゆとみゆるかないぶきのやまにかかるむらくも」（『如願法師集』七三）、「たえずのみもゆるいぶきのさしもぐさなにのむくひに身をこがすらん」（『如願法師集』六一七）と詠んでいるのもその例と言える。しかし、そうした場合でも「伊吹（山）」は必ず詠み入れられていることは注意されなければならない。

以上のことから、実方の歌について、現在の通説のように、「さしも草」を艾のことと解し、その縁語で「燃ゆる」「火」と表現したと説明するのは、定家やその時代の理解とは違っているということが知られる。もちろん、右掲『和難集』のように現在と同じように解すものもあったが、それはむしろ特異なものであったと見られる。定家やその時代の人々にとって、「さしも草」は実体は明らかではなく、蓬かそれに似た草であり、燃える山である伊吹山に生えていて、そこで燃えているというイメージで捉えられていたということである。そうであるとすれば、この実方の歌の場合、燃える山である「伊吹（山）」の縁語、もしくは、燃えている「伊吹のさしも草」の縁語で「燃ゆる」「火」と表現したと説明するのが、定家の理解に即した解釈であると言えるのではなかろうか。

実方の歌の後世における評価、および定家の評価については、吉海直人氏『百人一首の新研究』（和泉書院）にすでに言及があるが、改めてまとめておくことにする。

実方の代表的秀歌としては、「さ月やみくらはし山の郭公おぼつかなくもなきわたるかな」（『拾遺集』一二四・夏）がある。公任撰とされる『後十五番歌合』に選ばれている。その後、能因撰『玄玄集』、基俊撰『相撲立詩歌合』、範兼撰『後六々撰』などの秀歌撰に選ばれ、俊成の『古来風体抄』にも選ばれている。また、「いかでかはおもひありともしらすべきむろのやしまのけぶりならでは」（『詞花集』一八八・恋上）も評価が高い。『玄玄集』『古来風体抄』、後鳥羽院の『時代不同歌合』にも選ばれており、定家も

『定家八代抄』のほか、『八代集秀逸』に選んでいる。これらに対して、「かくとだに」の歌は『古来風体抄』には選ばれているが、そのほかの秀歌撰にも選ばれていない。定家自身も『定家八代抄』には選んでいるが、それ以外の秀歌撰や秀歌例にも選んでいない。このことから言えば、この「いかでかは」の歌を『百人一首』に選ぶのが自然である。しかし、「いかでかは」の歌を選ばずに、「かくとだに」の歌を選んだ。その理由はどこにあるのであろうか。歌の内容も、「火」と関連させて詠んでいる点も両首類似しており、それらは決め手にはならない。そうであるとすれば、歌の構成に注目するほかはない。すなわち、主想から詠み始めて、序詞へ繋げ、そして再び主想に戻すという構成である。これは、一六番の行平の歌もそうであった。そしてまた、定家自身の歌もそうである。そのような歌をあえて多く選び入れたということなのであろう。定家の好尚と言うよりは、何かそこに意図的なものを感じるのであるが、それが何であるのかは後考を俟つほかはない。

52

藤原道信朝臣

あけぬればくるる物とはしりながらなを《ほ》うらめしき朝ぼらけかな

【異同】

〔定家八代抄〕安永・袖玉・知顕・東急は底本に同じ。

〔百人秀歌〕底本に同じ。

〔百人一首〕為家・栄雅・兼載・守理・龍谷・応永・古活・長享・頼常・頼孝・経厚・上條は底本に同じ。

【語釈】○あけぬれば―「あけ」は「明く」の連用形で、夜が明ける意。「ぬれ」は完了の助動詞「ぬ」の已然形。「ば」は順接の接続助詞。ここでは已然形に接続して、確定条件を表している。結句の「朝ぼらけ」と照応する。○しりながら―わかっていながら。「みづのあわのきえてうきみとしりながらながれてもなほたのまるるかな」（『友則集』五二）、「はかなくてすぐる秋とは知りながらをしむ心のなほあかぬかな」（『陽成院歌合　延喜十三年九月』一六・よみ人しらず）。○なを―やはり。歴史的仮名遣いでは「なほ」であり、定家の表記法は「なを」である。現存定家自筆三代集では「猶」と漢字で表記されることが圧倒的に多い。○朝ぼらけ―夜が明けたばかりの早朝。三一番歌を参照のこと。

【通釈】　夜が明けてしまうと、また日は暮れるものとはわかっておりますが、それでもやはり、恨めしい朝でございますよ。

【出典】　『後拾遺集』六七二・恋二・「(をむなのもとよりゆきふり侍けるひかへりてつかはしける　藤原道信)」。

【参考】　『定家八代抄』一〇四五・恋三・「(女のもとよりかへりて遣しける　道信朝臣)」。『八代集秀逸』三五。『百人秀歌』五一。『五代簡要』「あけぬればくるるものとはしりながら猶うらめしきあさぼらけかな」。『後六々撰』七二。『時代不同歌合』二七五。『道信集』三・おなじ女のもとよりかへりて・第二句「かへるものとは」。※時雨亭文庫蔵『道信中将集　色紙本』（冷泉家時雨亭叢書『平安私家集七』所収）は、詞書「おなじ人のもとに、かへりて」・第四句「さもうらめしき」。

《参考歌》

『拾遺愚草』二〇三九

秋すぎて猶うらめしき朝ぼらけ空行く雲もうち時雨れつつ

【余釈】　「暮るるものとは知りながら」には、日が暮れれば、またあなたのもとへ行き、逢うことができるという意味がこめられている。その意味を内に隠したところに、この歌の味わいがある。「なほ恨めしき朝ぼらけ」は、朝になると相手の女性の家から帰らなければならないからである。「明けぬれば暮るるものとは知りながら」を受けて「なほ恨めしき」といったところに切実な心情がよく表れている。道理を離れた人の心の機微がよく表されている。しかも「朝ぼらけ」は帰る時間としては遅い。まだあたりが暗い「あかつき（暁）」に帰るのが通例である。ここからも女性への愛情の強さが伝わってくる。

出典の『後拾遺集』では、「をむなのもとより、ゆきふり侍けるひ、かへりてつかはしける」とある詞書の下、「かへるさのみちやはかはるかはらねどとくるにまどふけさのあはゆき」（六七一）という歌があり、その次に、詞書はなくてこの歌が置かれている。勅撰集の詞書は、それが記されていない場合、前の歌の詞書を受けるということになっているので、ここでもそれが適用される。『定家八代抄』でもこの二首をそのままの順で選び入れている。詞書は「女のもとよりかへりて遣しける」となっている。定家がこの歌を後朝の歌として理解していたことは、『後拾遺集』と一致している。ただし、「ゆきふり侍けるひ」の部分を削っているので、雪の情景はこの歌とますます結び付かなくなっている。あるいは、別の折の歌として理解しようとしていたかにも思われる。ちなみに、『道信集』では別の折の歌として収載されている。

道信の歌の評価については、すでに吉海直人氏『百人一首の新考察』（世界思想社）に指摘があるとおりであるが、ここに改めてまとめておくことにする。

道信の代表的秀歌としては、「限あればけふぬぎすてつ藤衣はてなき物は涙なりけり」（『拾遺集』一二九三・哀傷）がある。公任撰とされる『後十五番歌合』に選ばれ、『深窓秘抄』にも選ばれている。その後、能因の『玄玄集』、範兼の『後六々撰』、俊成の『古来風体抄』、後鳥羽院の『時代不同歌合』にも選ばれている。定家も『定家八代抄』のほか、『秀歌体大略』『近代秀歌（自筆本）』『八代集秀逸』にも選んで高く評価している。また、「あさがほを何はかなしと思ひけん人をも花はさこそ見るらめ」（『拾遺集』一二八三・哀傷）も高く評価され、『和漢朗詠集』『玄玄集』『後六々撰』『古来風体抄』にも選ばれている。しかし、定家は『定家八代抄』以外には選んでいない。

さて、この「あけぬれば」の歌であるが、範兼が『後六々撰』に道信の代表的秀歌の一つとして選んだが、俊成は『古来風体抄』に選んでいない。しかし、定家はこの歌を高く評価して、『定家八代抄』のほかにも『八代集秀逸』に選んでいる。後鳥羽院も高く評価していたことは『時代不同歌合』に選んでいることからも窺われる。

以上のことから、定家が道信の代表的秀歌を選ぶとすれば、「限りあれば」の歌と「あけぬれば」の歌のどちらかであったかと思われる。『秀歌体大略』『近代秀歌』の秀歌例として挙げているところから言えば、「限りあれば」のほうが優位にあったと言える。

しかし、定家は「あけぬれば」のほうを選んだ。その理由はどこにあったのであろうか。ここでも『百人秀歌』の配列を考慮する必要があるのではなかろうか。『百人秀歌』の配列において、この道信の歌と強く関連する歌は、義孝の「君がためをしからざりしいのちさへながくもがなとおもひぬるかな」だと考えられる。そうしたことも選歌に関係していたのではないかと思われるのである。

なお、定家以外にも、家隆が「明けぬればくるるはやすくしぐるれど猶うらめしき神無月かな」(『壬二集』二五五一)、「いかにせむただそのままの朝ぼらけくるる物ともたれたのみけん」(『壬二集』二七八三)など、この「あけぬれば」の歌を本歌として歌を詠んでいるのが注目される。

53

右大将道綱母

なげきつつひとりぬるよのあくるまはいかにひさしきものとかはしる

【異同】

〔定家八代抄〕　安永・袖玉・知顕・東急は底本に同じ。

〔百人秀歌〕　ひさしき―さひしき（「さ」をミセケチにし、「ひ」の下に挿入記号があり、右に別筆で「さ」と傍書）。

〔百人一首〕　いかに―いかゝ（栄雅）―為家・兼載・守理・龍谷・応永・古活・長享・頼常・頼孝・経厚・上條は底本に同じ。

【語釈】　○なげきつつ―相手の訪れがないことから、相手との仲やわが身の上を嘆くのである。「つつ」は反復・継続の接続助詞。

○ひとりぬるよ―「ぬる」は「寝《ぬ》」の連体形。相手の訪れがなく、独りで寝る夜。「吹く風は色も見えねど冬くればひとりぬるよの身にぞしみける」(『後撰集』四四九・冬・よみ人しらず)。○あくるま―「あくる」は「明《あ》く」の連体形。夜が明けるまでの間。

「あくるまもひさしてふなるつゆの世はかりにもひとをしらじとぞ思ふ」（『新勅撰集』七一五・恋二・帳上女王）。○いかにひさしきものとかはしる―「か」は反語、「は」は強意の係助詞。どんなに長いものであるか、わかるだろうか、いやわかりはしない、の意。「かくてこそよそにふれどもさきがにのいかに恋しきものとかはしる」（『馬内侍集』二九）、「岩の上のたねにまかせてまつ程はいかに久しき物とかはしる」（『和泉式部集』六八四）。

【通釈】幾度も嘆きながら、独りで寝る夜の明けるまでの間がどんなに長いものなのか、あなたはおわかりになりますか、おわかりになどならないでしょうね。

【出典】『拾遺集』九一二・恋四・「入道摂政まかりたりけるに、かどをおそくあけければ、たちわづらひぬといひいれて侍りければ　右大将道綱母」。

【参考】『定家八代抄』一〇八六・恋三・「入道摂政門をたたかせ侍りけるに、おそく明けければ、立ちわづらひ侍りぬと侍りければ　右大将道綱母」。『百人秀歌』五六。『五代簡要』「なげきつつひとりぬるよのあくるまはいかにひさしきものとかはしる」。『拾遺抄』二六八・恋上・「入道摂政のまかりたりけるに、かどをおそくあけはべりければたちわづらひぬといひいれて侍りけるに　右大将道綱母」。『前十五番歌合』二三。『深窓秘抄』九九・雑・初句「うらみつつ」。『玄玄集』一三・大入道殿、よべなどかおそくあけ給はざりしとの給はせたりければ、御返事。『古来風体抄』三七八。『時代不同歌合』二〇五。『大鏡』五五。

『蜻蛉日記』（天暦九年〔９５５〕冬・本文は新潮日本古典集成に拠る。）

　これより、夕さりつかた、「うちのがるまじかりけり」とて出づるに、心得で、人をつけて見すれば、「町の小路《こうぢ》なるそこそこになむ、とまりたまひぬる」とて来たり。さればよと、いみじう心憂しと思へども、いはむやうも知らであるほどに、二三日ばかりありて、あかつきがたに、門《かど》をたたく時あり。さなめりと思ふに、憂くて、開けさせねば、例の家とおぼしきところにものしたり。つとめて、なほもあらじと思ひて、

　嘆きつつひとり寝《ぬ》る夜の明くる間はいかに久しきものとかは知る

53　なげきつつひとりぬるよのあくるまはいかにひさしきものとかはしる

と、例よりはひきつくろひて書きて、うつろひたる菊にさしたり。返りごと、「あくるまでも、こころみむとしつれど、とみなる召使の来あひたりつればなむ。いとことわりなりつるは。

げにやげに冬の夜ならぬ真木《まき》の戸もおそくあくるはわびしかりけり」

さても、いとあやしかりつるほどに、ことなしびたる。しばしは、忍びたるさまに、「内裏《うち》に」など、言ひつつぞあるべきを、いとどしう心づきなく思ふことぞ、かぎりなきや。

《参考歌》

『和泉式部続集』四〇五
まどろまであかすとおもへばみじか夜もいかにくるしき物とかはしる

【余釈】『定家八代抄』の詞書は「入道摂政門をたたかせ侍りけるに、おそく明けければ、立ちわづらひ侍りぬと侍りければ」とあり、出典の『拾遺集』の詞書は「入道摂政まかりたりけるに、かどをおそくあけければ、たちわづらひぬといひいれて侍りければ」とある。ほぼ内容は同じであるが、『定家八代抄』の詞書では入道摂政（兼家）が門を叩かせているが、『拾遺集』の詞書にはそれが見られない。『蜻蛉日記』には「門をたたく時あり」とあるので、あるいはそれを参照して加えたものであろうか。定家が『蜻蛉日記』を手元に置き、資料として用いていたことは、島津忠夫氏『百人一首』（角川文庫）に指摘するとおりである。

『定家八代抄』の詞書によれば、夫の藤原兼家が作者の家にやって来て門を叩かせたが、作者が門をなかなか開けなかったので、兼家が「（なかなか開けて下さらないので）立ちくたびれてしまいました」と言ってきた。そこで、この歌を詠んだという。門をなかなか開けないことを兼家が言ったのに対して、あなたは「なかなか開けてくれない」とおっしゃるが、そのようなことでは、私が嘆きながら独りで過ごす夜のなかなか明けてくれないことなど到底おわかりになりますまい、と相手の言葉の端を捉えて、恨みかけたのである。その当意即妙な詠みぶりに、この歌のおもしろさがある。

この歌は、参考項に引いたような形で『蜻蛉日記』にも見える。『蜻蛉日記』では、門を開けなかったところ、兼家はほかの女性の所に行ってしまったので、朝になってから、色の移ろった菊に添えてこの歌を兼家に贈ったことになっている。その場合、「嘆きつつ」は、兼家の心がほかの女性に移ったのを嘆いたということになろう。そして、一首の意としては、兼家が去った後、嘆きながら夜を明かしたことのつらさを訴えているのである。したがって、この時点では門を開けなかったこととは関連付けていないと見られる。この点に関して、『蜻蛉日記』の解釈において『拾遺集』の詞書との混同がまま見受けられる。これについては、吉海直人氏『百人一首の新考察』（世界思想社）に指摘があり、首肯される。そして、兼家の返歌「げにやげに冬の夜ならぬ真木の戸もおそくあくるはわびしかりけり」において、「ほんとうにほんとうに、その、なかなか明けてくれない冬の夜ではありませんが、門の戸もなかなか開けて下さらないのは辛うございました（それで私は仕方なく帰ったのですよ）」と、夜が明けることと門を開けることを関連付けているわけである。道綱母の歌に門を開ける意を含んでいたとすれば、この兼家の歌は意をなさなくなってしまう。「げにやげに」と共感同情を装いながら、なかなか夜が明けないのを「冬の夜」ゆえと取りなし、自分が帰ったことを作者のせいにして自らを正当化しようとしたことは、作者の怒りの火に油を注ぐ結果となったことであろう。たとえそれが答歌の詠みようであったとしてもである。

右に見たように、『拾遺集』の詞書と『蜻蛉日記』とでは作歌事情が違っており、それに応じて歌の意味も異なってくる。実際のところ、どちらが事実であったかは明らかにしがたい。『蜻蛉日記』の記述もそれが事実であるという保証はどこにもないのである。それでは、定家はどちらで味わっていたのであろうか。これも明確にはしがたいが、少なくとも、『定家八代抄』に選び入れて、そこに『拾遺集』の詞書をほぼそのまま記しているところから見て、『拾遺集』の詞書にあるような事情のもとに詠まれた歌として、この歌を秀歌と認めていたということは確かであろう。八代集の抄出という前提はもちろんあるが、もしも、この歌が『蜻蛉日記』のような事情で詠まれたと見るほうが、この歌の魅力が増すと定家が考えたとすれば、詞書を削ることも可能であったはずだからである。そのように考えるならば、「なかなか開けてくれない」という言葉を巧みに捉えて恨みかけたところに、この歌のすぐれた点を認めていたということになろう。ちなみに、定家は『新勅撰集』に道綱母の歌（一〇六一・一二一一番）を入集する際、『蜻蛉日記』に拠りながらも、歌の本文や詞書に改変を加えており、『蜻蛉日記』の本文を重視しようとする姿勢はそれほど感じられないということも付記しておきたいと思う。

この歌が道綱母のもっとも代表的秀歌として認められてきたことは、吉海直人氏『百人一首の新考察』（世界思想社）に指摘があるとおりである。公任は、『前十五番歌合』に選び、『深窓秘抄』にも選び入れている。その後、能因撰『玄玄集』にも選ばれ、そして俊成も『古来風体抄』に選んでいる。また、後鳥羽院も『時代不同歌合』に選んでいる。定家も、先人や同時代の人々と同じように、この歌を高く評価していたということであろう。

54

儀同三司母

わすれじの行すゑまではかたければけふをかぎりのいのちともがな

【異同】

〔定家八代抄〕　安永・袖玉・知顕・東急は底本に同じ。

〔百人秀歌〕　底本に同じ。

〔百人一首〕　行すゑ―向後（上條）―為家・栄雅・兼載・守理・龍谷・応永・古活・長享・頼常・頼孝・経厚は底本に同じ。かたければ―かたけれと（長享）―為家・栄雅・兼載・守理・龍谷・応永・古活・頼常・頼孝・経厚・上條は底本に同じ。けふを―くるを（応永）―為家・栄雅・兼載・守理・龍谷・古活・長享・頼常・頼孝・経厚・上條は底本に同じ。

〔小倉色紙〕　行すゑ―ゆくすへ。（集古）

【語釈】　○わすれじ―「じ」は打消し意志の助動詞。忘れまいの意。相手の人が言った約束の言葉。「わすれじよゆめとちぎりし事のはうつつにつらき心なりけり」(『拾遺集』九二二・恋四・よみ人しらず)、「わすれじの契うらやむふる里の心もしらぬ松虫のこゑ」(『拾遺愚草』八九〇)。「忘れじ」に「の」を続けた例としては「わすれじのながきためしにたのめこしはまのまさごやかずつきぬらん」(『清正集』七三)、「じ」に「の」を続けた例としては「思ひをも恋をもせじのみそぎすとひとかたなでてはてはてはしお」(『順集』四〇)などがある。○行すゑ―これから先、将来。○かたければ―「かたけれ」は「難し」の已然形。ここでは、約束の言葉が守られるのは難しいということ。○けふをかぎり―「けふ」は「今日」。「かぎり(限)」は最後の意。「くやしくぞ後にあはむと契りけるけふをかぎりといはましものを」(『新古今集』八五四・哀傷・季縄)。○いのちともがな―「と」は格助詞。「もがな」は願望の終助詞。二五番歌の語釈項を参照のこと。「ともがな」は、「〜を〜ともがな」という形で、「〜を〜としたい」の意になることが多い。この歌では「〜を」の部分は隠れている。「思ひねのよなよな夢に逢ふ事をただかた時のうつつともがな」(『後撰集』七六六・恋三・よみ人しらず)、「こよひさへあらばかくこそおもほえめけふくれぬまのいのちともがな」(『後拾遺集』七一一・恋二・和泉式部)、「あすならばわすらるるみになりぬべしけふをすぐさぬいのちともがな」(『後拾遺集』七一二・恋二・赤染衛門)、「うしみつとききだにはてじ待ちえずはただ時のまの命ともがな」(『拾遺愚草』二八六)。

【通釈】「忘れたりはしまい」というお言葉が将来まで守られることは難しいので、今日を最後の命としとうございます。

【出典】『新古今集』一一四九・恋三・「中関白かよひそめ侍りけるころ　儀同三司母」。

【参考】『定家八代抄』一〇九三・恋三・「(題不知)儀同三司母」。『百人秀歌』五五。『前十五番歌合』一四。『麗花集』一一五・第二句「ゆくすゑまでの」。『時代不同歌合』二三三。

【余釈】あなたの「決して忘れたりはしない」という言葉は、今の様子では将来まではとても守られるとは思われない。だから、すっかり忘れられてしまう前に、私の命も今日で終わりとしたい、という意の歌である。

この歌の解釈を通説では、「今日」を、逢って「忘れじ」と約束した日と考え、将来に不安を抱き、幸福の中で死んでしまいたいという心情を詠んだものとされている。『宗祇抄』は「なを人の詞たのみがたければ、一夜をおも出にしてきえもうせんといへるこころ、尤せつなるさまなり」とする。その「一夜」というのが「今日」をさすのかどうかは明らかではない。注釈書でそのことを明確に示しているものに『上條本』などがある。『上條本』は「この哥は、逢恋の心也。今こそかくあひ見てうれしからめ、人の心のおくをしらねば、行末たのまん事しりがたし。中中わすれて物思ひせんならば、いまあひみてうれしき時、けふをかぎりの命ときえはてよかしと願ひたるさまのうた也」としている。また、『拾穂抄』は「師説」すなわち貞徳の説として、「初めてあふてたがひに行すゑかはらじとちぎりても、其ちぎりすゑとぐる事は大かたかたきものなれば、かくあふ事をおもひ出にて、けふを命のかぎりともなれよかしといへる心、尤哀なるうたと也」とする。その後、『百首異見』も「さらば、今日のたのもしき中を我世の思ひ出にして、やがて変り行うきをばみざらんをといへり。こははじめての後朝などによみてつかはせし也」としている。現在の通説はこれらの説を受け継いだものと言えよう。しかし、定家の解釈は、これとは少し違っていたのではないかと思われる。

この歌は、出典の『新古今集』では「恋三」の巻頭に置かれている。この巻は、恋の成就直後からの歌が収められており、その最初の歌ということになる。そして、その詞書には「中関白かよひそめ侍りけるころ」とある。すなわち、中関白藤原道隆が作者と結婚し通い始めた頃に詠まれたということになっている。この作歌事情が何に依拠したものなのか、資料は明らかではないが、確かに、『新古今集』の配列や詞書から考えると、通説のように解すことができる。

ところが、『定家八代抄』では、詞書をすべて削ってしまっている。そして、初めて逢った時からは少し時が経過した頃の歌を並べている箇所にこの歌を配している。この歌の前には、例えば、「一よとてよがれし床のさ莚にやがても塵のつもりぬるかな」（一〇七五・讃岐）や「君こんといひし夜ごとに過ぎぬればたのまぬものの恋ひつつぞぬる」（一〇七九・よみ人しらず）、あるいは道綱母の「歎きつつひとりぬるよの明くるまはいかに久しき物とかはしる」（一〇八六）などの歌があり、相手の男性の足が遠のきはじめた頃の歌の中に配しているのである。また、そのいっぽうで、この歌の後に「思ふにはしのぶる事ぞ負けにける逢ふにしかへばさもあらばあれ」（一〇九四・業平）や「三か月のおぼろけならぬ恋しさにわれてぞ出づる雲の上より」（一〇九八・永実）などの歌もあり、完全に訪れが絶えてしまったわけでもないという段階であることが知られる。

この事実から言えることは、定家は『新古今集』の詞書のように「通ひそめ侍りける頃」の歌とは解していなかったということである。「忘れじの行く末までは難ければ」というところに、相手の男性の夜離れから将来への不安を読み取っていたものと思われる。そして、すっかり忘れられてしまうのを待つことなく、今日死んでしまいたい、とこの歌を解していたのではないかと推察されるのである。ちなみに、『後拾遺集』に入集している儀同三司母の歌は、「あか月のつゆはまくらにおきけるをくさばのうへとなにおもひけん」（七〇一）と「ひとりぬるひとやしるらん秋のよをながしとたれかきみにつげつる」（九〇六）の二首であるが、何れも道隆の夜離れを恨む歌である。定家はこれらの歌と同じようにこの歌を解していたものと思われる。

『新古今集』の撰者名注記に拠れば、定家はこの歌を選出していない。しかし、『定家八代抄』にはこの歌が選ばれており、定家はこの歌を秀歌と認めていたことが知られる。ここには、『新古今集』の詞書にあるような状況で詠まれた歌としてならば、この歌を秀歌とは認められないという、定家の主張が窺われるように思われる。

これに対して後鳥羽院は、『新古今集』に右のような詞書を付したうえで、「恋三」の巻頭にこの歌を据え、その後、隠岐本でも除棄することなく、さらに『時代不同歌合』にも選んで高く評価している。同じように秀歌として評価してはいるが、両者の間に解釈の相違や対立を認めることができそうである。

儀同三司母の代表的秀歌としては、公任がこの歌を『前十五番歌合』に選んでおり、同歌合では、道綱母の「嘆きつつ」の歌と番えられている。『百人秀歌』では歌順が逆になっているが、この歌合が選歌のうえでも解釈のうえでも意識されていたものと思われる。なお、『定家八代抄』に選ばれた儀同三司母の歌はこの一首のみである。

55

大納言公任

たきのを《お》とはたえて久しくなりぬれど名こそながれてなを《ほ》きこえけれ

【異同】
〔定家八代抄〕　この歌はなし。
〔百人秀歌〕　をとは—おとは。きこえけれ—とまりけれ。
〔百人一首〕　をとは—おとは（為家・古活・長享）—音は（応永）—いとは（守理）—栄雅・兼載・龍谷・頼常・頼孝・経厚・上條は底本に同じ。きこえけれ—きこへけれ（守理）—為家・栄雅・兼載・龍谷・応永・古活・長享・頼常・頼孝・経厚・上條は底本に同じ。

【語釈】　○たき—嵯峨大覚寺の滝殿の滝。大覚寺は、嵯峨上皇の御所嵯峨院を、上皇の皇女で淳和天皇皇后正子内親王が貞観一八年（８７６）に寺としたもの。公任や赤染衛門らの時代には、滝は涸れていたが、滝殿や石組は残っていたものと思われる。その後、『山家集』一〇四八番の詞書に「大覚寺の滝殿の石ども、閑院にうつされて、あともなくなりたりとききて、見にまかりたりけるに」とあるところから、西行の時代に、その石組が閑院（二条南、西洞院西、冬嗣旧邸）に移されたことが知られる。○をと—歴史的仮名遣いでは「おと」、定家の表記法では「をと」。現存定家自筆本三代集での表記はすべて「をと」である。『下官集』にも「を」の仮名に「風のをと」の例を挙げている。○たえて—「たえ」は動詞「絶ゆ」の連用形。「音」が「絶ゆ」は音がしなくなることで、滝が流れなくなることをいう。○名こそながれて—「名」は、評判、名声の意。「ながれて」は、永くずっと伝わる意。「滝」の縁語。余釈項を参照のこと。○なを—永い年月を経ても変わることなく、の意。五二番歌の語釈項を参照のこと。○きこえけれ—「名」が「聞こゆ」は、多くの人々に知れわたる意。

【通釈】　滝の音はしなくなって長い年月を経たけれども、その名声はずっと伝わって、今もなお知れわたっているのであったよ。

【出典】『千載集』一〇三五・雑上・「嵯峨の大学寺にまかりて、これかれ歌よみ侍りけるによみ侍りける　前大納言公任」。※重出、『拾遺集』四四九・雑上・「大覚寺に人人あまたまかりたりけるに、ふるきたきをよみ侍りける　右衛門督公任」・初句「たきの糸は」。

【参考】『百人秀歌』五九・結句「なほとまりけれ」。『公任集』一一九・大とのまたところどころにおはしし時、人人ぐして紅葉みにありき給うしに嵯峨の滝どのにて。

『権記』（長保元年〔999〕九月十二日条）

早朝、与中将同車、詣左府。左府野望。一昨、与左右金吾・源三相公・并予・右中丞相約、有此事。各調餌袋・破子。先到大覚寺滝殿・栖霞観。次丞相騎馬。以下従之。到大堰河畔。式部権大輔、依丞相命、上和哥題。云、処々尋紅葉。次帰相府馬場、読和哥。初到滝殿、右金吾詠。云、

滝音能　絶弖久　成奴礼東　名社流弖　猶聞計礼

《参考歌》

『後拾遺集』（一〇五八・雑四）

大覚寺のたきどのをみてよみ侍ける　赤染衛門

あせにけるいまだにかかりたきつせのはやくぞ人はみるべかりける

【余釈】今ではもう水の枯れた滝の古跡を、「音」と「名」を対比させて詠んだところにこの歌の趣向がある。そして、「名」について、「滝」の縁語により、永く伝わることを「流れて」、広く人々に知れわたっていることを「聞こえ」と表現した。

初句と第二句の句頭に「た」が置かれ、第三句・第四句・結句それぞれの句頭に「な」が置かれている。おそらく、これは偶然ではなく、意図的なものであろう。技巧が凝らされてはいるが、不自然さがない点に作者の力量を感じる。

句頭の字を揃えることは、頭韻と言ってもよいかと思われるが、これは和歌ではあまりもてはやされなかった。声調の上から心地よいリズムを作り上げているなどと評したくなるが、これは当時の感覚とは合わないもののようである。もしも声調上の効果を

感じていたならば、頭韻の歌がもっと多く詠まれたはずであるし、公任の『和漢朗詠集』などにも頭韻の歌が多く採られていそうなものであるが、そのような歌はわずかしか見出すことができない。それどころか、『喜撰式』に「四病」の第一として挙げられている「岩樹」は「第一句初字与二第二句初字一同声也」としており、歌病の一つにさえ数えられていた。後に『俊頼髄脳』にも「はじめの五文字のはじめの文字と、つぎの七文字のはじめの文字と同じきを、古き髄脳に岸樹の病といへり。是ぞなほ去るべき事なり。おなじ文字よみつれば、ささへて耳とどまりて聞ゆれども、又古き歌になきさまにあらず」としている。つまり、句頭の音を揃えることは、心地よいリズムどころか、耳障りなものとして避けられていたのである。ただし、この「岩樹」という歌病については、公任はそれほど気にしてはいなかったようである。『新撰髄脳』に拠れば、公任は音よりは意味を重視しており、同じ音の語が二箇所に用いられていても意味が異なる語の場合は問題はないとし、異なる音の語でも同じ意味の語が二箇所に用いられることをよくないこととしている。しかし、それも歌がすぐれている場合や、あえて意図的に同じ語を繰り返して詠むのであれば問題はないとする。そして、「ちとせまでちぎりしまつもけふよりはきみにひかれてよろづよやへむ」（三二・能宣）、「とのもりのとものみやつこ心あらばこのはるばかりあさきよめすな」（一三二・公忠）、「かはづなくかみなびかはにかげみえていまやちるらんやまぶきのはな」（一四二・厚見女皇）、「あまくだるあらひとがみのあひおひをおもへばひさしすみよしの松」（四二九・安法法師）などの歌を『和漢朗詠集』に選んでいる。したがって、句頭の音を揃えることは、好んで詠むような技法ではなく、偶然的なものか、あるいはあえて詠むのであれば、冒険的な試みであったと考えられる。ここには、耳障りにならず、このようにも詠めるという作者の自負が感じ取れる。「音」と「名」を対比させて詠んだ趣向とともに、人々を感嘆させるような、晴れの歌に相応しい詠みぶりと言うことができよう。

さて、「名こそ流れて」の「名」は、具体的に言えば、その昔、嵯峨上皇が造営され、この滝をご覧になって愛でられたという名声のことである。「流る」は、空間的にも時間的にも伝わることをいう。「さらでだにいはまのみづはもるものをこほりとけなばなこそながれめ」（『後拾遺集』九四三・雑二・下野）、「あふことのいまはかたみのめをあらみもりてながれんなこそをしけれ」（『金葉集』五〇〇・恋下・よみ人しらず）などは、世間に広まる意であり、空間的に伝わることである。また、「せきれたるなこそながれてとまるらんたえずみるべきたきのいとかは」（『後拾遺集』一〇五七・雑四・兼房）、「としごとにせくとはすれどおほゐがはむかしのなこそなほながれけれ」（『後拾遺集』一〇五九・雑四・道済）などは、後世に言い伝えられる意であり、時間的に伝わることである。この公任の歌も後者の意である。

出典は、『拾遺集』にも重出するが、『千載集』とすべきであろう。定家自筆本『拾遺集』は初句を「滝の糸は」とする。勅撰集では重載しないことが原則なので、なぜ『拾遺集』に選ばれている歌を『千載集』に再び選んだのかということが問題となる。考え方としては、次の三つがある。（1）『千載集』の撰者俊成が『拾遺集』にすでにあるのにこれを見落とした。『改観抄』に「千載集雑上にはあやまりて又入られたる」と指摘するのはこれである。（2）俊成は『拾遺集』にこの歌があることは知っていたが、何らかの理由であえて選んだ。『百首異見』に「拾遺に初句を滝の糸はとあるはあやまり也。此あやまりをいたみて、わざと再び千載集には入られたるにや」とするのはこれである。（3）俊成は『拾遺集』よりも『拾遺抄』を重んじた。『拾遺抄』にはこの歌はないので重出とは考えなかった。『百人一首必携』（學燈社）に「『拾遺抄』を尊重して『拾遺集』を軽視していたらしい俊成が、『集』に採られていることに気付かずにうっかりと選んでしまったのであろうか」としているのはこれであるが、（1）とも重なっている。何れが真相であるのかは、現在のところ判断しかねるが、これは『拾遺集』『千載集』の問題なので、しばらく措くことにする。初句の異同のこともあるが、『百人一首』中、八代集の歌で『定家八代抄』にない歌は、この公任の歌と八一番道因の歌のみであるが、どちらも『千載集』から撰入したと考えるほうが統一的に説明ができ、整合性がある。

公任の歌人としての評価は、『新古今集』撰集頃、急落したようである。順徳院の『八雲御抄』（巻第六）に次のような記述がある。

> 公任卿は寛和の比より、天下無双の歌人とて、すでに二百よ歳をへたり。在世の時いふに及ず、経信、俊頼已下、ちかくも俊成が在世までは、空の月日のごとくにあふぐ。しかるを、近比より、公任無下なりといふ事出きて、あさくおもへる輩少々あり。これこの三十余年の事也。さほどの物をば、すこし心にあはずとも、さてこそは有べきに、一向にすつる事、以の外の事

也。貫之もさしもなしなどいふ事少々きこゆ。歌の魔の第一也。げにも公任卿が歌、名誉ほどはおぼえず、すこしいかにやあらんあれども、さすがに歌のさまよく見え侍れ。ただ我このむすぢならぬ歌と難ずる歟。

公任の歌は、『千載集』には一一首入集し、『古来風体抄』にも四首選ばれており、俊成は高く評価していた。ところが、『新古今集』には六首入集で、撰者名注記に拠れば、撰者の中では家隆が五首推していて比較的高く評価していたことが窺われる。これに対して、定家は二首しか推していない。そして、定家は『定家八代抄』にも公任の歌を三首しか選ばず、『新勅撰集』にも一首しか入集させていない。後鳥羽院の公任の歌に対する評価も低く、隠岐本に残した歌は三首であり、『時代不同歌合』には歌人として公任を採り上げていない。これは右の『八雲御抄』に言うところを裏付けるものと言える。もちろん、「浅く思へる輩」が定家や後鳥羽院を指しているはずもないが、この時代の和歌を先導していた二人の考えが時代の風潮を作り上げていたことは確かであろう。

右のように、定家は公任の歌をそれほど高く評価してはいなかったが、和歌の歴史を編むという『百人一首』あるいは『百人秀歌』の企図からすれば、公任は欠かすことのできない歌人であったのであろう。『改観抄』に「此比歌の道を知人において又なき故歟」とする。吉海直人氏『百人一首の新考察』（世界思想社）の「和歌文学の歴史を語る上で必要不可欠の存在として撰入されたのではないだろうか」という指摘もそのような意味で首肯される。後鳥羽院が『時代不同歌合』の歌人の人選で公任を外したことと比較すると、両者の間には基本的な考え方の違いがあることを認めることができそうである。

その公任の代表的秀歌は、やはり「春きてぞ人もとひける山ざとは花こそやどのあるじなりけれ」（『拾遺集』一〇一五・雑春）であろう。『後十五番歌合』に選ばれており、これを公任撰であるとすれば、自ら選んだ一首ということになる。公任は『金玉集』にこの歌を選び入れている。その後、能因撰『玄玄集』、基俊撰『相撲立詩歌合』『新撰朗詠集』、範兼撰『後六々撰』、俊成『古来風体抄』、そして、定家も『定家八代抄』に選んでいる。また、「紫の雲とぞ見ゆる藤の花いかなるやどのしるしなるらん」（『拾遺集』一〇六九・雑春）も有名であり、『玄玄集』『新撰朗詠集』『古来風体抄』などにも選ばれている。また、「あさまだき嵐の山のさむければ紅葉の錦きぬ人ぞなき」（『拾遺集』二一〇・秋）も、道長大堰川遊覧の折の、公任のいわゆる三舟の才の逸話として著名である。『大鏡』（第二・太政大臣頼忠・廉義公）や『古今著聞集』『十訓抄』などの説話集にも見える。『後六々撰』には選ばれてはいるが、ほかの秀歌撰には見えず、どちらかと言うと、歌そのものより説話的興味が主となっているようである。

伝統的に評価が定まっていること、『定家八代抄』に採られていることなどを考え合わせれば、吉海直人氏『百人一首の新考察』にも指摘があるように「春来てぞ」の歌が選ばれるのが順当なところであろう。しかし、定家はそれを選ばずに、『定家八代抄』にない「滝の音は」の歌を選んだ。それはなぜであろうか。その理由は、『百人秀歌』の配列にあったのではないかと考えられる。『百人秀歌』において、公任と対になっているのは清少納言である。才子才女の組み合わせである。しかも歌の内容は、清少納言の「夜をこめて」の歌は中国の故事を踏まえての詠である。これに対する歌として「春来てぞ」の歌は相応しない。『定家八代抄』に公任の歌はほかに「霜おかぬ袖だにさゆる冬のよに鴨の上毛を思ひこそやれ」（五二五）、「あまつ空とよのあかりにみし人の猶面かげのしひて恋しき」（八七九）の二首があるが、何れも相応しくはない。そこで思い浮かんだのが、日本の旧い事跡を詠んだこの「滝の音は」の歌だったのではなかろうか。対比的な詠法も両者共通している。定家は父俊成の『千載集』撰集の仕事を手伝ったので、この歌のことは強く記憶に残っていたはずである。

《第十一グループの配列》

51　かくとだにえやはいぶきのさしも草さしも知らじな燃ゆる思ひを（実方）
52　明けぬれば暮るるものとは知りながらなを恨めしき朝ぼらけかな（道信）
53　嘆きつつひとり寝る夜の明くる間はいかに久しきものとかは知る（道綱母）

55　たきのをとはたえて久しくなりぬれど名こそながれてなをきこえけれ

54　忘れじの行末までは難ければ今日を限りの命ともがな（儀同三司母）
55　滝の音は絶えて久しくなりぬれど名こそ流れてなを聞こえけれ（公任）

この第十一グループは、円融・花山・一条朝期を主な活躍時期とする歌人ということになろうか。この中では道綱母が年代が古く、実際にこの歌が詠まれたのは村上天皇の時代である。ただし、『蜻蛉日記』が書かれたのは円融天皇の時代と推定される。また、没年は、公任以外は一条天皇の時代の前半、正暦から長徳にかけての頃である。

実方と道信、それに公任は、親交のあったことが、それぞれの家集などによって知られている。また、実方と道信は、公任撰と目されている『後十五番歌合』においても、選ばれた歌はこれとは異なるが、一番に番えられている。さらに、実方と道信は四位朝臣で左近衛中将という官位官職も共通する。道綱母と儀同三司母の歌は、公任撰の『前十五番歌合』のままの歌と組み合わせである。『改観抄』は道綱母と儀同三司母の歌について、「右ふたりの歌は、人のほど歌のほど事につきてよめるやうも似たれば一類とす」とする。また、公任の歌については「此卿をここにおかれたるは、前後あまり女がちなる故なるべきにや」としている。

歌の内容は、五一番から五四番までが恋の歌である。五一番実方の歌は、初めて相手に自分の気持を打ち明けるものであり、五二番道信の歌は後朝の歌である。そして、五三番道綱母の歌と五四番儀同三司母の歌は相手の夜離れを嘆く歌であり、恋の進展順に並べられている。

詞の上では、五一番の「知らじな」を五二番「知りながら」で受け、さらに五三番「知る」で受ける。五二番の「明けぬれば」「朝ぼらけ」を五三番「明くる間」で受ける。五三番の「久しき」を五五番「久しく」で受ける。五四番「今日を限り」を五五番「絶えて」で受け、五四番「行く末まで」を五五番「流れて」で受けると考えられる。

和泉式部

あらざらんこの世の外のおもひ出にいまひとたびのあふこともがな

【異同】

〔定家八代抄〕おもひ出に―おもひいてに（知顕・東急）―思ひてに（袖玉）―安永は底本に同じ。

〔百人秀歌〕おもひ出に―思いてに。

〔百人一首〕おもひ出に―おもひいてに（為家・頼常）―思ひてに（守理・古活・頼孝・上條）―栄雅・兼載・龍谷・応永・長享・経厚は底本に同じ。あふこともかな―あふよしもかな（応永・長享・頼孝・上條）―為家・栄雅・兼載・守理・龍谷・古活・頼常・経厚は底本に同じ。

〔小倉色紙〕未確認。

【語釈】○あらざらんこの世の外―「あらざらん」の「あら」は「あり」の未然形で、生きているの意。「ざら」は打消しの助動詞「ず」の未然形。「ん」は仮定・婉曲の助動詞「ん（む）」の連体形。「この世の外」にかかる。「あらざらん後の世までを怨みてもその面影をえこそうとまね」（『拾遺愚草』八六四）。「この世の外」は、この世から離れた場所。後世のこと。「猶のこれあけ行く空の雪の色この世の外の後のながめに」（『拾遺愚草』二八〇三・良経）、「心もてこの世の外をとほしとていはやのおくの雪をみぬかな」（『拾遺愚草』二八〇八）。○おもひ出に―「出」を「いで」と読むか「で」と読むか、異同項にも示したように古写本でも本文が分かれている。「おのづから人も時のま思ひいでばそれをこの世の思出にせん」（『拾遺愚草』五七六）の「出」を定家自筆本『拾遺愚草』では「いで」とする。また、「はかなくて今夜あけなば行く年のおもひでもなき春にやあはなん」（『金塊集』四〇四）の「おもひで」を定家所伝本では「おもひいで」とする。また、俊成自筆本『古来風体抄』（初撰本・冷泉家時雨亭叢書1）でもこの和泉式部の歌は「おもひいでに」となっている。これらの例を参照すると、定家は「いで」と読んでいたものと考えられるので、ここも

「いで」と読む。「ちりぬともかをだにのこせ梅花こひしき時のおもひいでにせむ」（『古今集』四八・春上・よみ人しらず）。○あふこともがな―異同項に示したように、「あふよしもがな」とする伝本もあるが、「あふこともがな」が本来の形である。「もがな」は願望の終助詞。二五番歌の語釈項を参照のこと。

【通釈】死んだ後の、この世から離れたところでの思い出として、もう一度お逢いしたいことです。

【出典】『後拾遺集』七六三・恋三・「ここちれいならずはべりけるころ人のもとにつかはしける　和泉式部」。

【参考】『定家八代抄』一二八六・恋五・「（題不知）和泉式部」。『八代集秀逸』三九。『百人秀歌』六一。『五代簡要』「あらざらんこのよのほかの思いでにいまひとたびのあふ事もがな」。『古来風体抄』四六六。『和泉式部集』七四四・ここちあしきころ、人に。

《参考歌》

『和泉式部集』八八三（『和泉式部日記』六一）。

山を出でてくらきみちにをたづねこし今一度の逢ふ事により

『拾遺愚草員外』二四六

せめておもふいま一たびのあふことはわたらむ川や契なるべき

【余釈】『後拾遺集』の詞書には「ここちれいならずはべりけるころ人のもとにつかはしける」とあり、『和泉式部集』にも「ここちあしきころ、人に」とあるので、それらに拠れば、作者が重病の床に臥して、恋人に詠み贈った歌ということになろう。通説もそのように解している。しかし、定家は『定家八代抄』でこの歌を「題知らず」とし、久しく訪れがなくなったのを嘆く歌の中に配列している。その前後の歌を示すと、次のようになっている。

（題不知）　周防内侍

ちぎりしにあらぬつらさも逢ふ事のなきにはえこそ恨みざりけれ（一二八五）

和泉式部

あらざらんこの世の外の思出に今一度のあふこともがな（一三八六）

さもこそは逢ひみんことのかたからめ忘れずとだにいふ人のなき（一三八七）

伊勢

前の周防内侍の歌は、「約束を違えた恨みも逢うことがないので言うことができない」と詠んでいる。後の伊勢の歌は、「確かに逢うことは難しいだろうが、忘れないと言ってくる人さえない、つまり消息さえない」と嘆いているのである。この両首に挟まれているところから、久しく訪れなくなった人を待ち続け、憔悴しきって詠んだ歌であると定家は理解していたものと推察される。「あらざらんこの世のほかの思ひ出でに」というのも、消え入らんばかりの苦しい心情を表現したものであり、病とは関係させないほうが恋情の哀切さはまさると見たのであろう。

定家はこの歌を本歌にして「せめておもふいま一たびのあふことはわたらむ川や契なるべき」（『拾遺愚草員外』二四六）と詠んでいる。「あの人ともう一度逢いたいと切に思うのは、三途の川を共に渡ろうという約束なのだろうか」という意である。この歌は建久二年（1191）六月伊呂波四十七首での詠であり、当時定家は三〇歳であった。そして後年、『定家卿百番自歌合』（一四三）にもこれを自選している。また、この和泉式部の歌を本歌とする「いかにせむいまひとたびのあふことをゆめにだに見てねざめずもがな」（『新勅撰集』九七六・恋五・殷富門院大輔）を『新勅撰集』に入集させている。若い頃から晩年に至るまで和泉式部のこの歌を賞翫していたことが窺われる。なお、この和泉式部の歌の影響を受けたと考えられる歌としては、西行の「いかで我このよのほかのおもひいでにかぜをいとはで花をながめん」（『山家集』一〇八）などがある。

和泉式部のこの歌の選歌については、島津忠夫氏『百人一首』（角川文庫）や有吉保氏『百人一首全訳注』（講談社学術文庫）、吉海直人氏『百人一首の新考察』（世界思想社）、『百人一首の新研究』（和泉書院）などに詳しい言及があるが、あらためてまとめておくことにする。

和泉式部の歌人としての評価は、『後拾遺集』には最多の六八首が入集し、平安末期から鎌倉初期にかけても『千載集』に二一首、

『新古今集』に二五首が入集していることから、いかにその評価が高かったかが知られる。定家も『定家八代抄』に三七首撰入し、『新勅撰集』に一四首の歌を入集させている。

その和泉式部の代表的秀歌としてまず挙げられるのは、「暗きより暗き道にぞ入りぬべき遥に照せ山のはの月」（『拾遺集』一三四二・哀傷）であろう。この歌は、『後十五番歌合』に選ばれ、『麗花集』、能因撰『玄玄集』、基俊撰『相撲立詩歌合』『新撰朗詠集』、範兼撰『後六々撰』、俊成『古来風体抄』、後鳥羽院撰『時代不同歌合』などに選ばれており、定家も『定家八代抄』に選んでいる。

また、『後十五番歌合』を公任の撰とすれば矛盾するようではあるが、『俊頼髄脳』には公任が右の「暗きより」の歌よりも「つのくにのこやとも人をいふべきにひまこそなけれあしのやへぶき」（『後拾遺集』六九一・恋二）を高く評価していたという話が伝えられている。『俊頼髄脳』には次のように記されている。

四条大納言に、子の中納言の、「式部と赤染と何れかまされるぞ」と尋ね申されければ、「一口に言ふべき歌よみにあらず。式部は『ひまこそなけれあしの八重ぶき』とよめる者なり。いとやん事なき歌よみなり」と有りければ、中納言はあやしげに思ひて、「式部が歌をば、『はるかに照らせ山の端の月』と申す歌をこそよき歌とは世の人申すめれ」と申されければ、「それぞ人のえ知らぬ事を云ふよ。『闇きより闇き道にぞ』といへる句は法華経の文にはあらずや。されば如何に思ひよりけむとも覚えず。末の『はるかに照らせ』といへる句は、本にひかされてやすくよまれにけむ。『こやとも人を』といひて、『ひまこそなけれ』といへる詞は凡夫の思ひよるべきにあらず。いみじき事なり」とぞ申されける。

この話は『袋草紙』『西行上人談抄』『無名抄』『八雲御抄』などにも見える。そして、この「津の国の」の歌は『麗花集』『後六々撰』『古来風体抄』にも選ばれているが、定家は『定家八代抄』にも選んでいない。

さらに、「ものおもへばさはのほたるをわがみよりあくがれにけるたまかとぞみる」（『後拾遺集』一一六二・神祇）も有名である。『後六々撰』『時代不同歌合』などにも選ばれている。『俊頼髄脳』『和歌童蒙抄』『袋草紙』などの歌学書にも採られているが、『十訓抄』『古今著聞集』などの説話集にも見え、貴船明神の感応があったという歌で説話的興味が主となっていたものと思われる。この歌も定家は『定家八代抄』にも選んでいない。

定家が高く評価していたということでは、「もろともにこけのしたにもくちもせでうづまれぬなを見るぞかなしき」(『金葉集』六二〇・雑下)がある。娘の小式部内侍の死後追慕して詠んだ歌とされる。定家はこの歌を『定家八代抄』のほか、『秀歌体大略』『近代秀歌(自筆本)』に秀歌例として挙げ、『八代集秀逸』にも選んでいる。この歌は『後六々撰』『古来風体抄』『時代不同歌合』にも選ばれており、定家以外の評価も高かった。

さて、この「あらざらん」の歌は、『定家八代抄』のほか、『八代集秀逸』にも選ばれており、定家は格別に高く評価していた歌であることが知られる。ちなみに、定家以前には俊成が『古来風体抄』の初撰本に選び入れている。しかし、再撰本には見えない。定家が特に高く評価していたのは右の「もろともに」の歌と、この「あらざらん」の歌であった。このうち、「あらざらん」の歌を選んだのは、おそらく『百人秀歌』において対をなす歌が大弐三位の歌だったことによるのではないかと考えられる。公任の歌と対にするつもりであれば、歌の内容から見て「もろともに」の歌を選んだのではなかろうか。

57

めぐりあひて見しやそれともしらぬまに雲がくれにし夜はの月かげ

紫式部

【異同】

〔定家八代抄〕東急はこの歌なし。しらぬまに—わかぬまに(安永・袖玉・知顕)。月かけ—月かな(安永・袖玉)—知顕は底本に同じ。

〔百人秀歌〕しらぬまに—わかぬまに。月かけ—月かな。

〔百人一首〕　しらぬまに―わかぬまに（為家・栄雅・兼載・守理・龍谷・応永・古活・頼孝・経厚・上條）―長亨・頼常は底本に同じ。月かけ―月かな（為家・守理・龍谷・古活・長亨・頼常・頼孝・上條）―栄雅・兼載・応永・経厚は底本に同じ。

【語釈】　○めぐりあひて―「めぐりあふ」は、巡って再び逢う意。ここでは、月にである。「めぐりあはん空行く月の行末もまだはるかなるむさしのの原」（『拾遺愚草』一八五五）。○見しや―「し」は過去の助動詞「き」の連体形。「や」は疑問の係助詞。○それともしらぬまに―「それ」は、「それなる」の「なる」が省略されたもの。「それ」はここでは月を指す。上の係助詞「や」は「なる」で結ぶはずであるが、ここではそれが省略されている。「わするらんことをばいさやしらねどもとはぬやそれとひしばかりぞ」（『斎宮女御集』一九四）。底本は「しらぬまに」とするが、「わかぬまに」が本来の形であろう。「和」と「新」、「可」と「良」の仮名の誤写が原因か。「わかぬまに」に訂して解釈する。「わか」は「分く」の未然形で、識別する意。「ぬ」は打消しの助動詞「ず」の連体形。「あぢきなきをちかた人の時鳥それともわかぬのべの夕暮」（『拾遺愚草』一四一九）。○雲がくれにし―「雲がくれ」は下二段活用の動詞「雲隠る」の連用形。「さみだれにながめくらせる月なればさやにも見えずくもがくれつつ」（『後撰集』一八二・夏・よみ人しらず）、「今よりは君がみかげを頼むかな雲がくれにし月を恋ひつつ」（『公任集』四八八）。「に」は完了の助動詞「ぬ」の連用形。「し」は過去の助動詞「き」の連体形。○夜はの月かげ―「夜は」は夜中の歌語。『能因歌枕』に「よなかをば、よはといふ」とする。「月かげ」の「かげ（影）」は光の意であるが、ここでは「月かげ」で月そのものをいう雅語。「月影にわが身をかふる物ならばつれなき人もあはれとや見む」（『古今集』六〇二・恋二・忠岑）、「ふたつなき物と思ひしをみなそこに山のはならでいづる月かげ」（『古今集』八八一・雑上・貫之）、「君ならでたれかみしらん月かげのかたぶくさよのふかきあはれを」（『公任集』一一三）。余釈項を参照のこと。

【通釈】　再び巡り逢って、見たのはそれかともわからないうちに、雲に隠れてしまった夜中の月であるよ。

【出典】　『新古今集』一四九九・雑上・「はやくよりわらはともだちに侍りける人の、としごろへてゆきあひたる、ほのかにて、七月十日の比、月にきほひてかへり侍りければ　紫式部」・第三句「わかぬまに」。

【参考】『定家八代抄』一六一五・雑中・「(題不知)　紫式部」・第三句「わかぬまに」結句「よはの月かな」。『百人秀歌』六四・第三句「わかぬまに」結句「夜半の月かな」。『紫式部集』一・はやうよりわらはともだちなりし人に、としごろへてゆきあひたるが、ほのかにて、十月十日のほど、月にきほひてかへりにければ・第三句「わかぬまに」。

《参考歌》

『拾遺集』四七〇・雑上・忠幹（『伊勢物語』第一一段）

わするなよほどは雲ゐに成りぬともそら行く月の廻りあふまで

【余釈】『新古今集』の詞書には「はやくよりわらはともだちに侍りける人の、としごろへてゆきあひたる、ほのかにて、七月十日の比、月にきほひてかへり侍りければ」とあり、『紫式部集』にも「はやうよりわらはともだちなりし人に、としごろへてゆきあひたるが、ほのかにて、十月十日のほど、月にきほひてかへりにければ」とあるので、これに拠れば、幼友達に久しぶりに出逢ったのに、ほんの少し姿を見ただけでその人が帰ってしまったので、それを惜しんで詠んだ歌ということになる。十日の月は明け方を待たず、夜更けに沈む。その月と幼友達を重ねたものということになる。『宗祇抄』以来の諸注もそのように解釈し、現在の通説もそのように解している。

しかし、定家は『定家八代抄』では「題知らず」とし、次のように配列している。

(題不知)　紫式部

めぐりあひて見しやそれともわかぬまに雲がくれにしよはの月かな（一六一五）

読人不知

天河雲のみをにてはやければ光とどめず月ぞながるる（一六一六）

業平

あかなくにまだきも月のかくるるか山のはにげていれずもあらなん（一六一七）

57　めぐりあひて見しやそれともしらぬまに雲がくれにし夜はの月かげ

雑歌の中に「月」を詠んだ歌が三首まとめられており、この三首は、月を惜しむ歌としてまとめられているものと見られる。雑歌の「月」の歌は、秋部の「月」の歌と異なり、そこに旧懐の情などさまざまな心情が込められているものが多い。紫式部の歌にも、幼友達のことを重ねていると読みたくなる。二首後の業平の「あかなくに」の歌も『古今集』や『伊勢物語』（第八二段）にあるように、「月」に惟喬親王のことを重ねて詠んだとされる歌である。ところが、この両首に挟まれた「天の河」の歌は、「月」は別の何かを重ねているわけではない。そのことから、定家はこの三首を純粋に「月」の歌として味わっていたものと考えられる。秋部の「月」と異なるところは、この三首が「月を惜しむ」という点にある。そのような主題の歌は、『定家八代抄』の秋部には見えない。

以上のことから、この歌を『百人一首』の歌として理解するためには、出典の『新古今集』から離れて、定家の理解に即して読み味わうべきであろうと思う。定家も『新古今集』の撰者の一人ではあったが、やはり『新古今集』は後鳥羽院が主導していたのであろうと思われる。

結句の「月かげ」は、異同項にも示したとおり、『百人一首』の古写本でも「月かげ」とするものと「月かな」とするものがある。『定家八代抄』でもその二つに分かれている。『百人秀歌』では「月かな」である。また、『新古今集』では「月かげ」とするものが圧倒的に多いようである。『紫式部集』では、定家本系の実践女子大学本は「月かげ」、古本系の陽明文庫本は「月かな」である。それでは、『百人一首』の本文としてはどちらが本来の形であるかと言えば、どちらとも言い切れない。今のところ、底本の「月かげ」に従っておくほかはない。

紫式部の代表的秀歌は、「みよしのはは るのけしきにかすめども むすぼほれたるゆきのしたくさ」（『後拾遺集』一〇・春上）、「よのなかをなになげかまし山ざくら花みるほどのこころなりせば」（『後拾遺集』一〇四・春上）、「めづらしきひかりさしそふさかづきはもちながらこそちよもめぐらめ」（『後拾遺集』四三三・賀）の三首であろう。紫式部の歌は『後拾遺集』に三首入集しているが、その何れもが秀歌と認められている。

範兼撰『後六々撰』にもこの三首が選ばれ、俊成の『古来風体抄』にもこの三首が選ばれている。このうち、特に「みよしのは」の歌は評価が高く、基俊撰『新撰朗詠集』や後鳥羽院撰『時代不同歌合』にも選ばれている。定家も「みよしのは」の歌を『定家八代抄』のほか、『八代集秀逸』に選んで格別に高く評価している。代表歌を選ぶことが目的ならば、この「みよしのは」の歌が選ばれたはずである。

「めぐりあひて」の歌は、定家以前の秀歌撰には選ばれたことのない歌である。しかし、定家独自の評価かと言えばそうではなく、『新古今集』の撰者名注記に拠れば、定家のほか、通具、有家、家隆、雅経らが挙って選出しており、この時代の歌人たちに高く評価されていた歌であったことが知られる。『紫式部集』の巻頭歌であり、『源氏物語』の巻名「雲隠」を含むことも関係があるものと思われる。この「めぐりあひて」の歌が選ばれた理由としては、『百人秀歌』の配列をも考慮する必要があろうかと思う。すなわち、『百人秀歌』では、紫式部の歌の対をなすものは、赤染衛門の歌である。その赤染衛門の歌が夜更けに沈む「月」を詠んだ歌であったことが理由として考えられるということである。

大貳三位

58

ありま山ゐなのささ原かぜふけばいでそよ人をわすれやはする

【異同】

〔定家八代抄〕東急はこの歌なし。ゐなの―いなの〈袖玉〉―安永・知顕は底本に同じ。

〔百人秀歌〕底本に同じ。

〔百人一首〕ゐなの―いなの〈為家・守理・古活・長享・頼常・頼孝・上條〉―栄雅・兼載・龍谷・応永・経厚は底本に同じ。ふけは―ふかは（上條）―為家・栄雅・兼載・守理・龍谷・応永・古活・長享・頼常・頼孝・経厚は底本に同じ。人を―人に（頼孝）―為家・栄雅・兼載・守理・龍谷・応永・古活・長享・頼常・経厚・上條は底本に同じ。

【語釈】○ありま山―有馬山。摂津国の歌枕。現在の神戸市北区有馬町の山。『五代集歌枕』『初学抄』『八雲御抄』に摂津とする。『八雲御抄』は「ゐなのささ原」を挙げている。○ゐなのささ原―「ゐな」は猪名。ちなみに、定家自筆本『拾遺愚草』に拠れば、定家の表記法も「ゐな」。摂津国の歌枕。「猪名野」について『初学抄』『八雲御抄』に摂津とする。『初学抄』は「ささあり」とし、『八雲御抄』は「有馬山近し」「ささ」とする。『建保名所百首』でも摂津国の地名として採られ、「有馬山」「小笹」とともに詠まれている。「ささ原」は、笹の生い茂った原。「猪名の笹原」はこの歌が初出。「猪名のふし原」の例は『拾遺集』（五八六・神楽歌）に見える。○かぜふけば―有馬山から吹き下ろす風と認識されていた。有馬山と猪名野は実際には遠く隔たっているが、『万葉集』の歌（参考項を参照）によってそのように把握されたものと思われる。「ありまやまおろすあらしやさえつらむゆきふりにけりゐなのふしはら」（『有房集』二六一）、「ありまやまおろす嵐の吹きよせてゐなの篠原もみぢしにけり」（『夫木抄』六四四七・資隆）、「ありま山おろす嵐のさびしきに霰ふるなりゐなのささ原」（『拾遺愚草員外』七三〇）。○いで―相手の意外な言動に驚き嘆く語。あるいは、それを軽く制止して、自分が発言する時の語。「いで我を人なとがめそおほ舟のゆたのたゆたに物思ふころぞ」（『古今集』五〇八・恋一・よみ人しらず）、「いで人は事のみぞよき月草のうつし心はいろことにして」（『古今集』七一一・恋四・よみ人しらず）、「我をのみ思ふといはばあるべきをいでや心はおほぬさにして」（『古今集』一〇四〇・雑体・よみ人しらず）、「うの花よいでことごとしかけしまの浪もさこそはいはをこえしか」（『千載集』一一八一・雑下・俊頼）。余釈項を参照のこと。○そよ―共感して相槌を打つ時の語。それよ。それに、笹の葉が風に吹かれて立てる音「ソヨ」を掛ける。「ひとりして物をおもへば秋のよのいなばのそよといふ人のなき」（『古今集』五八四・恋二・躬恒）、「いまはただそよそのこととおもひいでてわするばかりのうきこともがな」（『後拾遺集』五七三・哀傷・和泉式部）、「いつしかとまちしかひなく秋風にそよとばかりもをぎのおとせぬ」（『後拾遺集』九四九・雑二・道済）、「をぎのはにこととふ人もなきものをくる秋ごとにそよとこたふる」（『詞花集』一一七・秋・敦輔王）、「よのつねの秋風ならばをぎのはにそよとばかりのおとはしてまし」（『新古今集』一二一二・恋三・安法法師女）、「荻の葉に吹きたつ風の音なひよそよ秋ぞかしおもひつること」（『拾遺愚草』五四三）。余釈項を参照のこと。○わすれやはする―「やは」は反語。忘れるだろうか、いや、忘れなどしない。「よそひとになりはてぬとやおもふらんうらむるからにわすれやはする」（『後拾遺集』七四三・恋三・慶暹）、「とほ山田もるや人めのしげければほにこそいでね忘れやはする」（『古今六帖』九六九）。

【通釈】　有馬山よ、猪名の笹原は風が吹くと、ソヨと音を立てますが、いやはや、思いもよらぬこと、そうですよ。あなたのことを忘れたりするでしょうか、忘れなどいたしておりません。

【出典】『後拾遺集』七〇九・恋二・「かれがれになるをとこのおぼつかなくなどいひたるによめる　大弐三位」。

【参考】『定家八代抄』一四〇一・恋五・「題不知　大弐三位」。『百人秀歌』六二。『五代簡要』「ありまやまゐなのささはら風ふけばいでそよ人をわすれやはする」。『五代集歌枕』二九八。

《参考歌》

『万葉集』一一四四〔一一四〇〕・作者不明

志長鳥　居名野乎来者　有間山　夕霧立　宿者無而

〔廣瀬本の訓〕

しながどり　ゐなのをゆけば　ありまやま　ゆふぎりたちぬ　ひとはなくして〔結句「ひ」の左に「や」と傍書〕

※『新古今集』九一〇・羇旅・よみ人しらず・結句「やどはなくして」。

『好忠集』五八七

すはへするをざさがはらのそよまさに人わするべきわがこころかは

『拾遺愚草』七七

もろともにゐなのささ原道たえてただふく風の音にきけとや

58　ありま山ゐなのさ原かぜふけばいでそよ人をわすれやはする

『拾遺愚草』一二二三

みじか夜のゐなのささ原かりそめにあかせば明けぬ宿はなくとも

『拾遺愚草員外』六五

風さやぐゐなのささ原雪ふりてみちこそたえめおともたえぬる

『拾遺愚草員外』七三〇

ありま山おろす嵐のさびしきに霰ふるなりゐなのささ原

【余釈】「有馬山猪名の笹原風吹けば」は「そよ」の序詞である。風が吹くとソヨと葉音を立てるので、同音の、相槌を打つ時の語「そよ」を導く。擬音語を利用したところがおもしろい。この表現は、「ひとりして物をおもへば秋のよのいなばのそよといふ人のなき」（『古今集』五八四・恋二・躬恒）から伝統的に続くものであり、「すはへするをざさがはらのそよまさに人わするべきわがこころかは」（『好忠集』五八七）は、より直接的な影響関係が考えられる。これと『万葉集』に見える地名「有馬山」「猪名」を詠み込み、「猪名の笹原」という語によって結び付けたところに工夫があったものと思われる。また、「いで」を隔てることで掛詞の効果を増している。

この歌の解釈上の問題点は、大きく言えば、二つある。一つは、「いでそよ」がどのような意味で言っているのかというところにある。「いで」も「そよ」も感動詞で漠然としているために具体的な意味がわかりにくいのである。もう一つは、序詞の部分が比喩になっているのか、それとも「そよ」を導くだけのものなのかということである。

まず、「いで」と「そよ」の意味を考えてみたい。その前に、この歌全体がどのような内容の歌なのかということを見ておかなければならない。出典の『後拾遺集』の詞書には「かれがれになるをとこのおぼつかなくなどいひたるによめる」とある。作者のもとを訪れることがなくなってきた男性が、あなたが私のことを忘れてしまったのではないかと心配だ、と言ってきたので詠んだ歌だという。しかし、『定家八代抄』ではその詞書を削って「題しらず」としている。定家は、『後拾遺集』の詞書にあるような作歌事情は考慮する必要はないと考えたのであろう。

それでは、定家はこの歌をどのように解釈していたのであろうか。『定家八代抄』のこの歌の前後を含めて三首を次に引く。

清少納言にたえ侍りて後、女忘れにけりなどいひ侍りければ　　実方朝臣

わすれずよまた忘れずよかはらやの下たく煙下むせびつつ（一四〇〇）

題不知　　大弐三位

有馬山ゐなのささ原風ふけばいでそよ人を忘れやはする（一四〇一）

赤染衛門

うらむとも今は見えじと思ふこそせめてつらさのあまりなりけれ（一四〇二）

前後の実方と赤染衛門の歌を見ると、歌の内容は何れも、すっかり忘れてしまっているかに見えながら、じつは忘れることなく思い続けている、というものである。したがって、それに挟まれた大弐三位の歌も同様の内容であると推測される。歌全体としてはそのような内容の歌として理解されなければならない。それが定家の理解の仕方だからである。

右のことを確認したうえで、次に、「いで」と「そよ」はどのような意味なのかを考えていかなくてはならない。

「人を忘れやはする」は「あなたのことを忘れたりするだろうか、いや忘れなどしない」という意味であることは動かせないので、「すっかり忘れてしまっているかに見えながら、じつは」という意味を、ほかの部分で表していると考えなければならない。

それは「いで」という語によって表されていると考えられる。「いで」は、語釈項にも記したように、相手の意外な言動に驚き嘆く語、あるいは、その相手を軽く制止して、自分が発言する時の語である。「すっかり忘れてしまっていると、あなたには見えるかもしれないが、いやはや、そのようなことは思いもよらぬことだ」ということであろう。そして、「そよ」は、共感して相槌を打つ時の語である。「いで」によって否定したことで、相手は「それでは忘れてはいなかったのか」と考えると予測して、「そよ」と相

槌を打ったのである。

相手の男性が、自分のことなどすっかり忘れてしまっているかに見える大弐三位の様子を見て、そのことを大弐三位に言ったのであろう。それに対して詠んだ歌である。定家が『定家八代抄』で詞書を「題しらず」としたのは、歌の内容から作歌事情のあらましは容易に察することができると判断したからであろう。それに加えて、『後拾遺集』の詞書の「離《か》れ離《が》れになる男」というのも、その男性が言ったとされる「おぼつかなく」というのも『定家八代抄』の配列に相応しくない。「離れ離れになる」というのは、訪れが途絶えがちになるということで、まだすっかり途絶えてはいないのである。「おぼつかなく」という言葉もまたそのような状況にあってこそ成り立ち得る。これは『後拾遺集』の「恋二」の箇所の歌としてはよいが、『定家八代抄』では「恋五」に部類され、すっかり途絶えてしまった段階の歌としては相応しくない。こうしたことも詞書が削られた理由の一つとして考えられる。

通説では、『後拾遺集』の詞書に拠り、「そよ」を詞書の「おぼつかなく」という相手の言葉を指すものと解し、「そのように心配だとおっしゃるが、私はあなたを忘れたりはしません」の意に解して、その余意として、「あなたのほうこそ忘れるのではないかと心配です」と、相手の「おぼつかなく」という言葉を捉えて切り返したものと解している。

ちなみに、この解釈は、『改観抄』『うひまなび』『百首異見』には見えない説である。『拾穂抄』の谷口元淡補註本（百人一首注釈書叢刊9に拠る）に「おとこの、我をやわすれつらん、おぼつかなきといふに当りて、そなたのわすれつらんといはるる、それよ、そのわするる事はえあらじとの義なり」とし、『一夕話』に「まことにそれよ、来もせぬ人の心こそ覚束なけれ、こなたには忘れはせぬものをといふ事なり」というあたりに見える。それが、歌による機知に富んだ風流なやりとりとして受け入れられて、現在の通説となっているのであろう。

しかしながら、右に述べたように、定家の理解に即して解釈しようとするならば、いったん『後拾遺集』の詞書から離れるべきである。また、「いで」と「そよ」という語の意味の捉え方も曖昧と言わざるを得ない。「そよ」は相手に共感する時の語であるから、「おぼつかなく」を受けるのであれば、「あなたが心配だとおっしゃるのはそのとおりもっともです」の意でなければならない。

そのように解すと、下の「人を忘れやはする」に続かなくなってしまう。「しかし」などの逆接の意で続くと考えればよいようにも思われるが、言葉の流れから言えば、やはり不自然で無理がある。

さて、次に、解釈上の問題点の二つ目、序詞「有馬山猪名の笹原風吹けば」の部分が比喩になっているのか、それとも単に「そよ」を導くためのものに過ぎないのかということを考えてみる。これについては、古来、諸注において解釈が分かれている。

まず、比喩と解す注釈書には、次のようなものがある。『長享抄』は「ありま山いなのささ原に風の吹ば、そよとこたへるごとくに、人だにとはば忘れ《（ママ）》、といふ也」とする。『頼常本』も「いなのささ原は風にそよといはぬ事はなきなり。そのごとく我も人の音信を聞て忘らるる事はあらじといへる也」とする。また、『三奥抄』は「此歌、有馬山を男によせ、いなのささ生を我身になずらへて、おとこの物いひおこせたるを、風のふくにたとへたり。風にもよほされて、ささのそよぐこころをもつて、いでそよとつづけたり」とする。『改観抄』はこれを踏襲する。

いっぽう、「そよ」を導く序詞に過ぎないとする注釈書には、次のようなものがある。『宗祇抄』は「同序の哥なれど上の心も其歌の用にたちはんべり。これは、ただそよといはんためばかりのじよなり」とする。『幽斎抄』『拾穂抄』もこの説に従っている。旧注では、『経厚抄』『頼孝本』『上條本』もこちらの説と思われる。新注では『うひまなび』『百首異見』などがこちらの説である。

現行の『百人一首』の注釈書、例えば、島津忠夫氏『新版百人一首』（角川ソフィア文庫）、有吉保氏『百人一首全訳注』（講談社学術文庫）、井上宗雄氏『百人一首を楽しくよむ』（笠間書院）などは、何れも比喩的な意味を読み取らない説をとっている。『後拾遺集』の注釈書では、『後拾遺和歌集新釈』（笠間書院）は「風が吹けばそよそよと葉がそよぐ。そうよ、あなたの音信があれば私は応えもする」と訳し、「有意の序」としている。新日本古典文学大系（岩波書店）は『改観抄』を引いている。

比喩になっているとする説は、その比喩の類例がなかなか求められないこともあって、それを積極的に肯定することが困難である。『三奥抄』や『改観抄』のように、有馬山を相手の男性、猪名の笹原を作者、風を音信というふうに当てはめてしまうような解釈などは、少し行き過ぎの感がある。

『新古今集』（一三九六・恋五）に次のような歌がある。

をとこのひさしくおとづれざりけるが、わすれてやと申し侍りければよめる　　馬内侍

つらからばこひしきことはわすれなでそへてはなどかしづ心なき

詞書に拠れば、この大弐三位の歌と同じような状況で詠まれた歌であることが知られる。歌意は「あなたがひどい方ならば、私はどうして、恋しいことを忘れないのに加えて、こんなにも心が落ち着かないのでしょう」ということであり、「忘れないばかりか、お手紙をいただいて心がそわそわしています」というのである。この歌を考え合わせると、大弐三位の歌の序詞も、風が吹くとソヨと葉音を立てるように、すっかり途絶えていた相手から思いがけず音信があって心が波立つということを暗示していると見てもよいのかもしれない。『百人一首必携』（學燈社、久保田淳氏）は「有意の序」として、「そのようにあなたからお便りを頂いて心も揺れ動くわたしですもの」と訳しているが、右のような意味で首肯できるように思われる。

なお、『後拾遺集』では、この大弐三位の歌の直前に「かぜのおとのみにしむばかりきこゆるはわがみに秋やちかくなるらん」（『後拾遺集』七〇八・恋二・よみ人しらず）という歌が置かれている。そこには、大弐三位の歌の風の音にも「飽き」を喚起させようという意図が感じられる。しかし、『後拾遺集』のように「恋二」で「離れ離れ」の状況ならば「飽き」も相応しいが、すっかり途絶えてしまった状況での歌と理解されていたのであれば、「飽き」は相応しくない。そのうえ、この大弐三位の歌だけで「飽き」を想起するのは困難である。「花すすきそよともすれば秋風のふくかとぞきくひとりぬるよは」（『後撰集』三五三・秋下・棟梁）などは「あき風」と詠んでおり、歌の内容からも当然、「飽き」を連想しなければならない。しかし、この大弐三位の歌にはこれは当てはまらない。

さて、この歌の評価は、『後拾遺集』に入集して以後、秀歌撰に選ばれることはなかった。ただし、この歌以降の歌に「猪名」の「笹」が詠まれることがしばしば見えるので、この歌がよく知られた歌であったことは確かである。定家は『定家八代抄』に選び入

れているので秀歌として高く評価していたものと考えられる。それ以外の秀歌撰や秀歌例には選んではいないが、『万葉集』の歌の地名を詠み込んでいるところや、序詞の巧みな詠み方などを高く評価していたものと推察される。『百人秀歌』で和泉式部の歌と対にされたことも、この歌が選ばれた理由となっているのではなかろうか。和泉式部の歌との共通性は、恋の終末期の歌であり、相手のことをいつまでも忘れないということを詠んでいる点にある。ちなみに、『定家八代抄』に大弐三位の歌は五首選ばれているが、恋の歌はこの一首のみである。

59

赤染衛門

やすらはでねなまし物をさ夜ふけてかたぶくまでに月を見し哉

【異同】

〔定家八代抄〕　かたふくまでに―かたふくまでの（安永・袖玉・知顕・東急）。

〔百人秀歌〕　かたふくまでに―かたふくまでの（「に」の上から「の」と書いたか）。

〔百人一首〕　かたふくまでに―かたふくまでの（為家・兼載・古活・頼孝）―栄雅・守理・龍谷・応永・長享・頼常・経厚・上條は底本に同じ。見し哉―みるかな（頼孝）―為家・栄雅・兼載・守理・龍谷・応永・古活・長享・頼常・経厚・上條は底本に同じ。

〔小倉色紙〕　かたふくまでに―かたふくまでの。（定家様）

【語釈】　○やすらはで―「やすらは」は「やすらふ」の未然形で、進行を止めてうろうろしていること。『初学抄』に「徘徊也。思案也。たちやすらふ。おもひあむずる」とする。『和歌色葉』『八雲御抄』も同様に記す。「やすらはでたつにたてうきまきのとをさしもおもはぬ人もありけり」（『後拾遺集』九一〇・雑二・和泉式部）、「ほととぎすしばしやすらへすが原やふしみの里の村雨の空」

（『拾遺愚草』九二七）。ここでは、相手が来るかもしれないと思って、寝ないでいること。「で」は打消しの接続助詞。○ねなまし物を―「ね」は「ぬ（寝）」の連用形。「な」は完了の助動詞「ぬ」の未然形。「まし」は反実仮想の助動詞「まし」の連体形。「物を」は逆接の接続助詞であるが、ここでは終助詞的な用法で、強い感動・詠嘆をこめて文を結ぶのに用いられる。「花にあかでなにかへるらむをみなへしおほかるのべにねなましものを」（『古今集』二三八・秋上・貞文）、「白玉かなにぞと人の問ひし時露と答へて消えなましものを」（『伊勢物語』第六段）、「きかでただねなましものをほととぎす中中なりやよはの一こゑ」（『新古今集』二〇三・夏・相模）。○さ夜―「さ」は接頭語。『能因歌枕』に「よひをば、さよといふ」とし、『和歌色葉』も「宵」を「さよ、小夜也」とする。『奥義抄』に「さと云ふ事は物にしたがひて、せばくも、ちひさくも、をさなくもあるものを云ふ也。さむしろ、さごろも、さをしかなどいへり」とする。『千五百番歌合』に「さ夜ちどりうらつたひゆくなみのうへにかたぶく月もとほざかりぬる」（一八八四・九百四十三番・左・良平）という歌が詠まれ、これについて「左歌、さよの月も、などかかたぶくとよまざらん、五六日の月は、さよににしにはかたぶくにこそ侍るめれ」という判詞（季経）が付けられている。○かたぶくまでに―「かたぶく」は、月が西の空に沈もうとして傾くこと。ちなみに、夜更けに沈む月は十日前後の月である。これらを考え合わせると、「さ夜」は、夜がそれほど深まらない時間帯である「宵」をいう語と考えられていたか。異同項に示したように、「までに」を「までの」とする伝本もあるが、底本の「までに」とあるのに従っておく。余釈項を参照のこと。○見し哉―「し」は過去の助動詞「き」の連体形。夜が明けてから詠んだので「き」が用いられている。「かな（哉）」は詠嘆の終助詞。「なみださへいでにしかたをながめつつ心にもあらぬ月をみしかな」（『詞花集』二五〇・恋下・和泉式部）。

【通釈】　あれこれ考えずに寝てしまえばようございました。宵が更けて、傾くまで月を見たことです。

【出典】　『後拾遺集』六八〇・恋二・「中関白少将にはべりけるときはらからなる人にものいひわたり侍けり、たのめてまうでこざりけるつとめてをむなにかはりてよめる　赤染衛門」・第四句「かたぶくまでの」。

【参考】　『定家八代抄』一〇七八・恋三・「（題不知）　赤染衛門」・第四句「かたぶくまでの」。『百人秀歌』六三・第四句「かたぶくまでの」。『五代簡要』「やすらはでねなましものをさよふけてかたむくまでの月をみしかな」。『古来風体抄』四五八・馬内侍・第四句「かたぶくまでの」。『時代不同歌合』（初撰本）二九一。『袋草紙』一七四・赤染・第四句「かたぶくまでの」。『赤染衛門集』四・同じ人※、たのめておはせずなりにしつとめて奉れる・第四句「かたぶくまでの」。※「同じ人」は三番の歌の詞書に「中関白殿の、蔵人の少将と聞えしころ、はらからのもとにおはして、内の御物忌にこもるなり、月のいらぬさきにとて出で給ひにしのちも、月ののどかにありしかば、つとめてたてまつれりしにかはりて」とあるので、「中関白殿」すなわち道隆のこと。『馬内侍集』一六二・こよひかならずこんとてこぬ人のもとに・第四句「かたぶくまでの」。

《参考歌》

『万葉集』二八三一（二八二〇）・作者不明

　如是谷裳　妹乎待南　左夜深而　出来月之　傾二手荷

〔廣瀬本の訓〕

　かくだにも　いもをまちみむ　さよふけて　いでくるつきの　かたぶくまでに

『万葉集』二六七五（二六六七）・作者不明

　真袖持　床打払　君待跡　居之間尓　月傾

〔廣瀬本の訓〕

　まそでもち　ゆかうちはらひ　きみまつと　をりしあひだに　つきかたぶきぬ

『古今六帖』三四九・ざふのつき・作者名不記

　君まつとおきたるわれもあるものをねまちの月はかたぶきにけり

『詞花集』二九八・雑上・為義

　きみまつとやまのはいでて山のはにいるまで月をながめつるかな

59　やすらはでねなまし物をさ夜ふけてかたぶくまでに月を見し哉

『拾遺愚草員外』四〇五

やすらはでねなまし月にわれなれて心づからの露の明ぼの

【余釈】　こんなことなら、昨夜もあれこれ考えずに寝てしまえばよかった。宵が更けて、西の空に傾くまで月を見たことだ、という意の歌である。

「やすらはで寝なましものを」には相手が来るかもしれないと思いなおしては寝ないでいたことが、「さ夜更けてかたぶくまでに月を見しかな」には宵から夜が更けるまで待ち続けていたことが、余意として読み取れる。当時の女性は月を眺めるのにことよせて、夫（恋人）の訪れを待った。相手の男性の言葉を疑いながらもまた信じて、思い返しながら夜更けまで待ち続けた。約束しながら来なかった相手を恨んで、このように詠んだのである。

相手の訪れを待っているうちに月が西に傾いたと詠むことは、『万葉集』以来詠まれている。『万葉集』二八三一〔二八二〇〕番（参考項を参照）とは、「さ夜更けて」「月」「かたぶくまでに」などの語が共通しており、あるいはこれを念頭に置いて詠んだのであろうか。

『後拾遺集』の詞書には「中関白少将にはべりけるときはらからなる人にものいひわたり侍けり、たのめてまうでこざりけるつとめてをむなにかはりてよめる」とある。作者の姉妹のもとに中関白藤原道隆が通っていたが、その日は道隆が来ることを期待させながら来なかった。そこで、翌朝、その姉妹のために作者が代作した歌だという。

しかし、『定家八代抄』ではその詞書をすべて削り、「題しらず」としている。そのような具体的な事情は考慮する必要はないということである。また、『定家八代抄』では、三首前に「一よとてよがれし床のさ莚にやがても塵のつもりぬるかな」（一〇七五・二条院讃岐）の歌があり、直後に「君こんといひし夜ごとに過ぎぬればたのまぬものの恋ひつつぞぬる」（一〇七九・よみ人しらず）の歌があるところから、この赤染衛門の歌も相手が夜離れして日数を経た頃の歌として理解していたことが知られる。この赤染衛門の歌を本歌として、定家は「やすらはでねなまし月にわれなれて心づからの露の明ぼの」（『拾遺愚草員外』四〇五）と詠んでいるが、これは頼めて来ない日が続いた末の歌として詠んだものである。

「かたぶくまでに」を「かたぶくまでの」とする伝本がある。出典の『後拾遺集』では「かたぶくまでの」となっており、特に伝本間の異同はないようである。『古来風体抄』もそのようになっており、『後拾遺集』の本文としては「かたぶくまでの」で問題はない。『赤染衛門集』や『馬内侍集』も「かたぶくまでの」とあるので、あるいはこれが原形なのかもしれない。しかし、『百人一首』の本文としてはどちらが正しいかを俄に断じることはできない。室町期の古い写本に「かたぶくまでに」とするものが多いからである。定家がこの歌の背後に、先述した『万葉集』二八三一〔二八二〇〕番を見ていたとすれば、「かたぶくまでに」のほうがよいことになる。

赤染衛門の代表的秀歌は、まず、『後十五番歌合』に選ばれた「わがやどの松はしるしもなかりけり杉むらならば尋ねきなまし」であろうか。この歌は、『麗花集』や能因撰の『玄玄集』、三奏本『金葉集』などに選ばれている。また、「むらさきのそでをつらねてきたるかなはるたつことはこれぞうれしき」(『後拾遺集』一四・春上)は、範兼撰『後六々撰』や俊成の『古来風体抄』にも選ばれている。「かはらむといのるいのちはをしからでさてもわかれんことぞかなしき」(『詞花集』三六二・雑下)も『玄玄集』『後六々撰』『古来風体抄』などのほかに、『今昔物語集』『古本説話集』『十訓抄』『古今著聞集』などの説話集に多く採り上げられている。住吉明神が感応した歌として著名である。俊成は「物おもはぬ人もやこよひながむらんねられぬままに月をみるかな」(『千載集』九八四・雑上)も高く評価していたようで『千載集』のほかに『古来風体抄』にも選んでいる。

しかしながら、定家は右に挙げた歌を『定家八代抄』にすら選んでいない。そして、『百人一首』には、この「やすらはで」の歌を選んだ。この歌は『古来風体抄』にも選ばれており、俊成も高く評価していたことが知られる。ただし、俊成はこの歌を馬内侍の歌と考えていた。その理由は明らかではないが、『馬内侍集』に見え、赤染衛門より馬内侍のほうが年代が上だと見たのかもしれない。後鳥羽院も『時代不同歌合』に再撰本では差し替えてはいるが、初撰本には選んでおり、高く評価していたことが窺われる。ただ『百人秀歌』では、この歌は紫式部の歌と対をなしている。したがって、それが「月」の歌を選んだ理由であると思われる。

し、「神な月ありあけのそらのしぐるるをまたわれならぬ人やみるらん」（『詞花集』三二四・雑上）を選んでもよかったはずである。この歌は『時代不同歌合』にも選ばれており、再撰本で歌が差し替えられた際もそのまま残された歌であり、後鳥羽院の評価も高かったことが知られる。「やすらはで」の歌を選んだのは、やはりその背後に『万葉集』の歌を読み取ることができ、それがより理想に叶うものであったということであろうか。

ちなみに、この歌を本歌として詠んだ歌に、「やすらはでねなむものかはやまのはにいざよふ月をはなにまちつつ」（『秋篠月清集』七一六）、「やすらはでねなましかはなほとときすかたぶく月にひとこゑぞする」（『道家百首』一二三）などがある。

60

小式部内侍

おほえ山いく野のみちのとを〔ほ〕ければまだふみもみずあまのはしだて

【異同】

〔定家八代抄〕東急はこの歌なし。安永・袖玉・知顕は底本に同じ。
〔百人秀歌〕底本に同じ。
〔百人一首〕ふみもみす—ふみもみぬ（龍谷・応永・頼孝・上條）—為家・栄雅・兼載・守理・古活・長享・頼常・経厚は底本に同じ。
〔小倉色紙〕未確認。

【語釈】○おほえ山—大江山。丹波国の歌枕。『五代集歌枕』『八雲御抄』に丹波とする。山城・丹波の国境にある老の坂付近で、現在の京都市西京区大枝。この山を越えて、丹波に出る。「丹波道之　大江乃山之　真玉葛　絶牟乃心　我不思」（『万葉集』三〇八五〔三〇七一〕・作者不明、廣瀬本の訓「たはみちの　おほえのやまの　たまかづら　たえんのこころ　われはおもはず」）。『建保名所百首』でも丹波国として採り上げられている。「おほえ山かたぶく月の影さえてとばたの面におつるかりがね」（『新古今集』五〇三・秋下・慈円）、「おほえ山こえていくののすゑとほみ道あるよにもあひにけるかな」（『新古今集』七五二・賀・範兼）。○いく野―生野。丹波国の歌枕。『八雲御抄』に丹波とする。現在の福知山市という。大江山を越えて、西に遠く広がる野。歌では「生く」「行く」を掛けて詠まれる。この歌では「行く」を掛ける。「行く」を掛けた初出例。「生野」を詠んだ歌としては、「わかれにしほどにきえにしたましひのしばしいくのの野辺にやどれる」（『元真集』三三七）が早い例か。○とをければ―「とをけれ」は「遠し」の已然形。歴史的仮名遣いでは「とほし」、定家の表記法では「とをし」。現存定家自筆本三代集では、『後撰集』一四二五番のみ「ほ」とし、ほかはすべて「を」となっている。ただし、『下官集』は「まちとほ也」を「ほ」としている。○まだふみもみず―「踏みみる」に「文見る」を掛ける。「へだてける人の心のうきはしをあやふきまでもふみみつるかな」（『後撰集』一一二二・雑一・四条御息所女）、「うたがはしほかにわたせるふみみれば我やとだえにならむとすらん」（『拾遺集』一二〇二・雑賀・道綱母）。「踏む」は「橋」の縁語。○あまのはしだて―天の橋立。表記は『最勝四天王院和歌』や『建保名所百首』の題では「海橋立」となっている。丹後国の歌枕。『能因歌枕』『初学抄』『八雲御抄』に丹後とする。現在の京都府宮津市。与謝の海（現在の宮津湾）を東西に分けて延びる砂嘴。『初学抄』は「よさのうみにあり。松あり。はしに」とする。『八雲御抄』は「橋」の項に挙げ、「ただ、はしだてとも。是は橋にはあらず。海中にいでたる島さきの松原のはしにたる也。よさの海也」とする。『最勝四天王院和歌』や『建保名所百首』でも丹後国として採り上げられている。「天の橋立」を詠んだ歌としては「おとにきくあまのはしだてたてたてておよばぬこひも我はするかな」（『伊勢集』四〇六）などが早い例。

【通釈】大江山、そして生野を行く道は遠いので、まだ行ってみたこともございません。天の橋立よ。丹後は遠いので、まだ母からの手紙も見ておりません。

【出典】『金葉集』（二度本）五五〇・雑上・「和泉式部保昌にぐして丹後にはべりけるころ、みやこに歌合侍りけるに、小式部内侍うたよみにとられて侍りけるを定頼卿つぼねのかたにまうできて、歌はいかがせさせ給ふ、丹後へ人はつかはしてけんや、つかひまうでこずや、いかに心もとなくおぼすらんなど、たはぶれてたちけるをひきとどめてよめる　小式部内侍」・第四句「ふみもまだみず」。『金葉集』（三奏本）五四三・雑上・「和泉式部保昌にぐして丹後に侍りけるころ、みやこに歌合ありけるに小式部内侍歌よみにとられて侍りけるに、定頼卿のつぼねのまへにまうできて歌はいかがせさせたまふ丹後へ人はつかはしけむやつかひまだまうでこずやなどたはぶれてたてりけるを、ひかへてよめる　小式部内侍」・第四句「ふみもまだみず」。

【参考】『定家八代抄』一六五四・雑下・「和泉式部丹後国に侍りける比、中納言定頼文やありつると尋ね侍りければ　小式部内侍」。『八代集秀逸』五〇。『百人秀歌』六六。『時代不同歌合』一七四。『俊頼髄脳』四三九・第二句「生野のさとの」第四句「ふみもまだ見ず」。『袋草紙』六。『初学抄』一九七。『無名草子』八三。『十訓抄』三六。『古今著聞集』一四一。

『俊頼髄脳』（本文は冷泉家時雨亭叢書79『俊頼髄脳　定家本』に拠る。）

おほえやまいくののさとのとほければふみもまだみずあまのはしだて

これは、こしきぶのないしは、いづみしきぶがむすめなり。をやのしきぶが、やすまさがめにて、たんごにくだりたりけるほど、宮こに哥あはせのありけるに、こしきぶのないし、うたよみにとられて、よみけるほど、四条中納言さだよりといへるは、四条大納言きむたうのこなり。その人のたはぶれて、こしきぶのないしのありけるに、たんごへつかはしけむ人は返まうできにけんや、いかに心もとなくおぼすらむと、ねたがらせむと申しかけて、たちければ、ないし、みすよりなからいでて、わずかになをしのそでをひかへて、この哥をよみかけければ、こはいかに、かかるやうやはあるとて、ついゐて、この哥の返しせんとて、しばしはおもひけれど、え思えざりければ、ひききりてにげにけり。これを思へば、心とくよめるも、めでたし。

『袋草紙』（本文は『日本歌学大系』に拠る。）

有㆓歌合㆒之比、長元歟、小式部内侍入㆓歌人㆒之時、母和泉式部為㆓保昌妻㆒、在㆓丹後国㆒。定頼卿、小式部内侍ガ局前ニ立寄テ戯

テ云、いかに、丹後へ人は遣候や、未㆓帰参㆒歟ト云て起時、小式部取㆓直衣袖㆒云、

大江山生野の道の遠ければまだふみも見ず天の橋立

定頼卿引やり逃と云々。

《参考歌》

『拾遺愚草』二二五四

ことづてむ人の心もあやふさにふみだにもみぬあさむつのはし

『拾遺愚草』一九三九

ふみもみぬいく野のよそにかへる雁かすむ浪間のまつとこたへよ

【余釈】　天の橋立は、大江山を越えてその先遠く続く生野の道の果てにございますので、まだ行ったこともございません、と歌の表には詠んで、母は遠い丹後の国におりますので、まだ手紙も見ておりません、旅の空の母のことが気がかりでもあり、心細い気持でもあります、と裏に隠して詠んだ歌である。

「まだ文も見ず」と言うために、母親のいる丹後の国の歌枕「天の橋立」を詠み、「踏みもみず」と詠んだ。「橋」の縁語によって「ふみみる（文見る・踏みみる）」と詠むことは、語釈項にも例を挙げたように、当時としては常套的な表現とも言えるが、それをその場でとっさに思いついたところがすぐれている。そして、「踏みもみず」の理由として「大江山いく野の道の遠ければ」とした。その道のりの遠さがよく表現されている。『万葉集』にも詠まれた「大江山」を詠んだ点も、定家の好尚に叶ったものであったと思われる。

出典の『金葉集』（二度本）には「和泉式部保昌にぐして丹後にはべりけるころ、みやこに歌合侍りけるに、小式部内侍うたよみにとられて侍りけるを定頼卿つぼねのかたにまうできて、歌はいかがせさせ給ふ、丹後へ人はつかはしてけんや、つかひまうでこずや、いかに心もとなくおぼすらんなど、たはぶれてたちけるをひきとどめてよめる」という詞書が付けられている。母和泉式部

が夫藤原保昌に伴われて、その任国である丹後の国に下向していた時、都で歌合が行われ、小式部内侍はその歌人に選ばれた。そのような折、藤原定頼が小式部内侍の局にやって来て、「歌はどうあそばされるのですか。丹後のお母さんのもとへ使いの者は送ったのですか。その使いの者はまだ帰って来ないのでしょうか。あなたはそれをどんなに待ち遠しくお思いになっていることでしょう」などと戯れに言ってその場を去ろうとしたので、引きとどめて詠んだ歌だという。出典項に示したように、『新編国歌大観』の本文は第四句が「ふみもまだみず」となっているが、『百人一首』や『定家八代抄』『八代集秀逸』などの本文は「まだふみもみず」なので、定家の依拠した『金葉集』にはそのようにあったものと考えられる。以下、「まだふみもみず」の本文により記述する。

通説では、この『金葉集』の詞書に拠ってこの歌を解釈し、「まだ母からの手紙も見ておりません。ですから、母に代作などしてもらってはおりません」の意であるとして、からかった定頼に一矢を報いた歌だということになっている。これは、『金葉集』の詞書に加えて、『俊頼髄脳』や『袋草紙』に、この歌を詠みかけられて定頼が小式部内侍を振り切って逃げたとあることも考慮しての解釈と考えられる。定頼が手痛い反駁を受けたと解すのである。

この解釈については、いくつかの問題点がある。まず、そもそも前提とする『金葉集』の詞書にある定頼の言葉と小式部内侍の歌は、どのように会話として成り立っているのかということを確認してみる必要がある。それによって、小式部内侍の歌の言わんとするところが明確になると考えられるからである。

定頼は「歌はいかがせさせ給ふ、丹後へ人はつかはしてけんや、つかひまうでこずや、いかに心もとなくおぼすらん」(「歌はどうあそばされるのですか。丹後のお母さんのもとへ使いの者は送ったのですか。その使いの者はまだ帰って来ないのでしょうか。あなたはそれをどんなに待ち遠しくお思いになっていることでしょう」)と言った。これに対して、小式部内侍は「母のいる丹後は遠いので、まだ手紙も見ておりません」と歌で答えたことになる。定頼が「丹後への使者はまだ帰って来ていないのでしょうか。それがさぞ待ち遠しいでしょうね」と言っているのに、「まだ文も見ず」(「まだ手紙も見ていません」)がその答えだとすれば、どう見てもこの会話はかみ合っていない。

それならば、「まだ文も見ず」に言いたいことがあるのではなく、「母のいる丹後は遠いので」というところに言いたいこと、すなわち定頼の言葉に対する答えがあるのであろうか。歌で言えば「大江山いく野の道の遠ければ」がそれに当たる。そのように解釈してみると、定頼が「丹後への使者はまだ帰って来ていないのでしょうか。それがさぞ待ち遠しいでしょうね」と言ったのに対し、「あなたのおっしゃるとおり、まだ母からの手紙も見ておりません。それは、母のいる丹後がとても遠いからです」と答えたことになる。これならば、何とか会話として成り立っている。『金葉集』の詞書に基づいて歌を解釈すれば、母親からの手紙を見ていないことを認めながら、その理由を述べた歌だということになる。それでも、どこか無理が感じられるのは、この説話の作り方に原因があるものと思われる。それはしばらく措き、『金葉集』の詞書を前提とするならば、「まだ文も見ず」を定頼の言葉に対する答えとして解すことはできない。したがって、「まだ母からの手紙も見ておりません。ですから、母に代作などしてもらってはおりません」とする通説の解釈は成り立たないことになる。

さて次に、歌の「文も見ず」の「文」は丹後の母からの手紙であることは間違いないとして、これは小式部内侍が送った使者の持ち帰った手紙であろうか、それともそれとは関係のない、母からの便りであろうか。『三奥抄』は「かやうに遠きさかひなれば、母の彼国にくだりし後、いまだふみの通ひさへなし」と後者に解し、『改観抄』はこれを踏襲している。これに対して、『百首異見』はそれを「人よりかまへて問かけしこなたの使のうへをばさしおきて、母のくだりし後、使の来たらざる事をいふべけんや。さては、丹後へ人はつかはしてけんや、使まうでこずやとかける詞書、いたづらになる事なり」と批判して前者の意に解している。もちろん、使者を送ったというのは事実ではなく、定頼の言葉に合わせたということになる。『百首異見』は「こは戯れを戯れのままにうけ流したる」としている。そして、そのように解さなければ、詞書に定頼の言葉として「歌はいかがせさせ給ふ、丹後へ人はつかはしてけんや、つかひまうでこずや、いかに心もとなくおぼすらん」と書かれている意味がないというのである。『金葉集』の詞書と歌の理解としては『百首異見』のほうが正しいように思われる。先ほどの解釈にこれを加えると、「あなたのおっしゃるとおり、使いの者が帰って来なくて、まだ母からの手紙も見ておりません。それは、母のいる丹後がとても遠いからです」となる。通説の「まだ母からの手紙も見ておりません。ですから、母に代作などしてもらってはおりません」という解釈からはますます遠ざかるようである。

ただし、三奏本『金葉集』では、定頼の言葉は「歌はいかがせさせたまふ、丹後へ人はつかはしけむや、つかひまだまうでこずや」となっている。二度本にある、それに続く「いかに心もとなくおぼすらん」が削られているのである。この場合は、「つかひまだまうでこずや」という問いに対して、歌の「まだ文も見ず」がその答えとなる。

『金葉集』の詞書と歌のちぐはぐな感じは、おそらくこの説話の作り方に起因するのではないかと先に述べた。この説話の定頼の言葉は、小式部内侍の歌の「大江山いく野の道の遠ければ」に合わせて後から作られた言葉のように思われる。「丹後への道は遠いので」という答えに対応するように「つかひまうでこずや、いかに心もとなくおぼすらん」としたのであろう。しかし、この小式部内侍の歌は、「まだふみもみず」の部分が掛詞になっていて、ここに焦点が置かれており、「まだ文も見ず」ということに作者の主張があると考えたいところである。そこで、撰者の俊頼もこれを考慮して三奏本において詞書を改変したのであろう。ちなみに、『俊頼髄脳』は「たんごへつかはしけむ人は返まうできにけんや、いかに心もとなくおぼすらむ」とあるので、二度本『金葉集』と同じである。また、『袋草紙』は「いかに、丹後へ人は遣候や、未㆓帰参㆒歟」とあるので、三奏本『金葉集』と同じと考えてよい。清輔は、当時流布していなかった三奏本を見ていたと考えられる（『袋草紙』上巻「故撰集子細」）ので、あるいは参照したか。さらに、『古今著聞集』では定頼の言葉は「丹後へ遣はしける人は、参りにたるや」となっており、その答えが「まだ文も見ず」になるようにいっそう整えられている。

なお、この説話について、萩谷朴氏は『平安朝歌合大成三』（同朋舎）「一一八〔寛仁末治安頃〕或所歌合」において、架空の説話ではないかという見解を示している。そして、小式部内侍が歌人として選ばれた歌合についても現存の資料からはどの歌合かは明らかにしがたいとしている。

『金葉集』の詞書の説話には根本的に右のような問題があるのであるが、小式部内侍の歌についての通説には、ほかにも次のような疑問点がある。

通説では、定頼は代作を疑い、それをからかったということになっている。しかし、それは本当であろうか。定頼の「歌はいかがせさせ給ふ、丹後へ人はつかはしてけんや、つかひまうでこずや、いかに心もとなくおぼすらん」という言葉は「たはぶれて」言ったということであるから、ふざけてからかった言葉であることは確かである。しかし、それは一人前の歌人としてはとても不安だということであり、お母さんが側にいなくて大丈夫か、ということである。代作を疑うというところまでは読み取れない。この「代作」説は、『俊頼髄脳』や『袋草紙』などには見えず、『宗祇抄』に「これは、こしきぶが哥のよきは母の泉式部によませて我哥にするなどいふ事のはんべりけるを、口おしもおもひけるころ、さだよりのかくいへる時によめる歌なり」とある。その後、近世の新注、さらには現代の注釈にまで及んでいる。

さらに、『俊頼髄脳』や『袋草紙』に見える、定頼が逃げたという行為は、現代の目から見ると滑稽なものに映るが、はたしてそれほど恥ずべき行為だったのであろうか。それによって、通説は、小式部内侍の歌を定頼の侮辱に対して反駁したものとしているようなので、そのことについて少し触れておきたい。相手がすぐれた歌を詠んで、それに対してそれに相応しい返歌が詠めない場合は、下手に歌を詠まず、その場を逃れて他所でそのことをもてはやして評判に立てる。それが当時の一つの作法とも言うべき行為だったようである。それは『枕草子』「頭の中将の、すずろなるそらごとを聞きて」の段（角川文庫七十八段）や「職の御曹司におはしますころ、西の廂に」の段（角川文庫八十三段）などにも見受けられることである。『袋草紙』のこの話の直前に「凡得レ名人、中中事云出より遁避一之事也」とあり、この次の話の中に「凡は秀歌には返事は不レ云。是故実と云々。如レ此之輩、不レ為二恥辱一歟」とあり、その例が挙げられている。定頼のとった行動は現在考えるような不面目なものではなかったのである。したがって、このことをもって、小式部内侍の歌を定頼の侮辱に対して反駁したものと解すのは適当とは思われない。

それでは、定家はこの歌をどのように理解していたのであろうか。『定家八代抄』では、この歌の詞書を「和泉式部丹後国に侍りける比、中納言定頼文やありつると尋ね侍りければ」としており、『金葉集』の詞書から大幅な削除を行っていることが知られる。

『金葉集』の詞書の説話的な部分をすべて削ぎ取り、この歌の理解に必要な事柄だけを記している。「和泉式部丹後国に侍りける比」とあるのは、歌の「天の橋立」が母の和泉式部の今いる所の歌枕であること、「中納言定頼文やありつると尋ね侍りければ」は、小式部内侍の歌が定頼から問われたその答えとしてのものであることを示している。

そして、定頼の言葉を「文やありつる」と改めたことで、歌の「ふみもみず」がその答えとして定位された。先述した二度本『金葉集』の詞書とは違って、会話もいちおうかみ合っている。定家は『金葉集』の詞書と歌の不相応に気づいて改めたのかもしれない。とにかく、『金葉集』の説話は、定家にとってすべて必要のない邪魔な事柄だったということであろう。そのように考えざるを得ないほど、みごとに消し去っている。

『顕注密勘』の『古今集』六五二番の注に定家は「小式部内侍、和泉式部が一子、かたちすがた、世に勝て、又いくの道とよみけん、時のおぼえ、人のさま、さこそは侍けめ」と言っている。これが、小式部内侍が歌人としての名を高からしめたものであることも、定家は十分承知していた。しかし、定家は、その低俗とも言える説話からこの歌を解放して味わうべきだと考えたのではなかろうか。

そうして、『金葉集』の詞書からいったん離れて見れば、『定家八代抄』の詞書の定頼の言葉は「文やありつる」とのみあり、「丹後へ人はつかはしてけんや」などともなく、「たはぶれて」なども言ってないので、母親から離れて独り都に残された小式部内侍に寄せる同情の言葉ととってよいであろう。それに対する小式部内侍の歌は、心細く寂しいという気持を素直に詠んだものと理解される。そして、「文」は、使者が持ち帰った手紙などではなく、丹後に下った後の、母親からの便りということになる。

定家は、この歌を本歌として「ふみもみぬいく野のよそにかへる雁かすむ浪間のまつとこたへよ」（『拾遺愚草』一九三九）と詠んでいる。これは『最勝四天王院和歌』の「海橋立」題で詠んだ歌である。自筆本『拾遺愚草』や『最勝四天王院和歌』では結句が「まつとつたへよ」となっているので、それに拠れば、「まだ行ったこともなく、手紙も見ていない、生野の彼方の天の橋立のほうに帰ってゆく雁よ、そこにいる人に、霞む波間の松ではないが、都で私が手紙を待っていると伝えておくれ」という意である。

蘇武の雁の使いの故事により、また、題の「海橋立」の語をそのまま詠まず、「生野のよそ」「波間の松」によってそれを思わせたところに表現上の趣向がある。内容は、小式部内侍に身をなして詠んだ歌と考えられる。もちろん、この歌でも代作の歌を待っているとは考えられず、独り都に残された心細さに、音信を待ち望む気持を詠んでいるのである。

さて、小式部内侍の歌で評価の高いものとしては、まず、能因撰の『玄玄集』に選ばれた「春の来ぬところはなきに白かはのわたりにのみや花はさくらん」と「人もこえこまもとまらぬあふさかのせきは清水のもる名なりけり」の二首が挙げられよう。前者は三奏本『金葉集』や『詞花集』に選ばれており、後者は三奏本『金葉集』に選ばれている。

また、「たのめずはまたでぬるよぞかさねましたれゆゑかみるありあけの月」（『後拾遺集』八六三・雑一）は、『古来風体抄』に選ばれ、定家も『定家八代抄』に選んでいる。「しぬばかりなげきにこそはなげきしかいきてとふべき身にしあらねば」（『後拾遺集』一〇〇一・雑三）は、『時代不同歌合』に選ばれ、定家も『定家八代抄』に選んでいる。

この「大江山」の歌であるが、『金葉集』以外では、秀歌としては、定家以前の秀歌撰には採られていない。定家と同時代の『時代不同歌合』には選ばれている。定家の時代に歌説話的な興味ではなく、秀歌としての評価が高まったものと思われる。とりわけ、定家は『八代集秀逸』にも選んでおり、きわめて高い評価をこの歌に与えていたことが知られる。是非とも『百人一首』には選び入れたい一首だったものと思われる。

なお、この小式部内侍の歌を本歌とした歌として、右に挙げた定家の歌のほか、「おほえ山いくののみちの長き夜に露をつくしてやどる月かな」（『後鳥羽院御集』七九五）、「おほえやまこかげもとほくなりにけりいくののすゑのゆふだちのそら」（『明日香井和歌集』八八六）、「おほえ山いそぎいくのの道にしもことをかたらふ郭公かな」（『千五百番歌合』六七六・小侍従）などがあり、『建保名所百首』で「大江山」が歌枕として取り上げられたのも、この歌の存在があったからだと思われる。

61

いにしへのならの宮このやへざくらけふここのへににほひぬる哉　　伊勢大輔

【異同】

〔定家八代抄〕東急はこの歌なし。安永・袖玉・知顕は底本に同じ。

〔百人秀歌〕底本に同じ。

〔百人一首〕いにしへ―いにしえ（為家）―栄雅・兼載・守理・龍谷・応永・古活・長享・頼常・頼孝・経厚・上條は底本に同じ。やへさくら―やえさくら（為家）―八重さくら（龍谷・古活・長享・頼常・経厚）―栄雅・兼載・守理・応永・頼孝・上條は底本に同じ。けふ―けふは（為家）―栄雅・兼載・守理・龍谷・応永・古活・長享・頼常・頼孝・経厚・上條は底本に同じ。ここのへ―ここのえ（経厚）―九重（為家・栄雅・守理・龍谷・応永・長享・頼常・上條）―兼載・古活・頼孝は底本に同じ。にほひぬる哉―にほひけるかな（古活）―匂ひきつらん（長享）―為家・栄雅・兼載・守理・龍谷・応永・頼常・頼孝・経厚・上條は底本に同じ。

〔小倉色紙〕底本に同じ。（集古・定家様）

【語釈】○いにしへのならの宮こ―「いにしへ」の「へ」は、歴史的仮名遣いでも「へ」、定家の表記法も「へ」。現存定家自筆本三代集はすべて「いにしへ」とし、『下官集』も「いにしへ」とする。「ならの宮こ」は、奈良の都。平城京。「宮こ」という表記については八番歌の語釈項を参照のこと。大和国の歌枕。『五代集歌枕』『八雲御抄』に大和とし、『八雲御抄』には「元明。自二藤原一遷レ之。聖武。孝謙。光仁。桓武」とする。現在の奈良市とその周辺。元明天皇の和銅三年（７１０）から桓武天皇が延暦三年（７８４）に都を長岡に遷すまで、天皇七代（元明・元正・聖武・孝謙・淳仁・称徳・光仁）七十五年の間の都であった。○やへざくら―「やへ（八重）」の「へ」は歴史的仮名遣いでも「へ」、定家の表記法も「へ」。『下官集』に「やへさくら」とする。四七番歌の語釈項を参照のこと。「八重桜」は、花びらが幾重にも重なって咲く種類の桜。一重の桜よりも開花時期が遅い。陰暦三月、早い年には二月下旬、遅い年には四月初旬に咲いた。「一重散りて、八重咲く花桜盛り過ぎて、樺《かば》桜は開け、藤は後れて色づきなどこそはすめるを」（『源氏物語』幻巻）。『定家八代抄』でもこの伊勢大輔の歌は、散りかけた桜を詠んだ歌を並べた箇所に置かれている。「八重桜」を詠んだ歌の例としては、この伊勢大輔の歌がもっとも早いか。同じ頃の歌として、『道命阿闍梨集』六二番に「山寺にいきたりしに、やへざくらのみえしを人にやり侍りし」と詞書があって、「白雲の八重たつ山のさくら花いづれを花とわきてをりけん」という歌がある。『新古今集』（九〇・春上）にも「白雲のたつたの山の八重ざくらいづれを花とわきてをりけん」という形でとられている。伊勢大輔の歌は寛弘四年（１００７）四月のことと推定されており、『道命阿闍梨集』の歌は花山院の忌みが明けた直後にあるので、翌寛弘五年のことと考えられる。八重桜は都には珍しいものであった。定家の時代になると庭樹として人気が高まり、各所で植えられるようになった。特に著名なのは、大炊御門殿（大炊御門北、富小路西の春日殿。『新古今集』（一三七）・『玄玉和歌集』（六一四）・『式子内親王集』（三一〇・三三三）・『秋篠月清集』（一〇四一）。『拾遺愚草』（二一八三）もここか）。郊外では、仁和寺（『守覚法親王集』（二二）・『新後撰集』（一二四七））、そこから移植した西園寺（『続千載集』（七九））、ほかには法勝寺（『如願法師集』（四〇八））などにもあった。定家もこれを庭に植えて賞美していたことが『明月記』に見え、このことは、山田孝雄氏『桜史』（講談社学術文庫、山田忠雄氏校訳）に指摘がある。『百人一首』成立の頃、『明月記』文暦二年（１２３５）四月六日条に「東風吹、新樹八重桜開始」とあり、八日条には「八重桜盛開」とする。『徒然草』（第一三九段）に「八重桜は奈良の都にのみありけるを、この頃ぞ世に多くなり侍るなる」とある。**〇ここのへ**——「へ」は歴史的仮名遣いでも「へ」、定家の表記法も「へ」。『下官集』に「ここのへのうち」「けふここのへに」とする。九重。内裏の異称。『能因歌枕』は「ここのへとは、おほみやなり」とし、『俊頼髄脳』『初学抄』『顕注密勘』は「内裏」の異名とする。『和難集』には「内裏をいふなり。国王ほんたいは九重の中におはします。さればここのへと云なり」とする。「八重桜」が「九重」に、すなわち今一際の意を添える。**〇にほひぬる哉**——「にほひ」は「匂ふ」の連用形で、ここでは視覚的な、映える美しさをいう。「ぬる」は完了の助動詞「ぬ」の連体形。「哉（かな）」は詠嘆の終助詞。

【通釈】 遠い昔の奈良の都の八重桜が、今日は九重に今一際美しく咲き匂ったことでございます。

【出典】 『詞花集』二九・春・「一条院御時ならのやへざくらを人のたてまつりて侍りけるを、そのをり御前に侍りければ、そのはなをたまひて歌よめとおほせられければよめる　伊勢大輔」。三奏本『金葉集』五八・春・「奈良の八重桜を内にもてまゐりたるを、うへ御覧じて歌とおほせごとありければつかうまつれる　伊勢大輔」。

【参考】 『定家八代抄』一三四・春下・「一条院御時、八重桜をたてまつれりけるを給はせて、歌よめと仰せられければ　伊勢大輔」。『八代集秀逸』五二。『百人秀歌』六五。『後十五番歌合』一六。『玄玄集』一五九。『相撲立詩歌合』一二。『新撰朗詠集』四八四・雑・禁中。『後六々撰』四五。『御裳濯和歌集』一一九・春中・一条院御時、ならのみやこより桜を人のたてまつりて侍りけるをとりてまゐらせけるに、ただにてはいかが、歌よめとおほせられければ・伊勢大輔。『伊勢大輔集』（東海大学図書館蔵伝良経筆本）一四・ゐんの中宮と申してうちにおはしまししとき、ならより、ふこうそうづといふ人のやへざくらをまゐらせたりしに、これはとしごとにさぶらふひとびとただにはすごさぬを、ことしはかへり事せよ、とおほせごとありしかば。『伊勢大輔集』（彰考館本）五・女院の中宮と申しける時、内におはしまいしに、ならから僧都のやへざくらをまゐらせたるに、こ年のとりいれ人はいままゐりぞとて紫式部のゆづりしに、入道殿きかせたまひて、ただにはとりいれぬものをとおほせられしかば。

『古本説話集』「伊勢大輔哥事第九」（本文は岩波文庫に拠る。）

いまはむかし、紫式部、上東門院に、うた読いふのものにて、さぶらふに、（略）いよいよ心ばせすぐれて、めでたきものにてさぶらふほどに、伊勢大輔、まいりぬ。それもうたよみのすぢなれば、との、いみじうもてなさせ給。ならより、としに一度、やへざくらををりて、もてまいるを、むらさき式部、とりつぎてまいらせなど、うたよみけるに、式部、「ことしは、大輔にゆづり候はむ」とて、ゆづりければ、とりつぎてまいらするに、との、「をそし、をそし」とおほせらるる御こゑにつきて、

いにしへのならの宮このやへざくらけふここのへににほひぬるかな

とりつぎたるほど、ほどもなかりつるに、いつのまにおもひつづけけむと、人もおもふ、とのもおぼしめしたり。

『袋草紙』（本文は『日本歌学大系』に拠る。）

伊勢大輔、上東門院中宮と申時、初参。輔親娘也。歌読らむと心にくく思召之間、八重桜ヲ或人進レ之。御堂御前御座之時、件花の枝を大輔の許へさしつかはして、御硯の上に檀紙を置、同さしつかはしたるに、人々属レ目いかが申と見あへるに、とばかり有て、硯引よせて墨とり静におしすりて歌を書て進レ之。御堂取て御覧ずるに、きよげに書たり。

いにしへの奈良の都のやへ桜けふ九重に匂ひぬるかな

殿ヲ始奉て万人感歎、宮中鼓動すと云々。又彼人第一歌也。率爾ニも不レ寄事歟。

顕昭『詞花集注』（本文は『日本歌学大系』に拠り、平仮名に改めた。）

いにしへのならのみやこのやへざくらけふ九重ににほひぬるかな

みかど感ぜさせおはしましけり。さとへいでたりければ、又輔親も誠にわがむすめなりけりとて、手づから鳥包丁してなむ饗応しけるとぞ、故顕輔卿かたり侍し。

《参考歌》

『拾遺集』一〇一〇・雑春・寛信

折りて見るかひもあるかな梅の花けふここのへのにほひまさりて

【余釈】「いにしへ」に対して「今日《けふ》」と詠み、「八重」とあるのに照応させて、宮中を「九重」と詠んだところに、この歌の趣向がある。そして、そこに当代の繁栄と静謐《せいひつ》への祝意を込めたのである。

着想としては、「八重桜」というところから、宮中を表す「九重」と関連づけたのであろう。「やへながらいろもかはらぬやまぶきのここのへになどさかずなりにし」（『実方集』一〇）など、「八重」山吹と「九重」を結び付けて詠んだ例はすでにあり、これは意外に容易だったのではないかと思われる。それから、「梅の花」を「今日九重に匂ひまさりて」と詠んだ例が『拾遺集』にあるので、これも念頭にあったかと思われる。そこから、想を構えて、「今日九重」に対して、「いにしへの奈良の都の」と詠んだところに工夫がある。「いにしへの」と「奈良の都」の語の繋がりに多少の無理が感じられるのも、そのことと関係があるものと見られる。語の繋がりから言えば、「いにしへの都の奈良の」とあるべきところであるが、それでは歌の詞としては体をなさない。なんとか言いおおせたところに功がある。

この歌が詠まれた状況を現存の資料『伊勢大輔集』『紫式部集』『古本説話集』『袋草紙』などの記述によって再現すると、おおよそ次のようになる。南波浩氏『紫式部集全評釈』（笠間書院）を参考にした。

寛弘四年（1007）四月、例年のように藤原氏の氏寺である興福寺から一条天皇中宮彰子に八重桜の献上があった。献上にあたり、取り入れ役の女房が歌を詠み添えることになっていた。前年十二月に出仕したばかりの紫式部がその役を果たすことになっていたが、紫式部はより新参の伊勢大輔にそれを譲った。伊勢大輔は大中臣家重代の歌人輔親の娘であった。道長はそれを聞いて、伊勢大輔にその任に当たらせ、歌を詠むように命じた。そうして詠んだのがこの歌である。この歌に、道長を始めとして満座の人々が賛嘆した。この歌に対して中宮彰子が応えて詠んだ歌は、「九重に匂ふを見れば桜狩りかさねて来たる春の盛りか」というものであった。この返歌は紫式部が中宮の女房として中宮の立場で詠んだ歌であった。

資料により異なる部分もあり、説話化され脚色された部分も混在しているかと思う。

出典の『詞花集』の詞書は、「一条院御時ならのやへざくらを人のたてまつりて侍りけるを、そのをり御前に侍りければ、そのはなをたまひて歌よめとおほせられければよめる」とある。歌を詠むように命じたのは、一条天皇か中宮彰子か明らかにしがたいが、顕昭の『詞花集注』は「みかど感ぜさせおはしましけり」とあるので、顕昭は一条天皇と考えていたものと推察される。『詞花集』の撰集資料とされた三奏本『金葉集』の詞書は「奈良の八重桜を内にもてまゐりたるを、うへ御覧じて歌とおほせごとありければつかうまつれる」とあるので、俊頼も一条天皇と考えていたのであろう。『袋草紙』は道長とする説話を載せるので、清輔は道長と考えていたかと思われる。

『定家八代抄』の詞書は「一条院御時、八重桜をたてまつれりけるを給はせて、歌よめと仰せられければ」となっている。『詞花集』の詞書を簡略にしたものであるが、道長や彰子のことは触れていないので、命じたのは一条天皇と考えていたのであろう。八重桜も一条天皇に献上されたものと考えていたようである。『袋草紙』の説話に興趣を感じ、信を置くところもあったならば、もう少し、それを詞書に盛り込んだのではないかと思う。

さて、伊勢大輔の代表的秀歌は、やはりこの「いにしへの」の歌であろう。『後十五番歌合』に選ばれている。また能因撰『玄玄集』にもこの一首が選ばれている。その後も、基俊撰の『相撲立詩歌合』や『新撰朗詠集』にも、また範兼撰『後六々撰』にも選ばれている。清輔『袋草紙』には「彼人第一歌也」と高く評価している。

定家も『定家八代抄』のほかに『八代集秀逸』に選んでおり、格別に高く評価していたものと考えられ、是非とも『百人一首』に選び入れたかったのではないかと想像される。

《第十二グループの配列》

56　あらざらむこの世のほかの思ひ出でに今ひとたびの逢ふこともがな（和泉式部）
57　めぐり逢ひて見しやそれともわかぬ間に雲隠れにし夜半の月影（紫式部）
58　有馬山猪名の笹原風吹けばいでそよ人を忘れやはする（大弐三位）
59　やすらはで寝なましものをさ夜更けてかたぶくまでに月を見しかな（赤染衛門）
60　大江山いく野の道の遠ければまだふみもみず天の橋立（小式部内侍）
61　いにしへの奈良の都の八重桜今日九重ににほひぬるかな（伊勢大輔）

61　いにしへのならの宮このやへざくらけふここのへににほひぬる哉

この第十二グループは、一条天皇の中宮彰子に仕えた女房がまとめられている。

歌人として五六番和泉式部を最初に並べたのは、『和泉式部日記』で敦道親王との恋物語が長保五年（１００３）であったということであろうか。五七番紫式部が『源氏物語』を書いたのが寛弘四年（１００７）以後であるとすれば、その後に置かれる。五八番大弐三位は紫式部の娘ということで次に置かれたか。五九番赤染衛門は紫式部より後まで活躍するので、その後に置かれたのであろう。六〇番小式部内侍と六一番伊勢大輔は次世代ということで後に置かれ、それぞれ作者が宮中で名をあげた名歌ということで並べられている。小式部内侍は夭折し、伊勢大輔のほうが後まで活躍するので、このような順に置いたのであろう。

詞の上では、五六番和泉式部「いまひとたびの逢ふこともがな」を五七番紫式部「めぐり逢ひて」で受ける。五六番「あらざらんこの世のほか」と五七番「雲隠れにし」が死ということによって連関する。そして、五六番「思ひ出で」を、一首置いて五八番大弐三位「忘れやはする」で受ける。五七番「夜半の月影」を、一首置いて五九番赤染衛門「さ夜更けてかたぶくまでの月を見しかな」で受ける。五八番「有馬山」を、一首置いて六〇番小式部内侍「大江山」で受ける。

『改観抄』は五六番と五七番については、「右両女は、人のほどと又歌も心のかよふ所あれば一所におかるる歟」とする。五七番と五八番は「右大弐三位は紫式部がむすめなるをもて次におかる」とする。五八番と五九番については、「右二首かれがれなる男とたのめてこぬ男とに読てつかはす心似たるをもて一類とす」とする。

62

夜をこめてとりのそらねははかるともよにあふさかの関はゆるさじ

清少納言

【異同】

〔定家八代抄〕　東急はこの歌なし。そらねは―そらねに（知顕）―安永・袖玉は底本に同じ。

〔百人秀歌〕　そらねは―そらねに。

〔百人一首〕　そらねは―そらねに（龍谷）―為家・栄雅・兼載・守理・応永・古活・長享・頼常・頼孝・経厚・上條は底本に同じ。
はかるとも―わかるとも（長享）―為家・栄雅・兼載・守理・龍谷・応永・古活・頼常・頼孝・経厚・上條は底本に同じ。

【語釈】○夜をこめて―夜のうちに、あるいは、夜が明けきらないうちにの意。「しののめにおきてみつればさくらばなまだよをこめてちりにけるかな」（『亭子院歌合』二二・頼基）、「まつほどはたのみもふかしよをこめてゆくあか月のことはまされり」（『忠岑集』一〇九）、「よをこめてかへるそらこそなかりつれうらやましきはありあけの月」（『後拾遺集』六六六・恋二・永源）、「たけのはに玉ぬく露にあらねどもまだ夜をこめておきにけるかな」（『千載集』八四六・恋四・実方）、「よをこめてあさたつ霧のひまひまにたえだえみゆるせたの長橋」（『拾遺愚草』五九〇）。○とりのそらね―「そらね（虚音）」は、本物ではない、偽りの鳴き声のこと。「声たてでなくといふとも郭公たもとはぬれじそらねなりけり」（『拾遺集』一〇七四・雑春・よみ人しらず）の例は嘘泣きの声のことであり、「里わかぬそらねときけば郭公たれにかいかがいはばこたへん」（『公任集』六〇）は、本当の声ではない、空耳のこと。ここでは、『史記』の孟嘗君の故事により、鳴きまねをした声のことを言った。余釈項を参照のこと。『奥義抄』の『後撰集』六二一番（参考項を参照）の注に「是は、もろこしに孟嘗君といひける人、おほやけにたがひ奉りて、隣国へにげてゆきけるに、よなかばかり函谷関に到りぬ。かのせきは鳥のこゑをききて後にせきのとをばあくるところにて、よぶかくていづべきやうもなかりければ、あひしたがへるもののなかに、鳥のこゑまねぶ人のありけるしてなかせたりければ、あけぬなりとて関の戸をあけたるより、にげてゆきにける事のあるを思ひてよめるなり」とする。『童蒙抄』『和歌色葉』『和難集』『八雲御抄』などにも見える。『童蒙抄』には「論衡云、孟嘗君叛出レ秦。関鶏未レ鳴。関不レ開。下座賤客皷レ臂為二鶏鳴一。而群鶏和レ之。乃得レ出焉」とする。○はかるとも―「はかる」は、騙す、欺く意。「白玉の秋のこのはにやどれると見ゆるはつゆのはかるなりけり」（『後撰集』三一一・秋中・

よみ人しらず)。「とも」は逆接の仮定条件を表す接続助詞。〇よに―下に打消しを伴って、決しての意の副詞。「うへにのみおろかにもゆるかやり火のよにもそこには思ひこがれじ」(『後撰集』九九一・恋五・よみ人しらず)。〇あふさかの関はゆるさじ―「逢坂の関」については、一〇番歌の語釈項を参照のこと。「ゆるさ」は「許す」の未然形。「じ」は打消し推量の助動詞。「逢坂の関」を越えるというのは、男女が逢って契りを交わすことの表現として用いられ、「許す」はそれを許す意となる。「おとは山おとにききつつ相坂の関のこなたに年をふるかな」(『古今集』四七三・恋一・元方)、「思ひやる心はつねにかよへども相坂の関こえずもあるかな」(『後撰集』五一六・恋一・公忠)、「なをのみはたのまぬものをあふさかはゆるさぬせきはこえずとかきく」(『うつほ物語』六七三・内侍のかみ巻)。

【通釈】　夜のうちに鶏の鳴きまねで騙そうとしても、逢坂の関は決して通さないでしょう。あなたと逢って契りを交わすことなど決してないでしょう。

【出典】　『後拾遺集』九三九・雑二・「大納言行成ものがたりなどし侍けるにうちの御物忌にこもればとていそぎかへりてつとめてとりのこゑにもよほされてといひおこせて侍ければ、よぶかかりけるとりのこゑは函谷関のことにやといひにつかはしたりけるをたちかへりこれはあふさかのせきにはべりとあればよみはべりける　清少納言」・第二句「とりのそらねに」。

【参考】　『定家八代抄』一六五三・雑下・「大納言行成御物いみにこもるとて、夜ぶかく出でて、鳥の音にいそぎつるよし申して侍りけるを、夜ぶかかりけるは孟嘗君のにやと申したりける返事に、是は相坂の関なりと云ひ遣したりければ　清少納言」。『百人秀歌』六〇・第二句「鳥のそらねに」。『五代簡要』「夜をこめてとりのそらねにはかるとも世にあふさかのせきはゆるさじ」。『後六々撰』一四五。『古来風体抄』四八二・第二句「鳥の空音に」。『五代集歌枕』一八三五・第二句「とりのそらねに」。『宝物集』四九五。『枕草子』(「頭の弁の、職にまゐりたまひて」の段。角川文庫一三一段)

頭《とう》の弁《べん》の、職《しき》にまゐりたまひて物語などしたまひしに、夜《よ》いたうふけぬ。「明日《あす》、御物忌《ものいみ》なるに、籠《こも》るべければ、丑《うし》になりなばあしかりなむ」とて、まゐりたまひぬ。

つとめて、蔵人所《くらうどどころ》の紙屋紙《かうやがみ》ひき重《かさ》ねて、「今日《けふ》は、残り多かるここちなむする。夜《よ》を通して昔物語も聞え明《あか》さむとせしを、鶏《にはとり》の声にもよほされてなむ」と、いみじう言《こと》多く書きたまへる、いとめでたし。御返りに、「いと夜深《よぶか》くはべりける鶏《とり》の声は、孟嘗君《まうさうくん》のにや」と聞えたれば、立ち返り、「孟嘗君の鶏《にはとり》は、函谷関《かんこくくわん》をひらきて、三千の客《かく》わづかに去れり、とあれども、これは、逢坂《あふさか》の関なり」とあれば、

「夜をこめて鶏《とり》の虚音《そらね》ははかるともよに逢坂《あふさか》の関は許さじ

心かしこき関守《せきもり》はべり」と、聞ゆ。また立ち返り、

逢坂は人越え易き関なれば鶏《とり》鳴かぬにもあけて待つとか

とありし文《ふみ》どもを、はじめのは、僧都《そうづ》の君、いみじう額《ぬか》をさへつきて取りたまひてき。後々《のち》のは、御前《おまへ》に。

『史記』孟嘗君列伝第十五

孟嘗君至レ関。関法、鶏鳴而出レ客。孟嘗君恐二追至一。客之居二下座一者、有三能為二鶏鳴一。而鶏尽鳴。遂発レ伝出。

《参考歌》

『後撰集』六二二・恋二・よみ人しらず

あまのとをあけぬあけぬといひなしてそらなきしつる鳥のこゑかな

『拾遺愚草』六六八

関の戸を鳥の空ねにはかれども在明の月は猶ぞさしける

『拾遺愚草』二〇七二

おのれなけいそぐ関路のさ夜千鳥とりのそらねも声たてぬまに

【余釈】 まだ夜が明けないのに、鶏の鳴きまねをして騙して通ろうとしても、函谷関はともかく、逢坂の関は越えることは許されないだろう、あなたと逢って良い仲になることは決してないだろう、というのである。

作者の念頭には、『改観抄』に指摘があるように「あまのとをあけぬあけぬといひなしてそらなきしつる鳥のこゑかな」（『後撰集』六二一・恋二・よみ人しらず）があったものと推察される。そして、作者の工夫は、おそらく、鶏の鳴きまねのことを「とりのそらね」という詞によって表現したところにあったのではないかと思われる。右の『後撰集』の歌では「そらなき」とある。「そらなき」は、夜が明けたかのように偽って鳴くことである。これを「そらね」と変えたのである。「そらね」は、語釈項にも記したように、嘘泣きの声や空耳に聞こえた声のことを言った。それもほととぎすの声についていうことが一般的であったと思われる。それを、本物ではない、偽りの声ということで、鶏の鳴きまねの声をこれによって言い表すことができたことで、一首が整ったのである。

『後拾遺集』の詞書や『枕草子』に拠れば、詠歌事情は次のとおりである。職の御雑司に藤原行成が参上して清少納言と話をしていた。ところが、行成は、翌日からの一条天皇の御物忌に籠もるため、深更に急いで宮中に帰った。翌朝、行成から、昨夜は鶏の声に急かされてまだ夜が明けないうちに退出したということを手紙に書いて言ってきた。そこで、清少納言は、返事に、夜深く鳴いた鶏の声というのは、あの孟嘗君の鶏の鳴きまねのことかと尋ねた。これに対して、行成は、函谷関のことではなくて、これは逢坂の関のことだと、すぐに返事を寄こした。そこで、詠んだ歌がこの歌だということである。

行成からの最初の手紙で、鶏の声に急かされてまだ夜が明けないうちに退出したというのは、あたかも後朝の手紙のような書きぶりである。もちろん事実は御物忌に籠もるために急いで帰ったのである。しかし、わざとそのように言って、清少納言の反応を見ようというわけである。それに対して、清少納言は、鶏が鳴いたので夜が明けたものと騙されたと言うなら、それは孟嘗君の鶏の鳴きまねのことか、と言う。これは、中国の故事を持ち出して、それをはぐらかそうとするものである。意外なことと巧みに関連させてみせ、これも相手の反応を窺うのである。また、それに対する行成の、函谷関のことではなくて、逢坂の関のことだというのは、孟嘗君の故事を受けて、それに即しつつ、もう一度、色恋のことに戻そうとしたものである。そこで、清少納言は、それまでのやりとりを取り込みながら、「よに逢坂の関は許さじ」と、相手の行成と男女の仲になることを否定してみせたのである。

清少納言と行成は恋愛関係にあったわけではない。心を通わせ、お互いを深く理解し合っていた者同士が、色恋のように取りながら、また、中国の故事を取り入れながら、知的なやりとりを楽しんでいるのである。『後拾遺集』の部立ては「雑」部であり、『定家八代抄』も同様である。『後拾遺集』の撰者通俊も定家も「恋」の歌とは見ていなかったということである。

定家は『定家八代抄』でこの歌に長い詞書を付している。『後拾遺集』の詞書と比較すると、『枕草子』の記述も参照しながら、要領よくまとめ、ほとんど省略するところがない。やはり、行成とのやりとりを記さなければ、この歌は十分に理解できないと考えていたということであろう。

ちなみに、孟嘗君の故事は、『史記』(孟嘗君伝)に載る。中国の戦国時代、斉の孟嘗君は秦王に殺されそうになり、逃げて、深夜、函谷関に至った。しかし、その関所は鶏が鳴かないうちは開かなかった。そこで、鶏の鳴きまねの上手な男に鳴きまねをさせて、無事通ることができたという話である。参考項を参照のこと。

本文の問題として、出典の『後拾遺集』は第二句を「とりのそらねに」とする。『後拾遺集』の伝本中、正保四年刊本や八代集抄本などは「そらねは」とするが、現在善本と考えられている伝本は「そらねに」とする。俊成自筆本『古来風体抄』も「そらねに」とし、定家の『定家八代抄』の一部の伝本や『百人秀歌』も「そらねに」としている。『五代簡要』も「そらねに」である。定家がこの歌を本歌取りした「関の戸を鳥の空ねにはかれども在明の月は猶ぞさしける」(『拾遺愚草』六六八)も「空ねに」とある。このことから、俊成や定家の依拠した『後拾遺集』は「そらねに」となっていたものと考えられ、現在でも善本とされる『後拾遺集』の本文はそのようになっているということである。しかし、このことから『後拾遺集』の本文として「そらねに」が本来のかたちであるとすることは必ずしもできない。また、『枕草子』でも、原態により近いと目される三巻本の第一類は「そらねに」とする。しかし、このことから、清少納言が詠んだのは「そらねに」だったとも断言できない。三巻本第二類や能因本は「そらねは」となっている。様々な影響関係が考えられ、清少納言が実際どのように詠んだのかはわからない。

『百人一首』の諸伝本は「そらねは」である。定家による改訂の可能性も考えられる。ただし、定家の改訂が加えられているとすれば、恣意によるものか、依拠すべき伝本を替えたのかなど、その事情は不明である。ちなみに、萩谷朴氏『清少納言全歌集　解釈と評論』（笠間書院）は、本来「そらねに」とあったのを定家が「□鳥のそらねに」と、ネ・ニ、N音二つが連続する口調の渋滞を嫌って、ニをハと改めたのであろう」とし、定家の恣意的な改訂と断じている。

語法上は、「そらねに」ならば、「そらね」によってであり、「に」は「にて」と同じく手段・方法を表す。ただし、『後拾遺和歌集新釈』（笠間書院）に指摘するように、手段・方法を表す「に」というのはきわめて珍しく、問題が残る。「〜にはからる」という表現は多く見られるが、その場合は受け身表現の相手を示しているので、これとは異なる。「そらねは」ならば、「は」は強意で、それによって、「そらねははかるとも」と「よに逢坂の関は許さじ」とが対比される構文となっていると見ることができる。この場合は語法上の問題はない。

清少納言の代表的秀歌は、吉海直人氏『百人一首で読み解く平安時代』（角川選書）に指摘があるように、『後十五番歌合』に選ばれている「よしさらばつらさはわれにならひけりたのめてこぬはたれかをしへし」であろう。この歌は、三奏本『金葉集』や『詞花集』に入集し、『麗花集』や能因撰『玄玄集』、範兼撰『後六々撰』にも選ばれている。定家もこの歌を『定家八代抄』以外に、『八代集秀逸』に『詞花集』中の秀歌として選んでおり、格別に高く評価している。

これに対して、この「夜をこめて」の歌は、『後六々撰』に選ばれ、俊成も『古来風体抄』に選んで高く評価している。定家は『定家八代抄』に右の「よしさらば」の歌とともにこの歌を選んでいる。しかし、『定家八代抄』以外の秀歌撰や秀歌例には選んでいないところから、「よしさらば」の歌のほうを高く評価していたものと思われる。ところが、定家は「夜をこめて」の歌を『百人一首』に選んだ。それは、おそらく、『枕草子』にあり、この作者らしさがよく表れているからということであろう。また、『百人秀歌』で対となる歌が公任の歌であったことも関係しているものと思われる。五五番歌の余釈項を参照のこと。

今はただおもひたえなんとばかりを人づてならでいふよしもがな

左京大夫道雅

【異同】

〔定家八代抄〕東急はこの歌なし。安永・袖玉・知顕は底本に同じ。

〔百人秀歌〕底本に同じ。

〔百人一首〕今はたゝ―いまははや（上條）―為家・栄雅・兼載・守理・龍谷・応永・古活・長亨・頼常・頼孝・経厚は底本に同じ。たえなん―たへなん（守理）―きえなむ（龍谷）―為家・栄雅・兼載・応永・古活・長亨・頼常・頼孝・経厚・上條は底本に同じ。とはかりを―とはかりも（龍谷）―為家・栄雅・兼載・守理・応永・古活・長享・頼常・頼孝・経厚・上條は底本に同じ。

【語釈】○今はただ―今となってはもう、ただ。「今は」は「よしもがな」にかかり、「ただ」は「ばかり」にかかる。「いまはただそよそのこととおもひいでてわするばかりのうきこともがな」（『後拾遺集』五七三・哀傷・和泉式部）。○おもひたえなん―「思ひ絶え」は「思ひ絶ゆ」の連用形で、それまで思い続けていたのが、思わなくなる意。また思い続けていたのを、意志とは関係なく、思わなくしてしまう、すなわち諦める意。「な」は強意の助動詞「ぬ」の未然形。「ん（む）」は意志の助動詞。「ちかければ何かはしるし相坂の関の外ぞと思ひたえなん」（『後撰集』八〇二・恋四・よみ人しらず）、「わするる身はわれからのあやまちになしてだにこそ思ひたえなめ」（『元良親王集』一三六）、「つねに返事もせぬはおもひたえなんと思ふに、とどまらぬなみだとやうにいひたるかへし」（『赤染衛門集』三三八詞書）、「つらさには思ひ絶えなんとおもへどもかなはぬ物はなみだなりけり」（『堀河院艶書合』一一・宰相）、「おほかたは思ひたえなんいせのあまのつりのうけ引くことしなければ」（『散木奇歌集』一〇六四）、「中中におもひたえなむとおもふこそ恋しきよりもくるしかりけれ」（『清輔集』二三六）。○人づてならで―「人づて」は、人を介してする意。「で」は打消しの接続助詞。人を介さず直接にの意。○よしもがな―「よし」は手段・方法。「もがな」は願望の終助詞。二五番歌の語釈項を参照のこと。

【通釈】今となってはもう、ただ、「あなたのことは、きっぱりと諦めてしまおう」ということだけでも、人づてではなく言いたいことよ。

【出典】『後拾遺集』七五〇・恋三・「（伊勢の斎宮わたりよりのぼりてはべりけるひとにしのびてかよひけることを、おほやけもきこしめしてまもりめなどつけさせたまひてしのびにもかよはずなりにければよみはべりける　左京大夫道雅）」。

【参考】『定家八代抄』一一一一・恋三・「（題不知　左京大夫道雅）」。『八代集秀逸』三六。『百人秀歌』六八。『五代簡要』「いまはただおもひたえなむとばかりを人づてならでいふよしもがな」。『後六々撰』九二。『袋草紙』一六八・初句「今はさは」。『十訓抄』八二。『千五百番歌合』二五七九番判詞。

《参考歌》

『後撰集』九六一・恋五・敦忠

如何してかく思ふてふ事をだに人づてならで君にかたらん

『拾遺愚草』一〇八六

わすれねよこれはかぎりぞとばかりの人づてならぬ思出でもうし

【余釈】「思ひ絶えなん」という言葉の潔さとは裏腹に、「人づてならで」には、もう一度でよいから逢いたいという未練が感じられて、哀切である。

『三奥抄』『改観抄』に指摘があるように、「如何してかく思ふてふ事をだに人づてならで君にかたらん」（『後撰集』九六一・恋五・敦忠）を念頭に置いて詠んだものと思われる。道雅の歌は、「思ひ絶えなん」という、相手に伝えるべき言葉をそのまま歌に詠み入れているところが注目される。

『後拾遺集』に拠れば、三条院の皇女当子内親王が伊勢斎宮を退下し、京に上った。そして、この当子内親王に道雅が密かに通っていた。ところが、これを父の院に知られ、見張りの者を置かれて、通うことができなくなってしまった。その時に詠んだ歌だという。この事件については、『栄花物語』（巻一二「たまのむらぎく」巻、巻一三「ゆふしで」巻）や『大鏡』（第二「左大臣師尹」）などに記事が見える。また、『御堂関白記』などに拠れば、この事件は寛仁元年（１０１７）のことである。当時、道雅は二六歳、当子内親王は一七歳であった。当子内親王は三条院の第一皇女であり、三条朝の斎宮であったが、天皇の譲位により、前年の長和五年（１０１６）九月に帰京していた。

　定家は『定家八代抄』に「題しらず」としてこの歌を撰入している。したがって、この事件自体にはそれほど興味を持っていなかったものと思われる。より正確には、この事件の具体的な事情は、この歌を味わう上に必要のないものと考えていたものと思われる。「人づてならで」とあることで、詠歌の具体的な事情がわからなくとも、おおよその状況、すなわち、逢うことを許されていないということが察せられるのである。なお、『定家八代抄』の配列では、このとき道雅が詠んだ歌四首を、『後拾遺集』からそのまままとめて撰入し、その中に、業平の「人しれぬ我がかよひぢの関守はよひよひ毎に打ちもねななん」を差し入れている。これにより、業平のこの歌と同じような状況で詠まれた歌であることが知られるようになっているとも見られる。

　定家は、この道雅の歌を本歌として、「わすれねよこれはかぎりぞとばかりの人づてならぬ思出でもうし」（『拾遺愚草』一〇八六）という歌を詠んでいる。歌意は「忘れてしまおう。『逢うのはこれが最後だ』とだけあの人から直接言われた時はつらくて（お互い袖を涙で濡らしたが）、それを今思い出してさえもつらいことよ」ということである。道雅の歌が、別れの言葉を相手に直接言うこともできない嘆きを詠んでいるのに対し、別れの言葉を直接言われた時のつらさと、その後もそれを引きずっているつらさを詠んでいる。「忘れねよ」はいまだに痛みを感じているわが心に向かって言った言葉である。定家は、「たづねぬはおもひし三輪の山ぞかしわすれねもとのつらき面かげ」（『拾遺愚草』一一六六）、「秋風よそそやをぎの葉こたふともわすれね心わが身やすめて」（『拾遺愚草』一七九九）、「たまきはる命はたれもなきものをわすれね心思ひ返して」（『拾遺愚草』二八二一）など、しばしばわが心に向かって「忘れね」と言っている。そして、本歌の「とばかり」を用いて、話言葉を使って「これは限りぞ」と詠んだところは、本歌の特徴をよく生かしたものと言える。さらに、「人づてならぬ」と本歌の詞を用いながら、本歌とは逆の事柄を詠んでいるところも巧みである。なお、この定家の歌の解釈に当たっては、「わすれねよなれのみここに角田河わがおもふ方の鳥のなもうし」（『建保名所百首』一一五一・行能）という、定家の歌に学んだと考えられる歌も参考になるので挙げておく。

この定家の歌は、『千五百番歌合』（二五七九・千二百九十番右）での詠で、この歌に対する顕昭の判詞は「右歌、道雅卿、しのびてもの申しける人にえあはざりければ、いまはただおもひたえなんとばかりを人づてならでいふよしもがな、とうらみけん袖のなみだを、わが身にかけてつくされんことのは、なにかは事もおろかに侍るべき、ただくちにまかすばかりにては、心にしみ身にとまるほどのなさけはよにちりがたくや、左歌はいとあさし、右かつと申し侍るべし」とあり、この定家の歌が勝ちになっている。ちなみに、左の歌は、顕昭の「なほざりのことのはをだにみましやはうきをうらみぬ心ならずは」で、「左、させるをかしきふしもきこえ侍らず、すぐれてめづらしき心もみえずや」としてみずからの歌を負けにしている。顕昭は、本歌取りといっても、ただ口先だけ、詞だけではなく、わが身に引き受けて詠んでいる定家の歌を高く評価したものと見られる。

道雅の歌について、『袋草紙』に「道雅三位は、いと歌仙とも不レ聞。斎宮秘通間歌多秀逸也」として歌を挙げ、「此外不レ聞者也。思ままの事をば陳、自然に秀歌にして有也。是志は有レ中、詞顕レ外之謂歟。此斎宮三条院第一皇女也。密通之由風聞して自レ上まもりを被レ付難レ通之間恋慕歌也。或人露顕之後宮出家。又身大瘡共多出薨去と云々」とあり、清輔の評価の仕方が窺われる。

俊成は、『古来風体抄』に「なみだやはまたもあふべきつまならんなくよりほかのなぐさめぞなき」（『後拾遺集』七四二・恋三）を選んで高く評価していた。これは、範兼の『後六々撰』にも選ばれた歌である。しかし、定家は、この歌を『定家八代抄』にも選んでいない。そして、同じく『後六々撰』に選ばれている「今はただ」の歌を『定家八代抄』のほか、『八代集秀逸』にも選んで、格別に高く評価していた。

なお、右の定家の歌のほかにも、この道雅の歌を本歌として、「いまはただおもひたえなむすが原や伏見の里は名だに忘れね」（『建保名所百首』七二二・行意）、「おなじくはおもひたえなむことの葉を人づてならでいふにかへばや」（『四十番歌合　建保五年十月』七五・助連）などの歌も詠まれたことを付け加えておく。

64

権中納言定頼

あさぼらけうぢの川霧たえだえにあらはれわたるせぜのあじろ木

【異同】

〔定家八代抄〕東急はこの歌なし。安永・袖玉・知顕は底本に同じ。

〔百人秀歌〕底本に同じ。

〔百人一首〕たえ―たへ（守理）―絶（龍谷）―為家・栄雅・兼載・応永・古活・長享・頼常・頼孝・経厚・上條は底本に同じ。あらはれ―あらわれ（長享）―為家・栄雅・兼載・守理・龍谷・応永・古活・頼常・頼孝・経厚・上條は底本に同じ。あしろ木―うもれ木（長享）―為家・栄雅・兼載・守理・龍谷・応永・古活・頼常・頼孝・経厚・上條は底本に同じ。

【語釈】○あさぼらけ―三一番歌の余釈項を参照のこと。○うぢの川霧―「宇治川」は、山城国の歌枕。琵琶湖を源とする瀬田川の宇治市から下流をいい、京都盆地を流れて木津川と合流する。「網代」「霧」などが多く詠まれる。『能因歌枕』『五代集歌枕』『初学抄』に山城とする。『八雲御抄』は、表記に従えば摂津となるが、山城の誤記であろう。『初学抄』に「うぢがは、あじろあり、はしあり、はしひめとよむ」とし、『八雲御抄』は「万。まきのしま。やまぶきのせ。橘のこじまなどあり。やそうぢ川。あじろ。鵜川。慈円歌」とある。『最勝四天王院和歌』や『建保名所百首』にも山城国の歌枕として選ばれている。「宇治川」に「霧」を詠んだ歌としては、この定頼の歌は早い例。ただし、散文では、『蜻蛉日記』（上巻・安和元年九月）に「宇治の川に寄るほど、霧は、来しかた見えず立ちわたりて、いとおぼつかなし。（略）霧の下より例の網代も見えたり。いふかたなくをかし」などとある。また、

『源氏物語』宇治十帖（「橋姫」巻など）にも、秋になると霧が深く立ちこめる山里として宇治が描かれている。○たえだえに―「霧」が晴れてきて「絶え絶え」になることと、「絶え絶えに」「網代木」が「あらはれわたる」ことを重ねている。「きりこめてたえだえわくる月かげによはのむら風ふきかへさなむ」（『大斎院御集』一一六）、「なにはがたもしほのけぶりたえだえにみゆるやあまのふせやなるらん」（『江帥集』一六三）。○あらはれわたる―遠くまでずっと現れてくる意。「きりはるるかどたのうへのいなかたのあらはれわたるあきのゆふぐれ」（『経信集』一〇四）、「ほのぼのとよさのふけゐの朝霧にあらはれわたる海橋立」（『建保名所百首』一〇一〇・行意）。○せぜ―瀬々。「瀬」は、水が浅く流れの速い所。「みなかみにもみぢちるらしうぢがはのせぜさへふかくなりまさるなり」（『元真集』一七三）、「うぢ川のせぜにありてふあじろぎにおほくのひをもわびさするかな」（『古今六帖』一五二四・よみ人しらず）。○あじろ木―「あじろ（網代）」は、氷魚《ひお》（鮎の稚魚）を捕るために、竹や木を編んで作った仕掛け。「網代木」は、それを支える杭のこと。網代は宇治川の晩秋から冬の代表的な景物であった。「山城国近江国氷魚網代各一処。其氷魚始二九月一迄二十二月卅日一貢之」（『延喜式』三十九、内膳司）とする。人麿の歌にも詠まれた宇治の網代を興趣のあるものと都人が見ていたことは、『蜻蛉日記』上巻や『源氏物語』「橋姫」巻「総角」巻などによって知られる。

【通釈】夜が明けたばかりの早朝、宇治川の霧が晴れ始めて途切れ途切れとなり、途切れ途切れに現れわたる瀬々の網代木であるよ。

【出典】『千載集』四二〇・冬・「宇治にまかりて侍りける時よめる　中納言定頼」。

【参考】『定家八代抄』三九〇・秋下「（題不知）権中納言定頼」。『百人秀歌』六七。『続詞花集』二九〇・冬・宇治にてよみ侍りける。『定頼集』（前田家蔵明王院旧蔵本）四五四・うぢにおはして。

《参考歌》

『万葉集』二六六〔二六四〕・人麻呂

物乃部能　八十氏河乃　阿白木尓　不知代経浪乃　去辺白不母

〔廣瀬本の訓〕
もののふの　やそうぢがはの　あじろぎに　いさよふなみの　よるべしらずも
※『新古今集』（一六五〇・雑中・人麿）にも入集しており、「もののふのやそ宇治川の網代木にいざよふ浪のゆくへしらずも」とある。
『後拾遺集』三二四・秋上・経信母
あけぬるかかはせのきりのたえまよりをちかた人のそでのみゆるは
『拾遺愚草』五九〇
よをこめてあさたつ霧のひまひまにたえだえみゆるせたの長橋
『拾遺愚草』一九四〇
あじろ木や浪まの霧に袖みえてやそうぢ人はいまかとふらん
『拾遺愚草』一九五二
霧はるるはまなの橋のたえだえにあらはれわたる松のしき浪
【余釈】　夜の間、宇治川の川面に立ちこめていた霧が、夜が明けて晴れてくると、瀬々の網代木が現れてくるという情趣を詠んだ歌である。
一首の中に詠歌主体の影がほとんど見えない。「見れば」などの語も用いず、対象の景物についてそれがどうだということを表す語もない。あたかも眼前の風景をありのままに写し取ったかのようである。その景物に対する詠歌主体の思いは、ほぼ完全に裏に隠れてしまっており、それが余情となっているのである。しかしながら、詞の続き具合を見ると、「絶え絶えに」の部分が、上からは「川霧絶え絶えに」、下へは「絶え絶えに現れわたる」と続いており、霊妙な詞続きとなっている。単純に眼前の風景をそのまま詠んだだけという歌ではないことがわかる。そうした点で、「ほのぼのと有明の月の月影に紅葉吹きおろす山おろしの風」（『新古今集』五九一・冬・信明）などの歌と同質のものと言えよう。

また、歌に描かれたこの風景は、文学的な共有観念によって再構成されたものである。まず、人麿の「もののふのやそ宇治川の」の歌（参考項を参照）を念頭に置いて詠んでいる。そして、宇治は霧深い所という、当時の共有観念があって（語釈項を参照）詠まれたものでもある。ただ、「宇治川」に「霧」を詠んだ歌はこれ以前には見出せないようなので、初めてそれを詠んだ歌として特筆すべきものと言えるのかもしれない。「あじろへとさしてきつれどかはぎりのたつとまぎれにみちもゆかれず」（『家持集』二四三）という歌はあるが、これが宇治川かどうかは明らかではない。「網代」は「吉野川」（『貫之集』五一八）や「田上川」（『公忠集』一四）などにも詠まれるからである。

さて、諸注、『千載集』の部立てから、この歌を「冬」の歌と解している。しかし、『定家八代抄』では「秋」に部類しており、定家は「秋」の歌として味わっていたようである。「網代」は主として冬の景物ではあるが、晩秋九月から見られた。『蜻蛉日記』や『源氏物語』にも九月の網代を描いている。勅撰集の部立てでも、『拾遺集』や『詞花集』では「網代」を詠んだ歌を「冬」のほかに「雑秋」「秋」にも配している。「霧」を主と考えれば、「秋」の歌と解したほうがよいと考えたのであろう。『定家八代抄』でも「霧」の歌としてこの歌を扱っていることが、その配列から知られる。また、『千載集』の詞書には「宇治にまかりて侍りける時よめる」とあるので、実景を見て詠んだ歌ということになる。しかし、『定家八代抄』では「題しらず」としているので、定家は実際に景色を見て詠んだかどうかということは、ほとんど問題にしていなかったということであろう。

定家は、この定頼の歌を本歌として、「霧はるるはまなの橋のたえだえにあらはれわたる松のしき浪」（『拾遺愚草』一九五二）と詠んでいる。「絶え絶えに現れわたる」の詞を取り用いているのであるが、定家は「浜名の橋」に詠むことで、「絶え」と「渡る」をその縁語として生かしている。定頼の歌も「宇治橋」を詠めば、そのようになったであろうが、実際に詞に詠まれていないので縁語とは言えない。また、「宇治川」はその渡し場が「宇治の渡り」と『万葉集』二四三二〔二四二八〕番などにも詠まれ、『蜻蛉日記』や『更級日記』にも「宇治の渡り」を船で渡るさまが描かれている。したがって、「渡る」を縁語とすることもできそうであるが、やはり難しいところであろうか。

『後拾遺集』に定頼の歌は一四首入集している。範兼の『後六々撰』には、この中から「さくら花さかりになればふるさとのむぐらのかどもさされざりけり」（『後拾遺集』一一四・春上）、「みづもなくみえこそわたれおほゐがはきしのもみぢはあめとふれども」（『後拾遺集』三六五・秋下）、「かりそめのわかれとおもへどしらかはのせきとどめぬはなみだなりけり」（『後拾遺集』四七七・別）の三首が選ばれている。基俊は「かりそめの」の歌を『新撰朗詠集』に選んでいる。

清輔は『続詞花集』に新たに七首を選んでいる。『千載集』の入集歌三首はこの中から選ばれた歌である。この「あさぼらけ」の歌もここに含まれている。俊成は、『千載集』にこのように入集させているので、定頼に対する評価が低いとまでは言えないが、『古来風体抄』には一首も選んでいない。

さて、『定家八代抄』には定頼の歌は三首撰入されている。「あさぼらけ」の歌のほかは、「こぬ人によそへてみつる梅の花ちりなん後のなぐさめぞなき」（『新古今集』四八・春上）と「奥つかぜ夜半に吹くらしなにはがた暁かけてなみぞよすなる」（『新古今集』一五九七・雑中）である。どちらも『新古今集』入集歌四首の中から選んだ歌である。『新古今集』の撰者名注記に拠れば、どちらの歌も定家は推していたようであり、その頃から高く評価していたことが知られる。それでは、なぜ定家は、これら「こぬ人に」の歌や「奥つかぜ」の歌ではなく、「あさぼらけ」の歌を選んだのであろうか。その理由は、おそらく『百人秀歌』の配列と関係があるのであろう。『百人秀歌』で二首前の伊勢大輔の歌が晩春の華やかな八重桜を詠んだ歌であるのに応じて、晩秋のしみじみとした情趣を感じさせる霧を詠んだ歌を選んだのではないかと想像される。

なお、この定頼の歌を本歌としたものとしては、右の定家の歌のほかに、「時雨れつるみねの村雲たえだえにあらはれわたる冬のよの月」（『内裏百番歌合承久元年』一六九・信実）などがある。

65
相模

うらみわびほさぬ袖だにある物を恋にくちなん名こそおし〔を〕けれ

【異同】
〔定家八代抄〕東急はこの歌なし。安永・袖玉・知顕は底本に同じ。
〔百人秀歌〕うらみわひ―うらみわひぬ。
〔百人一首〕おしけれ―をしけれ（守理・古活）―惜しけれ（応永）―為家・栄雅・兼載・龍谷・長享・頼常・頼孝・経厚・上條は底本に同じ。

【語釈】○うらみわび―恨めしい気持に耐えかねること。恨み続けて、気力もなくなってしまうこと。「うらみわび胸あきがたき冬の夜にまた鎖しまさる関の岩門」（『源氏物語』夕霧巻）、「うらみわびたえぬなみだにそほちつついろかはりゆくそでをみせばや」（『肥後集』一六二）。○ほさぬ袖だにある物を―「ほさぬ袖」は、涙に濡れたまま乾かすことのない袖。涙に袖が乾くひまもないのをいう。乾くひまもない袖でさえも朽ちることなくあるのに、の意。余釈項を参照のこと。「朝ごとにほしぞわづらふ我が袖はよなよなことにそほちまされば」（『本院侍従集』二一）。「物を」は逆接の接続助詞。○恋にくちなん名―「恋に朽つ」は、恋のために人知れず死ぬ意。「な」は強意の助動詞「ぬ」の未然形。「ん」は仮定・婉曲の助動詞「ん（む）」の連体形。「名」は、評判・噂の意。余釈項を参照のこと。○おしけれ―「おし（惜）」の已然形で、上の係助詞「こそ」の結び。仮名遣いについては、三八番歌の語釈項を参照のこと。

【通釈】恨んで恨み疲れて、乾くひまもない袖でさえも朽ちることなくあるのに、恋のために朽ちる、人知れず死ぬに違いないわが身の評判が残念でならないことよ。

【出典】『後拾遺集』八一五・恋四・「永承六年内裏歌合に（相模）」。

【参考】『定家八代抄』一三三四・恋五・「(題不知) さがみ」。『八代集秀逸』三八。『百人秀歌』七五・初句「うらみわびぬ」。『五代簡要』「うらみわびほさぬそでだにあるものをこひにくちなむなこそおしけれ」。『新撰朗詠集』七三八・雑・恋。『後六々撰』二〇。『古来風体抄』四七一。『時代不同歌合』一六二。『内裏根合永承六年』九・恋・左。『栄花物語』五二九・根あはせ。『中宮亮顕輔家歌合』五六・判詞。

《参考歌》

『拾遺愚草』七〇

千つかまでたつるにしきぎいたづらにあはでくちなん名こそをしけれ

【余釈】あの人のことを恨んで恨み疲れて、涙に乾くひまもない袖でさえも朽ちることなくあるのに、恋のために朽ちる、つまり人知れず死ぬに違いないわが身の評判が残念でならないことだ、という意の歌である。

涙に朽ちることのない袖と、恋のために朽ちて死んでしまいそうなわが身を対比しながら、忘れられて死んだ女という、死後の評判を嘆いた歌である。相手に思いが届くことなく人知れず死ぬことを「袖」の縁で「朽つ」と表現した。

この歌の解釈は、通説では、「恨んで恨み疲れ、(涙に濡れて) 乾かない袖さえ朽ちているのに、そのうえ、恋のために朽ちてしまう (傷ついてしまう) 私の名が残念でならないことだ」とされている。ただし、「袖だにあるものを」の部分についての解釈には異説がある。通説では「袖だに朽ちてあるものを」の意で解釈しているが、「袖だに朽ちずあるものを」、あるいは「袖の朽つるだに惜しくあるものを」などの意で解釈する説もある。

解釈上の問題点は二つある。一つは、右に記したように、「袖だにあるものを」が「袖だに朽ちてあるものを」の意であるのか、それとも「袖だに朽ちずあるものを」の意であるのか、あるいは「袖の朽つるだに惜しくあるものを」の意なのかという点である。もう一つは、これは従来ほとんど問題にされてこなかったが、「恋に朽ちなん名」が、通説のように、「恋のために朽ちてしまう (傷ついてしまう) 私の名」の意でよいのかという点である。

この二つの問題点について、定家はどのように考えていたのであろうか。

まず、第一の点についてであるが、この歌は『定家八代抄』に次のように配列されている。

（題しらず）　和泉式部

さまざまに思ふ心はあるものをおしひたすらにぬるる袖かな（一三三三）

さがみ

恨みわびほさぬ袖だにあるものを恋に朽ちなん名こそをしけれ（一三三四）

和泉式部

ねをなけば袖は朽ちてもうせぬめり猶うき事ぞつきせざりける（一三三五）

『定家八代抄』では「恋歌五」に入っており、その配列から、相手の男性の訪れが途絶えて久しくなり、思い苦しむ女性の心情を詠んだ歌と定家は理解していたものと考えられる。そして、この三首には「袖」の語が共通している。前後の和泉式部の歌は、恋に懊悩する心を「袖」と関係させて詠んだ歌であることが知られる。それらに挟まれた相模の歌も同様に理解してよいと思われる。

次に、歌の構成法に目をとめると、一三三三番の和泉式部の歌は「さまざまに思ふ心」と「おしひたすらに濡るる袖」を対比対照させて詠んでいる。そして、一三三五番の歌は「袖は朽ちても失せぬめり」と「憂きことぞ尽きせざりける」を対照させて詠んでいる。このことから類推すると、相模の歌もまた対比対照させる構成法による歌と理解されていたのではないかと考えられる。通説のように、「ほさぬ袖だにある」と「恋に朽ちなむ名」とを、「さらにそのうえ」というふうに累加関係で結ぶ構成になっているのではなく、「ほさぬ袖だにある」と「恋に朽ちなむ」を対比対照させているのではないかということである。すなわちそれは、「ほさぬ袖だに（朽ちず）ある」と「恋に朽ちなむ」の対照であろう。そうであるとすれば、定家は「ほさぬ袖だにある」を「ほさぬ袖だに朽ちずある」と解釈していたのではないかと考えられる。

また、一三三三番の和泉式部の歌と一三三四番の相模の歌はどちらも『後拾遺集』から選ばれた歌である。出典の『後拾遺集』

では相模の歌のほうが前に置かれている。それではなぜ順序を入れ替え、相模の歌を和泉式部の歌の間に割り込ませたのであろうか。それは歌の内容と関係があるものと考えられる。おそらく一三三五番の歌の「袖は朽ちても失せぬめり」と関連づけたものであろう。それではなぜ一三三五番の歌の後ろではなく、その前なのであろうか。その理由は、相模の歌は袖がまだ朽ちていないと理解していたからであろう。すでに朽ちてしまっているというならば、次の歌でことあらためて「袖は朽ちても失せぬめり」というのはふさわしくないように思われる。このように、歌の順序からも、定家が「ほさぬ袖だにある」を「ほさぬ袖だに朽ちずある」と解釈していたのではないかということが窺われるのである。

なお、「だに」は軽きを挙げて重きを類推させる意の助詞である、と一般的に言われている。はたして、「〜だにあるものを」という表現に、語法的に見て、「〜でさえ〜であるのに、〜は〜だ」と対比させる解釈が成り立つのかどうか、それを次に確認しておく。

次に見る例は、「だにあるものを」の下に、「まして〜だ」あるいは「そのうえさらに〜だ」という意味で続いていないと見られるものである。「なきなたつ人だによにはあるものをきみこふるみとしられぬぞうき」（『後拾遺集』六一三・恋一・実源）、「この葉だに色づくほどはあるものを秋かぜふけばちる涙かな」（『千載集』二三一・秋上・よみ人しらず〔氏良〕）などの例である。『後拾遺集』六一三番の歌は、「世の中には無実の噂が立つ人さえいるのに、私は本当にあなたを恋い慕っていても、それを知られないというのは情けないことだ」と解釈できる。つまり、「本当には恋をしていないのに恋の噂を立てられる人」と「本当に恋をしているのに人に知られないわが身」を対比しているのである。『千載集』二三一番の歌は、「木の葉でさえ色づく期間はあるのに、涙は秋風が吹くととたんに散る（落ちる）ことだ」と解釈できる。「秋風が吹いてもすぐには散らず、色づいている期間のある木の葉」と「秋風が吹くとすぐに落ちる涙」を対比対照しているのである。これらの例は、「だにあるものを」の上と下を対比対照しているにとどまり（ただし、主張の重点は下にある）、下に「まして〜だ」とか「そのうえさらに〜だ」という意味で続いてはいないものと解すことができそうである。したがって、このような例から見て、先の解釈は語法的にも問題はないと言える。

さて、次に、第二の問題点、「恋に朽ちなん名」の解釈について考えてみる。

定家は、この相模の歌を本歌として、「千つかまでたつるにしきぎいたづらにあはでくちなん名こそをしけれ」（『拾遺愚草』七〇）という歌を詠んでいる。この定家の歌は、治承五年（1181）初学百首で詠んだ、当時二〇歳の折の歌である。相模の歌の「朽ちなむ名こそ惜しけれ」の詞を取って詠んだものと考えられる。「錦木」は、昔、陸奥国で、男が女に逢おうとする時、その女の家の門のあたりに立てた一尺ほどの木のこと。女に応ずる気持ちがあれば女はそれを取り入れて意思を示し、応ずる気がなければ取り入れず、男は千束を限度に立てつづけたとされる。『能因歌枕』『俊頼髄脳』『奥義抄』『袖中抄』『色葉和難集』『八雲御抄』などの歌学書にも取り上げられている。この定家の歌は、「千束まで立てた錦木が、むなしく逢うこともなく朽ちてしまいそうだが、その名（評判）が残念だ」と解せる。「錦木」はただ「錦木」のことを言っているのではない。すなわち、わが身を「錦木」に喩え、相手の女性と逢えずにむなしく果てることを、「いたづらに逢はで朽ちなむ」と表現しているのである。この場合、「朽つ」のは「名」ではなく、「錦木」に喩えられたわが身である。「わが身がむなしく朽ちてしまうに違いないその名（評判）が残念だ」と言っているのである。

この本歌摂取の仕方から推測すると、定家は、相模の歌を、「恋のためにわが身が朽ちてしまうに違いないその名（評判）が残念だ」と理解していたものと考えられる。わが身が朽ちるとは、人知れず果てる―死ぬことである。そのように解すと、名（評判）の内容もはっきりとする。愛を取り戻せずに深い苦しみに沈む心情と、その一方で死後の世間の取り沙汰に思いを致すという、平安貴族の発想をよく映し出したものと見ることもできよう。

この「～なむ名こそ惜しけれ」と語法的に同じ続け方をしていると考えられるものとしては、次のような例が挙げられる。語法的な面からも右の解釈が無理なものではないことの証左となろう。「こひをのみすがたの池にみ草ゐてすまでやみなん名こそをしけれ」（『千載集』八五八・恋四・安芸）、「恋ふれども粟津の原に咲く萩の花と散りなん名こそをしけれ」（『南宮歌合』一八・親房）、「あしのねのうきみながらの橋柱かくて朽ちなむ名こそ惜しけれ」（『建保名所百首』一〇八四・家衡）、「なにはえに春の色なきみをつくしさてもくちなむなこそをしけれ」（『範宗集』四九〇）、「このよにはのこりすくなきいのちよりあはでやみなむ名こそをしけれ」（『楢葉和歌集』四九二・見西）などである。これらの例でも、「名」が「やむ」「散る」「朽つ」のではなく、わが身が、である。

さて、相模の歌についての右のような理解の仕方は、じつは定家以前にも認められる。それは、康和二年（１１００）四月二八日に行われた源宰相中将家和歌合の判詞である。この歌合は、相模が「恨みわび」の歌を詠んだのが永承六年（１０５１）五月五日内裏根合の折であるから、それから四十九年後に行われた歌合ということになる。次に、その時詠まれた歌と判詞（衆議判）を引用する。

十九番　左勝　　隆源

年をへて恋に朽ちぬるわが身こそ深山がくれのふし木なりけれ（三七）

右　　仲実朝臣

つねなきをまけじとしのぶ心かなわがくろかみにしものおくまで（三八）

左のうたに、わが身をふしきになして、恋にくちぬとはべる、さだめて証歌はべらん、うちまかせば、むねをこがしこころをやくとこそ申せ、これは、こひに身をくたされたれば、おぼつかなく、と申せば、こひに身をくたすと申すことは、けふはじめて申す事にはあらず、ちかき歌合に、恋にくちなん名こそをしけれ、とよめば、とがにはあらず、わが身の恋にくたされて、深山がくれのふし木になんなると申すにはあらず、恋にくちぬる身と此み山がくれのふし木となん、いたづらによを過ぐすと、ふたつのものをいだしてたとふるなり、とのべらるるも、一端はおもしろくきこゆれど、猶うたがひのこらぬにあらず、かのさがみが歌は、同じことなれども、此証歌にはあらずともや、かれは、ほさぬそでだにたえてくちざりけるに、わが身のこの事にたえずしてくちうせなんことをなげくなり、これは、恋にくちぬるわが身こそといふふたもじにひかへられて、なほ、こひのくたすふしきとこそきこえたれ、けふにきるべきにあらず

右の歌の、くろかみにしもおくなどいふことのめづらしからねば、あからさまに左の勝、とつげられぬ（波線は稿者による）

判詞にある「ちかき歌合」は永承六年五月五日内裏根合をさす。右の隆源の歌や判詞から、当時のこの相模の歌についての理解の仕方が窺われる。まず第一に、「袖だにあるものを」の部分については、「ほさぬそでだにたえてくちざりけるに」（稿者、「たえて」は「耐へて」か）と解していたことが知られる。そして第二に、「恋に朽ちなむ」については、「わが身のこの事にたえずしてくちうせなんことをなげくなり」（稿者、「たえず」は「耐へず」か）と言っており、「朽つ」のは「名」ではなく、わが身のことと解しているのである。

この相模の歌は、さらにその後、長承三年（１１３４）九月一三日に行われた中宮亮顕輔家歌合で詠まれた歌にも影響を及ぼした。その歌合の歌と判詞（藤原基俊）を次に引く。

四番　左　大蔵卿

身につつみいひだに出でぬ池水の流れもやらぬ恋をするかな（五五）

右　維順

おく山の谷の埋木人しれず恋に朽ちぬる名こそ惜しけれ（五六）

左歌、詞渉妖艶、富風流、就中論其気味、尤足詠之、右歌、初句雖学英花之体、卒章已旧歌也、其歌云、うらみわびほさぬ袖だにあるものを恋にくちなん名こそをしけれ、以左為勝

この惟順の歌もわが身を「奥山の谷の埋もれ木」に喩えたもので、この歌の場合、下句が相模の歌とあまりに似ているので負けになってしまったが、「恋に朽ち」たのがわが身と解されるので参考になる。

また、久安六年（１１５０）成立の久安百首にも、待賢門院安芸が「谷がくれ山下水のうち忍び恋に朽ちなんみなれ木ぞうき」（『久安百首』一二六二）という歌を詠んでいる。この歌では、わが身を「水馴れ木」に喩え、「恋に朽ちなむ」と詠んでいる。あるいは、「みなれ木」の「み」に「身」を掛け、「恋に朽ちなむ身」と言い掛けたとも解せる。

さらに、定家は、「身をつくし忍ぶ涙のみごもりにこの世をかくてくちやはてなん」（『拾遺愚草』二五二）という歌を詠んでいる。

この歌は、文治三年（１１８７）皇后宮大輔百首において「忍恋」題で詠まれた歌である。この歌では、わが身を「澪標」に喩えて詠んでいる。そして、「この世をかくて朽ちや果てなむ」と、わが身がむなしくだめになることを詠んでいるのである。また、定家のほかにも、兼宗が「われのみやながらの橋のはしばしらこひにくちなん名をばのこして」（『六百番歌合』一〇一五）と詠んでおり、わが身を「長柄の橋の橋柱」に比している。この「恋に朽ちなん」も恋のために死ぬわが身のことを言ったものである。また、慈円が「おく山の谷のむもれ木苔むしてしる人もなき恋にくちぬる」（『拾玉集』五六一）という歌を詠んでいる。この歌もわが身を「奥山の谷の埋もれ木」に喩えること、先に引いた中宮亮顕輔家歌合の惟順の歌と同様である。

以上のことから、定家の解釈は定家独自のものではなく、古くからなされてきたものであり、定家と同時代の歌人たちもそのように解していたことが知られるのである。

古注では、『上條本』が「これは、人をふかくうらみて常住になみだほさぬ袖といひながら、さすがにくちはてせずあるに、わがいのちは恋死となも朽はてなんことよと、命と袖をくらべたる心也」としており、まさにこの解釈をとっている。この解釈は近世以降ほとんど顧みられなかったものであるが、定家の理解に即して考えるかぎり、見なおされなければならない。上條彰次氏「『色紙和歌』余説―相模歌のことなど―」（『和歌史研究会会報』78　昭56・12、『中世和歌文学論叢』和泉書院　平５・８）は、この解釈の特異性を指摘している。

なお、この相模の歌の解釈について、拙論「『百人一首』相模歌の解釈―『定家八代抄』の配列を手がかりとして―」（『解釈』第五六巻九・十号、平成22年10月）があることを付記しておく。

相模の歌は、『後拾遺集』に三九首もの歌が入集しており、その後の勅撰集でも『金葉集』に三首、『詞花集』に四首、『千載集』に五首、『新古今集』には一一首入集していることで、その評価の高さのほどが知られる。そして、私撰集においても『新撰朗詠集』に五首、『後葉集』に三首、『続詞花集』に五首が選ばれている。また、範兼撰『後六々撰』には一〇首の歌が挙げられ、俊成の『古来風体抄』には六首の歌が選ばれている。

定家も『新勅撰集』に一八首もの歌を入集させ、『定家八代抄』にも一五首の歌を撰入して、その歌を高く評価している。その相模の代表的秀歌としては、「みわたせばなみのしがらみかけてけりうの花さけるたまがはのさと」（『後拾遺集』一七五・夏）が挙げられよう。『相撲立詩歌合』『後六々撰』『古来風体抄』などに選ばれ、定家も『定家八代抄』や『秀歌体大略』に選んでいる。そして、この「恨みわび」の歌である。『新撰朗詠集』『後六々撰』『古来風体抄』『時代不同歌合』に選ばれていることから、これも評価の定まっていた一首と言えよう。定家も『定家八代抄』のほかに『八代集秀逸』に選んでいるので、相模の歌の中でも特に高く評価していたものと思われる。

66

大僧正行尊

もろともにあはれとおもへやまざくらはなよりほかにしる人もなし

【異同】

〔定家八代抄〕東急はこの歌なし。安永・袖玉・知顕は底本に同じ。

〔百人秀歌〕底本に同じ。

〔百人一首〕為家・栄雅・兼載・守理・龍谷・応永・古活・長享・頼常・頼孝・経厚・上條は底本に同じ。

【語釈】○**もろともに**—一緒に。「もろともになきてとどめよ蛬秋のわかれはをしくやはあらぬ」（『古今集』三八五・離別・兼茂）、「もろともにあはれといはずは人しれぬとはずがたりをわれのみやせん」（『新古今集』一〇〇〇・恋一・俊賢母）、「諸ともにしのびけりともいふべきをことかたらはん人もなきかな」（『九条右大臣集』六八）。○**あはれとおもへ**—「あはれ」は憐憫・同情・共感の言葉。四五番歌を参照のこと。また、余釈項をも参照のこと。○**はなよりほかに**—「〜よりほかに」は、〜以外にの意。「ひぐらしのなく山里のゆふぐれは風よりほかにとふ人もなし」（『古今集』二〇五・秋上・よみ人しらず）。○しる人もなし―「知る人」は、以前から見知った人、親しくしている人のこと。三四番歌の語釈項を参照のこと。また、余釈項をも参照のこと。「も」は強意の係助詞。

【通釈】私と一緒に、ああ、いたわしいことよと思っておくれ。山の桜よ。花のほかに馴染みの人もいないことだ。

【出典】『金葉集』（二度本）五二一・雑上・「大峰にておもひがけずさくらのはなを見てよめる　僧正行尊」。『金葉集』（三奏本）五一二・雑上・「大峰におもひもかけずさくらのさきたりけるをみて　僧正行尊」。

【参考】『定家八代抄』一五一一・雑上・「す行し侍りける時　大僧正行尊」・結句「しる人はなし」。『八代集秀逸』四九。『百人秀歌』七一。『時代不同歌合』二七四。『行尊大僧正集』一〇九・結句「しれる人なし」。『今鏡』一〇三・みこたち第八。

《参考歌》

『拾遺愚草』一七二二

たのむかなその名もしらぬ深山木にしる人えたる松と杉とを

【余釈】山の中に咲く桜よ、私がお前をしみじみといたわしくもあり健気でもあると思うように、お前も私をそのように思ってくれ。このような山の奥には、花以外に知人は誰もいないことだ、という意の歌である。

『金葉集』（二度本）の詞書には、「大峰にておもひがけずさくらのはなを見てよめる」とある。また、『定家八代抄』では、詞書を「す行し侍りける時」と改めている。作者が修験道の修行中に詠んだ歌であることを明確に示したものであり、定家はその点を重視してこの歌を理解していたことが知られる。そのいっぽう、『金葉集』の詞書の「おもひがけずさくらのはなを見て」という部分は削除されてしまっており、さほど意味を認めていなかったということであろう。したがって、この部分をめぐって諸説があるようであるが、あまり考慮する必要はないかと思う。深い山中に誰にも愛でられることなく咲いている桜と、誰にも知られず苦しい修行をするわが身を重ねて詠んだものと理解してよいかと思われる。

さて、通説では、「私がお前をなつかしく思うように、お前も私をなつかしく思っておくれ。山の桜よ。花以外に私の心をわかってくれる人もいないのだから」と解されている。

解釈上の問題点は二つある。一つは、「あはれ」のここでの意味である。「なつかしい」の意でよいかということである。もう一つは、「知る人」の意味である。「私の心をわかってくれる人」の意でよいかということである。

まず、ここでの「あはれ」の意味であるが、通説での「なつかしい」というのは「慕わしい」というほどの意であろうか。『百首異見』には「さしも深く分入て、よに心ぼそき折しも見出たるは、実にしる人にあへらんここちせるより、かかる所にはいかで咲けんとまで思ひなつかしまれて、我たつきなきをもあはれと思ひやれといふ也」とする。そして、『新抄』に「アアハヤなつかしいとなり」として、「アアなつかしい花よと我はおもふに、汝も我ともろともに、アアなつかしい人よとおもへ、山ざくらよ」としている。その後、佐佐木信綱氏『百人一首講義』（博文館）も『百首異見』を踏襲し、中島悦次氏『小倉百人一首評解』（蒼明社）も「しみじみ親しむ心持」とし、「相共にああ懐かしいと思つてほしい」と訳している。石田吉貞氏『百人一首評解』（有精堂）も「しみじみなつかしく思うこと」として、「お前もわたしをなつかしく思ってくれ」と訳している。現行の注釈書の多くがこの説に従っており、通説となっている。

これに対して、『三奥抄』に「たがひに知人なきことをあはれとおもへといふ儀なり」とし、これを踏襲する『改観抄』は「哀れ」すなわち孤独に対する同情・憐憫の意に解しているようである。その後、船越尚友氏『小倉百人一首新釈』（岡田文祥堂）は「花よ、心あらば、我の淋しさを哀れと察してくれよ」と解し、松田好夫氏『百人一首精説』（一正堂）も「諸註「なつかしい」意にとつてゐるが、この歌の場合「哀れ」の意が正しい」とする。金子武雄氏『掌中小倉百人一首の講義』（大修館）も「孤独の境涯に同情してくれというのである」としている。

ほかには、久保田淳氏が『百人一首必携』（學燈社）の「百人一首を味わう」で「しみじみといとしいと思ってくれ」と訳している。また、新日本古典文学大系『金葉和歌集　詞花和歌集』（岩波書店、川村晃生氏・柏木由夫氏校注）の当該歌の訳も「いとしいものと思ってくれ」となっている。

さて、歌で「あはれと思へ」と詠まれる場合、「あはれ」は憐憫・同情・共感の意に用いられることは、次の例からも知られる。まず、同じ行尊の「からねどもまだやまなれぬ山ぶしぞあはれとおもへむれたてるしか」（『行尊大僧正集』一〇〇）という歌がある。「私は、お前たちを狩ったりはしないが、まだ山に馴れない修行僧だ。群れている鹿たちよ、そんな私をいたわしいと思っておくれ」という意の歌であろう。この「あはれ」は、「山なれぬ山ぶし」である作者に対する思いであるから、「なつかしい」「慕わしい」「いとしい」などの意ではなく、「いたわしい」「気の毒だ」などの意である。また、「こころあらばあはれとおもへさくらばなひとりながむるやどのけしきを」（『林下集』三二七）、「いくとせの春に心をつくしきぬあはれと思へみよしのの花」（『新古今集』一〇〇・春下・俊成）、「ながめてもあはれとおもへおほかたの空だにかなし秋の夕ぐれ」（『新古今集』一三一八・恋四・長明）などの「あはれ」も同様で、「なつかしい」というよりは、「いたわしい」「気の毒だ」というような憐憫・同情・共感などの意であり、それによって心をいためる意に用いられている。さらに、この行尊の歌を本歌として、「もろともにあはれとおもへ秋の月見て久しくもなりにけるかな」（『正治初度百首』九五三・季経）という歌も詠まれている。この歌でも、「長い間、秋の月を悲傷の色と見続けている私を、秋の月もいたわしいものと思っておくれ」と詠んでいる。

これらの例から言って、行尊の歌においても「いたわしい」の意に解すべきである。それでは、この歌の場合、何が「いたわしい」のかと言えば、友もなく孤独だからではない。見事な桜の花が山の奥で誰にも見はやされずに咲いていることが、であり、作者が誰にも知られることなく、馴れない修行に苦しい思いをしていることが、であると解しておく。

『行尊大僧正集』まで戻せば、この歌の詞書には「かぜにふきをられてから〈ママ〉をかしくさきなを〈ママ〉」とある。詞書本文に誤脱があるものと思われるが、桜の花が風に吹き折られたのにもかかわらず、それでも美しく咲いているのを詠んだ歌ということであろう。その桜の花に対して「あはれ」と言っているのである。この「もろともに」の歌の前に「をりふせてのちさへにほふやまざくらあはれしれらん人にみせばや」という歌も置かれている。しかし、『定家八代抄』の詞書を見るかぎり、作歌事情について定家はそこまでは考えていなかったようである。

次に、「知る人」の意味について考えてみたい。

通説では「私の心をわかってくれる人」の意とされている。『宗祇抄』に「ただいまわれをば花より外にしる人もなしといひて、こころに又花をも我よりほかにしるひともなしといふ心こもる也」とし、「知る人」を「我を知る人」の意に解している。この解釈は『幽斎抄』や『拾穂抄』などにも継承されていく。ただし、これは「私のことを知っている人」であって、「私の心をわかってくれる人」とまでは解していない。そのように解した最初の注釈書は今のところ明らかではないが、前掲船越氏『小倉百人一首新釈』には「今の我が心は、恐らく此の花の外に知るものはなからう、と云ふこと」とし、「今この時、我が心持を知つてゐるのは外でもない、この花ばかりである」と解釈している。

そのいっぽうで、「知る人」を「以前から見知った人」「知友」のこととする説もある。古くは、例えば『経厚抄』に「我も花より外の友なく、花も我より外のしる人もなければ」と解している。また、『三奥抄』に「このみやま木の中にさくらのひとり立る花も友とすべきものなし、我も花よりほかにみしれる草木のなければ」と解し、「むかしもこの知人もなしと読るにまどへるもののありけるゆへに」として、定家の「たのむかなその名もしらぬ深山木にしる人えたる松と杉とを」（『拾遺愚草』一七二一）を引き、「是松杉を知人と読り」と説いている。『改観抄』もこれを踏襲し、「上の興風が歌に誰をかも知人にせんとよめるを思ひ給ひけるにや」と補強している。『百首異見』も「汝《ナレ》より外には更に見しりたるものもなき山路也といへり」としている。『新抄』も「もとからのちかづき」と解している。近年の注釈書もこれに従うものが少なくなかったが、最近の注釈書では「私の心をわかってくれる人」の意に解すものが多くなってきている。

定家の理解に即して解釈する本書の立場から言えば、『三奥抄』『改観抄』の説に従わなければならない。「知る人」で一つのまとまりをなす語ととらえ、「以前から見知った人」「知友」の意に解すほかはない。桜の花は、山に入る前、都などでも馴れ親しんだものなので、「知る人」と言ったのである。

なお、「〜を知る人なし」の意で解することができるのは、例えば、「うき草のうへはしげれるふちなれや深き心をしる人のなき」（『古今集』五三八・恋一・よみ人しらず）のように、「〜を知る人なし」というかたちで明確に示すか、「わがこひはみ山がくれの草なれやしげさまされどしる人のなき」（『古今集』五六〇・良樹）のように、「わが恋は」とあるところから「わが恋を知る人なし」であることが明らかである場合に限られるようである。

行尊の代表的秀歌としては、まず、「くさのいほなにつゆけしとおもひけんもらぬいはやも袖はぬれけり」（『金葉集』五三三・雑上）であろう。俊成の『古来風体抄』に選ばれており、後鳥羽院の『時代不同歌合』にも選ばれている。定家も『定家八代抄』に採っている。そして、この「もろともに」の歌であろうか。この歌は『古来風体抄』には採られていないが、定家と同時代の『時代不同歌合』には選ばれている。定家は特にこの歌を高く評価していたようで、『定家八代抄』のほか、『八代集秀逸』にも選んでおり、ぜひとも『百人一首』に入れたかったものと推察される。

67

周防内侍

春の夜のゆめばかりなるたまくらにかひなくたたん名こそおし〔を〕けれ

【異同】

〔定家八代抄〕東急はこの歌なし。安永・袖玉・知顕は底本に同じ。

〔百人秀歌〕おしけれ―をしけれ。

〔百人一首〕かひなく―かいなく（上條）―為家・栄雅・兼載・守理・龍谷・応永・古活・長享・頼常・頼孝・経厚は底本に同じ。

おしけれ―をしけれ（守理）―惜けれ（応永・頼常）―為家・栄雅・兼載・龍谷・古活・長享・頼孝・経厚・上條は底本に同じ。

【語釈】○春の夜のゆめばかりなる―「春の夜」は、この歌を詠んだのが二月の夜のことだったので、このように言ったのであるが、短くほんのはかないものであることも表している。『初学抄』「喩来物」に「みじかき事には」として「春のよ」を挙げている。「ほどもなくあくといふなるはるのよをゆめも物うくみえぬなるらん」（『斎宮女御集』八）、「思ひいづる契のほどもみじか夜の春の枕に夢はさめにき」（『拾遺愚草』二〇五一）。「夢ばかり」の「夢」もはかないものを表している。「ばかり」は程度の副助詞。「うたたねの夢ばかりなる逢ふ事を秋のよすがら思ひつるかな」（『後撰集』八九八・恋五・よみ人しらず）。「春の夜の夢」の例は、「ねられぬをしひてわがぬる春の夜の夢をうつつになすよしもがな」（『後撰集』七六・春中・よみ人しらず）、「春の夜の夢のなかにも思ひきや君なきやどをゆきてみんとは」（『後撰集』一三八七・哀傷・忠平）など。○たまくら―手枕。腕を枕にすること。『喜撰式』には「若詠夫時」として「たまくら」を挙げており、「夫」の異名として捉えている。『能因歌枕』『俊頼髄脳』『八雲御抄』にもそのように扱われている。「秋ならでおく白露はねざめするわがた枕のしづくなりけり」（『古今集』七五七・恋五・よみ人しらず）。「朝宿髪　吾者不梳　愛　君之手枕　触義之鬼尾」（『万葉集』二五八三〔二五七八〕・作者不明、廣瀬本の訓「あさねがみ　われはけづらじ　うつくしき　きみがたまくら　ふれてしものを」）など、『万葉集』にも多く詠まれている。○かひなくたたん名―「かひなく」は「かひなし」の連用形で、効果がない、無駄だ、の意。そこに「かひな（腕）」を物の名のように隠して詠み入れた。「たた」は「立つ」の未然形。「ん」は婉曲の助動詞「ん（む）」の連体形。「名」は、噂、評判の意。噂が立つことが無駄だ、の意。その気のないその場かぎりの手枕だからである。「かへせどもこはかへされずおもへどもたちにしなこそかひなかりけれ」（『和泉式部続集』二四九）。○おしけれ―「惜し」の已然形。三八番歌の語釈項を参照のこと。

【通釈】春の夜の夢ほどのはかないあなたの手枕によって、何のかいもなく立つ噂が残念でなりません。

【出典】『千載集』九六四・雑上・「二月ばかり月あかきよ、二条院にて人人あまたゐあかして物がたりなどし侍りけるに、内侍周防よりふして、まくらをがなとしのびやかにいふをききて、大納言忠家これをまくらにとてかひなをみすのしたよりさしいれて侍りければ、よみ侍りける　周防内侍」。これに対する忠家の返歌は、「といひいだし侍りければ、返事によめる　大納言忠家」として「契ありてはるの夜ふかきたまくらをいかがかひなき夢になすべき」。

【参考】『定家八代抄』九五四・恋二・「二月ばかり月あかきよ、二条院にて人人物がたりなどし侍りけるに、周防内侍より臥して、枕もがなといふを聞きて、大納言忠家、これを枕にとてかひなをさし入れて侍りければ　周防内侍」。これに対する忠家の返歌は「返し　大納言忠家」として「契ありてはるの夜ふかき手枕をいかがかひなき夢になすべき」。『百人秀歌』六九。『周防内侍集』七・二条院にて、人人はしに月みてゐあかすに、よりふしてまくらをがなと、しのびやかにいふをききて、藤大納言忠家これを御まくらにとて、かひなをみすのしたよりさしいれたまへりければ　春のよのゆめばかりなるたまくらにかひなくたたむなこそをしけれ　といふをききたまひて　ちぎりありて春のよふかきたまくらをいかがかひなきゆめになすべき　とのたまひしこそ、いとをかしかりしか。

【余釈】その気のないあなたの手枕を借りて、それにより、何もないのに恋の噂を立てられたくはない、ということである。

出典の『千載集』と『定家八代抄』の詞書に大きな違いは認められない。したがって、この作歌事情はこの歌の理解に欠かせぬものと定家も考えていたようである。

『定家八代抄』の詞書は、「二月ばかり月あかきよ、二条院にて人人物がたりなどし侍りけるに、周防内侍より臥して、枕もがなといふを聞きて、大納言忠家、これを枕にとてかひなをさし入れて侍りければ」とある。春二月頃、月の明るい夜に、後冷泉天皇中宮章子内親王の邸で、女房達が話をしていた時、周防内侍が物に寄り臥して「枕がほしい」とふと漏らした。それを大納言藤原忠家が聞いて、「これを枕に」と言って腕を御簾の下から差し入れてきたので詠んだ歌だという。忠家が「これを枕に」と言って腕を差し入れたのは、当然、『万葉集』以来、恋の歌に詠まれてきた「手枕」という歌語を知っていたからであり、それに対して周防内侍がどのように振る舞うかを試したのである。その意図を察した周防内侍は、「手枕」を詠むのであるが、相手の実のなさを難じて「春の夜の夢ばかりなる手枕」と詠んだのは見事である。そうして、「かひな（腕）」を「かひなく」と詠み入れながら、相手の手枕の申し出をやわらかく拒否してみせたのである。しかし、きっぱりと拒否して相手の立つ瀬がなくなるようには言わず、相手が言い寄る隙を与えて、相手の様子を見ようというところも感じられる。

『千載集』にはこれに対する忠家の歌を載せているが、『定家八代抄』もそのままこれを載せている。忠家の返歌は、「契りてはるの夜ぶかき手枕をいかがかひなき夢になすべき」という歌である。「前世からの約束があって、春の夜更けにした手枕を、どうしてそのかいもなく夢にしてしまってよいものでしょうか」という意である。「あなたとのことは前世からの約束があってのことですから、何もなかったということにはしたくありません」ということである。周防内侍の「夢ばかりなる手枕」を捉えて「いかがかひなき夢になすべき」と「かひなし」の語を用いながら切り返して、恋心を訴えて言い寄ったのである。周防内侍の歌に相応の見事な答歌と言える。この忠家は、定家の曾祖父に当たる。

ところで、この歌は、『千載集』での部立ては「雑」の部である。ところが、『定家八代抄』では「恋」の部に入れられている。このことは有吉保氏『百人一首全訳注』（講談社学術文庫）や吉海直人氏『百人一首の新考察』（世界思想社）などにも指摘がある。俊成は純粋な恋の歌とは考えず、色恋めかして応酬する風雅な振る舞いとして捉えたのであろう。それに対して、定家は純粋に恋の歌として味わっていたものと思われる。同じようなやりとりの歌として、清少納言の「夜をこめて」の歌がある。しかし、定家はそちらは『定家八代抄』で「雑」に入れており、明らかに扱いが違っているので注意する必要がある。また、『定家八代抄』の配列では、「無き名」（実際には何もないのに噂だけが立つこと）を詠んだ歌の箇所に、この歌を配している。定家がこの歌をそのように理解していたことが知られるわけである。

『千載集』と『定家八代抄』の詞書に大きな違いは認められないと先には言ったが、細かに見れば、『千載集』の詞書の「二条院にて人人あまたゐあかして物がたりなどし侍りけるに」の部分を『定家八代抄』では「人人物がたりなどし侍りけるに」としており、「あまたゐあかして」の部分を削っている。大勢の女房たちが起きて夜を明かしていたという状況をなくしてしまっているということである。もちろん、『定家八代抄』の詞書でも「人人」とあるので、女房は複数いたということになるが、大勢の女房たちの中で詠まれたという感じはなくなっている。女房たちはそれぞれの相手と御簾越しに話を交わしており、周防内侍の相手が忠家だったということが想像される。周防内侍と忠家が実際に恋愛関係にあったかどうかはさておき、恋の歌の贈答として十分に成り立っていると言えよう。それが定家の理解に即した解釈ということになる。

俊成はこの歌を『千載集』に入集したが、『古来風体抄』には選んでいない。『古来風体抄』に選ばれている周防内侍の歌は、「ちぎりしにあらぬつらさもあふことのなきにはえこそうらみざりけれ」(『後拾遺集』七六五・恋三)である。定家は『定家八代抄』に周防内侍の歌を二首撰入しているが、一首は右の「ちぎりしに」の歌であり、もう一首が「春の夜の」の歌である。「ちぎりしに」の歌を選ぶ可能性もあったはずであるが、なぜ「春の夜の」の歌を選んだのであろうか。それは、『百人秀歌』での対の歌が経信の「夕されば」の歌であったことが関係しているのではないかと考えられる。「春の夜の夢ばかりなる手枕」の甘美な恋の気分と秋の夕暮れの寂しさとの対比対照による組み合わせを認めることができるのではなかろうか。

《第十三グループの配列》

62 夜をこめて鶏の空音は謀るともよに逢坂の関はゆるさじ (清少納言)
63 今はただ思ひ絶えなむとばかりを人づてならで言ふよしもがな (道雅)
64 朝ぼらけ宇治の川霧絶え絶えにあらはれわたる瀬々の網代木 (定頼)
65 恨みわび干さぬ袖だにあるものを恋に朽ちなむ名こそ惜しけれ (相模)
66 もろともにあはれと思へ山桜花よりほかに知る人もなし (行尊)
67 春の夜の夢ばかりなる手枕にかひなく立たむ名こそ惜しけれ (周防内侍)

67 春の夜のゆめばかりなるたまくらにかひなくたたん名こそおしけれ

この第十三グループは、一条朝から崇徳朝に至る、約一三〇年の長きにわたる期間の歌人の歌をまとめている。もちろん、六二番清少納言がこの中でもっとも古い歌人である。時代順というのであれば、第十二グループの前に置かれるべきであろう。しかし、それがここに置かれていることで、グループの境目が確認される。それより一世代後の歌人が、六三番道雅・六四番定頼・六五番相模である。伊周の子である道雅は『枕草子』に「松君」として登場している。この道雅は活躍時期が定頼より先という認識があったのであろう。定頼と相模は交渉があったことが知られている。さらに、それより後の時代の歌人が、六六番行尊と六七番周防内侍である。

詞の上では、六二番清少納言の「よに逢坂の関はゆるさじ」を六三番道雅の「今はただ思ひ絶えなむ」で受ける。その六三番「思ひ絶えなむ」を六四番定頼の「絶え絶えに」で受ける。その六四番は六二番の「夜をこめて」を「あさぼらけ」と逆の意味の詞によって受ける。そしてその六四番の「あらはれわたる」を六六番行尊の「花よりほかに知る人もなし」とこれも逆の意味の詞で受ける。六五番相模の「名こそ惜しけれ」を六七番周防内侍も同じ詞で受ける。そして、六六番の「山桜」を六七番「春」で受け、このグループの最初の六二番「夜」を「夜」で受けると見ることもできよう。

『改観抄』は、六〇番の歌から六二番の歌までの三首を「当座によめる名歌」としてまとめている。そして、六三番と六四番については「右両人は前後又あまりに女がちなれば隔らるる心歟」としている。そして、六五番から六八番までの四首を「歌のやうも人もかはれるをまじへらるる歟」とする。また、六六番と六七番については「春の歌なるをもてつづけらるる歟」とする。

68

心にもあらでうき世にながらへば恋しかるべき夜はの月かな

三条院御製

【異同】

〔定家八代抄〕　安永・袖玉・知顕・東急は底本に同じ。

〔百人秀歌〕　あらて―あはて。

〔百人一首〕　うき世に―このよに（為家・龍谷・応永・経厚）―栄雅・兼載・守理・古活・長享・頼常・頼孝・上條は底本に同じ。月かな―月かけ（守理）―為家・栄雅・兼載・龍谷・応永・古活・長享・頼常・頼孝・経厚・上條は底本に同じ。

【語釈】　○心にもあらで―思うにまかせず。「ながらへば」にかかる。「逢ふ事は心にもあらでほどふともさやは契りし忘れはてねど」（『拾遺集』九九二・恋五・忠依）、「ひととせにふたたびゆかぬ秋山をこころにもあらですぐしつるかな」（『人丸集』一一八）、「あはれなることをいふには心にもあらでたえたる中にぞ有りける」（『和泉式部集』三五三）。○うき世―憂き世。厭わしいこの世。「うき世にはかどさせりとも見えなくになどかわが身のいでがてにする」（『古今集』九六四・雑下・定文）、「をしからぬいのちなれども心にしまかせられねばうきよにぞすむ」（『伊勢集』二〇六）。○ながらへば―「ながらへ」は「ながらふ」の未然形で、生きながらえる意。「ば」は未然形に接続して、順接仮定条件を表す。「ながらへば人の心も見るべきに露の命ぞ悲しかりける」（『後撰集』八九四・恋五・よみ人しらず）。○恋しかるべき―「恋しかる」は「恋し」の連体形。「べき」は推量の助動詞。「わがやどの花見がてらにくる人はちりなむのちぞこひしかるべき」（『古今集』六七・春上・躬恒）、「かへる山ありとはきけど春霞立別れなばこひしかるべし」（『古今集』三七〇・離別・利貞）。○夜は―夜中。五七番歌の語釈項を参照のこと。

【通釈】　思うにまかせず、厭わしいこの世に生きながらえるならば、恋しく思われるにちがいない夜中の月であるよ。

【出典】　『後拾遺集』八六〇・雑一・「れいならずおはしましてくらゐなどさらんとおぼしめしけるころ月のあかかりけるをごらん

じて　三条院御製」。

【参考】『定家八代抄』一六〇四・雑中・「例ならずおはしまして御位さりなんとおぼしめしける比、月を御らんじて　三条院御製」。『百人秀歌』五四。『五代簡要』「こころにもあらでうきよにながらへばこひしかるべきよはの月哉」。『古来風体抄』四七六。『袋草紙』一八九・第二句「あらでこの世に」。

『栄花物語』たまのむらぎく（長和四年〔1015〕、本文は小学館新編日本古典文学全集に拠る。）

かかるほどに、御心地《ここち》例《れい》ならずのみおはしますうちにも、もののさとしなどもうたてあるやうなれば、御物忌《ものいみ》がちなり。御物《もの》の怪《け》もなべてならぬわたりにしおはしませば、宮《みや》の御前《おまへ》も、もの恐ろしなど思《おぼ》されて、心よからぬ御有様《ありさま》にのみおはしませば、殿《との》の御前も上《うへ》も、これをつきせず嘆かせたまふほどに、年《とし》今いくばくにもあらねば、心あわたたしきやうなるに、いと悩ましうのみ思しめさるるぞ、いかにせましと思しやすらはせたまふ。

十二月《しはす》の十余日の月いみじう明《あか》きに、上の御局《つぼね》にて、宮の御前に申させたまふ。

　心にもあらでうき世に長《なが》らへば恋しかるべき夜半《よは》の月かな

《参考歌》

『詞花集』九七・秋・三条院

　あきにまたあはむあはじもしらぬ身はこよひばかりの月をだにみむ

『拾遺愚草』一九一

　あけぬとも猶おもかげに立田山恋しかるべき夜はの空かな

【余釈】もし、厭わしいこの世に、思うにまかせぬありさまで生きながらえたなら、宮中で見たこの夜中の月は恋しく思われることであろうよ、ということである。

出典の『後拾遺集』と『定家八代抄』の詞書に大きな違いは認められない。したがって、この歌の場合も、作歌事情はこの歌の理解に欠かせぬものと定家は考えていたようである。

『定家八代抄』の詞書は、「例ならずおはしまして御位さりなんとおぼしめしける比、月を御らんじて」とある。病によって譲位を決意した頃、月を見て詠んだ歌ということになる。したがって、この詞書に拠れば、「心にもあらでながらふ」は、病によって死ぬことなく、何事も思うにまかせず不本意な状態で生き続けることである。そして、それは、退位後の生活を言っていることになる。もしも、退位して、思うにまかせぬありさまで生き続けることがあれば、その時は、きっとこの美しい月を思い出し、在位中の宮中を懐かしく思うことだろう、ということである。

解釈上、「心にもあらで」が問題になる。通説では、「不本意にも」「心ならずも」と訳し、「本当は生きていたくないのだが、不本意にも生きながらえるならば」と解されている。このように最初に解釈したのは、おそらく『うひまなび』であろう。『うひまなび』は『栄花物語』を引いて、「もとより御病もおもくおはしませば、御命もほどなかるべし、それがうへにいよいよ御心を苦しめ給ふことしきりなるをりなれば、ひたすらに御命たへよと思し入てのみおはしますに、もしその御ごころにもかなはで、ながらへさせ給ひなば」と解し、「大かたにては命絶なんことを本意とすることはなきものながら、右の物語の言のごとく、ためしなく御心苦しきほどには、さこそおぼし入給ひてんかし」「心にもあらでとの給ふ語を能考ふべし、抄どものごとくにてはかなひ侍らぬ也」と説明を加えている。その後、『百首異見』も「かくも例ならずなやましうおはしませば、とても此世にはながらふまじくおぼしなり、又もとより世にあらまほしくもおぼしめされぬものの、もしさる大御心にたがひて御譲位の後も思ひの外にながらへさせ給ひなば」として継承され、さらに、近代・現代の注釈書に支持され、今日の通説になっている。

『うひまなび』以前は、例えば、『幽斎抄』には「此一二の句、猶心をつくべし。御違例故に御位をさらんとおぼしめすに、もし不意に御命もながらへさせ給はば」と解している。つまり、「心にもあらで」を「予期に反して」の意に解しているのである。この解釈は『拾穂抄』『雑談』などにも受け継がれ、『三奥抄』『改観抄』にも踏襲されている。そして、さらには『新抄』『一夕話』などにも受け継がれていく。また、古くは『上條本』にも見える。なお、『うひまなび』や『百首異見』も全くこれを否定しているわけではないが、そのうえに「不本意にも」の意を加えて解釈していることは注意される。

さて、この「心にもあらで憂き世にながらふ」という発想は、作者独自のものではなく、例えば、「心にもあらぬうき世にすみぞめの衣の袖のぬれぬ日ぞなき」（『拾遺集』一二九〇・哀傷・よみ人しらず）、「まつことのあるとや人のおもふらんこころにもあらでながらふるみを」（『後拾遺集』九八三・雑三・兼綱）、「心にもあらでうきよにすみのえのきしとはなみにぬるる袖かな」（『古今六帖』一六五九）などと詠まれ、当時としては類型的表現と言ってもよいものであったことが知られる。これらの「心にもあらでながらふ」とか「心にもあらで住む」という場合、「不本意にも」の意には使われていないように思われる。「思うにまかせぬ状態で」の意であろう。例えば、右の『後拾遺集』兼綱歌は、詞書に「としごろしづみゐてよろづをおもひなげきてはべりけるころ」とあり、「私が期待することがあって生きていると人は思っているだろうか。何事も思うにまかせぬ状態で生きながらえているこのわが身なのに」ということであろう。「死ぬことを望みながら、不本意にも生きながらえている」のではあるまい。『古今六帖』の歌にしても、「思うにまかせぬ状態で、厭わしいこの世に住んでいる」のであって、「死ぬことを望みながら、不本意にも、厭わしいこの世に住んでいる」のではないであろう。

こうした例から考えると、この三条院の歌の場合も、「予期に反して」とか「不本意にも」の意ではなく、「思うにまかせぬ状態で」「不本意な状態で」の意ではないかと考えられる。そのように解す注釈書としては『天理本聞書』があり、「心にもあらでとは、本意にもあらでなり。其ゆへは、天子は位にましまして撫民国をおさむること本意なるが、位すめりたまはば本意にもあらじ」としている。退位した後の状態を「心にもあらで（本意にもあらで）」としている点は首肯できるように思われる。

また、政治的に道長の専横と結び付けて説明されることがあるが、この歌を『百人一首』の中の歌として理解する場合、それは適切とは言えない。定家の意識としてそのようなことはまったくなかったであろう。なぜならば、定家は、道長から直接繋がる子孫であり、道長を崇敬していたと考えられるからである。史実としてどうかということは考慮せず、あくまで「例ならずおはしまして御位さりなんとおぼしめしける」で理解されなければならない。三条天皇が眼病を患っていたこと、御所は内裏焼亡により里内裏枇杷殿（道長の邸宅の一つ）であったこと、譲位後もここを御所としたことなども、史実としては正しいとしても、『百人一首』の歌として理解するためには必要のないことである。『栄花物語』に見える、月が十二月十余日の月であったことなども同様である。

定家は、三条院の歌を『定家八代抄』に二首選び入れている。この「心にも」の歌と、「月影の山のはわけてかくれなばそむくうき世を我やながめむ」（『新古今集』一五〇〇・雑上）の歌である。「心にも」の歌のほうを選んだ理由は、父の俊成も『古来風体抄』に選んで高く評価していた秀歌であるということもあろうが、それとともに『百人秀歌』の配列も深く関係していると思われる。『百人秀歌』では、この「心にも」の歌の対をなす歌は、一条院皇后宮藤原定子の「夜もすがらちぎりしことをわすれずはこひむなみだのいろぞゆかしき」（『後拾遺集』五三六・哀傷）である。この歌は『百人秀歌』から『百人一首』へ再編される際に、削り出されてしまった歌である。歌の内容は、「一晩中約束下さったことをお忘れでなければ、私が亡くなった後、あなた様が私を恋しくお思いになって流す涙の色がどのようなものか知りとうございます。血の涙を流して下さるでしょうか」ということである。この定子の歌が自分が死んだ後のことを思いやり、相手が恋しく思ってくれることを詠んでいるのに対し、三条院の歌は自分の退位後のことを思いやり、今のことを恋しく思うだろうと詠んでいるのである。こうした類似的な歌の組み合わせを作るためにも「心にも」の歌のほうがより相応しいと考えたのであろう。ちなみに、右の定子の歌も『古来風体抄』に選ばれている。

69

能因法師

あらしふくみむろの山のもみぢばはたつたの川のにしきなりけり

【異同】

〔定家八代抄〕　東急はこの歌なし。安永・袖玉・知顕は底本に同じ。

69　あらしふくみむろの山のもみぢばはたつたの川のにしきなりけり

〔百人秀歌〕底本に同じ。

〔百人一首〕為家・栄雅・兼載・守理・龍谷・応永・古活・長享・頼常・頼孝・経厚・上條は底本に同じ。

〔小倉色紙〕底本に同じ。（集古・古典・定家様）※当該歌の「小倉色紙」は二枚伝わるが、もう一枚は未確認。

【語釈】○あらし―山に吹く強い風。二二番歌の語釈項を参照のこと。○みむろの山―三室山。大和国の歌枕。『初学抄』『八雲御抄』は大和とする。『五代集歌枕』は本文に混乱があり、表記に従えば山城となるが、本来は大和と想定される。『建保名所百首』も大和とする。現在の奈良県生駒郡斑鳩町、竜田川の下流西岸、大和川と合流する付近の三室山のこととされている。「神奈備の三室山」と詠まれることが多い。「我衣　色服染　味酒　三室山　黄葉為在」（『万葉集』一〇九八〔一〇九四〕・作者不明、廣瀬本の訓「わがきぬの　いろにそめたる　あぢさけの　みむろのやまの　もみぢしてあり」）。ただし、この『万葉集』の「三室の山」の例は、現在では三輪山のこととされている。○たつたの川―竜田川。一七番歌の語釈項を参照のこと。○にしきなりけり―「紅葉」を「錦」に見立てた表現。二四番歌の語釈項を参照のこと。「けり」は、気づきによる詠嘆。「から衣たつたの山のもみぢばははた物もなき錦なりけり」（『後撰集』三八六・秋下・貫之）。

【通釈】強い風が吹く三室山の紅葉は、竜田川の錦なのであったよ。

【出典】『後拾遺集』三六六・秋下・「永承四年内裏歌合によめる　能因法師」。

【参考】『定家八代抄』四八〇・冬・「（題しらず）能因法し」。『百人秀歌』五七。『後六々撰』四二。『五代集歌枕』二〇〇。

『内裏歌合永承四年』七

四番　紅葉　左勝　　　能因法師云云

あらしふくみむろのやまのもみぢばはたつたのかはのにしきなりけり

右　　　侍従祐家

ちりまがふあらしのやまのもみぢばはふもとのさとのあきにざりける

《参考歌》
『古今集』二八三・秋下・よみ人しらず
竜田河もみぢみだれて流るめりわたらば錦なかやたえなむ
『古今集』二八四・秋下・よみ人しらず
たつた河もみぢば流る神なびのみむろの山に時雨ふるらし
【余釈】 三室山に強い風が吹いて山の紅葉を散らし、それが竜田川の水面に散り敷いて、錦のように見える、という意の歌である。上句に竜田川の上流三室山の様子を描き、下句にその下流の様子を描いた。すなわち、異なる時間と空間を一首の中に配して構成したところにこの歌の趣向がある。「散る」という語を用いずに、風に紅葉が散らされたことを詠んだあたりもすぐれている。
『古今集』の「竜田河もみぢみだれて流るめりわたらば錦なかやたえなむ」(二八三・秋下・よみ人しらず)と「たつた河もみぢば流る神なびのみむろの山に時雨ふるらし」(二八四・秋下・よみ人しらず)を念頭に置いて詠んだ歌である。二八三番の歌のほうは、作者を『古今集』の仮名序や左注は「ならのみかど」とする。この「ならのみかど」をどの帝とするか、諸説あるが、俊成は『古来風体抄』で聖武天皇のこととし、定家は『定家八代抄』で文武天皇としている。二八四番の歌のほうは、『人丸集』に載り、『大和物語』『拾遺集』に人麿の歌とする。その後も『古来風体抄』や『定家八代抄』に至るまで人麿の歌として受け取られてきた。定家が二八三番の歌を文武天皇の歌としたのは、『大和物語』(第一五一段)に拠り、この二八四番の人麿の歌と君臣唱和した歌と見て、人麿と同時代の文武天皇と考えたのであろう。
定家が人麿の歌と考えていた「たつた河もみぢば流る神なびのみむろの山に時雨ふるらし」の歌は、竜田川に紅葉が流れているのを見て、上流にある三室山に時雨が降って紅葉を染めたことを思いやっているのである。この三室山と現在考えられている山は、竜田川の下流に位置しているため、この状況は考えにくい。しかし、歌の世界では、三室山は竜田川の上流にあるものとして詠まれる。「神なびのみむろのきしやくづるらん竜田の河の水のにごれる」(『拾遺集』三八九・物名・草春)などもその例である。能因の歌の場合もそのように解すべきである。そして、人麿の「時雨」を「嵐」に換え、「ならのみかど」（文武天皇）の歌の「錦」を取り入れて詠んだものと考えられる。言い方を換えれば、この能因の歌からは、両首がはっきりと想起されるということである。おそらく、定家はそこにこの歌の価値を見出していたのではないかと推察される。旧注では、『上條本』が「たつ田川もみぢながる神なびのみむろの山にしぐれふるらしといふ本哥にてよめる也」「本哥のしぐれをあらしにとりかへ、もみぢをそのままにしきとよめる風流、おもしろき也」とする。新注では、『三奥抄』が「これは人丸の御室の山に時雨降らしと読るうたと、ならのみかどの渡らば錦中や絶なんの御歌とをおもひ合せて読るなり」とし、『改観抄』もこれを踏襲している。定家の時代の「本歌」とは異なるものとも思われるが、古い時代の本歌取りと考えてよいであろう。

詠作時は、永承四年（１０４９）一一月九日の後冷泉天皇主催の内裏歌合であり、能因の晩年六二歳の作であることが知られる。この歌は自撰本『能因集』には選ばれていない。しかし、このことをもって能因自身が秀歌と認めていなかったとは言い切れない。自撰本『能因集』が永承四年以前に成立していた可能性があるからである。

また、定家は『定家八代抄』において「題しらず」としている。作歌事情については歌の理解に顧慮する必要はないと考えていたのであろう。また、出典の『後拾遺集』では「秋下」部に入れられているが、『定家八代抄』では「冬」部に入れられている。定家は「冬」の歌としてこれを味わっていたということは注意されなければならない。

能因の代表的秀歌としては、まず、「こころあらむ人にみせばやつのくにのなにはわたりのはるのけしきを」（『後拾遺集』四三・春上）であろう。『新撰朗詠集』『後六々撰』『古来風体抄』に選ばれており、定家も『定家八代抄』に選んでいる。また、「みやこをばかすみとともにたちしかど秋風ぞふくしらかはのせき」（『後拾遺集』五一八・羇旅）も著名である。『後六々撰』『古来風体抄』『時代不同歌合』に選ばれており、『宝物集』『十訓抄』『古今著聞集』などの説話集にも載っている。しかし、こちらは『定家八代抄』には選ばれていない。「嵐吹く」の歌は、『後六々撰』には選ばれているが、『古来風体抄』や『時代不同歌合』などには選ばれていない。

右の状況から考えて、「心あらむ」の歌が選ばれるのが順当のようにも思われるが、定家は「嵐吹く」の歌を選んだ。これも、おそらく、『百人秀歌』での対である良暹の「さびしさに」の歌との関係で選んだものかと推察される。秋から冬にかけての、華やかな紅葉の景を詠んだ歌と、寂しい夕暮れの様子を詠んだ歌を対比対照させたものと思われる。

良暹法師

70

さびしさにやどをたちいでてながむればいづくもおなじ秋の夕ぐれ

【異同】

〔定家八代抄〕　たちいてゝ―たち出（安永）―袖玉・知顕・東急は底本に同じ。

〔百人秀歌〕　底本に同じ。

〔百人一首〕　たちいてゝ―立いては（為家）―立出て（龍谷）―たち出（上條）―栄雅・兼載・守理・応永・古活・長享・頼常・頼孝・経厚は底本に同じ。なかむれは―なかむれと（為家・応永「は」と傍書）―栄雅・兼載・守理・龍谷・古活・長享・頼常・頼孝・経厚・上條は底本に同じ。おなし―をなし（守理）―為家・栄雅・兼載・龍谷・応永・古活・長享・頼常・頼孝・経厚・上條は底本に同じ。

〔小倉色紙〕　なかむれは―なかむれと。いつく―いつこ。（集古・定家様）

【語釈】　○さびしさに―寂しさのために。「さびしさにけぶりをだにもたたじとてしばをりくぶるふゆの山ざと」（『後拾遺集』三九〇・冬・和泉式部）。○やど―「家」の歌語。四七番歌の語釈項を参照のこと。○ながむれば―「ながむ」は、ここでは遠くのものを見やる意。「小倉色紙」は「ながむれど」とする。余釈項を参照のこと。○おなじ―形容詞「同じ」の連体用法。「同じき」と連体形をとる例は少ない。「さくらさくならのみやこを見わたせばいづこもおなじやへのしらくも」（『江帥集』三〇）、「をしみかねて花なき里をながむればいづくもおなじ春の山かぜ」（『拾玉集』四〇八〇）。余釈項を参照のこと。

【通釈】　寂しさに家を出て、遠く見やると、どこも同じ秋の夕暮れであるよ。

【出典】　『後拾遺集』三三三・秋上・「題不知　良暹法師」。

【参考】　『定家八代抄』四〇五・秋下・「題不知　良暹法師」。『八代集秀逸』三三。『百人秀歌』五八。『五代簡要』「さびしさにやどをたちいでてながむればいづこもおなじ秋のゆふぐれ」。『時代不同歌合』一〇〇。

《参考歌》

『詞花集』二九六・雑上・道済

　さびしさに家でしぬべきやまざとをこよひの月におもひとまりぬ

『拾遺愚草』八三二

　秋よただながめすててもいでなまし此里のみの夕と思はば

『拾遺愚草』一〇〇八

　春やあらぬ宿をかごとに立出づればいづこもおなじかすむ夜の月

【余釈】　秋の夕暮れに、山里の粗末な家の庭先を見てしみじみと寂しさを感じ、それに耐えかねて、家を出れば心が慰められるかと出かけて、あちこちを見やってみたものの、野も山も秋の夕暮れの寂しさに包まれていたのだった、ということである。

山里などに隠棲した折の歌であろうか。『後拾遺集』（一〇三八・雑三）には「良暹法師の許に遣しける」として、国房の「おもひやる心さへこそさびしけれおほはらやまのあきのゆふぐれ」という歌がとられている。これと関係していれば、大原に住んでいた時のことということになるが、良暹の「さびしさに」の歌は出典の『後拾遺集』には「題しらず」としており、はっきりとはわからない。『定家八代抄』でも「題しらず」であり、定家もその点については問題としていない。ただし、「山里は冬ぞさびしさま

さりける人めも草もかれぬと思へば」(『古今集』三一五・冬・宗于)や「山里の物さびしさは荻のはのなびくごとにぞ思ひやらる
る」(『後撰集』二六六・秋上・実頼)などによっても、人の訪れの稀な山里の家での歌であろうことは想像される。

寂しさに耐えかねて家を出るという発想は、「さびしさに家でしぬべきやまざとをこよひの月におもひとまりぬ」(『詞花集』二九六・雑上・道済)に見える。おそらく、この道済の歌が先行するであろう。

定家は、この歌を本歌として、「春やあらぬ宿をかごとに立出づればいづこもおなじかすむ夜の月」(『拾遺愚草』一〇〇八)と詠んでいる。「春やあらぬ」は「月やあらぬ春や昔の春ならぬわが身ひとつはもとの身にして」(『古今集』七四七・恋五・業平、『伊勢物語』第四段)を踏まえている。定家の歌は「春は昔の春ではないのかと、ひとり取り残された寂しい思いに、それを家のせいにしてその家を出てみると、かすむ夜の月はどこにも出ていて、寂しい思いはまぎれることがないことだ」という意である。

『宗祇抄』は「我やどのたへがたきまでさびしき時、おもひわびて、いづくにも行ばやとたち出、うちながむれば、いづくも又我こころのほかの事は侍じ、われからのさびしさにこそと、うちあんじたる心なり」と自分の心と関連づけて解している。深い読み方ではあるが、右の定家の本歌を見るかぎり、定家がそのように解していたとは思われない。『宗祇抄』は、定家の「秋よただながめすててもいでなまし此里のみの夕と思はば」(『拾遺愚草』八三二)を引くが、この歌からも定家がそのように解していたことは窺えない。この『宗祇抄』を継承する『幽斎抄』は、さらに「三界は一身をはなれぬ物也」とするが、『三奥抄』に「この歌を三界唯一心のこころなりといふ儀、能もかなへらず」とする。『三奥抄』の見解に従うべきであろう。

『改観抄』に「立出とは、かりそめに庭などに出るにあらず。住捨て出るなり」として、右の道済の「さびしさに家でしぬべきやまざとを」や定家の「秋よただながめすててもいでなまし」を引いている。『改観抄』に言う「住捨て出る」というのがどの程度のことを言っているのかは判然としないが、右の定家の「春やあらぬ」の歌を見ると、定家は家邸を出る意に解していたものと思われる。庭に出るということではなく、また完全に家を捨て去るということでもないことが知られる。

「いづくもおなじ秋の夕暮れ」について、右の定家の「春やあらぬ」の歌により、「おなじ」は終止形ではなく、「秋の夕暮れ」にかかっていく連体用法と定家は解していたことがわかる。「どこも同じ秋の夕暮れだ」ということである。「いづくもおなじ」でいったん切れると解すことは、定家の理解には適っていないということになろう。また、「いづく」が、定家の歌で「いづこ」となっていることが気になる。時雨亭文庫蔵定家自筆本『拾遺愚草』でも「いづこ」となっている。『五代簡要』も「いづこ」である。「小倉色紙」も「いづこ」である。「いづく」と「いづこ」は当時併存していたのであるが、定家はこの場合「いづこ」を良しとしていたものか、検討の余地があるように思われる。

なお、「小倉色紙」は第三句「ながむれば」を「ながむれど」としている。この「小倉色紙」は、名児耶明氏「定家様と小倉色紙」(『百人一首と秀歌撰』〈風間書房〉所収)に、「小倉色紙」の中でも「自筆に一番近いと考えてよいもの」の一つとされている。それだけに、『百人一首』の本文としてどちらをとるべきか、今後の考究が俟たれる。

定家は、『定家八代抄』に良暹の歌はこの「さびしさに」の歌一首しか選んでいない。しかし、この歌は『八代集秀逸』に選んでおり、かなり高く評価していたものと推察される。右にも述べたように、良暹のこの歌を本歌として歌を詠んでもいる。『百人一首』に是非とも選びたい一首だったものと思われる。また、同時代の後鳥羽院も『時代不同歌合』に選んでおり、良暹の代表的秀歌と言えそうである。「さくらさくならのみやこを見わたせばいづこもおなじやへのしらくも」(『江帥集』三〇)、「さびしさにのべにたちでてながむればさやまがすそにすずむしぞなく」(『江帥集』一〇八)など、早い時期から影響歌が認められる。そして、定家の時代にも、「さびしさは夕のみかとながむればいづくもおなじ有明の月」(『正治初度百首』二二四八・信広)、「さびしさや月の光にたぐふらんいづくもおなじ荻の上風」(『仙洞句題五十首』一九四・慈円)、「をしみかねて花なき里をながむればいづくもおなじ春の山かぜ」(『拾玉集』四〇八〇)など、この歌を本歌として多くの歌が詠まれている。

71

夕されは門田のいなばを《〔お〕》とづれてあしのまろ屋に秋かぜぞふく

大納言経信

【異同】

〔定家八代抄〕　いなは―をもに（東急「をもに」をミセケチにして「いな葉」と傍書）―安永・袖玉・知顕は底本に同じ。をとつれて―音信て（安永）―音つれて（知顕）―おとつれて（東急）―袖玉は底本に同じ。

〔百人秀歌〕　をとつれて―おとつれて。

〔百人一首〕　をとつれて―おとつれて（為家・古活）―音信て（応永・経厚）―音つれて（頼常）―栄雅・兼載・守理・龍谷・長享・頼孝・上條は底本に同じ。

【語釈】　○夕されは―夕方なので。「夕され」は名詞。「は」は係助詞。定家は「夕にしあれば」の意に解していたと考えられる。余釈項を参照のこと。○門田のいなば―「門田」は家の門のあたりにある田。「妹家之　門田乎見跡　打出来之　情毛知久　照月夜鴨」（『万葉集』一六〇〇〔一五九六〕・家持、廣瀬本の訓「いもがいへの　かどたをみむと　うちいでてこし　こころもしるく　てるつきよかも」）、「風吹けばかどたのいねもなみよるにいかなる人かすぎてゆくらん」（『和泉式部集』三二六）、「秋たちてかどたのいねもうちなびきおとめづらしき秋のはつかぜ」（『故侍中左金吾家集』三三）、「見せよかしかぜのけしきにやまざとのかどたのいねのなびくけしきを」（『経信集』一〇一）。「いなば」は「稲葉」。「恋乍裳　稲葉掻別　家居者　乏不有　秋之暮風」（『万葉集』二二三四〔二二三〇〕・作者不明、類聚古集の訓「こひつつも　いなばかきわけ　いへゐせば　ともしくもあらじ　あきのゆふかぜ」）、「きのふこそさなへとりしかいつのまにいなばそよぎて秋風の吹く」（『古今集』一七二・秋上・よみ人しらず）、「あはれにもひとりながめてくらしけるいなばのかぜをおとにきくかな」（『経信集』一〇六）。○をとづれて―歴史的仮名遣いでは「おとづれ」であるが、定家の表記法では「をとづれ」。現存定家自筆本三代集でもすべて「をとづれ」と表記されている。五五番歌の語釈項を参照のこと。「おとづる」は、何かに伴って声や音を立てる意。時鳥や鶯がやって来て鳴く意にも用いられるが、風によって葉が音を立てる例としては、「しもがれは侘しかりけり秋風のふくには荻のおとづれもしき」（『和泉式部集』四〇六）などがある。「稲葉を」あるいは「稲葉に」「おとづれて」と解す注が多いが、「稲葉が」「おとづれて」である。〇あしのまろ屋―蘆で葺いた粗末な家。顕昭の『五代勅撰』に「あしのまろやとは、蘆をまろながらふける屋也。卑《いやしき》屋也と侍、さもや侍べからむ。葦屋は、いづれもまろながらこそふき侍らめ。まろやとよめるは、同あしやにとりて、ちひさきは、むねもかきもまろにみゆればよめる歟。谷のまろやなどよめり。此金葉恋歌に、つのくにのまろやはひとをあくたがは君こそつらきせぜはみえしか、とよめり」とある。「まろ屋」は、「つのくにのまろやあやなし冬ごもり中たえにけるうきやどりかな」（『順集』一〇三）、「たびとのかやかりおほひつくるてふまろやは人を思ひわするる」（『拾遺集』八八六・恋四・よみ人しらず）、「つのくにのまろやは人をあくたがはきみこそつらきせぜは見えしか」（『金葉集』四九五・恋下・よみ人しらず）などと詠まれている。「蘆のまろ屋」は、津の国が蘆の名所なので「津の国のまろ屋」から連想されて生じた詞かと思われる。『経信集』には三例（一〇三・一五五・二七四）見え、経信が初めて用いた詞か。ただし、この「夕されば」の歌が詠まれた梅津の別荘の主人、師賢も「いそなれぬ心ぞたへぬ旅ねするあしのまろ屋にかかる白なみ」（『新古今集』九二六・羇旅）と詠んでおり、経信周辺でも用いられていたことが窺われる。

【通釈】　夕方なので、門田の稲の葉が音を立てて、蘆葺きの粗末な家に秋風が吹くことであるよ。

【出典】　『金葉集』（二度本）一七三・秋・「師賢朝臣の梅津に人人まかりて田家秋風といへることをよめる　大納言経信」。『金葉集』（三奏本）一六四・秋・「師賢朝臣の梅津に人人まかりて歌よみけるに、田家秋風といへることをよめる　大納言経信」。

【参考】　『定家八代抄』四〇二・秋下・「田家秋風と云ふ心をよみ侍りける　大納言経信」。『秀歌体大略』四一。遣送本『近代秀歌』一・自筆本『近代秀歌』四五。『八代集秀逸』四三。『百人秀歌』七〇。『古来風体抄』五〇三。『時代不同歌合』二一。『和歌一字抄』一一四七・雖非水辺詠蘆歌　裏書。『西行上人談抄』四九。『経信集』一〇三・田家秋風。

《参考歌》

『拾遺愚草』八三三（時雨亭文庫蔵定家自筆本の初句「いく世とも」）

いく夜ともやどはこたへず門田ふくいな葉の風の秋の音信

『拾遺愚草』二二二〇

門田ふくほむけの風のよるよるは月ぞいなばの秋をかりける

【余釈】その粗末な家は田が近くにあるので稲の葉の音に秋風を聞き知るということである。「門」が「おとづれ」と響き合う。「蘆のまろ屋」という詞により、あたりには田だけではなく、蘆の生えた川や沢などがあることをも想像させる。さびれた情景を詠むのに、「夕されは」「門田」「まろ屋」など古風な詞を用いたことが効いている。

『金葉集』（二度本）の詞書には「師賢朝臣の梅津に人人まかりて田家秋風といへることをよめる」とあるが、『定家八代抄』の詞書には「田家秋風と云ふ心をよみ侍りける」とだけある。歌の詠まれた場所「師賢朝臣の梅津」については省略していることから、この歌を味わうについてはそれは必要のないことと定家は考えていたのであろう。「田家秋風」の題で詠まれた歌であることははっきりと記しているので、実景を詠んだものではないことは記しておきたかったものと思われる。したがって、「蘆のまろ屋」を、師賢の梅津の別荘のことと解す説は従いがたい。

さて、「夕されは」の「され」について、現在では「さる」がもともと推移進行を意味したと考え、時が来る場合にも用いられたと説明されている。そして、その動詞「さる」が活用して已然形をとり、接続助詞「ば」が付いて確定条件を表し、「夕方になると」の意であるとする。しかし、平安時代から鎌倉時代にはそのようには考えられていなかった。

まず、「夕されし」という語が存在していたということである。古い例としては、「ゆふざれもさらにまたれずあさぼらけおきゆくみちのつゆとけぬべし」（『陽成院親王二人歌合』二四）がある。「ゆふざれ」とあるが、清濁は依拠した『新編国歌大観』に拠るので考慮を要する。以下も同様である。また、『道綱母集』（四四）に「さみだれやこぐらきやどのゆふざれをおもてるまでもてらすほたるか」とあり、『蜻蛉日記』にも「ゆふされのねやのつまづまながむればてづからのみぞくももかきける」（道綱）といった例もあるので、このころには「夕され」の語が存在していたことが確認できる。

そして、この歌の作者である経信にも「ゆふざれやそらもをぐらのほとときすありすのやまにこゑなしのびそ」（『経信集』七八）、「ゆふざれにさやまのみねのほとときすありすがほにもなきわたるかな」（『経信集』七九）などの例がある。その後も「夕ざれの風のけしきにかるかやも心ぼそくなおもひみだれそ」（『堀河百首』六四六・顕仲）、「ゆふざれのかぜのけしきのすずしさにしかなきぬべき心地こそすれ」（『六条修理大夫集』三五三）、「いとどしく都こひしきゆふされはなみの関もるすまのうらかな」（『散木奇歌集』七七八）、「春霞たなびきわたる夕ざれは梢もみえずさくら井のさと」（『久安百首』三〇二・顕輔）、「ゆふざれやたまおく露のこざさふに声はつならすきりぎりすかな」（『山家集』四四五）、「うちすぐる人なきみちのゆふざれはこゑにておくるくつわむしかな」（『山家集』四六三）、「ゆふざれやひばらのみねをこえ行けばすごくきこゆるやまばとのこゑ」（『山家集』一〇五二）などと詠まれている。定家と同時代にも「夕され」の語はしばしば用いられ、慈円などはこれを多用している。

「夕され」の語が存在するならば、現在では「夕されば」と当然のように考えているが、少なくとも平安時代の中期以降は「夕されは」と考えていたと推測される。場合によって「夕されば」と読んでいた可能性もなくはないようであるが、「夕されは」か「夕されば」かの判別が困難で、読み分けていたとは考えがたい。

次に、歌学書には次のように記されている。清濁は依拠した『日本歌学大系』に拠るので考慮を要する。『能因歌枕』は「さればとは、くればといふ、春さればなどよめり」とする。また、『能因歌枕』は「晩をば、ゆふぐれといふ、ゆふされといふ」とし、「夕されとは、ゆふさりを云」として、「夕され」という語を認めている。『綺語抄』は「春されば、くればといふなり」とする。『奥義抄』も「春されとは、春くればといふ也。万葉には春されとかきたれども、彼集は深きをあらはし浅きをかくせる集也。秋さればの花さき紅葉すとよめり。夕されなどいふも夕暮也」とする。やはり「夕され」という語として認識されている。『和歌色葉』も「春されば、夕されなんどいふがごとし」とする。『八雲御抄』もこの「され」を取り上げ、「たとへば、春され、夏され、秋、冬、夕など也。只、春は、夏は也。去心にはよまず。去心ならば、憶良が、春さればまづさくやどの梅の花と云へり、心たがふべし」

としている。この記述の仕方から見て、明らかに「夕されば」ではなく「夕されは」と捉えていたことが知られる。『色葉和難集』は「はるされ」の項目を立て、「和云、はるさればとは、春くればといふ事也。万葉に春去とかきたれど、心はくるをいふ也。秋されば花咲き紅葉すなど読り。ゆふされも、ただ、ゆふべになるをいふなり」とする。これらの記述からも、「夕されは」という語として捉えていたことが窺われる。

『顕注密勘』で、『古今集』五六二番の歌の注に、顕昭は「ゆふされは、夕さり也。万葉には暮去と書り。されは、きたる心也。春去来《サリクレ》ばとよめるところもあり。然者、ゆふされは、くれと云、同事也。此さりくればと云は、ほかをさりてここへくる也」とする。これに対して、定家は「ゆふされば、春さればの詞、事ふり侍にたれど、ほかをさればさるといはむ事おぼつかなし。万葉つかふ文字は、すべてたのむべからず。なぞ物語などいふ物のやうに、人の心をまどはせて、ふかくこめたる事、またあらはれたるところ、さまざまに侍り。去の字はおほくかきたれば、ただいひつけたるに付てかけるにや侍らん。春之在ばとかきたるにつくべし。はるにしあればなり。去とよみては、夏こそ春さればとよみ侍め。かくれなき事也。夕されば、これにおなじ」とする。

定家は「夕されは」を古語として認識し、「され」を「去」の意であるとする説に疑問を呈し、『万葉集』に「春之在者」（一九〇一〔一八九七〕、一九八三〔一九七九〕など）とあるところから、「春されは」を「春にしあれば」の意であるとして独自の見解を示している。そして、「夕されは」も同様に解していたことが知られる。なお、「春にしあれば」は語義であって、「春されば」と読むべきだと言っているわけではないことには注意しなければならない。

次に「夕され」か、それとも「夕ざれ」かという問題が残る。『日葡辞書』には「Yuzare」とあり、室町時代には「ざ」と濁音であったことが知られる。しかし、右の歌学書には「去」と結びつけており、もちろん『万葉集』の表記の影響もあろうが、「去」が連想されたということである。そうであるとすれば、「さ」と清音で読んでいた可能性が高いと考えられる。

諸注は、『拾穂抄』あたりまでは中世の注釈を継承して「夕ざれは」としているが、『改観抄』で「夕されはとは、万葉の古語なり。夕去者とかけり。仮名にかける所には由布佐礼婆とあり。婆は多分濁る所にかきたれば、昔は佐をすみ婆をにごりていへるにや」とし、語義としては「夕のくればといふ心にて夕になるをいふなり」としている。『うひまなび』は、『万葉集』の用例によってこの説をさらに補強して、「夕さればのさは清《スミ》て唱ふべし」「下のはは濁る也、清て唱ふるはわろし」と「春されば」と読むべきことを主張している。これに対して、『百首異見』は「されはの語は、時節の経ゆく意にて、春さり秋さりなどいふも、春秋は月日へて移りさるものなれば、しかいふにて、其ころほひを大やうさせる也。夕さりも時刻のうつる方につきていへり。こは其語の出たるもとの意を釈するのみ。かく一つの語と成ては、ひとへに夕といひ、只春秋といふに多くかはらぬ也」としている。「さり」「さる」の原義は推移進行の意としながら、「夕され」「夕さり」のように一語となれば「夕」と変わらないとしている。

現在の通説は、『改観抄』『うひまなび』の説が近代に踏襲され現代に至っているのであるが、これは中古語を上代語法によって解そうとするものであり、首肯できない。その点では中古語に柔軟に対応しようとする『百首異見』の姿勢は支持し得る。いずれにせよ、『百人一首』の歌の解釈としては、定家の理解に即してなされるべきである。

定家は『近代秀歌』(遣送本)に経信ら六人の名を挙げ、「このともがら末の世のいやしき姿をはなれて、常に古き歌をこひねがへり。此人々の思ひ入れて姿すぐれたる歌は、高き世にも思ひ及びてや侍らむ」とし、最後にその六人の秀歌例を挙げている。経信の歌は、この「夕されは」の歌と、「きみがよはつきじとぞおもふかみ風やみもすそがはのすまむかぎりは」(『後拾遺集』四五〇・賀)、「おきつかぜふきにけらしなすみよしの松のしづえをあらふしらなみ」(『後拾遺集』一〇六三・雑四)の三首である。この三首は『八代集秀逸』にも選んでおり、評価の高さは揺るぎのないものであった。しかも、この三首は、『古来風体抄』にも『時代不同歌合』にも選ばれた三首であって、俊成や後鳥羽院も高く評価していたことが知られるのである。

それでは、定家はなぜこの三首のうち、「夕されは」の歌を選んだのであろうか。それは、六七番周防内侍のところに述べたように、『百人秀歌』で周防内侍の歌との対を作ったことによるのではないかと思われる。春の夜の甘美な恋の気分と秋の夕暮れの寂しさとの対比対照による組み合わせということになろうか。

なお、この歌を本歌とするものに、「門田ふくいな葉の風やさむからんあしのまろやに衣うつなり」(『御室五十首』五七九・家隆)、

「夕されば門田のいなば風ふれてなにそよ秋の心づくしぞ」（『正治初度百首』五五一・通親）、「夕さればいなばそよぎて吹く風にあしのまろ屋を問ふ人もがな」（『後鳥羽院御集』七五七）、「つゆじものおくてのいなばかぜをいたみあしのまろやのねざめとふなり」（『秋篠月清集』六五六）などがある。仮に清濁は『新編国歌大観』に拠った。

《第十四グループの配列》

68　心にもあらで憂き世にながらへば恋しかるべき夜半の月かな（三条院）
69　嵐吹く三室の山のもみぢ葉は竜田の川の錦なりけり（能因）
70　寂しさに宿をたち出でてながむればいづくも同じ秋の夕暮れ（良暹）
71　夕されは門田の稲葉をとづれて蘆のまろ屋に秋風ぞ吹く（経信）

この第十四グループは、三条朝から白河院政期頃までの歌人をまとめている。六八番三条天皇は、六六番行尊の曾祖父であるから、時代がここで大きく遡っており、グループの存在を認めなければ、これを説明することはできない。六九番能因と七〇番良暹は、主として後朱雀・後冷泉朝期に活躍した歌僧である。七一番経信は、後冷泉朝末期から白河院政期にかけて活躍した歌人である。時代順に並べられていると言える。

歌の内容から見れば、この四首はすべて秋の歌と見ることができる。六八番は秋かどうかはわからないが、ほかの三首と並べれば、「月」は秋の月と見なすことができる。そして、前半の二首は秋の美しい景物を愛でているのであり、後半の二首は

71　夕されは門田のいなばをとづれてあしのまろ屋に秋かぜぞふく

秋の夕暮れの心にしみるような寂しい情景を詠んでいるのである。
『改観抄』は、六八番の歌の注に、六七番の歌と関連づけて「右二首共に月のおもしろき夜につきての歌なればかくつらねらるる歟」とし、さらに「此御製詞書にも秋といはねど秋と聞ゆれば次の歌もまたその心にて来たる歟」としている。また、七〇番の注には「右二人共に法師にて歌も上手なれば一類としたまへる歟。又次下と三首秋の歌なるを一類とす」とする。そして、七一番の注には「是も秋の夕をよまれたるをもて良暹が歌につらねられたり」としている。

72

祐子内親王家紀伊

〔お〕をとにきくたかしのはまのあだ浪はかけじや袖のぬれもこそすれ

【異同】
〔定家八代抄〕　東急はこの歌なし。をとに—音に（安永）—袖玉・知顕は底本に同じ。
〔百人秀歌〕　をとに—おとに。
〔百人一首〕　をとに—おとに（為家・古活）—音に（龍谷・応永・頼常・経厚）—栄雅・兼載・守理・長享・頼孝・上條は底本に同じ。あた浪は—あたなみを（上條）—為家・栄雅・兼載・守理・龍谷・応永・古活・長享・頼常・頼孝・経厚は底本に同じ。
【語釈】　○をとにきく—「をと」の仮名遣いについては、五五番歌の語釈項を参照のこと。「音に聞く」は、人づてに聞く、噂に聞くの意。「於登尓吉伎　目尓波伊麻太見受　佐容比売我　必礼布理伎等敷　吉民万通良楊満」（『万葉集』八八七〔八八三〕・三嶋王、廣瀬本の訓「おとにきく　めにはいまだみず　やまひめが　ひれふりきとふ　きみまつらやま」）、「おとは山おとにききつつ相坂の関のこなたに年をふるかな」（『古今集』四七三・恋一・元方）、「おとにきく松がうらしまけふぞ見るむべも心あるあまはすみけり」

（『後撰集』一〇九三・雑一・素性）。「音」は「波」の縁語。○たかしのはま—高師の浜。摂津国の歌枕。『初学抄』は和泉とし、『五代集歌枕』『八雲御抄』は摂津とする。ただし、『八雲御抄』は「通㆓和泉㆒」とする。『建保名所百首』にも摂津国としているので、当時は摂津と考えられていたものと思われる。「おきつ浪たかしのはまの浜松の名にこそ君をまちわたりつれ」（『古今集』九一五・雑上・貫之）の詞書には「貫之がいづみのくにに侍りける時に」とあるので和泉国とされることが多い。現在の大阪府高石市の海岸とされている。「大伴乃　高師能浜乃　松之根乎　枕宿杼　家之所偲由」（『万葉集』六六・置始東人、廣瀬本の訓「おほともの　たかしのはまの　まつのねを　まくらもぬれど　いつとおもほゆ」）。「高し」を響かせる。『初学抄』に「なみたかきに」とする。余釈項を参照のこと。○あだ浪—いたずらに立ち騒ぐ波。思っていることをすぐに言葉に出して、愛情が深くないのを言ったもの。余釈項を参照のこと。○かけじや—「かけ」は「かく（懸）」の未然形で、波がかける意と思いを及ぼす意を掛ける。「じ」は打消し意志の助動詞。「や」は間投助詞。余釈項を参照のこと。○ぬれもこそすれ—袖が波に濡れることと涙に濡れることを重ねた。「君とだにかけてもいへばおきつなみうちいづるごとに袖ぞぬれける」（『延喜御集』六）、「ちかの浦に波かけまさるここちしてひるまなくてもぬるるそでかな」（『道信集』八九）。「あだ波」に濡れる例としては、「とりもあへずたちさわがれしあだ浪にあやなく何に袖のぬれけん」（『後撰集』一一五九・雑二・よみ人しらず）の例がある。「もこそ」は強意であるが、将来のことについていう場合、そういう事態になることを危ぶむ気持を表すことが多い。「花見れば心さへにぞうつりけるいろにはいでじ人もこそしれ」（『古今集』一〇四・春下・躬恒）、「すぎがてにをらましものを桜花帰る夜のまのかぜもこそふけ」（『拾遺愚草』六二九）、「冬の日のゆくかたいそぐかさやどり霰すぐさば暮れもこそすれ」（『拾遺愚草』二四四六）。

【通釈】　話に聞く高師の浜の高く立つというあだ波は、かけたりしますまいよ。袖が濡れると困りますから。あなたが思っていることをやたらとすぐに口に出す愛情の浅いお方だということは人づてに聞いておりますので、あなたのことを思ったりはしますまいよ。涙に袖を濡らすことになったら困りますから。

【出典】　『金葉集』（二度本）四六九・恋下・「堀河院御時のけさうぶみあはせによめる　中納言俊忠　四六八人しれぬおもひありそ

のうらかぜになみのよるこそいはまほしけれ　返し　一宮紀伊」・第二句「たかしのうらの」。『金葉集』（三奏本）四六四・恋下・「堀河院御時艶書合によめる　中納言俊忠　四六三人しれずおもひありそのうら風になみのよるこそいはまほしけれ　返し　一宮紀伊」・第二句「たかしのうらの」。

【参考】『定家八代抄』九八六・恋二・「堀川院御時、人人の艶書をめして女歌よみのもとに遣して、返しをめし御らんじける中に　祐子内親王家紀伊」。自筆本『近代秀歌』八一。『八代集秀逸』四七。『百人秀歌』七四。『時代不同歌合』一一六。『堀河院艶書合』一八・俊忠中将　人しれぬ思ひありそのはま風に浪のよるこそいはまほしけれ　返し　おとにきくたかしの浜のあだ波はかけじや袖のぬれもこそすれ。『祐子内親王家紀伊集』六・殿上のけさうぶみの歌、としただの中将のおこせ給へる　ひとしれぬ思ひありそのうらかぜになみのよるこそいはまほしけれ　返し　おとにきくたかしのうらのあだなみはかけじや袖のぬれもこそすれ。『俊忠集』五・ふたまにおはしまして、うへのをのこども、歌よみの名ある女房の許にけさうぶみのうたよみてつかはせとおほせられし時　人しれぬ思ひありそのうらかぜになみのよるこそいはまほしけれ　返し　一宮紀伊の君　おとにきくたかしのはまのあだなみはかけじやそでのぬれもこそすれ。

《参考歌》

『源氏物語』若菜上

身をなげんふちもまことのふちならでかけじやさらにこりずまの波

『拾遺愚草』一二六七

あだ浪のたかしのはまのそなれ松なれずはかけて我恋ひめやも

【余釈】　口ばかりで愛情の浅いあなたに思いを寄せたりはすまい。そんなことをしたら、この袖が涙に濡れることになるから、ということを、「高師の浜の波」に寄せて詠んだ一首である。

語釈項にも指摘したように、「高師の浜」は『万葉集』や『古今集』に詠まれた歌枕であり、これを詠み込んだ。次に、相手の思いの浅さを、『古今集』素性歌に用いられた「あだ波」の語によって表し、その「高師の浜」の高く立つ波に詠んだところが巧みである。そして、その波は「かけじや」と繋ぐが、これはおそらく、『三奥抄』『改観抄』に指摘するように、『源氏物語』（若菜上）の「身をなげんふちもまことのふちならでかけじやさらにこりずまの波」を念頭に置いて詠んだものと思われる。

この歌は、実際の恋の場で詠まれたのではなく、康和四年（１１０２）閏五月二日と七日に堀河天皇の主催で行われた堀河院御時艶書合《けそうぶみあわせ》での詠である。贈歌は俊忠の「人知れぬ思ひありその浦風に浪のよるこそ言はまほしけれ」であり、この歌の答歌として詠まれたものである。

出典の『金葉集』（二度本）では、詞書に「堀河院御時のけさうぶみあはせによめる」とあり、俊忠の歌が載り、その後に「返し」としてこの紀伊の歌が載る。『定家八代抄』では、詞書を「堀川院御時、人人の艶書をめして女歌よみのもとに遣して、返しをめし御らんじける中に」として、この紀伊の歌を載せている。堀河院御時艶書合の折の歌であることは明らかにしているが、贈歌である俊忠の歌は削っているわけである。つまり、俊忠は定家にとって祖父であるが、その俊忠の贈歌への評価はそれほど高くなく、この紀伊の歌を味わうためにはその贈歌はむしろ余計な存在だということである。この点は十分に留意されなければならない。

本文上の問題としては、「高師の浜」か「高師の浦」かということがある。『金葉集』（二度本・三奏本）や『紀伊集』では「高師の浦」になっている。『定家八代抄』『近代秀歌（自筆本）』『八代集秀逸』などすべて「高師の浜」である。定家の著作だけではなく、後鳥羽院の『時代不同歌合』も「高師の浜」である。『堀河院艶書合』『俊忠集』も「高師の浜」である。どのようにして異文が生じたかはわからないが、『百人一首』の本文としては「高師の浜」で問題はない。

次に、解釈上の問題点としては、次の三つが考えられる。第一は、「高師の浜」に「高し」が掛けられているかということ。第二は、「あだ波」の語義。第三は、「かけじ」の語義についてである。

まず、第一の問題点、「高師の浜」に「高し」が掛けられているかについて考えてみたい。

『内大臣家歌合　元永元年十月二日』で為実が詠んだ「わが恋はたかしの浜にゐる田鶴の尋ねてゆかん方もおぼえず」（七〇）と

いう歌に対して、基俊は「わがこひはたかしの浜のうた、猶、上に、浪といひて、たかしのとはいはばやとこそ見給ふれ、忠房の返しに貫之よみたるにも、おきつなみたかしの浜とぞよみたる、浜はいづくにもおほかるに、このたかしの浜のふしにて事たがひてすずろに覚え侍る」と判詞を付けている。つまり、「高師の浜」は「波高し」を掛けて詠んでこそこの歌枕が生かされるということである。また、語釈項にも指摘したが、清輔の『初学抄』にも「なみたかきに」と記されている。

定家がこの紀伊の歌を本歌として「あだ浪のたかしのはまのそなれ松なれずはかけて我恋ひめやも」（『拾遺愚草』一二六七）と詠んでいるのも、そのような意識に支えられてのものであろう。そうであるとすれば、定家はこの紀伊の歌の「高師の浜」に「波高し」の意を読み取っていたのではないかと思われる。それを表立てて詠んだのが「あだ波のたかしの浜」だったのではなかろうか。したがって、高いのは「波」であることも注意されなければならない。「音に聞く高し」すなわち「評判が高い、有名な」の意に解す注釈書が多いがこれに従うことはできない。

次に、第二の問題点、「あだ波」の語義について。『宗祇抄』に「あだなみは、あだ人といふ心なり」とし、浮薄で移ろいやすい心を喩えたものとする説がその後もとられてきた。そして、現在ではそれがほとんど定説のようになっている。しかし、「あだ」の語義としてはそれでよいとしても、「あだ波」としてはいかがであろうか。「あだ波」は、「いたずらに立ち騒ぐ波」の意であるが、それは具体的にどのような波のことであろうか。この語だけで考えてもわからないのである。「あだ波」は、「そこひなきふちやはさわぐ山河のあさきせにこそあだなみはたて」（『古今集』七二二・恋四・素性）に拠る語である。この歌は、「底の深い淵は騒ぎはしない。静かなものだ。山川の浅い瀬にこそいたずらに波が立つものだ」と表に詠んで、裏に「愛情の深い人は、あれこれと言わないものだ。愛情の浅い人に限ってすぐ言葉に出すものだ」ということを込めている。「あだ波」は「いたずらに立ち騒ぐ波」であるが、この『古今集』素性歌の歌意を離れては意味が成り立ちがたい語である。したがって、その歌意も含めて理解されなければならない。そうであるとすれば、「あだ波」は、「心の移ろいやすい人」というのではなく、「思っていることをすぐに言葉に出す愛情の浅い人」の意となる。この歌においてもそのように解すべきではなかろうか。

出詠時のこの歌の贈歌「人知れぬ思ひありその浦風に波のよるこそ言はまほしけれ」は、「あなたへの人知れぬ思いをもっていますので、夜、お側に上がって打ち明けたいものです」という意である。これに対して、「あなたが、思っていることをすぐに言葉に出す愛情の浅い人だとは人づてに聞いています」と応じたのである。通説のように「有名な、心の移ろいやすい人」では、なぜそのように言うのか、何の脈絡もなく、理解しがたいのではなかろうか。

そして、第三の問題点、「かけじ」の語義について考えてみる。

例えば、『宗祇抄』は「ちぎりをかけじなり」とする。『経厚抄』も同様に解している。『幽斎抄』『拾穂抄』『基箭抄』も『宗祇抄』を踏襲している。『三奥抄』は「かりそめにもかけあはじ」とし、『改観抄』もこれを踏襲している。『新抄』には「ゆかりをかけじと也。俗語に縁をむすぶまいといふ意也」とする。『百首異見』は「かかりあへじ」とする。微妙な違いは認められるが、これらは「かく」を「かかわりをもつ」意に解している。これに対して、『うひまなび』は「思ひかけじよ」とする。『峯梯』も「思ひをかけうとは思はぬよ」としている。これらは「かく」を「思いを及ぼす」意に解していると言えよう。この解釈は現在の通説となっている。

それでは、定家はどのように考えていたのであろうか。右にも引いた定家の「あだ浪のたかしのはまのそなれ松なれずはかけて我恋ひめやも」（『拾遺愚草』一二六七）をもう一度見てみる。この定家の歌は、紀伊の歌と「おきつ浪たかしのはまの浜松の名にこそ君をまちわたりつれ」（『古今集』九一五・雑上・貫之）を本歌としている。歌意は「あだ波が高い高師の浜のそなれ松よ、慣れ親しまなければ、どうして思っていることをやたらとすぐに口にするような愛情の浅いあなたに思いを寄せて恋しく思ったりしましょうか」ということであろう。この歌の「かけて」を考え合わせると、定家は「思いを及ぼす」意に解していたものと思われる。結果的には、現在の通説どおりということになろうか。

「かく」を「思いを及ぼす」意に用いた例としては、「いにしへをさらにかけじと思へどもあやしくめにもみつなみだかな」（『拾遺集』九九一・恋五・村上天皇）などが挙げられる。また、「波かく」との掛詞の例としては、「ありと見しあまのつり舟いにしへをかくる浪にぞ袖はぬれける」（『冷泉院御集』八）、「夕なみのかけてぞ恋ふるかみしまの礒まのうらに衣かたしき」（『壬二集』七七一）などが挙げられよう。

定家は、紀伊の歌としては『定家八代抄』にこの歌のみを選んでいる。そして、『近代秀歌』の秀歌例にも挙げ、『八代集秀逸』にも選んでいるので、よほど高く評価していたものと思われる。是非ともこの一首を『百人一首』に選び入れたかったのであろう。後鳥羽院もこの歌を高く評価していたであろうことは、『時代不同歌合』に選んでいることからも知られる。ちなみに、あとの二首は、「おく露もしづ心なく秋風にみだれてさけるまの萩原」（『新古今集』三三一・秋上）と「浦かぜにふきあげの浜のはま千鳥なみ立ちくらし夜はに鳴くなり」（『新古今集』六四六・冬）で、何れも『新古今集』から選んでいる。この二首は、隠岐本にも残されたものと考えられる。しかし、定家の撰者名注記はないので、定家はあまり高く評価していなかったものと推察される。ここに後鳥羽院と定家の評価の共通と相違が認められよう。

この紀伊の歌を本歌として詠んだものに、「恋すてふ名のみたかしのはま千鳥なくなくかくる袖のあだ浪」（『後鳥羽院御集』九五二）などがある。

73

権中納言匡房

たかさごのおの〔を〕へのさくらさきにけりと山のかすみたたずもあらなん

【異同】

〔定家八代抄〕　おのへ―尾上（安永）―袖玉・知顕・東急は底本に同じ。

〔百人秀歌〕　底本に同じ。

〔百人一首〕　おのへ―をのへ（守理・上條）―尾上（為家・龍谷・古活・長亨・頼常・経厚）―尾の（兼載）―栄雅・応永・頼孝は底本に同じ。たゝす―たえす（古活）―為家・栄雅・兼載・守理・龍谷・応永・長亨・頼常・頼孝・経厚・上條は底本に同じ。

〔小倉色紙〕　底本に同じ。香雪美術館蔵。（集古・入門・定家様）

【語釈】　○たかさご―「高砂」は、三四番歌のように播磨国の歌枕としても詠まれるが、ここは山の総称ととる。『後撰集』素性歌（五〇・春中）に、「山守はいはばいはなん高砂のをのへの桜折りてかざさむ」という歌がある。詞書には「花山にて道俗さけらたうべけるをりに」とあるところから、この素性歌の「高砂」は播磨国の地名ではないことが知られ、山の総称として詠まれた例とされる。『隆源口伝』『俊頼髄脳』『奥義抄』『和歌色葉』『和難集』などもこの素性歌の例を山の総称としている。『顕注密勘』において『古今集』二一八番の注で顕昭もこの素性歌を引いて、山の総称としている。定家もそれについて異論を唱えず、『僻案抄』にはこの素性歌について「高砂、播磨の名所なれど、すべて山をばたかさごといふ一の説也」としている。名所か山の総称か、古くから議論のあったところであることは歌学書の記述からも窺われる。『隆源口伝』に「高砂といふにあらそひあり。然はあれども、うけ習ひたるをしるすべし。高砂とは、よろづの山をいふなるべし。その故は、本文云、積レ砂成レ山といへり。然ればいふなるべし」として、右の『後撰集』素性歌を引く。そして、「但し此の外にも、播磨にも高砂の尾のへとよめり。それは所の名なれば驚くべからず」としている。範兼の『和歌童蒙抄』は、この匡房の歌について「高砂とは山の惣名也。本文に、石砂長成レ山と云へり。はりまの高砂にはあらず」とする。また、その範兼の『五代集歌枕』には「峯」項「たかさごのをのへ」に「人伝云、高砂云、山之惣名也云々。随即素性花山詠歌、涼丹後国於レ山之惣名と見たり。已非二其処一歟。可レ謂レ非二播磨一歟。他所名をば不レ注。後拾遺義定相方詠は対二其所一詠レ之。其外詠は其所不レ見。有山之惣名歟。将又存二播磨一之所名歟。暗不レ弁。仍就二高砂名一、皆々正本注レ之。たかさごとは、すべて山を云と古人説也。しかはあれど所名につきてかはる也。此外注無レ之」とする。○おのへ―歴史的仮名遣いでは「をのへ」、定家の表記法では「おのへ」である。現存定家自筆本三代集の表記もすべて「おのへ」であり、『下官集』も「お」の例として「おのへの松」を挙げている。「を（峰）」は、現在では、山のもっとも高い所と考えられている。『奥義抄』は「をのへとは、山の尾の上と云ふなり」とする。『和歌色葉』も同様に説明している。『童蒙抄』は「をのへとは峯上とぞ万葉集に書たる」とする。『顕注密勘』は『古今集』五一番歌の注に顕昭は「峯とは山の高き所也。をとは山のさき、くだれるをば尾と云也。山の尾のへとは、尾のうへといへば、高峯と云也」と説明する。これについて定家は特に異論を唱えてはいない。顕昭は『古今集注』に「やまのたかきところをば、みねといふ。やまのさきのくだれるをば尾といふ。牛の尾、鷲の尾などいふは是也。やまのをのうへといふは、尾の上と云也」とさらに詳しく説明している。顕昭は、「牛の尾」や「鷲の尾」の「尾」と同様に考えていたことが知られる。定家は『僻案抄』に『後撰集』素性歌（五〇番）の注に「をのへとは、をのうへといふ也」としている。「尾上」の「桜」を詠んだ例としては、右の『後撰集』素性歌のほかに、「やまたかみをのへにさけるさくらばなちりなばくものはるるとや見む」（『六条修理大夫集』二）、「ふもとまで尾上の桜ちりこずはたなびく雲と見てやすぎまし」（『新古今集』一二四・春下・顕輔）などがある。〇と山―「とやま（外山）」は、連山のはずれの山。高い峰や奥山、深山に対して、人里に近い麓のほうの山。「み山にはあられふるらしとやまなるまさきのかづらいろづきにけり」（『古今集』一〇七七・神遊歌）、「ほととぎすふかきみねよりいでにけり外山のすそに声のおちくる」（『新古今集』二一八・夏・西行）。「外山」の「霞」の例としては、「きのふかもあられふりしはしがらきのとやまのかすみ春めきにけり」（『詞花集』二・春・惟成）、「あさ霞へだつるからに春めくはと山や冬のとまりなるらん」（『拾遺愚草』二）、「いつしかとと山のかすみ立ちかへりけふあらたまる春の明ぼの」（『拾遺愚草』一七二九）などがある。〇たたずもあらなん―「なん」は誂えの終助詞。二六番歌に既出。「あかなくにまだきも月のかくるるか山のはにげていれずもあらなむ」（『古今集』八八四・雑上・業平）、「卯花のかきねもたわにおける露ちらずもあらなん玉にぬくまで」（『拾遺愚草』九二三）。

【通釈】山の高い峰の桜が咲いたことよ。外山の霞は立たないでほしい。

【出典】『後拾遺集』一二〇・春上・「内大まうちぎみのいへにて人人さけたうべてうたよみ侍けるに、はるかに山ざくらをのぞむといふ心をよめる　大江匡房朝臣」。

【参考】『定家八代抄』九八・春下・「後二条関白家にて、望山花といふ心を　前中納言匡房」。『百人秀歌』七二。『五代簡要』「たかさごのをのへのさくらさきにけりとやまの霞たたずもあらなん」。『古来風体抄』四一四。『時代不同歌合』二四八。『西行上人談抄』二六。『和歌一字抄』一一五（遠山桜）、一三一（遥見山花）。『和歌童蒙抄』六七二。『五代集歌枕』五四三。『江帥集』二三・内大臣殿遠山桜有序。

《参考歌》

『古今集』五一・春上・よみ人しらず

やまざくらわが見にくれば春霞峰にもをにもたちかくしつつ

『後撰集』五〇・春中・素性

山守はいはばいはなん高砂のをのへの桜折りてかざさむ

『新勅撰集』八〇・春下・顕仲

たかさごのふもとのさとはさえなくにをのへのさくら雪とこそ見れ

『拾遺愚草』六〇三

花ざかりと山の春のからにしきかすみのたつもをしき比かな

【余釈】　山の高い峰に桜が咲いたので、それを心ゆくまで見ていたい。だから、手前の低い山の霞は立ってそれを隠さないでほしいということである。「外山の霞立たずもあらなん」には、外山には春なので当然霞が立ち、このままでは遠い峰の桜をすっかり隠すことになるだろう、しかしそのようにはしないでほしいということが余意として読み取られ、そこには桜への思いの強さが表されている。また、詠んだ場所が麓の山里であることも暗示されている。

霞が山の桜を隠すという発想は、「やまざくらわが見にくれば春霞峰にもをにもたちかくしつつ」（『古今集』五一・春上・よみ人しらず）などに見るように、『古今集』以来のものである。山の桜を見ていたいので霞に立たないでほしいと願う発想も、「春霞立ちなへだてそ花ざかりみてだにあかぬ山のさくらを」（『拾遺集』四一・春・元輔）などの例がある。山の峰の桜を「高砂の尾上の桜」と詠んだのは、「山守はいはばいはなん高砂のをのへの桜折りてかざさむ」（『後撰集』五〇・春中・素性）に拠ったものであろう。その「高砂の尾上」と「外山」を対比させたのは、「み山にはあられふるらしとやまなるまさきのかづらいろづきにけり」（『古今集』一〇七七・神遊歌）を念頭に置いたものと考えられる。また、「外山」に「霞」を詠むことも当時すでに行われていたものと思われる。その「外山の霞」に「高砂の尾上の桜」を隠させるように想を構えたところに、この歌の趣向がある。詞も発想も和歌の伝統に基づきながら巧みに詠みなした、余情に溢れた優美な一首と言えよう。

定家は、この匡房の歌を念頭に置いて、「花ざかりと山の春のからにしきかすみのたつもをしき比かな」（『拾遺愚草』六〇三）と詠んでいる。「外山」とあることで「春の唐錦」に見立てられている「花盛り」は「高砂の尾上の桜」であることを表している。そして、「唐錦」と言ったところから、「霞の（立つ・裁つ）も」としたところに面白さがあるのである。

出典の『後拾遺集』の詞書には、「内大まうちぎみのいへにて人人さけたうべてうたよみ侍けるに、はるかに山ざくらをのぞむといふ心をよめる」とある。これによれば、内大臣藤原師通邸での酒宴の折の歌会において「遙かに山の桜を望む」という題で詠んだ歌であることが知られる。『定家八代抄』では、詞書を「後二条関白家にて、望山花といふ心を」と改めている。「後二条関白」は師通のことであり、師通のことであることを明確化したのである。「人人さけたうべてうたよみ侍けるに」の部分は不必要と考えて削ったものと思われる。そして、題が「はるかに山ざくらをのぞむ」から「望山花」に微妙に改められている。

匡房の歌で『古来風体抄』『時代不同歌合』『定家八代抄』に共通する歌は二首で、そのうちの一首がこの「高砂の」の歌である。したがって、定家の時代にあっては、この「高砂の」の歌は、匡房の代表的秀歌として認められていたと言えるであろう。ちなみに、もう一首は「はしたかのしらふにいろやまがふらんとがへるやまにあられふるらし」（『金葉集』二七六・冬）である。

また、定家としては、この「高砂の」の歌よりも、「白雲とみゆるにしるしみよしののよしののやまのはなざかりかも」（『詞花集』二一・春）を高く評価していたのではないかと思われる。この歌は『定家八代抄』のほかに『八代集秀逸』に選んでいるからである。ちなみに、この歌は『無名抄』に俊恵が高く評価していたと伝える歌でもある。

それでは、なぜ「はしたかの」の歌や「白雲と」の歌ではなくて、「高砂の」の歌を選んだのであろうか。それは、これもおそらく『百人秀歌』での歌の組み合わせによるものと思われる。『百人秀歌』では、この歌は『百人一首』では差し替えられた国信の「春日野のしたもえわたる草のうへにつれなく見ゆる春のあは雪」（『新古今集』一〇・春上）と組み合わされている。匡房の歌は霞に隠されようとする桜を詠んだ歌であり、国信の歌は春の雪に覆われ隠されている若草である。桜はいずれ霞に隠され見えなくなり、若草はいずれ淡雪が溶けて姿を現す。「白雲と」の歌は同じ桜の歌であるが、国信の歌に対する歌としては「高砂の」の歌のほうがふさわしいであろう。

なお、この匡房の歌を本歌とした歌としては、「高砂のをのへの紅葉ちりにけりとやまの嵐おとのさやけき」（『正治初度百首』六六〇・慈円）、「たちかへりとやまぞかすむたかさごのをのへの桜くももまがはず」（『明日香井和歌集』七三七）などがある。

74

うかりける人をはつせの山おろしよはげしかれとはいのらぬ物を

源俊頼朝臣

【異同】

〔定家八代抄〕安永・袖玉・知顕・東急は底本に同じ。

〔百人秀歌〕この歌なし。

〔百人一首〕山おろしよ―山おろし（守理・応永・上條）―為家・栄雅・兼載・龍谷・古活・長享・頼常・頼孝・経厚は底本に同じ。

〔小倉色紙〕底本に同じ。三井文庫蔵。（集古・墨・入門・定家様）

【語釈】○うかりける人―自分につらい思いをさせた人。「こじとだにいはでたえなばうかりける人のまことをいかでしらまし」（『後拾遺集』七五三・恋三・相模）。○はつせの山おろしよ―「初瀬山」は、大和国の歌枕。現在の奈良県桜井市初瀬町。標高五四八メートル。その山腹に長谷寺がある。長谷寺の本尊は十一面観世音菩薩。平安時代、貴族たちの信仰を集めた。『初学抄』に「長谷寺也。くもゐにたかくよむ」とする。ここでは、「初瀬」の「はつ」に「果つ」を掛ける。余釈項を参照のこと。「山おろし」は山から吹き下ろす強い風。異同項に示したように「山おろし」とする伝本もあるが、「山おろしよ」とする本文に従う。余釈項を参照のこと。「初瀬」に「山おろし」を詠んだ例は、この歌が初めてである。ちなみに、「山おろし」の「お」は歴史的仮名遣いも定家の表記法も「お」である。○物を―五九番歌の語釈項を参照のこと。

【通釈】つらかったあの人との縁も終わってしまった。「初瀬山の山おろしよ、激しく吹け」とは祈らないのに。

【出典】『千載集』七〇八・恋二・「権中納言俊忠家に恋十首歌よみ侍りける時、いのれどもあはざる恋といへる心をよめる　源俊頼朝臣」。

【参考】『定家八代抄』九三二・恋一・「権中納言俊忠家恋十首歌よみ侍りけるに、祈恋の心を　俊頼朝臣」。『秀歌体大略』八六。遺送本『近代秀歌』一〇・自筆本『近代秀歌』七五。『八代集秀逸』六七。『時代不同歌合』一一八。『後鳥羽天皇御口伝』二。『散木奇歌集』一一八三・祈れども不遇・第三句「山おろし」（『新編国歌大観』）。ただし、時雨亭文庫蔵本は「山をろしよ」とする。

《参考歌》

『新古今集』一一四二・恋二・定家

としもへぬいのるちぎりははつせ山をのへのかねのよそのゆふぐれ

『拾遺愚草』九三六

けふこそは秋ははつせの山おろしにすずしくひびく鐘の音かな

『拾遺愚草』一六六八

いまはみなおもひつくばの山おろしよしげきなげきとふきも伝へよ

【余釈】　つれなかったあの人と縁を結んでほしいと観世音菩薩に祈ったが、その縁も切れてしまった。「初瀬の山おろしよ、激しく吹け」などとは祈らなかったのに、山おろしが激しく吹き、独り寝のこの身にしみることよ、ということである。

さて、解釈上の問題点は、次の二つである。一つは、「憂かりける人を」がどこにかかるかということ。もう一つは、「初瀬の山おろしよ」が序詞かどうかということである。

まず、第一の問題点についてであるが、通説では、「憂かりける人を」は「激しかれとは祈らぬものを」にかかると考えられている。あるいは、「憂かりける人を初瀬」と言い続けたことで、初瀬の観世音菩薩につれない相手のことを祈ったことを表しているとと解されている。これに対して、上條彰次氏「源俊頼朝臣歌注文考」（『百人一首古注釈『色紙和歌』本文と研究』所収、新典社・昭和56・2）は、直後の「初瀬」の「はつ」に「果つ」が掛けられており、そこにかかるとしている。島津忠夫氏『新版百人一首』（角川ソフィア文庫）もそのように解している。

この第一の問題点に関して言えば、上條氏右掲論文の見解に従うべきであろう。同論文にも指摘されているように、定家はこの俊頼歌をもとにして、「年も経ぬ祈る契りははつせ山尾上の鐘のよその夕暮れ」（『新古今集』一一四二・恋二・定家）という歌を詠んでいる。歌意は、「年月もずいぶんと経った。観世音菩薩に祈る、あの人との縁も切れてしまった。初瀬山の峰の鐘の音を、自分とはかかわりのないものとして聞く夕暮れであるよ」ということであろう。古歌の詞を取る狭義の本歌取りとは異なるが、俊頼の歌を念頭に置いて詠まれていることは確かである。そうであるとすれば、定家は俊頼歌の「初瀬」の「はつ」に「果つ」を読み取って、「契り」が「果つ」と解していたものと考えられる。それを明確に示したのが「祈る契りははつせ山」という表現だったのである。

この上條氏右掲論文の見解をほんの少し補強すると、『定家八代抄』において、この定家の歌と俊頼の歌は「恋一」の巻末に並べて置かれている。このことは、定家が両首を関係の深いものとして考えていたことの証左となるであろう。また、相手との縁が切れてしまうというのでは、出詠時の題「祈れども逢はざる恋」（『千載集』や『散木奇歌集』の詞書）と少し合わないのではないかということにもなるが、『定家八代抄』では「祈恋」に改められている。

また、「憂かりける人を果つ」と解すことの難点は、「人を果つ」という言い方にやや無理があり、残念ながら現在のところ、他例を見出し得ないことである。しかし、定家がそのように解していたと考えられるならば、それに従うべきである。作者の俊頼がどのような意味で詠んだのかはわからないが、『百人一首』の歌としては、定家の理解に即して解釈されなければならない。

次に、第二の問題点について考えてみる。「初瀬の山おろしよ」が序詞であるかそうではないのかということである。

これも上條氏前掲論文にも指摘されているが、序詞とする場合の難点は、「山おろしよ」というふうに呼びかけのかたちになっていることである。「山おろし」であるならば、「激し」を導く序詞として自然である。しかし、自筆本『近代秀歌』の本文からも、定家は「山おろしよ」をとっていたものと考えられる。「山おろしよ」というかたちはやはり序詞としては不自然なものであり、おそらく定家は序詞とは考えていなかったのではなかろうか。上條氏前掲論文は、序詞的機能をも定家は認めていたのではないかとするが、そのように考えるのはやはり困難であるように思われる。

「初瀬の山おろし（よ）」を序詞と考えた場合、構文としては、「憂かりける人を、～とは祈らぬものを」となっていると考えられる。「人を祈る」という言い方は「なげきあまりいとへどたえぬ命かな恋せよとこそ人をいのらめ」（『正治初度百首』九七八・季経）などの例がある。そして、「初瀬の山おろし（よ）」が序詞として働き、「激し」を導く。山おろしについては「激し」、相手の態度については「激しかれ」の両義をもたせたということになる。これが、序詞とした場合のこの歌の構造である。

『宗祇抄』に「うかりける人をはげしかれとはいのらぬ物をといふ心なり。初瀬の山おろしは、はげしきまくら詞也」とするのも右のように解しているのである。これは『幽斎抄』『基箭抄』『拾穂抄』にも踏襲されていく。また、『改観抄』『うひまなび』『百首異見』も小異はあるものの、基本的にはそのように解している。「初瀬の山おろし（よ）」という序詞の部分を主想と意味的にかかわる比喩と見るかどうかの違いにすぎない。

しかし、定家は、右に述べたように、「憂かりける人を果つ」と理解していたと考えられる。「憂かりける人を」は「果つ」で受けていると解すわけであるから、「憂かりける人を」を「祈らぬものを」で受ける必要はなかったはずである。そうであるならば、「激しかれ」を相手の態度を直接表す語と解す必要もなくなり、山おろしについての語として特定される。そうなると、「山おろしよ」と呼びかけのかたちのほうが「激しかれ」という命令形に対応しているということになる。しかもかたちの上からも序詞ではないことを明確化できるということにもなる。これが定家が「山おろしよ」の本文をとった理由なのではなかろうか。

あるいは、事実はその逆だったかもしれない。定家が信頼できると判断した『散木奇歌集』の本文は「山おろしよ」だったということが考えられる。例えば、時雨亭文庫蔵本は「山をろしよ」とある。この本文を重んじるならば、これを序詞と解すことはできない。それならば、「憂かりける人を」を受けるのは「初瀬」の「果つ」だ、と考えたのではなかろうか。

なお、定家は「いまはみなおもひつくばの山おろしよしげきなげきとふきも伝へよ」（『拾遺愚草』一六六八）という歌を詠んでいる。おそらくこの歌も俊頼の歌に影響されて詠まれたものであろう。この歌でも「いまはみな思ひ尽く」から「筑波」に言い掛けている。そして、「山おろしよ、〜と吹きも伝へよ」と呼びかけ命じており、「筑波の山おろしよ」は序詞にはなっていない。また、「木の葉ちる秋も立田の山おろしよなきてもをしめさをしかの声」（『後鳥羽院御集』一四一二）などもこの俊頼の歌の影響を受けたものと言えよう。

次に、それでは「初瀬の山おろしよ」が序詞ではないのならば、これがこの歌においてどのような意味をもっているのかを考えてみなければならない。

まず、構文としては「『初瀬の山おろしよ、激しかれ』とは祈らぬものを」となっていることを確認しておく。まず、この詞によって、祈った神仏が長谷観音だということが知られる。そして、山おろしが激しく吹いていることも知られる。恋の歌において「山おろし」は、「衣手に山おろしふきてさむきよをきみきまさずはひとりかもねん」（『新古今集』一二〇八・恋三・人麿、原歌は『万葉集』三二九六〔三二八二〕・作者不明）などと詠まれている。また、「初瀬」の「風」は『万葉集』に「泊瀬風　如是吹三更者　及何時　衣片敷　吾一将宿」（『万葉集』二二六五〔二二六一〕・作者不明、類従古集の訓「はつせかぜ　かくふくよはに　いつまで

か　ころもかたしき　わがひとりねむ」）などと詠まれている。これらの歌を考え合わせると、初瀬の山おろしが激しく吹くことに、独り寝の寂しさを身にしみて感じていることを読み取ってよいのではなかろうか。また、その山おろしが一段と激しくなったことが読み取れるところから、「憂かりける人」との関係がさらに悪化したことが窺われる。そして、長谷観音に祈ったことは、その「憂かりける人」との縁を結んでほしいということであったことが知られるわけである。そうした様々なことが余意として読み取ることができる。

定家は遺送本『近代秀歌』に六人の名を挙げ、「このともがら末の世のいやしき姿をはなれて、常に古き歌をこひねがへり。此人々の思ひ入れて姿すぐれたる歌は、高き世にも思ひ及びてや侍らむ」とし、最後にその六人の秀歌例を挙げている。その六人の一人が俊頼である。しかも、秀歌例を六人中もっとも多い七首を挙げている。

さて、その俊頼の代表的秀歌としては、「やまざくらさきそめしよりひさかたのくもゐに見ゆるたきのしらいと」（『金葉集』五〇・春）がある。『古来風体抄』にも選ばれ、『時代不同歌合』にも代表歌として選ばれている。定家も『定家八代抄』はもちろんのこと、右の遺送本『近代秀歌』の秀歌例として挙げて「これは、晴の歌、秀歌の本体と申すべきにや」と評している。また、自筆本『近代秀歌』の秀歌例、『秀歌体大略』さらには『八代集秀逸』にも選んでいる。

これに対して、「憂かりける」の歌も、『定家八代抄』に選ばれ、遺送本『近代秀歌』の秀歌例として挙げて「これは、心ふかく、詞心にまかせてまねぶとも言ひつづけがたく、誠に及ぶまじきすがたなり」と絶讃している。また、自筆本『近代秀歌』『秀歌体大略』『八代集秀逸』に選ばれており、定家の評価の高さが知られる。また、『古来風体抄』には選ばれていないが、『時代不同歌合』には選ばれており、これが定家独自の評価というわけではなかった。なお、『後鳥羽天皇御口伝』には「俊頼堪能の者也。歌姿二様によめり。うるはしくやさしき様も殊に多くみゆ。又もみもみと人はえよみおほせぬやうなる姿もあり。この一様即定家卿庶幾するすがた也」として、この「憂かりける」の歌を挙げている。ここに定家が希求した歌の姿があったことが知られる。

定家は『百人秀歌』では右の「山桜」の歌を選び、『百人一首』ではそれを「憂かりける」の歌に差し替えている。定家の評価としては伯仲していたこの両首をどのような理由から差し替えたのであろうか。

まず、『百人秀歌』で「山桜」の歌のほうを選んだ理由というのは、おそらく、『百人秀歌』では対をなしていた歌が、崇徳院の「瀬をはやみ岩にせかるる滝川のわれても末に逢はむとぞ思ふ」だったことである。滝に見立てた桜の歌と滝に寄せた恋の歌を一対にしたと考えられる。しかし、このとき、「憂かりける」の歌を選ぶ可能性もあったはずである。『定家八代抄』でも「憂かりける」の歌は「恋二」の巻軸、「瀬をはやみ」の歌は「恋三」の巻頭に置かれている。両首ともに「未逢恋」の歌であり、「山」と「川」、激しく吹く「山おろし」と激しく流れる「滝川」を対比させることは、対としてはよりふさわしくさえ思われる。ただもう少し、『百人秀歌』の配列を広く見ると、『百人秀歌』の七二番（匡房）と七三番（国信）の対が「春」でまとめられている。七四番（紀伊）と七五番（相模）の対が「恋」でまとめられている。そして、それに続く七六番と七七番の対が俊頼と崇徳院の対である。あえて、その「春」と「恋」を一対にしたのではないかと思われるのである。

そして、『百人一首』で配列を変えるに当たって、直前に匡房の歌が来てしまい、同じような桜の歌が並ぶことになってしまった。そして、直後には基俊の歌が来てそれとの繋がりも悪い。そこでこの「憂かりける」の歌に差し替え、前後との繋がりの問題を解決した。基俊の歌とは観音という共通性が生じたのである。

75

藤原基俊

契《お》をきしさせもが露をいのちにてあはれことしの秋もいぬめり

【異同】

〔定家八代抄〕をきし—おきし（東急）—置し（安永）—袖玉・知顕は底本に同じ。

75　契をきしさせもが露をいのちにてあはれことしの秋もいぬめり

〔百人秀歌〕底本に同じ。

〔百人一首〕をきし—おきし（為家）—栄雅・兼載・守理・龍谷・応永・古活・長享・頼常・頼孝・経厚・上條は底本に同じ。させも—よもき（長享）—為家・栄雅・兼載・守理・龍谷・応永・古活・頼常・頼孝・経厚・上條は底本に同じ。

【語釈】○契をきし—「契り置き」は「契り置く」の連用形。かねて約束する意。「し」は過去の助動詞「き」の連体形。「置く」の「を・お」の仮名遣いについては六番歌の語釈項を参照のこと。「ちぎりおきしことのはかはるうきよにはふみも心もやがてこそふれ」（『古今六帖』三三七一）。「置く」は「露」の縁語。「秋といへばちぎりおきてやむすぶらむあさぢが原のけさの白露」（『新古今集』四六三・秋下・恵慶）、「かぎりなき山ぢの菊のかげなれば露もや千世を契りおくらん」（『拾遺愚草』一九〇三）。○させも—「さしも草」に同じ。五一番歌を参照のこと。「思ひだにかからぬ山のさせもぐさたれかいぶきのさとはつげしぞ」（三巻本『枕草子』「まことにや、やがては下る、と言ひたる人に」）。○露をいのちにて—「露」は、忠通の言葉をはかない露に喩えた。「～を命にて」は、～だけを頼りに生きているの意。余釈項を参照のこと。○あはれ—感動詞。「あれにけりあはれいくよのやどなれやすみけむ人のおとづれもせぬ」（『古今集』九八四・雑下・よみ人しらず）、「まねくとて立ちもとまらぬ秋ゆゑにあはれかたよる花すすきかな」（『拾遺集』二一三・秋・好忠）、「かげきよき池の蓮に風過ぎてあはれすずしき夕まぐれかな」（『拾遺愚草』三三三三）、「ま野の浦のいり江の浪に秋暮れてあはれさびしき風の音かな」（『拾遺愚草員外』三七一）。○いぬめり—「いぬ」は立ち去る意。「めり」は推定の助動詞。「みちあらば尋ねもゆかむもみぢ葉をぬさとたむけて秋はいぬめり」（『躬恒集』〔書陵部蔵御所本〕二九〇）、「ゆふだちに夏はいぬめりそほちつつ秋のさかひにいまやいたらん」（『古今六帖』一二一・よみ人しらず）。

【通釈】かねてお約束下さった「させも草」の露のようにはかないお言葉を命と頼みにしておりましたが、ああ、今年の秋もむなしく立ち去ってゆくようです。

【出典】『千載集』一〇二六・雑上・「律師光覚、維摩会の講師の請を申しけるを、たびたびもれにければ、法性寺入道前太政大臣にうらみ申しけるを、しめぢのはらと侍りけれども、又そのとしももれにければよみてつかはしける　（藤原基俊）」。

【参考】『定家八代抄』一四八八・雑上・「法性寺入道関白、光覚が維摩講師のこと申しけるを、しめぢがはらのと侍りける又のとし、猶たまはらざりければ　基俊」。遣送本『近代秀歌』二七・自筆本『近代秀歌』一〇五。『八代集秀逸』一〇五。『百人秀歌』八二。『続詞花集』八六四・雑下・光覚法師、維摩会の講師の請にたびたびもれにけることを法性寺入道前太政大臣に申したりけるかへりごとに、しめぢのはらと侍りけるを、つぎのとしも又人のたまはりにければたてまつりける。『基俊集』（書陵部蔵本）四九・九月尽日、惜秋言志詩進殿下、光覚竪義事、有御約束遅遅比、しめぢがはらのと被仰。

《参考歌》

『新古今集』一九一六・釈教・（清水観音御歌）

なほたのめしめぢがはらのさせもぐさ我がよの中にあらむかぎりは

『色葉和難集』七一六・「えやはいぶき」項・基俊

いかにせんさせもが露をいのちにてたのめし秋のくれもいぬめり

【余釈】　自分を頼りにせよと約束してくれたので、露のようにはかないその言葉を命と頼みにしていたが、その約束も果たされず、ああ、去年の秋ばかりか、今年の秋もまたむなしく去ってゆくようだ、ということである。

『千載集』の詞書には「律師光覚、維摩会の講師の請を申しけるを、たびたびもれにければ、法性寺入道前太政大臣にうらみ申しけるを、しめぢのはらと侍りけれども、又そのとしももれにければよみてつかはしける」とあり、『定家八代抄』には「法性寺入道関白、光覚が維摩講師のこと申しけるを、しめぢがはらのと侍りける又のとし、猶たまはらざりければ」とある。やはり、詞書なしにはこの歌は理解できないということであろう。

両者の詞書を比較すると多少の違いが認められる。まず、『千載集』では書き出しが「律師光覚」が主語となっているが、『定家八代抄』では「法性寺入道関白」を主語に書き換えられ、その主語は最後の「猶たまはらざりければ」にまで及んでいる。そして、『千載集』では「律師光覚」とあるのを『定家八代抄』では「律師」を削っている。その当時はまだ律師ではなかったことによるのであろう。ちなみに、光覚は最終的には権少僧都に至ったとされる。『千載集』の本文も、「日野切」など伝本によっては「僧都」とするものもある。また、『千載集』の「たびたびもれにければ、法性寺入道前太政大臣にうらみ申しけるを」のあたりは『定家八代抄』では削除されており、事情が違ってくる。さらに、『千載集』で「又そのとしももれにければ」とある箇所を『定家八代抄』では「又のとし、猶たまはらざりければ」となっている。つまり、基俊がこの歌を詠んだのは、『千載集』では法性寺入道前太政大臣（忠通）が約束したその年のこととなるが、『定家八代抄』ではその翌年のこととなる。約束した年、そしてその翌年も約束が果たされなかった末の詠歌としたほうが、いっそう深い味わいがあると定家は考えたのであろうか。あるいは、『続詞花集』の詞書に「つぎのとしも又、人のたまはりにければ」とあるのでそれを参考にしたのかもしれない。歌の「今年の秋も」にも照応している。

『定家八代抄』の詞書によれば、息子の光覚が維摩会の講師になることを基俊が願い出たのを、法性寺入道関白藤原忠通は、清水観音の詠歌とされる「なほ頼めしめぢが原のさせも草わが世の中にあらむ限りは」によって、自分を頼りにせよという意思を示した。ところが、その次の年にもまた選ばれなかったので、この歌を詠んだという。

「させもが露」は「させも」（さしも草）に置く「露」であるが、相手の忠通が用いた「なほ頼め」の歌に拠る措辞である。この歌によって忠通が言いたいことは、「なほ頼め」すなわち自分を頼りにせよということである。そのように約束した忠通の言葉を、秋という時節柄はかない露に喩えて「させもが露」と言ったのである。維摩会は、興福寺で毎年十月十日から藤原鎌足の忌日である十六日までの七日間、維摩経を講じる法会で、その講師を勤めることは僧綱となるための重要な関門となっていた。この法会は藤原氏の氏長者が主催した。この時の氏長者は忠通であった。その言葉にすがる思いであったが、その年も過ぎ、今年も九月末になっても何の沙汰もなかった。その約束は今年も果たされなかったのである。それで、「あはれ今年の秋もいぬめり」と詠んだのである。子の出世を願う親心が切ない。

解釈上の問題点としては、「露」が恩恵の意を含むかどうかということが挙げられる。

『一夕話』は「かの御言葉のさしも草の露の恵みを命にかけて頼みにいたし候に」とし、石田吉貞氏『百人一首評解』（有精堂）

も「さしも草云々の恵の露のようなお言葉」としている。現行の注釈書でもそのように解すものは少なくない。確かに、「露」が恩恵を表していると見られる例もある。例えば、「をみなへしさかりの色をみるからに露のわきける身こそしらるれ」（『新古今集』一五六七・雑上・紫式部）の「露」は道長からの恩恵と解される。そこで、この基俊の歌でも忠通からの恩恵と考えることができるのではないかということになる。

しかしながら、「〜を命にて」という言い方は、「〜を」の部分に、はかないものや頼りないものが来るのが通例である。「今こむといひしばかりをいのちにてまつにけぬべしさくさめのとじ」（『後撰集』一二五九・雑四・よみ人しらず）、「あひみんとおもふ心を命にていける我が身のたのもしげなき」（『貫之集』五八七）の例のようにである。ほんのはかないものにすがって生きるということでなければならない。したがって、ありがたく頼もしくあるはずの恩恵というような意味の言葉は相応しくないのではないかと思われる。はかない恵みの露のようなお言葉というのは、ちぐはぐな感じがするのである。この「露」が、ありがたいものというよりははかないものという感覚で捉えられていたことは、「秋のよはさせもがつゆのはかなきも月のよすがとならぬものかは」（『秋篠月清集』九八七）などの歌によっても知られるのである。

定家は遺送本『近代秀歌』に六人の名を挙げ、「このともがら末の世のいやしき姿をはなれて、常に古き歌をこひねがへり。此人々の思ひ入れて姿すぐれたる歌は、高き世にも思ひ及びてや侍らむ」とし、最後にその六人の秀歌例を挙げている。その六人の一人が基俊である。

定家は、この「契りおきし」の歌を『定家八代抄』のほか、遺送本『近代秀歌』に基俊の秀歌例を二首挙げたうちの一首であり、自筆本『近代秀歌』にも秀歌例として挙げている。さらに『八代集秀逸』にも選んでいる。

定家が高く評価していた歌をもう一首挙げるとすれば、「夏の夜の月まつほどのてずさみにいはもるしみづいくむすびしつ」（『金葉集』一五四・夏）であろう。『定家八代抄』のほかに『八代集秀逸』に選んでいるからである。ただし、こちらは『近代秀歌（遺送本・自筆本）』には挙げられていない。

この「夏の夜の」の歌は『古来風体抄』や『時代不同歌合』に選ばれており、「契りおきし」の歌は選ばれていない。俊成や後鳥羽院は「夏の夜の」のほうを高く評価していたことが窺われる。

さて、それではなぜ定家は「夏の夜の」の歌ではなく、「契りおきし」の歌を選んだのであろうか。これもおそらく『百人秀歌』での配列が関係しているものと思われる。『百人秀歌』では、道因の「思ひわびさても命はあるものを憂きにたえぬは涙なりけり」と対をなしていると考えられる。基俊の歌の「させもが露を命にて」と道因の歌の「さても命はあるものを」が響き合うようになっているのである。

《第十五グループの配列》

72　音に聞く高師の浜のあだ波はかけじや袖の濡れもこそすれ（紀伊）
73　高砂の尾上の桜咲きにけり外山の霞立たずもあらなむ（匡房）
74　憂かりける人をはつせの山おろしよ激しかれとは祈らぬものを（俊頼）
75　契り置きしさせもが露を命にてあはれ今年の秋もいぬめり（基俊）

この第十五グループは、堀河院時代の歌人であり、堀河百首の作者であることでまとめられている。そして、それを年代順に並べたものと見られる。

歌の内容から見ると、七四番俊頼の歌と七五番基俊の歌は観音に関わるものとして繋がりが認められる。そして、どちらも願いが叶わず、それを嘆く歌である。詞の上では、前のグループの最後の歌七一番に「をとづれて」とあったのを七二番「音に聞く」と受けるものと思われる。そして、七二番の「高師の浜」を七三番の「高砂」で受ける。そして、その「高砂」を七四番の「初瀬の山」で受ける。そして、七四番の「山おろし」を七五番の「露」で受けると考えることができる。

『改観抄』は、七二番の注に「経信卿の歌には時代をもてつづけらるる歟」とする。また七五番の歌の注には「右三人、同時に歌に名ある人なるをもて一類とす。中にも匡房の外山の霞なたちそと制する歌に、俊頼のはげしかれとは祈らぬといふを対してつらねたる、仏と人とことなれど、基俊も法性寺殿へ維摩講師をねがはるるをもて、歌の心をも承たる歟」としている。

76

法性寺入道関白太政大臣

わたのはらこぎいでてみれば久かたの雲ゐにまよふおきつしら浪

【異同】

〔定家八代抄〕まよふ—まかふ（安永・袖玉）—知顕・東急は底本に同じ。

〔百人秀歌〕まよふ—「よ」をミセケチにして別筆で「か」と傍書する。

〔百人一首〕まよふ—まかふ（為家・栄雅・守理・龍谷・応永・上條）—兼載・古活・長享・頼常・頼孝・経厚は底本に同じ。おきつ—おきの（上條）—為家・栄雅・兼載・守理・龍谷・応永・古活・長享・頼常・頼孝・経厚は底本に同じ。

【語釈】○法性寺入道関白太政大臣—忠通は『新古今集』以後、「法性寺入道前関白太政大臣」と位署される。底本は「前」が落ちている。○わたのはら—海原。一一番歌の語釈項を参照のこと。○こぎいでてみれば—船を漕ぎ出して見ると。「奈尓波刀乎　己岐泥弖美例婆　可美佐夫流　伊古麻多可祢尓　久毛曽多奈妣久」（『万葉集』四四〇四〔四三八〇〕・大田部三成、廣瀬本の訓「なには

とを　こぎでてみれば　かみさぶる　いこまたかねに　くもぞたなびく」）。○久かたの―空の。三三番歌の語釈項および余釈項を参照のこと。「雲ゐ」に続ける例としては、「やまざくらさきそめしよりひさかたのくもゐに見ゆるたきのしらいと」（『金葉集』五〇・春・俊頼）。○雲ゐにまよふ―「雲ゐ」はここでは雲のこと。「香山尓　雲位桁曳　於保保思久　相見子等乎　後恋牟鴨」（『万葉集』二四五三〔二四四九〕・作者不明、廣瀬本の訓「かごやまに　くもゐたなびき　おほほしく　あひみることしを　のちにこひむかも」）、「春日山雲井かくれてとほけれど家はおもはず君をこそおもへ」（『拾遺集』一二四四・雑恋・人麿）、「久かたの雲井をはらふ木がらしにうたてもすめる夜はの月かげ」（『拾遺愚草』三四七）。「まよふ」は「まがふ」とする伝本もあるが、底本に従っておく。余釈項を参照のこと。○おきつしら浪―沖の白波。「つ」については一二番歌の語釈項を参照のこと。「風乎疾　奥津白浪　高有之　海人釣船　浜眷奴」（『万葉集』二九七〔二九四〕・角麿、廣瀬本の訓「かぜをいたみ　おきつしらなみ　たかくあらし　あまのつりぶね　はまにかへりぬ」）。

【通釈】　海原に船を漕ぎ出して、遠く見やると、空の雲と見分けがたい沖の白波であることよ。

【出典】　『詞花集』三八二・雑下・「新院位におはしましし時、海上遠望といふことをよませ給けるによめる　（関白前太政大臣）」・第四句「くもゐにまがふ」。

【参考】　『定家八代抄』一六六五・雑下・「（題不知）法性寺入道前関白太政大臣」。『八代集秀逸』五九・第四句「雲井にまがふ」。『百人秀歌』七九・第四句「くもゐにまがふ」。『後葉集』二七二・旅・新院におはしましけるとき、うみのうへとほくのぞむといふことを・関白前太政大臣・第二句「漕行くみれば」・第四句「くもゐにまがふ」。『古来風体抄』五六四・第四句「雲居にまがふ」。『時代不同歌合』一二一・第四句「雲井にまがふ」。『和歌一字抄』七一四・望　海上遠望・第四句「雲井にまがふ」。『田多民治集』一六三・保延元年四月内裏歌合、海上遠望・第四句「雲井にまがふ」。『今鏡』（六一・藤波の中・みかさの松）

御歌多く聞き侍りし中に、

わたの原漕ぎ出でて見ればひさかたの雲居にまよふ沖つ白波

など詠ませたまへる御歌は、人丸が「島隠れゆく舟をしぞ思ふ」など詠めるにも恥ぢずやあらむ、とぞ人は申し侍りし。

【余釈】 広い海に船を漕ぎ出して、はるか海上を見やると、沖に立つ波が空の雲と見分けがつかない、ということである。

赤人の「田子の浦にうち出でて見れば白妙の…」や仲麿の「天の原ふりさけ見れば春日なる…」などの歌と類似の構成法をとり、「わたの原」「漕ぎ出でて見れば」「ひさかたの」「雲ゐ」「沖つ白波」などの古くから歌に詠まれた詞を用いている。作者の古歌への深い理解が窺われる。白波を、あれは波かそれとも雲かと詠む趣向は、これ以前にはほとんど見られず、新鮮で珍しい。

『詞花集』の詞書によれば、「新院位におはしまし時、海上遠望といふことをよませ給けるによめる」とある。「新院」は崇徳院のことで、崇徳院の御代に「海上遠望」という題で詠まれた歌だという。さらに、『田多民治集』によれば、保延元年（１１３５）四月内裏歌合での詠であることが知られる。しかし、『定家八代抄』では「題しらず」としてしまっているので、この歌を味わううえでは作歌事情はあまり関係がないと定家は考えていたのであろう。

この歌の解釈上の問題点は、下の句の「雲居にまよふ沖つ白波」の箇所である。

まず、本文として、「まよふ」か「まがふ」なのかが問題である。異同項にも示したように、『百人一首』の古写本や古注釈書の本文もこの二つに分かれている。そのうえ、『百人秀歌』の本文も、時雨亭文庫本は、本文が「まよふ」とあり、「よ」をミセケチにして「か」と傍書している。この「か」の文字は本文とは別筆のように見えるが、書陵部本・志香須賀文庫本は「まかふ」なので、これらの本が書写される以前に書き入れられていたことになる。さらに、『定家八代抄』の本文も二つに分かれている。

この歌を書いた定家の自筆本が現存しないので、定家がどちらの本文をとっていたかは不明とせざるを得ない。「与」を字母とする仮名の「よ」と「可」を字母とする仮名の「か」の字形がよく似ている場合があり、それを原因とする誤写も考えられるが、それほど簡単には片付けられないようにも思われる。

なお、出典の『詞花集』でも、本文が分かれているようである。東北大学附属図書館蔵三春秋田家本や岩波文庫本（伝阿仏尼筆本）などは「まよふ」であり、陽明文庫本や高松宮本などは「まかふ」である。また、時雨亭文庫蔵俊成自筆『古来風体抄』は「まかふ」となっているから、俊成は「まかふ」の本文を用いていたことが知られる。ただし、俊成が「まかふ」を用いていたとしても、定家がそのように考えていたとはかぎらず、定家の見解は明らかではない。

また、定家自身、「まよふ」を「まがふ」と同じような意味に理解していた可能性もある。例えば、定家に「夕より雲はまがはぬ月影にまつをぞはらふ峰の木がらし」（『拾遺愚草』二二五九）という歌がある。この「まがふ」は月が雲に紛れて見えにくいさまをいう語として用いている。「秋の夜は月の桂も山のはも嵐にはれて雲もまがはず」（『拾遺愚草』一八〇二）の例も同様である。しかし、前者の本文は、時雨亭文庫蔵定家自筆『拾遺愚草』では「まよはぬ」とあり、後者の本文は「まかはす」とある。こうした例を見ると、定家は「まがふ」の意味で「まよふ」を用いていたのではないかとも考えられるのである。

さらに、このような「まよふ」の用法が馴染まないせいか、諸歌集の本文がいろいろな段階で「まかふ」というかたちに校訂されている可能性がある。したがって、以下、便宜上、「まがふ」によって考えていかざるを得ない。

さて、それでは次に、「雲居にまがふ沖つ白波」の解釈について考えてみたい。

この歌は、『定家八代抄』で海を詠んだ歌としてまとめられており、この忠通の歌のすぐ前には業平の歌とされる「晴るる夜の星か川べの蛍かも我が住むかたの海人の焚く火か」（『新古今集』一五九一）が置かれている。この業平の歌は『伊勢物語』第八七段にある歌で、自分が住む家のほうに見える海人の焚く漁り火を見て、あれは夜空の星か川の螢か、それとも海人の焚く漁り火であろうか、と詠んだ歌である。この歌の次に、忠通の歌は置かれているわけであるから、忠通の歌も、あれは雲かそれとも波かと詠んだ歌として、定家は理解していたのではないかと推察される。

承安二年（１１７２）十二月成立の『広田社歌合』に「海上眺望」の題でこの歌と類想のものが見受けられる。例えば、懐能の「なごのうみのしほぢはるかにながむればくもたちまじるおきつしらなみ」（一〇九）という歌が詠まれている。これについて、判者の俊成は判詞に「すゐのく、くもゐにまがふおきつしらなみ、といへる詞花集のうたにたちまじるばかりやかはれらん」としている。下の句は『詞花集』の忠通の歌とほとんど同じで「たちまじる」という詞だけが違っているという指摘である。このことから、俊成も忠通の歌の下の句を、雲と波が見分けがたいと解していたことが窺われる。「しらくもにつづくしほぢをながむればいづれをなみとえこそみわかね」（『広田社歌合』一〇八・祐盛）も同想の歌と見ることができる。

「〜にまがふ」という語は、例えば、「菅原や伏見のくれに見わたせば霞にまがふをはつせの山」（『後撰集』一二四二・雑三・よみ人しらず）、「はるばるとおまへのおきをみわたせばくもゐにまがふあまのつり舟」（『千載集』一〇四八・雑上・頼実）などのように、霞や雲に紛れて見えにくいさまをいうことがある。また、「かざしてはしらがにまがふ梅の花今はいづれをぬかむとすらん」（『拾遺集』一〇一一・雑春・伊衡）、「吉野山さくらにまがふしら雲のちりなんのちははれずもあらなん」（『山家集』一三二）、「あさなぎのしほぢはるかにいでにけりかもめにまがふおきのつりぶね」（『広田社歌合』六六・師光）などの例は、見まがう、見分けがたいの意である。この忠通の歌の場合、この見まがう、見分けがたいの意と解される。

雲か波か見分けがたいというのも、空と海が接して区別できないというところからくる。「おきつうみやしほぢにそらのまがふかなくもにやなみのたちかかるらん」（『広田社歌合』八九・重保）、「みわたせばおきのしほぢにくもひちてそらかうみかもわきぞかねつる」（『広田社歌合』九三・広季）、「あまつそらくもゐやうみのはてならんこぎゆくふねのいるとみゆるは」（『広田社歌合』六三・小侍従）、「わたのはらはるかにいづるあまぶねはくものなみをもわくるなりけり」（『広田社歌合』九六・朝宗）、「わたのはらなみぢはるかにゆくふねのややみるままにくもにきえぬる」（『広田社歌合』一〇五・邦輔）などの例もある。

諸注では、『三奥抄』は「雲井と読る、ここにては天のこころなり。海水と天とひとつに成てわかぬといふことを雲井にまよふとはいふ。白浪は、奥といひて詞のたらぬゆへに添たるばかりなり。白雲に波の色のまがふといふにはあらず」とする。「雲居」を空の意に解し、「沖つ白波」は「沖」だけでは詞が足らないので「白波」と添えただけだとして、海の意に解している。『改観抄』もこれを踏襲する。『うひまなび』は、「雲居」について「是はそらに下居《オリキル》雲てふ意にてよみ給ひつらん」として、「向伏《ムカブス》雲に、沖つしら波のつづきて見ゆを、雲ゐにまがふとの給ひし成べし」としている。「雲居」を雲、「白波」をそのまま波の意に解している。『百首異見』は、「雲井は、雲のゐる所にてすなわち大空をいふ」として、「限りなき空のみどりに沖つしら浪の立つらなれりといふ」としている。「雲居」を空、「白波」はそのまま波の意に解している。これらの中では、右の解釈に従えば、『うひまなび』の解釈が妥当ということになろう。

忠通の代表的秀歌としては、「あきの月たかねの雲のあなたにてはれゆく空のくるるまちけり」(『千載集』二七五・秋上)がある。定家はこの歌を『定家八代抄』のほかに、『近代秀歌(自筆本)』に秀歌例として挙げている。『時代不同歌合』にも取られているので、後鳥羽院も高く評価していたことが知られる。

また、「さざ浪やくにつみかみのうらさびてふるき都に月ひとりすむ」(『千載集』九八一・雑上)も『定家八代抄』や『時代不同歌合』に選ばれている。

『定家八代抄』に選ばれている忠通の歌は右の二首とこの「わたのはら」の歌である。「わたのはら」の歌は、『古来風体抄』『時代不同歌合』にも選ばれているので、俊成や後鳥羽院にも高く評価されていたことが知られる。とくに、定家は『八代集秀逸』に選んでいるので、この歌を『百人一首』に取ったのも納得ができる。

77

崇徳院御製

せをはやみいはにくだくる滝川のわれてもすゑにあはむとぞ思ふ

【異同】

〔定家八代抄〕くたくる―せかるゝ(安永・袖玉・知顕・東急)。われてもすゑに―われてすゑに(東急)―安永・袖玉・知顕は底本に同じ。

〔百人秀歌〕　くたくる―せかるゝ。われてもすゑに―われてすゑにも。

〔百人一首〕　くたくる―せかる、（為家・栄雅・兼載・守理・龍谷・応永・古活・長享・頼常・頼孝・経厚・上條）。われてもすゑに―われてすゑにも（為家）―はれてもすゑに（頼孝）―栄雅・兼載・守理・龍谷・応永・古活・長享・頼常・経厚・上條は底本に同じ。

〔小倉色紙〕　未確認。

【語釈】　○せをはやみ―「はやみ」は、形容詞「はやし」の語幹に接尾語「み」が付いたもの。いわゆるミ語法で、一番歌を参照のこと。四八番歌にも見える。○いはにくだくる―底本の独自異文。「いはにせかるる」に訂する。「せか」は「堰く」の未然形で、遮りとめる意。「るる」は受け身の助動詞「る」の連体形。「あるるうみにせかるるあまはたちいでなんけふはなみまにありぬべきかな」（『元良親王集』三三）、「山吹の花にせかるるおもひ川浪の千しほはしたに染めつつ」（『拾遺愚草』二〇一九）。○滝川―浅くて流れの激しい川。勅撰集ではこの歌が初出であり、珍しい語であった。「滝河起浪穿月舟（たきがはなみをおこしてつきのふねをうがつ）」（『新撰万葉集』四二九）、「う舟おほくくだす時しもたき川にやなくづれして鮎子さわげる」（『永久百首』一八三・夏・顕仲）、「みねわたるあらしはげしき山ざとにそへてきこゆる滝川の水」（『山家集』九三六）、「夏か秋かとへどしら玉いはねよりはなれておつる滝川の水」（『拾遺愚草』九三四）。○われても―「滝川の」からの続きとしては「砕けて」の意、「末に逢はむ」への続きとしては「どうしても」の意。余釈項を参照のこと。○すゑにあはむ―「末に合ふ」は「川」の縁語。余釈項を参照のこと。

【通釈】　瀬の流れがはやい。岩に遮られる滝川の水が砕けるようなこの思い、どうしても、将来、逢いたいと思うことであるよ。

【出典】　『詞花集』二二九・恋上・「題不知　新院御製」・第二句「いはにせかるる」。

【参考】　『定家八代抄』九三三・恋二・「題不知　新院御製」・第二句「岩にせかるる」。『秀歌体大略』八七・第二句「いはにせかるる」。『八代集秀逸』五五・第二句「いはにせかるる」。『百人秀歌』七七・第二句「いはにせかるる」。『古来風体抄』五五四・第二句「岩にせかるる」。『時代不同歌合』一五四・第二句「いはにせかるる」。『後葉集』五五二・雑三・「（題不知）新院御製」・第二句

「岩にせかるる」・第三句「谷河の」。『久安百首』七六・恋・崇徳院・初句「ゆきなやみ」・第三句「谷川の」・第四句「われてすゑにも」。

《参考歌》

『万葉集』七〇二〔六九九〕・像見

一瀬二波　千遍障良比　逝水之　後毛将相　今尓不有十方

〔廣瀬本の訓〕

ひとつせに　なみちへさらひ　ゆくみづの　のちにもあはむ　いまにあらずとも

『拾遺愚草員外』二九三

せをはやみ岩きる浪のよとともに玉ちるばかりくだけてぞふる

【余釈】　あの人になかなか逢うことができず、急流の流れのように激しいこの恋心は、流れが岩に遮りとめられて水が砕けるように、心が砕けるような物思いをずっとしている。今は叶わないとしても、将来どうしてもあの人に逢いたいことだ、ということである。

「瀬をはやみ岩にせかるる滝川の」は、急流の水が岩に激しくぶつかって割れ砕けるところから「われて」を導く序詞である。「末に合ふ」は「川」の縁語であり、「われて」とともに『万葉集』の知識が明らかに見て取れる。

出典の『詞花集』では「題しらず」となっているが、久安六年（１１５０）成立の久安百首での詠歌である。『定家八代抄』でも「百首歌めしける時」と明示されている。

さて、この歌は、通説では、「瀬の流れがはやいので、岩に堰きとめられた滝川が分かれても末には合流するように、たとえいったんは（恋しい人と）別れても将来はきっと逢おうと思う」と解釈されている。解釈上の大きな問題点は、「われて」の語義についてである。右の通説では、川については「分かれて」、人については「別れて」で、この二つの掛詞と捉えられている。しかし、下二段活用動詞「わる」に、はたしてそのような意味があるであろうか。「われて」を「分かれて」の意に解すことは、『宗祇抄』以来の古注にも見える。しかし、この歌以外でそのような例を知らない。「思へただ岩にわかるる山水も又ほどもなくあらぬものかは」（『頼政集』四二三）という例はあるが、これは「わる」ではなく「わかるる」である。また、「別れて」の意に解すと、この歌は一度逢ってその後逢えなくなったことを詠んだ歌ということになるが、それでよいのであろうか。

『定家八代抄』ではこの歌は「恋歌二」の巻頭に据えられている。その事実から、島津忠夫氏『百人一首』（角川文庫）や有吉保氏『百人一首全訳注』（講談社学術文庫）は、定家がこの歌を非常に高く評価していたと見ているが、首肯される見解である。その巻頭の三首を掲出すると、次のようになっている。

百首歌めしける時　崇徳院御製
瀬をはやみ岩にせかるる滝川のわれても末にあはんとぞ思ふ（九三三）
人の尋ねわびてうせにたるかと思ひつるといへりければ　伊勢
思ひ河たえずながるる水のあわのうたかた人にあはで消えめや（九三四）
堀川院に百首歌たてまつる時、不逢恋　権中納言公実
思ひあまり人にとはばやみなせ川むすばぬ水に袖はぬるやと（九三五）

配列上、このあたりはまだ「未だ逢はざる恋」の歌が並べられている箇所であり、「川」に寄せて恋しい人にまだ逢うことができないでいるつらさを詠んだ歌が並べられている。この配列から見て、定家はこの崇徳院の歌もそのように理解していたと見られる。したがって、「われて」を「別れて」とは解していなかったことになる。まだ逢えないでいる状態を「別れて」とは言わないと考えられるからである。

そして、右の九三四番の伊勢の歌は、『後撰集』の歌である。「思ひ」を「川」に擬えて、絶えることなく思いつづけていることを詠み、定家は「うたかた」を「いかでか」の意に解していたことが『僻案抄』に見えるので、「どうしてあなたに逢わないで消え

77　せをはやみいはにくだくる滝川のわれてもすゑにあはむとぞ思ふ

たりいたしましょうか」の意に解していたことが知られる。そうであるとすれば、この伊勢の歌と同様に、崇徳院の歌も「逢わないでは終われない」という意に解したいところである。

それでは、定家は、この「われて」をどのように理解していたのであろうか。

まず、上からの続きで、「瀬をはやみ岩にせかるる滝川のわれて」とあるが、この「われて」の語義を考えてみる。この崇徳院の歌に影響を与えたと考えられる歌として、『三奥抄』『改観抄』に引く、次の『万葉集』の歌がある。「自高山　出来水　石触　破衣念　妹不相夕者」（二七二五〔二七一六〕・作者不明、廣瀬本の訓「たかやまに　いでくるみづの　いはにふれ　われてぞおもふいもにあはぬよは」）という歌である。この『万葉集』の歌では、高い山から流れてくる水が岩にぶつかって砕けるさまを「われて」といっているものと解せる。

また、「岩にせかれ」た水を、西行や慈円は、「山川のいはにせかれてちる浪をあられと見する夏の夜の月」（『山家集』二四六）、「よしのがはいはにせかれてちる玉をみがくは月の光なりけり」（『拾玉集』九二九）と詠んでいる。どちらの歌も「岩にせかれて散る」と表現しており、その飛散する水しぶきを「霰」や「玉」に見立てている。

これらのことを考え合わせると、「わる」は、急流などの水については「砕ける」の意に解してよいように思われる。下二段活用動詞「砕く」は別語なので、もちろん、これとまったく意味が同一ということではないが、かなり意味の近い語として捉えられていたものと考えられる。例えば、「従聞　物乎念者　我胸者　破而摧而　鋒心無」（『万葉集』二九〇六〔二八九四〕・作者不明、廣瀬本の訓「ききしより　ものをおもへば　わがむねは　われてくだけて　さきこころなし」）、「大海の磯もとどろによする浪われてくだけてさけてちるかも」（『金槐集』六九七）のように、「われて砕けて」と続けて詠まれるのも、意味の近い語を重ねたものと見ることができる。

また、「かぜをいたみいはうつなみのおのれのみくだけてものをおもふころかな」（『詞花集』二一一・恋上・重之）、「あしびきの山したたぎついはなみの心くだけて人ぞ恋しき」（『新古今集』一〇六七・恋一・貫之）などの例も、序詞から主想へのつながりが、

「よひのまにいでていりぬるみか月のわれて物思ふころにもあるかな」（『古今集』一〇五九・雑体・よみ人しらず）などの「われて」の場合とよく似ている。意味の近似性を示す証左となろう。

次に、下への続きで、「われても末に逢はむとぞ思ふ」とある「われて」の語義を考えてみる。上述のように「別れて」の意ではないとすれば、どのような意味かということである。

「われて」は、動詞に付いた意志・希望の助動詞「む」にかかる場合があり、「是非とも」「どうしても」の意となる。「からひとのいもとわかちしからかがみわれてもきみにあはむとぞおもふ」（『為忠家後度百首』六六一・為経）などの例がある。この為忠家後度百首は、保延元年（1135）頃の成立と考えられている。崇徳院の歌が久安六年（1150）成立の久安百首での詠なので、そのほんの少し前に詠まれたことになる。また、歌の例ではないが、『伊勢物語』第六九段の、男が斎宮に言った「われて逢はむ」の例もこれである。このことは『宗祇抄』以来諸注の指摘するところである。おそらく、崇徳院の歌は、『伊勢物語』の語に依拠して詠まれたのであろう。また、あるいは、右の為忠家後度百首の為経の歌も念頭にあったかもしれない。崇徳院の歌の場合も、「われても」は「逢はむ」の「む」にかかっているものと見ることができそうである。

以上をまとめると、「われても」は、「滝川の」からの続きとしては「砕けて」の意、「末に逢はむ」への続きとしては「どうしても」の意と考えられる。そのように解している近世以前の注としては、『三奥抄』とそれを受け継いだ『改観抄』がある。

また、歌の構成としては、「瀬をはやみ岩にせかる滝川の」が「われても」を導く序詞となっている。そして、「瀬をはやみ岩にせかる滝川のわれて」と「われても末に逢はむとぞ思ふ」という二つの文脈が「われて」の語を共通項として結び付けられているということである。これを「われて」の喩えとして「瀬をはやみ岩にせかる滝川の」をもってきたと言い換えることもできよう。ここで肝心なことは、「われても末にあふ」を意味的にひと続きのものと捉えないことである。川が「われても末にあふ」と考えてしまうと、「われても」に「分かれても」の意を読み取りたくなり、通説のような解釈に陥ってしまうのである。「…滝川の」の文脈は「われて」でいったん切れると解すべきである。

それでは、「末にあふ」は「川」と関係がないかと言えば、やはりそうではなく「川」と意味的に関わりがあると考えられる。『万葉集』に、「一瀬二波　千遍障良比　逝水之　後毛将相　今尓不有十方」（『万葉集』七〇二〔六九九〕・像見、廣瀬本の訓「ひとつせに　なみちへさらひ　ゆくみづの　のちにもあはむ　いまにあらずとも」）という歌がある。この歌は『うひまなび』にも引かれている。上句は第四句「後にもあはむ」を導く序詞になっている。「上流では一つの瀬で何度も流れが遮られるが、下流ではその瀬々の流れも合流してゆったりと流れる」ということで、「後にもあはむ」の序詞としたのである。そして、その「後にあふ」を「末にあふ」に換えて詠んだのであろう。ただし、その際に、「末にあふ」を「…滝川のわれて」の文脈から切り離して用いたのである。つまり、「末にあふ」を「川」の縁語として詠んだのである。

なお、作者の崇徳院の念頭にも右の『万葉集』の歌があったものと想像される。非部類本『久安百首』の本文は「ゆきなやみ岩にせかるる谷川のわれてすゑにもあはんとぞおもふ」となっている。これが初案を示すものであるとすれば、初句「ゆきなやみ」や第四句の「すゑにもあはん」には、この『万葉集』の歌の影響がより色濃く残されていると言えよう。初句を「瀬をはやみ」、第三句を「滝川の」と改めたのは、上句を「われて」（「末にあふ」や「われても末にあふ」ではなく）の序詞として明確に位置づけるために、「われて」が「砕けて」の意であることを意識して、それに合わせたことによるものと推察される。

さて、あとは、この序詞が主想とどのように意味的にかかわるか、という問題が残る。単に「われて」を導く序詞として置かれているのか、それとも、主想に意味的に関連しているか、ということである。

そこで、『定家八代抄』の配列に戻るが、崇徳院の歌の次に置かれた伊勢の歌「思ひ河たえずながるる水のあわのうたかた人にあはで消えめやも」をあらためて見てみる。この伊勢の歌も序詞を用いた歌であり、崇徳院の歌と同じような歌の構成になっている。伊勢の歌は恋しく思う心を「思ひ河」と川に擬えて詠んでいる。そこから考えて、崇徳院の歌の「瀬をはやみ岩にせかるる滝川」も激しい恋心を暗示したものと読めるように思われる。そのような読み方を定家はしていたのではないか、そう思わせる配列となっている。

激しい恋心は、『万葉集』でも「山川のたぎつ心」（一三八七〈一三八三〉・一四三六〈一四三二〉）などと詠まれており、川の急流に喩えられている。また、平安時代以降の歌においても、「葦引の山した水のこがくれてたぎつ心をせきぞかねつる」（『古今集』四九一・恋一・よみ人しらず）、「たきつせのはやき心をなにしかも人めづつみのせきとどむらむ」（『古今集』六六〇・恋三・よみ人しらず）、「涙がはたぎつこころのはやきせをしがらみかけてせく袖ぞなき」（『新古今集』一一二〇・恋二・讃岐）のように詠まれている。これらの例を考え合わせると、崇徳院の歌の場合も、恋心のありようを表しているものと考えてよいように思われる。ただし、比喩であることを明示する語がないので暗示していると見ておくことにする。

定家が「せをはやみ岩きる浪のよとともに玉ちるばかりくだけてぞふる」（『拾遺愚草員外』二九三）と詠んでいるのも、この崇徳院の歌にそのような意味を読み取っていたからではなかろうか。

なお、「岩」を逢うことの障害となるものの比喩とすることは、『定家八代抄』の配列から窺い知ることはできない。むしろ、流れの激しさを際立たせ、「われて」に続けるためのものとして、定家は捉えていたのではないかと思われる。

なお、この崇徳院の歌の解釈について、拙稿「『百人一首』崇徳院歌の解釈―『定家八代抄』の配列を手がかりとして―」（『日本文学文化』一〇号・平成23年2月）があることを付記しておく。

定家がこの歌を高く評価していたことは、『定家八代抄』の「恋歌二」の巻頭歌にしたことのほかに、『秀歌体大略』に秀歌例として挙げたり、『八代集秀逸』に選んでいることからもはっきりと知られる。また、この評価は定家独自のものではなかったことが、『古来風体抄』や『時代不同歌合』にも選ばれていることから窺われる。崇徳院の代表的秀歌と認められていたこの歌を、定家も非常に高く評価していたということであり、定家としては、『百人一首』に是非とも選びたい一首であったのであろう。

78

あはぢしまかよふちどりの鳴声にいくよねざめぬすまの関もり
源兼昌

【異同】
〔定家八代抄〕ねさめぬ―めさめぬ（東急「め」の右に「ね」、「ぬ」の右に「を」と傍書）―安永・袖玉・知顕は底本に同じ。
〔百人秀歌〕ねさめぬ―めさめぬ。
〔百人一首〕あはちしま―あはちかた（龍谷・応永・古活・頼孝）―為家・栄雅・兼載・守理・・長享・頼常・経厚・上條は底本に同じ。ねさめぬ―めさめぬ（兼載）―ね覚を（龍谷・応永「を」の右に「ぬ」と傍書・頼常・経厚）―ね覚の（長享）―為家・栄雅・守理・古活・頼孝・上條は底本に同じ。
〔小倉色紙〕未確認。

【語釈】○あはぢしま―淡路島。淡路国の歌枕。『五代集歌枕』『初学抄』『八雲御抄』に淡路とする。現在、兵庫県に所属する。須磨からは明石海峡を隔てて対岸に位置する。○かよふ―淡路島と須磨の間を行き来する。「関」の縁語。「思ひやる心はつねにかよへども相坂の関こえずもあるかな」（『後撰集』五一六・恋一・公忠）のように、「心」について言うことが多く、それ以外について言うのは珍しい。○ちどり―千鳥。海辺や川に群れをなす小形の鳥で、その鳴き声が人の心を揺さぶり、『万葉集』以来、和歌に詠まれてきた。『堀河百首』に「冬」の題として詠まれてから、冬の代表的景物の一つとして定着した。余釈項を参照のこと。○鳴声に―鳴く声のために。「に」は原因を表す格助詞。「郭公けさなくこゑにおどろけば君を別れし時にぞありける」（『古今集』八四九・哀傷・貫之）。○いくよねざめぬ―「幾～ぬ」は、平安中期から見えるが、後期には和歌の表現として慣用化した。「ぬ」は完了の助動詞「ぬ」の終止形。「よぶこ鳥いくこゑなきぬ山びこのこたふばかりはあらずぞ有りける」（『小馬命婦集』三七）。ただし、不定称の名詞の疑問用法は係助詞を伴わない場合、文末は終止形となる。これは『万葉集』にも見え、破格とは言えない。二七番歌の語釈項を参照のこと。また、余釈項をも参照のこと。○すまの関もり―「須磨」は、摂津国の歌枕。現在の兵庫県神戸市須磨区。「須磨の関」は、摂津国と播磨国の国境。西国に行く交通の要衝。『初学抄』は摂津とするが、「はりまさかひなり、海辺也」とする。『八雲御抄』も「摂与播間歟」「海辺也」とする。関は延暦八年（７９８）七月にいわゆる「三関」が停廃された時に廃されたと考えられている。「関もり」は「関守」で関所を守る番人。

【通釈】淡路島、その間を行き来する千鳥の鳴き声に、幾夜目を覚ましたことか。須磨の関の関守よ。

【出典】『金葉集』（二度本）二七〇・冬・「関路千鳥といへることをよめる　源兼昌」。『金葉集』（三奏本）二七一・冬・「関路千鳥といへることを　源兼昌」。『金葉集』（初度本）三九八・「関路千鳥といへることをよめる　源兼昌」・第四句「いくよめざめぬ」。

【参考】『定家八代抄』五三三・冬・「関路千鳥といふ心をよめる　源兼昌」。『八代集秀逸』四四・第四句「いく夜目ざめぬ」。『百人秀歌』八一・第四句「いくよめざめぬ」。『和歌一字抄』五三九・路・関路千鳥。『和歌初学抄』二〇九・両所を詠歌。『西行上人談抄』三三。

《参考歌》

『拾遺愚草』二四三

　旅ねする夢路はたえぬすまの関かよふ千鳥の暁の声

『拾遺愚草』四六二

　あはぢしま千鳥とわたるこゑごとにいふかひもなき物ぞかなしき

『拾遺愚草』二一一六

　淡路島ゆききの舟の友がほにかよひなれたる浦千鳥かな

【余釈】　寒い冬の夜、淡路島との間を行き来する千鳥の鳴き声に、須磨の関の関守は、幾夜も目を覚ましたことだ、ということである。

『金葉集』（二度本）の詞書は「関路千鳥といへることをよめる」とあり、『定家八代抄』も「関路千鳥といふ心をよめる」とする。「関路千鳥」という題で詠んだ題詠歌ということであり、それを踏まえて理解されなければならない。題が「関路」を含むので歌も羇旅の色彩を帯びるが、『定家八代抄』での部立が「冬」であることを考慮して、旅情に主眼を置いた解釈はとらない。

まず、「淡路島」と詠み出すが、淡路島には関所もなければ、これまで千鳥が詠まれることもなかったので、かなり意外な感じを受ける。そして、「かよふ千鳥の」と詠み進めたあたりで、「関」は対岸の須磨の関を詠もうとしていることが予想され、「かよふ」は「関」の縁語で詠まれたのだということが知られる。おそらく、「須磨の関」に詠まれなかったなら、「千鳥」は淡路島と須磨の間を行き来するとは詠まれなかったであろう。「かよふ」と詠まんがために、そのように詠んだのである。また、この「かよふ」は、毎晩行き来するということであり、下の「幾夜」と響き合い、照応する。そして、「幾夜寝覚めぬ須磨の関守」と、作者の時代にはとうに関守など置かれなくなっていたにも関わらず、あたかも関守がいるかのように詠んだところに興趣がある。

定家はこの兼昌の歌を本歌として、「旅ねする夢路はたえぬすまの関かよふ千鳥の暁の声」（『拾遺愚草』二四三）と詠んでいる。眠りから覚めるのは、関守ではなく、旅人である。そのように詠み換えているわけである。定家のこの歌は、文治三年（１１８７）殷富門院大輔が勧進した百首歌に詠んだもので、二六歳の時の作である。この歌は、後年、『定家卿百番自歌合』に選んでおり、自信作であったことが知られる。また、若い頃から晩年に至るまで、この兼昌の歌を賞翫していたことが窺われる。

『源氏物語』須磨巻に、冬の夜、光源氏が須磨で寝覚めの床に千鳥の声を聞く場面がある。それを次に引く。

例の、まどろまれぬ暁の空に、千鳥いとあはれに鳴く。

　友千鳥もろごゑに鳴く暁はひとり寝覚めの床もたのもし

また起きたる人もなければ、かへすがへすひとりごちて臥したまへり。

このように『源氏物語』に描かれて以後、「かぜはやみすまのうらなみいかならんふゆのよすがら千鳥なくなり」（『左近権中将藤原宗通朝臣歌合』一五）、「すまのうらちどりおとなふこゐきけばいとどみやこのかたぞこひしき」（『内蔵頭長実家歌合　保安二年閏五月廿六日』二二五）などと須磨に千鳥が詠まれるようになる。これは、やはり『源氏物語』の影響と考えられる。そうした中で、この兼昌の歌も詠まれたのである。『三奥抄』に「須磨の浦に千鳥を読、ね覚のかなしきをいふは、源氏物語をもととするか」とし、『源氏物語』の右の歌を引く。『改観抄』もこれを踏襲する。

定家の時代の歌人たちは、この兼昌の歌を『源氏物語』と併せるようにして味わっていたことは確かであろう。右に挙げた定家の歌にも「暁」とあったところにそれが感じられるが、「すまのせき有明のそらになく千鳥かたぶく月はなれもかなしき」（『千載集』四二五・冬・俊成）、「月すみて深くる千鳥のこゑすなり心くだくや須まの関守」（『宮河歌合』二四）、「月もいかに須磨の関守詠むらん夢は千鳥の声にまかせて」（『壬二集』一八九）、「すまの関かよふ霜よのとも千どり月にうらみてこゑかへるなり」（『冬題歌合建保五年』四七・兵衛内侍）、「ひとりきくすまの関屋のさよ千鳥涙のあとぞ袖にかわかぬ」（『拾玉集』二二二四）などの例にもそれが読み取れる。「月」を詠み合わせているのは、右に引いた『源氏物語』の場面の直前に「月いとあかうさし入りて」「入りかたの月かげ」などとあることに拠ろう。

しかし、『源氏物語』との関係を過度に言い立て、それをこの兼昌の歌の解釈に無理に及ぼそうとするのは、いかがであろうか。『源氏物語』と共通するのは、須磨の冬の夜更けに目を覚まして千鳥の声を聞いているという点だけである。それ以外は、あまりにも内容がかけ離れている。『源氏物語』では、いつものように眠れない夜、光源氏は千鳥の声を聞いて心をわずかに慰めている。それによって孤独感を高めていることは言うまでもない。それに対して、兼昌の歌では、淡路島を詠み込み、そこを行き来する千鳥の声を聞くのは、都を離れた貴人ではなく、須磨の関の関守である。しかも、千鳥の声によって、その眠りを破られるのである。

また、「暁の寝覚め」に千鳥の声を聞くことは、『源氏物語』の右の場面に始まるものでもなく、「暁のねざめの千鳥たがためかさほのかはらにをちかへりなく」（『拾遺集』四八四・雑上・能宣）や、さらに遡れば、『万葉集』にも「…暁之　寐覚尓聞者　海石之塩干乃共　納渚尓波　千鳥妻呼　葭部尓波　鶴鳴動…」（『万葉集』一〇六六〔一〇六二〕・福麻呂、廣瀬本の訓「…あかつきの　ねざめにきけば　あまいしの　しほひのともに　いるすには　ちどりつまよび　あしべには　たづなきどよみ…」）と詠まれている。

なお、余田充氏「淡路の千鳥」(糸井通浩氏・吉田究氏編『小倉百人一首の言語空間』〈世界思想社〉)は、『源氏物語』の影響により須磨と千鳥の結び付きが強くなったことを指摘している。また、この兼昌の歌の影響によって、千鳥が須磨の関と結び付いたこと、そして、淡路島の千鳥が詠まれるようになったことなども指摘している。

さて、「幾〜ぬ」「幾〜つ」という語法について、徳原茂実氏「いく夜ねざめぬ須磨の関守―問いかけの構文―」(『武庫川国文』38・平成3年11月、『百人一首研究集成』〈和泉書院〉所収)は、「問いかけの構文」であるとする。

確かに、徳原氏右掲論文にあるとおり、「年へたる宇治の橋もりこととはんいくよに成りぬ水のみなかみ」(『新古今集』七四三・賀・清輔)の場合、「こととはん」と言っているのであるから、「いくよに成りぬ」は問いかけの言葉、もしくは内容であると考えてよさそうである。「あめにますとよをか姫にこととはむいくよになりぬきさかたの神」(『能因集』一一四)や「いろかへぬみどりのまつにこととはむさきちるはなをいくかへりみつ」(『行宗集』四一)なども同様である。

しかし、「すみよしの松のしづえをむかしよりいくしほそめつおきつしらなみ」(『金葉集』〈三奏本〉五三一・雑上・長実)の場合、「沖つ白波」に向かって問いかけていると徳原氏は解しているが、これは必ずしも明らかであるとは言えない。「沖つ白波は」という主語を倒置にして体言止めにしたとも解されるからである。また、「夏の夜の月まつほどのてずさみにいはもるしみづいくむすびしつ」(『金葉集』〈二度本〉一五四・夏・基俊)の場合は、問いかけの相手は「作者自身、正確にはこの歌の主人公自身と考えざるをえない。即ち自問であるが、それが自らに回数を問うという形をとりながら、実は回数の多さに驚き、詠嘆する」としているが、これも明らかであるとは言いきれない。問いかけであるということを前提にして見るから、そのように解せるというに過ぎないようにも思われるからである。

例えば、問いかける相手が作者自身でさえない場合はどうであろうか。「たかさごのをのへのさくらたづぬればみやこのにしきいくへかすみぬ」(『新勅撰集』六二・春上・式子内親王)の歌の場合は、誰に問いかけているのであろうか。「都の錦」や「霞」に問いかけているとも思われず、自問でもない。「ますらをのしかたつのべにともししていてはかへるといくよつもりぬ」(『教長集』二六七）はどうであろうか。「ますらをの」と語を続けているので「ますらを」に問いかけているわけではないであろう。「遠近のみねのつづきになく鹿のいく夜に成りぬ妻にあはずて」（『堀河百首』七二〇・河内）なども、「鹿」に問いかけているとも思われない。これらの例については、森本元子氏「「いく夜ねざめぬ」考」（『解釈』21巻1号、昭和50年1月）の「あまた」の意で、疑問で下にかかる意はないとする説のほうが当てはまりそうである。

定家の歌の例を見てみる。「花さかぬ我が深山木のつれづれといくとせ過ぎぬみよの春風」（『拾遺愚草』三一九）という歌で、自分を「花咲かぬ深山木」に喩えているわけであるが、「つれづれといくとせ過ぎぬ」と自問、あるいはそれによる慨嘆とするのには無理がないだろうか。「しきたへの衣手かれていくかへぬ草を冬のの夕暮のそら」（『拾遺愚草』一一七九）や「今よりと契りし月を友としていく秋なれぬ山の棲に」（『拾遺愚草』一六三四）、「わがなかはうき田のみしめかけかへていくたびくちぬもりの下ばも」（『拾遺愚草』二五三五）なども同様である。また、「いく世へぬかざしをりけんいにしへに三輪の檜原の苔の通路」（『拾遺愚草』一〇九三）という歌で、「苔の通路」に「いく世へぬ」と問いかけているととるのも無理があるように思われる。「みだれ蘆のしたの恋ぢよいくよへぬ年ふるたづのひとりなく皐」（『拾遺愚草』一六七七）は「恋ぢよ」といっても「恋ぢ」に向かって問いかけているわけではあるまい。それでは自問慨嘆であろうか。「袖の上枕の下にやどりきていくとせなれぬ秋のよの月」（『拾遺愚草』六八六）の例などは、自問慨嘆であろうか、それとも「秋の夜の月」への問いかけであろうか。これらの例も、森本氏のいう「あまた」の意の「幾」と考えれば、そのほうが理解しやすい。

森本氏右掲論文は、この「あまた」の意の「幾～ぬ」が「平安時代後期以後、本来の「いくよ」から派生的に生じ、本来の「いくよ」と併行して行われるようになった」とし、この兼昌の歌の例もその一例とする。

ここで問題が、いくつか生じる。その第一は、なぜ「幾」という不定称の語が「あまた」の意を表すに至ったかという論理的な説明がほしいことである。第二は、「幾」が「あまた」の意に用いられているとして、そのいっぽうでは「問いかけ構文」ではないかと考えられるほど疑問の意を強く表す場合がある。つまり、森本氏の「併行して行われる」ということである。しかし、それでは、この二つの用法がなぜ混乱することなく併行して行われていたのであろうか。第三に、二つの用法が併行して行われていたのならば、この兼昌の歌の場合、どちらの用法ということになるのか、その根拠を示しての説明がほしいところである。

今のところ、残念ながら、稿者自身それらについて明確な答えは準備できていない。そこで、仮に次のように考えてみる。

まず、判断に不確実さが混じれば疑問のかたちをとるわけであるが、返答をしかるべき相手に求める場合には問いかけの意になり、自分のことについて自分に答えを求めれば自問の意になる。これに対して、判断に不確実さはないのに、疑問のかたちをとることがある。疑問のかたちをあえてとることによって、逆のことを強く主張する表現、すなわち反語である。不定称においては、あえて不定称を用いて、それと限ることができないという表現になる。「いくつ」とあえて言っておいて、言いたいことは、「いくつ」と限ることができない、「いくつも」だ、ということである。それが「あまた」の意になる。

例えば、「幾夜寝覚めぬ」の場合、幾夜目を覚ましたのか、それを知っている者に、その返答を求める場合には、「いったい幾夜目を覚ましたのか?」という問いかけになる。それに対して、疑問とするつもりもないのに、「いったい幾夜目を覚ましたことか」と言うことがある。この場合、疑問のかたちはとっているが、言いたいことは「幾夜も目を覚ましたことだ」ということである。これが「あまた」の意である。

さて、この兼昌の歌の場合、問いかけであろうか、それとも「あまた」の意であろうか。そこで、定家がどのように解していたか、ということになる。定家の歌での「幾〜ぬ」の用例は、すべて「あまた」の意とされる用法と考えられる。そして、問いかけの意でなければ意が解せない歌は一例もない。そのことから、定家もこの語法をそのように理解していたと考えられる。したがって、兼昌の歌についても「関守は、いったい幾夜目を覚ましたことか、幾夜も目を覚ましたことだ」と解していた可能性が高いと言えるのではなかろうか。

また、以下に、問いかけとは考えにくい理由を述べたいと思う。

まず、問いかけの意になるのは、その返答をしかるべき相手に求める場合が多い。例えば、「年へたる宇治の橋もりこととはんいくよに成りぬ水のみなかみ」（『新古今集』七四三・賀・清輔）の場合、宇治川の水上から水が流れ始めてからかなりの年月が経つが、どのくらい経ったのか、答えることができそうなのは、「年経たる宇治の橋守」であるから、それに尋ねようというのである。また、「あめにますとよをか姫にこととはむいくよになりぬきさかたの神」（『能因集』一一四）も「象潟の神」がそこに鎮座してどのくらいになるのか、それを知っているのは「天にます豊岡姫」なので、それに尋ねているのである。「いろかへぬみどりのまつにこととはむさきちるはなをいくかへりみつ」（『行宗集』四一）は、花が咲き散るのをずっと見続けてきたのは、「色変へぬ緑の松」である。それで、どのくらい見続けてきたのかを尋ねたのである。「幾〜ぬ」というかたちではないが、「いつもかく有あけの月のあけがたは物やかなしきすまの関守」（『千載集』五三五・羇旅・兼覚）も同じである。須磨の明け方の有明の月はいつもこのように物悲しいのか、それを知っているのは須磨の関守である。だから、そのように尋ねたのである。ところが、兼昌の歌の場合、この類型には当てはまらないのではないかと思われる。

次に、この兼昌の歌を関守への問いかけであると仮定した場合、どこからが問いかけの言葉であろうか。例えば、右の「年へたる宇治の橋もりこととはんいくよに成りぬ水のみなかみ」（『新古今集』七四三・賀・清輔）の場合、「幾世になりぬ水の水上」の部分が問いかけの言葉、もしくは内容であると考えられる。それでは、この兼昌の歌ではどうであろうか。「幾夜寝覚めぬ」の部分としたいところであるが、「淡路島かよふ千鳥の鳴く声に」から続いているので、そこだけを問いかけた言葉とすることはできない。そうすると、「淡路島かよふ千鳥の鳴く声に幾夜寝覚めぬ」のすべてが問いかけの言葉ということになってしまうが、これは少し無理ではなかろうか。「いつもかく有あけの月のあけがたは物やかなしきすまの関守」（『千載集』五三五・羇旅・兼覚）の場合は、「いつもかく有あけの月のあけがたは物やかなしき」が問いかけた言葉、もしくは内容である。その長さが理由というわけではなさそうである。

さらに、桑田明氏『義趣討究　小倉百人一首釈賞』（風間書房）に示されているように、結句に「〜関守」「〜島守」などのように人がきて、「〜」の部分に疑問句がくる場合、「関守」「島守」はそれらへの呼びかけになり、「〜」の部分の疑問句は、問いかけになるとする見解もある。例えば、「やほかゆくはまのまさごとわがこひといづれまされりおきつしまもり」(『拾遺集』八八九・恋四・よみ人しらず)のようにである。しかしながら、「幾夜寝覚めぬ」は、右に述べたように疑問句とは限らない。疑問のかたちをとりながらも「幾夜も目を覚ましたことだ」の意の可能性もある。したがって、その類型によって決めることはできないわけである。

そして、右の「〜」の部分には、問いかけや命令がくるとは限らない。例えば、「山おろしにうらづたひする紅葉かないかがはすべきすまのせきもり」(『千載集』三六一・秋下・実定)の場合、「須磨の関守」に、「いかがはすべき」と尋ねているわけではあるまい。「いかがはすべき」は反語であって、「どうすることもできない」の意である。「須磨の関守はいかがはすべき」を倒置にして、「須磨の関守は」の「は」を省き、体言止めにしたのである。また、「はる秋のくもゐのかりもとどまらずたがたまづさのもじのせきもり」(『新勅撰集』一三二五・雑四・公経)の例も、「誰が玉章」(誰からの手紙)であるのか「門司の関守」に尋ねているわけではあるまい。雁が誰からの手紙を運ぶのか、という意味で、「玉章の文字」と言い掛けたのである。そのほかにも、「なにごとをこころのうちにのこすらんおもふもさびしすまのせきもり」(『寂蓮無題百首』九二)など、明らかに呼びかけではない例はある。結局のところ、かたちのうえから問いかけであると判断することはできないということである。

さて、この兼昌の歌は、通説では、須磨に一晩宿をとった旅人が、千鳥の声に目を覚まし、この地に住む関守は、いったい幾夜この千鳥の声に目を覚ましたのか、と思いやっている歌と解している。この解釈は、『宗祇抄』に「これは、すまのうらに旅ねして、かの島よりちどりのうちわびてかよひくる折から、所は須磨のうらなれば、一しほ旅ねのかなしさのたへがたき心より、せきもりの夜々のねざめをあはれむ心なり」として以来の解釈である。『三奥抄』も「今宵、我、此関にやどりて聞ば、かの方よりかよひ来る鳥の声にね覚のもの侘しきをもつて、関守の上をおもふなり。我一夜のね覚さへかなしきに、関守は此うらをはなれぬものにて、幾夜か此千鳥にね覚ぬらんといふ儀なり」としている。『改観抄』も、「ぬ」を「ぬる」の略語とする以外は、この解釈を踏襲している。これは、「幾夜寝覚めぬ」の「ぬ」を「ぬらむ」あるいは「ぬる」の省略と考えていたことによる。『百首異見』は「寝覚めぬらむ」の略とする考えを否定し、「ねざめぬは、ね覚ぬるやと問かくる意ばへありて、かなたへむかへる語也」と問いかけの意としたが、そこが異なるだけで、基本的には変わることはなかった。そして、それが現在に至るまで継承されてきた。

しかし、右のように、「幾夜寝覚めぬ」に疑問や推量の意味がなく、また問いかけでもなく、「幾夜も目を覚ましたことだ」の意であるとするならば、通説のような解釈は成り立たないことになる。ちなみに、右のような解釈をする注釈書としては、金子武雄氏『掌中小倉百人一首の講義』(大修館)がある。同書は「いく夜」について「幾つもの夜、の意」とし、「須磨の関守は幾夜も幾夜も寝覚めてしまったことである」と訳している。

なお、通説のような解釈は、おそらく、右にも度々引いた「いつもかく有あけの月のあけがたは物やかなしきすまの関守」(『千載集』五三五・羇旅・兼覚)と重ねてしまったことによるのではないかと推察される。

定家は、『定家八代抄』に兼昌の歌はこの一首しか選んでいない。しかし、『八代集秀逸』にも選んでおり、この歌をかなり高く評価していたことが知られる。『百人一首』に是非とも選び入れたい一首であったと想像される。

なお、この兼昌の歌を本歌として詠んだ歌、あるいは影響を受けたと思われる歌は、右掲の歌のほかに、「あはぢ島せとのしほひのゆふぐれにすまよりかよふちどりなくなり」(『山家集』五四九)、「すまのせきちどりのこゑはうつつにてとだえがちなる夢の通路」(『隆信集』二六五)、「千鳥なくすまの関やのよはの夢に袖ぬらす物は浪か涙か」(『拾玉集』三八五〇)、「さ夜ちどりゆくへをとへばすまのうら関もりさます暁のこゑ」(『後鳥羽院御集』一五一六)など多数見出すことができる。この歌の人気ぶりが窺われる。

79

左京大夫顕輔

秋かぜにたなびく雲のたえまよりもれいづる月のかげのさやけさ

【異同】

〔定家八代抄〕安永・袖玉・知顕・東急は底本に同じ。

〔百人秀歌〕もれいつる―もりいつる。

〔百人一首〕かけのさやけさ―かけそさやけき（古活・長享）―かけそさやけさ（頼孝）―為家・栄雅・兼載・守理・龍谷・応永・頼常・経厚・上條は底本に同じ。

〔小倉色紙〕底本に同じ。（太陽・墨58・墨）

【語釈】○秋かぜに―「に」は、原因を表す格助詞。「絶え間」にかかると考えておく。余釈項を参照のこと。○たなびく―横に帯状に長く引く意。ここでは、月のあるあたり一帯を覆っている。「月」に「雲」が「たなびく」と詠むことは、『万葉集』にすでに認められる。「遠妹　振仰見　偲　是月面　雲勿棚引」（『万葉集』二四六四〔二四六〇〕・作者不明、廣瀬本の訓「とをつまの　ふりあふぎみつつ　しのぶらむ　このつきのおもに　くもたなびくな」）、「しらくものたなびきにけるみやまにはてる月影もよそにこそきけ」（『伊勢集』二四五）、「いとはじよ月にたなびく浮雲も秋の気色は空にみえけり」（『拾遺愚草』一三八）」。○雲のたえまより―「あづさゆみたなびくくものたえまよりほのかにみゆるすゑのまつ山」（『内大臣家後度歌合永久三年十月』九・仲房）、「あづさゆみたなびくくものたえまよりはつかに見ゆるはつせ山かな」（『行宗集』二六六）。○もれいづる月―漏れて出る月。ここでは、雲のわずかな絶え間から姿を現す月の意。余釈項を参照のこと。○かげ―光の意であるが、ここでは漏れ出る月光ではなく、姿を現した月が放つ光の意。○さやけさ―形容詞「さやけし」の語幹に接尾語「さ」が付いて名詞化したもの。「さやけし」は、光や音が清らかなさまをいう。『奥義抄』に「古歌詞」として「さやけし、清也」とする。『初学抄』にも「由緒詞」として同様に記す。

『八雲御抄』にも「世俗言」として挙げられ、「清とかけり」とする。『顕注密勘』には、『古今集』二一七番歌の注に顕昭は「さやけさとは、月のあかきをも云。万葉にはきよしとかけり」とする。定家の時代には、古語と見られていた。「百師木之　大宮人之退出而　遊今夜之　月清左」（『万葉集』一〇八〇〔一〇七六〕・作者不明、廣瀬本の訓「ももしきの　をほみやびとの　たちいでて　あそぶこよひの　つきのさやけさ」）、「さやけさはおもひなしかと月かげをこよひとしらぬ人にとはばや」（『金葉集』一八五・秋・親房）、「はるかなる峰の梯めぐりあひてほどは雲ゐの月ぞさやけき」（『拾遺愚草』一一三五）。

【通釈】秋風によって、たなびく雲が途切れ、その絶え間から漏れて姿を現す月の光の清らかさよ。

【出典】『新古今集』四一三・秋上・「崇徳院に百首歌たてまつりけるに　左京大夫顕輔」。

【参考】『定家八代抄』三二六・秋上・「崇徳院に百首歌奉りける時　左京大夫顕輔」。遣送本『近代秀歌』一三・第四句「もりいづる月の」。『百人秀歌』八〇・第四句「もりいづる月の」。『久安百首』三三八・第二句「ただよふ雲の」。

【余釈】秋風によって、たなびく雲が途切れ、その絶え間から月がふと姿を現したが、その光の、なんと明るく澄んでいることよ、ということである。

「秋風に」は「絶え」にかかっていくのであるが、そのまま「絶え間より」と続けてしまっているので収まりが悪い。しかし、それがかえって味わいとなっている。雲の絶え間から月が姿を現したのを「漏れ出づる」と表現したところもすぐれている。たなびく雲が空を覆っていたが、その雲のむこうには、紛う方なき清澄な秋の月があったということを巧みに表現している。

この歌の解釈上の問題点は、次の二つである。第一点は、「秋風に」がどこにかかるかということ。そして、第二点は、「雲の絶え間より漏れ出づる月の影」とあるが、これは雲の絶え間から月の光だけが漏れているのか、それとも月の姿が見えているのかということである。

まず、第一の問題点であるが、通説では、「秋風に」は「たなびく」にかかるとされている。しかし、『増抄』は「秋風が吹て雲がたなびきたるやうに、ふときこゆるつづきなるが、さにはあらず。秋風にと切て、空にたなびきたる雲がたえまありと、末にて合てみる歌也」とする。『新抄』も「たなびく雲が秋風にて中たえたる間より也」としている。『一夕話』も「秋風が吹き来れば、たなびきたる雲がその風に吹かれてきれぎれになる、その間より」と解している。現代の注釈書では鈴木知太郎氏『小倉百人一首』（桜楓社）がそのように解している。

この問題を取り上げた桑田明氏『義趣討究　小倉百人一首釈賞』（風間書房）は、「「秋風にたなびく」という表現は問題の歌の外まだ管見に入って来ない」と指摘する。

「煙」が「風」に「たなびく」とする例は、「すまのあまのしほやく煙風をいたみおもはぬ方にたなびきにけり」（『古今集』七〇八・恋四・よみ人しらず）などがあるが、「雲」が「風」に「たなびく」と詠んだ歌で、『百人一首』の成立以前の確実な例は今のところ一首も見出し得ない。わずかに後れる『新撰和歌六帖』に「雲きりのたなびききゆる秋かぜにいざよひのぼる山のはの月」（三〇五・光俊）の例があり、その後の例として「あきかぜに雲のたなびく山のはをいざよひのぼるありあけの月」（『隣女集』五一八）の例を見出すことができるばかりである。そうした状況から見て、「秋風に」は下の「絶え間」にかかっていくと見るほかはないのではなかろうか。

この顕輔の歌は、久安六年（1150）成立の『久安百首』での詠である。非部類本『久安百首』では「秋風にただよふ雲のたえまよりもれ出づる月の影のさやけさ」（三三八・秋）と、「たなびく」が「ただよふ」になっている。部類本『久安百首』では「たなびく」になっているところから、その間の改変かと考えられる。「雲」が「風」に「ただよふ」、もしくは「風」が「雲」を「ただよはす」と詠む例は、「秋風　吹漂蕩　白雲者　織女之　天津領巾毳」（『万葉集』二〇四五〔二〇四一〕・作者不明、類聚古集の訓「あきかぜの　ふきただよはす　しらくもは　たなばたつめの　あまつひれかも」）、「吹く風にただよふ空のうき雲をいつまでよその物とかはみん」（『永久百首』四九七・常陸）、「白雲のみねこす風にただよふと思へば谷に花ぞちりける」（『散木奇歌集』七二）などがある。したがって、「ただよふ」と詠んだときには「秋風に」は直後の「ただよふ」にかかっていたのである。「ただよふ」から「たなびく」への変更は、「秋風にただよふ」から、「たなびく雲」が「秋風に」よって「絶え」ることへの変更であった。

「たなびく」に改変したことで、「秋風に」は「たなびく」ではなく、その下にかかっていくことになった。ところが、下にある語が「絶え間」であるために、「秋風に」の句を受けきれなくなった。それで収まりが悪いのである。このように、しっかりとした詞のかかり受けがなされていないが、定家はこの歌を顕輔の代表的秀歌と考えていた。ということは、そのしっかりとしたかかり受けがなされない点はけっしてこの歌の欠点とはならず、それもまた、この歌の魅力と考えていたということになろうか。

雲の絶え間の月を詠むことは、『久安百首』以前にも、「むらさきにたなびくくものたえまよりみにしむつきのいろをみるかな」（『重之子僧集』四七）や「山のはを横ぎる雲のたえまより待ちいづる月のめづらしきかな」（『堀河百首』七八五・公実）などの例がある。特に、『堀河百首』の歌は、その発想において影響があったのではないかと考えられる。また、「ほととぎすくものたえまにもる月のかげほのかにもなきわたるかな」（『永縁奈良房歌合』二八・式部君）という歌もある。この歌は、雲の絶え間から漏れて出る月の光を「ほのか」と詠んでいる。この歌合の判者は俊頼であるが、その判詞に「くものたえまにもる月は、あやにくにあかきものとこそ見たまふれ、なほ、かげほのかに、といはば、つきにくもをやかくべからん、そこぞおぼつかなき、もし証歌あらばよきうたなり、しばしにてもかつとぞまうすべき」として、この歌を勝ちにしている。ここには「雲の絶え間に漏る月は、あやにくに明きもの」という発想類型があったことが認められる。それなのに、この歌は「ほのか」としているのが不審だというのである。その証歌があればすぐれた歌であるが、それはしばらく措いて勝ちとする、と言う。その後、俊頼はこの歌を『金葉集』に入集した（一二三・夏・皇后宮式部）。その後、保延元年（１１３５）頃に成立した『為忠家後度百首』で、「雲間月」が題とされ、「むらくものたえまよりづるたびごとにめづらしくなる月のかげかな」（『為忠家後度百首』三九六・一首本文の欠脱のため作者不明）などの歌が詠まれている。その十五年ほど後に、この顕輔の歌が詠まれたわけであるが、そうした下地があって詠まれたのである。

次に、第二の問題点、「雲の絶え間より漏れ出づる月の影」は、雲の絶え間から月の光だけが漏れているのか、それとも月の姿が見えているのかということである。現行の注釈書では、そのあたりが明確ではないが、「もれ出てくる月の光」などと訳されていることが多く、雲の間から漏れ出てくる光だけのように読み取れる。しかし、『幽斎抄』は「月は雲間を出たるは、あらたにさやかにして、しかも面白く見ゆる心侍る也」とし、『百首異見』も「思はぬ雲間よりみがき出る鏡の如く打つけに照かがやける光見るここちして、いとめでたき歌也」としている。これらは月の姿を見ていると解しているように思われる。

この問題についても桑田明氏前掲書は取り上げており、「月の姿であって同時に光暉・光輝である」としている。

それでは、定家はどのように理解していたのであろうか。

この歌は『定家八代抄』では次のように配列されている。

　　堀川院に百首歌たてまつりける時　　俊頼朝臣

木がらしの雲吹きはらふ高根よりさえても月のすみ昇るかな（三一五）

　　崇徳院に百首歌奉りける時　　左京大夫顕輔

秋かぜにたなびく雲のたえまよりもれ出づる月のかげのさやけさ（三一六）

　　月の歌とてよめる　　基俊

山のはにますみのかがみかけたりと見ゆるは月の出づるなりけり（三一七）

このように、前後は月が姿を現す歌である。そこから推して、「雲の絶え間より漏れ出づる月」は雲の絶え間から漏れて姿を現した月と考えていたものであろう。「影」はその光である。なお、「冬のやみの雪げの雲のたえまよりきよくぞもるるほしの光は」（『拾玉集』二六三二）という歌の例もある。この場合、星の光だけが漏れ出しているとは考えられない。定家に限らず、当時の歌人たちは右のように解していたものと思われる。

定家は遣送本『近代秀歌』に六人の名を挙げ、「このともがら末の世のいやしき姿をはなれて、常に古き歌をこひねがへり。此人々の思ひ入れて姿すぐれたる歌は、高き世にも思ひ及びてや侍らむ」とし、最後にその六人の秀歌例を挙げている。その六人の一人が顕輔である。

その顕輔の代表的秀歌としては、まず、「なにはえのあしまにやどる月みればわが身ひとつもしづまざりけり」（『詞花集』三四七・

雑上）が挙げられよう。顕輔自身が『詞花集』に入集させた歌である。そして、俊成は『古来風体抄（再撰本）』で、「此歌いみじくをかしき歌なり。これは拾遺集に菅原文時歌に、水の面に月のしづむをみざりせばわれひとりとや思ひはてまし、といへる歌をいますこし優にひきなしてみえ侍るなり。此歌はむかしの歌にもはぢざる歌なり」と賞讃し、巻末近くの『詞花集』の評に「あしまにやどる月みればといへる歌は、いとありがたく侍るものを」と記している。しかし、定家はこの歌を『定家八代抄』にさえ選んでおらず、『時代不同歌合』にも選ばれていないので、その後それほど高く評価されなくなってしまったものと思われる。

次に、「かづらきやたかまの山のさくら花雲井のよそにみてや過ぎなん」（『千載集』五六・春上）が挙げられる。俊成は『古来風体抄』には選んでいないが、『千載集』に入集させている。後鳥羽院も『時代不同歌合』に選んでいる。定家も『定家八代抄』のほか、遣送本『近代秀歌』に顕輔の秀歌例として挙げている。

また、「思へどもいはでの山に年をへてくちやはてなん谷の埋木」（『千載集』六五一・恋一）がある。これも『古来風体抄』には選んでいないが、『千載集』に入集していることで、俊成が高く評価していたことが知られる。後鳥羽院も『時代不同歌合』に選んでいる。定家も『定家八代抄』のほかに『八代集秀逸』に選んでおり、かなり高く評価していたことが知られる。

そして、この「秋風に」の歌であるが、『詞花集』に入集していないことから、顕輔自身はそれほど高く評価していなかったものかと思われる。ただし、『詞花集』には『久安百首』から五首しか入集していない。これは、『久安百首』の成立が『詞花集』奏覧の前年であったため、十分な選歌ができなかったためではないかとされている。そして、俊成は、『久安百首』から『千載集』に約一二六首もの歌を選び入れたが、この歌は入集させていない。俊成は、『久安百首』の十五年ほど前、『為忠家後度百首』で「まばらなるしづのしばやにもる月のみよりすぎぬるかげのさやけさ」（『為忠家後度百首』三一四）と詠んでいる。これはあくまで憶測であるが、この顕輔の歌について発想や趣向の上からも新鮮味に欠けると考えていたのかもしれない。また、隠岐本『新古今集』にこの歌は残されているので、後鳥羽院は高く評価していたものと思われる。しかし、『時代不同歌合』には選んでいないので、顕輔の代表的秀歌とまでは評価していなかったのであろう。これに対して、定家は『定家八代抄』のほか、遣送本『近代秀歌』に顕輔の秀歌例として挙げており、代表的秀歌と考えていた。ちなみに、『新古今集』撰者名注記は、定家のほか、有家と雅経が記されている。これらのことから、この顕輔の歌は新古今時代から高く評価され、とりわけ定家が高く評価していたということになろうか。

それにしても、それでは、なぜ、「かづらきや」や「思へども」の歌ではなく、「秋風に」の歌を『百人一首』に選んだのであろうか。おそらく、これも『百人秀歌』での組み合わせに理由が求められるであろう。『百人秀歌』では兼昌の歌と組み合わされている。兼昌の歌は冬の夜空の千鳥を詠んだ歌であった。それに対して秋の夜空の月を配したのであろう。

80

待賢門院堀河

ながからん心もしらずくろかみのみだれてけさは物をこそおもへ

【異同】

〔定家八代抄〕　東急はこの歌なし。安永・袖玉・知顕は底本に同じ。

〔百人秀歌〕　底本に同じ。

〔百人一首〕　なかゝらん―なからえん（上條）―為家・栄雅・兼載・守理・龍谷・応永・古活・長享・頼常・頼孝・経厚は底本に同じ。みたれてけさは―今朝はみたれて（龍谷）―為家・栄雅・兼載・守理・応永・古活・長享・頼常・頼孝・経厚・上條は底本に同じ。

【語釈】　○ながからん心―「ながから」は形容詞「長し」の未然形。「ん（む）」は婉曲の助動詞「む」の連体形。「長き心」をやわらげて言った。「長き心」はいつまでも同じ心でいること。ここでは相手の男性の自分に対する思いをいう。「長き心」の反対は

「短き心」で移ろいやすい心のこと。『後撰集』に「心みじかきやうにきこゆる人なりといひければ」と詞書があり、「伊勢の海にはへてもあまるたくなはの長き心は我ぞまされる」（五七九・恋一・よみ人しらず）という歌がある。そのほかに、次のような例もある。「うちわたし長き心はやつはしのくもでに思ふ事はたえせじ」（『後撰集』五七〇・恋一・よみ人しらず）、「たのまれずしばしのほども秋のよのながきこころもあらじとぞ思ふ」（『元良親王集』八五）、「ありふればうきよなりけりながからぬ人のこころをいのちともがな」（『相模集』一一一）。「長し」は「（黒）髪」の縁語。「あだにかくおつとおもひしむばたまのかみこそながきかたみなりけれ」（『後拾遺集』五六三・哀傷・定頼母）、「おきわびぬながきよあかぬくろかみの袖にこぼるる露みだれつつ」（『拾遺愚草』一四六二）、「三たびなづる我が黒かみのすゑまでもゆづるみのりをながくたのまん」（『拾遺愚草』二九四三）。○しらず―関係なく、かまわずにの意。余釈項を参照のこと。○くろかみの―「乱れ」の枕詞。「くろかみのみだれてもののかなしきはおもふすぢにもなきよなりけり」（『広言集』九五）。○みだれて―黒髪が乱れると心が乱れるを掛ける。「（黒）髪」の縁語。余釈項を参照のこと。○けさは―契りを交わして別れた今朝はの意。○物をこそおもへ―「物を思ふ」に強意の係助詞「こそ」が入り、全体を強調する。「夢にさへ人のつれなく見えつればねてもさめても物をこそおもへ」（『拾遺集』九一九・恋四・よみ人しらず）、「きみにあはむその日をいつとまつの木のこけのみだれて物をこそおもへ」（『新勅撰集』七三二・恋二・よみ人しらず）、「えだわかみ風にかたよるあをやぎのいともみだれてものをこそおもへ」（『重之子僧集』五）。

【通釈】いつまでも変わらないようなお心もかまわずに、黒髪が乱れるように、心乱れて、今朝は物思いをすることです。

【出典】『千載集』八〇二・恋三・「（百首歌たてまつりける時、恋のこころをよめる）待賢門院堀川」。

【参考】『定家八代抄』一〇五二・恋三・「崇徳院に百首歌奉りける時　待賢門院堀河」。『百人秀歌』七八。『続詞花集』五五五・恋中・新院人人に百首歌めしけるに。『久安百首』一〇六七。

《参考歌》

『拾遺集』六六九・恋一・貫之

80 ながからん心もしらずくろかみのみだれてけさは物をこそおもへ

あさなあさなけづればつもるおちかみのみだれて物を思ふころかな

【余釈】　いつまでも変わらないあなたの心とは関係なく、あなたと別れた今朝は、ちぢに心を乱して物思いをしている、ということである。

「黒髪の」という枕詞を用いて、「乱れて」を導き、「長からむ」もその縁語によって詞を整えた。また、それは、女性の寝乱れた長い黒髪をイメージさせる。後朝の別れののち、あとに残された女性の物思いに耽る姿が思い浮かぶ。

『定家八代抄』の配列から見て、定家は、初めて契りを交わした翌朝の歌と理解していたものと思われる。

解釈上の問題点としては、次の二点が挙げられる。第一点は、「長からむ心も知らず」の解釈である。第二点は、「乱れて物を思ふ」の内容である。それはどのような物思いなのかということである。

第一の問題点について考えてみる。まず、本文についてであるが、『百首異見』などは『久安百首』の「ながからぬ」とする本文のほうがよく、それが作者の詠んだ本来のかたちであり、「ながからむ」とする本文は『千載集』の撰者のさかしらであるとしている。これは『久安百首』の非部類本で、群書類従本などが「ながからぬ」としていることによる。ただ、非部類本の中にも「ながからむ」とする伝本はあり、『新編国歌大観』の底本である書陵部本も「ながからむ」となっている。また、部類本は「ながからむ」となっている。仮に改変があったとしても、『千載集』入集の際のものではない可能性が高い。何れにしても、『百人一首』の歌として考える場合、『百人一首』の伝本に「ながからぬ」とするものはないので、これを考慮する必要はない。

次に、その解釈についてであるが、通説では、「あなたの心がいつまでも変わらないかどうかがわからない」と解されている。しかし、定家がそのように解していたかどうか疑問である。

『定家八代抄』において、その一〇四二番から一〇五七番までは、後朝の歌で、契りを交わした翌朝の別れのつらさを詠んだ歌が並べられている。そこには相手の心を疑うような歌は一首もなく、また、そのような歌が置かれるような余地もない。そして、堀河の歌は次のように配列されている。

家に百首歌よみ侍りける時、後朝恋心を　後法性寺前関白太政大臣

かへりつるなごりの空をながむればなぐさめがたき有明の月（一〇五〇）

皇太后宮大夫俊成

忘るなよ世世の契をすがはらやふしみのさとの有明の空（一〇五一）

崇徳院に百首歌奉りける時　待賢門院堀河

ながからん心もしらず黒髪のみだれてけさは物をこそ思へ（一〇五二）

この三首は何れも『千載集』から選んだものである。しかし、『千載集』にあるそのままの順ではない。「後法性寺前関白太政大臣」は兼実のことであるが、兼実と俊成の歌は『千載集』の「恋三」の巻軸部に、それぞれ八三八番と八三九番としてこのままの順で並べられている。ところが、堀河の歌は同じ「恋三」ではあるが、もっと前のほう、八〇二番の歌として置かれている。定家は歌順を変えて『定家八代抄』にとっているのである。その意図は、俊成の歌の内容を受けるものとして、堀河の歌を位置づけたのであろう。すなわち、「忘るなよ世々の契りをす」を「長からむ心」で受けるものとしたのである。来世に生まれ変わっても変わることがない心ということである。それなのに、「あなたの心がいつまでも変わらないかどうかがわからない」というのはおかしい。これは「あなたの変わることのない心はわかりました」という流れにならなければならない。そして、「それはわかりましたが、それとは関係なく物思いにちぢに心が乱れていることです」ということになる。そうであるとすれば、「知らず」はこの場合、「わからない」の意ではなく、「関係なく」「かまわずに」の意と考えられる。「ず」は連用形で、下の「思へ」にかかっていくと見なければならない。

そのような用法の「知らず」の例としては、「いとふらむ心もしらずたなばたになみだの袖を人なみにかす」（『建礼門院右京大夫』二九〇）などが挙げられる。「織女が厭がっていることもかまわずに、涙に濡れた私の袖を人と同じように供えることだ」という意である。定家も「色にいでん心もしらず秋萩の露に露おく宮木野の原」（『拾遺愚草員外』一五三）と詠んでいる。「宮城野では、萩

の葉が色づくこともおかまいなく、葉の露にさらに露が置き重ねることだ」という意である。

そのほかにも、「ふちせとも心もしらず涙河おりやたつべきそでのぬるるに」（『後撰集』六一一・恋二・大輔）、「かすむらん心もしらずしぐれつつすぎにし秋のもみぢをぞ見る」（『村上天皇御集』五八）、「をしまるるなみだにかげはとまらなむこころもしらず秋はゆくとも」（『和泉式部日記』七四）、「よしの河いはぬ色なるやまぶきのこころもしらずなくかはづかな」（『範宗集』五一）などの例を挙げることができる。したがって、語法的にもそのように解して問題はない。

さて、第二の問題点、「乱れて物を思ふ」の内容、それがどのような物思いなのかということについて考えてみる。通説では、「長からむ心も知らず」を「あなたの心がいつまでも変わらないかどうかがわからない」と解すので、それが物思いの理由となる。しかし、相手の心が変わるか変わらないかわからないことが理由で「乱れて物を思ふ」ということになるであろうか。不安だというのはわかるが、「乱れて物を思ふ」というのはどうもしっくりとこない。それでは、どのような物思いであるかと言えば、契りを交わした翌朝の、男性が出ていったあとに残された女性の様々な物思いである。ひと言で言えば、朝の別れのつらさということになろうが、その心情の底には、相手を愛しく思う気持や漠然とした心細さ不安、あるいは後悔などが入り乱れているのである。契りを交わしたがゆえの物思いである。右に引いた『定家八代抄』の兼実の歌「かへりつるなごりの空をながむればなぐさめがたき有明の月」は、作者は男性であるが、女性の立場で詠んだ歌である。男性が帰っていったあとの慰めようもない気持を詠んだものである。これと同じものと考えてよいのではなかろうか。先述したように『定家八代抄』ではそのような内容の歌をそこに並べているのである。おそらく、それが定家の理解であったと思われる。『百首異見』に「こは、契の長きみじかきをいかにとおもひみだるるにあらず。只あかぬ別れのやる方なき心みだれをいふ也」としているのは、その部分については首肯できる。

ところで、寝起きの髪が乱れることと、思いが乱れることを重ねて詠むことは、すでに『万葉集』に見える。例えば、「朝髪之　念乱而　如是許　名姉之恋曽　夢尓所見家留」（『万葉集』七二七〔七二四〕・坂上郎女、廣瀬本の訓「あさがみの　おもひみだれて　かくばかり　なにのこひぞも　ゆめにみえける」）、「夜干玉之　吾黒髪乎　引奴良思　乱而反　恋度鴨」（『万葉集』二六一五

〔二六一〇〕・作者不明、廣瀬本の訓「うまたまの　わがくろかみを　ひきぬらし　みだれてかへり　こひわたるかも」）のような例がある。

そして、平安時代になっても、「あさなあさなけづればつもるおちかみのみだれて物を思ふころかな」（『拾遺集』六六九・恋一・貫之）などと詠まれた。この貫之の歌は主想部の「みだれて物を思ふころかな」などが堀河の歌に似ているので、『基箭抄』『拾穂抄』『改観抄』などに指摘があるように、あるいは直接的な影響があったものかとも思われる。その後も、「あさねがみみだれてこひぞしどろなるあふよしもがなもとゆひにせん」（『後拾遺集』六五九・恋一・良暹）などとも詠まれた。そして、「くろかみのあかでわかれしのちよりはみだれてもののなげかしきかな」（『為忠家後度百首』六三五・為業）という歌も、堀河がこの歌を『久安百首』で詠む十五年ほど前に詠まれている。この歌も影響関係があるのではないかと推測される。

堀河の代表的秀歌として、まず挙げられるのは、「雪ふかきいはのかけ道あとたゆるよし野の里も春はきにけり」（『千載集』三・春上）であろう。『古来風体抄』にも『時代不同歌合』にも選ばれている。定家も『定家八代抄』に選んでいる。

また、「あらいそのいはにくだくる浪なれやつれなき人にかくる心は」（『千載集』六五三・恋一）も、『古来風体抄』には選ばれていないが、『千載集』に入集させているわけであるから、俊成の評価は高かったものと思われる。また、『時代不同歌合』にも選ばれている。定家も『定家八代抄』に選んでいる。

これらに比して、「長からむ」の歌は、『古来風体抄』にも『時代不同歌合』にも選ばれていないので、代表的秀歌とまでは言えなかったかと思われる。それでは、なぜこの「長からむ」の歌を定家は選んだのであろうか。これもやはり、『百人秀歌』での配列が関係しているものと考えられる。『百人秀歌』では、この歌は、忠通の「わたの原漕ぎ出でて見ればひさかたの雲居にまよふ沖つ白波」と組み合わされている。歌の組み合わせだけを考えると、右の「雪ふかき」の歌のほうが相応しいようにも思われる。「雪」と「波」の白の共通と、山と海の対比が生じる。また、「あらいその」の歌を選ぶと、「波」の共通が生じ、一首前の崇徳院の歌とも恋の歌で繋がりが生まれる。ただし、この「あらいその」の歌は、重之の「風をいたみ岩うつ波のおのれのみくだけてものを思ふころかな」と似すぎているという難点がある。また、すぐ前の崇徳院の歌とも近くなりすぎてしまうのも難点となる。「長からむ」の歌は、恋の歌ということで前歌との繋がりをもち、「黒（髪）」が詠み込まれていることで、忠通の歌の「白（波）」と対比的関係になる。また、堀河の歌には「長からむ」「乱れて」とあり、忠通の歌には「ひさかたの」「まよふ」とあって、詞の上の類似性も認められる。もちろん、最初から「長からむ」の歌を選んだ上で、忠通の歌と組み合わせた可能性もあるが、前歌との繋がり、対比という変化、両方の条件が満たされる「長からむ」の歌を最終的には選んだということも考えられる。

《第十六グループの配列》

76　わたの原漕ぎ出でて見ればひさかたの雲居にまよふ沖つ白波（忠通）
77　瀬をはやみ岩にせかるる滝川のわれても末にあはむとぞ思ふ（崇徳院）
78　淡路島通ふ千鳥の鳴く声に幾夜寝覚めぬ須磨の関守（兼昌）
79　秋風にたなびく雲の絶え間より漏れ出づる月の影のさやけさ（顕輔）
80　長からむ心も知らず黒髪の乱れて今朝は物をこそ思へ（堀河）

この第十六グループは、主に崇徳院時代の歌人である。七六番忠通・七七番崇徳院は、大臣と天皇ということで最初に挙げた。忠通が先なのは、忠通が鳥羽天皇時代からの大臣だったことによるものと考えられる。次に、七八番兼昌は年代順ということであろう。そして、七九番顕輔と八〇番堀河は久安百首の作者であり、歌もその時のものである。身分と年代の二つの基準によって配列している。

歌の内容の面から見ると、七八番兼昌の歌が冬の夜空を詠んだ歌であり、次の七九番顕輔の歌が秋の夜空を詠んだ歌である。それ以外は、それほど緊密な繋がりは認められない。詞の上から言えば、七六番「白波」を七七番「われて」で受ける。七七番「せかるる」を七八番「関」で受ける。七八番「(関)守」を七九番「漏れ出づる」で受ける。七九番「風に」を八〇番「乱れて」で受ける。「絶え」と「長からむ」の繋がりも認められるかもしれない。

『改観抄』は、七六番の注に「基俊の歌、法性寺殿へまゐらせられたれば、かくはつづけられたる歟」と七五番の歌との繋がりを指摘している。また、七七番の注には「此帝、法性寺殿におほせ合せられて歌の沙汰も有ければ、次第心ある歟」としている。

81

後徳大寺左大臣

ほととぎす鳴つるかたをながむればただありあけの月ぞのこれる

【異同】

〔定家八代抄〕東急はこの歌なし。安永・袖玉・知顕は底本に同じ。

〔百人秀歌〕底本に同じ。

〔百人一首〕のこれる―残れり（頼常）―為家・栄雅・兼載・守理・龍谷・応永・古活・長享・頼孝・経厚・上條は底本に同じ。

〔小倉色紙〕底本に同じ。（定家様）

【語釈】○ほととぎす―ほととぎすは五月に鳴く鳥という認識があった。「いつのまにさ月きぬらむあしひきの山郭公今ぞなくなる」

（『古今集』一四〇・夏・よみ人しらず）、「またれつつ年にまれなる時鳥五月ばかりのこゑなをしみそ」（『拾遺愚草』一〇二七）、「時鳥おのが五月をつれもなく猶こゑをしむ年もありけり」（『拾遺愚草』一四一七）。また、四月に鳴くことは、「許能久礼罷　四月之立者　欲其母理尓　鳴霍公鳥」（『万葉集』四一九〇〈四一六六〉・家持、廣瀬本の訓「このくれは　うづきしたたば　よこもりに」）、「神まつるうづきにならばほととぎすゆふかけてやはなきてわたらぬ」（『道命阿闍梨集』二五三）などと詠まれている。○鳴つるかた―「鳴（き）」は「鳴く」の連用形。「つる」は完了の助動詞「つ」の連体形。「かた」は方角。「ほのかなる声をすてては郭公鳴きつるかたをまづぞもとむる」（『民部卿家歌合』九）、「ほととぎすなきつるかたのそらだにも五月のやみは見えぬなりけり」（『能因集』一九四）。○ながむれば―「ながむ」は、ここでは、遠くのものを見やる意。七〇番歌を参照のこと。○ただ―「ながむれば」から続けた例は、「おもひかねそなたのそらをながむればただやまのはにかかるしら雲」（『詞花集』三八一・雑下・忠通）。また、「有明」に続けた例は、「たまかづらくるひともなきしばのいほにただありあけの月のみぞすむ」（『能宣集』二四一）。○ありあけの月ぞのこれる―「有明の月」については、二一番歌の語釈項を参照のこと。ここでは五月の「有明の月」である。余釈項を参照のこと。「のこれる」の「る」は存続の助動詞「り」の連体形で、係助詞「ぞ」の結び。「袖の香を花橘におどろけば空に在明の月ぞのこれる」（『拾遺愚草』一〇三〇）。

【通釈】　ほととぎすが鳴いたほうを見やると、ただ有明の月が残っているだけであるよ。

【出典】『千載集』一六一・夏・「暁聞郭公といへるこころをよみ侍りける　右のおほいまうちぎみ」。

【参考】『定家八代抄』二四二・夏・「（夏の歌の中に）後徳大寺左大臣」。『百人秀歌』八六。『歌仙落書』四。『治承三十六人歌合』二一一。『時代不同歌合』二三六。『林下集』七一・（郭公歌とて）。

《参考歌》

『万葉集』四二〇五〈四一八一〉・家持

左夜深而　暁月尓　影所見而　鳴霍公鳥　聞者夏借

〔廣瀬本の訓〕

さよふけて　あかつきづきに　かげみえて　なくほととぎす　きけばなつかし

『後拾遺集』一九二・夏・頼通

ありあけの月だにあれやほととぎすただひとこゑのゆくかたもみん

『金葉集』一一二・夏・孝善

ほととぎすあかですぎぬるこゑによりあとなきそらをながめつるかな

『仙洞影供歌合建仁二年五月』八・四番右・定家

ほととぎすなくひと声のしののめに月のゆくへもあかぬ空かな

【余釈】　夜明け前、ほととぎすが鳴いたので、その姿を見ようとそちらを見やると、そこにはほととぎすの姿はなく、ただ有明の月が空に残っているだけであった、ということである。

「有明の月」の語によって、ほととぎすの鳴く五月ももう終わろうとしていることが知られる。五月が終わればほととぎすは山に帰っていくので、その声を聞くのもこれが最後かもしれない。ほととぎすへの名残惜しさを一入感じさせる。

月夜にほととぎすを聞くということは、『万葉集』にすでに見える。「五月山　宇能花月夜　霍公鳥　雖聞不飽　又鳴鴨」（『万葉集』一九五七〔一九五三〕・作者不明、廣瀬本の訓「さつきやま　うのはなづきよ　ほととぎす　きけどもあかず　またなかむかも」）、「奴婆多麻能　都奇尓牟加比氐　保登等芸須　奈久於登波流気之　佐刀騰保美可聞」（『万葉集』四〇一二〔三九八八〕・家持、廣瀬本の訓「ぬばたまの　つきにむかひて　ほととぎす　なくほどはるけし　さととをみかも」）などと詠まれている。

そして、有明の月の下、その姿を見せて鳴くほととぎすは、「左夜深而　暁月尓　影所見而　鳴霍公鳥　聞者夏借」（『万葉集』四二〇五〔四一八一〕・家持、廣瀬本の訓「さよふけて　あかつきづきに　かげみえて　なくほととぎす　きけばなつかし」）と詠まれている。この歌では「有明の月」ではなく「暁月」とある。語としては異なるが、同じものをさすのであろう。この実定の歌との影響関係を認めることができるかもしれない。

平安時代になると、「ほととぎす」と「有明の月」が取り合わせられて、「卯の花のさかりになれば郭公夜ぶかきねにぞ有明の月」（『海人手古良集』一三）や「有明としらずぞありけるほととぎすなくなくきつる声のまぎれに」（『古今六帖』二七三八）などと詠まれるようになる。

そして、「ありあけの月だにあれやほととぎすただひとこゑのゆくかたもみん」（『後拾遺集』一九二・夏・頼通）と詠まれた。『改観抄』にも指摘があるように、この頼通の歌や「ほととぎすあかですぎぬるこゑによりあとなきそらをながめつるかな」（『金葉集』一一二・夏・孝善）などの歌を念頭に置いて実定の歌は詠まれたものと考えられる。とりわけ、頼通の歌は『定家八代抄』に実定の歌と並べられており、定家も両首の関連を認めていたものと思われる。ちなみに、実定は「ながむればありあけの月にかげみえていづちゆくらんやまほととぎす」（『林下集』七〇）という歌も詠んでいる。こちらの歌は、ほととぎすの姿を見ている。

この歌で、解釈上の問題点は、「有明の月」についての次の二点である。一つは、「有明の月」は何月の有明の月かということである。もう一つは、「有明の月」は明るいのかそうではないのかということである。どちらも、従来ほとんど取り上げられてこなかったことであるが、解釈上重要な問題である。

まず、「有明の月」が何月の有明の月かということについて考えてみたい。考えられるのは、四月と五月である。六月はほととぎすは鳴かないという認識があったので除外される。もしも四月ならば、ほととぎすの声は初音もしくはそれに近いほのかな声ということになる。五月ならば、ほととぎすの鳴く季節も終わろうとしている頃の声ということになる。その違いにより、この一首に込められた心情も大きく変わってくる。五月になる前に聞いた声への喜びと飽き足らなさを詠んだ歌なのか、それとも、五月が終わればもう聞くことができなくなる声への名残惜しさを詠んだ歌なのか、ということである。

出典の『千載集』では、配列上、ほととぎすの歌は二群に分けられている。前の歌群は四月から五月初旬のほととぎすと考えられ、後の歌群は五月のほととぎすと考えられる。この実定の歌は前の歌群に入っている。そのことから、撰者の俊成は、この実定の歌の「有明の月」を四月の有明の月と解していたことが知られる。

ところが、定家は五月の有明の月と解していたようである。『定家八代抄』では、ほととぎすの歌は三群に分けられており、この実定の歌は最後の歌群に入れられているからである。定家は、父の俊成とは違った解釈をしていたということになる。五月の有明の月と解すことで、山に帰っていく直前のほととぎすの声ととらえ、より深い情感をそこに感じ取っていたものと推察される。定家は『新勅撰集』に「ほととぎすいまいく夜をかちぎるらむおのが五月のありあけのころ」（『新勅撰集』一七六・夏・良経）という歌を選び入れている。

なお、この実定の歌を本歌とした歌として、「時鳥月みよとてのしるべかななきつるかたのありあけの空」（『後鳥羽院御集』二二八）という後鳥羽院の歌がある。この歌は建仁元年（１２０１）三月内宮御百首での詠である。この歌も五月雨を詠んだ歌の後に置かれており、その配列から考えて、五月の有明の月である。このことから、後鳥羽院も定家と同じように実定の歌を解していたものと思われる。

次に、この歌の「有明の月」は明るいのかどうかという問題について考えてみる。諸注でも言及しているものは少ないが、『宗祇抄』は「有明の月のほのかなるさま」としている。『幽斎抄』『拾穂抄』などはこれを踏襲する。『経厚抄』も「有明のみほのかにのこれる」とする。これに対して、『新抄』は「有明の月かげばかりあざやかに見えしと也」としており、明澄な月と見ている。

これについて定家はどのように考えていたかであるが、先にも触れたように、『定家八代抄』でこの実定の歌の前に、「ありあけの月だにあれやほととぎすただひとこゑのゆくかたもみん」（『後拾遺集』一九二・夏・頼通）という歌を置いている。「有明の月」があれば、ほととぎすの姿を見られるかもしれないということであるから、この場合の「有明の月」は明るくなくてはならない。この歌と実定の歌を定家は関連させていたものと考えられるので、実定の歌の「有明の月」も明るい月をイメージしていた可能性が高い。あたりが明るくなって次第に光が薄らいできた月でもなければ、二十五日以降の細い月でもない。あたりはまだ暗く、下弦の月よりもややまるみを帯びた二十日頃の月が皓々と照っているさまを思い浮かべていたのではなかろうか。

この歌は、『歌仙落書』に実定の秀歌例として挙げられ、『治承三十六人歌合』にもとられている。そして、『千載集』に入集した。実定の存命中から代表的秀歌として高く評価されていたことが知られる。また、『時代不同歌合』にも選ばれており、その評価はその後も下がらなかったものと思われる。定家もほかの秀歌撰や秀歌例には選んでいないが、『定家八代抄』に選んでおり、高く評価していたことは確かである。

82

道因法師

おもひわびさてもいのちはある物をうきにたえぬは涙なりけり

【異同】

〔定家八代抄〕この歌はなし。

〔百人秀歌〕底本に同じ。

〔百人一首〕うきに—うへき（兼載）—為家・栄雅・守理・龍谷・応永・古活・長享・頼常・頼孝・経厚・上條は底本に同じ。たえぬ—たへぬ（栄雅・兼載・龍谷・古活・経厚）—為家・守理・応永・長享・頼常・頼孝・上條は底本に同じ。涙—いのち（為家ミセケチにして「なみた」と傍書）—栄雅・兼載・守理・龍谷・応永・古活・長享・頼常・頼孝・経厚・上條は底本に同じ。

【語釈】○おもひわび—「思ひ侘ぶ」は、思い悩んで気力も失せる意。ここでは、恋しく思う相手のことをあれこれと思って疲れ果てること。「思ひ侘ぶ」と「命」を詠んだ歌としては、「おもひわびいのちたえずはいかにしてけふとたのむるくれをまたまし」（『新勅撰集』七八六・恋三・俊成）、「おもひわびたゆるいのちもあるものをあふ名のみやははかなかるべき」（『太皇太后宮小侍従集』一三〇）などがある。また、「思ひ侘ぶ」と「涙」を詠んだ歌としては、「おもひわびかへすころものたもとよりちるやなみだのこほりなるらん」（『後拾遺集』七八二・恋四・国房）、「思ひわびおつる涙はくれなゐにそめ川とこそいふべかりけれ」（『散木奇歌集』一四四八）などがある。○さてもいのちはある物を――「さても」は、そんな状態でもどうにかこうにか、の意。「さても命はあり」は、「命はさてもあり」であり、命はとにかくそれなりになんとかある、ということ。「物を」は逆接の接続助詞。「うけれどもいけるはさてもあるものをしぬるのみこそかなしかりけれ」（『貫之集』七七五）。○うきにたえぬは――「憂きに堪ふ」の例としては、「おもひいでてたれをか人のたづねましうきにたへたる命ならずは」（『千載集』八四三・恋四・小式部）、「おのづからまだあり明の月をみてすむともなしのうきにたへける」（『拾遺愚草』二〇五二）などがある。「たえぬ」は「堪へぬ」と「絶えぬ」の掛詞。余釈項を参照のこと。○涙なりけり――「けり」は気づきによる詠嘆。

【通釈】　あの人のことを思い悩んで疲れ果て、どうにかこうにか命はあるのに、つらい思いに堪えきれないで、絶えずこぼれるものは涙なのであったよ。

【出典】　『千載集』八一八・恋三・「題しらず　道因法師」・第四句「うきにたへぬは」。

【参考】　『百人秀歌』八三。

【余釈】　あの人のことをあれこれと思って疲れ果て、命はなんとかもちこたえているのに、つらい思いに堪えきれないで絶えずこぼれるものは涙なのであった、ということである。

恋の懊悩に、命はもちこたえているが、涙はもちこたえることができないということであり、「命」と「涙」を対比して詠んだところにこの歌の趣向がある。このような対比による表現は当時の表現様式の一つであり、観念的で実感に乏しいとする評は当たらない。同想の歌としては、「消えかへり露の命はながらへて涙の玉ぞとどめわびぬる」（『成尋阿闍梨母集』）がある。ただし、これは母が子を思う気持を詠んだ歌である。道因は、このような対比的な構成の歌を「はれくもり時雨はさだめなきものをふりはてぬるは我が身なりけり」（『新古今集』五八六・冬）などとも詠んでいる。

出典の『千載集』によれば、「題しらず」ということで詠歌事情はわからないが、配列からすると、「逢不逢恋」というべき歌の中に配されている。撰者の俊成は、「思ひ侘び」「憂き」を、一度は逢って契りは交わしたが、その後逢うことができないつらさと解したものと思われる。ただ、この歌は『定家八代抄』には選ばれていないので、定家がどのように解していたかは明らかではない。俊成と定家の理解が常に一致しているとは限らないからである。

解釈上の問題点としては、第四句にある「たえぬ」をどのように解すかである。異同項にも示したとおり、本文も「たえぬ」と「たへぬ」で対立している。「たえぬ」ならば「絶えぬ」であり、「たへぬ」ならば「堪へぬ」であって、意味も違ってくる。

この問題について取り上げたのは、上條彰次氏「道因法師歌注文考」(『百人一首古注釈『色紙和歌』本文と研究』〈新典社〉所収)である。また、上條氏校注『千載和歌集』(和泉書院)にも、その解釈が示されている。そこでは「堪へぬ」と「絶えぬ」の掛詞とする見解が示されているが、従うべきものと思われる。安東次男氏『百人一首』(新潮文庫)、島津忠夫氏『新版百人一首』(角川ソフィア文庫)、新日本古典文学大系『千載和歌集』(片野達郎氏・松野陽一氏校注、岩波書店)や『小倉百人一首を学ぶ人のために』(第二章「百首の言語空間」、奥野陽子氏、世界思想社)なども掛詞と解している。ただし、上條氏は「絶えぬ」を第一義とするのに対して、奥野氏は定家自筆本『拾遺愚草』の用字法を検討し、「堪へぬ」を第一義としている。

さて、「堪へぬ」と「絶えぬ」の掛詞とする見解を支持する最も大きな理由は、上條氏右掲論文にも引いている「いかにせむきほふこの葉の木がらしにたえずものおもふ長月の空」(『拾遺愚草』一〇五二)や「袖の上に思ひいれじとしのべどもたえず宿かる月の影かな」(『拾遺愚草』一三四二)などが明らかに「堪へず」と「絶えず」を掛けていると考えられることである。これらの詠歌例によって、定家がそのような掛詞を認めていたということが知られるのであり、道因のこの歌についても掛詞と見ていた可能性がかなり高いと言えるからである。右の例にさらに、「松風の梢の色はつれなくてたえずおつるは涙なりけり」(『拾遺愚草』四八二)、「けふそへに冬の風とはおもへどもたえずこきおろすよもの木のはか」(『拾遺愚草』一七六〇)なども加えることができよう。

ちなみに、『八代集掛詞一覧』(風間書房)によれば、「絶え・堪へ」の掛詞の例として「杣山のこずゑにおもる雪をれにたえぬなげきの身をくだくらむ」(『新古今集』一五八二・雑上・俊成)の例が挙がっている。この例から、俊成も掛詞と解していたものと考えられる。また、『千載集』の配列でも、この歌の直前に「しほたるるいせをのあまの袖だにもほすなるひまはありとこそきけ」（八一五・親隆）、「しばしこそぬるるたもともしぼりしか涙にいまはまかせてぞみる」（八一六・清輔）、「よしさらば涙にくちねから衣ほすも人めをしのぶかぎりぞ」（八一七・顕昭）という歌が並べられており、これらは涙が絶えることがないさまを詠んでいる。そこから推して、この道因の歌にも「絶えぬ」の意を読み取っていたであろうことが察せられる。

ただし、「絶えぬ」の意を読み取ることにともなって、上の句の「さても命はあるものを」を「命は絶え絶え」と解すのは無理かと思われる。「さても命はあるものを」は「命はどうにかこうにかそれなりにある」ということであり、それと「命は絶え絶え」は意味が近いようにも思われるが、方向性が逆である。「命はどうにかこうにかそれなりにある」というのは命をまがりなりにも保っているということであり、「命は絶え絶え」は命を保てそうにないということである。それにそもそも、「命はどうにかこうにかそれなりにある」という意は「堪へ」の意を上の句に及ぼしたことによって発生する意味ではない。「さても命はあるものを」そのものの意味である。したがって、「絶え」の意を上の句に及ぼすのは難しいように思われるのである。

また、『百人一首』の本文として、「たえぬ」をとるべきか、それとも「たへぬ」をとるべきかは、この歌を書いた定家の自筆の資料が残っていないために決めがたい。上條氏右掲論文にも指摘があるように、定家は「たへ（堪）」と「たえ（絶）」を明確に区別し、書き分けていた。しかし、『下官集』にも「但此字哥之秀句之時皆通用」とあるように、掛詞の場合は区別しないとしている。ちなみに、『拾遺愚草』の右四例であるが、時雨亭文庫蔵定家自筆本によれば、「いかにせむ」「袖の上に」「けふそへに」の歌は「たへす」となっており、「松風の」の歌は「たえす」となっている。

定家は、『定家八代抄』に道因の歌としては、「あらしふくひらのたかねのねわたしにあはれしぐるる神無月かな」（『千載集』四一〇・冬）を一首だけ選んでいる。したがって、道因の代表的秀歌を一首選ぶとすればこの歌を選んだはずである。しかし、この歌は選ばず、あらためて『千載集』から「思ひわび」の歌を選んだ。その理由は、『百人秀歌』でこの歌と対をなすのが基俊の「契りおきしさせもが露を命にてあはれ今年の秋もいぬめり」であることと関係があるように思われる。この基俊の歌の「させもが露を命にて」と道因の歌の「さても命はあるものを」が響き合っているからである。

83

皇太后宮大夫俊成

世の中よみちこそなけれおもひ入山のおくにもしかぞなくなる

【異同】
〔定家八代抄〕　世の中よ—よのなかに（東急）—安永・袖玉・知顕は底本に同じ。
〔百人秀歌〕　世の中よ—よの中を（「を」を墨で消し、「よ」と傍書）
〔百人一首〕　世の中よ—世の中に（応永・長享・上條）—為家・栄雅・兼載・守理・龍谷・古活・頼常・頼孝・経厚は底本に同じ。山のおく—山のをく（守理）—為家・栄雅・兼載・龍谷・応永・古活・長享・頼常・頼孝・経厚・上條は底本に同じ。なくなる—なく也（為家）—ななくなる（上條）—栄雅・兼載・守理・龍谷・応永・古活・長享・頼常・頼孝・経厚は底本に同じ。
〔小倉色紙〕　山のおくにも—やまのなかにも。（集古・定家様）

【語釈】　○みちこそなけれ—「道こそなけれ」は「道なし」に強意の係助詞「こそ」が入り込んだもの。「道なし」は進んでゆくための手段・手だてを完全に失うこと。余釈項を参照のこと。「世の中」に「道なし」と言えば、世の中でやってゆくための手だてがないこと。それに「無道」の意を掛ける。余釈項を参照のこと。○おもひ入—「思ひ入る」（思い詰める意）と山に「入る」の掛詞。「つくば山はやましげ山しげけれどおもひいるにはさはらざりけり」（『新古今』一〇一三・恋一・重之）、「思ひいるみ山にふかきまきのとのあけくれしのぶ人はふりにき」（『拾遺愚草』二四八六）。○しかぞ—「鹿」と「しか（然）」を掛ける。「然」は、「道なし」を指している。余釈項を参照のこと。○なくなる—「なる」は推定の助動詞「なり」の連体形で、上の係助詞「ぞ」の結び。八番歌の語釈項を参照のこと。

【通釈】 世の中よ、正しい道が行われず、やってゆく手だてがないことであるよ。思い詰めて入る山の奥にも、鹿がまさにそのように鳴くようだ。

【出典】『千載集』一一五一・雑中・「述懐の百首歌よみ侍りけるとき、鹿のうたとてよめる　皇太后宮大夫俊成」。

【参考】『定家八代抄』一七〇八・雑下・「(題不知) 皇太后宮大夫俊成」。遺送本『近代秀歌』二〇・自筆本『近代秀歌』一一〇。『八代集秀逸』七〇。『百人秀歌』八七。『時代不同歌合』三〇。『長秋詠藻』一四六・(堀河院御時百首題を述懐によせて読みける歌、保延六、七年のころの事にや) 秋・鹿。

【余釈】 この世の中は「道なし」すなわち、正しい道が行われず、どうにもやってゆく手だてがないと嘆いているのである。そして、思い詰めて、山に遁れ住もうと分け入ってみると、ここでもやはり鹿が「道なし」と鳴いているではないか、それにより、この世の中から離れようという気持がいよいよ確かなものになった、というのである。

この歌は、通説では次のように現代語訳される。

世の中よ、(つらさから遁れる) 道はないことだ。思い詰めて入る山の奥にも (つらいことがあるのか) 鹿が鳴くのが聞こえる。

思い詰めて山の奥に遁れ入ったものの、鹿の鳴く声を聞いて、このような山の奥でも世のつらさはあるのだと悟り、結局、この世にはつらさから遁れる道はないのだと嘆じる、という解釈である。三句四句結句から初句二句に戻して理解するのである。

この解釈の仕方は、古く『宗祇抄』に「いろいろによのうさを思とりて、今はとおもひいる山のおくに鹿のものかなしげにうちなくを聞て、山のおくにも世のうき事はありけるとおもひわびて、よの中よのがれ行べきみちこそなけれ、とうちなげく心也」とある。そして、この解釈は『改観抄』『うひまなび』『百首異見』などに支持されてほぼ定説化し、現行の『百人一首』の注釈書にも引き継がれている。

しかし、右の解釈には大きな問題点がある。それは、「道」の語義である。すなわち、第三句以下の内容から、「つらさから遁れる道」のように言葉を補って解釈するのであるが、それでよいのかという点である。また、それに関連して、「鹿ぞ鳴くなる」の解釈についても再考を要するのではないかと思われる。

まず、「道こそなけれ」は、「道なし」に強意の係助詞「こそ」が入り込み、「道なし」全体を強調した表現になっている、と文法上は説明できる。この「道なし」は、意味上、ひとまとまりの語と考えられる。そこで、この「道なし」という語がどのような意味で使われるのかを確認するところから始めたい。「道なし」の用例は、この俊成の歌と同じ条件で、「道」を修飾する語が付いていない例を調査し検討する必要がある。

例えば、「ほをあげていはよりふねはかよふともわがみづぐきはみちもなきかな」(『うつほ物語』菊の宴・五四六)、「この世にはまどふ心にみちぞなき空行くかぜも松にこそふけ」(『拾玉集』五七九七)、「かずならで思ふ心はみちもなしたがなさけにかみをうれへまし」(『信実集』一九〇)、「さそへども沢べにとまる鶴の子の独り道なき音をやなくらん」(『洞院摂政家百首』一八四七・信実)などの例を挙げることができる。

右の『うつほ物語』の例は、「帆を上げて岩の上を船は通ったとしても、私の手紙はどうにも手だてがないことだ」という歌意である。上の句は、船は水の上を通うものであり、岩の上を通うことなどあり得ないが、そのあり得ないことがあったとしても、ということである。「水茎」は手紙のことで、「通ふ」ものなので、「通ふ」ことがあり得ないものの喩えによって表現したものである。この歌では「道」は具体的には手紙を通わせることをいっているが、この語自体は手だての意と解すことができよう。『拾玉集』の例は、「この世では取り乱す心ではどうにも手だてはないことだ、空を行く風も松に吹くものだ」という歌意である。「松」に「待つ」を掛け、神の恵みを待つことだ、の含意であろう。『信実集』の例は、「物の数にも入らない身で思い悩むのはどうにも手だてがない、いったい誰の情けにすがってわが身のつらさを訴えたらよいのか」という歌意である。『洞院摂政家百首』の例は、「誘っても沢辺にとどまる鶴の子が、独りでどうすることもできず、声を立てて鳴いているのだろうか」という歌意である。自分も独りでどうすることもできず泣いていることだ、という含意である。

このほかにも、歌の例ではないが、『蜻蛉日記』に「殿の御許されは、道なくなりにたり。そのほどはるかにおぼえはべるを、御かへりみにて、いかでとなむ」という例がある。これは、藤原遠度が道綱の母に養女への求婚を迫る場面で、「殿（兼家）のお許しは、どうにもまったく手だてがなくなってしまいました。（今は四月で）それ（殿がお約束になった八月）まで待つのはあまりに長く思われますので、（あなた様の）ご配慮で、何とかと（存じまして）」と言っているのである。また、『源氏物語』横笛巻にも「あやしのもののけのしるべや。まろ格子上げずは、道なくて、げに入り来ざらまし（以下省略）」という例がある。これは、夕霧が亡き柏木を夢に見た後、雲居の雁との会話で言った言葉である。「物の怪の案内者とはおかしな言われようだなあ。私が格子を上げなければ、（物の怪は）手だてがなくて、なるほど確かに入って来られなかったでしょうね」ということである。

以上の例から見て、「道なし」は進んでゆくための手段・手だてを完全に失うことだと考えてよいであろう。したがって、「世の中」に「道なし」と言えば、世の中でやってゆくための手だてがないことと理解するのが自然である。「遁れる道」と考えることはできない。

この俊成の歌は、家集『長秋詠藻』によれば、「堀河院御時百首題を述懐によせて読みける歌、保延六、七年のころの事にや」とあり、保延六年（１１４０）二七歳頃、堀河百首の題（例えばこの歌は「鹿」という題）を「述懐」によせて詠んだ歌であることが知られる。この述懐百首で、「世の中」について、「世中は関戸にふせぐさかもぎのもがれはてぬる身にこそありけれ」（一九〇・「関」）、「世中は秋の山田の庵なれやあぜの通路せはしかるらん」（一九六・「田家」）などと詠んでいる。

右の「関」題で詠んだ歌は、「世の中」を「逆茂木」に擬え、「（逆）茂木」の同音を繰り返して「もがれ」の序詞とし、全く世に出られないことを詠んでいる。「田家」題のほうは、「畦の通路」に喩え、「せはし」の序詞として、いかに慌ただしく窮屈でいたたまれないものであるかを詠んでいる。「せはし」は「忙し」と「狭し」の掛詞である。このような歌の中に、「世の中よ道こそなけれ」を置いてみると、やはり、世の中に向かって、やっていく手だてがないことだ、と嘆じた言葉として理解するほうが自然である。

なお、古注の中では、『経厚抄』の「上二句の心、世に久しく有しかども、つゐに無道にて過し心なり」が右の解釈に近い。この「無道」はどうにも手だてがないの意と見られる。また、『新抄』の「すべきやうのなきをいふ」「あはれ世の中かな、何ともかともすべきやうがない世」というのは、この語の捉え方としては正しいと考えられる。

次に、「鹿ぞ鳴くなる」の解釈について考えてみる。この詞を従来は、「つらいことがあるのか、鹿が鳴くのが聞こえる」と解されてきた。しかし、「つらいことがあるのか」というのは意の加えすぎである。また、山の奥もつらいので住みにくいと解すのも、この歌の出詠時の述懐百首の歌としてはそぐわない。鹿の鳴き声によって、山に住む気持を強めるのでなければならない。

そこで、「しか」を「鹿」と「しか（然）」の掛詞と考えてみたい。「然」は指示語の副詞である。指す内容は、この歌においては「道なし」と考えるのがよいであろう。山道に迷う鹿を詠んでいることになる。そして、「道なし」に、やってゆく手だてがない意と山の中で道を失う意を重ねた掛詞と見るのである。このように解すことで、三句以下が山に住みにくいという意味にはならない。しかも、「然」の意によって、初句二句との繋がりもよくなる。

鹿が道を失って迷うと詠まれた先例としては、この俊成の歌が堀河百首の題で詠まれたものであることは右に述べたが、その『堀河百首』に「鹿」題で詠まれた歌の中に「そまがたに道やまどへるさを鹿の妻どふ声のしげく有るかな」（七〇五・公実）という歌がある。「そまがた」は、『八雲御抄』に「木のしげき也」とするように、木の生い茂ったところである。あるいは、この歌が俊成の念頭にあったのかもしれない。また、俊成は、久安百首で「みねつづき山辺はなれずすむしかもみちたどるなり秋の夕霧」（『長秋詠藻』九九）とも詠んでいる。

「道なし」という語に、やってゆく手だてがないの意と道を失うの意を掛けた例は、『蜻蛉日記』の長歌に「あはれいまは　かくいふかひも　なけれども　おもひしことは　はるのすゑ　花なんちると　さわぎしを　あはれあはれと　ききしまに　にしの宮まの　うぐひすは　かぎりのこゑを　ふりたてて　きみがむかしの　あたごやま　さしていりぬと　ききしかど　人ごとしげく　ありしかば　みちなきことと　なげきわび　たにがくれなる　やまみづの　つひにながると　さわぐまに（以下省略）」という例がある。これは、いわゆる安和の変で左大臣源高明が配流になった折に、道綱の母が高明の北の方のために詠んだ歌である。高明が愛宕山に遁れようとしたが、騒ぎ立てられ、ついに探し出されて配流になったことを詠んだ箇所であるが、「道なき」は「愛宕山さして入りぬ」に対しては山中に道を失う意であり、「人言しげくありしかば」に対しては、もはやどうにも手だてがないの意と考えることができる。

なお、俊成の歌よりもずっと後の例ではあるが、「しげりゆくあだのおほ野のなつぐさのみちなきかたや我が身なるらん」（『現存和歌六帖』八・前関白左大臣）、「たれもみなおなじ世にこそふる雪の我ひとりやは道なかるべき」（『続拾遺集』六五六・良教）という例もある。これらの例では、「夏草」や「雪」によって道がなくなることと、やってゆく手だてがないことを掛けているので、参考のために掲出しておく。

以上の例から見て、俊成の歌は、「鹿」と「然」を掛けており、「然」の指す内容は「道なし」だと理解しても、決して不自然ではないことがわかる。

なお、『百人一首燈』（富士谷御杖、百人一首注釈書叢刊17〈和泉書院〉）に「鹿に尓《シカ》といふ事をよせ給へる也」とし、「しか」の箇所を「コノヤウニ」と訳している。ただし、「しか」の指す内容は特に述べていない。おそらく、鹿の鳴き声そのものを指しているものと解しているのであろう。また、近年の注釈書では、桑田明氏『義趣討究　小倉百人一首釈賞』（風間書房）などが「鹿」と「然」の掛詞と解している。

俊成のこの歌は、『千載集』においては、「鹿」を詠み込んだ歌として、次のように並べられている。

述懐の百首歌よみ侍りけるとき、鹿のうたとてよめる　皇太后宮大夫俊成
世のなかよみちこそなけれおもひいる山のおくにもしかぞなくなる（一一五一）
秋のころ山寺にてよみ侍りける　藤原良清
おもふことあり明がたのしかのねはなほ山ふかく家ゐせよとや（一一五二）

83 世の中よみちこそなけれおもひ入山のおくにもしかぞなくなる

良清の歌は、もっと山深い所に住めと鹿が自分を誘っているかのように、鹿の声を聞きなして詠んでいる。鹿の声が出家隠遁の決意を催させるということであるが、それは山深く遁れ住みたいという願望の表れでもある。そして、もともっていた遁世の願望を、鹿の声によって、あらためて確認したということでもある。それが、鹿の声が心に響いた理由である。ところが、その前に置かれた俊成の歌が、鹿の声から山の奥にも住みにくいというのでは、配列上、齟齬をきたす。俊成の歌も、世を遁れて山の奥に住むことを願う内容でありたいところである。この俊成の歌を右のように、山の奥でも鹿が「道なし」と鳴いているではないかと、鹿の鳴く声にみずからの心情を投影させ、重ねていると解釈するならば、この良清の歌と同類の歌として、配列上の繋がりも自然になるのではなかろうか。俊成の撰んだ『千載集』の歌の配列も、右の解釈の妥当性を証するものである。

さて、作者である俊成の作意は右に述べたところにあるとして、『百人一首』の選者である定家は、この歌をどのように理解していたのであろうか。それを『定家八代抄』を手がかりに探ってみたいと思う。『定家八代抄』では、この歌は次のように配列されている。

（題しらず）　守覚法親王
跡たえて世をのがるべき道なれや岩さへ苔の衣きてけり（一七〇七）
皇太后宮大夫俊成
世の中よ道こそなけれ思ひいる山のおくにもしかぞなくなる（一七〇八）
住吉社歌合に　院御製
おく山のおどろが下も踏分けて道ある世とぞ人にしらせん（一七〇九）

憂き世を厭い、遁れて山の中に住むという内容の歌が並び、この三首は、「世」「道」の語を用いた歌として並べられているものと考えられる。守覚法親王の歌は、この山道は、世と隔絶して、世の中から遁れるはずの道だからか、岩までが苔の衣を着たことだ、という意である。僧衣を「苔の衣」というところから、岩が苔むしているのを、それに取りなして詠んだのである。この「苔の衣」

に取りなす表現は、遁世への願望の表れにほかならない。そして、それは、遁世の意思の再確認ということでもある。その点において、先述した『千載集』の良清の鹿の歌の場合と、素材の違いはあるものの、同様であると言える。すなわち、そこに俊成の歌との共通性があるということでもある。これは、これまでの考察結果と矛盾するところがない。したがって、『定家八代抄』の配列を見るかぎり、定家も俊成の歌を上述のように解していたものと考えてよいのではないかと思われる。もしも仮に、通説のように、「つらさから遁れる道はないことだ」の意に定家が解していたとすれば、配列上、もっと後方に置かれたはずである。『定家八代抄』は、この後、

さびしさにうき世をかへてしのばずはひとり聞くべき松の風かは（一七一一・寂蓮）

滝の音松の嵐も馴れぬればうちぬるほどの夢は見せけり（一七一三・家隆）

山ざとにひとりながめて思ふかな世にすむ人の心づよさを（一七一四・慈円）

などの歌を経て、次のような歌が置かれている。

草の庵をいとひても又いかがせん露の命のかかるかぎりは（一七一六・慈円）

「世の中を厭わしく思って住み始めたこの草庵だが、ここをまた厭わしく思っても、どうしようか、どうなるものでもない、露の命がこのように続いている限りは」という意の歌である。この世に生きている限りつらさから遁れることができないという点で、俊成の歌の通説による解釈と共通し、ほぼ同趣旨、同工異曲の歌ということになる。定家が俊成の歌を通説のように解していたならば、おそらくは、この歌の前後に配したのではなかろうか。しかし、そのようにしなかったのは、定家は通説のような解釈をしていなかったからだと考えられるのである。

さて、次に注目されるのは、俊成の歌の直後に配された一七〇九番の「院御製」とある後鳥羽院の歌との関係である。後鳥羽院の歌に「道ある世」という表現がある。守覚法親王の歌の「道」は、「世をのがるべき」という修飾語が付いているので、俊成の「道こそなけれ」とは用法が異なるものと考えられる。しかし、後鳥羽院の「道」には修飾語が付いていない。これは、俊成の「道

こそなけれ」と近い用法ではないかと考えられる。しかも、その配列から、俊成の「世の中よ道こそなけれ」と、この後鳥羽院の「道ある世」とは相応じるかのようでもある。

それでは、後鳥羽院の歌の「道ある世」とは何であろうか。それは、正しい道が行われている世のことである。忠義の臣がそれ相応の地位を与えられ、有能の者が取り立てられていてその能力を十分に発揮できている世の中のことであろう。これに対して、「道なし」は「無道」の訓読で、意味は「道あり」とは逆になる。佞臣がはびこり、忠臣が遠ざけられて、有能な者が冷遇されて能力を発揮できないさまをいう。このような「道なし」の例はきわめて少ないが、「ツユキエテコケノシタマデトニカクニミチナキヨヲゾ思ヒオキケル」(『蒙求和歌』片仮名本一五四)、「をぐら山松の下はふ青つづらみちなき世こそ人くるしけれ」(『夫木抄』一三三九五・為家)といった例を見出すことができる。

「道なし」をこのような意味だと考えると、俊成の歌の「世の中よ道こそなけれ」は世の中の無道を嘆く言葉と解すことができる。それは、世の人々の心や振る舞いに対する嘆きである。結果的には為政者(天皇)への批判でもあるが、それも忠臣の正当な政道批判と言える。そして、それが「思ひ入る」の理由となるのである。『改観抄』に「俊成卿、世の中無道なりと憚なくいかでよみ給ふべき」という指摘がある。確かに、俊成が「道なし」に無道の意を込めていたという形跡は、述懐百首にも『千載集』にも見あたらないようである。作者である俊成の意図としては、やってゆく手だてがないの意であったが、定家はそこに無道の意を読み取って理解していたものと考えられる。

さらに、この『定家八代抄』における、この俊成の歌と後鳥羽院の歌の関係をもう少し見てみよう。

この後鳥羽院の歌は、『新古今集』(雑中・一六三五)に入集している。この歌について、宣長は『美濃の家づと』で「おく山の棘の下の、道なき所までを、ふみ分たづね入て、道ある世なりといふことを、世の人にしらせん、といふ詞の表にて、意は、奥山にかくれすむ賢人隠士までを、尋ねてめし出て用ひて、其人に道ある世なることをしらせんと也」と言っている。そのように解すと、『定家八代抄』においては、俊成の歌が、世の中の無道さから世を遁れ山奥に隠れ住む賢者の歌となり、後鳥羽院の歌は、山深く賢臣を求め、「道ある世」であることを隠士に知らせようとする明君の歌となって、相応じるような配列になっていることが知られるのである。おそらく、定家はこのようにこれらの歌を味わっていたのであろう。この俊成の歌を『百人一首』の歌として読む場合、定家のこのような理解に即して解釈されなければならない。

なお、古注の中では、初句二句については、『頼孝本』に「あまりに世もみだれがはしく、道なることもたえて」とし、『宗祇抄』に異説として示されている「よの中よ、扨も道はなき世かな」とあるのは、この解釈に近いものと考えられる。この説は、その後『三奥抄』に受け継がれたが、『改観抄』で否定されて以来、ほとんど顧みられなくなった。しかし、右のような意味においてもう一度見直されるべきではなかろうか。

なお、この歌の解釈については、拙稿「『百人一首』俊成歌の解釈―俊成の作意と定家の理解―」(『和歌文学研究』第百三号、平成23年12月)があることを付記しておく。

定家は遣送本『近代秀歌』に六人の名を挙げ、「このともがら末の世のいやしき姿をはなれて、常に古き歌をこひねがへり。此人々の思ひ入れて姿すぐれたる歌は、高き世にも思ひ及びてや侍らむ」とし、最後にその六人の秀歌例を挙げている。その六人の一人が父俊成である。

その俊成の代表的秀歌としては、「夕されは野べのあきかぜ身にしみてうづら鳴くなりふか草のさと」(『千載集』二五九・秋上)が挙げられよう。『無名抄』「俊成自讃歌事」に拠れば、「おもかげに花のすがたをさきだてていくへこえきぬ峰の白雲」(『新勅撰集』五七・春上)を世間では秀歌としていたが、俊成自身は「夕されは」の歌を「おもてうた(面歌)」と考えていたという記事がある。『古来風体抄』に自らの歌としては「夕されは」の歌だけを選んでいるところから、自信作であったことは確かであろう。

しかし、定家は、この「夕されは」の歌を『定家八代抄』には選んでいるが、その他の秀歌撰や秀歌例には選んでいない。「おもかげに」の歌も『新勅撰集』に入集しているので秀歌と認めていたことは確かであるが、代表的秀歌とまでは考えていなかったのではないかと思われる。定家が高く評価していた俊成の歌は、「立ちかへり又もきて見む松しまやをじまのとまや浪にあらすな」

（『新古今集』九三三・羇旅）である。『定家八代抄』はもちろんのこと、『近代秀歌（遣送本・自筆本）』『秀歌体大略』『八代集秀逸』に選んでいる。それから「いかにせんむろのや島にやどもがな恋のけぶりをそらにまがへん」（『千載集』七〇三・恋一）も高く評価しており、『定家八代抄』『近代秀歌（遣送本・自筆本）』『秀歌体大略』『八代集秀逸』に選んでいる。

そして、この「世の中よ」の歌である。これは『定家八代抄』『近代秀歌（遣送本・自筆本）』『八代集秀逸』に選んでいる。ただし、この「世の中よ」の歌を俊成の代表的秀歌とすることは、必ずしも定家独自の評価というわけではない。後鳥羽院も『時代不同歌合』に選んでいるからである。『時代不同歌合』には右の「立ちかへり」の歌も選ばれている。

これらの歌の中から「世の中よ」の歌を『百人一首』に選んだのは、やはり『百人秀歌』での配列が関係しているかと思われる。『百人秀歌』では俊成の歌は実定の「ほととぎす鳴きつるかたをながむればただ有明の月ぞ残れる」と組み合わせられている。鳥獣の鳴き声を詠んだ歌として組み合わせられたのであろう。また、臆測を加えるならば、定家の政道批判が後鳥羽院の逆鱗に触れたことも心の底にあったのかもしれない。

84

藤原清輔朝臣

ながらへば又この比やしのばれんうしと見し世ぞいまは恋しき

【異同】

〔定家八代抄〕　安永・袖玉・知顕・東急は底本に同じ。

〔百人秀歌〕　底本に同じ。

〔百人一首〕　為家・栄雅・兼載・守理・龍谷・応永・古活・長享・頼常・頼孝・経厚・上條は底本に同じ。

【語釈】○ながらへば―六八番歌の語釈項を参照のこと。○又この比やしのばれん―「又（また）」は、今と同じように、またの意。「この比」の「比」は「ごろ」と濁音。「このごろはさみだれちかみ郭公思ひみだれてなかぬ日ぞなき」（『後撰集』一六三・夏・よみ人しらず）。「や」は疑問の係助詞。「しのば」は「偲ぶ」の未然形で、思い出して恋い慕う意。「れ」は自発の助動詞「る」の未然形。「ん」は推量の助動詞「ん（む）」の連体形で、係助詞「や」の結び。「しのばれんをりをりごとのなぐさめはあふぎにそへるきみがうつりが」（『輔親集』一四二）。○うしと見し世ぞ―「うし」は「憂し」の終止形。「し」は過去の助動詞「き」の連体形。「ぞ」は強意の係助詞。

【通釈】もし生きながらえたならば、またこのごろのことが偲ばれるであろうか。つらいと思った世が今は恋しいことよ。

【出典】『新古今集』一八四三・雑下・「（題しらず）清輔朝臣」。

【参考】『定家八代抄』一五五八・雑上・「（題不知）清輔朝臣」。遣送本『近代秀歌』一八・自筆本『近代秀歌』一〇六。『百人秀歌』八四。『歌仙落書』四六・懐旧のこころを。『治承三十六人歌合』一〇・懐旧心を。『中古六歌仙』一一八・むかしこひしくおぼえけるとき、三条内大臣中将ときこえけるときつかはしける。『清輔集』四〇〇・いにしへおもひいでられけるころ、三条内大臣いまだ中将にておはしける時つかはしける。

【余釈】昔つらいと思われた世のことが今では恋しく思われる。それならば、生きながらえれば、つらく苦しい今の世を恋しく思う時も来るだろうか、というのである。

「憂しと見し世ぞ今は恋しき」ということを根拠にして、「ながらへばまたこのごろや偲ばれむ」と将来のことを推測するかたちで詠まれている。「ながらへば」には、とても生きていることができないような現在のつらく苦しい心情がよく表れている。「またこのごろや偲ばれむ」も現在のつらさのあまりに発した言葉であり、「憂しと見し世ぞ今は恋しき」ということから道理によって詠みなしたところがかえって切ない。そして、その「憂しと見し世ぞ今は恋しき」も、懐旧の情を詠んだものであるが、それは現在のつらい心情の裏返しにほかならない。

「ながらへばまたこのごろや偲ばれむ」には一見わずかな希望が感じられるようでもあるが、じつは将来への絶望がここにはある。つらいと思われた昔を懐かしむのは、その昔より現在のほうが一層つらいからである。生きながらえて現在のことを恋しく思う時には現在以上のつらい境遇にあるということを意味する。

通説では、時の経過がつらさをやわらげてくれるからという解釈をとるが、従うことはできない。そのような解釈は、現代的に過ぎるし、楽観的で述懐歌の趣旨にも適わないであろう。出典の『新古今集』でも『定家八代抄』でも、この清輔の歌の前には西行の「なさけありしむかしのみ猶忍ばれてながらへまうき世にもふるかな」（『新古今集』一八四二・雑下）の歌が置かれている。「昔を慕い、今を嘆く」歌として同趣旨のものと理解されていたと考えられる。

『三奥抄』は『白氏文集』の詩「東城尋ㇾ春」の「老色日上ㇾ面　歓情日去ㇾ心　今既不ㇾ如ㇾ昔　後当ㇾ不ㇾ如ㇾ今」の句を引き、影響関係を指摘する。『拾穂抄』もこの詩句を山谷の詩として引くが、原拠を示したのであろう。『改観抄』もそれを踏襲し、『うひまなび』もこれを支持するが、『百首異見』はそれを批判している。『百首異見』の言うように、白楽天の詩は「老いを嘆く」ものであり、この歌は「昔を慕い、今を嘆く」歌であるから趣旨も異なり、影響関係を指摘するのは無理であろう。

また、この歌の詠歌事情について、『清輔集』の詞書にある「三条内大臣」を誰と考えるかで説が分かれている。それによって、清輔が何歳頃詠んだ歌で、嘆きの内容は何であったかなどが推測されている。しかし、『定家八代抄』では「題しらず」であり、定家はこの歌を味わうのにそうした具体的な諸事情はむしろ余計なものと考えていたようである。したがって、『百人一首』の歌として理解するには、そうしたことを考慮する必要はないと考える。

定家は遣送本『近代秀歌』に六人の名を挙げ、「このともがら末の世のいやしき姿をはなれて、常に古き歌をこひねがへり。此人々の思ひ入れて姿すぐれたる歌は、高き世にも思ひ及びてや侍らむ」とし、最後にその六人の秀歌例を挙げている。その六人の一人がこの清輔である。

その清輔の代表的秀歌については、吉海直人氏『百人一首の新考察』（世界思想社）にも指摘があるが、私見を加えてあらためてまとめてみたいと思う。

定家が清輔の歌の中で代表的秀歌と考えていたのは、第一には「冬がれのもりのくちばの霜の上におちたる月の影のさむけさ」（『新古今集』六〇七・冬）であろう。この歌は、『定家八代抄』のほか『近代秀歌（遣送本）』『秀歌体大略』『八代集秀逸』に選ばれている。後鳥羽院も『時代不同歌合』に選んでおり、当時代表的秀歌と考えられていたと思われる。

また、「たつたひめかざしの玉のをよわみみだれにけりとみゆるしら露」（『千載集』二六五・秋上）も高く評価していたことが、『定家八代抄』『秀歌体大略』『八代集秀逸』に選んでいることから知られる。この歌も『時代不同歌合』に選ばれており、代表的秀歌の一つと考えてよいかと思われる。

さて、この「ながらへば」の歌は、島津忠夫氏『百人一首』（角川文庫）に指摘があるように、『歌仙落書』に挙げられ、『新古今集』の撰者名注記に拠れば定家・有家・家隆・雅経が選んでおり、隠岐本にも残された歌であるから、評価の高かった歌であることは確かである。ただし、定家の評価としては、『定家八代抄』『近代秀歌（遣送本・自筆本）』に選ばれているとは言え、他の秀歌撰への撰入状況という面から見ると、右の二首に比べて代表的秀歌と言うには少し弱いようにも思われる。

この「ながらへば」の歌が選ばれた理由を考えると、やはり『百人秀歌』での配列が関係しているのではないかと思われる。『百人秀歌』では、俊恵の「夜もすがら物思ふころは明けやらぬ閨のひまさへつれなかりけり」と組み合わせられている。俊恵の歌は恋の歌であるが、「またこのごろや」を「夜もすがら物思ふころは」で受けるかのようになっており、右の二首に比べて相応の歌ではないかと思われる。

85
夜もすがらものおもふ比はあけやらぬねやのひまさへつれなかりけり

俊恵法師

【異同】
〔定家八代抄〕安永・袖玉・知顕・東急は底本に同じ。
〔百人秀歌〕底本に同じ。
〔百人一首〕為家・栄雅・兼載・守理・龍谷・応永・古活・長享・頼常・頼孝・経厚・上條は底本に同じ。
〔小倉色紙〕未確認。

【語釈】○夜もすがら―一晩中。『能因歌枕』に「よもすがらとは、夜一よを云」とする。○ものおもふ―恋のために、あれこれと物思いをすること。「あひにあひて物思ふころのわが袖にやどる月さへぬるるかほなる」（『古今集』七五六・恋五・伊勢）。○あけやらぬ―明けきらない。なかなか明けない。「やら」は「やる」の未然形。「やる」は動詞の連用形に付いて、動作をやり終える意を表す。多く下に打消しの語を伴う。「ぬ」は打消しの助動詞「ず」の連体形。三二一番歌を参照のこと。○ねやのひまさへ―「ねや」は寝室のこと。「君こずはねやへもいらじこ紫わがもとゆひにしもはおくとも」（『古今集』六九三・恋四・よみ人しらず）。「ひま（隙）」は板葺きの屋根の隙間。荒れた家であることを表している。「さへ」は、相手の人がつれないことを暗に示している。○つれなかりけり―「つれなかり」は形容詞「つれなし」の連用形。平然として変わらないさまをいう。「けり」は、気づきによる詠嘆を表す。

【通釈】一晩中物思いをしている頃は、なかなか夜が明けない寝室の板の隙間までがつれないのであったよ。

【出典】『千載集』七六六・恋二・「（恋歌とてよめる）俊恵法師」。

【参考】『定家八代抄』九五七・恋二・「題不知　俊恵法し」。『百人秀歌』八五。『林葉和歌集』六八三・又、後のたびの歌合に、恋の心を・結句「難面かりける」。

《参考歌》

『後拾遺集』三九二・冬・増基

ふゆのよにいくたびばかりねざめしてものおもふやどのひましらむらん

『御室五十首』一四・守覚法親王

五月雨にひまもしらまぬ閨の内は夏の夜しもぞあかしかねつる

『新撰和歌六帖』一二三・知家

あけやらぬねやのひまのみまたれつつおいぬる身にはあさいせられず

【余釈】　一晩中恋のために物思いをする頃は、早く夜が明けてほしいが、なかなか明けず、寝室の屋根の板間から朝の光が差し込まないことだ、ということである。

物思いをする夜はなかなか明けないという趣旨を詠んだ歌である。『三奥抄』『改観抄』が指摘するように、「ふゆのよにいくたびばかりねざめしてものおもふやどのひましらむらん」(『後拾遺集』三九二・冬・増基)を念頭に置いて詠んだものと思われる。恋の相手がつれないことと、早く夜が明けて、朝の光が差し込んできてほしいのに、まったくそのようにならないことを重ねて、「閨のひまさへつれなかりけり」と詠んだところに一首の趣向がある。

ふつう「閨のひま」すなわち寝室の屋根の板の隙間から漏れてくるのは、当時の歌においては月の光か雨もしくは風である。例えば、「あめふればねやのいたまもふきつらんもりくる月はうれしかりしを」(『後拾遺集』八四七・雑一・定頼)のようにである。俊恵の父俊頼も「ねやのうへのひまをかぞへてもる月は空よりもけにくまもなきかな」(『散木奇歌集』四九九)と詠んでいる。また、『頼政集』に「大夫公俊恵が坊にかたたがへにまかりたりし夜、雨の降り侍りしに坊主のもとより云ひつかはして侍りし」と詞書があり、「月もれとまばらにふける屋の上にあやなく雨やたまらざるらん」「ぬしからぞ思ひしらるる雨のもるねやのいたまの月のゆゑとも」という俊恵と頼政の贈答歌の例もある。ところが、この「夜もすがら」の歌は、朝の光が漏れてくるように詠んでいる。そこにまた新鮮味があったものと思われる。

『定家八代抄』の配列では、相手がつれなくて逢うことができず、長い間物思いをしている恋の段階を詠んだ歌の中に置かれている。この歌もそのように定家は理解していたものと考えられる。通説では、女性の立場で詠んだ歌とされているが、必ずしもそうとは言えまい。女性が相手の男性の訪れを待っているのを詠んだものならばそのように解すべきであろうが、少なくとも定家はそのように解してはいない。「未逢恋」で、つれない相手に物思いを尽くしているのを詠んだものと解しているわけであるから、男女どちらの立場でも成り立つであろう。むしろ、男性の立場で詠んだものと解したほうが自然かもしれない。

なお、本文の第三句「あけやらぬ」を「あけやらで」とするものがあり、『雑談』『三奥抄』『新抄』『百首異見』『一夕話』『峯梯』などはこの本文を用いている。特に『百首異見』は「あけやらで」であるべきことを主張している。そして、近代・現代の注釈書に至ってもこの「あけやらで」の本文がとられつづけてきた。しかし、島津忠夫氏『百人一首』（角川文庫）に、『百人一首』の室町期の古写本や古注釈書の本文、『定家八代抄』『百人秀歌』『千載集』『林葉集』などの本文も「あけやらぬ」であり、『百人一首』の本文としては「あけやらぬ」をとるべきであることが指摘され、現在通行する注釈書はほとんど「あけやらぬ」の本文をとっている。これに従うべきである。歌としてどちらがすぐれているかと考えて、どちらの本文をとるべきかを判断してはならない。

俊恵の代表的秀歌は、『無名抄』「俊恵難二俊成秀歌一事」に拠れば、俊恵自身は「みよしのの山かきくもり雪ふればふもとのさとはうち時雨れつつ」（『新古今集』五八八・冬）を考えていたことが知られる。この歌は、『新古今集』の作者名注記に拠れば、通具・有家・家隆・雅経は選んでいるが、定家は選んでいない。『定家八代抄』にも選ばれていないことから、定家はあまり高く評価していなかったようである。

『定家八代抄』と『時代不同歌合』に共通の歌は、「おもひかねなほ恋ぢにぞかへりぬるうらみはすゑもとほらざりけり」（『千載集』八八五・恋四）の一首である。『千載集』入集歌であるから、俊成・定家・後鳥羽院の評価が高かった歌と言うことができよう。

この「夜もすがら」の歌は『定家八代抄』には選ばれているが、そのほかの秀歌撰や秀歌例には選ばれていない。この歌が選ばれたのは、やはり『百人秀歌』での組み合わせで、清輔の「ながらへば」の歌との関係からであろう。

《第十七グループの配列》

81 ほととぎす鳴きつるかたをながむればただ有明の月ぞ残れる（実定）
82 思ひわびさても命はあるものを憂きにたえぬは涙なりけり（道因）
83 世の中よ道こそなけれ思ひ入る山の奥にもしかぞ鳴くなる（俊成）
84 ながらへばまたこの頃や偲ばれむ憂しと見し世ぞ今は恋しき（清輔）
85 夜もすがら物思ふ頃は明けやらぬ閨のひまさへつれなかりけり（俊恵）

この第十七グループは、後白河院時代の歌人である。年の若い八一番実定を始めに置いたのは、大臣という身分によるものであろう。八三番俊成を八四番清輔の前に置いたのも官位順と思われる。八二番道因を八三番俊成の前に置いたのは、年代順であろう。前グループで、七九番顕輔の前に七八番兼昌を置いたのと同様の処置と考えられる。ここでも身分と年代の二つの基準によって配列されている。

詞の上からは、八一番「鳴きつる」を八二番「涙」で受け、さらに八三番「鳴くなる」で受ける。また、八二番「命はある」を八四番「ながらへば」で受ける。そして、八三番「世の中よ道こそなけれ」を八四番「憂しと見し世」で受ける。八四番

85 夜もすがらものおもふ比はあけやらぬねやのひまさへつれなかりけり

「この頃」を八五番「物思ふ頃」で受ける。
『改観抄』は、八二番の注に「兼昌よりこなた、人のほど、歌のやうもかはれるを交へらる歟」とする。また、八四番の注に「右二首、作者もよきあはひにて、歌も共に述懐なるを一類としてつらねらる」と指摘し、俊成と清輔の歌をひとまとまりとして捉えている。

86

西行法師

なげけとて月やは物をおもはするかこちがほなるわが涙かな

【異同】
〔定家八代抄〕　安永・袖玉・知顕・東急は底本に同じ。
〔百人秀歌〕　底本に同じ。
〔百人一首〕　かこちかほなる―かこちかましき（長享）―為家・栄雅・兼載・守理・龍谷・応永・古活・頼常・頼孝・経厚・上條は底本に同じ。

【語釈】　○なげけ―「嘆く」の命令形。○月やは物をおもはする―「や」は反語の係助詞。「は」は強意の係助詞。「思は」は「思ふ」の未然形。「す」は使役の助動詞「す」の連体形で、係助詞「や」の結び。月が物を思わせるであろうか、いやそのようなことはしない。○かこちがほなる―「かこち」は「かこつ」の連用形。何かのせいにして恨み言を言う意。余釈項を参照のこと。「がほ」は接尾語で、動詞の連用形や形容詞の語幹、名詞に付いて、そのような様子をしている意を表す。この「がほ」は、平安後期から多く詠まれるようになり、西行は好んで用いている。『御裳濯河歌合』（二一）、『六百番歌合』（四四六・五〇三）などの判詞から、俊成はその乱用を好まなかったようである。しかし、定家はこれを多用し、表現の可能性を試みているかのようである。「見る時は事ぞともなく見ぬ時はこと有りがほに恋しきやなぞ」（『後撰集』五八八・恋一・よみ人しらず）、「植ゑおきし昔を人に見せがほにはるかになびく青柳の糸」（『拾遺愚草』五〇八）、「しら菊のちらぬはのこる色がほに春は風をもうらみけるかな」（『拾遺愚草』八四二）。

【通釈】嘆けということで月が物を思わせるであろうか、いやそのようなことはしない。恨むかのような私の涙であるよ。

【出典】『千載集』九二九・恋五・「月前恋といへる心をよめる（円位法師）」。

【参考】『定家八代抄』一三六四・恋五・「（題不知）西行法師」。『秀歌体大略』一〇三。自筆本『近代秀歌』一〇〇。『八代集秀逸』六八。『百人秀歌』八八。『御裳濯河歌合』五五。『時代不同歌合』一二一。『山家集』六二八・恋・月。『西行法師家集』三五三・恋。

《参考歌》

『新古今集』一二三一・恋三・西行

身をしれば人のとがとはおもはぬにうらみがほにもぬるる袖かな

『山家集』六二五

月をみる心のふしをとがにしてたよりえがほにぬるる袖かな

『山家集』六三三

こひしさをもよほす月のかげなればこぼれかかりてかこつなみだか

『拾遺愚草』九四八

もよほすもなぐさむもただ心からながむる月をなどかこつらん

【余釈】「嘆け」と月が物思いをさせることなどありはしない。私の心すなわち恋によって物思いをするのだ。それなのに、私の涙は月を恨むかのような様子でこぼれ落ちることだ、ということである。

月を見ては仲の絶えた人のことを恋しく思って涙が落ちるのを、本当は恋心のためなのに、涙は月のせいだと言わんばかりにこぼれると詠みなしたところに、一首の趣向がある。

出典の『千載集』では詞書が「月前恋といへる心をよめる」となっているが、『定家八代抄』では「恋五」に「題知らず」とされ、月に寄せる恋ということで二六首がまとめられており、この歌はそのうちの一首である。なおかつ、配列上、逢って契りを交わした後、相手から忘れられたり、相手が心変わりしたりして、それでもその相手を恋い慕い続ける歌として置かれている。定家は、この歌をそのような歌として味わっていたものと思われる。

さて、「かこつ」の語義について取り上げてみたいと思う。「かこつ」は、無理に関係づけて何かをすることである。したがって、何かを口実にして、あるいは言い訳にして何かをする意に用いられることがある。また、何かにことよせて何かをする意にも用いられる。そこから、何かのせいにして恨み言を言う意に用いられることもある。そしてさらには、その「何かを口実にして」「何かにことよせて」「何かのせいにして」などの部分がなくなり、ただ、嘆いたり、恨み言を言う意に用いられることもある。

この「嘆けとて」の歌は、何かのせいにして恨み言を言う意で用いた例であると考えられる。涙が月のせいにして恨み言を言っているかのようだ、ということである。しかし、月のせいなどではない、ということで、「嘆けとて月やは物を思はする」と言ったのである。月はただ無心に照らすだけであり、私の恋心のせいだということを余意とした。

涙が月のせいにして恨み言を言うという発想は、同じ西行の「こひしさをもよほす月のかげなればこぼれかかりてかこつなみだか」（『山家集』六三三）という歌がある。「恋しさを催す月の光なので、涙はこぼれかかって、その月のせいにして恨んでいることだ」という歌意である。また、涙がではないが、月のせいにして恨む例としては、定家に「もよほすもなぐさむもただ心からながむる月をなどかこつらん」（『拾遺愚草』九四八）などの歌もある。「涙を催すのも慰められるのも、ただ自分の心からのことだ。それなのに、なぜ月せいだと月を恨むのだろうか」ということである。これらの例から見て、この「嘆けとて」の歌の「かこつ」も同様に理解すべきであろう。

「あら玉の年にまれなる人まてど桜にかこつ春もすくなし」(『拾遺愚草』一九六九)、「待つほどをかたらぬ月にかこつともしらでやぬらんあらきはまべに」(『拾遺愚草』二二八九)などの例は、「何かのせいにして」の意はなく、ただ、嘆いたり、恨み言を言う意に用いられていると解される。「あら玉の」の歌は、「桜の頃は、その花を見がてら、年にめったに訪れることのない人が訪れるかもしれない。それでその人を待っているが、その桜にことよせて嘆きながら待つ春も残り少ない」ということである。「桜にかこつ」とあるが、桜のせいにしているわけではない。ただし、この場合、「桜にことよせて」といった意味合いは残っている。そして、「待つほどを」の歌は、「あの人が旅から帰るのを待つ間、話をしない月に向かって私が恨み言を言っているとも知らないで、あの人は荒々しい浜辺で寝ているのだろうか」という意である。「月にかこつ」とあるが、月のせいにしているわけではない。月に向かって嘆いているのである。この場合は、「ことよせて」の意味さえない。

この「かこつ」に関しては、『百首異見』に、「何にまれ、うはべはそれをかりて、ひそかにものするをいふ」と語義を定め、「再び按ずるに、今世かこつを歎き恨る方にもはら云なれたり。恐らくは、今もさる意あらん歟。はやく源氏などのころほひよりかつがつさるかたにもうつれり。おなじ人、恋しさを催す月のかげなればこぼれかかりてかこつ泪か、とよまれたるかこつも、只かりことのみの意には非ずと見ゆれば、今もきわめて打うらむる意は有るべし」と説明しており、かなり正確に捉えているように思われる。

西行の代表的秀歌については、現在では、「こころなき身にもあはれはしられけりしぎたつ沢の秋の夕暮」(『新古今集』三六二・秋上)、「さびしさにたへたる人のまたもあれないほりならべむ冬の山里」(『新古今集』六二七・冬)、「としたけて又こゆべしとおもひきや命なりけりさやの中山」(『新古今集』九八七・羇旅)などが挙げられようが、吉海直人氏『百人一首の新考察』(世界思想社)にも指摘があるように、定家はこれらの歌を『定家八代抄』にさえ選んでいない。ただし、『新古今集』の撰者名注記には右の三首については定家が選んだことが示されているので、一定の評価はしていたようである。

また、「おしなべて花のさかりに成りにけり山のはごとにかかるしら雲」(『千載集』六九・春上)、「みちのべにしみづながるる柳かげしばしとてこそ立ちとまりつれ」（『新古今集』二六二・夏）、「白雲をつばさにかけて行くかりの門田のおもの友したふなり」（『新古今集』五〇二・秋下）などは、『定家八代抄』と『秀歌体大略』に選ばれているので、定家は高く評価していたものと思われる。しかし、代表的秀歌とまでは考えていなかったかとも思われる。

定家が西行の代表的秀歌と考えていたものは、まず、「あきしのや外山のさとや時雨るらん伊駒のたけに雲のかかれる」（『新古今集』五八五・冬）であろう。『定家八代抄』のほか、『近代秀歌（自筆本）』『秀歌体大略』『八代集秀逸』などに選んでいる。『宮河歌合』にも選ばれているので、西行の自信作の一つでもあろう。また、『時代不同歌合』にも選ばれているので、後鳥羽院の評価も高かったことが知られる。『新古今集』の撰者名注記も、定家のほか、家隆・雅経が選んだことを示している。

次に、「あはれいかにくさばの露のこぼるらむ秋風たちぬみやぎの原」（『新古今集』三〇〇・秋上）が挙げられる。これも『定家八代抄』『近代秀歌（自筆本）』『秀歌体大略』『八代集秀逸』にとられている。西行も『御裳濯河歌合』に選んでいる。しかし、『時代不同歌合』には選ばれていない。『新古今集』の撰者名注記も、定家のほか、有家・家隆・雅経が選んだことを示している。

そしてこの「嘆けとて」の歌である。『定家八代抄』『近代秀歌（自筆本）』『秀歌体大略』『八代集秀逸』にとられ、『御裳濯河歌合』『時代不同歌合』にも選ばれている。そして、『千載集』に入集しており、『御裳濯河歌合』の判詞に俊成は「心ふかくすがたをかし」と評している。『古来風体抄』にはとられていないが、俊成も高く評価していた歌であったことが知られる。

右の三首のうち、どの歌が選ばれても不思議はないが、「嘆けとて」の歌が選ばれた理由は、おそらく『百人秀歌』での組み合わせがやはり関係しているように思われる。『百人秀歌』で西行のこの歌の対は、皇嘉門院別当の「難波江の蘆のかりねのひとよゆゑみをつくしてや恋ひわたるべき」である。どちらも恋の歌で、逢った後、長く逢うことができなくて恋い慕い続けることを詠んだ歌として共通している。

87

むらさめの露もまだひぬま木のはにきりたちのぼる秋のゆふぐれ

寂蓮法師

【異同】

〔定家八代抄〕　安永・袖玉・知顕・東急は底本に同じ。

〔百人秀歌〕　底本に同じ。

〔百人一首〕　きりたちのほる―霧のたちのほる（上條）―為家・栄雅・兼載・守理・龍谷・応永・古活・長享・頼常・頼孝・経厚は底本に同じ。

【語釈】　○むらさめ―急に強く降ってはやむ雨。にわか雨。「村雨」の字を当てるが、『万葉集』（二一六四〈二一六〇〉）にすでにそのように表記されている。「時雨」と異なり、季節は秋・冬に限らない。「庭草にむらさめふりてひぐらしのなくこゑきけば秋はきにけり」（『拾遺集』一一一〇・雑秋・人麿）、「うらめしやまたれまたれて時鳥それかあらぬかむらさめの空」（『拾遺愚草』一二四）、「とこなつの花にたまれるむら雨の名残ぞ月はみるべかりける」（『寂蓮法師集』三六七）。○露もまだひぬ―「ひ」はハ行上一段活用動詞「干る」の未然形。「ぬ」は打消しの助動詞「ず」の連体形。「きえかへりつゆもまだひぬそでのうへにけさはしぐるるそらもわりなし」（『後拾遺集』七〇〇・恋二・道綱母）、「いつしかとふりそふ今朝の時雨かな露もまだひぬ秋の名残に」（『長秋詠藻』二六一）、「かきくらし空も秋をやをしむらん露もまだひぬ袖に時雨れて」（『正治初度百首』七五九・忠良）。○ま木のは―槙の葉。「ま木」は、ここでは、杉・檜などの常緑針葉樹の総称「真木」ではなく、植物名の「槙」であろう。余釈項を参照のこと。「まきの葉」は、「奥山之　真木葉凌　零雪乃　零者雖益　地尓落目八方」（『万葉集』一〇一五〈一〇一〇〉・奈良麿、廣瀬本の訓「おくやまの　まきのはしのぎ　ふるゆきの　ふりはますとも　つちにをちめやは」）のように『万葉集』にすでに詠まれている。なお、「槙」も「真木」と同様に、「山ふかきま木の葉しのぐ雪をみてしばしはすまん人とはずとも」（『拾遺愚草』三六六）などのように、山深いところのものとして歌には詠まれる。しかし、『明月記』嘉禄三年（1227）二月六日条に「午時許、心寂房、持来木二本。真木三尺許。先年所栽、去年枯。仍又栽之。白八重梅」とあり、また、寛喜元年（1229）九月八日条に「心寂房、送草樹等。令栽之。夏梨、続木也。真木、椿、大柑子…」とあることなどから、定家は槙を庭に植えて楽しんでいたようである。
○きりたちのぼる―「天漢　霧立上　棚幡乃　雲衣能　飄袖鴨」（『万葉集』二〇六七〔二〇六三〕・作者不明、元暦校本の訓「あまのがは　きりたちのぼる　たなばたの　くものころもの　かへるそでかも」）に拠る。
【通釈】村雨の露もまだ乾かない槙の葉に、霧が立ちのぼる秋の夕暮れであるよ。
【出典】『新古今集』四九一・秋下・「五十首歌たてまつりし時　寂蓮法師」。
【参考】『定家八代抄』三九二・秋下・「（題不知）寂蓮法し」。『百人秀歌』九三。『自讃歌』一四四。『老若五十首歌合』二四九・百二十五番左。『寂蓮法師集』二八九・左注「已上十首御所老若歌合」。
《参考歌》
『新古今集』四九二・秋下・後鳥羽院
　さびしさは深山の秋のあさぐもり霧にしをるる槙の下露
【余釈】秋の夕暮れ時、山の中では、村雨が通りすぎ、その名残の露もまだ乾いていない槙の葉に、今度は霧が立ちのぼってゆく。その光景のなんと物寂しいことよ、ということである。
　雨があがると、今度はすぐに霧が槙の葉を覆って濡らそうとしている。時を移さずということを「露もまだひぬ」と詠んだ。この詞は、『うひまなび』に引くように、『後拾遺集』の道綱母の歌に先蹤がある。また、語釈項に挙げたように、俊成も詠んでおり、『正治初度百首』にも詠まれている。そして、槙の葉に焦点を当て、空から降る雨と、下から立ちのぼる霧を対照させて、その変転するさまを詠んだところに趣向がある。ちなみに、『枕草子』（能因本）の「たとしへなきもの」に「雨と霧と」というのがあることを付記しておく。なお、「槙の葉」「霧立ちのぼる」は『万葉集』（語釈項を参照）に見える詞である。さりげなく詠んでいるようであるが、古歌の詞に依拠しながら詠んでいるところは見逃すことができない。

出典の『新古今集』では詞書に「五十首歌たてまつりし時」とあり、これは、建仁元年（1201）二月に後鳥羽院が主催した老若五十首歌合での詠であることを示している。しかし、『定家八代抄』では「題しらず」とされており、このことから、この歌を味わうためには出詠時のことは重要ではなかったことが知られる。そして、『新古今集』でも『定家八代抄』でも「霧」を詠んだ歌の中に置かれており、そのことから、主題は「霧」であり、「槙」でも「秋の夕暮れ」でもないことがはっきりわかる。

さて、解釈上の問題点として、「まき」について取り上げてみる。通説では、この「まき」は、植物名の「槙」ではなく、杉・檜などの総称で、良材となる立派な木のこととされ、「真木」と書かれる。以下の表記もこれに従う。そして、「真木」の「ま（真）」は美称の接頭語とされている。しかし、この歌で「まきの葉」を思い描こうとするとき、「まき」が杉とも檜ともわからないのでは困るのではなかろうか。杉と檜ではそれぞれ葉の形状がかなり異なるからである。

通説のように解されるようになったのは、『うひまなび』からではないかと思われる。それまでの注釈書では「ま木」についての説明がなされていないので、どのように捉えていたのかは不明である。ところが、『うひまなび』に「まきは、檜の木を、もろもろの木の中にほめて真木といへり。なぞといはば、神代紀をはじめて、檜を宮木とする事見えてより、真木柱、真木の板戸などいふも、みな檜木を用うるが故の名也」とされ、明確な説明がなされた。

それでは、定家はどのように理解していたのであろうか。定家が直接これについて述べているものはないのであるが、当時の歌学書によって定家の時代の理解の仕方を窺い知ることができる。

まず、『八雲御抄』「枝葉部」には「木部」に「槙」の項目を立て、「たつをだまき、まきたつそまなど云は、まきの木にはあらず、真木也」とある。植物名としての「槙」を詠むこともあるが、「たつをだまき」「まきたつそま」などと詠むときには「真木」のことだということである。歌の詠み方によって「槙」と「真木」を区別する意識が明らかに見て取れる。

次に、『色葉和難集』には、「まきのいたど」についての説明の中に「まきといふことばにつきて三の心かはれり」とし、「まき」

には三通りの意味があるとする。一つは「ひの木なり」とする。これは『うひまなび』に言う意味である。二つ目は「堅木」のこととし、「堅木をすみにやくを、まきのすみがまとはいふなり」とする。そして、三つ目に「まきといひて、ひとつの木もあり。まきのはごとにおけるあさしもなどよめるまきなり」とする。これは植物名としての「槙」である。ここでも、歌での詠まれ方によって、何を指すかが変わってくるということである。

それでは、どのように「真木」と「槙」は区別されていたのであろうか。右の『八雲御抄』と『色葉和難集』の記述から推測すると、木材の意識で使われるときは「真木」で、梅・桜・松・杉などのように植物の意識のときは「槙」なのではなかろうか。木材の意識では、山に生えている場合、そこから伐り出される場合、加工された場合などがある。したがって、山に生えていることを表す「まき立つ」などは「真木」であろう。その他、「まきの杣山」「まき流す」「まきの板戸」「まき柱」「まきの屋」「まきの炭」なども同様に「真木」と考えてよいと思われる。

これに対して、植物の意識で詠まれる場合、それが詞としては「まきの葉」などというかたちで表れるものと考えられる。これは「槙」である。「まきの下葉」「まきのこずゑ」「まきの下露」なども同様に「槙」であろう。例えば、『古今六帖』第六帖「木」に「まき」に挙げられている歌は、「うちなびきはるさりくらし山のべのまきのこずゑのさき行くみれば」（四二八四）、「ちどり鳴くさほのかはぎり立ちぬらしまきのこずゑも色づきにけり」（四二八五）、「あたへ行くをしほの山のまきのはもひさしくみればこけおひにけり」（四二八六）の三首である。これらは植物の意識で詠まれていると考えられるので、「まきのこずゑ」「まきの葉」が詠まれている。ちなみに、『新撰和歌六帖』の「まき」の項ではこのことが守られておらず、「まき柱」などを詠んだ歌が入っている。しかし、『現存和歌六帖』では守られており、「まきの葉」「まきの古木」を詠んだ歌のみである。

さて、定家が詠んだ歌で確実に「槙」を詠んだ例としては、建久二年（１１９１）一二月の「十題百首」で「木」を詠んだ「月もいさ槙のはふかき山のかげ雨ぞつたふるしづくをもみし」（『拾遺愚草』七四六）がある。この歌も「槙の葉」を詠んでいる。

もしもここに区別の基準があるとすれば、寂蓮のこの「むらさめの」の歌は、「まきの葉」を詠んでいるので、植物名の「槙」ということになる。そして、同じ寂蓮の「さびしさはその色としもなかりけり槙立つ山の秋の夕ぐれ」（『新古今集』三六一・秋上）の歌の場合は、「まき立つ」とあるので、「真木」ということになろう。

なお、植物名の「槙」とした場合、コウヤマキ科の高野槙のことか、マキ科のイヌマキのことかは明確にしがたいが、葉が細長く外に放射状に広がる高野槙のほうが有力であろうか。「槙の葉しのぐ雪」などの表現に適っているように思われる。

定家が寂蓮の代表的秀歌と考えていたのは、吉海直人氏『百人一首の新考察』（世界思想社）にも指摘があるが、「さびしさはその色としもなかりけり槙立つ山の秋の夕ぐれ」（『新古今集』三六一・秋上）の歌であろう。『定家八代抄』のほかに『秀歌体大略』にも選んでいるからである。定家は、『定家八代抄』に寂蓮の歌を一七首も選んでいるが、それ以外の歌はほかの秀歌撰に選んでいない。この「むらさめの」の歌は、『新古今集』の入集した際も、定家は選ばなかったことが、撰者名注記から知られる。したがって、その後評価を高めたのであろう。『万葉集』の詞に拠って詠んだ点を認めたのであろうか。

88

皇嘉門院別当

難波えのあしのかりねの一よゆへ〔ゑ〕みをつくしてや恋わたるべき

【異同】

〔定家八代抄〕　安永・袖玉・知顕・東急は底本に同じ。

〔百人秀歌〕　底本に同じ。

〔百人一首〕　為家・栄雅・兼載・守理・龍谷・応永・古活・長享・頼常・頼孝・経厚・上條は底本に同じ。

【語釈】　○**難波え**―難波江。摂津国の歌枕。一九番歌の語釈項を参照のこと。○**かりね**―「仮寝」の「かり」に「蘆」の縁語「刈り」を掛けた。余釈項を参照のこと。○一よゆへ―「一夜」の「よ」に「蘆」の縁語「節《よ》」を掛けた。「ゆへ」の仮名遣いについては、一四番歌の語釈項を参照のこと。○みをつくしてや―「身を尽くし」に「難波」の縁語「澪標《みをつくし》」を掛ける。二〇番歌の語釈項を参照のこと。「や」は疑問の意の係助詞。○恋わたるべき―「わたる」は動詞の連用形に付いて、ずっと～し続けるの意を表す。「（難波）江」の縁語。「べき」は推量の助動詞「べし」の連体形で、上の係助詞「や」の結び。

【通釈】　難波江の蘆の「刈り」ならぬ仮寝の一夜のために、あの方のことを、この身の限りを尽くしてずっと恋い慕い続けるのであろうか。

【出典】『千載集』八〇七・恋三・「摂政右大臣の時の家の歌合に、旅宿逢恋といへるこころをよめる　皇嘉門院別当」。

【参考】『定家八代抄』一〇七〇・恋三・「後法性寺入道前関白家歌合に　皇嘉門院別当」。『百人秀歌』八九。

《参考歌》

『拾遺愚草』二五七〇

難波なる身をつくしてのかひもなしみじかき蘆の一夜ばかりは

【余釈】　ほんの仮そめに共寝をした一夜のために、あの人のことを、身を尽くすような思いでこれから先ずっと恋い慕い続けるのであろうか、ということである。

「一夜ゆゑ」と言っておいて「恋ひわたるべき」と対比的に表現したところに、この歌の趣向がある。また、「難波江の蘆の」は「刈り」と同音を含む「仮寝」を導く序詞であり、「仮寝の一夜ゆゑ身を尽くしてや恋ひわたるべき」がこの歌の主想である。そして、「蘆」の縁語で「一夜」に「節《よ》」を響かせ、「身を尽くしてや」「恋わたるべき」に「難波江」の縁語「澪標」「渡る」を響かせた。

出典の『千載集』では詞書に「摂政右大臣の時の家の歌合に、旅宿逢恋といへるこころをよめる」とあるが、『定家八代抄』では「後法性寺入道前関白家歌合に」としている。『千載集』の「摂政右大臣」と『定家八代抄』の「後法性寺入道前関白」は何れも九条（藤原）兼実のことであり、『定家八代抄』は最終的な官職呼称に改めている。そして、『定家八代抄』では、詠作時のみを記して題を削っている。おそらく、定家はこの歌を味わうにあたり「旅宿逢恋」という題は必要のないものと考えていたものと思われる。すなわち、「仮寝の一夜」を必ずしも旅先での一夜とは考えていなかったのであろう。『千載集』の詞書に拠れば、作者は「旅宿逢恋」の題で詠んだということであるから旅先での一夜と考えていたのであろうが、定家はそのように限定はしなかったということになる。

「仮寝」という語は、確かに、旅先で、あるいは自宅以外で仮に泊まるのをいうことが多い。しかし、恋の歌としては、ほんの仮そめに共寝をする意にも用いられる。この場合の「仮寝」は、おそらく、男性が三夜続けて女性の許に通うのが正式な結婚のならわしであるが、そうではなく、一夜だけのはかない逢瀬を言うのであろう。例えば、俊成は「これもこれふかきえにしと思ひしれ淀のわかごもかりねなりとも」（『長秋詠藻』五〇八）と詠んでいる。「これも深い縁とわかってほしい。ほんの仮そめの共寝であっても」ということである。山城国の歌枕「淀」が詠み込まれているが、その「淀」で「仮寝」をしたということではない。所の名やその景物に寄せて詠んだだけである。また、定家は「したにのみ恋ひてはさらにやましろのみづのまこもかりねなりとも」（『拾遺愚草員外』二八九）と詠んでいる。「心の中で恋しく思うだけでは決して終わるまい。「みつ」の名のように、せめてほんの仮そめの共寝であってもしたいものだ」の意である。これも決して「美豆野」で「仮寝」をするということではない。そのほか、「しをれこしそでもやほさむしらつゆのおくてのいなばかりねばかりに」（『秋篠月清集』四六四）、「秋のたのかりねのはてもしらつゆにかげ見しほどやよひのいなづま」（『秋篠月清集』五五九）、「あさましやかくてもいまは山城の井でのわかごもかりねばかりに」（『壬二集』一三一五）、「むら鳥のうき名や空に立ちにけんたえまの蘆のかりねばかりに」（『洞院摂政家百首』一三八一・但馬）なども同様である。

また、『定家八代抄』では次のような配列になっている。

題不知　　　　ただみね

88 難波えのあしのかりねの一よゆへみをつくしてや恋わたるべき

有明のつれなくみえし別より暁ばかり憂きものはなし（一〇六九）

後法性寺入道前関白家歌合に　　皇嘉門院別当

なには江の蘆のかりねの一よゆゑ身をつくしてや恋渡るべき（一〇七〇）

題不知　　伊勢

みし夢の思ひ出でらるるよひ毎にいはぬを知るは涙なりけり（一〇七一）

権中納言敦忠

あひみての後の心にくらぶれば昔は物をおもはざりけり（一〇七二）

逢って契りを交わした後、少し時が経過して、ますます相手のことが思われてならないという心情を詠んだ歌が並べられている。定家はこの皇嘉門院別当の歌もそのように解していたものと考えられ、右に見たように「仮寝」という語が必ずしも旅と関係するとは限らないとすれば、そのように解す必要はないのである。

次に、「仮寝」に「刈り根」を掛けるとすることが、通説になっている。これについて考えてみたい。諸注釈書を見ると、『拾穂抄』は「難波江の芦のとは、芦は刈ものなれば仮寝と云べきまくらことばなり」としており、「仮寝」の「かり」の部分だけが「刈り」と掛詞になっていると捉えている。ところが、『増註』に「あしをかりては一ふしかりかぶがのこるなり」とし、『基箭抄』も「かりねは刈根なり」とする。『改観抄』も「蘆のかりねは、蘆を刈たる根に猶一節の残るに仮寐の一夜とそへたり」とし、『うひまなび』『新抄』『百首異見』『一夕話』などもこれに従っている。それ以後、現在に至る多くの注釈書もこれに従っている。

しかし、刈り取った後に残る根を本当に「刈り根」と言ったのであろうか。そして、定家もそのように解していたのであろうか。例えば、「蘆」以外にも、「秋の田のかりねの床のいなむしろ月やどれともしける露かな」（『新古今集』四三〇・秋上・定雅）、「あらいそのたまものとこにかりねしてわれから袖をぬらしつるかな」（『新勅撰集』五二三・羇旅・式子内親王）、「夏衣みもすそ河のせになびくたまもかりねの床ぞ涼しき」(『建保名所百首』二八七・行能)、「吉野やますずのかりねに霜さえて松かぜはげしふけぬこの夜は」(『六百番歌合』五五九・顕昭)、「あはばやなよそながらのみみよしののみくまがすげのかりねなりとも」(『正治初度百首』三七五・守覚法親王)、あるいは先ほど「仮寝」のところで挙げた歌の例などを見ると、「田(稲)」「玉藻」「菰」「篠」「菅」などにも「かりね」が詠まれている。定家も前掲の歌のほかにも「露霜のおくての山田かりねして袖ほしわぶるいほのさむしろ」(『拾遺愚草』七二九)などと詠んでいる。それでは、これらについても「刈り根」なのであろうか。これらは、「刈り」を響かせているだけと考えるほうが自然ではなかろうか。そうであるとすれば、「蘆」の場合だけ「刈り根」なのだろうか。「蘆」をそれ以外と区別する理由はどこにあるのであろうか。そのように考えてみると、「蘆」の場合も「刈り」を響かすだけと考えるほうが統一的に説明でき、合理的である。

「夏かりのあしのかりねもあはれなりたまえの月の明がたの空」(『新古今集』九三二・羇旅・俊成)の場合も、「蘆を刈り敷いて寝る旅の仮寝」であり、掛けられているのは「刈り」だけだと考えるべきであろう。「難波江や蘆のかりねは霜がれて秋見しままの月ぞ残れる」(『紫禁和歌集』三九七)などは「刈り根」と考えたくなる例ではあるが、これも同様に考えてよいと思われる。「蘆の刈り根」が「霜枯れて」いるのではなく、「蘆を刈り敷いて寝る旅の仮寝」は「蘆が霜枯れて」と解すことができる。もちろん、今後、「刈り根」と捉えられていたという事実が見出せれば、再考の余地はある。

なお、一九番歌の余釈項にも触れたが、蘆の根は短いものと詠まれることがあり、「みしまえにつのぐみわたるあしのねのひとよのほどにはるめきにけり」(『後拾遺集』四二・春上・好忠)のように、「蘆の根の」から「一節」と同音の「一夜」を導く例もある。これがこの皇嘉門院別当の歌にも当てはまるのではないかという考えもあろうかと思う。しかし、好忠の歌は明確に「蘆の根の」と言っており、これと同じに考えるわけにはいかないであろう。ただし、別当の歌の「ねのひとよ」の部分に「根の一節」を響かせている可能性は否定できない。しかし、定家は「かすみぬな昨日ぞ年はくれ竹のひと夜ばかりの明ぼのの空」(『拾遺愚草』一六〇二)のように、「呉竹の」から「ひとよ」を導いているところから、「根の一節」はあまり意識していなかったのかもしれない。

皇嘉門院別当の歌は、『定家八代抄』にこの歌一首しか選ばれていない。また、この歌もそれ以外の定家の秀歌撰や秀歌例にも選ばれていない。しかし、この歌のすばらしさを捨てがたく思い、定家は『百人一首』に選び入れたのであろう。定家は「難波なる身をつくしてのかひもなしみじかき蘆の一夜ばかりは」（『拾遺愚草』二五七〇）という歌を詠んでいる。両首を比較してみると、同趣向の歌であるが、定家の歌は上の句と下の句の内容を逆にし、「身を尽くしてのかひもなし」というところに客観的な視点が導入されている。また、「難波なるみをつくして」の部分は『百人一首』二〇番の元良親王の歌、「みじかき蘆の」は一九番の伊勢の歌を本歌として詞を取っていて、本歌取りの歌としてきちんと整えられている。この定家の歌は『拾遺愚草』の詞書には「建保四年内にて、寄蘆恋」とあり、建保四年（１２１６）一一月一日内裏三首会で、定家五五歳の時の詠であることが知られる。決して若年期の習作というわけでも速詠多作の中で詠んだわけでもない。円熟期にあった定家が別当の歌を十分に踏まえての詠作だったと考えられる。この別当の歌が、それだけ定家の心に深く刻まれていたということであろう。

さて、この別当の歌は『百人秀歌』では西行の歌と組み合わせられているものと考えられる。八六番西行の歌のところで　どちらも恋の歌で、逢った後、長く逢うことができなくて恋い慕い続けることを詠んだ歌として共通しているとした。両歌の異なる点は、西行の歌が長く恋い続けていることを詠んでいたのに対して、別当の歌はこれから先長く恋い続けるであろうことを詠んでいるところが対照的と言える。定家はまずこの別当の歌を選び、その後にこれに合わせて西行の歌を選んだのではないかと想像される。

89

玉のをよたえなばたえねながらへばしのぶる事のよはり〔わ〕もぞする

式子内親王

【異同】

〔定家八代抄〕　安永・袖玉・知顕・東急は底本に同じ。
〔百人秀歌〕　底本に同じ。
〔百人一首〕　玉のを―玉のお（長享）―玉の緒（応永・頼常・経厚）―為家・栄雅・兼載・守理・龍谷・古活・頼孝・上條は底本に同じ。たえなはたえね―たへなはたへね（守理）―絶なはたえね（龍谷）―為家・栄雅・兼載・応永・古活・長享・頼常・頼孝・経厚・上條は底本に同じ。しのふる―しのふ（為家）―栄雅・兼載・守理・龍谷・応永・古活・長享・頼常・頼孝・経厚・上條は底本に同じ。
〔小倉色紙〕　底本に同じ。（集古・定家様）

【語釈】　○玉のを―玉の緒。ここでは命の意。『能因歌枕』に「命をば、たまのをといふ」「短物をば、あらがき、たまのをといふ」とするのをはじめ、『俊頼髄脳』『奥義抄』『初学抄』『和歌色葉』『綺語抄』『八雲御抄』などにも取り上げられ、「命」あるいは「魂」のこと、また短いものの喩えとして詠まれることを記している。『顕注密勘』の『古今集』五六八番歌の注に、顕昭は「玉の緒とは命をいふと、ふるくいへり。玉はたましひなれば、命はたましひをたもてる物なれば、世間の玉をも緒にて貫《ツラヌキ》てちらさぬによそへていふなるべし。万葉に、あふ事は玉の緒ばかりなど云たれば、無レ程といふときこゆ。ただしばしなど云も同心歟。まことの玉緒とよめる歌もあり」とし、定家は「所存一同」としている。なお、顕昭は『古今集注』にも同歌の箇所に詳しくこの語について考証している。そこで顕昭は、「玉の緒」は命のことと古くから言われているが、古歌の諸例を検討し、「凡古は命とよめる歌はすくなし」とする。そして、「かたいとをこなたかなたによりかけてあはずはなにをたまのをにせむ」（『古今集』四八三・恋一・よみ人しらず）を命の意で言っている例としている。「を」は、歴史的仮名遣いも定家の表記法も「を」である。現存する定家自筆三代集の仮名表記もすべて「を」であり、『下官集』にも「を」の項に「玉のを」が挙げられている。○たえなばたえね―「たえ」は「絶ゆ」の連用形。「な」は完了の助動詞「ぬ」の未然形。「ば」は接続助詞で、未然形に付いて順接仮定条件を表す。「ね」は完了の助動詞「ぬ」の命令形。○ながらへば―六八番歌の語釈項を参照のこと。「かばかりのおもひにたへてつれもなくなほながらふるたまのをもうし」（『建礼門院右京大夫集』二三〇）。○しのぶる―「忍ぶ」の連体形。三九番歌の語釈項を参照のこと。○よはりもぞする―「よはり」は「弱る」の連用形。第二音節は、歴史的仮名遣いでは「わ」であるが、定家の表記法では「は」と表記される。現存する定家自筆三代集の仮名表記は、「弱し」「弱る」はすべて「よはし」「よはる」である。「もぞ」は、懸念する意を表す。「ふりぬとて思ひもすてじ唐衣よそへてあやな怨みもぞする」（『後撰集』一一一四・雑一・雅正）、「あきやまのしみづはくまじにごりなばやどれる月のくもりもぞする」（『詞花集』一〇五・秋・忠兼）、「柴の戸の跡みゆばかりしをりせよわすれぬ人のかりにもぞとふ」（『拾遺愚草』九八九）。

【通釈】　わが命よ、絶えてしまうならば絶えてしまえ。もしも生きながらえたならば、思う気持を心の中に包み隠そうとすることが弱るかもしれない、そうなるといけないから。

【出典】『新古今集』一〇三四・恋一・「百首歌の中に、忍恋を　式子内親王」。

【参考】『定家八代抄』九七七・恋二・「百首歌の中に　式子内親王」。『百人秀歌』九二。『自讃歌』一八。『式子内親王』三一九・百首歌の中に、忍恋。

《参考歌》

『万葉集』二七九八〔二七八八〕・作者不明

生緒尓　念者苦　玉緒乃　絶天乱名　知者知友

〔廣瀬本の訓〕

いきのをに　おもへばくるし　たまのをの　たえてみだるな　しらばしるとも

『万葉集』三〇九七〔三〇八三〕・作者不明

恋事　益今者　玉緒之　絶而乱而　可死所念

〔廣瀬本の訓〕

こふること　まされはいまは　たまのをの　たえてみだれて　しぬべくおもほゆ
『古今集』五〇三・恋一・よみ人しらず
おもふには忍ぶる事ぞまけにける色にはいでじとおもひしものを
『古今集』六六七・恋三・友則
したにのみこふればくるし玉のをのたえてみだれむ人なとがめそ
『古今六帖』一九七六・恋・よみ人しらず
こひしとはいはじと思ふにきのふけふこころよわくもなりぬべきかな
『和泉式部集』五五一
たえはてばたえはてぬべし玉のをにきみならんとは思ひかけきや
『拾遺愚草』二二五九
みだれじとかくてたえなん玉のをよながき恨のいつかさむべき

【余釈】　わが命よ、いっそのこと絶えるならば絶えてしまえ。もしもこのまま生きながらえたならば、恋しく思っていることを人に隠そうとする力が弱ってしまい、人に知られてしまうかもしれない。そうなると困る、ということである。

人に知られないように相手のことを思っているが、次第に思いが強まって、もはや隠しておけないほどになってきたという心情を詠んでいる。「玉の緒よ絶えなば絶えね」には、人には知られまいとする気持と、相手を恋しく思う気持に挟まれた苦しみがよく表れている。修辞面では、命を『万葉集』以来の語「玉の緒」によって言い表し、そこから、「絶え」と言い、さらに「ながらへ」「弱り」とその縁語によって詞を整えた。

出典の『新古今集』では詞書に「百首歌の中に、忍恋を」となっている。この百首歌がいつのものであるかは明らかではないが、実際の恋愛の場で詠まれたものでないことは確かである。そして、「忍恋」の題で詠まれたことも知られる。『定家八代抄』では

「百首歌の中に」とだけあって題は削られている。『定家八代抄』ではこの歌の前に置かれた歌の詞書に「女につかはしける」とあるので、「百首歌の中に」としてそれと区別し、実際の恋愛の場で詠まれたものでないことをも明確に示したのである。「忍恋」を並べた中に置かれているので、題は削られているが、『新古今集』の場合と同じように理解してよいのではなかろうか。

この式子内親王の歌と『万葉集』や和泉式部の歌との関係が、『百人一首必携』（學燈社、久保田淳氏「百人一首を味わう」）に示唆されている。以下に、私見を加えておくことにする。

「玉の緒」という語は、『万葉集』にも見出される語であるが、『万葉集』の歌の中で今日的な目で見て明らかに命の意で用いられていると言えるものはない。それが平安時代になって「玉」を「魂」の意に解し、「緒」はそれを繋ぎ止めるものというところから、命の意に用いられるようになったものと思われる。この式子内親王の歌もそのような伝統を持つ語を用い、「絶え」「ながらへ」「弱り」など縁語によって整えられているところに優れた点があるのであろう。

発想の上からは、「玉の緒」という語を用いて恋の懊悩を詠むことは、参考項に挙げたように、すでに『万葉集』に見える。この式子内親王の歌の発想の源泉もそこに求めることができるであろう。まず、「恋事　益今者　玉緒之　絶而乱而　可死所念」（『万葉集』三〇九七（三〇八三）・作者不明）という歌がある。廣瀬本の訓は「こふること　まさればいまは　たまのをの　たえてみだれて　しぬべくおもほゆ」となっている。「恋しい思いが増してもう死にそうだ」ということを詠んでいる。また、「生緒尓　念者苦　玉緒乃　絶天乱名　知者知友」（『万葉集』二七九八（二七八八）・作者不明）という歌がある。廣瀬本の訓は、「いきのをに　おもへばくるし　たまのをの　たえてみだるな　しらばしるとも」となっている。現在の訓では第四句を「たえてみだれな」と訓み、「な」を意志を表す終助詞ととり、「ちぢに乱れてしまおう」などと解す。しかし、廣瀬本のほか、類聚古集、あるいは『古今六帖』や『綺語抄』などの本文も「たえてみだるな」としている。おそらく「玉の緒」を命の意に解して、「生きて恋しく思い続けることは苦しいことだ。しかし、命を絶ってしまってはならない。この恋を人が知ることになろうとも」という意に解されていたものかと思われる。そして、この『万葉集』歌の影響下に、「したにのみこふればくるし玉のをのたえてみだれむ人なとがめそ」（『古今集』

六六七・恋三・友則）という歌も詠まれたのであろう。ちなみに、この友則の歌は、『定家八代抄』では式子内親王の歌の次に置かれている。その類似性を定家も認めていたものと推察される。

『万葉集』二七九八番歌にしても友則の歌にしても、恋心を秘し続けて死ぬよりは、表に現して人に知られてもかまわないと詠んでいる。これに対して、式子内親王の歌はあくまでも恋心を秘して、それを表に現すくらいなら秘したまま死んでしまおうと詠んでいるところに新しさがあり、また女性の歌らしさが感じられる。ちなみに、式子内親王には「忍恋」題で詠んだものとして「君ゆゑといふ名はたてじ消えはてむよはの煙の末までも見よ」（『式子内親王集』三三七）という歌もある。

また、「玉の緒」に対して絶えてしまえということは、「たえしころたえねと思ひしたまのをの君により又をしまるるかな」（『和泉式部日記』一二三）に先蹤がある。「あなた様の訪れが途絶えた頃は絶えてしまえと思っていたわが命が、そのあなた様によってまた惜しく思われることです」という意に解すことができる。式子内親王の歌は、あるいはこの歌を念頭に置いて詠まれたものかと思われる。なお、和泉式部には「たえはてばたえはてぬべし玉のをにきみならんとは思ひかけきや」（『和泉式部集』五五一）という歌があり、式子内親王の歌との関係が指摘されている。しかし、この和泉式部の歌は、「あなた様の訪れがすっかり絶えてしまったならば、私の命はきっと絶え果ててしまうでしょう。あなた様が私の命を繋ぎ止めるものになろうとは思いもしませんでした」ということであり、同語の繰り返しは似ているが、意味が異なるようである。仮定条件による同語の繰り返しということでは、「おくれゐてなににかはせむたまのをのもろともにこそたえばたえなめ」（『伊勢大輔集』一六七）という歌もあるが、「死ぬなら一緒に死んでしまいたい」と言っているのであって、こちらも「玉の緒」に対して絶えてしまえと言っているわけではない。

定家の歌に「みだれじとかくてたえなん玉のをよながき恨のいつかさむべき」（『拾遺愚草』二五九）という歌がある。「乱れて外に恋心を表すまいと思うので、きっとこのままわが命は絶えてしまうだろう。この長い悲しみはいつまでも晴れることはない」という意である。これは皇后宮大輔百首での詠で、文治三年（１１８７）に二六歳の折に詠まれたものである。「長き恨みのいつか覚むべき」は長恨歌を踏まえての表現であるが、「乱れじとかくて絶えなん玉の緒よ」の部分は、定家が式子内親王の歌に学んだものかと思われる。ただし、式子内親王の歌がいつ詠まれたものであるかがわからないので、先後関係は不明で、明確なことは言えない。

また、恋しく思う気持を隠そうとするが、その隠そうとする心が弱くなってしまいそうだ、と詠んだ歌としては、『改観抄』に指摘するように、「こひしとはいはじと思ふにきのふけふこころよわくもなりぬべきかな」（『古今六帖』一九七六・恋・よみ人しらず）という歌を挙げることができる。本歌取りとまでは言えないにしても、多少の影響関係はあるかと思われる。

なお、後藤祥子氏「女流による男歌—式子内親王歌への一視点—」（『平安文学論集』所収、〈風間書房〉平成4年）は、この「玉の緒よ」の歌を男の立場で詠まれた「男うた」と捉え、「男装の内親王」としている。例えば、恋人の訪れを待ち焦がれる気持を詠んだ歌が、女性の立場で詠んだ歌だとされるのは、社会習慣上、待つのは女性のほうだという観念に支えられている。そうであるならば、恋の始発期に人目を忍ぶということが、社会習慣上、もっぱら男性のすることだということが明らかにされなければ、「男うた」とするのは難しいのではなかろうか。同論文で「「忍恋」の心情に男も女もあるまいという批判があろう。たしかにその筈だが、こと平安和歌の現存資料に関するかぎり、「忍恋」は原則として男性の側のものという印象は拭えないのではあるまいか」とし、それを詳細に検証している。気になるのは、『古今集』「恋一」の分析で、作者名記名歌のみを対象とし、多数を占める「よみ人しらず」の歌については言及していない点である。「よみ人しらず」の歌の中にも「忍恋」の内容の歌はあり、それらが全て男性の詠んだものと言えるのであろうか。あるいは、それらが男性の歌と受け取られていたと言えるのであろうか。これらの疑問が稿者の中で解消しないために、納得できないでいるというのが現状である。もちろん、作者の実人生をこの歌に結び付ける解釈は論外である。

式子内親王の歌で、定家が高く評価していた歌としては、「ちたびうつきぬたのおとに夢さめて物おもふ袖の露ぞくだくる」（『新古今集』四八四・秋下）を挙げることができる。『定家八代抄』のほかに『秀歌体大略』に選んでおり、『新古今集』の撰者名注記に拠れば、定家だけがこれを選んでいる。また、『時代不同歌合』に選ばれており、隠岐本にも残されているので、後鳥羽院の評価も高かったことが知られる。

また、『定家八代抄』に選ばれていて、『秀歌体大略』にも選ばれているという点では、「それながらむかしにもあらぬ秋風にいとどながめをしづのをだまき」(『新古今集』三六八・秋上)などもある。『新古今集』の撰者名注記に拠れば、定家のほかに、家隆や雅経も選んでおり、隠岐本にも残された。

式子内親王の代表的秀歌一首を選ぶとすれば、これらの歌のうちから選ばれても不思議はない。しかし、定家はこれらの歌を選ばず、「玉の緒よ」の歌を選んだ。確かに「玉の緒よ」の歌は『新古今集』の撰者名注記に拠れば、撰者五人全員が選んだ歌ではあるが、それがこの歌を『百人一首』に選んだ理由とするのは少し弱いように思われる。

その理由を『百人秀歌』の配列に求めたいところであるが、この式子内親王の歌と組み合わせられたのは、寂蓮の「村雨の露もまだひぬ槙の葉に霧立ちのぼる秋の夕暮れ」である。それを考えると、同じ秋の歌で「露」の語が共通する「ちたびうつ」の歌を選ぶのが自然のように思われる。しかし、それをあえて選ばず、この「玉の緒よ」の歌を選んだのは、「村雨の」の歌と『万葉集』以来の和歌の伝統の中に位置付けられる点で共通するということがあるのではないかと考えられる。そして、「露」を「玉の緒」と関係付けて一対の組み合わせとしたのではないだろうか。

90

殷富門院大輔

見せばやなをじまのあまの袖だにもぬれにぞぬれし色はかはらず

【異同】

〔定家八代抄〕をしま—おしま(東急)—安永・袖玉・知顕は底本に同じ。

〔百人秀歌〕底本に同じ。

90 見せばやなをじまのあまの袖だにもぬれにぞぬれし色はかはらず

〔百人一首〕 **ぬれにそぬれし**―ぬれこそぬれし（上條）―為家・栄雅・兼載・守理・龍谷・応永・古活・長享・頼常・頼孝・経厚は底本に同じ。**色はかはらす**―色かはるとも（長享）―為家・栄雅・兼載・守理・龍谷・応永・古活・頼常・頼孝・経厚・上條は底本に同じ。

〔小倉色紙〕 底本に同じ。（集古）

【語釈】 ○**見せばやな**―「見せ」は「見す」の未然形。「ばや」は願望の終助詞。「な」は詠嘆の終助詞。「ばやな」の例としては、「きかばやなそのかみ山のほととぎすありしむかしのおなじこゑかと」（『後拾遺集』一八三・夏・美作）、「見せばやな待つとせしまの我が宿を猶つれなさはこととはずとも」（『拾遺愚草』九八〇）。○**をじま**―雄島。陸奥国の歌枕。松島湾内の島の一つ。『後拾遺集』重之の歌（参考項を参照）の例が初見。「松島や雄島」と続けて詠まれることが多い。○**袖だにも**―「だに」は軽きを挙げて重きを推す副助詞。ここでは軽いものは海人の袖で、重いものは自分の袖。ただし、ここの例は、軽いものとして極端なものを挙げる用法。「も」は強意の係助詞。「なにたてるあはでのうらのあまだにもみるめはかづく物とこそきけ」（『金葉集』四五六・恋下・雅光）。参考項参考歌の『千載集』の例をも参照のこと。○**ぬれにぞぬれし**―「濡れに濡れき」に強意の係助詞「ぞ」が入り込んだもの。同じ動詞を重ねて「〜に〜」というかたちで限定強調表現となり、ただひたすら〜だけしてほかは何もしないの意。「をらでただかたりにかたれ山ざくらかぜにちるだにをしきにほひを」（『後拾遺集』八五・春上・盛少将）、「おもふことみなつきねとてあさのはをきりにきりてもはらへつるかな」（『後拾遺集』一二〇四・誹諧歌・和泉式部）、「きて見ればかさとり山のさくらばなぬれぬゆきとぞふりにふりける」（『肥後集』三九）、「いかにせむ夢よりほかにみし夢の恋にこひますけさの涙を」（『拾遺愚草』五七五）。「し」は過去の助動詞「き」の連体形で、係助詞「ぞ」の結び。文末の「き」は直接経験の過去を表すので、海人の袖が濡れていたのを実際に見たということ。余釈項を参照のこと。また、「〜こそ已然形」ほどではないが、「〜ぞ連体形」で強調し、ここで文としてはいったんまとまるが、下に逆接の意で続く場合がある。「みどりなるひとつ草とぞ春は見し秋はいろいろの花にぞありける」（『古今集』二四五・秋上・よみ人しらず）、「むろの浦のせとのなき島なきをれどぬれにぞぬるるとふ人はなし」（『夫木抄』一〇四九九・俊恵）。余釈項を参照のこと。〇色はかはらず―「袖の色」が「変はる」は、袖が血の涙に染まる意。「血の涙」について、『顕注密勘』の『古今集』八三〇番歌の注に顕昭は「血の涙とは本文也。あまりになきぬれば、涙つきて血を流す也」とし、『韓非子』を引く。『俊頼髄脳』『奥義抄』『童蒙抄』『和難集』などにも見える。「紅のふりいでつつなく涙にはたもとのみこそ色まさりけれ」（『古今集』五九八・恋二・貫之）、「白玉と見えし涙も年ふればから紅にうつろひにけり」（『古今集』五九九・恋二・貫之）、「紅に袖をのみこそ染めてけれ君をうらむる涙かかりて」（『後撰集』八一〇・恋四・よみ人しらず）、「いかばかり物思ふときのなみだ河からくれなゐにそでのぬるらむ」（『新勅撰集』七三三・恋二・よみ人しらず）、「なく涙こふる袂にうつしてはくれなゐふかき色とこそ見れ」（『千里集』九三）。

【通釈】見せたいものです。雄島の海人の袖でさえもひたすら濡れてはいましたが、色は変わりません。

【出典】『千載集』八八六・恋四・「（歌合し侍りける時、恋歌とてよめる）殷富門院大輔」。

【参考】『定家八代抄』一三三五・恋五・「（題不知）殷富門院大輔」。『百人秀歌』九一。『歌仙落書』一一一。『殷富門院大輔集』一一六・（こひ）。

《参考歌》

『後拾遺集』八二七・恋四・重之

まつしまやをじまのいそにあさりせしあまのそでこそかくはぬれしか

『千載集』七一三・恋二・雅光

玉もかるのじまの浦のあまだにもいとかく袖はぬるるものかは

『千載集』八一五・恋三・親隆

しほたるるいせをのあまの袖だにもほすなるひまはありとこそきけ

『紫式部集』八

90 見せばやなをじまのあまの袖だにもぬれにぞぬれし色はかはらず

つゆふかくおく山ざとのもみぢばにかよへるそでのいろをみせばや

『肥後集』一六二

うらみわびたえぬなみだにそほちついろかはりゆくそでをみせばや

『拾遺愚草』八九八

袖ぞいまをじまのあまもいさりせんほさぬたぐひに思ひけるかな

『拾遺愚草』二五五八

露時雨下草かけてもる山の色かずならぬ袖をみせばや

【余釈】冷たくなってしまったあなたに私のこの袖を見せたいものだ。雄島の海人の袖でさえも、ひどく濡れてはいたが、色は変わっていなかった。それに比べて私の袖は、恋い焦がれて流す血の涙で紅に変わってしまった、ということである。

「まつしまやをじまのいそにあさりせしあまのそでこそかくはぬれしか」（『後拾遺集』八二七・恋四・重之）を踏まえて詠んだ歌である。広義の本歌取りと言えるかと思う。ただし、この重之の歌と贈答歌のように仕立てた本歌取りとする説には従えない。この説は、石田吉貞氏『百人一首評解』（有精堂）に説かれ、現在通説化している。

重之の歌は、「松島の雄島の磯で漁をしていた海人の袖がまさしくこのように濡れておりました」という意である。史実としては明らかでないが、重之が陸奥に下って住んだ経験から詠んだ体の歌である。いっぽう、大輔の歌も「濡れにぞ濡れし」と言っている。「ひたすら濡れておりました」ということである。文法的に説明すれば、「し」は過去の助動詞「き」の連体形であるが、この「き」は文末に用いられるときは直接経験を表す。それを十分考慮する必要がある。大輔が、これも史実として実際に陸奥に下ったことがあったかどうかはわからないが、語としては実際に下って見てきた口調である。そうであるとすれば、重之の歌と大輔の歌は贈答というかたちではなく、同じ立場で詠んだ歌であり、大輔の歌はいっそう悲しみを深めた表現をとったものと考えなければならない。『評解』のように「そちらは濡れただけでしょう。こちらはぬれた上に色も変りましたよ」と解すには、相手の袖あるいは海人の袖を推量するかたちで詠んでいなければならない。それならば、「き」ではなく、「らむ」や「けむ」がそこに用いられているはずである。

大輔の歌は、重之の歌と同様に、わが袖を雄島の海人の潮水に濡れた袖と比較する。そして、さらに、わが袖はひどく濡れているどころか血の涙で紅に染まっていると詠んで、その嘆きの深さの証とした。そこにこの歌の独自性がある。しかも、そのわが袖のことを直接言わず、「雄島の海人の袖だにも」「色はかはらず」というかたちで、間接的にそれを表現している。このあたりの詠法は、参考項に挙げた『千載集』雅光歌（七一三）や親隆歌（八一五）などにも類型を見ることができる。また、「血の涙」「紅の涙」ということを詞に用いなかったところにも優美さが感じられる。

出典の『千載集』には、一首前の俊恵の歌の詞書に「歌合し侍りける時、恋歌とてよめる」とあり、殷富門院大輔の歌もその詞書を受けると解される。その「歌合」についての詳細は不明であるが、その俊恵の歌が『林葉集』には詞書に「歌林苑、人人かたをわかちて、歌をえらびて歌合し侍りしに、恋歌三首」とあるところから、歌林苑における歌合であったことが知られる。このことから大輔の歌も歌林苑の歌合での歌と推定され、『歌合大成七』に拠れば、仁安二年（１１６７）俊恵歌林苑歌合（散逸）とする。それが正しいとすれば、実際の恋愛の場で詠まれたものではなかったということになる。

『定家八代抄』では「題しらず」としてまとめられており、次のように配列されている。

（題不知）

重之

松島やをじまが磯にあさりせし海士の袖こそかくはぬれしか（一三二四）

殷富門院大輔

見せばやなをじまの海士の袖だにもぬれにぞぬれし色はかはらず（一三二五）

俊頼朝臣

これを見よ六田の淀にさでさしてしをれし賤のあさ衣かは（一三二六）

90 見せばやなをじまのあまの袖だにもぬれにぞぬれし色はかはらず

一度は契りを交わした仲ではあるが、長い間逢わなくなってしまった嘆きを詠んだ歌の中に置かれている。大輔の歌もそのような状況の下での歌と定家は理解していたのであろう。直前に重之の歌を置いているところから、定家もその影響関係を認めていたものと考えられる。また、「見せばやな」が何を見せたいと言っているのかということで、「雄島の海人の袖」とする説もある。『三奥抄』に「恋せぬと恋するとのたがひめ有ことを、今おもふひとにみせまほしけれど、雄島は遠国にしてみすべきやうのなければ、みせばやなとはいふなり」とし、『改観抄』もこれを踏襲する。しかし、右の俊頼の歌の「これを見よ」がわが衣をとしか解せないところから、大輔の歌もわが袖をと定家が解していたことが窺われる。紅涙のために色の変わったわが袖を相手に見せたいと詠むことは、参考項に挙げたように、『紫式部集』（八）や『肥後集』（一六二）などにも見え、定家も詠んでいる（『拾遺愚草』二五五八）。

『後拾遺集』重之の歌の影響により、平安時代末期から鎌倉時代初頭にかけて、「雄島の海人」が盛んに和歌に詠まれるようになる。定家も建久四年（1193）頃成立の『六百番歌合』に「袖ぞいまをじまのあまもいさりせんほさぬたぐひに思ひけるかな」（『拾遺愚草』八九八）と詠んでいる。「私の袖は涙で海のようになって、雄島の海人も漁をするだろう。これまでは、乾かないことで、雄島の海人の袖と同類程度に思っていたことだ」という意である。ずいぶんと誇張した表現であるが、「恋ひわびてねをのみなけば敷妙のまくらの下にあまぞつりする」（『俊頼髄脳』三五三）などを念頭に置いていたのであろう。定家はほかにも「秋は又ぬれこし袖のあひにあひてをじまのあまぞ月になれける」（『拾遺愚草』一一三二）、「別のみをじまのあまの袖ぬれて又はみるめをいつかかるべき」（『拾遺愚草』二五四七）と「雄島の海人」を詠んでおり、重之の歌の影響を見ることができる。また、建保三年（1215）成立の『建保名所百首』に取り上げられた「松島」の歌にも「雄島の海人」が多く詠まれている。殷富門院大輔の歌は、重之の歌の影響下になった歌の先蹤として捉えられていたものと推察される。「松しまやをじまの海士に尋ねみんぬれては袖の色やかはると」（『建保名所百首』八九七・知家）や「わが袖を見せばや人にまつ島やをじまのあまのぬれ衣とて」（『拾玉集』二九〇一）といった歌もあるが、これらはむしろ、大輔の歌との類似性を認めることができよう。

なお、『幽斎抄』『うひまなび』『百首異見』以来、第四句「濡れにぞ濡れし」で切れるか、続くかという議論がある。現代の目から見れば、「雄島の海人の袖だにも」の陳述は「色はかはらず」にあると考えられる。すなわち、「雄島の海人の袖だにも濡れにぞ濡れし」ではなく、「雄島の海人の袖だにも色はかはらず」である。ということは、「濡れにぞ濡れし」は係り結びによって文として完結してはいるが、より大きな文全体から見れば、「色はかはらず」に対するものとして挿入されている句だということになる。

この「見せばやな」の歌は『歌仙落書』に殷富門院大輔の秀歌例として挙げられ、『千載集』にも入集した歌である。したがって、大輔の代表的秀歌と言ってよいかと思われる。

定家は『定家八代抄』に大輔の歌を八首選んでおり、その中にこの歌も含まれている。そして、『新勅撰集』にも一五首入集させており、歌人として高く評価していた。その大輔の代表的秀歌としてこの歌を選んだ。『百人秀歌』では長方の「きのくにのゆらのみさきにひろふてふたまさかにだにあひみてしかな」と組み合わせられている。どちらも海辺の景に寄せて長く逢うことができない嘆きを詠んだ歌である。

《第十八グループの配列》

86 嘆けとて月やは物を思はするかこち顔なるわが涙かな（西行）
87 村雨の露もまだ干ぬ槙の葉に霧立ちのぼる秋の夕暮れ（寂蓮）
88 難波江の蘆のかり寝のひとよゆへみをつくしてや恋ひわたるべき（皇嘉門院別当）
89 玉の緒よ絶えなば絶えねながらへば忍ぶることの弱りもぞする（式子内親王）

90 見せばやなをじまのあまの袖だにもぬれにぞぬれし色はかはらず

90　見せばやな雄島の海人の袖だにも濡れにぞ濡れし色は変はらず（殷富門院大輔）

この第十八グループは、元久二年（１２０５）『新古今集』完成以前に没した歌人と見られる。これまでの配列法であると、身分の高い式子内親王がこのグループの最初に置かれるところであるが、そのようにはしていない。僧侶歌人二人を置き、女流歌人三人をその後に配す。それぞれを没年順に並べたか。

詞の上からは、前のグループの八五番俊恵の「物思ふ」を八六番西行の「物を思はする」が受けるものと考えられる。そして、その八六番「涙」を八七番「露」で受ける。そして、その「露」を一首置いて八九番「玉」が受ける。八八番別当の歌と九〇番大輔の歌は海辺「難波江」「雄島」の景に寄せた恋の歌ということで連関する。

『改観抄』は、八七番の注に「右三首、共に法師をもて一類とし、中にも初二首は共に恋の歌にて似たる心あるを一類とす」とする。また、八九番の注には「此内親王の歌をここにおかるるは、貴賤をまじえかよはする心歟」とする。そして、九〇番の注に「以上三首、共に女儀の歌に恋の心をやさしくよめるを一類とす」としている。

91　きりぎりす鳴や霜よのさむしろに衣かたしきひとりかもねん

後京極摂政太政大臣

【異同】

〔定家八代抄〕　安永・袖玉・知顕・東急は底本に同じ。

〔百人秀歌〕　底本に同じ。

〔百人一首〕為家・栄雅・兼載・守理・龍谷・応永・古活・長享・頼常・頼孝・経厚・上條は底本に同じ。

【語釈】 ○**後京極摂政太政大臣**―良経は『新古今集』では「摂政太政大臣」、『新勅撰集』以後は「後京極摂政前太政大臣」と位署される。底本は「前」が落ちている。○**きりぎりす**―コオロギの古名とされる。ひとまずこの説に従っておく。『和名抄』（二十巻本）に「蟋蟀」を「一名蛬」「和名、木里木里須」とする。ただし、『和名抄』には「蜻蛚」を「和名、古保呂木」としているので、『和名抄』成立の承平四年（９３４）頃には「きりぎりす」と「こほろぎ」は別の虫という認識があったものであろうか。憶測を加えれば、現在のコオロギが、その種類によって「きりぎりす」「こほろぎ」と呼び分けられていたとも考えられる。『和名抄』は、「促織」を「和名、波太於里米」としている。そして、「鳴声如急織機故以名之」と説明している。これは「チョン、ギース」と鳴く現在のキリギリスと考えられ、当時は「はたおり（め）」と呼ばれていたものと思われる。その鳴き声が「きりぎりす」という名の音と似ているために、いつの間にか「きりぎりす」と呼ばれるようになったか。『万葉集』の歌には、「蟋蟀」が六例、「蟋」が一例あり、これらの字を古来「きりぎりす」と訓んできたが、真淵の『万葉考』以後、「こほろぎ」と訓まれるようになり、現在ではこれが定説化している。これにより、『万葉集』から「きりぎりす」の語はなくなった。平安時代以降、「蟋蟀」「蛬」を題として歌を詠むときには「きりぎりす」と詠んだ。語としても、近世になるまで「こほろぎ」の語は歌に詠まれなかった。『八雲御抄』にも「蛬」「機織」は項目として取り上げられているが、「こほろぎ」の語はない。おそらく、現在のコオロギは総じて「蛬（きりぎりす）」と捉えられていたものと考えられる。コオロギを表す歌語として位置付けられたものであろう。また、「秋風にほころびぬらしふぢばかまつづりさせてふ蟋蟀なく」（『古今集』一〇二〇・誹諧歌・棟梁）という歌について、『顕注密勘』や『袖中抄』には、「つづりさせ」が「きりぎりす」の鳴き声だとする説を挙げている。当時「きりぎりす」の鳴き声を「ツヅリサセ、カカハヒロハン」と捉えていたことが知られる。このことから考えると、やはり現在のコオロギのこととするのが穏当かと思われる。『増註』に「きりぎりすとは、かうろぎなり。夏なく青き色のきりぎりすにてはなし。冬までも有かうろぎなり。類のおほき虫となり」とするのが早い指摘か。新井白石の『東雅』に「古にハタオリメといひしものは、今俗にキリギリスといふ是也。古にコホロギといひしものは、今俗にイトドといふ是也。古にキリギリスといひしものは、今俗にコホロギといふ是也」とする。『和訓栞』（『増補語林』）の「きりぎりす」の項目には「漢名蟋蟀、今つづりさせ、いとど、こほろぎ数名あり」とし、「始より終に至て、つづりさせと鳴、身黒く頭円し」とする。また、晩秋の「きりぎりす」について、『枕草子』「あはれなるもの」の段に「九月つごもり、十月ついたちのほどに、ただあるかなきかに聞きつけたるきりぎりすの声」とする。『明月記』寛喜三年九月二十九日条に「秋日早没、暮雲僅聳、菊蘂初開、蛬声猶残」とする。○鳴や―「鳴く」は連体形。「や」は語調を整える間投助詞。「鳴く霜夜のさむしろ」と言うところを、「や」を入れた。「郭公なくやさ月のあやめぐさあやめもしらぬこひもするかな」（『古今集』四六九・恋一・よみ人しらず）、「ゆふづく夜さすやをかべの松のはのいつともわかぬこひもするかな」（『古今集』四九〇・恋一・よみ人しらず）などに例を見ることができる。『古今集』四九〇番の歌について、『顕注密勘』で顕昭は、「ゆふづくよさすをかべの松といはんとて、さすやといふは、ふるまへる詞のたすけ也。万葉集にも、あさがしは閏やかはべともよめり。又云、郭公なくやさ月ともよめり。又百済王仁も、なにはづにさくや此花ともよめり」と説明し、定家は「一同」としている。「ふるまへる」というのは「古まへる」で古風なの意である。顕昭は『古今集注』にも「ゆふづくよさすをかとつづくなり。さすやといふ『や』文字は、ふるくよめる詞也」としている。この「鳴くや」は「さむしろ」にかかる。余釈項を参照のこと。○霜よ―霜夜。霜の降りる夜。「さかしらに夏は人まねささのはのさやぐしもよをわがひとりぬる」（『古今集』一〇四七・誹諧歌・よみ人しらず）。○さむしろ―「さ筵」に「寒し」を掛ける。「さ筵」に「寒し」を掛けた例としては、「さむしろはむべさえけらしかくれぬのあしまのこほりひとへしにけり」（『後拾遺集』四一八・冬・頼慶）、「吹きはらふ床の山風さむしろに衣手うすし秋の月影」（『拾遺愚草』一八六一）、「うづみ火の消えぬ光をたのめども猶霜さゆる床のさむしろ」（『拾遺愚草』二四一九）などがある。「さ筵」は「狭筵」で、「広筵」「長筵」に対する語であったが、「さ」が接頭語として意識されるようになる。定家の当時は、「さ」に狭いの意を感じ取っていたようである。『奥義抄』に「『さ』と云ふ事は、物にしたがひて、せばくも、ちひさくも、をさなくもあるものを云ふ也。さむしろ、さごろも、さをしかなどいへり」とする。『和歌色葉』にも「さむしろとは、みじかくせばき莚也」とする。『和難集』『後拾遺抄注』などにも同様の説明がある。「筵」

は、藺・蒲・藁・竹などを編んで作った敷物。寝るときの敷物。○衣かたしき―「かたしき」は「片敷く」の連用形。共寝をするとき、男女両方の着物を敷いて寝たところから、独り寝で自分の着物だけを敷いて寝ることを言う。『初学抄』に「かたしき」について「かたかたをしける也」とし、『和歌色葉』『八雲御抄』にも同様に記す。「かたかた」は「片方」で、一対のものの片方をいう。「片敷く」は『万葉集』に五例見え、その後も時々歌に詠まれたが、特に平安時代末期から鎌倉時代にかけて流行した。○かも―三番歌の語釈項を参照のこと。

【通釈】コオロギが鳴く、霜夜の寒い寝床の狭い敷物に、着物を片敷いて独り寂しく寝るのであろうかなあ。

【出典】『新古今集』五一八・秋下・「百首歌たてまつりし時　摂政太政大臣」。

【参考】『定家八代抄』四四一・秋下・「百首歌たてまつりける時　後京極摂政」。『八代集秀逸』七四。『百人秀歌』九五。『正治初度百首』四五五・秋。『秋篠月清集』七五一。

《参考歌》

『詩経』国風・豳風

　七月在ㇾ野　八月在ㇾ宇　九月在ㇾ戸　十月蟋蟀入二我牀下一

『古今集』六八九・恋四・よみ人しらず

　さむしろに衣かたしきこよひもや我をまつらむうぢのはしひめ

『拾遺集』七七八・恋三・人麿

　葦引の山鳥の尾のしだりをのながながし夜をひとりかもねむ

『万葉集』一六九六〔一六九二〕・作者不明

　吾恋　妹相佐受　玉浦丹　衣片敷　一鳴将寐

〔廣瀬本の訓〕

わがこふる　いもにあひさず　たまのうらに　ころもかたしき　ひとりかもねむ

『古今六帖』一八九四・よみ人しらず

わがこふるいもにあひさすたまのうらにころもかたしきひとりかもねん

『万葉集』二三一四〔二三一〇〕・旋頭歌・作者不明

蟋蟀之　吾床隔尓　鳴乍本名　起居管　君尓恋尓　宿不勝尓

〔元暦校本の訓〕

きりぎりす　わがゆかのへに　なきつつもとな　をきゐつつ　きみにこふるに　いのねかねぬに

『古今六帖』二五一四・せんどう歌・よみ人しらず

きりぎりすわがゆかのうへに鳴きつつあやなおきゐつつ君をこふるにいもねかねぬに

『秋篠月清集』二七八

秋たけぬころもでさむしきりぎりすいまいくよかはゆかちかきこゑ

【余釈】　秋も深まり、霜の降りる寒い夜、コオロギの鳴くのが近くに弱々しく聞こえる寝床、その狭い敷物に自分の着物だけを敷いて独り寝るのだろうか、わびしいことよ、という意の歌である。

『詩経』の詩句「十月蟋蟀《しつしゅつ》我が牀下《しょうか》に入《い》る」を念頭に置き、「きりぎりす鳴くや霜夜のさむしろに」と詠んだ。そして、「さむしろに衣かたしきこよひもや我をまつらむうぢのはしひめ」（『古今集』六八九・恋四・よみ人しらず）と「わがこふる　いもにあひさず　たまのうらに　ころもかたしき　ひとりかもねむ」（『万葉集』一六九六〔一六九二〕・作者不明）を本歌として、その詞を取り用いて「さむしろに衣かたしきひとりかも寝む」と詠んだと考えられる。「鳴くや」の「や」も上代の古風な語であり、一首全体が漢詩や和歌の伝統に裏打ちされた作品となっている。

『詩経』には「十月蟋蟀我が牀下に入る」とあり、冬十月のことであるが、この歌では秋九月終わりのことである。これについて、

『改観抄』は「詩は十月といひ、此歌は秋の末にあれど、さるほどの和漢にかはる事おほし」と指摘する。『うひまなび』には「さて床下に入て鳴は十月と有ば、凡をいふにて、秋の霜夜には、九月にも床近く鳴もの也」とする。

これに少し付け加えるならば、和歌では「秋ふかくなりにけらしなきりぎりすゆかのあたりにこゑきこゆなり」（『千載集』三三二・秋下・花山院）のように、「床」の「きりぎりす」は秋の歌に詠まれている。遡れば、参考歌に挙げた『万葉集』（二二三一四〔二三一〇）・旋頭歌）の「きりぎりす　わがゆかのへに　なきつつもとな」も秋の歌として部類されている。時代は下るが、「霜さゆるおどろのゆかのきりぎりす心ぼそくもなきよわるかな」（『散木奇歌集』四二八）も詞書に「長月のつごもりがたに」とある。また、「きりぎりすつづりさせてふいかにしてさむけきとこのうへをしるらむ」（『教長集』四六八）も「秋」に入れられている。詞書に「床下蟋蟀　句題百首」とあり、「床下蟋蟀」という句題によって詠んだ百首歌中の歌であることが知られる。「わがとこのしたにうらむるきりぎりすゆめもむすばでききぞおどろく」（『風情集』四八九）も同題で詠まれた歌で秋の歌である。この良経の歌もこのような和歌の歴史の流れの中で詠まれた一首である。良経には「秋たけぬころもでさむしきりぎりすいまいくよかはゆかちかきこゑ」（『秋篠月清集』二七八）という歌もある。

なお、この『百人一首』の良経の歌は、「とこ」や「ゆか」を詞として用いてはいないが、「さむしろ」という詞でそれを表している。『三奥抄』に「狭莚といふにて牀下の心をとり」とし、『改観抄』もこれを踏襲する。したがって、「きりぎりす鳴くや」は「霜夜」に掛かっているのではなく、「さむしろ」に掛かっていると見るのがよいであろう。

この歌は恋の歌の色合いが強いが、出詠時の正治二年（１２００）成立の後鳥羽院初度百首においても「秋」題で詠まれたものであり、出典の『新古今集』でも『定家八代抄』でも「秋下」に部類されている。「きりぎりす」の鳴き声や「霜夜」の寒さと同様に、独り寝も、晩秋のわびしさを一入感じさせる素材として詠まれているのである。

良経の歌で定家が代表的秀歌と考えていたものは、まず「もらすなよ雲ゐるみねのはつしぐれこのははしたに色かはるとも」（『新古今集』一〇八七・恋二）を挙げることができよう。『定家八代抄』のほか、『秀歌体大略』『近代秀歌（自筆本）』の秀歌例にも挙げている。しかもこの歌は『後京極殿御自歌合』に選ばれており、良経の自信作であったことが窺われる。また、『時代不同歌合』にも選ばれており、後鳥羽院も代表的秀歌と認めていた。

それから、「いその神ふるののをざさ霜をへてひとよばかりに残るとしかな」（『新古今集』六九八・冬）も、『定家八代抄』のほか、『秀歌体大略』『近代秀歌（自筆本）』の秀歌例にも挙げている。この歌も『後京極殿御自歌合』に選ばれている。

さらに、「故郷のもとあらの小萩さきしより夜な夜な庭の月ぞうつろふ」（『新古今集』三九三・秋上）も『定家八代抄』『秀歌体大略』に選んでいる。そして、『時代不同歌合』にも選ばれている。

また、「あすよりはしがの花ぞのまれにだにたれかは問はむ春のふる里」（『新古今集』一七四・春下）がある。この歌は『定家八代抄』『秀歌体大略』に選んでいる。そのほかには、「かたしきの袖の氷もむすぼほれとけてねぬよの夢ぞみじかき」（『新古今集』六三五・冬）も『定家八代抄』『秀歌体大略』に選んでいる。

これらに対して、「きりぎりす」の歌はもちろん『定家八代抄』には選ばれているが、『秀歌体大略』『近代秀歌』の秀歌例には挙げられていない。ところが、『八代集秀逸』に選ばれている。『八代集秀逸』に選ばれた良経の歌はこの一首のみである。『新古今集』の秀歌十首中の一首に選んでおり、かなり高い評価を与えていたことが知られる。後年になって、その価値をあらためて認めたということであろうか。しかも『時代不同歌合』にも選ばれていないことから、定家独自の価値観によるものであった可能性がある。ちなみに、『新古今集』の撰者名注記に拠れば、定家のほかに、通具・有家・雅経がこの歌を選んでいる。また、『後京極殿御自歌合』の成立は建久九年（１１９８）なので、正治二年（１２００）に詠まれたこの歌は当然選ばれていない。しかし、良経にしても、自身の歌を代表する一首とまでは考えていなかったのではなかろうか。

92

二条院讃岐

わが袖はしほひにみえぬおきの石の人こそしらねかは《〔わ〕》くまもなし

【異同】
〔定家八代抄〕　まもなし—まそなき（東急）—安永・袖玉・知顕は底本に同じ。
〔百人秀歌〕　底本に同じ。
〔百人一首〕　袖は—恋は（長享）—為家・栄雅・兼載・守理・龍谷・応永・古活・頼常・頼孝・経厚・上條は底本に同じ。おきの—をきの（守理）—沖の（龍谷・応永・頼常）—奥の（長享）—為家・栄雅・兼載・古活・頼孝・経厚・上條は底本に同じ。かはく—かわく（頼常）—為家・栄雅・兼載・守理・龍谷・応永・古活・長享・頼孝・経厚・上條は底本に同じ。まもなし—まそなき（栄雅）—為家・兼載・守理・龍谷・応永・古活・長享・頼常・頼孝・経厚・上條は底本に同じ。

【語釈】　○しほひ—潮干。潮が引くこと。「難波方　塩干之名凝　飽左右二　人之見児乎　吾四乏毛」（『万葉集』五三六〔五三三〕・宿奈麿、廣瀬本の訓「なにはがた　しほひのなごり　あくまでに　ひとのみるこを　われしともしも」）など『万葉集』に多く見える語。勅撰集ではこの讃岐の歌が初出。○おきの石—海の沖に突き出た岩石のこと。余釈項を参照のこと。○人こそしらね—「人」は、世間の人ではなく、恋しく思う相手の人。余釈項を参照のこと。「こそ」は強意の係助詞。已然形で結ぶが、文が続く場合、逆接で続く。四七番歌を参照のこと。「しら」は「知る」の未然形。「ね」は打消しの助動詞「ず」の已然形で、係助詞「こそ」の結び。「すだきけむ人こそしらねふる里のむかしはいまにさけるなでしこ」（『拾遺愚草員外』三〇三）。○かはく—「乾く」は、歴史的仮名遣いでは「かわく」であり、定家の表記法では「かはく」である。現存定家自筆三代集でもすべて「かはく」である。

【通釈】　私の袖は、潮が引いても姿を現さない沖の石のように、あの方は知らないけれど、乾く間もないことだ。

【出典】　『千載集』七六〇・恋二・「寄石恋といへるこころをよめる　二条院讃岐」・結句「かわくまぞなき」。

【参考】『定家八代抄』九五六・恋二・「寄石恋といふ心を　二条院さぬき」・初句「わが恋は」（『新編国歌大観』）。『百人秀歌』九四。『讃岐集』五一・「いしによするこひ」・結句「かわくまぞなき」。

《参考歌》

『和泉式部集』九四

わが袖はみづのしたなるいしなれや人にしられでかわくまもなし

『久安百首』一三六二・小大進

我が恋は山下水にしづく石のこころぬるるもしる人ぞなき

【余釈】　自分の思いを相手に知られることなく思い続ける恋のつらさを詠んだ歌である。

「わが袖は」「人こそ知らね乾く間もなし」がこの歌の主想である。そして、「潮干に見えぬ沖の石の」の部分が序詞である。海の沖にある岩は、潮が引いてもなお姿を現すことなく、また乾くこともないものなので、「人こそ知らね乾く間もなし」を導く。この「沖の石」の喩えが一首の眼目になっている。

さて、その「沖の石」について、通説では「沖の海底に沈んでいる石」と解されている。しかし、そのように解したのでは、なぜそのようなものを歌に詠んだのかがわからない。確かに、人に知られることなく、いつも濡れているものの喩えとして詠まれているのであるが、「沖の海底に沈んでいる石」を取り上げて詠む理由がわからない。沖の海底に石の一つや二つあるであろうが、それを歌に詠む理由がわからないのである。それで『改観抄』や『百首異見』も首を捻って、その理由を「沃焦石」や「若狭国矢代浦沖の大石」に求めているのである。これは中世の附会説とはまた事情が異なる。

この「沖の石」を「沖の海底に沈んでいる石」と解したのでは右の疑問は解消しない。それでは何かと言えば、「海の沖にある離れ岩」のことである。例えば、「みつしほにかくれぬ沖のはなれ石かすみにしづむ春のあけぼの」（『右大臣家歌合治承三年』六・仲綱）と詠まれている。「潮が満ちても沈むことのない沖の離れ岩は、春の曙には霞に沈んで見えなくなる」ということである。ほかにも、「はなれたるしららのはまのおきのいしをくだかであらふ月の白波」（『山家集』一四七六）、「鴨のゐるゑじまが磯のおきの石は浪よりほかのすみかなりけり」（『仙洞十人歌合』八三・慈円）、「おきのいしのなみのさわぎにせめられてたへがたきよを猶すぐすかな」（『夫木抄』一〇二〇八・為家）などのように、完全に海の中に沈んでいるわけではなく、海上に岩が少し突き出たものを言うのである。「とことはに浪こすおきのはなれいしのあはぬためしの名さへうらめし」（『歌合　建保四年八月廿四日』五八・範宗）、「あかしがた浦よりをちのはなれ石のひとりも浪にいくよぬれなん」（『歌合　建保四年八月廿四日』七〇・知家）なども同様である。少しだけ海上に突き出た岩が長い間波に洗われているさまが詠まれている。

この讃岐の歌の場合もこれらと同様に解さなければならない。この歌では「潮干に見えぬ」と言っているので誤解をまねくのであるが、これは海の中にあるためにまったく見えないというのではない。潮が引いても、岸の岩と違って、姿を現してしまうことがないということである。

さらに言えば、これは「しづく石」のことである。「しづく」は、現代では「底に沈んでいる石」のこととされている。定家の時代においても『八雲御抄』には「しづむ也」とし、『顕注密勘』で『古今集』八四五番歌の注に顕昭は「しづむといふ也」としている。これに対して定家は「沈はそこへ入、ひたるは水に入たり。たとへば、ひたれるやうにて、水波にあらはれゆられて、かくれあらはるるやうにするを云。又、そこよりつきいでたらむ石も、波にあらはれてゆらるるやうに、はづれて見えむを云べしとぞ申されし」と、父俊成の言ったことを伝えている。また、『僻案抄』にも「しづくといふ詞、しづむといはば沈にあらず。沈は、そこへいり、ひたるも、又水にいる也。しづくといふは、水にあらはるれども水にいりはてず。又、水のしたなる石も、浪よりいづるやうなれど、あらはれもはてず、かくれもはてぬやうなるを云也」という見解を示している。

もちろん、和泉式部の「わが袖はみづのしたなるいしなれや人にしられでかわくまもなし」（『和泉式部集』九四）の影響も大きかったことと思われる。しかし、右のことを考慮すると、より近い時代の「我が恋は山下水にしづく石のこころぬるるもしる人ぞなき」（『久安百首』一三六二・小大進）という歌の影響も指摘できるのではなかろうか。

右のように、「沖の石」を「海の沖にある離れ岩」のことと考えれば、先に述べた疑問や不自然さは解消される。

さて、この讃岐の歌は、『定家八代抄』では「恋二」に入り、次のように配列されている。

寄石恋といふ心を　　二条院さぬき

わが恋はしほひにみえぬ沖の石の人こそしらねかわくまもなし（九五六）

題不知　　俊恵法し

よもすがら物思ふ比は明けやらぬ閨のひまさへつれなかりけり（九五七）

読人不知

思ひきやわがまつ人はよそながら七夕つめのあふをみんとは（九五八）

この讃岐の歌のすぐ後に、『百人一首』八五番の俊恵の歌が置かれている。配列上、ここは「未逢恋」で、相手がつれないために逢うことができず、長い間独り物思いを続けているのを詠んだ歌が並べられている。この讃岐の歌もそのように解さなければならない。したがって、「人こそ知らね」の「人」は、人目を忍ぶ恋というわけではないので、相手の人と解すべきであろう。自分がどんなに恋い慕っており、袖を涙で濡らしているかということを、相手は知らないということである。そこから、この袖を相手に見せたい、と発展していくのである。

本文異同の問題としては、まず、初句「わが袖は」を「わが恋は」とするものが、『百人一首』の古注では『長享抄』があり、『定家八代抄』の『新編国歌大観』の底本がある。これについては『百人一首』の本文としてはやはり「わが袖は」をとるべきであろう。

また、結句「かはくまもなし」を「かはくまぞなき」とするものが、『百人一首』では栄雅本があり、『定家八代抄』では東急本がある。さらに、『千載集』や『讃岐集』も「かはくまぞなき」になっている。これも『百人一首』の本文としては「かはくまもなし」の本文に従っておくほかはないであろう。

定家が讃岐を歌人として高く評価していたであろうことは、『定家八代抄』撰入歌数一二首や『新勅撰集』入集歌数一三首というところから見て明らかである。しかし、代表的秀歌をどの歌と考えていたかは必ずしもはっきりしない。『秀歌体大略』や『近代秀歌』の秀歌例や『八代集秀逸』にも一首も選んでいないからである。『百人一首』にこの歌を選んでいるのだからこの歌だろうというのは消極的な理由となってしまう。

ちなみに、『時代不同歌合』にも讃岐は歌人として選ばれている。選ばれた三首の内の一首は「散りかかる紅葉の色はふかけれどわたればにごる山川の水」（『新古今集』五四〇・秋下）である。この歌は『定家八代抄』にも選ばれている。また、『時代不同歌合』には、ほかに「こふれどもみぬめの浦のうき枕なみにのみやは袖のぬれける」という出典未詳の歌が挙げられている。これは後鳥羽院独自の評価ということであろうか。

そして、残りのもう一首は「ひとよとてよがれし床のさむしろにやがてもちりのつもりぬるかな」（『千載集』八八〇・恋四）である。この歌は『歌仙落書』に選ばれ、『続詞花集』にも選ばれている。また、『無名抄』「代々恋中の秀歌」に拠れば、俊恵がこの歌を非常に高く評価していたということである。定家も『定家八代抄』に選んでおり、讃岐の代表的秀歌と言ってもよいであろう。しかし、定家はこの歌を選ばなかった。

これに比して、この「わが袖は」の歌は『千載集』には選ばれているが、そのほかの秀歌撰などには選ばれていない。それではなぜこの「わが袖は」の歌を選んだのであろうか。もちろん、歌そのものが晩年の定家の好尚に適っていたということもあるであろう。例えば、「潮干」という『万葉集』にも用いられた語を使い、巧みに比喩的な序詞を用いて詠んだ点を高く評価したということもあると思われる。しかし、それとともに、『百人秀歌』に選ぶ際に、慈円の「おほけなく憂き世の民におほふかなわがたつそまにすみぞめの袖」と関連させて選んだからではなかろうか。どちらも「袖」に焦点が当てられている歌である点に共通性が認められるからである。

93
よの中はつねにもかもななぎさこぐあまのを舟のつなてかなしも

鎌倉右大臣

【異同】

〔定家八代抄〕この歌なし。

〔百人秀歌〕底本に同じ。

〔百人一首〕つねにもかもな—つねにもかなと（長享）—為家・栄雅・兼載・守理・龍谷・応永・古活・頼常・頼孝・経厚・上條は底本に同じ。

【語釈】○つねにもかもな—「つね」は「常」。「に」は断定の助動詞「なり」の連用形。「常に」は下の「無き」に掛かる。「も」は係助詞。「かも」「な」を詠嘆の意に解す。「もかもな」全体を間投助詞的な用法と考える。余釈項を参照のこと。『万葉集』二二番歌の詞に拠る。○なぎさ—渚。波の打ち寄せる所。「無き」を掛け、上の「常に」を受ける。「無き」と「渚」の掛詞の例としては、「逢ふ事のなぎさにしよる浪なれば怨みてのみぞ立帰りける」（『古今集』六二六・恋三・元方）、「こほりゐるみる目なぎさのたぐひかはうへおく袖の下のさざ浪」（『拾遺愚草』八五二）など、常套的な表現と言える。○つなて—綱手。船に繋いで引く綱。『和名抄』「舟具」に「牽紋」について「豆奈天」とし、「挽船縄也」とする。第三音節「て」は、『日葡辞書』に清濁両方が記されている。中世になって濁音化したものと考え、清音で読んでおく。○かなしも—「かなし」は、形容詞「かなし」の終止形。ここでは、心が強く惹かれて感興を催すさま。おもしろいと思うとともに、そのつらそうなさまに痛ましさを感じること。『顕注密勘』で定家は「まことに悲嘆にはあらず、おもしろしもと云やうなる詞也。あはれにも、うらがなしくもと侍、尤叶㆓愚意㆒」とする。余釈項を参照のこと。「も」は、詠嘆の終助詞で、終止形やク語法に付く。上代の語法。

【通釈】世の中は、無常であることよ。渚を漕ぐ海人の小舟の引き綱が心にしみることだ。

【出典】『新勅撰集』五二五・羇旅・「題しらず　鎌倉右大臣」。
【参考】『百人秀歌』九八。『金槐集』五七二・雑部・船。（定家所伝本）六〇四・雑・舟。
《参考歌》
『万葉集』二二・吹芡刀自
河上乃　湯都盤村二　草武左受　常丹毛冀名　常処女煮手
〔廣瀬本の訓〕
かはかみの　ゆつはのむらに　くさむさず　つねにもがもな　とこをとめにて
『古今集』一〇八八・東歌・みちのくうた
みちのくはいづくはあれどしほがまの浦こぐ舟のつなでかなしも
『拾遺集』一一二六・雑秋・恵慶
おく山にたてらましかばなぎさこぐふな木も今は紅葉しなまし
『堀河院艶書合』一二・肥後
うけひかぬあまの小船のつなで縄たゆとて何か苦しかるらん
『定家名号七十首』四九・名所
つなでひくちかのしほがまくりかへしかなしき世をぞうらみはてつる
『後鳥羽院御集』一〇一〇
しほがまの浦こぐ船のつなで縄くるしき物は浮世なりけり
【余釈】　都から来た貴人が、遠く離れた鄙の地で見慣れぬ海辺の景に感興を催し、そのいっぽうで、海人たちのこの世を過ごす苦しげな営みに、ありはてぬ世であるのにと思い、またひるがえってわが身の運命を思い、この世の無常を観じて嘆く旅愁歌である。

通説のように作者の実朝の体験とは直接結び付けず、観念的に王朝趣味的世界を詠んだ歌として理解しておく。したがって、この海がどこのことかなどという穿鑿はあえてしない。

「かはかみの　ゆつはのむらに　くさむさず　つねにもがもな　とこをとめにて」（『万葉集』二二・吹芡刀自）と「みちのくはいづくはあれどしほがまの浦こぐ舟のつなでかなしも」（『古今集』一〇八八・東歌・陸奥歌）を本歌として、その詞を取り用いて詠んだ歌である。ほかにも本歌とまでは言えまいが、「おく山にたてらましかばなぎさこぐふな木も今は紅葉しなまし」（『拾遺集』一一二六・雑秋・恵慶）や「うけひかぬあまの小船のつなで縄たゆとて何か苦しかるらん」（『堀河院艶書合』一二・肥後）などの歌の詞も繋ぎ合わせるようにして詠んでいる。定家は、実朝のこのような、古歌を継ぎ接ぎしたような歌を高く評価していたのである。それは、『新勅撰集』に入集した実朝の歌が何れもこのような歌であることからも知られる。なお、『新勅撰集』入集の実朝の歌については、片野達郎氏「『金槐和歌集』評釈（一）―『新勅撰和歌集』入集歌の研究―」（『東北大学教養部紀要』昭和56・2）などに詳しい分析がある。

この歌の解釈上の問題点は、まず、「もかも」の語義についてである。現在では、「もがも」と「か」を濁音で読み、願望の意を表すと考えられている。これは『宗祇抄』以来異論を見ない。しかし、定家の時代、必ずしもこの語をそのようには捉えていなかったようである。例えば、定家より少し前の時代、俊頼は「恨躬恥運雑歌百首」として「はがへせぬなげきのもりは冬くれどつねにもかもなとこしなへなり」（『散木奇歌集』一四五五）と詠んでいる。「嘆き」の「き」に「木」を掛けて「木」に擬え、嘆きが尽きないことを「葉替へせぬ」と詠み、その嘆きの頻りなさまを「森」と詠んで、「嘆きは冬が来ようとずっと変わることがない」ということを詠んだ歌である。この歌の「常にもかもな」も、実朝の歌と同じように『万葉集』二二番歌に拠って詠んだものと考えられる。この俊頼の歌の場合、「常にもかもな」の「もかも」を願望「もがも」と解して「いつまでも変わらないものであってほしい」と解釈することはできない。これは「常にとこしなへなり」と類義語を重ねて強調しているのであり、その間に「もかもな」が入り込んでいると解さなければならない。ここに、現在とは異なる、この時代の「常にもかもな」という詞の理解のされ方が知られるのである。ちなみに、『俊頼述懐百首全釈』（歌合・定数歌全釈叢書三、風間書房）は、この俊頼の歌の「もかも」を願望の「もがも」ととっているために、訳に苦心しているようである。

また、定家と同時代の雅経は、「しかのねをねこしやまこしことづてよつまにもかもや秋の夕かぜ」（『明日香井集』三四一）と詠んでいる。この歌は「かひがねをねこし山こし吹く風を人にもがもや事づてやらむ」（『古今集』一〇九八・東歌・甲斐歌）を本歌として詠んでいる。雅経の歌は「秋の夕風は、鹿の声を峰や山を越して伝えよ。その妻に」という意である。この「もかも」も願望「もがも」と解せば「妻にしたいことだ」あるいは「妻であったらなあ」とでもなるのであろうが、それでは意味が通じない。これは倒置になっていて「妻にことづてよ」ということである。したがって、これを願望の「もがも」と解することはできない。おそらく、雅経は『古今集』の「風を人にもかもやことづてやらむ」を「風を使って人に伝言しよう」の意に解していたのであろう。ただし、右の『古今集』甲斐歌の「もかも」を願望の「もがも」とする見解もあった。顕昭は『顕注密勘』に「人にもがもやことづてやらんといふは、かの風を人にてもがな、宮こへ事づてやらんとよめる也。人はみちのまま日かずをへて行に、ただちに山ともいはず、すみやかにこゆべき心也」とし、「もがな」の意に解している。定家はこれについて何も異を唱えていないので、いちおうその見解に従ったのかもしれない。

また、雅経は「春きぬと人にもかもやいはにふれたきの水上こほりとくらし」（『明日香井集』五二九）という歌も詠んでいる。「春が来たと人に言おう。岩にぶつかって急流が流れるが、この水上の氷が解けたようだ」ということである。この歌でも「もかも」は願望の「もがも」にはとれない。「春来ぬと人に」「いは（む）」ということであり、その間に「もかもや」を入れているのである。

それでは、この「もかも」が願望の「もがも」でないとすれば、どのように考えたらよいのであろうか。思い浮かぶものとしては、例えば、「今もかもさきにほふらむ橘のこじまのさきの山吹の花」（『古今集』一二一・春下・よみ人しらず）の「もかも」であろうか。この場合、「も」は係助詞であり、「かも」は詠嘆と見ることができる。「な」も詠嘆である。そのように解するならば、「もかも」と清音で読む必要がある。そして、「常に」と「無き」の間に間投助詞的に「もかもな」が入り込んだものと理解される。そして、「常に」は「無き」に掛かるものと考えられる。

さて、そこで問題となるのは、「無常」を「常に無し」と言ったことに疑問が生じる。「無常」を訓読すれば「常無し」であり、「常に無し」ではない。「常に」と言うのであれば、「常にあらず」でなければならないはずだからである。しかし、この歌では「あらぬ」というべきところを「渚」というために「無き」と言い換えたのであろう。特殊な事情による、やや変則的な言い方だったのではないかと想像される。ちなみに、「無常」を「常に無し」と詠んだ例としては、『平家物語』（延慶本）に「つねになき浮世の中にさき初めてとまらぬ花や吾が身なるらむ」（「惟盛粉河詣給事」・惟盛）の例がある。作品の成立の面から純粋にこの時代の語例とできるかどうかという問題もあるが、挙げておく。なお、このような「無し」は、補助用言的な用法ということになるが、このような用法は、『日本国語大辞典』（第二版、小学館）にも、稀にではあるが平安時代の作品に見られることが指摘され、散文の用例が挙げられている。歌の例としては、形容詞や「べし」に付く例として「名をあげてほめもそしらじ法をただおほくもとかじすくなくもなし」（『赤染衛門集』四四〇）、「冬ふかみ難波の舟はかよはじなあしまの氷とくべくもなし」（『堀河百首』一〇〇四・永縁）、「たづねつる花みる程もいかにこは春の心はのどけくもなき」（『別雷社歌合』一一六・安性）、「冬くれどさびしくもなし霜やたびおけどもかれぬ竹をともにて」（『拾玉集』九六二）、「とはるるもうれしくもなしこの海をわたらぬ人のなげのなさけは」（『後鳥羽院遠島百首』七九）などがある。形容動詞の連用形に付く例は、少し時代が下るが、「それかとはおもひなせども郭公よそ雲〈本ノママ〉井はさだかにもなし」（『沙弥蓮愉集』一五一）、「船とむる湊の浪のよるの夢うきねなればやさだかにもなき」（『続後拾遺集』五七二・羇旅・為世）などがある。

この歌が述懐的色合いの濃いものであることは、『百人一首必携』（學燈社、久保田淳氏「百人一首を味わう」）に指摘があるように、『金槐集』定家所伝本で「雑」部に入り、その配列が次のようになっていることからも明らかである。

あし

なにはがたうきふししげきあしのはにおきたるつゆのあはれよの中（六〇三）

舟

世中はつねにもかもななぎさこぐあまのをぶねのつなてかなしも（六〇四）

ちどり

あさぼらけあとなきなみになくちどりあなことことしあはれいつまで（六〇五）

つる

さはべよりくもゐにかよふあしたづもうきことあれやねのみなくらむ（六〇六）

決して海辺の風景を愛でているわけではない。前後の歌は、「蘆」「千鳥」「鶴」に寄せて、世の中のつらさやはかなさを詠んだものである。したがって、この「世の中は」の歌もそのような歌として理解しなければならない。定家は、この歌を『新勅撰集』に入集する際に「羇旅」部に入れており、海辺を旅する人の心情を詠んだ歌の中に置いているので、基本的には旅の歌として理解する必要がある。しかし、やはり述懐的色合いの濃い歌であることに変わりはない。

それでは、作者はどのようなことから世の中の無常を観じたのであろうか。それは、「海人の小舟の綱手」である。右の『金槐集』の「千鳥」や「鶴」の歌では、千鳥や鶴の心情を忖度していた。おそらくこの歌でも海人の心情を汲んで詠んでいるのではないかと思われる。実朝には、身分の賤しい者の心を思いやって詠んだ歌として、「すみをやく人の心もあはれなりさてもこの世をすぐるならひは」（『金槐集』三八九）という一首もある。あるいは、心情を汲むまではいかなくとも、「綱手」を引くことを海人たちのいかにも苦しげな営みとして捉えていたものと思われる。「綱手」を引く行為を「苦し」と詠むことは、「河ぶねののぼりわづらふ綱手なはくるしくてのみ世をわたるかな」（『新古今集』一七七五・雑下・頼輔）などがある。もちろん、詞の技巧として「綱」の縁語で「繰る」を重ねるということもあろうが、「苦し」と関連づけて詠まれることが多い。「しほがまの浦こぐ船のつなで縄くるしき物は浮世なりけり」（『後鳥羽院御集』一〇一〇）などもその例である。この後鳥羽院の歌も実朝の歌の場合と同じく、『古今集』一〇八八番の陸奥歌を本歌としている。海人たちの引く舟の「綱手」をどのように感じていたかが明確に表れている。

したがって、実朝のこの歌の場合もそのように解すべきである。海人たちの「綱手」を引く苦しそうな営みを見て、ありはてぬこの世であるのにと、しみじみこの世の無常を観じたのである。

定家は「かなし」の語義について、語釈項にも記したように、『顕注密勘』で「まことに悲嘆にはあらず、おもしろしもと云やうなる詞也。あはれにも、うらがなしくもと侍、尤叶二愚意一」としている。「まことに悲嘆にはあらず」とは言っているが、「悲嘆」の意を否定しているわけではない。「悲嘆」の意ばかりではないと言っているのであり、そこには「おもしろし」の意も含まれていると言っているのである。それゆえに「あはれにも、うらがなしくもと侍、尤叶二愚意一」としているのである。

定家にも「つなでひくちかのしほがまくりかへしかなしき世をぞうらみはてつる」（『定家名号七十首』四九）という歌がある。これも『古今集』一〇八八番の陸奥歌を本歌としている。「綱手」の縁で「繰り返し」と言っているのであるが、それを引くつらさや苦しさを感じて、「かなしき世」と言っているのである。「かなし」の語義は「綱手」については「悲嘆」の意だけではなく「おもしろし」の意も含むが、「かなしき世」と続く詞の意味としては「悲嘆」の意に用いている。

前著『新勅撰和歌集全釈』（風間書房）での解釈を改めた。前著では、「もかも」を従来どおり願望の「もがも」と解していた。無常であることを嘆くのは当然理解できるが、世の中が不変であることを願うというのは、どうもすっきりしていなかった。これを今回は「もかもな」を間投助詞的な語と捉えなおした。これによって、世の中が不変であることを願うということの不自然さが解消したかと思う。

また、前著では、初句二句と第三句以下の句との間に生じる溝を必ずしも十分に埋めることができていなかった。今回は「綱手」に海人たちの苦しさやつらさを読み取ることで、それを補足できたかと思う。

実朝の歌は、八代集にはないので、『新勅撰集』から選んだ。『新勅撰集』に実朝の歌は二五首も入集しているのだが、この「世の中は」の歌を『百人一首』に選んだ理由はどこにあったのであろうか。『万葉集』や『古今集』の古歌の詞を取り用いて詠んでいる点などが定家の好尚に適ったものであったということは当然あるであろうが、これもやはり『百人秀歌』での配列が選歌理由として考えられる。『百人秀歌』において、実朝の歌は定家の「来ぬ人をまつほの浦の夕なぎに焼くや藻塩の身も焦がれつつ」との関係で選ばれたものと考えられる。どちらも浦の海人を詠んでいる点に共通性が認められる。

参議雅経

94

みよしのの山のあきかぜさ夜ふけて故郷さむくころもうつなり

【異同】

〔定家八代抄〕 安永・袖玉・知顕・東急は底本に同じ。

〔百人秀歌〕 底本に同じ。

〔百人一首〕 為家・栄雅・兼載・守理・龍谷・応永・古活・長享・頼常・頼孝・経厚・上條は底本に同じ。

〔小倉色紙〕 底本に同じ。（集古・太陽・墨）※当該歌の「小倉色紙」は二枚伝わり、集古と太陽は別物。墨には二枚の写真が掲載されている。

【語釈】 ○みよしのの山―吉野山。「み」は接頭語で「吉野」の美称。三一番歌の語釈項を参照のこと。○あきかぜさ夜ふけて―「さ夜」は五九番歌の語釈項を参照のこと。「ふけて」は「さ夜」がであるが、同時に「秋風」が「さ夜ふけて」でもある。これは「風ふけて」の変形であろう。秋風がいかにも夜更けを感じさせるように冷ややかに吹くさまをいう。「くれ竹にすぐるあきかぜさよふけてまつるほどにやほしあひのそら」（『六百番歌合』三一五・兼宗）、「すみよしのまつに秋風さ夜更けて空よりをちに月ぞさやけき」（『老若五十首歌合』二三六・後鳥羽院）などの例がある。この雅経の歌は建仁二年（１２０２）八月に詠まれたものなので、両歌とも詠歌年次は雅経の歌よりもわずかに早い。なお、「風ふけて」という表現は、近年の新奇な表現の一つとして『無名抄』

「近代歌体」に取り上げられている。定家の「さむしろや待つよの秋の風ふけて月をかたしく宇治の橋姫」（『新古今集』四二〇・秋上）という歌が早い例であろうか。定家の歌は建久元年（１１９０）「花月百首」での詠である。その後、建久四年（１１９３）頃成立の『六百番歌合』で慈円が「おもひかぬる夜はのたもとに風ふけて涙のかはに千鳥鳴くなり」（『六百番歌合』一〇五二）と詠んでいる。この「風ふけて」については、歌合の場で問題とされていないばかりか、判詞に俊成は「夜はの袂に風ふけてといひ、涙の川に千鳥鳴くなりといへる、すがた詞共に宜しく聞ゆ」としている。○**故郷**―ここでは、「昔、宮殿があって栄えていたが、今はすっかりさびれてしまっている地」の意。顕昭は『顕注密勘』で『古今集』三二一番歌の注に「此ふる里とよめるは、吉野の宮也。ふる里のならの都とよむがごとし」とし、『古今集注』にも「吉野離宮ありしよりのち如レ此読也」としている。定家も特に異を唱えていないので、これに従っていたものと思われる。○**さむく**―上から「ふるさと寒く」と受けて「ふるさと」の述語になっている。それと同時に、下へ修飾語として「寒く衣打つなり」と続き、砧の音が寒々と聞こえるということを言っている。余釈項を参照のこと。○**ころもうつなり**―「ころもうつ」は「擣衣」のこと。布に光沢を出したり、布に付けてある糊を柔らかくしたりするために、布を石の台（砧）にのせて木槌で打つこと。「さ夜ふかくきぬたにあたるつちの音のしげきや誰か衣うつらん」（『堀河百首』八〇三・国信）。冬支度である。鄙びた里の晩秋の夜の景物。離れた所にいる夫をその妻が思いながら、夫のために冬の衣服を準備すること。漢詩に詠まれ、和歌にも取り入れられた。『八雲御抄』「衣食部・絹」に「擣衣は八月十五日夜始打也。其以前不レ詠。各可レ詠有二何難一歟。源氏にも、八月十よ日に、きぬたのおとといへり。十よ日は十日あまり也。是多は衣也」とする。砧の音は「さびし」と捉えられ、「松かぜのおとだに秋はさびしきに衣うつなり玉川のさと」（『千載集』三四〇・秋下・俊頼）と詠まれ、定家も「さびしやな明石の月に秋くれて波のこなたに衣うつこゑ」（『玄玉集』一九六）、「さびしさをまたうちそふる衣かなおとをねざめの友ときけども」（『拾遺愚草員外』七二二）などと詠んでいる。「なり」は推定の助動詞。八番歌の語釈項を参照のこと。

【通釈】　吉野山の秋風は、宵が過ぎ、夜が更けたことを感じさせ、古里は寒々として、衣を打つようであるよ。その音が寒々と聞こえてくる。

【出典】『新古今集』四八三・秋下・「擣衣の心を　藤原雅経」。

【参考】『定家八代抄』三八一・秋下・「(題しらず)　雅経朝臣」。『百人秀歌』九七。『明日香井和歌集』三四四・(詠百首和歌建仁二年八月廿五日)・(秋)。

《参考歌》

『古今集』三二五・冬・是則

みよしのの山の白雪つもるらしふるさとさむくなりまさるなり

『新古今集』五四一・秋下・人麿

あすかがは紅葉ばながるかづらきの山の秋かぜ吹きぞしくらし

『明日香井和歌集』一二七三

秋ふかきよしののさとのかはかぜにいはなみはやくうつころもかな

【余釈】　吉野山の秋風はいかにも夜更けを感じさせるように寒々と吹きおろし、その麓の里からは衣を打つ音が寒々と聞こえてくる、ということである。

「みよしのの山の白雪つもるらしふるさとさむくなりまさるなり」(『古今集』三二五・冬・是則)を本歌として、その詞を取り用いた一首である。季節は冬を秋に、主題は「雪」を「擣衣」に換えて詠んだ。本歌から多くの詞を取り、しかもその詞を本歌と同じ位置に詠み据えたが、まったく別の歌に生まれ変わっている。吉野の里に「擣衣」を詠んだのも、この歌が初めてのことである。第二句の「山の秋風」も、人麿の「あすかがは紅葉ばながるかづらきの山の秋かぜ吹きぞしくらし」(『新古今集』五四一・秋下)に拠ったものかと思われる。「秋風さ夜更けて」も語釈項に示したように当時詠まれていた詞なので、それを繋ぎ合わせて、結句に「衣打つなり」という何でもないような詞を付けただけなのであるが、全体としてはみごとな一首に仕上がっており、不思議な感じさえする。

解釈上の問題点としては、第四句の「寒く」について、何が寒いのかということがある。『うひまなび』は「古今のふるさとさむく成まさる也てふ言を用ゐたれど、是には砧の声の寒きといふ成べし」として、砧の声が寒いとした。これに対して『百首異見』は「さらでもある三よし野の山の秋風更わたりて、故郷人も寒きに堪ずや衣うつ音す也といへり」と訳して、「こはやはり本歌の意のごとく故郷寒き也。小夜更ておろすあらしに故郷さむくして衣打也といふなれば、里人の夜寒を思ひやれりと見るべし」とし、ふるさとが寒いとした。ただし「只声の寒きとのみはきくべからず。聞人のさむきはさる中にこもれり」としており、砧の声が寒いということも完全に否定しているわけではないようである。近代の注釈書は、この両説の何れかに拠っている。そして、鈴木知太郎氏・藤田朝枝氏『小倉百人一首—解釋と鑑賞—』（東寶書房）に「「寒く」は、「ふるさと」の述語で、旧都のわびしさをあらはすと共に、また下の「うつ」にもひびかせて、里人が砧で衣を打つ、その音が風に乗つて、さむざむと聞えて来ることの意にも用ゐてある」とするあたりから、ふるさとと砧の音両方が寒いとする説が通説化していき、現在に至っている。

この通説は従ってよいと思われるが、以下に少し補足しておきたいと思う。

まず、「ふるさと寒く」は問題がないとして、「寒く衣打つなり」で砧の音が寒々と聞こえてくるという意になるかということについてである。砧の音を「寒し」と詠むことが当時あったかということであるが、これについては現在までのところ管見に入らない。しかし、「冴ゆ」と詠まれることはしばしばあった。例えば、「さえまさる秋のころもをうちわびて人まつ虫もこゑよわるなり」（『正治初度百首』一一五五・俊成）、「月影に衣しでうつおとさえて鹿なきかはす秋の山里」（『拾玉集』五三八）、「さえのぼるひびきや空にふけぬらん月の都も衣うつなり」（『壬二集』二四六〇）、「さえまさるひびきをそへてうつ衣かさなる夜半に秋やくるらん」（『拾遺愚草』二四〇四）などのようにである。このように詠まれていたことから考えて、「寒く衣打つなり」とあれば、砧の寒々とした音をそこに読み取っていた、という推測は成り立つのではなかろうか。

また、雅経は、「秋ふかきよしののさとのかはかぜにいはなみはやくうつころもかな」（『明日香井集』一一七三）とも詠んでいる。この歌の「はやく」も、「岩波」が「はやく」であるとともに、「はやく」「打つ衣かな」でもある。「はやく打つ」は「しで打つ」

ということであろう。「しで打つ」は『八雲御抄』に「しげくうつ也」とする。右に挙げた『拾玉集』五三八番にも見えるが、古くは「さよふけてころもしでうつこゑきけばいそがぬ人もねられざりけり」（『後拾遺集』三三六・秋上・伊勢大輔）に見える。そこから類推して、「ふるさと寒く衣打つなり」もこれと同様の詞の続け方と考えてよいのではないかと考えられる。

さて、「ふるさと寒く衣打つなり」の詞続きについては、右に述べたとおり、通説は支持できる。ただし、寒いということと衣を打つということは、因果関係によって結ばれて歌には詠まれる。例えば、「野となれば秋の嵐をさむしとや衣うつなりふか草の里」（『俊成五社百首』二五一）、「吹きおろす比良の山風夜やさむきみつの浜人衣うつなり」（『俊成五社百首』四五一）、「門田ふく稲葉の風や寒からんあしの丸屋に衣うつなり」『壬二集』一六六九）、「ややさむき生田の杜の秋風にたへぬさと人衣うつなり」（『壬二集』一七一九）、「いなば山松のあらしや寒からむ秋のふもとにころもうつなり」（『後鳥羽院御集』八三三）などの例によっても知られる。定家も「河風によわたる月のさむければやそうぢ人も衣うつなり」（『拾遺愚草』二三二一）と詠んでいる。この雅経の歌では因果関係を示す語が用いられてはいないので、それを解釈のうえで表に出すのは憚られるが、そのような含みで理解してよいと思われる。『百首異見』の「里人の夜寒を思ひやれりと見るべし」とし、「故郷人も寒きに堪ずや衣うつ音す也といへり」とするのも、そのような面から言えば、正しく捉えていると言えるわけである。

雅経は、『新古今集』の撰者の一人であり、『新古今集』には二二首の歌が入集している。しかし、定家は『定家八代抄』にこのうちの四首しか選んでいない。この「みよしのの」の歌はその四首の中の一首である。すでに指摘されているように、『新古今集』の撰者名注記に拠れば、『新古今集』撰進の時点では定家はこの歌を選ばなかったことが知られる。ところが、『定家八代抄』に選んだということは、その後この歌を高く評価するようになったということである。

さて、定家は『定家八代抄』に雅経の歌を四首しか選んでいないのであるが、歌人としての評価が決して低かったわけではないことは、『新勅撰集』に二〇首も入集させていることからも知られる。しかし、その『新勅撰集』入集歌のほとんどは『新古今集』成立後に詠んだ歌である。後鳥羽院も『時代不同歌合』に雅経の歌を『新古今集』から一首も選んでおらず、『新古今集』成立後の歌を選んでおり、三首中二首が『新勅撰集』入集歌と重なる。定家も後鳥羽院も『新古今集』後の歌を高く評価していたと言えそうである。

もしも定家が純粋に雅経の代表的秀歌を一首選んだとすれば、あるいは『新勅撰集』中の一首を選んだかもしれない。しかし、『百人一首』を撰ぶ時点で雅経はすでに没していたので『定家八代抄』から撰ぶことになったのであろう。おそらく、『百人秀歌』で選歌する際に、良経の「きりぎりす鳴くや霜夜のさむしろに衣片敷きひとりかも寝む」の歌との関連で選ばれたのであろう。漢詩を原拠とし、『古今集』の歌を本歌として、季節は晩秋で「衣」「寒し」などの語も共通している。

95

前大僧正慈鎮

おほけなくうき世の民におほふ哉我たつそまにすみぞめのそで

【異同】

〔定家八代抄〕　おほけなく―おふけなく（袖玉）―安永・知顕・東急は底本に同じ。

〔百人秀歌〕　そまに―そまの（「の」をミセケチにして右に別筆で「に」と傍書）

〔百人一首〕　そまに―そまの（為家・応永）―栄雅・兼載・守理・龍谷・古活・長享・頼常・頼孝・経厚・上條は底本に同じ。

【語釈】　**○前大僧正慈鎮**―慈円は『新勅撰集』までは「前大僧正慈円」、『続後撰集』以後は「前大僧正慈鎮」と位置される。**○おほけなく**―身のほどをわきまえないさま。分不相応なさま。「風をまつ草葉の露をおほけなく蓮の上にやどれとぞ思ふ」（『堀河百首』一五七〇・匡房）。**○うき世の民**―「うき世」は「憂き世」で、つらく厭わしいこの世のこと。「民」は、仏教で言う「衆生」を歌の語として言ったもの。**○おほふ**―袖によって覆うということは、守るということの表現。ここでは、天台の法力によって、つらいこの世の苦しみから民を守るということ。『法華経』「法師品」に「如来滅後。其能書持。読誦供養。為他人説者。如来則為。以衣覆之。又為他方。現在諸仏。之所護念」とある。「おほぞらにおほふばかりの袖もがな春さく花を風にまかせじ」（『後撰集』六四・春中・よみ人しらず）、「かひありなきみがみそでにおほはれて心にあはぬこともなきよは」（『山家集』一一九七）。○我たつそま―最澄が比叡山に根本中堂を建立した時に詠んだとされる歌（参考項を参照）に拠り、比叡山延暦寺のことをいう。島津忠夫氏『百人一首』（角川文庫）に「慈円は「わが立つ杣」という言葉を何度も用いてよみ、この語が比叡山の別称になっていく上に、大きく関与しているもののようである」と指摘する。○すみぞめのそで―「墨染」は喪服もしくは法衣のことであるが、ここでは後者のこと。それに「住み初め」を掛けた。「佗びぬればくものよそよそ墨染の衣のすそぞ露けかりける」（『多武峰少将物語』三五）。「住み初む」の例としては、「すみそむるすゑの心の見ゆるかなみぎはの松のかげをうつせば」（『拾遺集』一一七五・雑賀・公任）、「なにはづに心ありてや住みそめし春のけしきをみつのうら人」（『壬二集』一八四六）などがある。

【通釈】身のほどもわきまえず、つらいこの世の民に覆いかけることであるよ。比叡山に住み始めた墨染の袖よ。

【出典】『千載集』一一三七・雑中・「題不知　法印慈円」。

【参考】『定家八代抄』一七一〇・雑下・「題不知　前大僧正慈円」。『百人秀歌』九六。『時代不同歌合』三四。『慈鎮和尚自歌合』四・二番右・第四句「わがたつ杣の」。左歌は「志賀の浦にいつつの色の浪たててあまくだりけるいにしへの跡」・判詞（俊成）「此右の歌はじめの五文字より心おほきにこもりて末の句までいみじくをかしく侍るを、左の志がの浦の浪の色殊に身にしむ心地していにしへの跡なほたちまさるべくや侍らん」。『拾玉集』四九九・日吉百首和歌・雑。

《参考歌》

『新古今集』一九二〇・釈教・最澄（『和漢朗詠集』六〇二・仏事）

　阿耨多羅三藐三菩提のほとけたち我が立つ杣に冥加有らせ給へ

『秋篠月清集』一三一一

おほふべきそでこそなければよの中にまづしきたみのさむきよなよな

【余釈】 身のほどもわきまえず、比叡山に住み始めたばかりの法衣の袖を、つらいこの世の民に覆いかけ、民を苦しみから守ることだ、ということである。

法力によって、つらいこの世に苦しむ衆生を救いたいとする、大きな慈悲心に満ちた歌であり、比叡山に住む者の使命感がよく表れている。衆生を救うことは、本来、仏のすることである。また、開祖伝教大師最澄がしたことである。それで「おほけなく」と言っているのである。比叡山に住み始めたのは、自分自身の悟りが望みなのではなく、大師のように、この世の衆生を救うためだということである。入山して間もない頃の初々しさが感じられる。経典の「以衣覆之」に発想を得ながら、和歌に詠まれる「袖を覆ふ」という表現によって、衆生を苦しみから守ることを詠んだところに一首の趣向がある。

解釈の上では、「墨染」が掛詞になっているかどうかという問題がある。また、掛詞になっているとした場合、「住み」が掛かっているのか、それとも「住み初め」が掛かっているのかという点でも説が分かれている。

まず、掛詞になっていることを否定するものとしては、『幽斎抄』『雑談』などがある。『幽斎抄』は「墨染の袖を住の字の心にあながちにみるはわろし」とし、『雑談』は「墨染を住初ときくべからず」としている。しかし、何れもその理由については述べられていない。

本文の問題として、異同項に示したように、「わがたつ杣の墨染の袖」とする伝本もあるが、これならば掛詞にはならない。しかし、『百人一首』の本文としては、やはり「わがたつ杣に」をとるべきであろう。そうであるとすれば、詞の繋がりから見て、掛詞と考えざるを得ない。『百首異見』などは「墨染に住の意をかけられたるに、中中ことわりせまりて、さはやかならざる也。わがたつ杣の墨染の袖など、猶いかにも事なく有たき所也」と不満を述べている。

次に、掛詞であるとすれば、「住み」だけなのか、「住み初め」までなのか、見解が分かれるところである。この掛詞は判断が難しく、「あしひきの山べに今はすみぞめの衣の袖はひる時もなし」(『古今集』八四四・哀傷・よみ人しらず)などでも注釈書によって解釈が分かれている。

「住み初め」説を否定する、もしくは躊躇させる理由として考えられるのは、この歌の詠歌年次である。慈円が比叡山に入ったのは、永万元年（1165）一一歳の時であり、出家したのは仁安二年（1167）一三歳の時である。住み始めたのと出家して墨染の衣を身につけた時期がずれている。そのうえ、この歌がその頃詠まれた歌とは考えにくいということである。『拾玉集』に拠れば、この歌は「日吉百首和歌」の中の一首であり、一一歳、あるいは一三歳頃に詠んだとは考えられない。そこで、「住み初め」説を否定するか、あるいは、その整合性を保とうとするために、「住み初め」ではなく、「住みつく」意の「住み染め」であるとする桑田明氏『義趣討究　小倉百人一首釈賞』（風間書房）の説もある。

詠歌年次ということでは、この歌は文治四年（1188）成立の『千載集』に入集しているので、少なくともそれ以前の作ということになる。慈円が初めて天台座主になるのが建久三年（1192）であるから、天台座主として詠んだのではないということになる。このことにより、『幽斎抄』のように天台座主の立場で詠んだものとする解釈は現在では否定されている。

さて、それでは、定家はどのように理解していたのであろうか。『定家八代抄』では「雑下」に入れられ、次のように配列されている。

（題不知）　　　　　　　　　　守覚法親王
跡たえて世をのがるべき道なれや岩さへ苔の衣きてけり（一七〇七）
　　　　　　　　　　　　　　皇太后宮大夫俊成
世の中よ道こそなけれ思ひいる山のおくにもしかぞなくなる（一七〇八）
住吉社歌合に　　　　　　　　院御製
おく山のおどろが下も踏分けて道ある世とぞ人にしらせん（一七〇九）
題不知　　　　　　　　　　　前大僧正慈円
95　おほけなくうき世の民におほふ哉我たつそまにすみぞめのそで

おほけなくうき世の民におほふかなわが立つ杣に墨染の袖（一七一〇）

寂蓮法し

さびしさにうき世をかへてしのばずはひとり聞くべき松の風かは（一七一一）

西行法し

霜さゆる庭の木葉をふみ分けて月はみるやと問ふ人もがな（一七一二）

慈円の歌の前三首は、山に入っていく内容の歌である。そして、慈円の後に続く歌は、山に入って住み始めた頃の寂しさを詠んだ歌である。このことから、定家は「住み初め」と理解していたのではないかと思われる。現代のように厳密に史実と突き合わせることもなく、入山して間もない若い頃の歌と捉えていたのであろう。「住み初め」と解すと、初句の「おほけなく」は謙辞というよりは、正直な言葉だったのではないかと感じられる。

なお、この歌は、慈円の甥の良経が『慈鎮和尚自歌合』に選んでいる。その良経の歌に「おほふべきそでこそなけれよの中にまづしきたみのさむきよなよな」（『秋篠月清集』一三一一）という歌がある。この良経の歌がいつ詠まれたのかは明らかではないが、建久九年（１１９８）五月成立の『後京極殿御自歌合』に選ばれているので、それ以前であることは確かである。おそらく、慈円のこの歌の影響下に詠まれたのであろう。慈円の歌に応ずるかのような歌であるが、慈円の歌が宗教者の歌であるとすれば、良経の歌は為政者の立場で詠んだものということになろう。

この「おほけなく」の歌は、『千載集』に入集し、『慈鎮和尚自歌合』に選ばれ、『時代不同歌合』にも選ばれていて、慈円の代表的秀歌であったと考えられる。しかし、慈円にはもう一首、「ねがはくはしばしやみぢにやすらひてかかげやせまし法のともし火」（『新古今集』一九三一・釈教）という歌がある。こちらも『新古今集』のほか、『慈鎮和尚自歌合』『時代不同歌合』に選ばれており、代表的秀歌と言い得る。

どちらも『定家八代抄』に選ばれており、歌の趣旨もよく似ている。どちらの歌を『百人一首』に選んでも不思議はなかったはずである。しかし、定家はこの「おほけなく」の歌を選んだ。これもおそらく、『百人秀歌』での配列が関係しているのであろう。『百人秀歌』でこの歌と関連づけられているのは、二条院讃岐の「わが袖は潮干に見えぬ沖の石の人こそ知らね乾く間もなし」である。九二番の余釈項にも述べたが、どちらも「袖」に焦点が当てられているところに共通性が認められるのである。

《第十九グループの配列》

91　きりぎりす鳴くや霜夜のさむしろに衣片敷きひとりかも寝む（良経）
92　わが袖は潮干に見えぬ沖の石の人こそ知らね乾く間もなし（讃岐）
93　世の中は常にもかもななぎさ漕ぐ海人の小舟の綱手かなしも（実朝）
94　み吉野の山の秋風さ夜更けて故郷寒く衣打つなり（雅経）
95　おほけなく憂き世の民におほふかなわが立つ杣にすみぞめの袖（慈円）

この第十九グループは、『新古今集』成立後、『百人一首』成立以前に没した歌人の歌を、歌人の没年の早い順に配列したものと見られる。

詞の上からは、九一番良経の「衣片敷きひとりかも寝む」を「恋」に取りなして、九二番讃岐の「わが袖は」「人こそ知らね乾く間もなし」で受ける。九二番讃岐の「潮干に見えぬ沖の石」を、九三番実朝の「なぎさ漕ぐ海人の小舟」と海辺の景で受ける。それを九四番雅経の「み吉野の山」と山辺の景に転じる。そして、それをさらに九五番慈円の「わが立つ杣」で受け

95　おほけなくうき世の民におほふ哉我たつそまにすみぞめのそで

る。また、九三番の「海人の小舟の綱手」と九四番「衣打つ」を、九五番「憂き世の民」で受ける。
『改観抄』は、九一番良経の歌の注に「此御歌をここにおかるるは、前後恋の歌なるに、これも恋の心あればなるべし。又、ひたつづきに女の歌のみならんも、あながちにあれば、隔つる心も有べし。又、此摂政殿をば天性不思議の作者にておはしますよし、此撰者の思ひたまへれば、前後をはなれて、女の中におかるる歟」としている。また、九三番の注に「右二首、海辺をよめるを一類とす。又、讃岐は頼政の女なれば、男女殊なれど、源氏にて武家なるをもてつらぬる歟」とする。九四番の注には「実朝公の歌につらぬるは、共に撰者の門弟にて、同じく本歌を能取てよめる心歟」とする。そして、九五番の注には「右、鎌倉右大臣よりこのかた三人は、歌のやうはかはりたれど、ともにおほきらかによむ人々なればつづけられたる歟」としている。

96

入道前太政大臣

花さそふあらしの庭の雪ならでふりゆく物は我身なりけり

【異同】
〔定家八代抄〕　この歌なし。
〔百人秀歌〕　底本に同じ。
〔百人一首〕　あらしの―あらの（頼孝）―為家・栄雅・兼載・守理・龍谷・応永・古活・長享・頼常・経厚・上條は底本に同じ。
〔小倉色紙〕　底本に同じ。（集古・太陽・墨）※当該歌の「小倉色紙」は二枚伝わり、集古と太陽は別物。墨には二枚の写真が掲載されている。

【語釈】○入道前太政大臣―公経は『新勅撰集』では「入道前太政大臣」、『続後撰集』以後は「西園寺入道前太政大臣」と位署される。○花さそふあらし―花を誘う強い山風。強い山風が花を連れていこうとするのを、このように言った。「嵐」が「花」を「誘ふ」と詠んだ例は、勅撰集では「はなさそふあらしやみねをわたるらんさくらなみよるたにがはのみづ」（『金葉集』五七・春・雅兼）が初出。それ以外では「花さそふ春のあらしは秋風の身にしむよりも哀なりけり」（『和泉式部続集』二一八）が早い例。「風」が「花」を「誘ふ」と詠んだ例は、勅撰集では「吹く風のさそふ物とはしりながらちりぬる花のしひてこひしき」（『後撰集』九一・春下・よみ人しらず）、それ以外では「ひごろへて見れどもあかぬさくら花風のさそはんことのねたさよ」（『人丸集』二八二）が早い例。「あらし」は、山に吹く強い風。二二番歌の語釈項を参照のこと。○庭の雪ならで―庭の雪ではなくて。「ならで」は、それ以外での意。「雪」は「花」を見立てたもの。「花」を「雪」に見立てた表現は、八代集全体で一八例認められる。また、「桜」を「雪」に見立てた表現は、八代集全体で同じく一八例認められる。平安時代の和歌において常套的な表現と言えよう。○ふりゆく―「降りゆく」と「古《ふ》りゆく（年老いてゆく意）」を掛けた。「降る」と「古る」の掛詞は、『八代集掛詞一覧』（風間書房）に八代集全体で五六例挙がっており、常套的な掛詞であった。なお、「雪」について「降りゆく」と詠んだ例として、「しら雪のふりゆく冬もかぞふればわが身にとしのつもるなりけり」（『好忠集』四〇三）、「やまざとはふり行くままにさびしきをあらはす物は庭のしら雪」（『拾玉集』二二六六）などがある。「古りゆく」の意に用いた例としては、「ももちどりさへづる春は物ごとにあらたまれども我ぞふり行く」（『古今集』二八・春上・よみ人しらず）などがある。『童蒙抄』に「ふりゆくとは、年のかさなりて老行といふ也」とする。

【通釈】花を誘う、山の強い風の庭の雪ではなくて、「ふりゆく」ものは、わが身なのであったよ。

【出典】『新勅撰集』一〇五二・雑一・「落花をよみ侍りける　入道前太政大臣」。

【参考】『百人秀歌』一〇一。

《参考歌》

『古今集』三三九・冬・元方

あらたまの年のをはりになるごとに雪もわが身もふりまさりつつ

『新古今集』一四五五・雑上・定家

春をへてみゆきになるる花のかげふり行く身をもあはれとや思ふ

『新勅撰集』一〇二二・恋五・貫之

花ならではななるものはしかすがにあだなる人の心なりけり

『人丸集』二四〇

あしがものさわぐ入江の水ならでよにすみがたき我が身なりけり

『正治初度百首』一一六・惟明親王

花さそふ嵐に春の空さえて枝よりつもる庭のしら雪

【余釈】　強い風が庭に咲く桜の花を誘うように散らし、山里のわが家の庭はその花が雪のように散り積もっているが、さらに次々に降ってくる。その雪ではなくて「ふりゆく」ものは、わが身なのであった。私もいよいよ年老いてゆくことよ、ということである。歌の基本的な骨格は、「～ならで～ものは～なりけり」というかたちになっており、これは「花ならではななるものはしかすがにあだなる人の心なりけり」（『新勅撰集』一〇二二・恋五・貫之）などに学んだものであろう。古今集時代の詠みぶりである。「花誘ふ嵐」も語釈項に示したように先蹤のある表現である。「花」を「雪」に見立てる表現も歌の常套的表現であり、「降る」と「古る」を掛詞にして「雪」と「わが身」を結び付けることも、参考項に示したように『古今集』に見える伝統的な表現と言い得る。

そのいっぽうで、「嵐の庭」は「嵐吹く庭」ということを縮めて言った表現であり、新しい時代の詞の続け方も認められる。『改観抄』は「嵐の庭とある詞、すこし後の連歌めきて聞ゆるにや」と指摘し、『うひまなび』はこれを受けて「実にさること也、定家卿は、かかることをこのみて、山陰や嵐の庵のささ枕ともよまれしなり」と「山かげや嵐のいほのささ枕ふしまちすぎて月もとひこず」(『拾遺愚草』二〇八〇)を引用して補足している。伝統的な歌の詞や表現を用いながら、それらの詞を巧みに繋いで一首を仕立てていると言えよう。

さて、一首の主眼は、「ふりゆくものはわが身なりけり」にあって、わが身の老いを嘆くことにある。それに異論はないと思う。問題は、「花誘ふ嵐の庭の雪」の部分の解釈である。この部分をどのように解釈するのがよいのか。そして、それが老いを嘆く部分とどう関係するのかを考えてみる必要がありそうである。

島津忠夫氏『百人一首』(角川文庫)に「「比類ない栄華を一身に集め、春昼春夜、連々たる豪華な遊宴の中で、ふと感ずる老いの到来。圧縮された『花さそふ嵐の庭の雪』という表現からは、絢爛たる花吹雪がイメージとして浮ぶ。一転してそれを否定し、老を嘆ずる白髪の老人がある。その悲しみ」(井上宗雄氏)の鑑賞に言いつくされている」とし、この鑑賞法は多くの支持を得て、現在では通説となっている。魅力的な鑑賞法ではあるが、いくつかの点で疑問が残る。まず、第一に、「花誘ふ嵐の庭の雪」に「絢爛たる花吹雪のイメージ」が浮かぶであろうか。確かに、花吹雪は美しくはあろうが、「絢爛たる」は美化しすぎていないであろうか。第二に、「比類ない栄華を一身に集め」た作者ではあるが、それをこの歌に重ねてしまってよいものであろうか。第三に、そもそもこの歌は詠歌事情が不明であるのに、栄華をきわめてからの歌であることを前提に論じてよいのであろうか。確かに、老いを嘆く内容なので、ある程度年をとっているものと想像されるが、当時は、若くても老いを嘆く述懐歌を詠んでいる。また、かりに実人生の中での実感を詠んだものであるとしても、承久の乱後の栄華をきわめた時の歌であるとは限らないのではなかろうか。あくまでも鑑賞は自由なので、読み方は読者に任せられるべきものである。不明な点があれば、あとは読者が想像力を発揮してそれを補うというのも正しいと思う。しかし、疑問は疑問として残る。

『宗祇抄』は、「ちりはてたる花の雪は、いたづらなるものなり。はや時過て、人のいかにと見し花なれど、ゆきと成はてては、あはれむ人もなくなれる」と解している。「花の雪」はまったく相手にもされないものとして理解されている。そして、「この雪をきていたづらにふり行物は、我身なりけり」と述べており、「ふりゆく」を「古りゆく」の意にのみとって掛詞とは解さずに、下の句と関係付けているのである。これは「絢爛たる花吹雪のイメージ」とはほど遠い解釈である。

『三奥抄』も、「きのふは庭上の花、今日はあらしの雪とうつりて、もとの盛をみぬごとく、我みのさかりも一旦に変じて老衰の形ちと成たり、と云心也」と解している。これも「あらしの雪とうつりて」とあるように衰えたものとして捉え、それほど美しいものとは捉えていない。

『改観抄』は、『宗祇抄』やそれを継承する『幽斎抄』などの説に対して「上の句を古抄にすでに散しきたる花のやうに釈したるは、かなはず」と否定して、「今めのまへに嵐にさそはるる花の雪とふり行をみて」と解している。『宗祇抄』などの説がすでに散り敷いている花を詠んだものとするのに対して、今眼前に散っているのを詠んだものとしているのである。そして、「樹頭の花とみるほどに庭上の雪とふるに驚きて我身にうつして観ずる心なり」と下の句と関連付けている。このあたりは、『拾穂抄』と同様の解し方である。また、「雪といふにつけて黒髪のかはる色をもそへられたる歟」と『三奥抄』を踏襲する。

『百首異見』も、『改観抄』と同じように、今眼前に散っているのを詠んだものと解している。「一二句の嵐の庭、むげに詞をなさるるより、初句より三句に花さそふ雪ならでとひびく語脈ありて、理りおのづからたじろぎ侍る也。古抄にすでに散しきたる花と見たるも、庭の雪とつらなれるにまどひし也」として、『宗祇抄』などですでに花が散りはてたように解したのも、原因は「嵐の庭の雪」と「庭」を無理に入れて詠んだことにあるとしている。ただし、『改観抄』の「雪といふにつけて黒髪のかはる色をもそへられたる歟」という部分については否定して、「ただふりゆくの語をあはせたるのみ」としており、下の句との関係は「ふりゆく」を掛詞にしただけと解している。

以上のように、近世までの主要な注釈書には、「花誘ふ嵐の庭の雪」の部分に、「絢爛たる花吹雪のイメージ」を読み取ったり、作者の栄華や奢侈という実人生を重ねて理解したりしているものはない。古人が詞からそれを映像化する力が不足していたからだとは考えにくい。むしろ、詞の意味を理解する力がなくなり、映像化を過信する現代人のほうが反省すべきである。それでは、この部分にどのような意味を読み取ったらよいのであろうか。

まず、「嵐」という詞から、花の散るのが都の大きな邸宅ではなく、山里のささやかな庵などを思い浮かべなければならない。『改観抄』に「嵐はいづくに吹まじきにはあらねど、野山などには似つき、庭には似つかぬやうにおぼゆるにや」とする。「嵐」は「野山」にこそふさわしいということである。「嵐」は都の中にも吹かないことはなかろうが、「風」と言わず、あえて「嵐」と言っているということは、単に強い風であることを言っているだけではなく、吹いている場所をも暗示しているものと見られる。つまり、この「庭」は山里などに住む人の家の「庭」と考えるべきであろう。このように考えれば、『改観抄』のように「野山」と「庭」を対立させる必要はない。山里や古里の家の庭を詠んだ歌としては、「花のみなちりてののちぞ山ざとのはらはぬ庭はみるべかりける」(『千載集』一〇一・春下・俊実)、「山ざとのにはより外のみちもがな花ちりぬやと人もこそとへ」(『新古今集』一二七・春下・越前)、「さとはあれぬ庭の桜もふりはててたそかれ時をとふ人もなし」(『拾遺愚草』一五一五)などがある。「けさ見ればよはのあらしにちりはててにはこそはなのさかりなりけれ」(『金葉集』五八・春・実能)なども それとは示されていないが、山里あるいは古里の庭であろう。ちなみに、『金葉集』でこの歌の前に置かれている歌は、「はなさそふあらしやみねをわたるらんさくらなみよるたにがはのみづ」(『金葉集』五七・春・雅兼)である。こうしたことを考え合わせると、公経の歌の場合も、都の邸宅の広い庭を想定するのはふさわしくないように思われる。また、山里と言っても、西園寺殿などの豪壮な邸を考えるのも適当ではないであろう。人の訪れも稀な山里の庵などを考えるべきかと思われる。

次に、「庭」という詞によって、先述の『百首異見』の指摘のように、花が散り積もっていることが表されていると見られる。例えば、「庭の雪」は、「まつ人のいまもきたらばいかがせむふままくをしきにはの雪かな」(『詞花集』一五八・冬・和泉式部)、「けふはもし君もや問ふとながむれどまだ跡もなき庭の雪かな」(『新古今集』六六四・冬・俊成)などのように、足跡のつかない、訪われることのないことを詠むことが多い。また、「庭」に花が散ることを詠む場合にも、散り敷いたのを詠むことが多い。古注に花が散り果て、散り敷いたのを詠んでいると解していたのも、この「庭」の語のためである。そうであるならば、これもやはり「庭」とあえて言っているのであるから、散り敷いているのを詠んだと考えるのが適当であろうと思われる。

しかし、いっぽう、「ふりゆく」と言っているので、これは次々に降ってくるということであり、『改観抄』に言うように、今眼前に散っていると見なければならない。「降りゆく」という語があるので、「降り」だけが掛かっているとするのは無理であろう。そうであるならば、庭には花が一面に散り敷き、今も次々に散ってくると解さざるを得ないであろう。

最後に、「花誘ふ嵐の庭の雪」の部分と「ふりゆくものはわが身なりけり」が意味的にどのように関係しているかについて考えてみる。

まず、「ふりゆく」の部分は、「降りゆく」と「古りゆく」が掛詞になっていることは間違いないであろう。「花」が盛りを過ぎて「古りゆく」の意は成り立たないと考える。「花」については「降りゆく」であり、「わが身」については「古りゆく」である。「花」について「散りゆく」と言わなかったのは、「雪」に見立てたからである。

そして、右に述べたように、「花誘ふ嵐の庭の雪」には、山里などに侘び住まいをする詠歌主体が想定された。そして、その詠歌主体は老いを嘆いている。そこから考えられることは、この詠歌主体は、世の中から完全に離れ、出家してしまっているわけではないということである。なぜならば、この世のことをもはや考えないならば、老いを嘆くこともないからである。老いを嘆くということは、この世に執着があるということである。一時山里などに身を置いて、その庭に散り積む花の雪を見ながら、年老いてしまったことを嘆き、不遇を託つという内容の歌と見るのが妥当であろう。

作品と作者の実人生は安易に結び付けるべきではないと考えるが、承久の乱以後、栄耀栄華をきわめた公経ではあったが、『公卿補任』に拠れば、承元元年（１２０７）に三七歳で権大納言となってから建保六年（１２１８）四八歳まで権官に止まり、承久三年（１２２１）承久の乱の五一歳の時まで大納言のままの時期があったことも付記しておく。この間、九条良輔・道家、近衛家通といった権門の子息は正官を経ずに内大臣に昇進し、若い藤原公房、兼基らも正官に就き、同じ年に権大納言になって自分と同じように権官に止まっていた源通光も年齢は一六歳も若かった。そして、同時に正官に就いたが、通光は翌年には内大臣に昇進している。

また、ちなみに、この歌との影響関係が指摘されている「春をへてみゆきになるる花のかげふり行く身をもあはれとや思ふ」（『新古今集』一四五五・雑上）という定家の歌も、その詞書に「近衛づかさにて年ひさしくなりて後、うへのをのこども、大内の花見にまかれりけるによめる」とあり、一四年間左近衛次将に止まった時の不遇を嘆いた歌である。『新勅撰集』でも、この公経の歌の次には、「閑居花といへる心をよみ侍りける」という詞書で、兼宗の「いとどしく花はゆきとぞふるさとの庭のこけぢはあとたえにける」（一〇五三）という歌が置かれている。定家も右のようにこの歌を解していた可能性が高い。

なお、前著『新勅撰和歌集全釈』（風間書房）においては、「『評注』は「嵐は庭にはいかがとおぼゆる言なり」とする。確かに「嵐」は山などに詠むのがふさわしいと考えられるが、作者公経の邸宅西園寺であるとすれば、むしろよく適っていると思われる」としたが、右のように解釈を少し改めたいと思う。それにより、栄華をきわめながら老いを嘆くというところに、述懐歌として何か不自然さを感じていたが、それが解消した。

公経の歌は、『新古今集』に一〇首入集している。しかし、定家は『定家八代抄』にはこのうちの一首しか選んでいない。ところが、『新勅撰集』には三〇首もの歌を入集させている。ここには政治的配慮も働いていようが、その歌を高く評価していたからであろう。『百人一首』に選んでいることもその証左となる。『定家八代抄』に選んだ一首を選ばず、『新勅撰集』の歌を選んだのは、『百人一首』成立時に公経はまだ生存していたからだと推察される。そして、この「花誘ふ」の歌を選んだ理由としては、この歌が『百人秀歌』において「風そよぐ」の歌と関連させていたことが考えられる。「風」と「嵐」の共通性ということである。

97

権中納言定家

こぬ人をまつほのうらの夕なぎにやくやもしほの身もこがれつつ

【異同】

〔定家八代抄〕この歌なし。

〔百人秀歌〕底本に同じ。

〔百人一首〕まつほ—まつを（古活）—松帆（龍谷）—為家・栄雅・兼載・守理・応永・長享・頼常・頼孝・経厚・上條は底本に同じ。こかれ—これ（上條）—為家・栄雅・兼載・守理・龍谷・応永・古活・長享・頼常・頼孝・経厚は底本に同じ。

〔小倉色紙〕底本に同じ。（集古・定家様）

【語釈】○権中納言定家—定家は『新勅撰集』では「権中納言定家」、『続後撰集』以後は「前中納言定家」と位置される。○こぬ人をまつ—約束しながら久しく訪れのない相手を待つ。「こぬ人をまつゆふぐれの秋風はいかにふけばかわびしかるらむ」（『古今集』七七七・恋五・よみ人しらず）。ここでは「待つ」を「松帆の浦」に言い掛けた。地名に言い掛けた例としては、「こぬ人をまつちの山の郭公おなじ心にねこそなかるれ」（『拾遺集』八二〇・恋三・よみ人しらず）などがある。○まつほのうら—松帆の浦。淡路国の歌枕。現在の兵庫県淡路島の最北端、岩屋の西の海辺。『八雲御抄』に淡路とする。定家が『万葉集』に拠ってこの歌を詠んで歌枕となった。この歌が詠まれた『内裏百番歌合建保四年』の、定家による判詞に「常に耳馴れ侍らぬまつほのうら」とあるので、定家自身にも、あまりこれまで詠まれたことのなかった『万葉集』の地名を取り出して詠んだという意識はあったものと思われる。○夕なぎ—夕凪。海辺で夕方、風がやんで穏やかになること。『顕注密勘』の『古今集』七五三番歌の注に顕昭は「海になぐと云は、風ふかで浪たたぬをも云。あさなぎ、ゆふなぎとは、朝夕に風のゐる事のある也。伊勢物語云、しほがまにいつかきにけんあさなぎにつりするあまのここによらなむ、万葉云、あさなぎにこぎよする白浪見まほしみ我はすれどもかぜにこそよせね、是は風のたたずとみえたり」とし、定家も同意を示している。○やくやもしほ─「やく」は「焼く」。「や」は間投助詞。九一番歌の語釈項を参照のこと。「もしほ」は「藻塩」。「藻塩焼く」は、海藻を焼いて塩を製すること。『色葉和難集』は「和云、もしほとは、もといふうみの中にある草の塩にしみたるに、猶うしほ汲みかけ汲みかけして、干つけて、それをやきて、そのはひをたるるなり。是を藻塩たるとも、焼くとも云なり」とする。顕昭の『拾遺抄注』にも「もしほとは、藻にて塩をば焼なり。故に、もしほとは云なり、と書たるものはべれど、いかがとおぼゆ。もしほたるとは、うしほを藻にしめて、これをたれてやくなり。塩木とて木にてやくなり。それを、もしほやくとは申なり」とする。○身もこがれつつ─「身」が「焦がる」は、わが身が火で燃えるような、恋の切なる思いを表す慣用的表現。「きえずのみもゆる思ひはとほけれど身もこがれぬる物にぞ有りける」（『後撰集』九九〇・恋五・よみ人しらず）。「つつ」は反復・継続の接続助詞。

【通釈】来ない人を待つことよ。松帆の歌の夕凪に焼く藻塩が「焦がれる」ように、身も焦がれながら。

【出典】『新勅撰集』八四九・恋三・「（建保六年内裏歌合、恋歌）権中納言定家」。

【参考】『百人秀歌』一〇〇。『定家卿百番自歌合』一二四・六十二番右・左歌は「わすれじのちぎりうらむる故郷のこころもしらぬ松虫の声」・勝負は持。『定家家隆両卿撰歌合』七五・三十八番左・右歌は「山川のもみぢにまじる水の泡の色にいでてもぬるるそでかな」。『内裏百番歌合建保四年』一八二・九十一番右・左歌は順徳天皇の「よる浪のおよばぬうらの玉松のねにあらはれぬ色ぞつれなき」・判詞（定家）に「およばぬうらの玉松、およびがたくありがたく侍るよし右方申し侍りしを、つねにみなれ侍らぬまつほのうらに、勝の字を付けられ侍りにし、何故ともみえ侍らず」とあり、定家の歌が勝。『拾遺愚草』二五六八・（建保四年壬六月内裏歌合、恋）。

《参考歌》

『万葉集』九四〇〔九三五〕・金村

名寸隅乃　船瀬従所見　淡路嶋　松帆乃浦尓　朝名芸尓　玉藻苅管　暮菜寸二　藻塩焼乍　海未通女　有跡者雖聞　見尓将去

余四能無者　大夫之　情者梨荷　手弱女乃　念多和美手　俳佪　吾者衣恋流　船梶雄名三

〔廣瀬本の訓〕

なきすみの　ふなせゆみゆる　あはぢしま　まつほのうらに　あさなぎに　たまもかりつつ　ゆふなぎに　もしほやきつつ　あまをとめ　ありとはきけど　みにゆかむ　よしのなからば　ますらをの　こころはなしに　たをやめの　おもひたわみて　やすらはむ　われはきぬこふる　ふなかぢをなみ

『万葉集』五・軍王

霞立　長春日乃　晩家流　和豆肝之良受　村肝乃　心乎痛見　奴要子鳥　卜歎居者　珠手次　懸乃宜久　遠神　吾大王乃　行幸　能山越風乃　独居　吾衣手尓　朝夕尓　還比奴礼婆　大夫登　念有我母　草枕　客尓之有者　思遣　鶴寸乎白土　網能浦之　海処女等之　焼塩乃　念曽所焼　吾下情

〔廣瀬本の訓〕

かすみたつ　ながきはるひの　くれにける　わづきもしらず　むらきもの　こころをいたみ　よぶこどり　しめゐむとせば　たまたすき　かけてのよろしく　とほつかみ　わがおほきみの　みゆきする　のやまこしかぜの　ひとりをる　わがころもでに　あさゆふに　かへりもひぬはれ　ますらをと　おもへるわれも　くさまくら　たびにしあれば　おもひやる　たづきをしらず　あみのうらの　あまをとめらが　やくしほの　おもひぞこがる　わがしたごころ

『後撰集』八五一・恋四・承香殿中納言

こぬ人を松のえにふる白雪のきえこそかへれくゆる思ひに

【余釈】　恋しくて身も焦がれるような思いをしながら、訪れのないあの方を待つことであるよ、ということであり、女性の立場で詠んだ歌である。

「来ぬ人を待つ」「身も焦がれつつ」の部分がこの歌の主想であり、「松帆の歌の夕なぎに焼くや藻塩の」が序詞である。主想から序詞へ掛詞によって移り、「身も」を隔てて「焦がれ」を導いて再び主想に戻している。「来ぬ人を待つ」と掛詞で序詞に繋いだ例としては、「こぬ人を松のえにふる白雪のきえこそかへれくゆる思ひに」（『後撰集』八五一・恋四・承香殿中納言）という例があり、主想部の内容も類似している。あるいは、定家の念頭にこの歌があったかと思われる。なお、このような序詞の用い方は、『百人一首』の中に、一六番の行平や五一番の実方の歌にも見られた。

序詞の部分は、『万葉集』の笠金村の長歌「…松帆の浦に　朝なぎに　玉藻刈りつつ　夕なぎに　藻塩焼きつつ…」（『万葉集』九四〇〈九三五〉）の詞を取り用いて本歌取りとした。そのいっぽうで、序詞に「焼く藻塩」を詠んで主想で「焦がる」と詠むことも、『万葉集』の軍王の長歌「…網の浦の　海人をとめらが　焼く塩の　思ひぞこがる　わが下心」（『万葉集』五）という歌が見える。

『宗祇抄』は、「夕なぎとをけるは、なみ風もなき夕などは、塩やくけぶりもたちそへるを、我おもひのもゆるさまのせつなるをよそへいへる也」とする。藻塩の煙がいっそう立つのと、わが思いがいっそう加わるのを重ねたと解している。『幽斎抄』はこれを継承して、さらに「夕なぎといへる妙也。煙のふかき心をとれり」と「夕なぎ」という詞に煙がいっそう立つ意を読み取っている。『三奥抄』は、「歌の心、こぬ人をたのみて夕毎に待こがるると云事を、所の名にかけ、亦やく汐によせたるなり。塩はやかるるものの中にも、からくしてこがるる物なれば、我からくしておもひこがるるこころにとれり」「本歌の松ほ浦の名ばかりに読るを、待心にとり、本歌の夕なぎは只夕べばかりにいへるを、人待時分にとれり」「但万葉の詞を用るのみ古風をあふぐこころなり」としている。『改観抄』も基本的にはこれを踏襲するが、「からく」の箇所は受け入れられなかったものか、削除している。そして「古抄に、夕なぎといへる、妙なり、煙の深き心をとれり、とあるは然らず」と『幽斎抄』の説を否定している。『うひまなび』『百首異見』も「焼くや藻塩の」の「の」の捉え方をめぐって議論しているが、基本的には『改観抄』と同様の解釈をしている。

さて、この歌の序詞と主想部の関係であるが、『三奥抄』『改観抄』『うひまなび』『百首異見』などの注では、「松帆の浦の夕なぎに焼くや藻塩の」という序詞は「焦がれ」をいうためだけのものであって、わずかに「夕なぎ」の「夕」が主想の意味にかかわっていると捉えている。ところが、現在の『百人一首』の注では、序詞と主想が意味的に深く複雑にかかわっていると解している。つまり、序詞に描かれた海辺で藻塩を焼く景を、女の心情と融合しているものとして捉えているのである。例えば、石田吉貞氏『百人一首評解』（有精堂）は次のように言う。

> しずかな夕凪《ゆうなぎ》の海、暮れゆく空のさびしげな色、その空の色をうつしてじっとしずまっている海面の鈍《にぶ》い冷やかな光、そこに細々《ほそぼそ》と立ち上る藻塩の煙、この、あわれに、さびしく、物悲しく、やるせない光景をじっと心にえがいてみるがよい。恋人を待つ、悲しくせつない心の象徴として、これほど適切なものがあるであろうか。のみならず、この歌の巧みな叙法《じょほう》は、われわれをして、この物悲しげな夕凪《ゆうなぎ》の海べに立って、今日も恋人を待っている淋しい人の姿を、何という理由もなしに、幻覚的に捉《とら》えしめさえする。
>
> 思えば、夕凪の海のさびしくやるせない官能を象徴として、人待つ心のやるせなさを描いたこの歌の、何とも言えないうまさ、象徴の醍醐味《だいごみ》を知った定家が、老後までこの歌を執愛《しゅうあい》した理由が、はっきりわかるように思われる。

すぐれて魅惑的な鑑賞法であると思う。しかし、魅惑的であればこそそこに危険を孕んでいる。西洋詩の「象徴」の概念の無批判な導入、定家の歌を語る上で頻用される「物語性」の押し当て、「映像性」の偏重などが、ここには認められる。現在の注釈書もほぼ同様の傾向にある。われわれは、もう一度、『三奥抄』『改観抄』『うひまなび』『百首異見』の地点に立ち戻るべきではなかろうか。

しかし、残念ながら、基本的に『三奥抄』『改観抄』『うひまなび』『百首異見』の捉え方以上のことは、今のところ見えてこない。それに付け加えることがあるとすれば、右に述べたように、古い先蹤のある詞や、その詞の組み立て方を駆使しながら作り上げられているということである。より正確に言うならば、自在に歌を詠んでもなお、和歌の伝統的な規範を踏みこえることがないという境地に達しているということである。この歌で新しいことと言えば、わずかに、『万葉集』の地名「松帆の浦」を初めて詠んだということだけである。当時の視点から言えば、これだけでも珍しさや新鮮さを感じさせるものであったろうと想像される。少なくとも定家にとってはそれで十分だったのである。『内裏百番歌合建保四年』の定家の判詞に「つねにみみなれ侍らぬまつほのうらに、勝の字を付けられ侍りにし、何故ともみえ侍らず」とあるが、この謙辞にこの歌の性格がよく示されている。この歌は、新奇な趣向を凝らしたものでも、表現の切れ味によって人を魅了させるものでもない。まして「象徴」といったものを指向するものでもない。あくまで伝統的なものを尊重し、そこに沈潜して、その中から新しい歌を生み出してゆこうとするものである。それがこの歌の性格なのである。一見凡庸に見えながら、委細に見れば、伝統的な和歌の規範に適っていて一分のすきもない。これ見よがしな才気は感じられないが、見れば見るほど、詞の端々に、和歌に精通していることが見て取れる。もしも、定家がそこにひとつの理想的な歌のかたちを見ていたとすれば、自ら選歌結番した『定家卿百番自歌合』に選び入れ、後年、『新勅撰集』にも入集し、さらに、『百人一首』にも自らの代表歌としてこの歌を選んだことも納得できるのではなかろうか。

なお、この「来ぬ人を」の歌の解釈と歌の性格について論じたものに、拙稿「定家「松帆の浦」歌の性格と解釈上の問題点」（『新勅撰和歌集全釈　八〔索引・論攷篇〕所収）があることを付記しておく。

98

従二位家隆

風そよぐならのを川の夕ぐれはみそぎぞ夏のしるしなりける

【異同】

〔定家八代抄〕　この歌なし。

〔百人秀歌〕　底本に同じ。

〔百人一首〕　を川―お河（長享）―をかは（古活・頼孝）―を河（経厚）―小河（為家・上條）―小川（栄雅・龍谷・応永・頼常）―兼載・守理は底本に同じ。なりける―なりけり（頼孝・上條）―為家・栄雅・兼載・守理・龍谷・応永・古活・長享・頼常・経厚は底本に同じ。

【語釈】○従二位家隆―家隆は『新勅撰集』では「正三位家隆」、『続後撰集』以後は「従二位家隆」と位置される。○風そよぐ―風がそよそよと音を立てる。「風そよぐをぎの上葉の露よりもたのもしげなきよを頼むかな」(『赤染衛門集』二一〇)。語の格関係は「楢の葉に風がそよぐ」で、「竹の葉に秋風そよぐ夕暮は月のひかりも心にぞしむ」(『内大臣家歌合元永二年』三三・摂津)、「身のほどをおもひつづくるゆふざれのをぎのうはばに風そよぐなり」(『行宗集』一二三)などの例によってそれが知られる。「風そよぐ楢」と続けた例としては、「かぜそよぐならのはかげのこけむしろなつをわするるまとゐをぞする」(『教長集』三〇七)や「かぜそよぐならの葉おとのすずしさにそともに秋はたつかとぞおもふ」(『風情集』三五二)などがあり、同時代の歌人の例としては、「風そよぐならの木かげにたちよればうすき衣ぞまづしられける」(『二条院讃岐集』三七)、「かぜそよぐならのこかげのゆふすずみすずしくもゆるほたるなりけり」(『秋篠月清集』一〇九五)などがある。○ならのを川―山城国の歌枕。現在の京都市北区の上賀茂神社の中を流れる御手洗川。『八雲御抄』に山城とし、「新古今。八代女王」とする。地名「ならの小川」に植物の「楢」を掛けた。「楢」はブナ科の落葉高木。『八雲御抄』に「ならのはがしは、納涼の比景物也」とする。○みそぎぞ―「みそぎ」は、ここでは六月祓《みなづきばらえ》の禊。陰暦六月晦日に半年間の罪や穢れを川に祓い流す行事。『八雲御抄』に「邪神をはらひなごむる祓ゆゑになごしと云也。川辺にいぐしたて、あさの葉などにてする也。夕又夜する事也」とする。「ぞ」は強意の係助詞であるが、ここでは、ほかは涼しげですっかり秋のような様子であるが、みそぎが、と強調した。○夏のしるしなりける―「しるし」は証拠の意。「夏のしるし」の例としては、「すぎたてるかどならねどもかきねにはなつのしるしにさけるうのはな」(『教長集』二〇九)が早いか。また、「しるし」は「みそぎ」の縁語。「みそぎするけふからさきにおろすあみは神のうけひくしるしなりけり」(『拾遺集』五九五・神楽歌・祐挙)、「うきこともみなつきはつるけふならばあすやみそぎのしるしをもみん」(『千五百番歌合』一〇四九・兼宗)など、「みそぎ」に「しるし」と詠まれる。「ける」は気づきによる詠嘆。

【通釈】風がそよぐ楢の葉、その「なら」の小川の夕暮れは、みそぎが夏のあかしなのであったよ。

【出典】『新勅撰集』一九二・夏・「(寛喜元年女御入内屏風) 正三位家隆」。

【参考】『百人秀歌』九九。『壬二集』一九三四・(寛喜女御入内屏風和歌　六月) 六月祓。

《参考歌》

『新古今集』一三七六・恋五・八代女王

みそぎするならのをがはのかはかぜにいのりぞわたるしたにたえじと

『後拾遺集』二三一・夏・頼綱

なつやまのならのはそよぐゆふぐれはことしも秋の心地こそすれ

『文治六年女御入内和歌』二九一・泥絵御屏風和歌各二首・夏・納涼・実房

おのづから木のまもりくる日かげこそさすがに夏のしるしなりけれ

【余釈】川風が吹きわたり、楢の葉音を立てるならの小川の夕暮れの様子は、すでに秋であり、みそぎばかりが夏であることを示している、という歌である。

上の句に「風」「楢」「川」「夕暮れ」など涼しさを感じさせるものを取り合わせた。

「ならの小川」の「みそぎ」を詠み、その「風」を詠むことは、当時八代女王の作と考えられていた「みそぎするならのをがはのかはかぜにいのりぞわたるしたにたえじと」(『新古今集』一三七六・恋五・八代女王) に拠っている。さらに、夏なのに涼しいさまを「なつやまのならのはそよぐゆふぐれはことしも秋の心地こそすれ」(『後拾遺集』二三一・夏・頼綱) を念頭に置いて詠んだ。当時すでに詠まれていた「風そよぐ楢」という表現を用いたが、これを地名「ならの小川」に言い掛けたところに新鮮味がある。これによって、「風そよぐ楢」という文脈と、「風そよぐならの小川」という文脈が重なり、語のかかり受けに微妙な繋がりを生じている点にこの時代の歌らしさを感じる。また、みそぎの時刻が夕暮れなので、頼綱の歌の「夕暮れ」と一致している点もおもしろい。さらに、「みそぎぞ夏のしるしなりける」は、みそぎ以外はすっかり秋の様子だということを裏に隠しており、表現として巧みである。この「夏のしるしなりける」は、同じ屏風歌の先例である「おのづから木のまもりくる日かげこそさすがに夏のしるしなりけれ」（『文治六年女御入内和歌』二九一・実房）の影響が考えられる。そして、その「しるし」が「みそぎ」の縁語としても働いている。

一見、さらりと詠んでいる印象であるが、委細に見れば、かなり緻密にできている。それが定家の心を揺さぶったのであろう。『明月記』寛喜元年十一月十四日条には「今度宜歌唯六月祓許尋常也」と、本屏風歌の家隆の歌でまともなのはこの歌だけだということを言っている。詠歌当時から定家の評価が高かったことが窺われる。そして、定家はこの歌を『新勅撰集』「夏」部の巻軸歌に据えている。

定家は『新勅撰集』に家隆の歌を最多の四三首も入集している。定家がいかに家隆を歌人として高く評価していたかを知ることができる。『百人一首』は現存の歌人については『新勅撰集』から選ぶという基準があったようである。それでは、『新勅撰集』入集歌四三首の中からこの歌を『百人一首』に選んだ理由はどこにあるのであろうか。後鳥羽院の『時代不同歌合』には「松の戸をおしあけがたの山かぜにくももかからぬ月を見るかな」（『新勅撰集』二六七・秋上）が選ばれている。後鳥羽院は、この歌を家隆の代表的秀歌の一つに選んでいるのである。定家も『新勅撰集』に選んでいるわけであるから、高く評価していた歌であることは確かである。しかも、『百人秀歌』では公経の「嵐吹く」の歌と関係付けられているので、一見、「松の戸を」の歌のほうがふさわしいようにさえ思われる。しかし、「嵐」と「山風」は近すぎる。それで「風そよぐ」のほうを選んだのではないかと想像される。もちろん、歌そのものへの評価の高さもあるが、そのようなことも考慮すべきではなかろうか。

99

後鳥羽院御製

人もお〔を〕し人もうらめしあぢきなく世を思ふゆへ〔ゑ〕にものおもふ身は

【異同】
〔定家八代抄〕 この歌なし。
〔百人秀歌〕 この歌なし。
〔百人一首〕 おし―をし（応永・古活）―為家・栄雅・兼載・守理・龍谷・長享・頼常・頼孝・経厚・上條は底本に同じ。ゆへに―ゆえに（為家）―栄雅・兼載・守理・龍谷・応永・古活・長享・頼常・頼孝・経厚・上條は底本に同じ。
〔小倉色紙〕 底本に同じ。（墨・古典・定家様）
【語釈】 ○後鳥羽院御製―後鳥羽院は『続後撰集』以後、「後鳥羽院御製」と位署される。○おし―「惜し」の終止形。すでに失ったもの、あるいは失われゆくものに対する愛着心を表す。余釈項を参照のこと。仮名遣いについては、三八番歌の語釈項を参照のこと。○あぢきなく―「あぢきなし」は、せっかくそうしても、何にもならず、そのかいがないさまをいう。余釈項を参照のこと。○ゆへに―一四番歌の語釈項を参照のこと。○身は―「は」を終助詞的な用法と考えておく。余釈項を参照のこと。
【通釈】 人を残念にも思い、また、人を恨めしくも思うことだ。何のかいのないことに、世の中のことを考えるがゆえにかえって物思いをするわが身であるよ。
【出典】 『続後撰集』一二〇二・雑中・「題しらず　後鳥羽院御製」。
【参考】 『後鳥羽院御集』一四七二・（建暦二年十二月廿首御会五人百首中）述懐。『万代和歌集』三五八三・雑六・廿首御歌の中に。
『後鳥羽院御集』建暦二年十二月廿首御会五人百首中・述懐
人ごころうらみわびぬる袖のうへをあはれとやおもふやまのはの月（一四七〇）
いかにせむみそぢあまりの初霜をうちはらふ程になりにけるかな（一四七一）
人もをし人もうらめしあぢきなく世を思ふゆゑに物思ふみは（一四七二）
うき世いとふ思ひはとしぞつもりぬる富士のけぶりの夕ぐれの空（一四七三）

99 人もおし人もうらめしあぢきなく世を思ふゆへにものおもふ身は

かくしつつそむかん世までわするなよあまてるかげのあり明の月（一四七四）

【余釈】　人のことが残念にも、また恨めしくも思われる、せっかく世の中のことを考えても、そのかいもなく、そのためにかえって私は物思いをすることになってしまうことだ、ということである。

この歌の語義および解釈の問題は、次の三点である。その第一点は、「おし」の語義と解釈である。第二点は、「あぢきなく」の語義とかかり方、そしてこの歌での解釈である。そして、第三点は、「身は」の「は」の用法についてである。

まず最初に、「おし」の語義について検討してみる。歴史的仮名遣いでは「をし」なので、以下には「をし」と記す。この「をし」は、「愛」の字を当て、「いとしい」あるいは「いとおしい」の意とするのが現在の通説となっている。「をし」を「いとしい」の意とするこの説を支えるものは、この「をし」が下の「恨めし」と対比的に置かれていることから、意味も対義的なはずである、と見ることにあるようである。「恨めし」の対義語としては、「惜しい」よりも「いとしい」のほうが適当である。したがって、この歌では「いとしい」の意である、ということになる。しかし、「人もをし人も恨めし」は、下の「物思ふ」の具体的なありようを示すものと考えれば、対比的に置かれてはいるが、同傾向の意味の言葉であったとしてもまったく差し支えはない。すなわち「惜しい」でも問題はないのである。「物思ふ」ということは、期待どおりにならないことが起因となる。「人もをし」も「人も恨めし」もともに、期待どおりにならないことによる嘆きの言葉と考えてよいのではなかろうか。

そもそも、「をし」という語は、「いとしい」とか「いとおしい」という意で用いられることがあるのであろうか。何れの注釈書にも用例が引かれることがないので、どの用法と同じであるのかがはっきりしないが、すぐに思いつくのは、「高山波　雲根火雄男志等　耳梨与　相諍競伎　…」（『万葉集』一三・中大兄皇子）の例であろう。現在では「かぐやまは　うねびををしと　みみなしと　あひあらそひき　…」と訓まれている。この「うねびををしと」を「畝傍を愛しと」と解して、その例とすることができそうである。ところが、この解釈には異説があり、「いとしい」の意とすることができるかどうか確実ではない。中田祝夫氏編監修『古語大辞典』（小学館）「をし」項目の「語誌」には「「畝火を愛しと」として「いとしい」の意と解する説があるが、万葉集では人を愛する意の「をし」の用例は他になく」（岡村昌夫氏）としている。また、『古語大鑑』（東京大学出版会）「おし」項目の「補説」には、『万葉集』のこの歌について、「「男（を）し」と解釈する説もあって、いずれとも決し難い。尚検討を要する語である」としている。なお、「かぐやまは　うねびををしと」という訓は、『校本万葉集』によれば、仙覚による訓であり、それ以前は「たかやまは　くもねひををしと」と訓まれていたことが知られる。廣瀬本『万葉集』もそのように訓んでいる。このような不確実な例を、この後鳥羽院の歌に当てはめることは、やはり適当とは言えまい。

『日本国語大辞典』（第二版、小学館）には、『日本書紀』欽明天皇二十三年七月の記事「汝命（いのち）と婦と孰（いづれ）か尤（はなはた）愛（ヲシキ）」の例が挙げられている。命と妻とどちらが大事かということである。しかし、原文は「愛」と漢字で書かれており、それに「をしき」という訓を与えたものであり、ここに多少の曖昧さが残る。また、もしかりにその訓が適切なものであったとしても、失いたくないものはどちらかということであるから、「いとしい」とか「いとおしい」の意とは違っている。これもこの後鳥羽院の歌の「をし」を「いとしい」「いとおしい」とする根拠にはなり得ない。また、『日本国語大辞典』に挙げられている例の中では、「よそながらをしきさくらのにほひかなたれわがやどの花とみるらん」（『後拾遺集』一一五・春上・定成）が「いとおしい」の意に読める可能性がある。散る桜を詠んでいるのではなく、今を盛りと咲いている桜を詠んでいるからである。しかし、この例も「よそのものとして見るだけでは惜しい」の意に解することができ、これによって後鳥羽院の歌の「をし」を「いとおしい」の意とすることはできない。

右の例でわかるように、「いとしい」あるいは「いとおしい」の意であると言っても、それはあくまで、失われてゆこうとするもの、あるいは自分から離れてゆこうとするもの、すでに離れているものに対する愛着の気持をいうのであって、「愛」の字を「をし」と訓むとしても、たんに「いとしい」「いとおしい」というのとは意味が違うのである。藤田加代氏の「愛」「惜」両義を包括的に表しているとする説（「百人一首99番歌の表現するもの—「をし」の表現性を中心に—」『日本文学研究』二六号、高知日本文学研究会、昭和63年12月）もあるが、「惜しい」には愛着の意が根底にあるわけであるから、「愛」の意を否定すれば足りるのではないかと思う。そして、この後鳥羽院の歌の「をし」を「いとしい」「いとおしい」の意だと言うためには、失われてゆくものではないのに、「愛」を「をし」と訓む例を探す必要がある。あるいは、よりよいのは、平安時代から鎌倉時代初期にかけての和歌の中から、失われてゆくものではないのに「をし」と詠んでいる例を探す必要がある。「いとしい」「いとおしい」と訳せるからといって、それによって考えてしまうと、いつの間にか現代語の意味に置き換えられてしまい、「をし」の本来の意味を見失うことになる。

それでは、「人もをし」とはどのようなことを言うのであろうか。「をし」の語義を右のように考えると、失った人、自分と離れた人を惜しいと思うということである。歌では一般に、「人」について「をし」と詠まれる場合、旅立った人、亡くなった人など別れた人について詠まれる。「から衣するなにおへる富士の山こえん人こそかねてをしけれ」（『貫之集』七二七）、「すがるなく秋のはぎはらあさたちてたびゆく人のをしくもあるかな」（『古今六帖』二三八八・よみ人しらず）、「うゐおきてむかしがたりになりにけるひとさへをしき花のいろかな」（『新勅撰集』一〇四七・雑一・宋延）、「たまさかにあひてわかれし人よりもまさりてをしき秋のくれかな」（『続後撰集』四五五・秋下・紀伊）。ただし、この「人もをし」の歌では、院という立場での歌であることを考慮すれば、信頼できる臣下が死んだり没落したりしていなくなったことを惜しむ意であると理解される。そして、それに対して、続く「人も恨めし」は、恩を与えた臣下が裏切ったり、権勢におもねって冷たい態度をとったりするのを恨めしく思うこと、と考えてよいのではなかろうか。石原正明の『新抄』に、「人もをし」について「死たる人の中に惜く思し召るるもある也」としているのは注目される。そして、それに対する「人もうらめし」は「今生てをる人にうらめしく思し召もある也」として、「何某何某《ナニガシ》が生てゐたらばよいちからであらうにとをしく思し召人もあり、何某何某が世になくば政も御心にまかすべきにとうらめしく思し召人もあると也」としている。

古注では、「をし」の意味を明確に示すものが少ない。『経厚抄』に「人もおしとは、一切の下民に至るまであはれみ思食よしなり」とするのは、「いとおしい」の意に解しているものと見るべきであろうか。『基箭抄』『拾穂抄』『雑談』などは、何に対して「惜しい」とするかは見解が分かれるが、「惜しい」の意に解することでは共通している。『改観抄』は、「をしとは、愛する心すなはち此愛の字をよめり。今の世は、たとへば、花のうつろひちり、月のくもり入などするやうの時、あたらしふをのみいひならへり。ふるくは、花に付ていはば、さかりなる当位にもいへるは、愛惜の心なり」として、「いとしい」あるいは「いとおしい」の意であることを明確に述べている。『うひまなび』も「愛」の字を当てて、「其字の意也」としているので、この説に従っているものと思われる。『百首異見』も「いとほしく」と解しているのであるが、この「いとほしく」がどのような意味なのかは明確に示されていない。また、本居宣長の『美濃の家づと折添』は「初二句は、人ををしくも又うらめしくもおぼしめす意」としており、特に説明をしていないところから見て、「惜しい」の意に解していたか。石原正明の『新抄』は右に引いたように、「惜しい」の意としている。近現代の注では、佐佐木信綱氏『百人一首講義』(博文館)は「惜しい」の意に解しており、その頃の注釈書はおおむねそのように解している。ところが、松田好夫氏『百人一首精説』(一正堂書店)で「賢良の臣を愛しむ」「愛しく思ひ」としたあたりから、「いとしい」「いとおしい」とする説が圧倒的になり、現在ではほぼ定説化していると言ってもよい状況である。

次に、「あぢきなく」の語義とかかり方、そしてこの歌での解釈を考えてみたい。まず、この「あぢきなし」は「つまらない」と解されるのが通説となっている。しかし、何がどうつまらないのか、はなはだ曖昧である。この語義については、竹岡正夫氏『古今和歌集全評釈』(右文書院)の『古今集』三四番の注が詳しい。『古今集』の用例、『枕草子』「あぢきなきもの」の例、『名義抄』や『字類抄』など古辞書の例から、「この語の意味は、せっかくその事をしたのだが、それが結局何にもならず、かいがなく、無益だった、というような気持を表す」とした。この語義が、平安時代末期から鎌倉時代初期の和歌に当てはまるかどうかを検討してみなければならない。

例えば、「あぢきなくすぐる月日ぞうらめしきあひ見し程をへだつとおもへば」(『金葉集』四八七・恋下・大中臣輔弘女)の例では、「あぢきなく」は、せっかく逢って約束したかいもなく、むなしくの意と解すことができる。「あぢきなくいはで心をつくすかなつつむ人めも人のためかは」(『千載集』八三一・恋三・光行)の「あぢきなく」は、自分が何も言わず心を尽くすことを、そのかいがないというのである。下の句は、人目を忍ぶのも、あの人のためであろうか、結局は自分のためなのだ、ということである。

相手のためならば、多少なりとも、そのかいもあろうが、ということであろう。また、定家の歌に「あぢきなくつらきあらしのこゑもうしなどゆふぐれにまちならひけん」（『新古今集』一一九六・恋三・定家）という歌がある。この「あぢきなく」は、なかなかわかりにくいが、「つらきあらしのこゑもうし」と並立されているものと考えてよいのではなかろうか。そうすると、待っていても、結局来ないので、そのかいがないことを嘆く言葉だと解すことができよう。宣長の『美濃の家づと』に「初句は、三の句の次へうつして心得べし」というのもそのように解しているのである。「とてもきもせぬ人をまつは、いらざるむやくのことといへる也」と言っていることからもそれがわかる。

また、久保田淳氏『新古今和歌集全評釈』（講談社）の注（一一九六番の「鑑賞」項）に指摘があるように、定家は他の歌人に比して、この「あぢきなし」を多用している。『拾遺愚草』には一一例（一二三・一六八・二九七・三五四・四五五・四六一・六九九・八五七・一一二六・一四一九・二六二九）、『拾遺愚草員外』に五例（三〇九・六七八・七四二・七四九・七六〇）見出せるが、何れの例も、「結局は何のかいもない」の意に解せるかと思う。また、『後鳥羽院御集』には四例（九六八・九八四・一四四五・一四七二）見出せる。このうち、一四七二番はこの「人もをし」の歌である。他の三例は、「あぢきなくながきかたみのつらさゆゑ君にとめてしわが心かな」（九六八）、「うき人をしのぶの衣あぢきなくつれなき色になにみだるらん」（九八四）、「あぢきなくなぐさめかねつさらしなやかからぬ山も月はすむらむ」（一四四五）であり、何れの歌も「結局は何のかいもない」の意に解せるであろう。したがって、この「人もをし」の歌でもそのように解してよいと思われる。諸注の中では、『百首異見』が「かひなきにはかなきの加はれる意」としている。ちなみに、宣長の『美濃の家づと』は、『新古今集』一一九六番の注で、「すべてあぢきなくといふは、俗言に、いらざること、無益のことといふ意也」としている。

次に、「あぢきなく」がどこにかかるのかという問題について考える。これを受ける句は「世を思ふ」なのか、「物思ふ」なのかということである。「あぢきなく世を思ふ」であるとすれば、「あぢきなし」の語義から考えて、「せっかく何かをしても何のかいもない世の中を思う」の意となるであろう。『うひまなび』には、『源氏物語』須磨巻に「かかるをりは、人わろく、うらめしき人多く、世の中はあぢきなきものかなとのみ、よろづにつけておぼす」とあるのを、この後鳥羽院の歌は依拠して詠んだのではないかとの指摘もある。この『源氏物語』の場面は、光源氏が須磨に下る際に、光源氏から恩を受けた者たちが世を憚って、見舞いに訪れることもなかったことから、光源氏がこのように思ったということである。せっかく引き立ててやっても、結局そのかいもないのを、「世の中はあぢきなきものかな」と言っているのである。後鳥羽院の歌を「あぢきなく世を思ふ」と解せば、この『源氏物語』の記述と重なってくる。

『源氏物語』の文と重ねるこの説は、なかなかおもしろいのであるが、残念なことに、解釈に無理な点がある。それは、下の「物思ふ」とうまく繋がらないことである。「あぢきなく世を思ふ」ゆゑに「物思ふ」ということであるが、「物思ふ」ことの原因・理由が「あぢきなく世を思ふ」ことだというのは理解しがたい。「あぢきなく世を思ふ」ことがそのまま「物思ふ」ことでなければならない。例えば、音数を考慮せずに言うと、「あぢきなく世を思ふ身は」ならばわかるのである。そうすると、「あぢきなく」は「世を思ふ」ではなく、「物思ふ」にかかるものと考えざるを得ない。つまり、何が「あぢきなし」なのかと言えば、「世を思ふゆゑに物思ふ」ことがである。せっかく、世の中のことを考えても、それが原因で物思いをすることになる、それがかいのないことだ、というのである。もちろん、これによって『源氏物語』からの影響を否定するものではない。あるいは、後鳥羽院や定家は『源氏物語』のこの部分を想起していたのかもしれない。しかし、「あぢきなし」と「世」との関係が『源氏物語』の文とは異なるというまでである。

右に挙げた『後鳥羽院御集』の歌「あぢきなくながきかたみのつらさゆゑ君にとめてしわが心かな」（九六八）の場合も、「あぢきなくながきかたみ」ではなく、「あぢきなくとめてし」である。その後いつまでも続くあなたへの恨めしさゆえにあなたに私の心は繫ぎ止められているというのは、いくらあなたのことを思っても何のかいもないことだ、ということである。「あぢきなく、Aゆゑ（に）B」という文型は「人もをし」の歌と同じである。また、「うき人をしのぶの衣あぢきなくつれなき色になにみだるらん」（九八四）の場合も「あぢきなくつれなき色」ではない。「あぢきなくみだる」である。冷淡な人ゆえに恋に心を乱すことが、「あぢきなし」すなわち、何のかいもないことだ、と言っているのである。

以上のことから、「あぢきなく」は、語句のかかり受けの上からは「物思ふ」にかかり、「あぢきなし」の意味上の対象は「世を思ふゆゑに物思ふ」であると考えることができる。ちなみに、諸注の中では本居宣長の『美濃の家づと折添』や『百首異見』『一夕話』などが「物思ふ」にかかるとする。

最後に、「身は」の「は」の語義について考えてみたい。「物思ふ身は」「人もをし人もうらめし」と初句二句に返して解釈するのが通説である。つまり、倒置になっているものと考えるのである。そのようにも解釈できるのではあるが、語句のかかり受けがどうもしっくりしない感じがするのである。これはおそらく「は」のもつ情意性の強さからくるものであろう。それは、例えば、「みるめかるなぎさやいづこあふごなみ立ちよる方もしらぬわが身は」（『後撰集』六五〇・恋二・元方）、「春やこし秋やゆきけんおぼつかな影の朽木と世をすぐす身は」（『後撰集』一一七五・雑二・閑院）などの例にも同様のことが言えそうである。後鳥羽院と同時代のものとしては、「日に千たび心は谷になげはてて有るにもあらず過ぐる我が身は」（『式子内親王集』九三）などの例もある。この例では、もはや元の語順に返すことができない。こうなると係助詞と言うよりも終助詞化していると言える。この後鳥羽院の歌の場合は、そこまでは言えないかもしれないが、主述関係を構成する通常の係助詞「は」よりは、情意性の強い終助詞的な用法であることは確かであろう。

100

順徳院御製

ももしきやふるき軒ばのしのぶにもなを《〔ほ〕》あまりあるむかしなりけり

【異同】

〔定家八代抄〕この歌なし。
〔百人秀歌〕この歌なし。
〔百人一首〕しのふにも―しのふ草（応永「草」の右に「にも」と傍書）―為家・栄雅・兼載・守理・龍谷・古活・長享・頼常・頼孝・経厚・上條は底本に同じ。
〔小倉色紙〕なりけり―なりける。徳川美術館蔵。（集古・太陽・墨58・墨）

【語釈】○順徳院御製―順徳院は『続後撰集』初出であるが、以後「順徳院御製」と位署される。○ももしきや―「ももしき」は内裏の異名。『喜撰式』『能因歌枕』『俊頼髄脳』『奥義抄』『初学抄』『和歌色葉』『綺語抄』『童蒙抄』『和難集』など多くの歌学書に採られ、何れも「内裏」の異名とする。『八雲御抄』も「御所」の異名として挙げ、『顕注密勘』でも顕昭は「ももしきとは内裏を云」としている。「や」は語調を整える間投助詞。下には連体修飾関係で続く。「ももしきの古き軒端」ということ。「ももしきの」は『万葉集』から詠まれているが、「ももしきや」は平安時代末期から詠まれるようになった。「山河のおとにのみきくももしきを身をはやながら見るよしもがな」（『古今集』一〇〇〇・雑下・伊勢）、「百敷やみかきの松も雪ふれば千代のしるしの花ぞ咲きける」（『長秋詠藻』二六九）。○しのぶ―「忍ぶ草」の「しのぶ」に「偲ぶ」を掛けた。「忍ぶ草」は、シダ類のシノブ（シノブ科）のことも、ノキシノブ（ウラボシ科）のことともされる。『八雲御抄』には「忍は、ほそ長にて、星のやうなる物の有也」とする。『顕注密勘』に『古今集』七六五番の注として顕昭は、「しのぶ草と云物あり。垣衣と書、烏韮ともかけり。苔の類也。宿ののきば、かきなどにおふる也とみえたり」とする。古くて荒廃した家の軒先などに生えるものとして詠まれる。人に知られまいとする意の「忍ぶ」や恋い慕う意の「偲ぶ」を掛けて詠まれる。「独のみながめふるやのつまなれば人を忍ぶの草ぞおひける」（『古今集』七六九・恋五・登）、「たちばなの花ちる檐のしのぶぐさむかしをかけて露ぞこぼるる」（『新古今集』二四一・夏・忠良）、「はらはでやのきばをくさにまかせましふるきをしのぶ心しげりて」（『秋篠月清集』一五二五）。○なを―五二番歌の語釈項を参照のこと。○あまりある―「～にあまりあり」で、その程度を越えている意。～してもしきれない。歌では意外に珍しい使用例。「あまり」は軒先の意で、「軒端」の縁語。『催馬楽』「東屋」の「東屋の　真屋のあまりの　その雨そそき　我立ち濡れぬ　殿戸開かせ」の「あまり」は軒先の意で用いられている。その影響で「軒端」の縁語として用いられるようになった。「五月雨はまやの軒ばのあまそそきあまりなるまでぬるる袖かな」（『新古今集』一四九二・雑上・俊成）、「山里の軒ばの梢雲こえてあまりなとぢそ五月雨の空」（『拾遺愚草』三二八）。宣長の『美濃の家づと折添』に「あまりも、軒の縁の詞なり」と指摘し、『百首異見』も「縁」としている。

【通釈】　内裏の古い軒端の「忍ぶ」草ではないけれど、いくら偲んでもなお偲びきれない昔なのであったよ。

【出典】　『続後撰集』一二〇五・雑下・「（題しらず）順徳院御製」。

【参考】　『紫禁和歌集』八〇〇・（同比、二百首和歌）。

《参考歌》

『紫禁和歌集』三三〇

百敷や花もむかしの香をとめてふるき梢に春風ぞ吹く

『紫禁和歌集』九一五

見てもまづ久しく成りぬ百敷や昔も遠き雲の上の月

【余釈】　「ももしきや古き軒端の」までが「忍ぶ（草）」と同音で「偲ぶ」を導く序詞となっている。そして、「偲ぶにもなほあまりある」と「軒端」の縁語によって詞を整えた。内裏を荒れた侘び住まいのように詠みなすのは、作者が内裏を住居とする天皇ならではのことである。

朝廷の権威の衰えをこの歌に読み取ろうとすることが、『宗祇抄』以来の通説となっている。しかし、そのように捉えることがはたして妥当であるかどうか、今一度検討してみる必要があろう。

まず、この歌は、『紫禁和歌集』によれば、建保四年（１２１６）秋頃、二百首和歌を詠んだ折に詠まれたものであることが知られる。順徳天皇二〇歳の時の作である。在位六年目に当たる。承久の乱の五年前という時期を考慮すると通説のように読みたくなるのであるが、順徳院の詠んだ歌を見るかぎり、皇居の荒廃、あるいは朝廷の権威の衰退を嘆く歌はほかには見られない。同じ時に詠んだと考えられる「春のたつ民のかまどのけぶりにものどけき空を人にしれつつ」（『紫禁和歌集』八〇一）などは、よく世の中が治まっているさまが詠まれている。翌建保五年六月二十四日の歌合で詠まれた「百敷やみかきの竹の夕風にをさまれる代の程やみゆらん」（『紫禁和歌集』九九〇）なども世の静謐が詠まれている。また、前年の建保三年の春には「百敷や庭の小松のわか葉にもさしてぞ千代の影はみえける」（『紫禁和歌集』五三五）などとも詠んでいた。こうした例から考えて、順徳院は、特に皇居の荒廃や朝廷の権威の衰退を言おうとしたわけではなく、たんに「述懐」題で詠んだというにすぎないのではないかと思われる。「述懐」題では懐旧の情を詠むわけであるから、昔を偲ぶというところから、軒端の忍ぶ草を詠んだのであろう。むしろ皇居を長い歴史のある所として認識していたのではないかと思われる。そのような所で昔を偲ぶということである。ほぼ同時期に「寄月述懐」題で、「見てもまづ久しく成りぬ百敷や昔も遠き雲の上の月」（『紫禁和歌集』九一五）と詠んでいる。建保二年二月には南殿の桜を「百敷や花もむかしの香をとめてふるき梢に春風ぞ吹く」（『紫禁和歌集』三三〇）とも詠んでいる。しかし、皇居の軒を「古き軒端のしのぶ」と詠むのは、天皇以外には許されないことであろう。ここに天皇らしさが感じられるわけである。右のように考えると、この歌の「昔」とはいつを指すのかと問うことは意味を失うことになる。

それでは、定家はどのように考えていたのであろうか。朝廷の権威の失墜は、鎌倉幕府にその主たる原因があると考えられる。定家は公家であるから、朝廷側か幕府側かと言えば、朝廷側に属す。しかし、親幕府派とでも言うべき立場にあった。当時の公家のすべてが反幕府というわけではなかった。主家の九条家にしても、義弟に当たる西園寺公経にしても親幕府派の代表的存在であった。もしもこの歌に幕府に対する批判が込められていると定家が理解していたとすれば、この歌を選ぶとは思われない。

それでは、なぜこの歌を『百人一首』に選んだのか。一つには、右に述べたような天皇らしさの感じられる歌であることが挙げられる。二つには、「古き軒端」というところに質素な暮らしぶりが感じられることがあろう。もちろん、これは右にも述べたように、懐旧の情を詠むためのものではあるが、同時に御所を新しく建て替えることもなく、古びても昔ながらに住み続けているところに、慎み深さが感じられる。後世の作品であるが、『徒然草』（第二段）に「いにしへのひじりの御代の政をも忘れ、民の愁へ、国のそこなはるるをも知らず、よろづにきよらを尽くしていみじと思ひ、所せきさましたる人こそ、うたて、思ふところなく見ゆれ」として、「順徳院の禁中の事ども書かせ給へるにも、『おほやけの奉り物は、おろそかなるをもてよしとす』とこそ侍れ」とあるのを思い起こさせる。兼好は順徳院の『禁秘抄』を引いているのであるが、ちなみに『禁秘抄』（「御装束事」）には「但天位着御物以レ疎為レ美」とある。磨き立てられた玉の台に華やかに暮らしても許される身でありながら、質素に身を低く保っている。これは、巻頭の天智天皇の歌と共通するものである。そのような天皇のありようは、この国のかたちが定まって以来、幾百年となく今に至るまで続いているということである。天皇の御製というだけではなく、その意味でも首尾を照応させているわけである。そして三つには、古きを慕う心が表れているということである。これは順徳院のひととなりをよく示すものと言えよう。順徳院はそれまでの歌学を集成して『八雲御抄』を著し、禁中の有職を『禁秘抄』というかたちにまとめた天皇でもあったのである。そして、配列の上からも、歌を古い時代からほぼ時代順に配してきたその巻軸に置くにふさわしい歌ということになる。「昔」をいつのことかと問う意味はないと先には述べたが、そのような意味では、「昔」は天智天皇以来の長い歴史を指すと言ってもよいかと思う。

《第二十グループの配列》

96　花さそふ嵐の庭の雪ならでふりゆくものはわが身なりけり（公経）
97　来ぬ人をまつほの浦の夕凪に焼くや藻塩の身も焦がれつつ（定家）
98　風そよぐならの小川の夕暮れはみそぎぞ夏のしるしなりける（家隆）

99　人も惜し人も恨めしあぢきなく世を思ふゆへに物思ふ身は（後鳥羽院）

100　ももしきや古き軒端のしのぶにもなをあまりある昔なりけり（順徳院）

この第二十グループは、『百人一首』成立時に現存していた歌人の歌をまとめたものと推察される。九九番後鳥羽院と一〇〇番順徳院は親子関係にある天皇で、これは巻頭の一番天智天皇・二番持統天皇と首尾呼応させたものと考えられる。そして、九六番公経・九七番定家・九八番家隆は身分順に配列したものと見られる。

歌の内容は、九九番後鳥羽院と一〇〇番順徳院の二首は述懐の歌で揃えられているようであり、九六番公経も述懐の歌なので相応じている。それに挟まれた九七番定家と九八番家隆の歌は、詞の上で「夕」が共通している。

『改観抄』は、九六番公経の歌の注で「述懐の心をもて上の歌につがるる心歟」として、九五番慈円の歌との関係を指摘している。また、九七番定家の歌の注では「上の歌、雪ならでふり行物はとあるに、此歌も、やくやもしほのと、そへたる心を一類としてつらねられたる歟」とする。九八番家隆の歌の注には「右二人、又一双の心につづけられけるにや」とする。そして、一〇〇番順徳院の歌の注に「本に二帝の御歌をすゑて末に両院の御うたを載らる。これまた一部の首尾なり」と指摘する。

100
ももしきやふるき軒ばのしのぶにもなをあまりあるむかしなりけり

論　攷

『百人秀歌』の配列―『百人秀歌』先行説の根拠―

『百人一首』と九七首の歌が一致し、歌の配列に大きな違いが認められる『百人秀歌』という歌集がある。[1]いわば『百人一首』の別バージョンとも見られる作品である。『百人一首』の成立をめぐり、この『百人秀歌』が先に成立し、その後『百人一首』が成立したとする『百人秀歌』先行説と、その逆の『百人一首』先行説がある。[2]現在のところ、『百人秀歌』先行説が優勢と見られるが、『百人一首』先行説も完全に否定されたわけではない。この問題には、当時の社会状況やその時の定家の心境、『明月記』文暦二年五月二十七日の記事、あるいは「小倉色紙」の存在や『百人一首』に関する伝承などが複雑にからみ合ってくる。しかし、それらを論拠にした場合、そこに不確定要素が含まれてしまうために、推論の結果はどうしても曖昧なものにならざるを得ない。そこで、本稿では、それらにはあえて触れず、作品自体に立ち返り、『百人秀歌』と『百人一首』の比較および『百人秀歌』という作品そのものの考察を通して両者の先後関係を考えてみたいと思う。

まず、『百人秀歌』と『百人一首』の比較から『百人秀歌』先行説の根拠となる事柄を整理すると次のようになる。

(1)家隆の官位表記が『百人秀歌』は「正三位」で、『百人一首』は「従二位」であること。

(2)『百人一首』は巻末に後鳥羽院と順徳院を置き、これは巻頭の天智天皇・持統天皇との首尾照応をねらったものであり、『百人秀歌』よりも完成度が高いこと。

(3)歌数が『百人秀歌』は一〇一首で、『百人一首』は一〇〇首であること。

(4)『百人秀歌』は『新勅撰集』撰入歌が巻末に四首まとまって入っているだけであるのに対して、『百人一首』では一つの配列基準に従って配列されていること。

右の四つの根拠の中で、(1)は、家隆が従二位になったのは文暦二年（1235）九月十日なので、『百人秀歌』はそれ以前の成立、『百人一首』はそれ以後の成立であることを示しているということである。しかし、これは明確なようでいて、実は根拠としては確かなものではない。なぜなら、もとの『百人一首』（現存しない）も「正三位」であったが、後に、後鳥羽・順徳両院の諡号を書く際に、家隆の位署も最終的な官位「従二位」に改められた可能性がなくはないからである。(2)は、『百人一首』の形が『百人秀歌』に比してある種の完成度の高さを有しているということである。『百人一首』が先行するとしたなら、完成度の高いものをあえて崩したことになる。それには何らかの明確な理由が必要となる。(3)は、もともと一〇一首であったものを、改編にあたって切りよく一〇〇首に収めたとすれば、それは自然なことであり、特に説明は要さない。しかし、一〇〇首であったものを一〇一首にするというのはどうであろうか。もとが一〇〇首であれば、また一〇〇首に収めようとするのが自然ではなかろうか。一〇〇という数字は明らかに意識された数字だからである。この場合、一〇一であることの理由が求められる。(4)も、『百人秀歌』の『新勅撰集』撰入歌は、実朝と現存歌人の歌を『新勅撰集』から選んで単純に巻末に付けてあるだけである[3]（そのように見える）。これに対して、『百人一首』のほうは実朝を没年順配列の中に組み込み、両院以外の生存歌人を官位順に並べ、最後に両院の歌でしめくくるという形で、完全に『新勅撰集』撰入歌が取り込まれてしまっている。(4)『百人秀歌』が先行するなら、最後にとりあえずまとめておいた『新勅撰集』撰入歌四首を、一つの基準に従って組み込んだのが『百人一首』だと説明できる。しかし、『百人一首』が先行するなら、いったん組み込んだものをなぜわざわざ切り離して最後にまとめる必要があったのかということが明確に説明されなければならないであろう。

次に、これに対する『百人一首』先行説の根拠について検討してみたいところではあるが、この二つの作品の比較からは、『百人一首』が先行することを示すものは今のところ何も出て来ない。そして、右の『百人秀歌』先行説の根拠に対してそれぞれに明確な理由が与えられたとしても、それがそのまま『百人一首』先行説を積極的に裏付けるものとなるわけではない。それは『百人秀歌』先行説を裏付ける根拠としては不十分だというに過ぎないのである。このことは十分に確認しておかなければならない。二つの作品の比較ということに絞って見る限り、『百人秀歌』先行説は優位にあると言える。

それでは、両者の先後関係を考える有効な手がかりはほかにないかというと、『百人秀歌』の配列方法にそれが求められるのではないかと稿者は考える。『百人秀歌』は想像以上に緊密に歌と歌が結び付けられており、それが『百人秀歌』先行説の根拠の一つに加えられるのではないかと考えるのである。

『百人秀歌』の配列基準は、時代順意識と並び意識にあるとされる。(5)これについては疑問を差し挟む余地はなく、首肯されるところである。しかし、どの歌とどの歌を対とするかという点については従来の捉え方に異論がある。すなわち、従来の捉え方では、1番と2番、3番と4番、5番と6番、…99番と100番という具合に対になっているとされている。[6] その結果、101番をどうするのかという点に不都合が生じる。また、75番相模の歌と76番俊頼の歌の対のように、どうしても対としてそぐわないものも出て来る。75番相模の歌の対としてふさわしいのは74番紀伊の歌であろう。[7] そうであるとすれば、どこかでずれたと考えるべきであり、そのずれた原因は対の相手をもたない歌がここまでのどこかにあったからだと考えなければならない。つまり、すべての歌が順番に対となっているという考えを改める必要が出て来るわけである。そこで、あらためて『百人秀歌』の配列方法を考察したいと思う。

『百人秀歌』の配列方法を整理し、まとめると次のようになる。

(1)「時代順」による配列法。

(2)「対」による配列法。

①対を構成する方法は次の二つがある。

a歌人の相応によって対とするもの。

b歌の内容や詞の類似などによって対とするもの。

②対と対の連接方法は次の二つがある。

a直後の歌と連接するもの。

b一首置きに連接するもの。これを「交互連鎖の配列法」と呼称する。

③対と想定される二つの歌の間に①のaあるいはbのような関係が認められなくても、次の二首との間に②のb「交互連鎖の配列法」が認められ、二首で一組の扱いがなされており、「対」であることが認められる場合があ

る。

④「時代順」よりも「対」を優先させる場合がある。

⑤選歌理由を「対」に求めることができる場合がある。

(3)すべての歌が対に組まれているのではなく、対の相手をもたない歌が五首存在する。これを「《遊び》の歌」と呼称する。

(4)六首または七首で一つのグループを成し、合計一六のグループから構成されていると見られる。

以下に少し補足しておく。

(1)天智天皇に始まり、定家の時代の歌人まで、概ね時代順に並べられていることは認められよう。ただし、(2)の「対」や(4)のグループとの関係もあり、厳密に時代順になっているわけではない。

(2)については後述することにする。

(3)「《遊び》の歌」と考えられる歌は、21番（宗于）、38番（朝康）、45番（元輔）、52番（恵慶）、71番（行尊）の合計五首である。この「《遊び》の歌」の存在は何を意味するのであろうか。緊密な対が多く続くことで生じる息苦しさを緩和させ、単調さに変化を加えるべく置かれたものであろうか。対を歌合の形態を踏襲したものと捉える樋口氏の説(8)に従うならば、この「《遊び》の歌」の意義として、歌仙歌合から歌仙秀歌撰へと移行・展開する一歩だったという見方もできるかもしれない。

(4)例えば、巻頭の天智天皇から6番の仲麿の歌までの六首が奈良朝以前の歌人の歌として一つのグループを構成している。そして、次の7番の篁から12番の陽成院の歌までの六首が一つのグループを作っていると見ることができる。なぜなら、13番の小野小町で再び時代が遡るからである。そして、この小町から18番の光孝天皇の歌までの六首で一つのグループを構成すると見られる。19番の伊勢からは宇多・醍醐朝の歌人に時代が改まるからである。それ以下も、六首または七首で一つのグループを構成するものと類推し、次のように分けることができるように思われる。19番から25番、26番から31番、32番から38番、39番から45番、46番から52番、53番から58番、59番から64番、65番から70番、71番から77番、78番から83番、84番から89番、90番から95番、96番から101番。ただし、不明な点も多い。仮にこのようなグループが認められるとすれば、それはいったい何を意味するのであろうか。『百人秀歌』が色紙形に書かれ、障子に貼られたものであるとするならば、その貼られた数を示すものか。一枚の障子に六、七枚の色紙形は多すぎると考えれば、二枚の障子に六、七枚が貼られたということなのであろうか(9)。

これらの問題は興味深い事柄ではあるが、その解決には今後の考究を俟たなければならない。

それでは、以下、⑵について詳しく述べることにする。これが本稿の本題と直接関係しているからである。まず、具体例に即して見ていこうと思う。なお、『百人秀歌』の本文は冷泉家時雨亭文庫蔵本を用いた(10)。各歌には歌番号を付した。その歌番号の上に付けた鎹印は対になっていることを示している。作者名は底本の表記のままであるが、歌本文の下に括弧に入れて掲示した。

┌ 1あきのたのかりほのいほのとまをあらみわがころもではつゆにぬれつつ（天智天皇御製）
└ 2はるすぎてなつきにけらし白妙のころもほすてふあまのかぐ山（持統天皇御製）

3あしびきの山どりのをのしだりをのながながしよをひとりかもねん（柿本人麿）

4たごのうらにうちいでてみれば白妙のふじのたかねにゆきはふりつつ（山辺赤人）

5かささぎのわたせるはしにおくしものしろきをみればよぞふけにける（中納言家持）

6あまのはらふりさけみればかすがなるみかさの山にいでし月かも（安倍仲丸）

まず、「①a歌人の相応」については、例えば、1番の天智天皇と2番の持統天皇は天皇という地位、3番の人麿と4番の赤人は歌人としての評価などから相応と言えよう。このような「歌人の相応」ということが歌と歌を結び合わせる一つの方法であったと見られる。なお、5番家持と6番仲麿は同時代とはいえ、地位や歌人としての評価が同等とは言えまい。家持は官位は中納言で三十六歌仙の一人に数えられているのに対し、仲麿は唐に留学したまま帰朝せずこの歌一首が有名なだけだからである。

さて、『百人秀歌』の中で、「歌人の相応」としては、ほかにも、9番行平と10番業平、13番小町と14番喜撰、17番融と18番光孝天皇、19番伊勢と20番元良親王、24番忠岑と25番躬恒、34番忠平と35番定方、39番右近と40番敦忠、41番兼盛と42番忠見、46番重之と47番好忠、50番実方と51番道信、53番一条院皇后宮定子と54番三条院、55番儀同三司母と56番道綱母、57番能因と58番良暹、59番公任と60番清少納言、63番赤染衛門と64番紫式部、65番伊勢大輔と66番小式部内侍、67番定頼と68番道雅、72番匡房と73番国信などが挙げられるのではなかろうか。古い時代に「歌人の相応」の傾向が認められるようである。

次に、「①b歌の内容や詞の類似」については、1番と2番の歌の間に内容の類似点は認められない。ただし、1番の「わが衣手は露に濡れつつ」を2番の「衣ほすてふ」で受けると見ることができる。これは、歌の内容ではなく、詞の上だけの繋がりである。同じく、5番の「かささぎの渡せる橋」を6番の「天の原ふりさけ見れば」で受けると見られる。共通する語句はないが両者に関連性が認められる。これも詞の上だけの繋がりである。これも歌同士の関連のもたせ方の一つである。これに対して、3番と4番の歌は、内容の上からも詞の上からも何の関連性も認められない。なお、「歌の内容の類似」による対の具体例については後述する。

次に、「②対と対の連接方法」であるが、「a直後の歌と連接するもの」というのは、4番の「うち出でて見れば」「白妙の」を5番の「白きを見れば」で受けるのがこれに相当する。3番・4番の対と5番・6番の対をそれによって繋いでいると見ることができる。これに対して、「b一首置きに連接するもの」というのは、2番の「白妙の」を一首置いた4番の歌が「白妙の」で受けるのがこれである。ほかにも、2番の「天の香具山」を4番の「富士の高嶺」で受け、さらに6番の「三笠の山」で受けるというのがこれである。何れも歌枕の山という共通項で結び付けていると見られる。また、1番の「秋」の夜（歌の中の時間帯は夜である）を3番の「ながながし夜」で受け、さらに5番で「かささぎの渡せる橋」（本来秋の七夕のもの）で受ける。このように、交互に連鎖させるので、今仮にこれを「交互連鎖の配列法」と呼んでおく。さらによく見れば、3番の「山鳥」と5番の「かささぎ」の繋がり、4番と6番の歌の構成方法の類似などもこれに相当する。

この交互連鎖の配列法は、ほかに、22番と24番、23番と25番、48番と50番、49番と51番、90番と92番、91番と93番、94番と96番、95番と97番、96番と98番、97番と99番、98番と100番、99番と101番などがこれに該当するかと思われる。

巻末の『新勅撰集』撰入歌は単に最後にまとめて付けられているだけのように見えると先には言ったが、実は、この交互連鎖によって次のように歌同士が結び付けられているのである。説明の都合上、94番歌から掲げる。

94わが袖はしほひにみえぬおきのいしの人こそしらねかわくまもなし（二条院讃岐）
95きりぎりすなくやしもよのさむしろにころもかたしきひとりかもねん（後京極摂政前太政大臣）

96おほけなくうきよのたみにおほふかな我がたつそまにすみぞめのそで（前大僧正慈円）
97みよしのの山の秋かぜさよふけてふるさとさむくころもうつなり（参議雅経）

98よのなかはつねにもがもななぎさこぐあまのをぶねのつなでかなしも（鎌倉右大臣）
99かぜそよぐならのをがはのゆふぐれはみそぎぞなつのしるしなりける（正三位家隆）

100こぬ人をまつほのうらのゆふなぎにやくやもしほの身もこがれつつ（権中納言定家）
101はなさそふあらしのにはのゆきならでふりゆくものは我が身なりけり（入道前太政大臣）

例えば、94番の「わが袖」を96番の「わがたつ杣にすみぞめの袖」で受け、95番の「霜夜のさむしろに衣かたしき」を97番の「さむく衣うつ」で受ける。96番の「憂き世」を98番「世の中は」で受ける。97番の「秋風」を99番「風そよぐ」で受ける。98番の海人の仕事を100番で受け、99番の「風そよぐ」を101番「嵐」で受ける。このように交互連鎖の配列法によって歌と歌とが繋ぎとめられていることが知られるのである。「歌の内容や詞の類似」によって対を作るとすれば、次のような歌の配列も可能だったはずである。

94わが袖はしほひにみえぬおきのいしの人こそしらねかわくまもなし（二条院讃岐）
96おほけなくうきよのたみにおほふかな我がたつそまにすみぞめのそで（前大僧正慈円）

95きりぎりすなくやしもよのさむしろにころもかたしきひとりかもねん（後京極摂政前太政大臣）
97みよしのの山の秋かぜさよふけてふるさとさむくころもうつなり（参議雅経）

98よのなかはつねにもがもななぎさこぐあまのをぶねのつなでかなしも（鎌倉右大臣）
100こぬ人をまつほのうらのゆふなぎにやくやもしほの身もこがれつつ（権中納言定家）
99かぜそよぐならのをがはのゆふぐれはみそぎぞなつのしるしなりける（正三位家隆）
101はなさそふあらしのにはのゆきならでふりゆくものは我が身なりけり（入道前太政大臣）

あるいは選歌の段階では右のような配列を考えていたのではないかと思われるほど、きれいな対となる。しかし、巻末であることを考慮すると、このままでは単調で変化に乏しいとも言える。ひと工夫ほしいところである。そこで、96番と95番を入れ替え、100番と99番を入れ替えて現在のような交互連鎖にしたのではなかろうか。そのようなことまで想像させる配列である。

なお、従来の捉え方によれば、95番の良経と96番の慈円、99番の家隆と100番の定家は対となり、相応の歌人の組み合わせとなるところである。しかし、95番の良経の歌は94番の讃岐の歌と対となり、両首ともに歌の内容は、独り寝をかこつ恋の歌と見ることができる。良経の歌は秋の歌ではあるが、讃岐の歌と対となることで、もともともっている恋の歌の情趣をいっそう色濃く現してくる。これは、「歌の内容の類似」による対の例と言える。さらに『百人一首』にもこの両首は対として採られているので、良経と讃岐の歌が対になっていると考えるのが妥当であろう。また、家隆と定家の対は、世間あるいは後世の人が相応の歌人と見るのであって、定家自身はそのようには捉えなかったか、あるいは歌の並びを優先させて歌人として対にすることをしなかったのであろう。

さて、右に「歌の内容の類似」による対の例が出てきたが、次に、これについてあらためて具体例を見ておくことにする。

7わたのはらやそしまかけてこぎいでぬと人にはつげよあまのつりぶね（参議篁）
8おく山にもみぢふみわけなくしかのこゑきくときぞ秋はかなしき（猿丸大夫）
9たちわかれいなばの山のみねにおふるまつとしきかばいまかへりこん（中納言行平）
10ちはやぶる神よもきかずたつた河からくれなゐにみづくくるとは（在原業平朝臣）
11すみのえのきしによるなみよるさへやゆめのかよひぢ人めよくらん（藤原敏行朝臣）
12つくばねのみねよりおつるみなのがはこひぞつもりてふちとなりける（陽成院御製）

7番と8番の対は、7番が大海に漕ぎ出す歌であるのに対して、8番は奥山に分け入る歌であって、歌の内容が類似的、あるいは対比的と言える。9番と10番の対は、9番が緑の松を詠んでいるのに対して、10番は紅の紅葉を詠んでいて、これも対比的な内容である。11番と12番の対は、海と山の対比はあるが、何れも序詞による恋の歌であり、逢うことがかなわず恋しい気持をつのらせていく内容に共通性が認められる。

「歌の内容や詞の類似」によって対を構成するものを分類整理すると次のようになる。

○内容と詞両方の類似または対比によるもの（一〇組）。
11番と12番、13番と14番、19番と20番、36番と37番、41番と42番、43番と44番、46番と47番、59番と60番、78番と79番、90番と91番

○内容の類似または対比によるもの（一八組）。
7番と8番、9番と10番、26番と27番、28番と29番、30番と31番、32番と33番、39番と40番、53番と54番、55番と56

番、57番と58番、61番と62番、69番と70番、72番と73番、74番と75番、80番と81番、86番と87番、88番と89番、94番と95番

○詞の類似または繋がりによるもの（一二組）。

1番と2番、5番と6番、15番と16番、17番と18番、34番と35番、50番と51番、63番と64番、76番と77番、82番と83番、84番と85番、92番と93番、96番と97番

○内容も詞も関連が認められないもの（八組）。

3番と4番、22番と23番、24番と25番、48番と49番、65番と66番、67番と68番、98番と99番、100番と101番

ところで、先に見た巻末の対の組み合わせが従来のものとは異なっていたのは、対の相手をもたない「《遊び》の歌」があって対の組み合わせがずれたことによる。そこで、「《遊び》の歌」の存在によって従来の対とは異なったものを、次にいくつか見てみたいと思う。例えば、最初の「《遊び》の歌」は21番の宗于の歌である。この歌の存在によって、24番忠岑と25番躬恒の対が成り立つ。ちなみに、この両者の対は『百人一首』においても対になっている。そして、『百人秀歌』ではその対の後に次のような対が置かれている。

26ひさかたのひかりのどけきはるの日にしづごころなく花のちるらん（紀友則）
27ふくからに秋の草木のしをるればむべ山風をあらしといふらん（文屋康秀）

この組み合わせは、風もなくのどかな春と冷たく激しい風の吹く秋の対比であり、友則の歌はあわただしく散る桜、康秀の歌は山風に吹かれて萎えしぼむ秋の草木を詠んでおり、対照の妙が感じられる。従来の捉え方によれば、友則

の歌は25番の「こころあてにをらばやをらんはつしものおきまどはせる白ぎくのはな」という躬恒の歌の対ということになる。この場合も、秋の白菊と春の桜ということで悪くはないが、24番忠岑・25番躬恒という対を崩してしまう。また、康秀の歌の対は28番の貫之の「人はいさ心もしらずふるさとは花ぞむかしのかににほひける」となる。これも秋と春の対照として見ることはできるが、その反面、後述する29番の是則の歌との対を崩してしまい、貫之のこの歌がここに置かれた意味までが失われてしまう。

36みかのはらわきてながるるいづみ河いつみきとてか恋しかるらん（中納言兼輔）
37あさぢふのをののしのはらしのぶれどあまりてなどか人のこひしき（参議等）

これは、34番忠平と35番定方の対の次に置かれている。この組み合わせは、忠平・定方の大臣同士の対に続き、公卿同士の対である。歌の内容から見れば、野原を序詞に詠み入れた恋の歌ということで共通し、何れも恋の初期段階を詠んだ歌である。詞の上からも、「いつ見きとてか恋しかるらん」「などか人の恋しき」など類似性が認められる。これはやはり一対の歌として味わわれるべきである。ところが、従来の捉え方では、この二首は二つに分けられてしまい、前の対の忠平・定方の対も分けられてしまう。

74おとにきくたかしのはまのあだなみはかけじや袖のぬれもこそすれ（祐子内親王家紀伊）
75うらみわびぬほさぬそでだにある物をこひにくちなんなこそをしけれ（相模）

76山ざくらさきそめしよりひさかたのくもゐにみゆるたきの白いと（源俊頼朝臣）
77せをはやみいはにせかるるたき川のわれてすゑにもあはんとぞ思ふ（崇徳院御製）

もう一例だけ取り上げてみたい。それは右の相模の歌と俊頼の歌の対である。俊頼の歌は、従来の捉え方では相模の歌と対をなすことになる。しかし、両者にほとんど関連性が認められない。ところが、右のように、相模の歌は紀伊の歌の対、俊頼の歌は崇徳院の歌の対と捉えれば、歌同士に密接な関連が認められるようになる。紀伊の歌が「あだ波はかけじや袖の濡れもこそすれ」と恋愛関係になるのを危ぶむことを詠んでいるのに対し、相模の歌は「恨みわびほさぬ袖だにあるものを」と恋をしたばかりにこのようになったことを悔やむことを詠んでいる。この対応関係を作るために、時代的に少し合わない相模の歌をここに配したものと考えられる。いっぽう、俊頼の歌は桜を滝に見立てたものであり、崇徳院の歌は滝を序詞の中に詠んで恋の歌に仕立てた歌であって、何れも「滝」が一首のポイントになっている。「滝」に関連させて「桜」と「恋」を詠んだものと捉えることができる。

『百人秀歌』の歌の対は、右に見てきたように、「①a歌人の相応」によるものか、「①b歌の内容や詞の類似」によるものか、多くはこの二つのうち、どちらかあるいは両方にあてはまる。しかし、このどちらにもあてはまらない例も少数ながらある。例えば、22番と23番、48番と49番、98番と99番、100番と101番などである。ところが、これらの例はすべて交互連鎖の配列法によって結び付けられている。98番と99番、100番と101番については先に見たとおりである。これらも二首で一組の扱いを受けていると見られるので、変形的ながら「対」と認めてもよいのではなかろうか。それが③である。

次に、「④「時代順」よりも「対」を優先させる場合がある」というのは、例えば、53番の一条院皇后宮（定子）と55番の儀同三司母（貴子）の関係などに見られる。一条院皇后宮は儀同三司母の子であるから、時代順ならば儀同三司母が先に置かれなければならない。しかし、一条院皇后宮のほうが先に置かれている。これは、54番の三条院と一条院皇后宮を対とし、儀同三司母は56番の右大将道綱母と対にしようとしたからである。同様のことは、62番の大弐三位と64番の紫式部の場合にも言える。また、相模の歌が時代に相応しないほど後ろに位置するのは、先述したように74番の紀伊の歌と対にしたかったためと考えられる。

次の「⑤選歌理由を「対」に求めることができる場合がある」というのは、例えば、19番の伊勢の歌であるが、単独で考えていたのでは、なぜ伊勢の歌としてこの歌が選ばれたのかがわからない。伊勢ほどの歌人であれば、ほかにいろいろ名歌はあるだろうと思われる。定家は『八代集秀逸』[11]に『後撰集』から選んだ一〇首のうち、伊勢の歌として「思ひ川絶えず流るる水の泡のうたかた人の逢はで消えめや」を選んでいる。歌の内容も似ているので、代表的秀歌というならこの歌を選ぶのが自然である。ところがそうしなかったということは、やはり対をなす20番の元良親王の歌との関係で選ばれたと考えるべきである。「難波」を詠み入れている点も共通し、「ふしの間も逢はでこの世を過ぐしてよとや」に対して「身を尽くしても逢はむとぞ思ふ」と応じたかのような組み合わせになっている。つまり、『八代集秀逸』に『拾遺集』中の秀歌として選んだ元良親王のこの歌をまず採り、その歌に合わせて伊勢の歌を選んだと見られるのである。

これと同じことは、先に見た10番の業平の歌についても言えるかと思う。対の行平の歌を意識しての選歌である。ちなみに、この行平の歌も『八代集秀逸』に『古今集』を代表する秀歌として選ばれており、定家の評価のきわめて高い歌であったことを付け加えておく。

さて、右に見た行平・業平、伊勢・元良親王の対は『百人一首』でも同じ並びになっているのであるが、そうではない例を次に見てみたいと思う。

例えば、貫之の歌であるが、『百人一首』ではなぜこの歌が貫之の歌として選ばれたのかがわからない。[12]ところが、

『百人秀歌』では次のような対になっている。

28人はいさ心もしらずふるさとは花ぞむかしのかににほひける（紀貫之）
29あさぼらけありあけの月とみるまでによしののさとにふれるしらゆき（坂上是則）

是則の歌は『八代集秀逸』に『古今集』を代表する秀歌として選ばれている。ところが、貫之の歌はこれを貫之の代表歌とするには疑問がもたれる。定家は『八代集秀逸』に、貫之の歌として『古今集』の「白露も時雨もいたくもる山は下葉残らず色づきにけり」を選んでいる。この歌を選んだのなら問題はないが、この歌は選ばなかった。それならばなぜ「人はいさ…」の歌なのか。それは、対となっている是則の歌に合わせたからである。是則の歌は故郷の雪を詠んでいる。これに対して、貫之の歌は故郷の花を詠んだ歌である。「歌の内容の類似（対照）」により対にした例である。

同様のことは、46番の重之と47番の好忠の対における好忠の歌についても言える。

46かぜをいたみいはうつなみのおのれのみくだけてものを思ふころかな（源重之）
47ゆらのとをわたるふな人かぢをたえゆくへもしらぬこひのみちかな（曾禰好忠）

重之の歌は『八代集秀逸』に『詞花集』の秀歌として選ばれている。好忠の歌としては『八代集秀逸』に『後拾遺集』の「榊とる卯月になれば神山の楢の葉柏本つ葉もなし」が選ばれている。しかし、定家はこれを採らず「由良の戸を…」の歌を選んだ。これは、重之の歌に合わせて、海に関連するものを序詞に詠んだ恋の歌を意図的に選んだということではなかろうか。

以上のように、選歌理由を「対」に求めることができるとするならば、これも『百人秀歌』先行説の有力な根拠となり得る。ただし、『百人一首』に選んだ歌を組み合わせた結果、偶然右のような対ができた、と言うこともできないことはない。したがって、これは『百人秀歌』先行説の根拠として有力ではあっても十分なものとは言えない。

「対」に関してこれまで述べてきたことをまとめると次のようになる。『百人秀歌』には並び意識が色濃く表れている。対をなす歌は、従来、一番から順にすべての歌が対になっていると捉えられてきたが、対を作らない「《遊び》の歌」が存在し、これを除外することで、いっそう対が明確に捉えられるようになる。各対は、多少の親疎の差は認められるものの、ほぼ同時代の相応の歌人、あるいは相応の歌（内容や詞の繋がり）によって、緊密に結び付けられている。その対の数は、一〇一首から「《遊び》の歌」五首を除いた九六首が対をなす歌となり、合計四八組の対から構成されている。

以上の結果を踏まえると、次のようなことが言える。この『百人秀歌』を『百人一首』と比較すると、『百人秀歌』の四八組の対のうち、『百人一首』と共通する対は二一組（この内の一〇組は歌の順序が逆になっている）である。ちなみに、その共通する対を『百人秀歌』の番号（括弧内は歌人名）によって示せば次のとおりとなる。(13) 1番（天智天皇）と2番（持統天皇）、3番（人麿）と4番（赤人）、5番（家持）と6番（仲麿）、9番（行平）と10番（業平）、13番（小町）と14番（喜撰）、17番（融）と18番（光孝天皇）、19番（伊勢）と20番（元良親王）、24番（忠岑）と25番（躬恒）、34番（忠平）と35番（定方）、41番（兼盛）と42番（忠見）、43番（伊尹）と44番（朝忠）、48番（能宣）と49番（義孝）、50番（実方）と51番（道信）、55番（儀同三司母）と56番（道綱母）、57番（能因）と58番（良暹）、65番（伊勢大輔）と66番（小式部内侍）、67番（定頼）と68番（道雅）、80番（顕輔）と81番（兼昌）、84番（清輔）と85番（俊恵）、94番（讃岐）と95番（良経）、96

番（慈円）と97番（雅経）である。

もしも仮に『百人一首』の成立が先行すると考えるならば、残りの二七組は新たに対として組んだことになる。そのようなことが果たして可能であろうか。別の何らかの選歌基準で選んだ歌を、同時代の相応の歌人あるいは相応の歌として、新たに二七組も組むことは至難の業と言わざるを得ない。それに対して、対を解いて時代順を重んじた並びに変えるのはそう難しいことではない。すなわち、『百人一首』から『百人秀歌』への改編はきわめて困難であり、その逆は容易だということである。そうであるとすれば、『百人秀歌』が先に成立したと考える以外ない。『百人秀歌』先行説を支持する有力な根拠が『百人秀歌』の配列方法に求められると言ったのは、以上の理由からである。

注

（1）有吉保氏「百人一首の書名成立過程について」（『古典論叢』1・昭26・7、『百人一首研究集成』〈和泉書院　平15・2〉所収）に初めて『百人秀歌』（書陵部蔵本）が紹介された。

（2）有吉氏の前掲論文以来、研究者の多くが『百人秀歌』先行説をとる。これに対し、『百人一首』先行説をとるものとして次の論文を挙げることができる。片桐洋一氏「百人一首雑談」（『リポート笠間』12・昭50・11）、加藤惣一氏「「百人一首」の成立・性格について」（『広島女学院大学国語国文学誌』17・昭62・12）、伊井春樹氏「百人一首の成立」（『季刊墨スペシャル』芸術新聞社　平2・1）、徳原茂実氏「百人一首成立試論」（『国文論叢』23・平7・4）。以上の四論文は『百人一首研究集成』（和泉書院　平15・2）に収められ、片桐氏の論文は「百人一首雑談　その後」として一部修正されている。なお、その後、「『百人一首』の成立―言い残したいこと第四―」（『礫』210　平16・4）、「『百人一首』の成立（続）―言い残したこと第五―」（『礫』220　平17・2）において、片桐氏は『百人秀歌』先行説に転じている。ほかに、島津忠夫氏も『新版百人一首』

解説（角川ソフィア文庫　平11・11）、島津忠夫著作集第八巻『和歌史下』（和泉書院　平17・12）等に『百人一首』先行説を示す。

（3）樋口芳麻呂氏はこれについて「木に竹を継いだような奇妙な構成になっている。これは、八代集から一〇〇首を選ぶ初めの方針が、配列の終りごろになってねじ曲げられ、『新勅撰集』を新しく選歌資料に追加したことを意味するのであろう」とする（「『百人一首』への道（下）」『文学』昭50・6、『百人一首研究集成』〔和泉書院　平15・2〕所収）。同氏「百人秀歌から百人一首へ」（『文学』昭46・7、『平安・鎌倉時代秀歌撰の研究』〔ひたく書房　昭58・2〕に編入されている）にも同様の論が見える。『百人秀歌』の成立を考える上できわめて示唆的である。

（4）片桐氏もこの歌順の違いを『百人秀歌』先行説の根拠の一つとしている（前掲「『百人一首』の成立（続）―言い残したこと第五―」）。

（5）石田吉貞氏『藤原定家の研究』（文雅堂　昭32・3、改訂版昭44・3）、樋口氏前掲両論文、久曽神昇氏『御所本百人秀歌宮内庁書陵部蔵』解題（笠間書院　昭46・12）、島津忠夫氏・上條彰次氏『百人一首古注抄』概説（和泉書院　昭57・2）等。

（6）安東次男氏『百首通見　小倉百人一首全評釈』（集英社　昭48・6、『百人一首』新潮文庫　昭51・11）もその捉え方で評を加えている。

（7）久曽神氏は前掲解題で、必ずしも適当とは考えられない組み合わせとして、「行尊と匡房、国信と紀伊とするよりは、匡房と国信、紀伊と相模の方が似合ふやうに思はれる」としている。島津氏・上條氏前掲概説にも取り上げられている。

（8）樋口氏前掲両論文。

（9）石田氏前掲書は「恐らく障子一枚に、歌と絵と各二枚づつほどであつたであらう」とする。また、渡邉裕美子氏は「障子に貼るのに百という数は多すぎるのではないかという議論が、かつてあった。しかし、襖一枚に二首或いは四首を貼り（『源氏物語絵巻』に一枚の襖に色紙を二枚貼る例と、四枚貼る例が見える)、数部屋に渡るのであれば問題ないように思う」とする(「後鳥羽院―名所障子に囲まれた帝王」『国文学　解釈と教材の研究』學燈社　平19・12)。

(10) 冷泉家時雨亭叢書37『五代簡要　定家歌学』(朝日新聞社　平8・4)所収。この時雨亭文庫蔵本は、書陵部蔵本や志香須賀文庫蔵本の親本と目されている。

(11) 成立は天福二年(1234)九月で、『百人秀歌』『百人一首』とほぼ同時期に定家によって撰ばれた秀歌撰。八代集から各一〇首、計八〇首を抄出したもの。『百人秀歌』『百人一首』とは三六首が一致している。

(12) 島津氏は「『古今和歌集』には説話的な作歌事情を示す長い詞書を持った歌で、『百人一首』の撰に当たっては、貫之を「余情妖艶の躰をよまず」と評した定家が、あえて貫之の余情の歌を選び取ったものと考えたい」(前掲『和歌史下』)と選歌理由を説明している。しかし、稿者にはこれが「余情の歌」なのかどうかの判別ができない。『定家八代抄』では詞書は「久しくまからざりける所にまかりて、梅の花を折りて」と必要最小限に省略され、定家が「物語的な作歌事情」に興味を持っていたとも感じられず、歌自体も、機知的な対比表現による、いかにも貫之らしい歌であると思われる。

(13) 島津氏・上條氏前掲概説にも、従来の対の組み合わせによる一七組が挙げられている。

〔本稿は、『花實』(第七一巻・第一二号、平22・12)に掲載された論文であるが、「注」の部分に筆を加えた。〕

『百人一首』の配列―『百人秀歌』から『百人一首』への改編―

前稿「『百人秀歌』の配列―『百人秀歌』先行説の根拠―」（『花實』平22・12）において、『百人秀歌』が『百人一首』に先行することを論じた。その結論が正しいとすれば、『百人秀歌』をどのように改編して『百人一首』を作ったのであろうか。以下、本稿ではその視点から考察を加えていくことにする。

なお、『百人一首』の配列に言及したものとして、古くは契沖の『百人一首改観抄』がある。また、近年その配列を論じた主な論文として、吉海直人氏「『百人一首』配列試論」（『国学院雑誌』昭59・5）、家郷隆文氏「『百人一首』における歌順変更」（『龍谷紀要』平4・3、百人一首注釈書叢刊別巻1『百人一首研究集成』所収、和泉書院 平15・2）などがある。何れの論文からも多くの恩恵を蒙ったことを最初にお断りしておく。

『百人秀歌』と『百人一首』は九七首の歌が一致しているが、歌の配列に大きな違いが認められる。前稿において、『百人秀歌』の配列の基本原則として、「時代順」「対」「グループ」があることを述べた。このうち、「時代順」については『百人一首』においても大筋では変わっていない。しかし、「対」については、『百人秀歌』の四八組の対のうち、二七組がその対を解かれている。そして、おそらく、対を解かれた歌が何らかの新たな基準に従って並べ替えられているものと考えられる。また、『百人秀歌』では六首または七首で一つのグループを形成していると見られた。しかし、「対」が解かれたことに伴って「グループ」も解消した可能性もある。したがって、この「グループ」が

『百人一首』にも認められるのか否かも探っていく必要がある。

さて、それでは、その配列上の新たな基準とは何であろうか。『百人秀歌』と『百人一首』を比較した場合、配列上の顕著な違いとして、『百人一首』では後鳥羽・順徳両院の歌が新たに撰入されて巻軸に置かれ、巻頭の天智・持統両天皇と照応するように配されている点を指摘することができる。これは、歌と歌の関係というよりも、作者と作者の関係と言える。また、『百人一首』では、この両院の前に置かれた公経・定家・家隆という配列順が、作者の身分によるものらしいこと、そして、その前の配列順が作者の没年順になっていることが知られている。これらの点から、『百人一首』は「作者」を強く意識した配列になっていることが窺われ、このことから推せば、「作者」が『百人一首』の配列の一つの大きな基準になっているのではないかと予測される。そこで、『百人一首』全体について、そのことを確かめてみたい。

そして、仮に『百人一首』が「作者」を新たな基準としているとするならば、「グループ」も「作者」によって形成されている可能性がある。そこで、「作者」によるグループ分けができるのかどうかを見極めなければならない。これも『百人一首』全体を通して見ておく必要がある。なお、「作者」をグループとして捉えようとする視点は、吉海氏の右掲論文にすでに示されていることを付け加えておく。

最後に、歌と歌が内容や詞の面でどのように相互に関係し合っているのかについても見ておく必要がある。歌と歌の関係については家郷氏の右掲論文に詳細な考察があり、『百人秀歌』から『百人一首』への歌順変更の理由を、その歌と歌の不即不離の関係に求めている。歌相互の関係が認められるとするならば、「作者」だけではなく、歌と歌の関係にも配慮しながら改編がなされたものと考えなければならない。

最初に、以下の図表の表記について記しておく。上段に『百人秀歌』の歌番号と歌人名を掲出し、歌あるいは歌人が対になっていると考えられるもの（前稿を参照のこと）には、その上に鎹印を付した。また、下段には、『百人一首』の歌番号と歌人名を掲出した。その上に付した鎹印は、『百人秀歌』の対が踏襲されていると考えられるものである。点線の鎹印は『百人秀歌』の対と歌人の順が逆になっていることを示している。また、一つのグループを形成していると見られるものを括弧で括った。括弧の下の丸数字はグループの通し番号である。

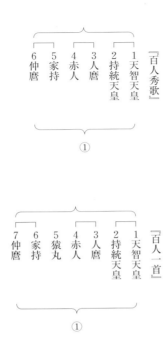

『百人秀歌』

1 天智天皇
2 持統天皇
3 人麿
4 赤人
5 家持
6 仲麿

①

『百人一首』

1 天智天皇
2 持統天皇
3 人麿
4 赤人
5 猿丸
6 家持
7 仲麿

①

奈良時代以前について見ると、『百人秀歌』の三組の対がそのまま『百人一首』にも引き継がれている。しかし、『百人一首』では家持の前に猿丸大夫が入れられている。猿丸大夫は『百人秀歌』では篁と対をなしていたが、その対を解いてここに入れたということである。これは、歌の内容による改編というよりも、猿丸大夫が奈良時代以前の歌人と判断されたことによるものであろう。その判断の根拠には、『猿丸集』に『万葉集』所載の歌が採られていることが考えられる。『古今和歌集目録』には「或人云、猿丸大夫者、弓削王異名云々。在㆓万葉集㆒弓削王歌、在㆓猿丸大夫集㆒云々。可㆑勘」とする。[1]弓削王説はしばらく措くとして、家集『猿丸集』を重んじる立場[2]からすれば、猿丸大夫を万葉歌人と考えたとしても不思議はない。そして、家持よりも古いと見たのであろう。ここには、対を解体して、作者の年代を優先しようとする意識が明らかに認められる。そして、ここまでで一つのまとまりをなしていると考えられるので、「グループ」を形成しているとひとまず見て、括弧で括っておくことにする。

『百人秀歌』

②
7篁
8猿丸
9行平
10業平
11敏行
12陽成院

③
13小町
14喜撰
15遍昭

『百人一首』

②
8喜撰
9小町
10蝉丸
11篁
12遍昭

③
13陽成院
14融
15光孝天皇
16行平

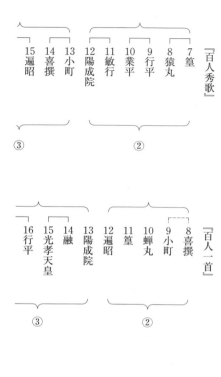

「16蝉丸
「17融
「18光孝天皇

「17業平
18敏行

ここでは、『百人秀歌』の六組の対のうち、三組が解かれている。猿丸大夫は篁との対を解かれ、奈良時代以前に移された。行平と業平の対はそのままだが、敏行とともに後方へ移されている。これに替わって、小町と喜撰の対が前方に来て、遍昭との対を解かれた蝉丸がその後に置かれている。この喜撰・小町・蝉丸の三人は、平安時代初期の生没年未詳の歌人としてまとめられているものと考えられる。『改観抄』[3]にも「蝉丸と時代等分明ならぬをとて小町に次歟」とする。これに次いで、対を解かれた歌人が、篁・遍昭と年代順に並ぶ。

そして、陽成院・融・光孝天皇と、天皇・大臣を並べる。融は、陽成院（第五十七代）・光孝天皇（第五十八代）の時代の左大臣である。次いで、行平・業平・敏行を並べる。行平と業平は兄弟であり、業平と敏行との関わりは『伊勢物語』（第一〇七段）や『古今集』（恋三・四）などに見える。身分は、行平が中納言、業平と敏行が四位朝臣である。ここには、作者の年代順による配列意識とともに、作者の身分による配列法が認められる。すなわち、作者の年代や身分による改編が行われているということである。

陽成院から敏行までを一つのまとまりとして捉えれば、喜撰から遍昭までを一つのまとまりとして捉えることができようか。

『百人秀歌』

④ 19伊勢　20元良親王　21宗于　22素性　23道真　24忠岑　25躬恒
⑤ 26友則　27康秀　28貫之　29是則　30千里　31興風
⑥ 32列樹　33深養父　34忠平　35定方　36兼輔

『百人一首』

④ 19伊勢　20元良親王　21素性　22康秀　23千里
⑤ 24道真　25定方　26忠平　27兼輔　28宗于
⑥ 29躬恒　30忠岑　31是則　32列樹
⑦ 33友則　34興風　35貫之　36深養父

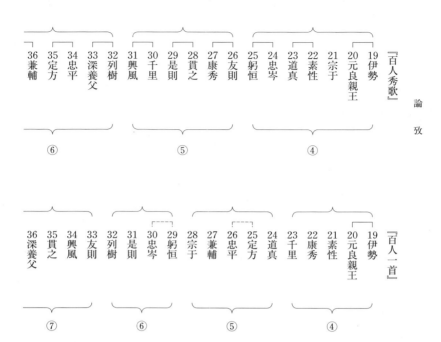

「37等
38朝康」

（37朝康）

このあたりは、宇多・醍醐朝の歌人を並べた箇所である。『百人秀歌』では九組の対が認められるが、『百人一首』ではこのうちの三組以外はすべて対を解かれ、大きな改編が行われている。

まず、伊勢と元良親王はそのまま置かれている。そして、次の宗于の歌は後方に移されている。次の素性と道真の間に、康秀と千里の二人が入り込んでいる。この二人は年代順に配されているものと考えられるが、宇多朝から醍醐朝にかけて活躍した下級貴族歌人との認識であろうか。千里は漢学者・漢詩人という面をもっていたが、康秀も「文琳」(4)という中国風の号からそうしたイメージを抱かせたか。これが次の道真へと繋がる。康秀は六歌仙の一人であり、小野小町とも交渉があったわけであるから、時代的にはもっと前に置かれるべきであろうが、康秀と千里の歌は、何れも是貞親王家歌合の歌であるところからここに配されたのであろう。

次に、道真を置き、次いで定方と忠平の対を後方から移している。これは、大臣をまとめる意図があったのであろう。『改観抄』にも「右三首、菅家もそのかみ右大臣にてましましければ、大臣の歌におのおの山をよみ草木をよめるを一類とす」と指摘する。忠平と定方の順を替えたのは、年代を考慮してのことと考えられる。(5) さらに、兼輔を後方から、宗于を前方から移して、中納言・四位朝臣と官位順に並べた。『改観抄』にも「右ふたり、人がらと歌のほどにて一類とする歟」とする。これ以下の作者がいわば下級貴族歌人であることを考えると、ここにも作者の年代順・身分による配列法を認めることができそうである。

その下級貴族歌人の配列を見ると、友則が時代的に少し古いように思われる点[6]が注目される。これを考慮すると、あるいは、躬恒から列樹までの四人と友則から朝康までの五人に分けられるものとも考えられる。そのような視点から見ると、ここの前半は伊勢から千里までの五人、道真から宗于までの五人に分けられるであろう。

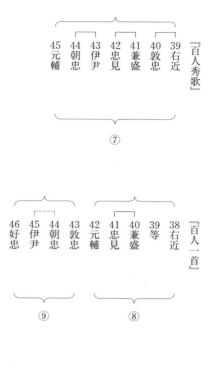

『百人秀歌』

39右近
40敦忠
41兼盛
42忠見
43伊尹
44朝忠
45元輔

⑦

『百人一首』

38右近
39等
40兼盛
41忠見
42元輔

⑧

43敦忠
44朝忠
45伊尹
46好忠

⑨

『百人秀歌』の三組の対のうち、『百人一首』では二組が受け継がれている。まず、右近と敦忠の対は解かれ、前の兼輔との対を解かれた等を右近の後ろに置いた。右近は醍醐天皇中宮穏子の女房であるが、村上朝期にかけて活躍し、等は参議となったのが村上天皇の時代である。[7] 続いて兼盛と忠見をそのまま置いた。これは村上天皇の時代の天徳四年（960）内裏歌合の詠である。このあたりは年代順と見てよいであろう。そして、兼盛と同じ地方官で没年も同じくする元輔を後方から移している。時代は一条天皇の時代に及ぶ(8)。

次に、伊尹と朝忠の対の前に、右近との対を解いた敦忠を前方から移して入れた。敦忠の活躍時期は朱雀天皇の時代であるから、ここで時代が少し遡る。ここに切れ目があるものと見られ、「グループ」の存在を感じさせる。また、敦忠と朝忠を並べたのは中納言という官職の共通性によるものと思われる。『改観抄』にも「右二首、官位のほど又歌心も似たるを一類とす」と指摘がある。そして、これを年代順に並べた。伊尹と朝忠の順を替えたのも、年代順に従ったものと考えられる(9)。そして、重之との対を解いた好忠をその後ろに置いた。

『百人秀歌』

46重之
47好忠
48能宣
49義孝
50実方
51道信
52恵慶

⑧

『百人一首』

47恵慶
48重之
49能宣
50義孝

⑩

『百人秀歌』の三組の対のうち、『百人一首』には二組が受け継がれる。このうち、実方と道信の対は次に扱う。好忠との対を解いた重之の前に、恵慶を後方から移して置いた。好忠の歌と重之の歌が対ではないことを明確化するためであろうか。次いで、能宣と義孝の対をそのまま置いている。このあたりは、村上・冷泉・円融・花山朝期を主な活躍時期とする歌人と見てよいであろう。

『百人秀歌』

53一条天皇皇后
54三条院
55儀同三司母
56道綱母
57能因
58良暹
⑨

59公任
60清少納言
61和泉式部
62大弐三位
63赤染衛門
64紫式部
⑩

『百人一首』

51実方
52道信
53道綱母
54儀同三司母
55公任
⑪

56和泉式部
57紫式部
58大弐三位
59赤染衛門
60小式部内侍
61伊勢大輔
⑫

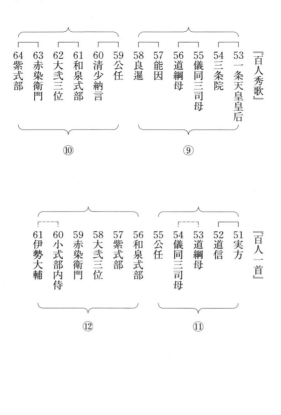

このあたりは、ほぼ一条朝期に活躍した歌人を並べている。『百人秀歌』と『百人一首』を比べて大きく異なる点は、『百人一首』では一条天皇皇后定子を切り出していることである。そして、その対の相手である三条院をずっと後方に移行している。また、能因と良暹の対もそのまま三条院の直後に移している。これは後で扱う。

まず、実方と道信の対はそのまま『百人秀歌』から受け継がれている。官位はどちらも四位朝臣であり、これもやはり年代順と考えられる。

次に、儀同三司母と道綱母の対も順は逆ながら、『百人秀歌』から受け継がれている。道綱母は兼家の妻であり、儀同三司母は兼家の子道隆の妻であるから、順を替えたのは年代順によるものであろう。次の公任と清少納言の対は解かれて、清少納言は、伊勢大輔の後に置かれており、便宜上これも後で扱う。

和泉式部から小式部内侍までは一条天皇中宮彰子に仕えた女房ということでまとめられているが、『百人一首』では大弐三位と紫式部、伊勢大輔と小式部内侍の順が入れ替えられている。大弐三位は紫式部の娘であり、伊勢大輔は小式部内侍よりずっと後まで生存活躍するので、作者の年代順を考慮した結果と見られる。

『百人秀歌』

65伊勢大輔
66小式部内侍
67定頼
68道雅

⑪

『百人一首』

62清少納言
63道雅
64定頼
65相模

⑬

69周防内侍
70経信

66行尊
67周防内侍
68三条院
69能因
70良暹
71経信
⑭

一条天皇中宮定子の女房である清少納言は、その活躍時期から言えば、彰子の女房たちより前に位置づけられるべきであろうが、その後に置かれている。このあたりにも「グループ」の存在を感じさせる。定頼と道雅の対は『百人秀歌』から受け継がれているが、順が逆になっている。これは、その活躍時期が道雅のほうが先との認識からであろう。[10]詠作年次も道雅の歌のほうが定頼の歌よりも早いと捉えられていた可能性が高い。[11]これにより、清少納言と道雅が繋がりをもつ。伊周の子である道雅は、『枕草子』に「松君」として登場しており、祖父道隆らにかわいがられている様子が描かれている。その後に、相模と行尊を後方から移して入れた。相模は定頼と交渉があり、定子の娘脩子内親王に仕えたということも、ここに置かれた理由となるであろうか。また、年代順という点から言えば、行尊の前に周防内侍を置くのが妥当であろうか。ただし、この二人をほぼ同時代と捉え、僧侶歌人・女流歌人の順で並べたとも考えられる。あるいは、詠作年次を考慮した可能性もある。[12]さらに、相模と周防内侍の歌の結句「名こそ惜しけれ」が同じであることから、その連続を避けたものとも考えられる。

また、いっぽうで前方から三条院・能因・良暹を、周防内侍と経信の対に割り込ませている。その結果、時代順という点からは大きな齟齬が生じてしまっている。特に、行尊は三条院の曾孫に当たる。これを矛盾なく理解するためには、清少納言から周防内侍までを一つのまとまりとし、三条院から経信までを一つのまとまりと考える以外ない。つまり、「グループ」の存在を認めざるを得ないのである。ちなみに、作者の年代という面から言えば、道雅・定頼・相模は、能因・良暹とほぼ同時代であり、周防内侍・行尊は、次のグループの匡房・俊頼らと同時代の歌人である。

『百人一首』

72紀伊
73匡房
74俊頼
75基俊

⑮

『百人秀歌』

71行尊
72匡房
73国信
74紀伊
75相模
76俊頼
77崇徳院

⑫

ここでは、国信が切り出される。また、紀伊と対の相模は、行尊とともに前方に移行する。そして、崇徳院も俊頼との対を解かれて後方に移され、替わりに俊頼と好敵手とされる基俊が配された。この四人の歌人は堀河院時代の歌人であり、何れも堀河百首の作者であることでまとめられ、年代順に並べられたものと見られる。

『百人秀歌』
78堀河
79忠通
80顕輔
81兼昌
82基俊
83道因
⑬

『百人一首』
76忠通
77崇徳院
78兼昌
79顕輔
80堀河
⑯

このあたりは、主に崇徳院時代の歌人である。堀河と忠通の対を解き、堀河を後方に移し、忠通・崇徳院と大臣・天皇をまとめた。忠通は崇徳院の前の鳥羽天皇時代からの大臣である。顕輔と兼昌の対は『百人秀歌』から受け継がれているが、順を入れ替えている。兼昌は永久百首の作者でもあり、これは年代順ということであろう。顕輔は正三位左京大夫であるから、身分順よりも年代順を優先させたことになる。そして、顕輔と堀河は久安百首の作者であり、歌もその時のものである。

『百人秀歌』
84清輔
85俊恵
86実定
⑭

『百人一首』
81実定
82道因
83俊成
⑰

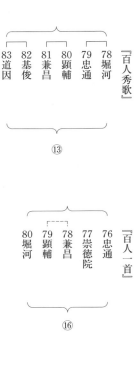

87俊成
88西行
89別当

84清輔
85俊恵

清輔・俊恵の対はそのままに、その前に実定・道因・俊成を置いた。年の若い実定を始めに置いたのは、大臣という身分によるものであろう。俊成を清輔の前に置いたのも官位順によるものと推察される。俊成は正三位、清輔は正四位下であった。基俊との対を解かれた道因を俊成の前に置いたのは年代順であろう。前のグループで顕輔の前に兼昌を置いたのと同様の処置であろう。また、道因と俊成を並べたのは、あるいは『千載集』入集をめぐるエピソード(13)を念頭に置いたことによるものか。西行と別当については次に扱う。

『百人秀歌』
90長方
91大輔
92式子内親王
93寂蓮
94讃岐
95良経
⑮

『百人一首』
86西行
87寂蓮
88別当
89式子内親王
90大輔
⑱

ここでは、長方が切り出される。そして、讃岐と良経の対が、順序は逆になるものの、『百人秀歌』から受け継がれる。ただし、それは次に扱う。西行・寂蓮は僧侶歌人であり、別当・式子内親王・大輔は女流歌人としてまとめられているようである。また、以上は『新古今集』完成以前に亡くなった歌人と見られる。

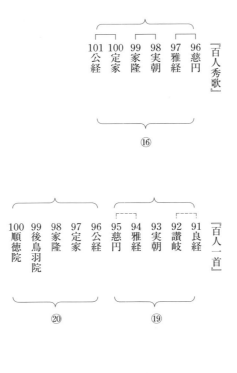

『百人秀歌』

96慈円
97雅経
98実朝
99家隆
100定家
101公経
⑯

『百人一首』

91良経
92讃岐
93実朝
94雅経
95慈円
⑲

96公経
97定家
98家隆
99後鳥羽院
100順徳院
⑳

讃岐と良経、慈円と雅経の対が、逆順にはなっているが、『百人秀歌』から受け継がれている。順が入れ替えられたのは、このあたりを作者の没年順に統一した結果である。『百人秀歌』のほうは、実朝から公経までの四人の歌が

『新勅撰集』から採られ、まとめられている。いっぽう、『百人一首』は、実朝を讃岐と雅経の間に入れ、『新古今集』完成後亡くなった歌人を没年順に配列している。そして、公経から順徳院までは現存歌人であり、(14) 公経から家隆までは身分順に配列し、最後に後鳥羽・順徳両院を新たに入れて巻軸に据え、巻頭の天智・持統両天皇と首尾照応させたものと見られる。

さて、以下、歌と歌の関係について見ていきたいと思う。

40番兼盛の歌と41番忠見の歌がなぜ並んでいるかと言えば、同じ歌合（天徳内裏歌合）での詠だからであると考えられる。同じように、22番の康秀の歌と23番の千里の歌が並ぶのも同じ是貞親王家歌合の歌であることによるのであろう。また、79番顕輔の歌と80番堀河の歌は、同じ久安百首の歌であることに理由が求められよう。

これらは、歌の出詠時の共通による結び付きであるが、歌の詞や内容によって結びついている例もある。例えば、右の22番康秀の歌と23番千里の歌を含む19番から23番の歌のまとまりを見ると次のようになっている。

19難波潟みじかき蘆のふしの間も逢はでこの世を過ぐしてよとや（伊勢）
20わびぬれば今はた同じなにはなるみをつくしても逢はむとぞ思ふ（元良親王）
21今こむと言ひしばかりに長月の有明の月を待ち出でつるかな（素性）
22吹くからに秋の草木のしほるればむべ山風をあらしといふらむ（康秀）
23月見ればちぢに物こそ悲しけれわが身ひとつの秋にはあらねど（千里）

まず、伊勢と元良親王の歌は、『百人秀歌』からそのまま引き継がれた対である。そして、康秀と千里の歌は先述したように「作者」という面からある程度説明がつき、出詠時が同じという共通性をもっている。しかしながら、なぜ素性の歌がここに位置するのかの説明がつかない。そこで、歌の内容や詞に注目してみると、伊勢と元良親王の歌は、伊勢の歌が「ふしの間も逢はでこの世を過ぐしてよとや」とするのに対して元良親王の歌は「みをつくしても逢はむとぞ思ふ」としており、見事な呼応関係にあると言える。次に素性の歌に目を移すと、その元良親王の「逢はむとぞ思ふ」を「今来むと言ひしばかりに」で受けるかのような配列になっている。「今」の語の共通も指摘できようか。そして、その素性の歌の「長月」の語から、「秋の草木のしほるれば」という晩秋の康秀の歌を配し、さらに、素性の歌の「月」と康秀の歌の「秋」の語を受けて「月見れば」「秋にはあらねど」と千里の歌へと続けている。こうした配列は、「作者」という視点からだけでは捉えきれないであろう。

29番から37番の、宇多・醍醐朝の下級貴族歌人たちの歌の配列も、「作者」という視点からだけでは、なぜこのような歌順になるのかの説明が十分にはつかない。まず、前半の29番から32番までを見てみる。

29心あてに折らばや折らむ初霜の置きまどはせる白菊の花（躬恒）
30有明のつれなく見えし別れより暁ばかり憂きものはなし（忠岑）
31朝ぼらけ有明の月と見るまでに吉野の里に降れる白雪（是則）
32山川に風のかけたるしがらみは流れもやらぬ紅葉なりけり（列樹）

躬恒と忠岑の歌は、『百人秀歌』でも対となっていた。ただし、順が入れ替えられている。これは、作者の年代順かとも考えられるが、忠岑の歌の「有明のつれなく見えし」を是則の歌の「有明の月と見るまでに」で受けたと見れば、歌順を入れ替えた理由もいっそうはっきりしてくる。そして、是則の歌の「白雪」と列樹の歌の「紅葉」の色の対照を際立たせながら、「吉野」から吉野川を意識させつつ「山川」で承ける緩やかな繋がりを見せる配列になっているものと推察される。

次に、後半の33番から37番までを見る。

33ひさかたの光のどけき春の日に静心なく花の散るらむ（友則）
34誰をかも知る人にせむ高砂の松も昔の友ならなくに（興風）
35人はいさ心も知らずふるさとは花ぞ昔の香ににほひける（貫之）
36夏の夜はまだ宵ながら明けぬるを雲のいづくに月宿るらむ（深養父）
37白露を風の吹きしく秋の野は貫きとめぬ玉ぞ散りける（朝康）

ここでは、まず友則の歌から貫之の歌までを一つのまとまりと見ることができる。友則の歌の「花」と興風の歌の「昔」を貫之の歌が「花ぞ昔の香ににほひける」で受けているものと見られる。そして、興風の「誰をかも知る人にせむ」を貫之の「人はいさ心も知らず」で受けていると見ることもできようか。そして、春の花に続き、深養父の「夏の夜の月」と朝康の「秋の野の露」を配している。「作者」を基準とした改編後の再配列なので、緊密性には欠けるが、穏やかな移ろいを感じさせる。

もう一例だけ取り上げる。『百人秀歌』から『百人一首』への改編に伴って、俊頼の歌が「山桜咲きそめしよりひさかたの雲居に見ゆる滝の白糸」から「憂かりける…」の歌に差し替えられている。(15)『百人一首』では、72番から75番までは次のような配列になっている。なお、作者は、先述のように堀河百首の「作者」でまとめられ、「作者」の年代順に並べられている。

72音に聞く高師の浜のあだ波はかけじや袖の濡れもこそすれ（紀伊）
73高砂の尾上の桜咲きにけり外山の霞立たずもあらなむ（匡房）
74憂かりける人を初瀬の山おろしよ激しかれとは祈らぬものを（俊頼）
75契り置きしさせもが露を命にてあはれ今年の秋もいぬめり（基俊）

俊頼の歌が、もしも「山桜咲きそめしより…」の歌であったならば、あまりに匡房の歌と内容が近くなりすぎるうえに、次の基俊の歌との繋がりがなくなってしまう。「憂かりける…」の歌に差し替えることで、匡房の歌と「山」で繋がりながら、基俊の歌とも観音信仰によって関連づけられるのである。[16]しかも、桜の歌を一首除いたことにより、『百人一首』内での桜を詠んだ歌と紅葉を詠んだ歌が六首ずつで同数になるという結果にもなった。俊頼の歌の差し替えの理由はそんなところにあったのではなかろうか。

また、「グループ」と「グループ」を詞によって繋いでいると見られる箇所もある。例えば、8番喜撰と9番小町の順は、『百人秀歌』とは逆になっている。これは、「作者」という視点からだけでは説明しきれない。前の「グループ」の最後の仲麿の歌に「三笠の山」とあるのに続けるために「宇治山」を詠んだ喜撰の歌を先にしたと見れば、順序を替えたことの理由となる。18番敏行の歌と19番伊勢の歌との間にも、「住の江」と「難波潟」という地名の繋がりのほかにも、「よるさへや夢の通ひ路人目よくらむ」と「ふしの間も逢はでこの世を過ぐしてよとや」には内容上の繋がりが認められる。また、72番歌から75番歌までのグループについて、堀河百首の「作者」でまとめられ、「作者」の年代順に並べられていると言ったが、紀伊の歌をグループの最初に置いたのは、前のグループの最後の71番歌と関連があるものとも考えられる。71番歌は経信の「夕されは門田の稲葉をとづれて蘆のまろやに秋風ぞ吹く」である。この経信の歌に「をとづれて」とあるのを受けて「音に聞く」の歌を置いたのであろう。これも「グループ」間を繋ぐ配慮と考えてよいと思われる。それは、連接させることで「グループ」を解消させるものではなく、あくまでも「グループ」と「グループ」を繋ぐ性質のものであると考えられる。こうした「グループ」間を歌の内容及び詞によって繋いでいると見られる箇所は、『百人一首』の随所に認められるところである。これらの例から見て、歌を配列するにあたり、歌の内容や詞の繋がりに配慮がなされたことは明白である。

以上の考察から、次のようにまとめることができる。

まず、『百人一首』は、作者の年代（生没年や活躍時期）や身分、あるいは、作者の共通性（中宮彰子の女房、堀河百首作者など）などを考慮しながら配列する傾向が強く認められる。すなわち、『百人秀歌』の四八組の対のうち二七組の対を解いているが、再配列するにあたり、新たに対を組み上げていくのではなく、「作者」を新たな基準として導入したものと見られる。さらに、対を解かれたものばかりでなく、対を受け継いだものにも同様のことが言える。『百人秀歌』から受け継いだ対二一組中、一〇組の順が入れ替えられているが、その理由のほとんどは作者の年代を考慮してのものと考えられる。(17) また、順を入れ替えていない残りの一一組は、ほぼ年代順になっており、入れ替える必要がなかったものと思われる。(18) ここにも、「作者」への強い意識を見て取ることができる。

次に、「グループ」についてであるが、『百人一首』にも「グループ」を形成しようとする意識が認められる。作者の年代順に齟齬が認められるのは、そこに起因するものと考えられる。しかし、その「グループ」の形成にも「作者」という新たな基準が働いているものと見られる。そして、『百人秀歌』では一六あった「グループ」が、『百人一首』

では二〇に増加しているものと推察される(19)。

また、歌と歌を、内容及び詞によって結び付けようという意識も認められる。それは「グループ」内でも見られ、「グループ」間でも認められる。その結び付きに親疎はあるものの、配列上、明らかに歌と歌の繋がりが考慮されていたものと判断される。

『百人一首』は、そのほとんどの歌九七首を『百人秀歌』から受け継ぎ、『百人秀歌』を支えた「時代順」「グループ」という配列の基本原則を受け継ぎながら、「対」に手を加え、「作者」という基準を導入し、歌と歌の関係にも心を配りながら再編して、まさに『百人秀歌』の別バージョンの歌集として生まれ変わった。歌をほとんど入れ替えることなく撰んだための限界はおのずとあるものの、歌数を一〇〇首とし、首尾を整えて、より完成度の高い作品となったと結論づけることができる。

注

（1）本文は『群書類従』二八五に拠り、句読点を私に改めた。

（2）猿丸大夫の歌は出典の『古今集』では「よみ人しらず」となっているが、『猿丸集』にあることにより、猿丸大夫の作としたものと考えられる。

（3）以下、『改観抄』の本文は百人一首注釈書叢刊第十巻（和泉書院刊）に拠り、私に句読点を改め、濁点を付した箇所もある。

（4）『古今集』真名序にこの呼称が見える。

（5）『公卿補任』によれば、定方が右大臣を辞して没したのは承平二年（９３２）であり、忠平が関白太政大臣を辞して没したのは天暦三年（949）である。

（6）『古今集』に友則が没した折の哀傷歌が載るところから、友則は『古今集』成立以前に没したものと考えられる。

（7）『公卿補任』によれば、等は、天暦元年（947）参議となり、天暦五年参議を辞して七一歳で没している。

（8）元輔は延喜八年（908）に生まれ、正暦元年（990）に没した。

（9）『公卿補任』によれば、敦忠は延喜六年（906）生まれで、天慶六年（943）に中納言を辞して没している。また、朝忠は延喜一〇年（910）に生まれ、康保三年（966）中納言を辞して没している。伊尹は延長二年（924）に生まれ、康保四年中納言、天禄二年（971）太政大臣、天禄三年に没している。

（10）道雅は正暦三年（992）に生まれ、長和五年（1016）非参議従三位左近中将。定頼は長徳元年（995）に生まれ、参議正四位下になるのは寛仁四年（1020）、長久五年（1044）中納言を辞している。

（11）道雅の歌は、『後拾遺集』の詞書から、寛仁元年（1017）に詠まれたものと推定される。定頼の歌は、明らかにしがたいが、『千載集』の四一九番の詞書「中納言定頼、世をのがれてのち、山里に侍りけるころ」とあるのを承けるものとあえて見れば、最晩年の長久五年（1044）頃詠んだものと理解されていた可能性もある。

（12）行尊の歌も周防内侍の歌も出詠時を明らかにすることはできない。ただし、行尊の歌を、その内容から、延久二年（1070）初めて入峰して間もない頃の詠とし、周防内侍の歌を、『千載集』の詞書に「大納言忠家」とあることに拠り、忠家が大納言に昇進した延久四年（1072）（『公卿補任』）以降の詠と見ることもできる。

（13）『無名抄』「道因歌に心ざしふかき事」に、道因没後、俊成が『千載集』を撰んだ際、道因の歌を一八首入集させたところ、道因が夢に現れ、涙を落としながら礼を言ったので、さらに二首を加えて二〇首としたことが見える。

（14）公経から順徳院までを現存歌人とするならば、『百人一首』の成立時期は、『新勅撰集』完成の文暦二年（1235）三月一二日から、家隆の没した嘉禎三年（1237）四月九日までの約二年の間と推定される。

（15）この差し替えの理由について、樋口芳麻呂氏は配列という視点から、73番匡房の歌と関連させて、「山の桜を詠んだ同趣の作が二首並ぶこと」を指摘し、76番忠通の歌と「歌の第三・四句の酷似する作がごく近接した位置に並んでしまうこと」を挙げている（『百人一首　宮内庁書陵部蔵　堯孝筆』笠間書院　昭46・12）。

（16）基俊の歌は、忠通が引用した清水観音の御詠歌「なほ頼めしめぢが原のさせも草わが世の中にあらむかぎりは」（『新古今集』釈教歌・一九一六）に依拠して詠んだ歌である。

（17）明らかに年代順に反するものは一例もない。作者の年代順かどうか明らかでないものは、生没年が未詳の喜撰・小町、躬恒・忠岑の二例である。

（18）今日的には、家持（718〜785）・仲麿（698〜770）の年代は、少し家持のほうが後と見られる。定家がどの程度の認識であったかはわからないが、家持は歌仙にも数えられ、官位も高かったので、入れ替える必要を感じなかったか。兼盛・忠見はもちろん同時代の歌人であるが、前後関係の詳細は明らかではない。身分は兼盛の方が高かったと見られる。

（19）この「グループ」を、『百人秀歌』の場合と同様、障子に貼る歌のまとまりと考えるならば、『百人一首』も障子を飾るための歌であったことになろう。そして、この「グループ」の数が『百人秀歌』より増えているとすれば、ここに、『百人秀歌』から『百人一首』への改編理由が隠されているように思われる。また、この「グループ」の存在は、『百人秀歌』から『百人一首』への改編が、色紙形用のものから歌集へという移行を示すものであるとする見方にも疑問を投げかけるものとなる。さらには、『百人一首』の歌の鑑賞に際しては、この「グループ」を一つのまとまりとして味わわれなければならないのではないかとも考える。

跋

東洋大学で神作光一先生の講筵に列し、そこで出会った言葉が「文学研究は、読みに始まり読みに終わる」であった。心が大きく揺さぶられた。目の前にある一文をどのように読むか、それによって、その研究者の価値が決まってしまうということである。不正確で浅い「読み」しかできなければ、それで終わりである。これはじつに恐ろしいことだと思った。しかし、同時に強く心惹かれた。そのような真剣勝負の世界に、なんとか身を置きたいとも思った。そして、そこに足を踏み入れた後も、思うような研究成果が上がらなかったこともあり、たびたび心に迷いが生じた。そのようなとき、進むべき道を指し示してくれたのも、右の言葉であった。

石田穣二先生も、常々「読み」の大切さを説いておいでであった。そのご著書の中にも「注釈は注釈として他の作業の分野から切り離された分野ではない。それはやはり、学者としての力倆が最も深刻にためされる場なのではないだらうか。作品といふものがそこにあると考へるのは錯覚に過ぎない。そこにあるのは、文字の羅列に過ぎない。作品といふのは、一箇の世界なのであつて、それは、厳密には、読みといふ作業によつて成立する一つの現象にほかならない。注釈が、読みといふ作業の何等かの形で定着されたものであるとすれば、注釈がすべてであると言つてもよいであらう」(「注釈についての二三の提言」『源氏物語攷その他』笠間書院)と記しておいでになる。

そのような二人の師に導かれたのであるから、研究方法もそのような方向に赴かないわけがなかった。「読み」とはすなわち解釈であり、学問のかたちをとれば訓詁注釈ということになる。そして、これが自分の研究のスタイルにもなった。

学生の頃、『百人一首』の注釈書を読んで気になったことは、解釈が幾通りも示されているということであった。歌なので幾通りもの解釈があるのは仕方のないことなのであるが、解釈が併記されていることに困惑した。注釈者が結局どの解釈を支持しているのかがわからないのである。解釈を併記すれば客観性が確保されているとでも言いたげな様子に、何か無責任なものさえ感じた。また、一つの解釈を支持するという場合でも、その根拠が明確に示されていることは稀であった。中には、そのように解釈したほうが歌としてよいとか、およそ学問的とは言えないような根拠が示されていることもあった。さすがにそのように言葉には表さないまでも、客観性を装いながら、判断の根底にそのようなことが見え隠れしているものも少なくはないように思われた。

そこで、解釈を一つに決める方法はないものかと考えた。幸い、『百人一首』は長い注釈の歴史を持ち、多くの注釈書が生み出されてきた。そこに示された説を詳細に検討すれば、一つの「正しい解釈」に辿り着けるのではないかと考えた。ところが、いくら検討してみたところで、解決はつかず、ただ途方に暮れるばかりであった。

そのような時、大学院の神作光一先生の授業で、演習に『新勅撰和歌集』が取り上げられていた。その師である吉田幸一先生も『百人一首』を研究対象としておいでであったが、神作先生もこれを研究テーマの一つとされていた。神作先生のお考えは、『百人一首』を真正面から取り組むのではなく、あえて別の面からアプローチしてみるということであった。『新勅撰和歌集』は『百人一首』とほぼ同時期に成立した、定家独撰の勅撰集である。したがって、『百人一首』と通底するものがあるはずである。この『新勅撰和歌集』をよく読み込むことで、『百人一首』をより深いところで理解することができるのではないか、ということであった。この神作先生のアイディアとご指導のもと、『新勅撰和歌集』の注釈作業に取り組んだ。この作業の中で様々なことを学んだが、最も大きな収穫は、撰者の定家の声に静かに耳を傾けるということが何よりも重要だということであった。これは当初の目的である「より深いところで理解すること」ではないが、大きな収穫であることには違いない。この注釈作業の成果は、『新勅撰和歌集全釈』（全八冊、風間書房）として公刊することができた。

そして、『百人一首』という作品を読むことに取りかかった。数多くある注釈書をあらためて見て驚いたのは、語句の意味は記されているのであるが、その意味を特定した過程がほとんど記されていないことであった。古典の入門書という性格からか、決められた紙幅の都合からか、証歌さえも挙げられていない。そこでまず、それを一つ一つ確認しながら積み上げていかなければならなかった。できるだけ結論に至るまでの過程を丁寧に記述することで、誤りがあった場合、それを辿ればどこで間違えたかがはっきりわかるようにしたかった。そうして積み上げたものを、あらためて見てみると、かなりな分量となり、しかも結果は通説とはかけ離れ、歌ごとに異説を唱えているかのようなものになってしまっていた。最初は手控えのノートのようなものを作ろうと思っていた。しかし、あまりに従来のものとは違うので、世の聡明な方々からのご批判を仰ぎたいと思うようになった。もともと手控え用に作り始めたものなので、書名は『百人一首私注』とすることとした。

本書の刊行にあたり、前著『新勅撰和歌集全釈』に続き、格別のご理解とご高配を賜った風間書房の風間敬子氏に心より感謝申し上げる次第である。

学部の学生の頃、大学内のある研究会に所属していた。そこで二人の先生との出会いがあった。梅原恭則先生と高城功夫先生である。梅原先生は文法研究の、高城先生は和歌研究の手ほどきを熱心にして下さった。遠い昔のようになってしまったが、今でも当時のことがありありと心に浮かんでくる。お二方への感謝の念を書き記し、筆を擱きたいと思う。

平成二十六年七月

長谷川哲夫

著者略歴

長谷川哲夫（はせがわ・てつお）

昭和34年12月生まれ。東洋大学大学院文学研究科国文学専攻博士後期課程単位取得。研究分野は中古・中世の貴族文学。明海大学非常勤講師。著書『新勅撰和歌集全釈一～八』（共著、風間書房）、『ハンドブック　百人一首の旅』（共著、勉誠出版）。

百人一首私注

二〇一五年三月三一日　初版第一刷発行

著　者　長谷川哲夫
発行者　風間敬子

発行所　株式会社　風間書房
101-0051 東京都千代田区神田神保町一―三四
電話　〇三―三二九一―五七二九
FAX　〇三―三二九一―五七五七
振替　〇〇一一〇―五―一八五三

印刷　富士リプロ
製本　高地製本所

NDC 分類：911.147
ISBN978-4-7599-2078-9　Printed in Japan